Charles Dickens, geboren am 7. Februar 1811 in Landport bei Portsea, ist am 9. Juni 1870 in Gadshill gestorben.

Wie gebannt steht der kleine Pip in dem geheimnisumwitterten Haus der reichen Miss Havisham und bestaunt eine mit Staub bedeckte Hochzeitstafel. Die exzentrische alte Besitzerin empfängt ihn bei Kerzenlicht in einem verblichenen Brautkleid, das sie nicht mehr abgelegt hat, seit ihr Bräutigam sie vor Jahrzehnten am Hochzeitstag verließ. Nun soll Pip ihr mit Kartenspielen die Zeit vertreiben helfen. Während seiner wöchentlichen Besuche verliebt er sich bald in Miss Havishams Adoptivtochter, die schöne Estella, und beginnt von Reichtum und Bildung zu träumen – schier unerfüllbare Wünsche für einen Waisenjungen und Schmiedelehrling. Da eröffnet ihm ein Rechtsanwalt die Aussicht auf »große Erwartungen« – ein unbekannter Gönner will ihn zu einem Gentleman erziehen lassen. Bald hat Pip sein einfaches Leben auf dem Dorf vergessen und führt in London ein unbekümmertes und verschwenderisches Dasein. Erst das Auftauchen seines Wohltäters reißt ihn aus den Illusionen. Er gerät in eine lebensgefährliche Lage, aus der er sich nur mit Hilfe seiner Freunde befreien kann.

insel taschenbuch 667
Dickens
Große Erwartungen

CHARLES DICKENS GROSSE ERWARTUNGEN

Aus dem Englischen von
Margit Meyer
Mit Illustrationen von
F. W. Pailthorpe

Insel Verlag

Originaltitel: Great Expectations

insel taschenbuch 667
Erste Auflage 1982
Insel Verlag Frankfurt am Main und Leipzig
© Rütten & Loening, Berlin 1977
Lizenzausgabe mit freundlicher Genehmigung des
Verlages Rütten & Loening Berlin
Vertrieb durch den Suhrkamp Taschenbuch Verlag
Umschlag nach Entwürfen von Willy Fleckhaus
Satz: LibroSatz, Kriftel
Druck: Nomos Verlagsgesellschaft, Baden-Baden
Printed in Germany

5 6 7 8 9 10 – 99 98 97 96 95 94

Große Erwartungen

1. Kapitel

Da meines Vaters Familienname Pirrip und mein Vorname Philip ist, konnte meine kindliche Zunge beide Namen nicht länger und genauer aussprechen als Pip. So nannte ich mich Pip und wurde auch von anderen Pip genannt.

Wenn ich Pirrip als meines Vaters Familiennamen angebe, so beziehe ich mich dabei auf dessen Grabstein und auf meine Schwester, Mrs. Joe Gargery, die den Schmied geheiratet hat. Da ich meinen Vater und meine Mutter niemals gesehen habe und auch nie ein Bild von ihnen zu Gesicht bekam (denn zu ihren Lebzeiten gab es noch keine Photographien), gingen meine ersten Vorstellungen über ihr Aussehen wider alle Vernunft von ihren Grabsteinen aus. Die Form der Buchstaben auf meines Vaters Grab erweckte in mir den Eindruck, daß er ein breitschultriger, untersetzter, brünetter Mann mit lockigem schwarzem Haar war. Aus dem Charakter der Inschrift »Georgiana, Ehefrau des obigen« zog ich die kindliche Schlußfolgerung, daß meine Mutter sommersprossig und kränklich gewesen sein muß. Mit fünf kleinen Steinrhomben, von denen jeder etwa eineinhalb Fuß lang war und die neben ihren Gräbern in einer ordentlichen Reihe aufgestellt und dem Gedenken an meine fünf kleinen Brüder gewidmet waren – die das Rennen in diesem allgemeinen Lebenskampf außerordentlich zeitig aufgegeben hatten –, verbinde ich die mir heilige Überzeugung, daß sie alle auf dem Rücken liegend und mit den Händen in den Hosentaschen geboren sein mußten und daß sie sie in dieser Lebensphase niemals herausgenommen haben.

Wir wohnten im Marschland, unten am Fluß innerhalb der Flußbiegung, zwanzig Meilen von der See entfernt. Ich glaube, meine ersten, höchst lebendigen und nachhaltigen Eindrücke von der Gleichheit der Dinge habe ich an einem denkwürdigen, naßkalten Spätnachmittag gewonnen. Zu jener Zeit stellte ich mit Sicherheit fest, daß dieser trostlose, von Nesseln überwucherte Ort der Friedhof war und daß Philip Pirrip, verstorben in dieser Gemeinde, und Georgiana, Ehefrau des obigen, tot und begraben waren und daß Alexander,

Bartholomäus, Abraham, Tobias und Roger, die kleinen Kinder der Obengenannten, auch tot und begraben waren und daß die düstere, flache Wildnis jenseits des Friedhofs, die von Gräben, Dämmen und Toren durchzogen ist und auf der verstreut Vieh weidet, die Marschen waren und daß die tiefliegende, bleigraue Linie dahinter der Fluß war und daß die ferne, schroffe Gegend, aus der der Wind fegte, das Meer war und daß das kleine, zitternde Bündel, das vor allem Angst bekam und deshalb zu weinen anfing, Pip war.

»Halt den Mund!« rief eine schreckliche Stimme, und ein Mann tauchte zwischen den Gräbern seitlich der Kirchenvorhalle auf. »Sei still, du kleiner Teufel, sonst schneid ich dir die Kehle durch.«

Ein furchterregender Mann, ganz in grobes Leinen gekleidet und mit einem großen Eisen am Bein. Ein Mann ohne Hut, mit zerrissenen Schuhen und mit einem alten Lappen um den Kopf. Ein Mann, der durchnäßt und schmutzbedeckt war, der sich die Füße auf den Kieselsteinen wund gelaufen hatte, der von Nesseln gestochen und von Dornen zerrissen worden war. Ein Mann, der humpelte und zitterte, der funkelnde Blicke um sich warf, knurrte und mit den Zähnen klapperte, als er mich am Kinn zog.

»Oh! Schneiden Sie mir nicht die Kehle durch, Sir!« flehte ich vor Entsetzen. »Bitte tun Sie es nicht, Sir!«

»Nenn uns deinen Namen!« sagte der Mann. »Schnell!«

»Pip, Sir.«

»Noch mal«, sagte der Mann und starrte mich an. »Raus mit der Sprache!«

»Pip, Pip, Sir.«

»Zeig uns, wo du wohnst«, sagte der Mann. »Zeig die Stelle!«

Ich zeigte dahin, wo unser Dorf lag, auf der Ebene nahe der Küste zwischen den Erlen und beschnittenen Bäumen, etwa eine Meile von der Kirche entfernt.

Nachdem mich der Mann einen Augenblick angesehen hatte, stellte er mich kopf und leerte meine Taschen. In denen war nichts weiter als ein Stückchen Brot. Als die Kirche wieder am alten Fleck stand, denn er ging so plötzlich und kräftig vor, daß sie verkehrt rum vor mir stand und ich den Kirchturm unter meinen Füßen sah – als also die Kirche wieder am alten Fleck stand, da saß ich zitternd auf einem hohen Grabstein, während er heißhungrig das Brot aß.

»Du junger Hund«, sagte der Mann und schmatzte mit den Lippen, »was für dicke Backen du hast.«

Ich glaube, sie waren wirklich dick, obwohl ich zu dieser Zeit für mein Alter zu klein und auch nicht gesund war.

»Verflixt, daß ich die nich essen kann«, sagte der Mann mit einem bedrohlichen Kopfschütteln, »ich hab nich wenich Lust dazu!«

Ich brachte ernsthaft die Hoffnung zum Ausdruck, daß er es nicht tun möge, und klammerte mich an den Grabstein, auf den er mich gesetzt hatte, teils um mich darauf festzuhalten, teils um mir das Weinen zu verkneifen.

»Hör mal«, sagte der Mann, »wo is'n deine Mutter?«

»Dort, Sir!« antwortete ich.

Er ging los, rannte ein Stück, blieb stehen und wandte den Kopf.

»Da, Sir!« erklärte ich schüchtern. »Georgiana. Das ist meine Mutter.«

»Oh!« sagte er und kam zurück. »Und is das dein Vater neben deiner Mutter?«

»Ja, Sir«, sagte ich, »er ist auch tot, verstorben in dieser Gemeinde.«

»Hm!« murmelte er dann und dachte nach. »Bei wem wohnst du denn, falls ich dich freundlicherweise leben lasse, worüber ich mir aber noch nicht klar bin.«

»Bei meiner Schwester, Sir – Mrs. Joe Gargery, der Frau von Joe Gargery, dem Schmied, Sir.«

»Was, Schmied?« sagte er und sah auf sein Bein hinab. Nachdem er mehrere Male finster sein Bein und mich betrachtet hatte, kam er näher an meinen Grabstein heran, griff mich mit beiden Armen und kippte mich so weit wie möglich nach hinten, wobei er mir durchdringend in die Augen sah und ich äußerst hilflos zu ihm aufschaute.

»Hör zu«, sagte er, »die Frage is, ob du am Leben bleibst oder nich. Du weißt, was 'ne Feile is?«

»Ja, Sir.«

»Und du weißt, was Proviant is?«

»Ja, Sir.«

Nach jeder Frage bog er mich noch ein bißchen weiter zurück, so als wollte er mir ein noch stärkeres Gefühl der Hilflosigkeit und Gefahr vermitteln.

»Du besorgst mir 'ne Feile.« Er bog mich wieder nach hinten. »Und du besorgst mir Proviant.« Wieder bog er mich nach hinten. »Du bringst mir beides her.« Und wieder bog er mich nach hinten. »Oder ich reiß dir Herz und Leber raus.« Und wieder bog er mich nach hinten.

Ich war so furchtbar verängstigt, und mir war so schwindlig, daß ich mich mit beiden Händen an ihn klammerte und sagte: »Wenn Sie mich bitte gütigst aufrecht stehen lassen würden, Sir, wäre mir vielleicht nicht übel, und ich könnte vielleicht mehr für Sie tun.«

Er gab mir einen ganz gewaltigen Schubs, so daß die Kirche über ihren eigenen Wetterhahn sprang. Dann hielt er mich an den Armen oben auf dem Stein aufrecht und fuhr in diesen schrecklichen Worten fort:

»Du bringst mir morgen früh ganz zeitig die Feile und den Proviant. Du bringst mir das alles zur alten Batterie dahinten hin. Das machst du, und wehe, du unterstehst dich, 'n Wort zu sagen oder 'ne Andeutung zu machen, daß du jemand wie mich oder überhaupt irgend 'ne Person gesehen hast. Dann sollst du auch am Leben bleiben. Wenn du das nich machst oder auch nur im geringsten von meinen Anordnungen abweichst, wird dein Herz und deine Leber rausgerissen, gebraten und gegessen. Nun, ich bin nich allein, wie du vielleicht denkst. Da hat sich noch 'n junger Mann mit mir versteckt, wo ich im Vergleich zu dem jungen Mann 'n Engel bin. Dieser junge Mann hört die Worte, die ich spreche. Dieser junge Mann hat 'ne geheime Art, die nur er hat, sich 'n Jungen zu greifen und an sein Herz und an seine Leber ranzukommen. Es ist ganz umsonst, wenn 'n Junge versucht, sich vor diesem jungen Mann zu verstecken. Ein Junge kann seine Tür zuriegeln, kann im warmen Bett liegen und sich einwickeln und die Decke über 'n Kopf ziehn und sich behaglich und sicher fühlen, aber dieser junge Mann wird leise zu ihm hinschleichen und ihn rauszerren. Ich kann diesen jungen Mann nur mit großer Mühe hindern, dir jetz was zu tun. Es is sehr schwer, diesen jungen Mann von deinen Eingeweiden abzuhalten. Na, was sagst du?«

Ich sagte, daß ich ihm die Feile besorgen und ihm alle nur möglichen Essenreste bringen würde und früh am Morgen zu ihm zur Batterie hinkäme.

»Sage, daß der Herr dich tot umfallen lassen soll, wenn du das nich tust!« sagte der Mann.

Ich sprach es ihm nach, und er nahm mich herunter.

»So«, fuhr er fort, »du denkst dran, was du versprochen hast, und du denkst an diesen jungen Mann, und nu gehste nach Hause.«

»Gu-gute Nacht, Sir«, stammelte ich.

»Sehr unwahrscheinlich!« sagte er und ließ seine Blicke über die kalte, nasse Ebene schweifen. »Ich wünschte, ich wär 'n Frosch. Oder 'n Aal!«

Gleichzeitig umfaßte er seinen schlotternden Körper mit beiden Armen – wobei er sich selbst umklammerte, als wollte er sich zusammenhalten – und hinkte auf die niedrige Friedhofsmauer zu. Als ich ihn gehen sah, wie er sich den Weg durch die Nesseln und Dornenbüsche, die die grünen Hügel einhüllten, bahnte, wirkte er in meinen kindlichen Augen wie einer, der den Händen der Toten auswich, die sich vorsichtig aus den Gräbern reckten, um ihn am Handgelenk zu packen und hinunterzuziehen.

Als er an die niedrige Friedhofsmauer kam, stieg er wie ein Mann darüber, dessen Beine erstarrt und steif sind, und drehte sich nach mir um. Als ich das merkte, machte ich eine Kehrtwendung und rannte los. Aber bald darauf guckte ich über die Schulter und sah ihn wieder auf den Fluß zugehen, wobei er sich noch immer mit beiden Armen umschlang und sich mit dem wunden Bein seinen Weg zwischen den großen Steinen hindurch bahnte, die hier und dort als Laufsteg in den Marschen liegen, für den Fall, daß schwere Regen niedergehen oder die Flut einbricht.

Als ich stehenblieb, um ihm nachzusehen, waren die Marschen nur noch ein langer, schwarzer Streifen am Horizont, und der Fluß war auch nur noch ein Streifen am Horizont, doch nicht ganz so breit und so schwarz, und der Himmel war von einer langen Reihe unruhiger, roter Streifen bedeckt, die mit undurchdringlichen schwarzen verwoben waren. In Höhe des Flusses konnte ich schwach die beiden einzigen Dinge in der ganzen Umgebung erkennen, die aufrecht zu stehen schienen: Das war einmal der Leuchtturm, nach dem sich die Seeleute richteten und der wie ein umgestülptes Faß auf einem Pfahl aussah und, von nahem besehen, ein häßliches Ding war. Das andere war ein Galgen, an dem einige Bande hingen, in die früher ein Pirat geschlagen war. Der Mann humpelte auf den Galgen zu, als ob er der Seeräuber wäre, der lebendig geworden und heruntergekommen ist, um sich selbst wieder aufzuhängen. Dieser Gedanke erschreckte mich maßlos, und ich glaube, die Tiere, die den Kopf hoben und ihm nachstarrten, empfanden ebenso wie ich. Ich sah mich in allen Richtungen nach dem schrecklichen jungen Mann um, konnte aber nichts von ihm entdecken. Dennoch fürchtete ich mich wieder und rannte ohne Pause nach Hause.

2. *Kapitel*

Meine Schwester, Mrs. Joe Gargery, war über zwanzig Jahre älter als ich, und sie hatte sich vor sich selbst und vor den Nachbarn große Achtung erworben, weil sie mich »mit eigner Hand« aufgezogen hatte. Da ich damals auch erst herausfinden mußte, was dieser Ausdruck bedeutete, und da ich ihre harte und schwere Hand kannte und die Gewohnheit, sie gegen ihren Mann wie gegen mich zu erheben, kam ich zu der Ansicht, daß wir beide, Joe Gargery und ich, mit ihrer Hand aufgezogen wurden.

Sie war keine gutaussehende Frau, meine Schwester, und ich hatte den Eindruck, daß sie Joe Gargery mit eigner Hand dazu gebracht haben mußte, sie zu heiraten. Joe war ein schöner Mann, mit flachsblonden Locken zu beiden Seiten seines sanften Gesichtes und Augen von einem so undefinierbaren Blau, daß es schien, als hätten sie sich irgendwie mit ihrem eigenen Weiß vermischt. Er war ein nachsichtiger, freundlicher, gutmütiger, bequemer, dummer, lieber Bursche – eine Art Herkules an Kraft und auch an Schwäche.

Meine Schwester, Mrs. Joe, mit schwarzem Haar und schwarzen Augen, hatte eine derart rote Haut, daß ich mich manchmal fragte, ob sie sich womöglich mit einer Muskatreibe anstatt mit Seife wasche. Sie war groß und knochig und trug fast immer eine derbe Schürze, die hinten mit zwei Schleifen gebunden wurde und vorn einen viereckigen, uneinnehmbaren Latz hatte, der voller Steck- und Nähnadeln war. Sie rechnete es sich zum großen Verdienst an und machte es Joe gegenüber zum harten Vorwurf, daß sie diese Schürze so oft trug. Trotzdem sehe ich wirklich keinen Grund dafür, warum sie sie überhaupt umband oder warum sie sie nicht jeden Tag abband, wenn sie sie nun schon tragen mußte.

Joes Schmiede grenzte an unser Haus, das wie die meisten Wohnhäuser damals in unserem Land ein Holzhaus war. Als ich vom Friedhof nach Hause gerannt kam, war die Schmiede verschlossen, und Joe saß allein in der Küche. Joe und ich waren Leidensgefährten und hatten als solche Heimlichkeiten miteinander. In dem Moment, als ich die Tür öffnete und vorsichtig hineinlugte, saß Joe der Tür gegenüber in der Kaminecke und machte mir die vertrauliche Mitteilung: »Mrs. Joe is schon ein dutzendmal draußen gewesen und hat nach dir geguckt, Pip. Und sie is jetzt zum dreizehnten Mal draußen.«

»Wirklich?«

»Ja, Pip«, sagte Joe, »und was noch schlimmer is, sie hat Tickler bei sich.«

Bei dieser unheilvollen Nachricht drehte ich unentwegt den einzigen Knopf an meiner Weste und blickte niedergeschlagen ins Feuer. Tickler war ein Stock mit Pechdraht, der durch den Zusammenstoß mit meinem gepeinigten Körper schon ganz glatt geklopft war.

»Sie setzte sich«, sagte Joe, »und sie stand auf, und sie griff nach Tickler und stürzte wütend hinaus. Das tat sie«, sagte Joe, indem er bedächtig mit dem Schürhaken zwischen den unteren Stäben herumstocherte und ins Feuer blickte. »Sie stürzte wütend hinaus, Pip.«

»Ist sie schon lange weg, Joe?« Ich behandelte ihn immer wie ein großes Kind und nicht anders als meinesgleichen.

»Nun«, sagte Joe und warf einen Blick auf die Schwarzwälder Uhr, »der letzte Wutanfall is etwa fünf Minuten her, Pip. Sie kommt! Geh hinter die Tür, alter Junge, und binde das Rollhandtuch um.«

Ich befolgte den Rat. Meine Schwester, Mrs. Joe, die beim Aufreißen der Tür auf ein Hindernis stieß, erriet sofort die Ursache und wendete Tickler zur weiteren Untersuchung an. Zum Abschluß warf sie mich Joe zu (ich diente oft als eheliches Wurfgeschoß), der froh war, mich unter allen Umständen erwischt zu haben, und mich in die Kaminecke bugsierte und dort ruhig mit seinem großen Bein abschirmte.

»Wo bist du gewesen, du junger Affe?« sagte Mrs. Joe und stampfte mit dem Fuß. »Sag mir sofort, was du gemacht hast, um mir Angst und Sorgen zuzufügen, oder ich hol dich raus aus deiner Ecke, und wenn du fünfzig Pips wärst und er fünfhundert Gargerys.«

»Ich bin nur auf dem Friedhof gewesen«, sagte ich von meinem Schemel aus, weinend und mein Hinterteil reibend.

»Friedhof!« wiederholte meine Schwester. »Wenn's nach mir ginge, wärst du schon lange auf dem Friedhof, und zwar für immer. Wer hat dich mit eigner Hand aufgezogen?«

»Sie«, sagte ich.

»Und warum hab ich das getan, möcht ich mal wissen?« stieß meine Schwester hervor.

Ich wimmerte: »Ich weiß es nicht.«

»Ich auch nicht!« sagte meine Schwester. »Ich würde es nie wieder tun! Das weiß ich. Ich kann ehrlich sagen, daß ich diese meine Schürze noch nie abhatte, solange ich lebe. Es ist schlimm genug, die Frau von 'nem Schmied zu sein (noch dazu von so 'nem Gargery), geschweige denn deine Mutter.«

Während ich unglücklich ins Feuer starrte, schweiften meine Gedanken von dieser Frage ab; denn der Flüchtling draußen in den Sümpfen mit den Fußschellen, der geheimnisvolle junge Mann, die Feile, das Essen und das furchtbare Versprechen, demzufolge ich einen Diebstahl unter diesem schützenden Dach zu begehen hatte, stiegen vor mir in dieser unbarmherzigen Glut auf.

»Hah!« sagte Mrs. Joe und stellte Tickler an seinen Platz zurück. »Friedhof, was du nicht sagst. Ihr könnt ruhig Friedhof sagen, ihr beiden.« Nebenbei bemerkt, hatte einer von uns überhaupt nichts gesagt. »Ihr werdet *mich* noch auf den Friedhof bringen in den nächsten Tagen. Oh, werdet ihr ein feines Paar abgeben ohne mich!«

Als sie sich den Teesachen zuwandte, linste Joe über sein Bein hinweg auf mich herunter, als wollte er mich und sich vor seinem geistigen Auge abschätzen und überlegen, was für ein Paar wir tatsächlich unter den angekündigten traurigen Umständen abgeben würden. Dann setzte er sich, befühlte rechts seine flachsblonden Locken und den Bart und folgte Mrs. Joe mit seinen blauen Augen, wie das in stürmischen Zeiten immer so seine Art war.

Meine Schwester hatte eine bestimmte Art, unser Butterbrot zu schneiden, die sich niemals änderte. Zuerst preßte sie das Brot energisch und fest an ihren Schürzenlatz, wo es manchmal eine Stecknadel und manchmal eine Nähnadel aufspießte, die wir hinterher in den Mund bekamen. Dann nahm sie etwas Butter (nicht zuviel) auf ein Messer und strich sie auf das Brot, als wollte ein Apotheker ein Pflaster auflegen, wobei sie beide Seiten des Messers mit enormer Gewandtheit benutzte und die Butter von der Kruste wegstrich. Dann wischte sie zum Schluß das Messer am Rande des Pflasters ab und sägte eine sehr dicke Schnitte vom Brot ab, die sie, bevor sie sie vom Brot trennte, in zwei Hälften teilte, von denen Joe die eine und ich die andere erhielt.

In der gegenwärtigen Situation wagte ich nicht, meine Schnitte zu essen, obwohl ich hungrig war. Ich spürte, daß ich für meinen furchtbaren Bekannten und für seinen Verbündeten, den noch furchtbareren jungen Mann, etwas reservieren mußte. Ich wußte, daß Mrs. Joes Haushaltsführung von strengster Natur war und daß ich bei meinen diebischen Erkundungen möglicherweise nichts Brauchbares im Schrank finden würde. Deshalb beschloß ich, mein Butterbrot im Hosenbein verschwinden zu lassen.

Die große Portion Mut, die dazu notwendig war, das Vorhaben auszuführen, schien mir einfach entsetzlich. Es war, als ob ich mich dazu entschließen müßte, vom Dach eines hohen Hauses oder in tiefes Wasser zu springen. Und der ahnungslose Joe erschwerte die Sache noch mehr. Bei unserem bereits erwähnten Zusammengehörigkeitsgefühl als Leidensgefährten und bei seiner gutmütigen Kameradschaft mit mir war es unsere allabendliche Gewohnheit, zu vergleichen, wie wir uns durch unsere Schnitten hindurchbissen. Schweigend hielten wir sie dazu von Zeit zu Zeit zur gegenseitigen Bewunderung hoch, was uns zu neuen Anstrengungen ansporte. Heute abend forderte mich Joe mehrmals auf, unseren üblichen freundlichen Wettstreit mitzumachen, indem er seine schnell verschwindende Schnitte zeigte. Er sah mich aber jedesmal mit meinem gelben Becher Tee auf dem einen Knie und dem unberührten Butterbrot auf dem anderen. Schließlich dachte ich verzweifelt daran, daß mein Vorhaben ausgeführt werden mußte, und das am besten in einer Weise, die unter den gegebenen Umständen am wenigsten wahrscheinlich scheinen mußte. Ich nutzte einen Moment aus, als Joe gerade zu mir hingesehen hatte, und ließ mein Butterbrot im Hosenbein verschwinden.

Joe war offensichtlich von meiner – wie er es deutete – Appetitlosigkeit beunruhigt und nahm gedankenvoll einen Bissen von seiner Schnitte, die ihm nicht zu munden schien. Er behielt ihn viel länger als sonst im Mund, grübelte dabei eine Weile und schluckte ihn dann wie eine Pille hinunter. Er war eben dabei, erneut abzubeißen, und hatte seinen Kopf gerade in eine gute Angriffsposition gebracht, als sein Blick auf mich fiel und er sah, daß mein Butterbrot weg war.

Das Erstaunen und die Bestürzung, mit der Joe im Abbeißen innehielt und mich anstarrte, waren zu auffällig, als daß sie meiner Schwester hätten entgehen können.

»Was ist nun los?« fragte sie scharf, als sie ihre Tasse absetzte.

»Hör mal, du weißt doch«, murmelte Joe und schüttelte sehr vorwurfsvoll den Kopf. »Pip, alter Junge! Du fügst dir Schaden zu. Irgendwo wird es steckenbleiben. Du kannst es nich gekaut haben, Pip.«

»Was ist *nun* los?« wiederholte meine Schwester, in schärferem Ton als vorher.

»Wenn du ein bißchen raushusten kannst, rat ich dir, es zu tun«, sagte Joe ganz entgeistert. »Sitten sind Sitten, aber deine Gesundheit is deine Gesundheit.«

In diesem Augenblick war meine Schwester ganz rasend, sie stürzte sich auf Joe und schlug, indem sie ihn mit beiden Händen am Backenbart packte, seinen Kopf eine Zeitlang gegen die Wand hinter ihm, während ich in der Ecke saß und schuldvoll zusah.

»Vielleicht wirst du nun sagen, was los ist«, sagte meine

Schwester, ganz außer Atem, »du glotzendes, großes, angestochenes Schwein.«

Joe sah sie hilflos an, dann biß er hilflos ab und schaute wieder auf mich.

»Du weißt, Pip«, sagte Joe feierlich, mit seinem letzten Bissen im Mund und mit so vertraulicher Stimme, als ob wir beide ganz allein wären, »du und ich sind immer Freunde gewesen, und ich bin der letzte, der dich jemals verpetzen würde. Aber so ein« – er rückte seinen Stuhl und sah auf den Fußboden zwischen uns und dann wieder auf mich –, »so ein ungewöhnliches Hinunterschlingen wie das!«

»Hat das Essen verschluckt, was?« schrie meine Schwester.

»Du weißt, alter Junge«, sagte Joe, wobei er mich und nicht Mrs. Joe ansah, den Bissen noch immer in der Backe, »ich hab selber geschlungen, als ich in deinem Alter war, oft, und als Junge bin ich mit vielen Schlingern zusammengewesen, aber wie dich hab ich nie jemand schlingen sehen, 's is 'n Glück, daß du dich nich totgeschluckt hast.«

Meine Schwester bückte sich nach mir, zerrte mich an den Haaren hoch und sagte weiter nichts als die schrecklichen Worte: »Du kommst mit und nimmst was ein.«

Irgendeine Bestie von Mediziner hatte in jenen Tagen Teerwasser als eine gute Arznei wiederentdeckt, und Mrs. Joe bewahrte stets einen Vorrat in ihrem Schrank auf, da sie glaubte, daß die Wirkung mit dem üblen Geschmack übereinstimmte. In meinen besten Zeiten wurde mir so viel von diesem Elixier als auserlesenes Stärkungsmittel verabreicht, daß ich mir vorkam, als röche ich wie ein neuer Gartenzaun. An diesem besonderen Abend erforderte die Dringlichkeit meines Falles eine Pinte von dieser Mixtur, die mir zu meiner großen Erquickung in die Kehle gekippt wurde, während Mrs. Joe meinen Kopf unter ihrem Arm klemmte, als würde ein Stiefel in einen Stiefelknecht geklemmt. Joe kam mit einer halben Pinte davon, wurde aber gezwungen, sie zu schlucken (was ihn sehr störte, denn er saß widerwillig schmatzend und meditierend am

Feuer), weil ihm übel war. Wenn ich von mir ausging, würde ich eher sagen, daß ihm wahrscheinlich eher hinterher schlecht geworden ist, wenn ihm nicht vorher schon so gewesen war.

Das Gewissen ist eine schlimme Sache, wenn es einem Mann oder einem Jungen schlägt. Wenn aber bei einem Jungen diese geheime Last mit einer weiteren geheimen Last unten im Hosenbein zusammentrifft, wird es (ich kann es bezeugen) eine harte Strafe. Das Schuldgefühl, Mrs. Joe zu bestehlen (mir kam nie in den Sinn, daß ich Joe bestahl, weil ich in Verbindung mit dem Haushalt nie an ihn dachte), und dazu die Notwendigkeit, immer eine Hand auf mein Butterbrot zu halten, wenn ich saß oder mit irgendeinem kleinen Auftrag in die Küche geschickt wurde, machten mich bald wahnsinnig. Als dann die Winde von den Marschen her das Feuer zum Flammen und Glühen brachten, glaubte ich draußen die Stimme des Mannes mit der Fußschelle zu hören, der mich zum Schweigen verurteilt und erklärt hatte, daß er nicht bis morgen hungern könne und wolle, sondern gleich etwas zu essen brauche. Ein anderes Mal dachte ich: ›Was ist, wenn der junge Mann, der nur mit großer Mühe daran gehindert worden war, Hand an mich zu legen, von einer maßlosen Ungeduld übermannt wird oder sich in der Zeit irrt und glaubt, schon heute und nicht erst morgen mein Herz und meine Leber holen zu können!‹ Wenn jemals irgendwem vor Angst die Haare zu Berge gestanden haben, dann mir. Vielleicht ist das aber nie jemandem passiert?

Es war Heiligabend, und ich mußte mit einem Kupferstock den Pudding für den nächsten Tag rühren, von sieben bis acht nach der Schwarzwälder Uhr. Ich versuchte es mit der Last an meinem Bein (und das erinnerte mich erneut an den Mann mit der Last an *seinem* Bein) und fand die Bemühung, das Butterbrot aus der Knöchelgegend zu manövrieren, äußerst schwierig. Glücklich entschlüpfte ich und deponierte diesen Teil meines Gewissens in meiner Bodenkammer.

»Hört mal!« sagte ich, als ich mit dem Rühren fertig war

und mich noch einmal in der Kaminecke aufwärmte, bevor ich nach oben ins Bett geschickt wurde, »war das Alarm, Joe?«

»Oh!« sagte Joe. »Da is wieder 'n Sträfling weggelaufen.«

»Was bedeutet das, Joe?« fragte ich.

Mrs. Joe, die Erklärungen immer selbst übernahm, sagte schnippisch: »Entflohen, entflohen.« Und verabreichte die Definition wie Teerwasser.

Während Mrs. Joe über ihre Handarbeit gebeugt saß, formte ich meinen Mund zu der Frage an Joe: »Was ist ein Sträfling?« Joe wiederum formte seinen Mund zu einer so komplizierten Antwort, daß ich außer dem einen Wort »Pip« nichts verstehen konnte.

»Gestern abend is 'n Sträfling weggelaufen«, sagte Joe laut, »nach Sonnenuntergang. Und sie haben seinetwegen einen Warnschuß abgegeben. Und nun scheinen sie wegen eines anderen einen Warnschuß abzugeben.«

»Wer gibt das Signal?« fragte ich.

»Der Teufel soll den Jungen holen!« mischte sich meine Schwester ein und runzelte die Stirn über ihrer Arbeit. »Was für Fragen er stellt. Frag nicht, und du wirst nicht belogen.«

Ich fand, sie war sich selbst gegenüber nicht sehr höflich, als sie durchblicken ließ, daß ich von ihr Lügen zu hören bekäme, falls ich Fragen stellte. Aber sie war niemals höflich, es sei denn, wir hatten Besuch.

Zu diesem Zeitpunkt vergrößerte Joe erheblich meine Neugier, indem er die äußersten Anstrengungen unternahm, seinen Mund recht weit zu öffnen und ihn zu einem Wort zu formen, daß mir wie »ulkig« aussah. Deshalb zeigte ich natürlich auf Mrs. Joe und fragte: »Sie?« Aber Joe wollte davon nichts hören, öffnete wiederum weit seinen Mund und stieß ein äußerst emphatisches Wort hervor. Ich konnte das Wort aber nicht erraten.

»Mrs. Joe«, sagte ich und machte einen letzten Versuch, »ich wüßte gern – wenn Sie nichts dagegen haben –, woher das Signal kommt.«

»Gottes Segen für den Jungen!« rief meine Schwester aus, als ob sie das nicht ganz so meinte, sondern eher das Gegenteil. »Von den Hulks!«

»Oh!« sagte ich und sah Joe an. »Hulks!«

Joe hustete vorwurfsvoll, als wollte er sagen: Na, hab ich dir doch gesagt.

»Und bitte schön, was sind Hulks?« fragte ich.

»So geht das mit diesem Jungen!« rief meine Schwester, zeigte mit Nadel und Faden auf mich und schüttelte den Kopf. »Eine Frage beantwortet man ihm, und sofort stellt er ein Dutzend andere. Hulks sind Gefängnisschiffe, gleich hinter den Maaschen.« In unserer Gegend benutzen wir diesen Namen immer für Marschen.

»Ich möchte wissen, wer auf diese Gefängnisschiffe kommt und warum sie dorthin kommen«, sagte ich unsicher und in stiller Verzweiflung.

Das war zuviel für Mrs. Joe, die sich sofort erhob. »Ich werd dir mal was sagen, junger Freund«, sagte sie, »ich habe dich nicht mit eigner Hand aufgezogen, damit du den Leuten die Seele aus dem Leib quälst. Das wär 'ne Schande und keine Ehre für mich, wenn ich das getan hätte. Leute werden in die Gefängnisschiffe gesteckt, wenn sie morden und wenn sie stehlen und fälschen und alles mögliche Schlechte machen. Und immer fangen sie damit an, indem sie Fragen stellen. Nun aber ins Bett!«

Mir wurde nie gestattet, zum Zubettgehen eine Kerze mitzunehmen, und als ich in der Dunkelheit mit dröhnendem Kopf die Treppe hochstieg (denn Mrs. Joe hatte mit ihrem Fingerhut darauf Tamburin gespielt, um ihre Worte zu unterstreichen), spürte ich die schreckliche Gewißheit, daß die Gefängnisschiffe für mich bestimmt waren. Ich war direkt auf dem Wege dorthin. Ich hatte begonnen, Fragen zu stellen, und ich war im Begriff, Mrs. Joe zu bestehlen.

Seit jener Zeit, die nun lange genug zurückliegt, habe ich oft daran gedacht, daß nur wenige Menschen wissen, wie verschwiegen Jugendliche in ihrer Angst sein können. Ganz gleich, wie unsinnig die Angst auch sein mag, so ist es doch Angst. Ich hatte schreckliche Angst vor dem jungen Mann, der von mir Herz und Leber haben wollte; ich hatte schreckliche Angst vor meinem Gesprächspartner mit der Fußschelle; ich hatte schreckliche Angst vor mir selber, dem ein furchtbares Versprechen abgerungen worden war; ich hatte keine Aussicht auf Hilfe von meiner allmächtigen Schwester, die mich bei jeder Gelegenheit abwies. Ich mag gar nicht daran denken, was ich wohl mit meiner geheimgehaltenen Angst auf eine Forderung hin alles getan hätte.

Wenn ich in jener Nacht überhaupt schlief, dann nur, um mich mit einer gewaltigen Springflut flußabwärts auf die Gefängnisschiffe zutreiben zu sehen, wobei mir, als ich am Pranger vorbeitrieb, ein geisterhafter Pirat durch ein Sprachrohr zurief, daß ich lieber gleich ans Ufer kommen und mich hängen lassen sollte, anstatt es aufzuschieben. Ich fürchtete mich davor zu schlafen, selbst wenn ich todmüde gewesen wäre, denn ich wußte, daß ich beim ersten Morgengrauen die Speisekammer plündern mußte. Das konnte ich nicht bei Nacht erledigen, weil das Licht nicht durch einfache Reibung erzeugt werden konnte; um welches zu erhalten, hätte ich es aus Feuerstein und Stahl herausschlagen und dabei solchen Lärm machen müssen wie der Pirat, der mit seinen Ketten rasselte.

Sobald der große schwarze Samtvorhang vor meinem kleinen Fenster graugesprenkelt wurde, stand ich auf und ging die Treppe hinab, wobei jede Diele auf meinem Weg und jede Spalte in jeder Diele hinter mir herrief: »Haltet den Dieb!« und »Stehen Sie auf, Mrs. Joe!« In der Speisekammer, die wegen des Weihnachtsfestes viel reichhaltiger als sonst gefüllt war, wurde ich heftig durch einen Hasen erschreckt, der an den Hinterpfoten aufgehängt war. Als ich mich halb umwandte, schien er mir sogar noch zuzublinzeln. Ich hatte keine Zeit zum Prüfen, keine Zeit zum Auswählen, keine Zeit, überhaupt etwas zu tun, denn ich hatte keine Zeit zu verlieren. Ich stahl etwas Brot, etwas Käserinde, ein halbes Weckglas voll Hackfleisch (das ich in mein Taschentuch zu der Schnitte vom Abend einband), etwas Branntwein aus einer Steinkruke (füllte ihn in eine Glasflasche um, die ich heimlich dazu benutzt hatte, oben in meiner Kammer jene berauschende Flüssigkeit, das spanische Lakritzenwasser, herzustellen, und ergänzte den Inhalt der Steinkruke aus einem Krug im Küchenschrank), einen Fleischknochen mit wenig Fleisch dran und eine schöne, runde, feste Schweinefleischpastete. Beinahe wäre ich ohne die Pastete losgegangen, aber es reizte mich, auf ein Regal zu steigen und nachzuschauen, was da wohl so sorgfältig verborgen in einer zugedeckten Steingutschüssel in der Ecke stand, und was ich fand, war die Pastete. Ich nahm sie, in der Hoffnung, daß sie nicht zum baldigen Verbrauch bestimmt war und nicht so schnell vermißt werden würde.

Von der Küche aus führte eine Tür zur Schmiede. Ich riegelte diese Tür auf und fand unter Joes Werkzeugen eine Feile. Dann richtete ich die Riegel so, wie ich sie vorgefunden hatte, öffnete die Tür, zu der ich hereingekommen, als ich am Abend zuvor nach Hause gerannt war, schloß sie wieder und lief zu den nebligen Marschen.

3. Kapitel

An jenem Morgen war alles bereit und sehr feucht. Ich hatte die Feuchtigkeit schon draußen an meinem kleinen Fenster gesehen, als hätte sich dort die ganze Nacht über ein Kobold ausgeweint und die Scheibe als Taschentuch benutzt. Nun sah ich die Feuchtigkeit auf den kahlen Hecken und dem spärlichen Gras wie ein grobgewebtes Spinnetz liegen, das sich von Zweig zu Zweig und von Blatt zu Blatt spannte. Auf jedem Geländer und jedem Zaun lag die Nässe, und der Nebel von den Marschen war so dick, daß ich den hölzernen Wegweiser, der den Leuten den Weg zu unserem Dorf zeigte, in das sich jedoch niemand verirrte, nicht erkennen konnte, bis ich dicht unter ihm stand. Als ich dann zu ihm aufschaute, während es herabtropfte, wirkte er auf meine bedrängte Seele wie ein Geist, der mich zu den Hulks verfluchte.

Der Nebel wurde noch dichter, je näher ich den Marschwiesen kam. So hatte ich den Eindruck, als ob nicht ich auf etwas zurannte, sondern als ob etwas auf mich zugerannt kam. Das war besonders für einen Schuldbeladenen unangenehm. Die Tore, Deiche und Wälle tauchten plötzlich im Nebel vor mir mit dem unmißverständlichen Ruf auf: »Ein Junge mit gestohlener Schweinefleischpastete! Haltet ihn!« Das Weidevieh trat unerwartet auf mich zu, starrte mich an und blies durch die Nüstern: »He, junger Dieb!« Ein schwarzer Ochse mit weißer Krawatte – der dadurch für mein aufgewühltes Gewissen einen Anflug von einem Geistlichen hatte – fixierte mich so unablässig mit seinen Blicken und bewegte sein stumpfsinniges Haupt mit so anklagender Gebärde, als ich mich umdrehte, daß ich schluchzend zu ihm sagte: »Ich konnte nicht anders, Sir! Ich hab es nicht für mich weggenommen!«, woraufhin er seinen Kopf senkte, eine Dampfwolke aus der Nase stieß und mit einem Ausschlagen seiner Hinterbeine und einem Schwanzwedeln verschwand.

Die ganze Zeit über lief ich zum Fluß hin, aber so schnell ich auch rannte, meine Füße wurden nicht warm. Die feuchte Kälte schien meinen Füßen anzuhaften wie die Fußschellen dem Mann, den ich jetzt treffen wollte. Ich kannte den Weg zur Batterie, immer geradeaus, denn ich war eines Sonntags mit Joe dagewesen. Und Joe hatte auf einer alten Kanone gesessen und mir versprochen, daß wir dort viel Spaß haben würden, wenn ich erst einmal sein Lehrling sei. Doch infolge des Nebels war ich zu weit nach rechts abgekommen und mußte deshalb zurück – am Fluß entlang, an der Böschung mit dem Kies über dem Schlamm und den Pfählen, die die Flut abhalten. Als ich mich in großer Eile vorwärtsbewegte –

ich hatte gerade einen Graben überquert, von dem ich wußte, daß er in der Nähe der Batterie war, und war gerade den Damm hinter dem Graben hinaufgekrabbelt –, sah ich den Mann vor mir sitzen. Er wandte mir den Rücken zu, saß mit verschränkten Armen und kippte im Schlaf immer nach vorn über.

Ich dachte, ich könnte ihn erfreuen, wenn ich mit dem Frühstück plötzlich vor ihm stünde; deshalb trat ich leise heran und tippte ihm auf die Schulter. Er sprang sofort auf, aber es war nicht derselbe Mann, sondern ein anderer!

Auch dieser Mann trug grobe Leinensachen und hatte eine Fußschelle und war lahm und heiser und durchgefroren; er glich in jeder Beziehung dem anderen Mann, bloß daß er ein anderes Gesicht hatte und einen flachen, breitkrempigen Fellhut aufhatte. All das nahm ich nur kurz wahr, denn ich hatte nur einen Moment Zeit dazu. Er fluchte, holte nach mir aus – es war ein schwacher Schlag, der mich verfehlte und ihn selbst beinahe umriß, weil er dabei stolperte – und rannte dann in den Nebel hinein, strauchelte dabei noch zweimal, und ich verlor ihn aus den Augen.

›Das ist der junge Mann!‹ dachte ich und fühlte einen Schmerz in der Herzgegend, als ich ihn erkannte. Ich hätte auch Schmerzen in der Leber gespürt, wenn ich gewußt hätte, wo sie liegt.

Bald war ich bei der Batterie, und dort wartete der rechte Mann auf mich, sich selbst umschlingend und hin und her humpelnd. Er schien die ganze Nacht hindurch so auf und ab gegangen zu sein. Offensichtlich war ihm schrecklich kalt. Ich vermutete fast, er würde vor meinen Augen umfallen und vor Kälte sterben. Seine Augen blickten so furchtbar gierig vor Hunger, daß es mir vorkam, als hätte er die Feile, die ich ihm gab und die er ins Gras legte, zu essen versucht, wenn er nicht mein Bündel entdeckt hätte. Diesmal stellte er mich nicht kopf, sondern ließ mich das Bündel öffnen und die Taschen auskramen.

»Was is in der Flasche, Junge?« fragte er.

»Brandy«, sagte ich.

Das Hackfleisch schluckte er bereits in einer äußerst merkwürdigen Weise hinunter – mehr wie einer, der in Eile schlingt, als einer, der es verzehrt –, aber er ließ davon ab, um einen Schluck Schnaps zu nehmen. Die ganze Zeit über zitterte er so heftig, daß er nur noch den Flaschenhals zwischen die Zähne nehmen konnte, ohne ihn jedoch abzubeißen.

»Ich glaube, Sie haben Fieber«, sagte ich.

»Ich glaube auch, Junge«, sagte er.

»Es ist nicht gut hier draußen«, sagte ich zu ihm. »Sie haben auf den Maaschen gelegen, und die rufen Fieber hervor. Auch Rheuma.«

»Ich werde noch frühstücken, bevor sie mich umbringen«, sagte er. »Ich würd das sogar machen, wenn ich nachher an dem Galgen da drüben aufgeknüpft werden sollte. So lange werd ich schon den Schüttelfrost unterdrücken, das versprech ich dir.«

Er verschlang das Hackfleisch, den Fleischknochen, Brot, Käse und die Schweinefleischpastete, alles auf einmal, und starrte dabei mißtrauisch in den Nebel um uns; oftmals hielt er im Kauen inne, um zu lauschen. Jedes wirkliche oder eingebildete Geräusch, jedes Klirren vom Fluß her oder das Atmen der Tiere auf der Marsch ließen ihn zusammenfahren, und er fragte plötzlich:

»Bist du auch kein Betrüger? Hast du auch keinen mitgebracht?«

»Nein, Sir, bestimmt nicht!«

»Auch keinem den Tip gegeben, dir zu folgen?«

»Nein!«

»Gut«, sagte er, »ich glaube dir. Du wärst ja wirklich schon ein fieser Schurke, wenn du in deinem Alter helfen würdest, einen elenden Wurm zu jagen, der bis zum Umfallen gehetzt wird.«

Es klickte in seiner Kehle, als hätte er so etwas wie eine Uhr darin, die gleich schlagen wollte. Und mit seinem zerlumpten Ärmel wischte er sich über die Augen.

Mir tat seine Verlassenheit leid, und als er sich allmählich über die Schweinefleischpastete hermachte, wagte ich, ihn anzusprechen: »Es freut mich, daß sie Ihnen schmeckt.«

»Hast du was gesagt?«

»Ja, ich sagte, ich bin froh, daß sie Ihnen schmeckt.«

»Ja, danke, mein Junge.«

Ich hatte oft einen unserer großen Hunde beim Fressen beobachtet; jetzt stellte ich eine verblüffende Ähnlichkeit zwischen dem Hund und diesem Mann fest. Der Mann nahm kräftige, hastige Bissen, genau wie der Hund. Er schlang, ja schnappte beinahe nach jedem Bissen viel zu hastig und blickte während des Essens nach allen Seiten, als ob die Gefahr bestünde, daß jemand käme und die Pastete wegnähme. Er war überhaupt zu unruhig, um sie gebührend zu genießen, fand ich, oder jemanden beim Essen bei sich zu haben, ohne nach dem Zuschauer zu schnappen. In all diesen Einzelheiten war er dem Hund sehr ähnlich.

»Ich fürchte, Sie lassen nichts mehr für ihn übrig«, sagte ich zaghaft nach einer Pause, in der ich mit der Bemerkung gezögert hatte. »Es ist auch nichts mehr zu holen.« Die Gewißheit dieses Umstandes bewog mich zu diesem Hinweis.

»Übriglassen für ihn? Wen meinst du damit?« fragte mein Freund und hörte auf, an der Pastetenkruste zu knabbern.

»Den jungen Mann, von dem Sie gesprochen haben. Der sich mit Ihnen versteckt hatte.«

»Ach so«, entgegnete er mit einem heiseren Auflachen. »Für ihn? Ja, ja, er will nichts zu essen.«

»Ich fand aber, daß er so aussah«, sagte ich.

Der Mann hörte auf zu kauen und sah mich durchdringend und äußerst überrascht an.

»Sah so aus? Wann?«

»Na eben.«

»Wo?«

»Da drüben«, zeigte ich, »wo er im Sitzen schlief und ich glaubte, Sie wären es.«

Er packte mich am Kragen und starrte mich so an, daß ich dachte, er wolle seinen früheren Plan, mir die Kehle durchzuschneiden, wahr machen.

»Angezogen wie Sie, wissen Sie, nur mit einem Hut«, erklärte ich zitternd, »und – und«, ich war bemüht, das taktvoll anzudeuten, »er brauchte aus demselben Grund wie Sie eine Feile. Haben Sie nicht gestern abend das Signal gehört?«

»Dann wurde also doch geschossen!« sagte er zu sich selbst.

»Ich wundere mich, wie Sie daran zweifeln konnten«, entgegnete ich, »denn wir haben das bis zu uns gehört, und das ist weiter weg, und dabei waren wir noch drinnen im Haus.«

»Ja, sieh mal«, sagte er, »wenn jemand mit wirrem Kopf und leerem Magen auf diesem Flachland allein is und vor Kälte und Hunger umkommt, hört er die ganze Nacht durch nichts anderes als Schüsse und Stimmen. Hört? Er sieht, wie er von den Soldaten in ihren roten, vom Fackelschein angeleuchteten Mänteln umzingelt wird. Hört seine Kennummer, hört sich angerufen, hört das Klirren der Musketen, hört die Befehle: Achtung! Legt an! Haltet ihn fest im Visier, Leute!, und er wird festgenommen – und dann is gar nichts! Ich habe gestern abend nich nur einen Verfolgungstrupp in Marschordnung kommen sehen – verflucht sei ihr Getrampel –, ich sah gleich Hunderte. Und was die Schüsse angeht. Nun, ich sah, wie der Nebel vom Geschützdonner aufgerissen wurde, bis es heller Tag war. – Aber dieser Mann«, er hatte das alles gesagt, als ob er meine Anwesenheit völlig vergessen hätte, »hast du irgend etwas an ihm bemerkt?«

»Er hatte ein arg zugerichtetes Gesicht«, sagte ich und rief mir Dinge ins Gedächtnis zurück, die ich kaum wahrgenommen hatte.

»Etwa hier?« rief der Mann und schlug sich mit der flachen Hand recht unsanft auf die linke Backe.

»Ja, dort!«

»Wo steckt er?« Er stopfte das wenige übriggebliebene Essen in die Brusttasche seiner grauen Jacke. »Zeig mir, wo er langgegangen ist. Ich werde ihn niedermachen wie einen Bluthund. Verfluchte Kette an meinem wunden Bein! Her mit der Feile, Junge.«

Ich zeigte in die Richtung, in der der andere Mann im Nebel verschwunden war, und er blickte für einen kurzen Augenblick hoch. Er saß im feuchten Gras und feilte wie ein Besessener an seinem Eisen; dabei achtete er weder auf mich noch auf sein Bein, das an einer Stelle durchgescheuert und blutig war, mit dem er aber so grob umging, als wäre dort nicht mehr Gefühl drin als in der Feile. Ich fürchtete mich wieder vor ihm, als er sich so verbissen mühte, und ebenso hatte ich Angst, noch länger von zu Hause wegzubleiben. Ich sagte ihm, daß ich gehen müßte, aber er nahm keine Notiz davon. So hielt ich es für das beste, mich fortzustehlen. Als letztes sah ich von ihm, wie er den Kopf über das Knie beugte und mühsam an seiner Fessel feilte und Flüche auf die Kette und sein Bein murmelte. Und als letztes hörte ich von ihm, als ich in den Nebel hineinlauschte, sein Feilen.

4. Kapitel

Ich war darauf gefaßt, daß ein Polizist in der Küche bereits auf mich wartete, um mich festzunehmen. Aber es war nicht nur kein Polizist da, sondern mein Diebstahl war noch nicht einmal entdeckt worden. Mrs. Joe war stark damit beschäftigt, das Haus für die Feierlichkeiten des Tages herzurichten, und Joe war vor die Küchentür befördert worden, um ihn der Kehrichtschaufel fernzuhalten – dieses Schicksal ereilte ihn immer früher oder später, wenn meine Schwester die Fußböden ihrer Wohnung bearbeitete.

»Wo zum Kuckuck hast du gesteckt?« lautete Mrs. Joes Weihnachtsgruß, als ich und mein Gewissen eintraten.

Ich sagte, ich hätte mir die Weihnachtslieder angehört. »Nun gut«, bemerkte Mrs. Joe. »Du hättest Schlimmeres machen können.« ›Wie wahr‹, dachte ich.

»Wenn ich nicht die Frau von 'nem Schmied und (was dasselbe ist) 'ne Sklavin wär, die ewig die Schürze umhat, hätte ich mir die Weihnachtslieder auch angehört«, sagte Mrs. Joe. »Ich hab 'ne besondere Vorliebe für Weihnachtslieder, und das ist der beste Grund dafür, daß ich mir nie welche anhöre.«

Joe, der sich nach mir in die Küche gewagt hatte, nachdem die Kehrichtschaufel zur Ruhe gekommen war, strich sich mit dem Handrücken harmlos über die Nase, als ihm Mrs. Joe einen Blick zuwarf. Doch als sie ihren Blick abwandte, kreuzte Joe heimlich seine beiden Zeigefinger und zeigte sie mir als Symbol für Mrs. Joes schlechte Laune. Das war so oft ihr Normalzustand, daß Joe und ich oftmals wochenlang mit unseren gekreuzten Fingern wie die Kreuzritter dastanden.

Wir sollten eine erlesene Mahlzeit zu uns nehmen: gepökelten Schweineschinken, Gemüse und zwei gefüllte Brathühner. Eine schmackhafte Hackfleischpastete war schon am vorhergehenden Morgen zubereitet worden (was erklärte, daß das Hackfleisch noch nicht vermißt wurde), und der Pudding war im Entstehen. Diese umfangreichen Vorbereitungen führten dazu, daß wir in bezug auf das Frühstück recht kurzgehalten wurden, »denn ich werd jetzt nicht viel Wind machen und euch vollstopfen und lange abwaschen, bei dem, was mir noch bevorsteht, das sag ich euch!«.

So wurden uns die Schnitten verabreicht, als ob wir zweitausend Mann bei einem Gewaltmarsch wären und nicht ein Mann und ein Junge zu Hause. Mit reumütiger Miene schluckten wir Milch und Wasser aus einem Krug im Küchenschrank. Währenddessen hängte Mrs. Joe saubere, weiße Gardinen an und befestigte einen neuen geblümten Volant an Stelle des alten quer über dem breiten Kamin. Sie gab die gute Stube gegenüber dem Flur frei, was sonst zu keiner anderen

Gelegenheit geschah und die den Rest des Jahres in einem kühlen Schleier von Silberpapier zubrachte. Das gleiche galt für die vier kleinen, weißen Steingutpudel auf dem Sims, jeder mit einer schwarzen Nase und einem Blumenkorb in der Schnauze, einer des anderen Ebenbild. Mrs. Joe war eine sehr reinliche Hausfrau, hatte aber die besondere Gabe, ihre Reinlichkeit zu einem größeren Übel als den Schmutz zu machen. Sauberkeit steht Frömmigkeit nahe, und manche Leute behandeln ihre Religion genauso.

Da meine Schwester so viel zu tun hatte, ging sie nur durch Stellvertreter zur Kirche, das heißt, Joe und ich gingen. In seiner Arbeitskleidung wirkte Joe kräftig und wie ein typischer Schmied, in seinen Sonntagssachen dagegen eher wie eine aufgeputzte Vogelscheuche. Nichts, was er anhatte, schien ihm zu passen oder zu gehören, und alles war ihm zu eng. Auch zu diesem festlichen Anlaß trat er, als die Glocken fröhlich zu läuten begannen, aus dem Zimmer und bot in seinem schwarzen Sonntagsstaat ein Bild des Elends. Was mich betrifft, so muß meine Schwester mich für einen jungen Missetäter gehalten haben, den ein Geburtshelfer in Gestalt eines Polizisten (an meinem Geburtstag) aufgelesen und ihr übergeben hat, damit sie ihn im Sinne einer beleidigten Gesetzlichkeit behandele. Ich wurde stets behandelt, als ob ich darauf bestanden hätte, allen Geboten der Vernunft, Religion und Moral und den abratenden Stimmen meiner besten Freunde zum Trotz geboren zu werden. Selbst wenn ich einen neuen Anzug bekam, erhielt der Schneider den Befehl, ihn wie eine Art Zwangsjacke zu nähen und mir auf keinen Fall darin Bewegungsfreiheit zu lassen.

Es muß für mitfühlende Seelen ein rührendes Bild gewesen sein, Joe und mich zur Kirche gehen zu sehen. Was ich äußerlich litt, war jedoch nichts im Vergleich zu dem, was in meinem Inneren vorging. Die Ängste, die ich jedesmal durchlitt, wenn sich Mrs. Joe der Speisekammer näherte oder den Raum verließ, waren nur mit den Gewissensbissen vergleichbar, die mich sonst wegen meiner Missetaten quälten. Unter der Last meines schrecklichen Geheimnisses sann ich darüber nach, ob die Kirche mächtig genug wäre, mich vor der Rache des schrecklichen jungen Mannes zu bewahren, falls ich mich dort offenbaren würde. Ich erwog den Gedanken, in dem Moment, da die Aufgebote verlesen werden und der Geistliche sagt: »Nun könnt Ihr Eure Meinung kundtun!«, aufzustehen und um ein vertrauliches Gespräch in der Sakristei zu bitten. Dabei bin ich gar nicht einmal sicher, ob ich mit diesem außergewöhnlichen Ansinnen unsere kleine Gemeinde in Erstaunen versetzt hätte, denn es war ja Weihnachten und kein gewöhnlicher Sonntag.

Mr. Wopsle, der Kirchenvorsteher, war zu Tisch geladen, desgleichen Mr. Hubble, der Stellmacher, und Mrs. Hubble sowie Onkel Pumblechook (Joes Onkel, aber Mrs. Joe nahm ihn für sich in Anspruch), der ein wohlhabender Getreidehändler in der nächsten Stadt war und seinen eigenen Kutschwagen fuhr. Das Essen war für halb zwei vorgesehen. Als Joe und ich nach Hause kamen, war der Tisch gedeckt, Mrs. Joe umgezogen, das Essen angerichtet und die Eingangstür für die Gäste geöffnet (was sonst nie der Fall war), und alles war bestens. Und noch immer kein Wort vom Diebstahl.

Die Zeit verging, ohne meinen Gewissensqualen Erleichterung zu verschaffen, und die Gäste trafen ein. Mr. Wopsle, der mit einer römischen Nase und einer großen, glänzenden Glatze versehen war, hatte eine tiefe Stimme, auf die er ungemein stolz war. In seiner Bekanntschaft vertrat man die Meinung, daß er den Geistlichen übertreffen würde, wenn ihm dazu freie Hand gelassen würde. Er verkündete selbst voller Zuversicht, er würde sich einen Namen machen, falls sich die Kirche dem Konkurrenzkampf »weit öffnete«. Da sich aber die Kirche nicht »weit öffnete«, war er, wie gesagt, unser Kirchenvorsteher. Er strafte die Amen fürchterlich, und wenn er den Psalm verkündete – immer den ganzen Vers –, blickte er zunächst in der Gemeinde um sich, als wollte er sagen: »Ihr habt unseren Freund da oben vernommen; teilt mir eure Meinung zu diesem Stil mit!«

Ich öffnete den Gästen die Tür (und erweckte den Eindruck, daß es bei uns üblich wäre, diese Tür zu öffnen); zuerst öffnete ich Mr. Wopsle die Tür, dann Mr. und Mrs. Hubble und zum Schluß Onkel Pumblechook. Mir war es übrigens bei Androhung schwerster Strafen verboten, ihn Onkel zu nennen.

»Mrs. Joe«, sagte Onkel Pumblechook, ein großer, schweratmender, langsamer Mann in mittleren Jahren, mit einem Fischmaul, einfältig dreinblickenden Augen und sandfarbenem Haar, das wie eine Bürste in die Höhe stand, so daß er aussah, als ob er am Ersticken gewesen und gerade zu sich gekommen wäre, »ich habe Ihnen als Weihnachtsgeschenk – ich habe Ihnen, Madam, eine Flasche Cherry mitgebracht und außerdem, Madam, eine Flasche Portwein.«

An jedem Weihnachtstag stellte er sich mit genau denselben Worten ein, als wäre das etwas ganz Neues, und trug die beiden Flaschen wie Hanteln. An jedem Weihnachtstag antwortete Mrs. Joe, wie sie es jetzt tat: »Ach, On-kel Pumble-chook, ist das aber nett!« An jedem Weihnachtstag erwiderte er: »Es ist nur recht und billig. Na, seid ihr alle wohlauf, und wie geht's unserem Dreikäsehoch?«, womit er mich meinte.

Wir aßen bei diesem Anlaß in der Küche und gingen in die gute Stube hinüber, um Nüsse, Apfelsinen und Äpfel zu naschen, was ein Unterschied war wie Joe in seiner Arbeitskluft und Joe im Sonntagsstaat. Meine Schwester war heute ungewöhnlich lebhaft und überhaupt in Mr. Hubbles Gegenwart wesentlich freundlicher als vor anderen Gästen. Ich habe Mrs. Hubble als eine kleine Person in Himmelblau mit Löckchen in Erinnerung, die sich nach wie vor jugendlich gab, weil sie Mr. Hubble geheiratet hatte – ich weiß nicht, in welch fernen Zeiten –, als sie viel jünger war als er. An Mr. Hubble erinnere ich mich als einen zähen, gebeugten alten Mann mit hochgezogenen Schultern, mit dem Geruch von Sägemehl und so stark gekrümmten Beinen, daß ich als kleiner Bursche immer durch sie hindurch Ausblick auf ein ordentliches Stück freies Gelände hatte, wenn ich ihn die Straße entlangkommen sah.

In dieser feinen Gesellschaft hätte ich mich fehl am Platze gefühlt, auch wenn ich nicht die Speisekammer ausgeraubt hätte. Nicht, weil ich im spitzen Winkel zum Tischtuch eingezwängt war, mit dem Tisch an der Brust und Pumblechooks Ellbogen in meinem Auge; auch nicht, weil mir nicht gestattet war zu sprechen (ich wollte gar nicht sprechen) oder weil ich mit den schäbigen Resten der Geflügelkeulen bewirtet wurde, beziehungsweise mit jenen unbedeutenden Teilen vom Schwein, auf die es sich in lebendem Zustand nichts einzubilden brauchte. Nein, das alles hätte mich nicht gestört, wenn sie mich nur allein gelassen hätten. Aber sie wollten mich nicht allein lassen. Sie schienen es für eine verpaßte Gelegenheit zu halten, wenn sie nicht die Unterhaltung hin und wieder auf mich lenkten und mich piesackten. Ich kam mir vor wie ein kleiner, unglücklicher Stier in einer spanischen Arena, so wie ich von diesen Stachelstöcken der Moral gepeinigt wurde.

Schließlich setzten wir uns zu Tisch. Mr. Wopsle sprach mit theatralischem Pathos das Tischgebet – wie mir heute scheint, in einer Art religiöser Kreuzung aus Hamlets Geist und Richard III. – und beschloß es mit dem innigen Wunsch, daß wir dankbar sein mögen. Woraufhin mich meine Schwester scharf anblickte und in vorwurfsvollem Ton sagte: »Hörst du? Sei dankbar.«

»Junge«, sagte Mr. Pumblechook, »sei besonders denen gegenüber dankbar, die dich mit eigner Hand aufgezogen haben.«

Mrs. Hubble schüttelte den Kopf und fragte, indem sie mich mit der düsteren Vorahnung, daß aus mir nichts Gescheites werde, betrachtete: »Wie kommt das bloß, daß die

Jugend nie dankbar ist?« Dieses moralische Rätsel schien für die Gäste zu schwer zu sein, bis es dann Mr. Hubble kurz und knapp löste: »Von Natur aus verdorben.« Alle murmelten »Stimmt!« und sahen mich dabei besonders unfreundlich und anzüglich an.

Joes Position und Einfluß (falls überhaupt vorhanden) waren in Gegenwart von Besuch etwas schwächer als sonst. Immer aber half er mir und tröstete mich, wenn er konnte, in der ihm eigenen Weise, und zwar versorgte er mich bei den Mahlzeiten ständig mit Soße, sofern welche da war. Da es heute reichlich Soße gab, löffelte Joe an diesem Punkt über eine halbe Pinte auf meinen Teller.

Im weiteren Verlauf der Mahlzeit kritisierte Mr. Wopsle die Predigt in aller Schärfe und deutete an, welcherart *seine* Predigt gewesen wäre (dabei ging er von der Hypothese aus, daß sich die Kirche »weit öffnen« werde). Nachdem er sie mit einigen Hauptpunkten seiner Darlegungen vertraut gemacht hatte, bemerkte er, daß er das Thema der heutigen Predigt für falsch ausgewählt hielt, was um so weniger entschuldbar sei, als, wie er hinzufügte, so viele Themen »auf der Straße lägen«.

»Stimmt genau«, sagte Onkel Pumblechook. »Sie haben den Nagel auf den Kopf getroffen, Sir! Eine Menge Themen liegen bereit, die nur aufzugreifen sind. Das wär nötig. Man braucht nicht lange auf ein Thema zu warten, wenn man es nur sehen will.« Nach kurzem Nachdenken fügte Mr. Pumblechook hinzu: »Sehen Sie sich nur das Schweinefleisch an. Schon haben Sie ein Thema! Wenn Sie ein Thema suchen, dann gucken Sie sich das Schwein an!«

»Wahrhaftig, Sir. Viele Lehren kann die Jugend aus diesem Text ziehen«, erwiderte Mr. Wopsle, und ich wußte, daß er das auf mich münzte.

(»Hör gut zu«, sagte meine Schwester während einer Pause zu mir.)

Joe gab mir noch etwas Soße.

»Das Schwein«, fuhr Mr. Wopsle in seiner tiefsten Stimme

fort und zeigte mit seiner Gabel auf mich errötendes Wesen, als habe er mich beim Vornamen genannt, »das Schwein war der Gefährte der Verschwender. Die Gefräßigkeit des Schweins wird uns als ein Beispiel für die Jugend vorgeführt.« (Das traf, fand ich, auf ihn zu, der das Schweinefleisch als so fett und saftig gepriesen hatte.) »Was an einem Schwein verabscheuungswert ist, ist erst recht an einem Jungen verabscheuungswert.«

»Oder an einem Mädchen«, äußerte Mr. Hubble.

»Oder an einem Mädchen, selbstverständlich, Mr. Hubble«, pflichtete Mr. Wopsle ziemlich gereizt bei, »aber unter uns ist kein Mädchen.«

»Außerdem«, sagte Mr. Pumblechook und wandte sich jäh an mich, »denke daran, wofür du dankbar sein mußt. Wenn du als Ferkel auf die Welt gekommen wärst . . .«

»Wenn ein Kind jemals als ein Ferkel auf die Welt gekommen ist«, sagte meine Schwester sehr nachdrücklich, »dann ist *er* es.«

Joe gab mir noch etwas Soße.

»Ja, aber ich meine ein vierbeiniges Ferkel«, sagte Mr. Pumblechook. »Wenn du als so eins auf die Welt gekommen wärst, könntest du dann hier sein? Du . . .«

»Höchstens in dieser Gestalt«, sagte Mr. Wopsle und wies mit dem Kopf auf die Bratenplatten hin.

»Aber ich meine doch nicht in dieser Form, Sir«, erwiderte Mr. Pumblechook, der es nicht leiden konnte, wenn man ihn unterbrach. »Ich meine, daß er sich mit den Älteren und den ihm Überlegenen unterhält und sich durch ihre Unterhaltung vervollkommnet und im Luxus schwimmt. Könnte er das sonst? Nein. Und was wäre dein Schicksal gewesen?« wandte er sich wieder an mich. »Du wärst zum Marktpreis verkauft worden, und Dunstable, der Fleischer, wäre zu dir in den Stall gekommen, hätte dich vom Stroh aufgehoben und dich unter seinen linken Arm geklemmt und mit dem rechten seinen Kittel hochgestreift, um aus der Jackentasche ein Messer zu ziehen, und er hätte dein Blut vergossen und dir das Leben geraubt. Also kein Aufziehen mit eigner Hand. Kein Stück!«

Joe bot mir noch etwas Soße an, die ich mir aber nicht zu nehmen traute.

»Er hat Ihnen eine Menge Sorgen bereitet, Madam«, bemitleidete Mrs. Hubble meine Schwester.

»Sorgen?« wiederholte meine Schwester, »Sorgen?« Und dann folgte eine fürchterliche Aufzählung aller Krankheiten, an denen ich schuld gewesen war, aller schlaflosen Nächte, die ich verbrochen hatte, aller hohen Gegenstände, von denen ich heruntergefallen war, aller Löcher, in die ich hineingestürzt war, aller Verletzungen, die ich mir zugezogen hatte, und all der Momente, in denen sie mich ins Grab gewünscht hatte, wogegen ich mich jedoch hartnäckig gewehrt hatte.

Ich glaube, daß sich die Römer mit ihren Nasen gegenseitig sehr gereizt haben. Vielleicht sind sie darum zu solch einem ruhelosen Volk geworden. Jedenfalls hat mich Mr. Wopsles römische Nase dermaßen geärgert, als meine Vergehen aufgezählt wurden, daß ich ihn am liebsten daran gezogen hätte, bis ihm Hören und Sehen vergangen wäre. Aber alles, was ich bis zu diesem Zeitpunkt ausgehalten hatte, war nichts im Vergleich zu den schrecklichen Gefühlen, die mich beschlichen, als die Pause nach der Aufzählung durch meine Schwester unterbrochen wurde und mich jeder mit Entrüstung und Abscheu (dessen war ich mir schmerzlich bewußt) anstarrte.

»Trotzdem«, sagte Mr. Pumblechook und führte die Gesellschaft wieder sanft auf das Thema zurück, von dem sie abgeschweift war, »gekochtes Schweinefleisch ist auch nahrhaft, nicht?«

»Trink ein Schlückchen Branntwein, Onkel«, sagte meine Schwester.

Du lieber Himmel, das mußte ja kommen! Er würde ihn schwach finden, würde sagen, daß er schwach ist, und ich wäre verloren! Ich hielt mich mit beiden Händen unter der Tischdecke am Tischbein fest und erwartete mein Schicksal.

Meine Schwester ging nach der Steinkruke, kam damit zurück und goß den Branntwein ein. Sonst trank keiner. Der unglückselige Mann spielte mit seinem Glas – er hob es hoch, hielt es gegen das Licht, setzte es ab – und verlängerte meine Qual. Währenddessen machten Mrs. Joe und Joe flink den Tisch für die Schweinefleischpastete und den Pudding frei.

Ich konnte den Blick nicht von ihm wenden. Noch immer klammerte ich mich mit Händen und Füßen ans Tischbein und sah, wie das unglückliche Geschöpf das Glas spielerisch drehte, es hochnahm, lächelte, den Kopf zurückwarf und den Branntwein austrank. Gleich darauf wurde die Runde von unbeschreiblicher Bestürzung erfaßt, da er aufsprang, sich mehrere Male mit erschreckenden, krampfartigen Bewegungen, wie von Keuchhusten geschüttelt, wand und zur Tür hinausstürzte. Dann sah man durch das Fenster, wie er sich gewaltsam nach vorn beugte und ausspie, dabei die häßlichsten Grimassen zog und offensichtlich nicht ganz bei Sinnen war.

Ich hielt mich fest, während Mrs. Joe und Joe zu ihm hinrannten. Ich wußte zwar nicht, wie ich es angestellt hatte, aber es bestand kein Zweifel darüber, daß ich ihn irgendwie getötet hatte. Es war in meiner schrecklichen Situation eine Erlösung, als er zurückgebracht wurde, die Anwesenden der Reihe nach ansah, als wären *sie* ihm nicht bekommen, und auf seinen Stuhl sank.

»Teer!« stieß er hervor.

Ich hatte die Flasche mit Teerwasser aufgefüllt. Ich wußte, daß es ihm in nächster Zeit noch schlechter gehen würde. Wie ein Medium, von dem heute die Rede ist, bewegte ich den Tisch durch die Kraft, mit der ich ihn festhielt.

»Teer!« rief meine Schwester verwundert. »Wie ist dort bloß Teer reingekommen?«

Onkel Pumblechook, der in dieser Küche die Hauptperson war, wollte nichts von diesem Wort und nichts von diesem Thema hören, winkte nur gebieterisch ab und verlangte nach heißem Gin mit Wasser. Meine Schwester, die verdächtig nachdenklich wurde, war vollauf damit beschäftigt, den Gin, heißes Wasser, Zucker und die Zitronenschale zu holen und alles zu mixen. Zumindest in dieser Zeit war ich sicher. Ich hielt mich noch am Tischbein fest, doch umklammerte es nun mit inbrünstiger Dankbarkeit.

Allmählich wurde ich ruhig genug, um meinen Griff zu lockern und den Pudding mitzuessen. Der Gang war beendet, und Mr. Pumblechook hatte unter der wunderbaren Wirkung von Gin mit Wasser zu strahlen begonnen. Ich glaubte mich über den Tag zu retten, als meine Schwester zu Joe sagte: »Saubere Teller – Kaltes.«

Ich umklammerte sofort wieder das Tischbein und preßte es an meine Brust, als wäre es mein Freund und Seelentröster. Ich sah voraus, was kommen würde, und spürte, daß ich diesmal hoffnungslos verloren war.

»Sie müssen kosten«, sagte meine Schwester, in ihrer größten Freundlichkeit an die Gäste gewandt, »Sie müssen zum Abschluß Onkel Pumblechooks herrliches und köstliches Geschenk kosten!«

Müssen sie! Laß sie nicht erst darauf hoffen!

»Es ist nämlich eine Pastete«, sagte meine Schwester und stand auf, »eine leckere Schweinefleischpastete.«

Die Gäste murmelten anerkennend. Onkel Pumblechook, der sich dessen bewußt war, daß er sich um seine Mitmenschen verdient machte, sagte ganz lebhaft und wohldurchdacht: »Gut, Mrs. Joe, wir werden uns alle Mühe geben. Nehmen wir also eine Scheibe von dieser Pastete.«

Meine Schwester ging hinaus und holte sie. Ich hörte, wie sich ihre Schritte der Speisekammer näherten. Ich sah, wie Mr. Pumblechook das Messer bereits in der Hand hielt. Ich sah an Mr. Wopsles römischen Nasenflügeln, wie sein Appetit erwachte. Ich hörte Mr. Hubbles Bemerkung, daß »ein bißchen Schweinefleischpastete als Abschluß keinen Schaden anrichtet«, und ich hörte Joe sagen: »Du bekommst auch welche, Pip.« Ich bin mir niemals ganz sicher gewesen, ob ich nur im Geist oder tatsächlich einen schrillen Angstschrei ausgestoßen habe. Ich spürte nur, daß ich es nicht mehr aushalten konnte und daß ich wegrennen mußte. Ich ließ das Tischbein los und lief um mein Leben.

Ich kam aber nicht weiter als bis zur Haustür, denn dort lief ich einer Abteilung Soldaten mit Musketen in die Arme. Einer von ihnen hielt mir ein Paar Handschellen entgegen und sagte: »Da bist du ja. Beeil dich, komm mit!«

5. Kapitel

Das Auftauchen der Soldaten, die die Kolben ihrer geladenen Musketen auf unserer Türschwelle abstellten, ließ die Tischgesellschaft verwirrt hochfahren und Mrs. Joe mit leeren Händen aus der Küche kommen und sie in ihrem verwunderten Wehklagen »Ach, du lieber Himmel, du meine Güte, was ist nur mit der Pastete passiert!« plötzlich verblüfft innehalten.

Der Sergeant und ich waren in der Küche, als Mrs. Joe so verblüfft dastand. Bei dieser Gelegenheit erlangte ich teilweise den Gebrauch meiner Sinne wieder. Es war der Sergeant gewesen, der mich angesprochen hatte und der sich nun in der Runde umblickte und allen dabei mit seiner rechten Hand die Handschellen einladend entgegenhielt und die linke Hand auf meine Schulter legte.

»Entschuldigen Sie, meine Damen und Herren«, sagte der Sergeant, »aber wie ich schon diesem kleinen Milchbart an der Tür gesagt habe« (was nicht stimmte), »bin ich im Namen des Königs auf Verbrecherjagd und brauche den Schmied.«

»Aber bitte, wozu können Sie ihn schon brauchen?« erwiderte meine Schwester, sofort entrüstet, daß er überhaupt benötigt wurde.

»Gnädige Frau«, antwortete der galante Sergeant, »wenn

ich für mich spräche, würde ich antworten: ›Für die Ehre und das Vergnügen, die Bekanntschaft seiner hübschen Frau zu machen.‹ Im Namen des Königs antworte ich: ›Um einen Dienst in Anspruch zu nehmen.‹«

Das fand man sehr treffend vom Sergeanten ausgedrückt, so daß Mr. Pumblechook vernehmlich ausrief: »Ausgezeichnet!«

»Sie sehen, Schmied«, sagte der Sergeant, der inzwischen Joe herausgefunden hatte, »wir hatten Pech mit diesen hier. Ich finde, daß bei einer das Schloß nicht geht und die Verbindung nicht richtig funktioniert. Könnten Sie mal einen Blick raufwerfen, weil sie umgehend gebraucht werden?«

Joe warf einen Blick darauf und erklärte, daß es erforderlich sei, für die Reparatur das Schmiedefeuer in Gang zu bringen, und daß sie wahrscheinlich zwei Stunden dauern würde.

»Ach, wirklich? Würden Sie sich gleich daranmachen, Schmied?« sagte der Sergeant spontan, »denn es geschieht im Dienste Seiner Majestät. Und falls meine Leute irgendwo zur Hand gehen können, werden sie sich nützlich machen.« Damit rief er seine Soldaten, die nacheinander in die Küche kamen und ihre Waffen in eine Ecke stellten. Und dann standen sie rum, wie Soldaten so stehen: bald mit lose gefalteten Händen, bald ein Knie oder eine Schulter anlehnend, bald den Gürtel oder die Patronentasche locker machend oder die Tür öffnend, um unbeweglich über ihre hohen Kragen hinweg in den Hof hinaus zu spucken.

All diese Dinge sah ich, ohne zu wissen, daß ich sie wahrnahm, denn mein Auffassungsvermögen war wie gelähmt. Als ich aber begriff, daß die Handschellen nicht für mich bestimmt waren und daß die Soldaten sogar die Pastete in den Hintergrund gedrängt hatten, kam ich langsam zu mir.

»Könnten Sie mir sagen, wie spät es ist?« wandte sich der Sergeant an Mr. Pumblechook als an einen Mann, dessen offensichtliche Fähigkeiten den Schluß zuließen, daß er kompetent für die Zeit sei.

»Es ist kurz nach halb zwei.«

»Das geht ja«, meinte der Sergeant nachdenklich, »selbst wenn ich hier fast zwei Stunden aufgehalten werde, reicht das noch. Wie weit mag es Ihrer Meinung nach bis zu den Marschen sein? Nicht weiter als eine Meile, schätze ich.«

»Genau eine Meile«, sagte Mrs. Joe.

»Das genügt. Wir werden sie in der Dämmerung einkreisen. Kurz vor Einbruch der Dunkelheit, lautet mein Befehl. Das reicht.«

»Sträflinge, Sergeant?« fragte Mr. Wopsle wie selbstverständlich.

»Jawohl!« antwortete der Sergeant. »Zwei. Man weiß sehr wohl, daß sie noch draußen in den Marschen sind, und sie werden nicht vor Einbruch der Dunkelheit versuchen zu entwischen. Hat hier jemand schon etwas von dem Wild zu sehen bekommen?«

Alle außer mir sagten überzeugt nein. Niemand dachte an mich.

»Na«, sagte der Sergeant, »vermutlich werden sie sich schneller umzingelt sehen, als sie damit rechnen. Nun, Schmied! Wenn Sie fertig sind, dann los im Namen des Königs.«

Joe hatte sein Jackett, die Weste und den Kragen abgelegt, die Lederschürze umgebunden und war in die Schmiede gegangen. Einer der Soldaten öffnete die Fensterläden, der nächste brachte das Feuer in Gang, ein anderer machte sich am Blasebalg zu schaffen, die übrigen standen um das Feuer herum, das bald prasselte. Dann begann Joe zu hämmern und zu klirren, zu hämmern und zu klirren, und wir alle schauten dabei zu.

Das Interesse an der bevorstehenden Verfolgungsjagd nahm nicht nur die allgemeine Aufmerksamkeit in Anspruch, sondern stimmte sogar meine Schwester großmütig. Sie zapfte für die Soldaten einen Krug Bier vom Faß und lud den Sergeanten zu einem Glas Branntwein ein. Aber Mr. Pumblechook sagte bissig: »Geben Sie ihm Wein, Madam. Ich schwöre, daß dort kein Teer drin ist.« Der Sergeant dankte ihm dafür und sagte, daß er, da er ein Getränk ohne Teer vorziehe, lieber Wein nähme, falls es nichts ausmache. Als der ihm gereicht wurde, stieß er auf das Wohl Seiner Majestät und auf das Weihnachtsfest an, trank alles in einem Zuge und schmatzte mit den Lippen.

»Nicht übel, wie, Sergeant?« sagte Mr. Pumblechook.

»Ich werde Ihnen was sagen«, erwiderte der Sergeant, »ich nehme an, daß das Zeug von Ihnen stammt.«

Mr. Pumblechook sagte mit breitem Grinsen: »Ja, gewiß. Warum?«

»Weil Sie«, gab der Sergeant zurück und haute ihm auf die Schulter, »ein Mann sind, der weiß, was gut ist.«

»Meinen Sie?« sagte Mr. Pumblechook mit demselben Grinsen. »Noch ein Gläschen!«

»Mit Ihnen, tipp und topp«, erwiderte der Sergeant. »Der Rand des meinen an den Fuß des Ihren – der Fuß des Ihren an den Rand des meinen. Klingt zum ersten – tipp. Klingt zum zweiten – topp! Die beste Melodie der musikalischen Gläser! Auf Ihr Spezielles. Mögen Sie tausend Jahre alt werden und nie ein schlechterer Weinkenner sein, als Sie es jetzt sind!«

Der Sergeant kippte sein Glas wieder hinter und schien gleich noch eins haben zu wollen. Ich merkte, daß es Mr. Pumblechook in seiner Gastfreundlichkeit offenbar entfallen war, daß er den Wein als Geschenk mitgebracht hatte, denn nun nahm er die Flasche Mrs. Joe weg und rechnete es sich als sein Verdienst an, sie in einem Anflug von Heiterkeit herumzureichen. Sogar ich bekam etwas ab. Er war mit dem Wein so freigebig, daß er noch nach der anderen Flasche rief, als die erste leer war, und sie mit derselben Großzügigkeit herumreichte.

Als ich sie alle beobachtete, während sie sich um die Schmiede scharten und sich so köstlich amüsierten, dachte ich daran, was für ein gefundenes Fressen mein flüchtiger Freund auf den Marschen draußen für sie war. Sie hatten sich nicht halb so gut unterhalten, bevor das Fest durch die von ihm hervorgerufene Aufregung belebt wurde. Als jetzt alle das Einfangen der »beiden Schurken« fieberhaft erwarteten und als der Blasebalg wegen der Flüchtlinge zu dröhnen und das Feuer ihretwegen zu lodern, der Rauch sie zu verfolgen schien, Joe ihretwegen hämmerte und klirrte, all die dunklen Schatten an der Wand wie eine Drohung gegen sie spielten, als die Flamme auflohderte und wieder versank und die roten, heißen Funken stieben und verloschen, schien in meiner jungen, mitleidigen Phantasie der fahle Nachmittag draußen um der armen Teufel willen noch fahler geworden zu sein.

Schließlich war Joe mit seiner Arbeit fertig, und das Klingen und Dröhnen hörte auf. Als sich Joe das Jackett anzog, nahm er seinen Mut zusammen und schlug vor, daß einige von uns mit den Soldaten mitgehen sollten, um zu sehen, was bei der Jagd herauskäme. Mr. Pumblechook und Mr. Hubble lehnten unter dem Vorwand ab, eine Pfeife rauchen zu wollen und den Damen Gesellschaft zu leisten. Mr. Wopsle sagte für den Fall zu, daß Joe auch ginge. Joe sagte, es sei ihm recht und er wolle mich mitnehmen, falls Mrs. Joe nichts dagegen habe. Ich bin sicher, daß wir niemals hätten gehen dürfen, wenn Mrs. Joe nicht so neugierig gewesen wäre, wie die Sache wohl ausging. So warnte sie ihn nur: »Wenn du den Jungen wiederbringst und der Kopf ist von 'ner Muskete eingeschlagen, denk nicht, daß ich den flicke.«

Der Sergeant verabschiedete sich höflich von den Damen und trennte sich von Mr. Pumblechook wie von einem Kameraden. Ich bezweifle jedoch, daß er diesen Herrn in nüchternem Zustand ebenso geschätzt hätte wie jetzt, da er feuchtfröhlich war. Seine Soldaten nahmen ihre Waffen wieder auf und traten an. Mr. Wopsle, Joe und ich erhielten den strengen Befehl, im Hintergrund zu bleiben und kein Wort zu sprechen, wenn wir die Marschen erreicht haben. Als wir alle draußen an der rauhen Luft waren und uns stetig auf unsere Aufgabe zubewegten, flüsterte ich Joe verräterisch zu: »Joe, hoffentlich finden wir sie nicht.« Und Joe flüsterte mir zu: »Ich würde einen ausgeben, wenn sie abgehauen wären, Pip.«

Müßiggänger aus dem Dorf schlossen sich uns nicht an, denn das Wetter war kalt und sah bedrohlich aus, der Weg war trostlos und das Laufen schlecht, die Dunkelheit brach ein, und die Leute hatten zu Hause ein warmes Feuer und feierten Weihnachten. Ein paar Gesichter eilten an die erleuchteten Fenster und blickten uns nach, aber niemand kam heraus. Wir gingen am Wegweiser vorbei und direkt auf den Friedhof zu. Auf ein Zeichen des Sergeanten hin hielten wir dort einige Minuten, während sich zwei oder drei Soldaten zwischen die Gräber verstreuten und auch die Vorhalle der Kapelle untersuchten. Sie trafen wieder ein, ohne irgend etwas gefunden zu haben, und dann schlugen wir am Seitentor des Friedhofes den Weg zu den offenen Marschen ein. Von Osten prasselte ein arger Hagelschauer auf uns nieder, und Joe nahm mich auf den Rücken.

Nun, da wir uns in der trostlosen Einöde befanden, in der ich, was wohl kaum einer vermutete, vor acht oder neun Stunden gewesen war und wo ich die beiden Männer in ihrem Versteck gesehen hatte, überlegte ich zum ersten Mal und in großer Angst, ob mein Häftling, falls wir auf sie stoßen sollten, glauben würde, daß ich derjenige gewesen bin, der die Soldaten dorthin geführt hat. Er hatte mich gefragt, ob ich ein Betrüger sei, und er hatte gesagt, daß ich ein fieser Schurke wäre, wenn ich an der Jagd auf ihn teilnähme. Würde er mich für einen Betrüger und Schurken mit trügerischer Maske halten, der ihn verraten hat?

Es hatte jetzt keinen Zweck, mir diese Frage vorzulegen. Dort saß ich nun, auf Joes Rücken, und unter mir ging Joe, der sich wie ein Jagdhund in die Gräben stürzte und Mr. Wopsle ermahnte, nicht auf seine römische Nase zu fallen, sondern sich an uns zu halten. Die Soldaten gingen vor uns und bildeten eine ziemlich breite Front mit einem gewissen Abstand voneinander. Wir schlugen die Richtung ein, in der ich begonnen hatte und von der ich dann in den Nebel hinein abgewichen war. Entweder war der Nebel noch nicht wieder da, oder der Wind hatte ihn vertrieben. Im Glanz der roten niedergehenden Sonne waren der Leuchtturm, der Galgen, der Wall der Batterie und das gegenüberliegende Flußufer deutlich sichtbar, wenn auch von einer blassen, bleiernen Farbe.

Mein Herz hämmerte wie ein Schmied, als ich auf Joes breiten Schultern saß und mich nach den Häftlingen umsah. Ich sah und hörte nichts von ihnen. Mehr als einmal hatte mich Mr. Wopsle mit seinem Schnaufen und Keuchen erschreckt, doch inzwischen kannte ich diese Geräusche und konnte sie von dem Gegenstand der Verfolgung unterscheiden. Ich bekam einen tüchtigen Schreck, als ich glaubte, noch die Feile zu hören; es war aber nur die Glocke eines Schafes. Die Schafe hielten im Fressen inne und sahen uns scheu an, und die Rinder, die die Köpfe von dem Wind und Hagel abwandten, starrten uns ärgerlich an, als ob wir an beiden Übeln schuld wären. Außer diesen Dingen und dem Nachschwingen des ausklingenden Tages in jedem Grashalm gab es keine Unterbrechung in der Öde der Marschen.

Die Soldaten bewegten sich auf die alte Batterie zu, und wir marschierten auf einem kleinen Weg hinter ihnen, als wir plötzlich alle anhielten. Uns hatte nämlich durch den Wind und Regen hindurch ein langer Schrei erreicht. Noch einer. Er kam von Osten aus ziemlich weiter Ferne, aber er war langanhaltend und laut. Es schienen sogar zwei oder mehr Schreie gleichzeitig zu ertönen, wenn man das überhaupt bei diesem Durcheinander der Schreie heraushören konnte.

Der Sergeant und die in seiner Nähe stehenden Soldaten sprachen darüber gerade im Flüsterton, als Joe und ich herankamen. Nach nochmaligem Lauschen stimmten Joe (der ein Sachverständiger war) und Mr. Wopsle (der keiner war) zu. Der Sergeant, ein entschlossener Mann, befahl, daß das Geräusch unbeantwortet bleiben sollte, aber daß der Kurs geändert werden sollte und seine Soldaten im Laufschritt darauf zugehen sollten. So setzten wir uns nach rechts (das heißt nach Osten) in Bewegung, und Joe schritt so kräftig aus, daß ich alle Mühe hatte, mich auf meinem Sitz festzuhalten.

Es war ein ordentlicher Dauerlauf und, wie es Joe mit den beiden einzigen Worten, die er in der ganzen Zeit sprach, nannte, »eine Hetzjagd«. Das Ufer hinab und wieder herauf, über Schleusentore, in Gräben hinein, durch harte Binsen hindurch; niemand achtete auf den Weg. Als wir uns dem Geschrei näherten, wurde es immer klarer, daß es von mehr als nur einer Stimme stammte. Manchmal schien es gänzlich zu verstummen, und dann blieben die Soldaten stehen. Ging es aber wieder los, hetzten die Soldaten in noch größerem Tempo weiter und wir ihnen immer nach. Schließlich waren wir so nahe, daß wir eine Stimme »Hilfe, Mord!« rufen hören konnten und eine andere »Häftlinge! Entsprungene! Wache! Hierher zu den durchgebrannten Häftlingen!« Dann schienen beide Stimmen in einem Kampf zu ersticken und danach wieder aufzuflammen. In dem Moment rannten die Soldaten wie besessen und Joe ebenfalls.

Der Sergeant stürzte als erster vor, als wir dem Lärm da unten folgten, und zwei seiner Soldaten trafen gleich nach ihm ein. Sie hielten ihre Gewehre im Anschlag, als wir anderen angelaufen kamen.

»Hier sind die zwei Männer!« keuchte der Sergeant, der in einem Graben kämpfte. »Ergebt euch, ihr beiden! Zum Teufel mit euch beiden Bestien! Geht auseinander!«

Wasser spritzte auf, Schmutz flog hoch, Flüche wurden ausgestoßen, und Schläge wurden versetzt, als noch einige Soldaten in den Graben hinabsprangen, um dem Sergeanten zu helfen, und meinen Häftling und den anderen auseinanderzerrten. Beide bluteten, keuchten, fluchten und kämpften, aber ich kannte sie natürlich beide persönlich.

»Hört mal!« sagte mein Häftling, der sich mit seinen zerlumpten Ärmeln das Blut aus dem Gesicht wischte und ausgerissene Haare von den Fingern abschüttelte. »*Ich* habe ihn gefangen! *Ich* übergebe ihn euch! Vergeßt das nich!«

»Das kommt nicht so genau drauf an«, sagte der Sergeant, »es wird dir kaum helfen, mein Lieber, denn du sitzt selber in der Tinte. Handschellen her!«

»Ich erwarte gar keinen Vorteil für mich. Ich will gar nich, daß es mir besser geht als jetz«, sagte mein Häftling und lachte grimmig. »Ich habe ihn gefangen. Das weiß er. Und das genügt mir.«

Der andere Häftling sah leichenblaß aus. Jetzt schien er nicht nur die alte Beule links im Gesicht zu haben, sondern am ganzen Körper voller Beulen und Schrammen zu sein. Er konnte nicht eher zum Sprechen Atem holen, bis sie beide getrennt Handschellen trugen; er lehnte sich an einen Soldaten, um nicht umzufallen.

»Posten, nehmt zur Kenntnis, daß er mich ermorden wollte«, waren seine ersten Worte.

»Ermorden wollte?« sagte mein Häftling verächtlich. »Versuchen und es nich tun? Ich hab ihn gefangen und liefere ihn aus, das hab ich gemacht. Ich hab ihn nich nur gehindert, von den Marschen wegzukommen, sondern hab ihn hierher geschleppt, hab ihn bis hier auf seinem Rückweg geschleppt. Er ist ein Gentleman – man stelle sich vor! –, dieser Schuft! Nun, die Hulks haben ihren Gentleman wieder, durch mich. Ihn ermorden? Lohnt sich auch gar nich, ihn umzubringen, wenn ich ihm Schlimmeres antun kann und ihn zurückschleife!«

Der andere keuchte noch: »Er wollte – er wollte – mich – umbringen. Bezeugen Sie das!«

»Seht her!« sagte mein Häftling zum Sergeanten. »Ganz allein bin ich vom Gefängnisschiff weggekommen. Ich machte einen Vorstoß und hab's geschafft. Ich hätte ebenso von diesen verflixt kalten Wiesen wegkommen können – guckt euch mein Bein an: kaum noch Eisen dran –, wenn ich *ihn* nich hier bemerkt hätte. *Ihn* laufenlassen? Ich sollte zulassen, daß *er* ausnutzt, was ich herausgefunden hab? Sollte wieder von neuem *sein* Werkzeug werden? Noch einmal? Nein, nein, nein. Wenn ich auf dem Boden dort gestorben wär«, er machte mit seinen gefesselten Händen eine nachdrückliche Bewegung zum Graben hin, »hätte ich ihn mit diesem Griff festgehalten, und ihr hättet ihn ganz bestimmt in meinem Griff gefunden.«

Der andere Häftling, der offensichtlich schreckliche Angst vor seinem Gefährten hatte, wiederholte: »Er hat versucht, mich zu ermorden. Ich wär ein toter Mann, wenn ihr nicht dazugekommen wärt.«

»Er lügt!« sagte mein Häftling mit heftigem Nachdruck. »Er is der geborene Lügner und wird noch als Lügner sterben. Seht euch sein Gesicht an, steht's nich drin geschrieben? Soll er mir in die Augen sehn. Ich fordre ihn dazu auf.«

Der andere versuchte, hämisch zu lächeln – was jedoch nicht das nervöse Zucken um seinen Mund zum Stillstand bringen konnte –, sah die Soldaten an, sah über die Marschen und zum Himmel hinauf, aber niemals dem Sprecher in die Augen.

»Seht ihr ihn?« fuhr mein Sträfling fort. »Seht ihr, was für ein Schuft er is? Seht ihr diese gemeinen und ausweichenden Blicke? So hat er immer geguckt, wenn wir zusammen verhört wurden. Er hat mich nie angesehen.«

Der andere, der immerzu auf seinen trockenen Lippen herumkaute und seine Blicke ruhelos hierhin und dahin wandern ließ, sah schließlich den Sprecher kurz an und sagte mit einem halb höhnischen Blick auf die gefesselten Hände zu ihm: »Es lohnt sich nicht, dich anzusehen.« An dieser Stelle war mein Sträfling so ungemein gereizt, daß er über ihn hergefallen wäre, wenn nicht die Soldaten eingegriffen hätten. »Hab ich's euch nich gesagt, daß er mich umbringen würde, wenn er könnte?« Und jeder konnte sehen, daß er vor Angst zitterte und daß auf seine Lippen seltsame weiße Flocken traten, wie dünner Schnee.

»Schluß mit der Debatte«, sagte der Sergeant, »zündet die Fackeln an.«

Als sich einer der Soldaten, der an Stelle der Waffe einen Korb trug, hinkniete, um ihn zu öffnen, sah mein Sträfling zum erstenmal um sich und entdeckte mich. Als wir hochgekommen waren, hatte ich mich am Rande des Grabens von Joes Rücken hinuntergleiten lassen und mich seitdem nicht mehr gerührt. Ich sah ihn gespannt an, als er mich anblickte, machte eine leichte Bewegung mit den Händen und schüttelte den Kopf. Ich hatte schon darauf gewartet, daß er mich entdeckte, damit ich versuchen konnte, ihn von meiner Unschuld zu überzeugen. Es gab keinerlei Anzeichen dafür, daß er meine Absicht überhaupt begriff, denn er warf mir einen Blick zu, den ich nicht verstand, und alles spielte sich in Sekunden ab. Aber selbst wenn er mich eine Stunde oder einen Tag lang angesehen hätte, sein Gesicht hätte mir nicht lebhafter in Erinnerung bleiben können.

Der Soldat mit dem Korb fand bald ein Licht und steckte drei oder vier Fackeln an, nahm selbst eine und verteilte die anderen. Vorher war es fast dunkel gewesen, aber jetzt schien es ziemlich dunkel und bald danach sehr dunkel zu sein. Bevor wir diesen Ort verließen, stellten sich vier Soldaten zum Kreis, und zwei schossen in die Luft. Sofort sahen wir, wie andere Fackeln in einiger Entfernung hinter uns und andere auf den Marschen des gegenüberliegenden Flußufers angezündet wurden. »In Ordnung«, sagte der Sergeant, »Abteilung marsch!«

Wir waren noch nicht weit gegangen, als drei Schüsse vor uns mit solchem Krach abgegeben wurden, daß etwas in meinem Ohr zu platzen schien. »Ihr werdet an Bord erwartet«, sagte der Sergeant zu meinem Sträfling, »sie wissen, daß ihr kommt. Nicht abhauen, mein Lieber. Näher ran hier.«

Die beiden wurden getrennt gehalten, und jeder lief mit einer eigenen Wache. Ich hielt nun Joes Hand, und Joe trug eine der Fackeln. Mr. Wopsle war dafür, zurückzukehren, Joe aber war fest entschlossen, bis zum Schluß zu bleiben, und so gingen wir mit der Gruppe weiter. Es war ein verhältnismäßig guter Pfad, meistens am Flußufer entlang, hin und wieder mit einer Abweichung, wenn ein Wall mit einer kleinen Windmühle und einem schlammigen Schleusentor kam. Als ich mich umschaute, sah ich die anderen Lichter uns folgen. Von den Fackeln, die wir trugen, tropfte brennendes Pech auf den Weg, das ich rauchen und verlöschen sehen konnte. Sonst war nichts als tiefe Finsternis um mich. Unsere Lichter erwärmten mit ihren Flammen die Luft um uns, und den beiden Gefangenen schien das zu gefallen, als sie zwischen den Musketen humpelten. Weil sie so lahmten, konnten wir nicht schnell gehen. Sie waren so erschöpft, daß wir zwei- oder dreimal halten mußten, damit sie sich ausruhen.

Nach einem Marsch von etwa einer Stunde gelangten wir an eine primitive Holzhütte und eine Anlegestelle. Die Posten in der Hütte riefen das Losungswort, und der Sergeant antwortete. Danach gingen wir in die Hütte, wo es nach Tabak und Tünche roch und in der ein helles Feuer brannte; darin befanden sich eine Lampe, ein Ständer für die Musketen, eine Trommel und eine niedrige Bettstatt aus Holz, die wie eine riesige Wäscherolle ohne Mechanismus aussah und etwa ein Dutzend Soldaten gleichzeitig Platz bieten konnte. Die drei oder vier Soldaten, die in ihren Mänteln darauf lagen, interessierten sich nicht sehr für uns, hoben bloß mal den Kopf, gafften uns schläfrig an und legten sich wieder hin. Der Sergeant gab eine Art Report und machte eine Eintragung in ein Buch, und dann wurde der Sträfling, den ich den anderen Sträfling nenne, mit seiner Wache bestimmt, zuerst an Bord zu gehen.

Mein Sträfling hat mich nie angesehen, nur das eine Mal. Während wir in der Hütte waren, stand er vor dem Feuer und blickte gedankenverloren hinein oder stellte abwechselnd die Füße auf den Kamineinsatz und schaute mitleidig auf sie herab, als wollte er sie wegen der letzten Abenteuer bedauern.

Plötzlich wandte er sich an den Sergeanten und sagte: »Ich möcht noch was aussagen, was meine Flucht betrifft. Vielleicht verhindert das, daß einige Personen wegen mir verdächtigt werden.«

»Du kannst sagen, was du willst«, erwiderte der Sergeant, der mit verschränkten Armen dastand und ihn kühl ansah, »du hast aber kein Recht, das *hier* zu sagen. Du wirst noch genügend Gelegenheit haben, darüber zu sprechen und davon zu hören, bevor die Sache erledigt ist, das weißt du.«

»Ich weiß, aber das steht auf einem andern Blatt, is ganz was anderes. Kein Mensch kann verhungern, *ich* jedenfalls nich. Ich hab mir was zu fressen genommen, da drüben im Dorf – wo die Kirche am weitesten auf'n Marschen steht.«

»Du meinst gestohlen«, sagte der Sergeant.

»Und ich werd euch sagen, von wem. Vom Schmied.«

»Hallo!« sagte der Sergeant und starrte Joe an.

»Hallo, Pip!« sagte Joe und starrte mich an.

»Es warn 'n paar Reste, weiter nichts, und 'n Schlückchen Branntwein und 'ne Pastete.«

»Habt ihr so etwas wie eine Pastete vermißt, Schmied?« fragte der Sergeant vertraulich.

»Ja, meine Frau. Gerade, als ihr hereinkamt. Nicht wahr, Pip?«

»Dann«, sagte mein Sträfling und richtete seinen traurigen Blick auf Joe, ohne mich dabei im geringsten anzusehen, »bist du also der Schmied? Dann muß ich leider gestehen, daß ich eure Pastete aufgegessen habe.«

»Gott weiß, daß sie dir gegönnt wird, zumindest was mich betrifft«, erwiderte Joe, der sich wohl an Mrs. Joe erinnerte. »Wir wissen nicht, was du verbrochen hast, aber wir hätten dich deshalb niemals verhungern lassen, armes, elendes Geschöpf. Was, Pip?«

Und wieder klickte etwas in der Kehle dieses Mannes, das ich schon vorher bemerkt hatte, und er wandte sich ab. Das Boot war zurückgekommen, und seine Wache stand bereit. So folgten wir ihm zur Anlegestelle, die aus groben Pfählen und Steinen bestand, und sahen ihn ins Boot steigen, das auch von Sträflingen gerudert wurde. Niemand schien überrascht, interessiert oder froh zu sein oder zu bedauern, ihn wiederzusehen; niemand sprach ein Wort, nur einer im Boot schnauzte sie an wie Hunde: »Ruder los!«, was das Signal war, die Ruder einzutauchen. Im Schein der Fackeln sahen wir das schwarze Gefängnisschiff draußen vor dem Schlamm der Küste wie eine verruchte Arche Noah liegen. So wie es gestützt, abgesperrt und mit gewaltigen, rostigen Ketten vertäut war, wirkte das Gefängnisschiff in meinen jugendlichen Augen ebenso gefesselt wie die Gefangenen. Wir sahen, wie das Boot längsseit ging, wie er an der Stelle aufgenommen wurde und verschwand. Dann wurden die Fackelenden ins Wasser geworfen; sie zischten und verloschen, als wäre mit ihm nun auch alles vorbei.

6. Kapitel

Meine seelische Verfassung bezüglich des Diebstahls, von dem ich völlig unerwartet freigesprochen worden war, drängte mich nicht zu einem offenen Bekenntnis; dennoch glaube ich, daß ein Rest Anstand in mir war. Ich kann mich nicht erinnern, eine Erleichterung des schlechten Gewissens gegenüber Mrs. Joe verspürt zu haben, als die Furcht, entdeckt zu werden, von mir genommen war. Aber ich liebte Joe – damals vielleicht aus dem einfachen Grund, daß dieser nette Kerl nichts dagegen hatte, daß ich ihn liebte –, und seinetwegen war mein inneres Gleichgewicht nicht so schnell hergestellt. Es lag mir sehr auf der Seele (besonders, als ich zum erstenmal gesehen hatte, wie er nach der Feile suchte), daß ich ihm eigentlich die ganze Wahrheit hätte sagen sollen. Ich tat es dennoch nicht, weil ich befürchtete, daß er mich dann für schlechter halten würde, als ich war. Die Angst, Joes Vertrauen zu verlieren und von da ab abends am Kamin zu sitzen und traurig auf meinen für immer verlorenen Kameraden und Freund zu starren, lähmte meine Zunge. Übersteigert stellte ich mir vor, daß ich, falls Joe Bescheid wüßte, hinterher niemals sehen könnte, wie er am Feuer seinen blonden Backenbart streichelt, ohne gleich zu vermuten, daß er über die Sache nachdenkt. Ferner stellte ich mir vor, daß ich hinterher immer vermuten würde, wenn er heute einen flüchtigen Blick auf gestern zubereitetes Fleisch oder Pudding wirft, daß er darüber Erörterungen anstellt, ob ich in der Speisekammer gewesen war oder nicht. Ich stellte mir vor, daß Joe zu irgendeinem späteren Zeitpunkt unseres gemeinsamen häuslichen Lebens sein Bier zu schal oder zu stark finden würde und daß das Gefühl, er vermute Teer darin, mir die Röte ins Gesicht treiben würde. Kurz gesagt, ich war zu feige, das zu tun, was ich als richtig erkannte, so wie ich zu feige gewesen war, das zu unterlassen, was ich als falsch erkannt hatte. Zu jener Zeit hatte ich keinen Kontakt mit meiner Umwelt und imitierte keinen in seinem Verhalten. Obwohl nicht unterrichtet, fand ich klugerweise die Verhaltensart selbst heraus.

Da ich müde war, bevor wir allzu weit vom Gefängnisschiff entfernt waren, nahm mich Joe wieder auf den Rücken und trug mich nach Hause. Es muß ein anstrengendes Unternehmen gewesen sein, denn Mr. Wopsle, der ganz erschöpft war, hatte eine dermaßen schlechte Laune, daß er sicherlich, sofern die Kirche »weit geöffnet« gewesen wäre, die gesamte Reisegesellschaft exkommuniziert hätte, allen voran Joe und mich. In seiner Torheit bestand er so oft darauf, sich in dieser Feuchtigkeit hinzusetzen, daß ihn der augenscheinliche Beweis an seinen Hosen, der sichtbar wurde, als er den Mantel zum Trocknen am Küchenfeuer auszog, an den Galgen gebracht hätte, wenn das ein Schwerverbrechen gewesen wäre.

Zu diesem Zeitpunkt torkelte ich auf dem Küchenfußboden wie ein kleiner Betrunkener, da ich – fest schlafend –

wieder auf die eigenen Füße gestellt wurde und nun in der Hitze und dem Licht und Stimmengewirr erwachte. Als ich zu mir kam (mit Hilfe eines kräftigen Puffs zwischen die Schultern und des wiederbelebenden Ausrufs meiner Schwester: »Pfui! Hat man schon mal solchen Jungen gesehen!«), erzählte ihnen Joe vom Geständnis des Häftlings, und alle Gäste stellten die unterschiedlichsten Vermutungen darüber an, wie er in die Speisekammer gelangt sein mag. Mr. Pumblechook stellte, nachdem er sich das Grundstück sorgfältig angesehen hatte, fest, daß er zuerst auf das Dach der Schmiede und dann auf das Dach des Hauses gestiegen war und sich mit einem Strick, den er aus seinem in Streifen gerissenen Bettzeug gemacht hatte, den Kamin in der Küche herabgelassen hatte, und da Mr. Pumblechook sehr selbstsicher war und seinen eigenen Kutschwagen fuhr, stimmten alle einhellig zu, daß es so gewesen sein mußte. Mr. Wopsle jedoch schrie mit der wirkungslosen Bosheit eines müden Mannes wütend »Nein!«; weil er aber keine Theorie hatte und kein Jackett anhatte, wurde er einstimmig verlacht – ganz abgesehen davon, daß er hinten kräftig dampfte, als er mit dem Rücken zum Küchenfeuer stand, um die Feuchtigkeit herauszulassen, was nicht dafür geeignet war, Vertrauen zu erwecken.

Das war alles an jenem Abend, was ich zu hören bekam, bevor mich meine Schwester packte – da ich in meiner Verschlafenheit ein Ärgernis für die anwesende Gesellschaft war – und mich mit solcher Gewalt nach oben zu Bett brachte, daß ich fünfzig Stiefel anzuhaben schien, die ich alle gegen die Stufenkanten schlenkern ließ. Meine seelische Verfassung, so wie ich sie beschrieben habe, begann, bevor ich am Morgen aufstand, und dauerte an, nachdem das Thema längst erschöpft war und nur noch bei vereinzelten Gelegenheiten erwähnt wurde.

7. Kapitel

Zu der Zeit, als ich auf dem Friedhof stand und die Grabsteine der Familie las, reichten meine Kenntnisse gerade so weit, sie entziffern zu können. Meine Auslegung ihres einfachen Sinnes war nicht ganz richtig, denn ich deutete »Ehefrau des obigen« als einen schmeichelhaften Hinweis auf meines Vaters Erhebung in eine bessere Welt. Wenn auf einen meiner verstorbenen Verwandten mit »des unteren« Bezug genommen wäre, hätte ich sicherlich die schlimmste Meinung von diesem Familienmitglied gehegt. Auch stimmten meine Vorstellungen von den theologischen Grundsätzen, zu denen mich mein Katechismus verpflichtete, ganz und gar nicht, denn ich erinnere mich lebhaft, daß ich meine Auslegung, »mein Leben lang in derselben Weise gehen« zu müssen, als eine Verpflichtung auffaßte, durch unser Dorf stets von unserem Hause aus in einer bestimmten Richtung zu gehen und niemals davon abzuweichen, indem ich mich zum Stellmacher hinunter oder zur Mühle hinauf wandte.

Als ich alt genug war, wurde ich Joes Lehrling, doch bis ich dieses hohe Amt annehmen konnte, sollte ich nicht, wie Mrs. Joe es nannte, »verpimpelt« oder (wie ich es ausdrücke) verwöhnt werden. Deshalb war ich nicht nur in der Schmiede Laufbursche, sondern wenn einer der Nachbarn zufällig einen Jungen brauchte, der die Vögel aufscheuchen oder Steine auflesen oder irgendeine Tätigkeit in dieser Art verrichten sollte, wurde ich mit dieser Beschäftigung betraut. Damit jedoch unsere überlegene Stellung dadurch nicht gefährdet werden sollte, stand auf dem Kaminsims in der Küche eine Sparbüchse, in die – so wurde es den anderen bekanntgegeben – alle meine Einnahmen gesteckt wurden. Ich habe den Eindruck, daß sie schließlich zur Tilgung der Staatsschulden beisteuern sollten, aber ich hatte keine Hoffnung, jemals einen persönlichen Anteil an diesem Schatz zu haben.

Mr. Wopsles Großtante leitete im Dorf eine Abendschule.

Sie war eine wunderliche alte Frau mit beschränkten Mitteln und unbeschränkten Schwächen. Jeden Abend von sechs bis sieben pflegte sie in Gegenwart der Kinder einzuschlafen, die für die ungemein bildende Gelegenheit, ihr dabei zuzusehen, pro Woche zwei Pence bezahlten. Sie hatte ein kleines Haus gemietet, und Mr. Wopsle bewohnte die oberen Zimmer, wo wir Schüler ihn auf höchst würdevolle und furchterregende Weise laut lesen und gelegentlich auf den Fußboden stampfen hörten. Es wurde erzählt, daß Mr. Wopsle einmal im Vierteljahr die Schüler »prüfe«. Bei dieser Gelegenheit schlug er seine Manschetten zurück, kämmte sein Haar hoch und rezitierte Marcus Antonius' Rede vor der Leiche Cäsars. Danach folgte Collins' Ode an die Leidenschaften, in der ich Mr. Wopsle besonders als Rächer bewunderte, wie er sein blutbeschmiertes Schwert donnernd niederwarf und die kriegverkündende Trompete mit einem vernichtenden Blick ergriff. Damals erging es mir noch nicht so wie im späteren Leben, als ich mit den Leidenschaften bekannt wurde und sie mit Collins und Wopsle sehr zum Nachteil dieser beiden Herren verglich.

Mr. Wopsles Großtante unterhielt neben diesem Bildungsinstitut im selben Raum einen kleinen Gemischtwarenladen. Sie hatte keine Ahnung, was sie am Lager hatte oder wieviel irgend etwas davon kostete, aber in einem Schubfach wurde ein kleines, schmieriges Notizbuch aufbewahrt, das als Preiskatalog diente und mit dessen Auskünften Biddy sämtliche Geschäfte abwickelte. Biddy war die Enkeltochter von Mr. Wopsles Großtante. Ich fühle mich nicht der Aufgabe gewachsen, herauszuarbeiten, in welchem Verwandtschaftsverhältnis sie zu Mr. Wopsle stand. Sie war ebenso wie ich ein Waisenkind und war auch wie ich mit der Hand aufgezogen worden. In bezug auf ihr Äußeres fand ich sie sehr auffallend, denn ihr Haar sah immer ungebürstet aus, ihre Hände waren stets ungewaschen und ihre Schuhe stets reparaturbedürftig und heruntergetreten. Diese Beschreibung gilt allerdings nur für den Alltag. Am Sonntag ging sie sorgfältig gekleidet zur Kirche.

Ganz auf mich selbst gestellt und mehr mit Biddys Unterstützung als mit der von Mr. Wopsles Großtante, kämpfte ich mich durch das Alphabet wie durch einen Brombeerstrauch hindurch und wurde von jedem Buchstaben beträchtlich geplagt und zerkratzt. Danach fiel ich unter die Räuber, die neun Zahlen, die jeden Abend etwas Neues zu tun schienen, um sich zu verstellen und ihre Erkenntnis zu vereiteln. Aber schließlich begann ich halb blind und tastend, in bescheidenem Maße zu lesen, zu schreiben und zu rechnen.

Eines Abends saß ich mit meiner Schiefertafel in der Kaminecke und unternahm große Anstrengungen, einen Brief an Joe zustande zu bringen. Ich glaube, es muß ein ganzes Jahr nach unserer Jagd über die Marschen gewesen sein, denn es war eine lange Zeit danach, und es war Winter und strenger Frost. Mit einem Alphabet zum Nachschlagen, das am Herd zu meinen Füßen lag, entwarf und schmierte ich diesen Brief an Joe:

»mein Liber JO Ich hofe dier gets guht Ich hofe Ich werd dier balt leeren könn JO un dann wehrden wier unnz freuhen un wenn Ich bei dier inne leere kom JO wird daßn Schpass dein PIP.«

Es bestand keine unbedingte Notwendigkeit, mich mit Joe schriftlich zu verständigen, insofern als er neben mir saß und wir allein waren. Aber ich schickte diese geschriebene Mitteilung (Schiefertafel und alles) eigenhändig, und Joe nahm sie als ein Wunder der Gelehrsamkeit entgegen.

»Also, Pip, alter Junge!« rief Joe aus und öffnete seine Augen weit, »was du nur für ein Schüler bist! Was?«

»Ich wär es gern«, sagte ich und blickte auf die Schiefertafel, wie er sie so hielt, mit dem unguten Gefühl, daß die Schrift ziemlich holprig war.

»Nun, hier is ein J«, sagte Joe, »und ein O. Hier is ein J und ein O, Pip, und ein J-O, Joe.«

Ich hatte Joe niemals viel mehr als dieses einsilbige Wort laut lesen hören, und ich hatte am letzten Sonntag in der

Kirche bemerkt, als ich zufällig unser Gebetbuch verkehrt herum hielt, daß es genauso seinen Ansprüchen genügte, als wenn es richtig gehalten worden wäre. Mit dem Wunsch, die gegenwärtige Gelegenheit zu ergreifen, um herauszufinden, ob ich, falls ich Joe unterrichten würde, ganz von vorn mit ihm anfangen müßte, sagte ich: »Ach, lies doch das andere, Joe.«

»Das andere, äh, Pip?« sagte Joe und sah mit langsam forschendem Blick darauf. »Eins, zwei, drei. Nun, hier ist dreimal J und dreimal O und drei J-O, Joes sind drin, Pip!«

Ich beugte mich über Joe, und mit Hilfe meines Zeigefingers las ich ihm den ganzen Brief vor.

»Erstaunlich!« sagte Joe, als ich fertig war. »Was bist du für ein Schüler!«

»Joe, wie buchstabierst du Gargery?« fragte ich ihn mit einer leichten Gönnermiene.

»Ich buchstabiere es überhaupt nich«, sagte Joe.

»Nur mal angenommen.«

»Das kann gar nicht angenommen werden«, sagte Joe, »obwohl auch ich ungemein gern lese.«

»Wirklich, Joe?«

»Ungemein. Reich mir«, sagte Joe, »ein gutes Buch oder eine gute Zeitung und setz mich vor ein gutes Feuer, und ich bin wunschlos glücklich. Du lieber Gott!« fuhr Joe fort, nachdem er seine Knie ein wenig gerieben hatte, »wenn man so auf ein J und ein O stößt und sich sagt: ›Hier is schließlich ein J-O, Joe‹, wie interessant is doch das Lesen!«

Aus letzterem schloß ich, daß Joes Bildung ebenso wie die Dampfkraft noch in den Kinderschuhen steckte. Ich verfolgte das Thema und fragte:

»Bist du nie zur Schule gegangen, Joe, als du so klein warst wie ich?«

»Nein, Pip.«

»Warum bist du nie zur Schule gegangen, als du so klein warst wie ich, Joe?«

»Nun, Pip«, sagte Joe, indem er den Feuerhaken hochnahm und sich seiner üblichen Beschäftigung zuwandte, wenn er nachdenklich war, nämlich langsam das Feuer zwischen den unteren Stäben zu schüren. »Ich will es dir erzählen. Mein Vater war dem Trunk ergeben, und wenn er betrunken war, hämmerte er ganz unbarmherzig auf meine Mutter ein. Das war auch fast die einzige körperliche Arbeit, die er überhaupt tat, ja wirklich, außer auf mich einschlagen. Und er schlug mich mit einer Kraft, die man nur mit der Kraft vergleichen kann, mit der er *nich* auf seinen Amboß hieb. Hörst du zu und verstehst du das, Pip?«

»Ja, Joe.«

»Die Folge war, meine Mutter und ich rannten ein paarmal von meinem Vater weg, und dann ging meine Mutter arbeiten und sagte: ›Joe‹, sagte sie, ›so Gott will, sollst du jetzt etwas lernen, Kind‹, und sie schickte mich zur Schule. Aber mein Vater hatte so 'n gutes Herz, daß er es ohne uns nich aushalten konnte. So kam er denn immer mit einer furchtbaren Schar und machte 'n Spektakel vor der Tür des Hauses, in dem wir gerade wohnten, daß die Leute sich genötigt sahn, nichts mehr mit uns zu tun ham zu wollen, und uns ihm auslieferten. Und dann nahm er uns mit nach Hause und schlug auf uns ein. Siehst du, Pip«, sagte Joe und hielt in seinem nachdenklichen Stochern inne und sah mich an, »das warf mich beim Lernen zurück.«

»Gewiß, armer Joe!«

»Trotzdem merke dir, Pip«, sagte Joe und hieb ein- oder zweimal kräftig mit dem Schürhaken auf den obersten Stab des Kamingitters, »wenn man gerecht sein will, muß man zugeben, daß mein Vater im Grunde ein gutes Herz hatte. Siehst du das ein?«

Ich sah es nicht ein, sagte aber nichts.

»Nun«, setzte Joe fort, »irgendwie muß ja der Schornstein rauchen, Pip, verstehst du?«

Ich verstand es und sagte es auch.

»Folglich machte mein Vater keine Einwände, daß ich arbeiten ging. So arbeitete ich in meinem jetzigen Beruf, der auch seiner war, wenn er ihn ausgeübt hätte, und ich arbeitete ziemlich schwer, das kann ich dir sagen, Pip. Mit der Zeit konnte ich ihn ernähren, und ich sorgte für ihn, bis er blaurot wurde und an einem leptischen Anfall starb. Ich hatte sogar die Absicht, ihm auf seinen Grabstein zu schreiben: Bracht er auch manchem im Leben Schmerzen, er war doch gut in seinem Herzen.«

Joe trug diesen Reim mit so deutlichem Stolz und so bedachtsamer Klarheit vor, daß ich ihn fragte, ob er ihn selbst gedichtet hätte.

»Ich hab ihn gemacht«, sagte Joe, »ich selber. Ich hab ihn in einem Zug gemacht. Es war, als ob man ein Hufeisen vollständig, mit einem einzigen Schlag herausschlägt. Ich war in meinem ganzen Leben noch nie so überrascht – konnte meine eigne Idee nich fassen – um ehrlich zu sein, konnte kaum glauben, daß das meine eigne Idee war. Wie ich schon sagte, Pip, es war mein Plan gewesen, ihm das einmeißeln zu lassen, aber Dichtung kostet Geld, ob nun groß oder klein geschrieben, und so blieb die Sache. Ganz abgesehen von den Leichenträgern. Alles Geld, was gespart werden konnte, brauchte meine Mutter. Sie war nich gesund und ganz schwach. Es dauerte nich lange, und die arme Seele folgte ihm nach und fand endlich ihren Frieden.«

In Joes blauen Augen schimmerten Tränen; er rieb auf nicht gerade angemessene Art zuerst das eine und dann das andere mit dem runden Griff des Schürhakens.

»Es war ganz schön einsam dann«, sagte Joe, »hier so allein zu wohnen, und ich lernte deine Schwester kennen. Nun aber, Pip«, Joe sah mich fest an, als wüßte er, daß ich ihm nicht zustimmen würde, »is deine Schwester eine ganz prächtige Frau.«

Ich konnte nicht umhin, mit deutlich sichtbarem Zweifel ins Feuer zu blicken.

»Wie auch immer die Ansichten der Familie oder der anderen zu diesem Thema sein mögen, Pip, deine Schwester is« – Joe klopfte bei jedem Wort mit dem Feuerhaken auf die oberste Stange – »eine ganz – prächtige – Frau!«

Mir fiel nichts Besseres ein, als zu antworten: »Ich freue mich, daß du so darüber denkst, Joe.«

»Ich auch«, erwiderte Joe und unterbrach mich. »Ich freu mich, daß ich so denke, Pip. Ein bißchen rot oder ein bißchen knochig hier und da, was macht mir das schon aus?«

Scharfsinnig äußerte ich die Bemerkung, wem es wohl etwas ausmache, wenn nicht ihm.

»Gewiß!« pflichtete Joe bei. »So is es. Du hast recht, alter Junge! Als ich deine Schwester kennenlernte, redete man darüber, wie sie dich mit eigner Hand aufzog. Sehr nett von ihr, sagten alle Leute, und ich fand das auch. Was dich betrifft«, fuhr Joe mit einem Gesichtsausdruck fort, als sähe er etwas ausgesprochen Abstoßendes, »so hättest du von dir selbst die miserabelste Meinung gehabt, wenn du hättest sehen können, wie klein und schlapp und erbärmlich du warst, ach du liebe Güte!«

Nicht gerade erfreut darüber, sagte ich: »Kümmere dich nicht um mich, Joe.«

»Aber ich hab mich um dich gekümmert, Pip«, antwortete Joe mit liebevoller Schlichtheit. »Als ich deiner Schwester einen Heiratsantrag machte und wir aufgeboten wurden, zu der Zeit, als sie einwilligte und bereit war, in die Schmiede zu kommen, sagte ich zu ihr: ›Und bring das arme kleine Kind mit. Gott segne das arme kleine Kind.‹ Ich sagte zu deiner Schwester: ›Für ihn is auch noch Platz in der Schmiede!‹«

Ich brach in Tränen aus und bat Joe um Verzeihung und umschlang seinen Hals. Er ließ den Feuerhaken fallen, um mich zu umarmen und zu sagen: »Also auf ewige Freundschaft, stimmt's, Pip? Wein nich, alter Junge!«

Nach dieser kleinen Unterbrechung fuhr Joe fort: »Na siehst du, Pip, soweit is alles gut gegangen. Aber wenn du mich beim Lernen in deine Obhut nimmst, Pip (und ich sage dir von vornherein, ich bin schrecklich dumm, ganz schrecklich dumm), dann brauch Mrs. Joe nich viel zu merken, was wir machen. Es muß, ich möcht mal sagen, klammheimlich gemacht werden. Und warum klammheimlich? Ich werd dir sagen, warum, Pip.«

Er hatte den Feuerhaken wieder zur Hand genommen, ohne den er, glaube ich, in seinen Darlegungen nicht hätte fortfahren können.

»Deine Schwester is zum Regieren bestimmt.«

»Zum Regieren bestimmt, Joe?« Ich war verwirrt, denn ich hatte die vage Vorstellung (und ich muß – fürchte ich – hinzufügen, die Hoffnung), daß sich Joe von ihr zugunsten der Lords von der Admiralität oder der Schatzkammer getrennt hätte.

»Zum Regieren bestimmt«, sagte Joe. »Womit ich meine, regieren über dich und mich.«

»Oh!«

»Und sie is nich besonders begeistert, Schüler im Haus zu haben«, fuhr Joe fort, »und am' wenigsten begeistert wär sie, wenn ich 'n Schüler wär, aus Angst, daß ich mich wehren könnt, wie 'ne Art Rebell, verstehst du?«

Ich wollte gerade mit einer Frage antworten und war bis zu »Warum« gekommen, als mich Joe unterbrach.

»Wart mal. Ich weiß, was du gerade sagen willst, Pip, wart 'n Moment. Ich streit nich ab, daß sich deine Schwester hin und wieder als Herrscherin über uns aufspielt. Ich streit nich ab, daß sie uns aufs Kreuz legen und sich heftig auf uns stürzen tut. Zu Zeiten, wo deine Schwester 'n Wutanfall kriegt, Pip« – Joe senkte seine Stimme zu einem Flüstern und blickte zur Tür –, »is sie offen gestanden 'n Radaumacher.«

Joe sprach dieses Wort aus, als begänne es mindestens mit zwölf großen Rs.

»Warum ich mich nich wehre? Das wolltest du fragen, als ich dich unterbrach, Pip?«

»Ja, Joe.«

»Nun«, sagte Joe und nahm den Schürhaken in die linke Hand, damit er seinen Backenbart befühlen konnte. Immer wenn er sich dieser gelassenen Beschäftigung zuwandte, erhoffte ich wenig von ihm. »Deine Schwester is 'n herrschsüchtiger Typ. Ein herrschsüchtiger Typ.«

»Was ist das?« fragte ich ihn, in der Hoffnung, ihn zu einer Aussage zu bringen. Aber Joe hielt seine Erklärung eher bereit, als ich erwartet hatte, und brachte mich völlig zum Schweigen, indem er kurz und bündig und mit festem Blick antwortete: »Sie.

Und ich bin nich so 'n herrschsüchtiger Typ«, fuhr Joe fort, als er seinen Blick abgewandt hatte und wieder seinen Backenbart strich. »Und schließlich, Pip – und das will ich dir ganz im Ernst sagen, alter Junge –, seh ich in meiner armen Mutter so sehr die Frau, die sich abrackert und schuftet und der ihr ehrliches Herz bricht und die ihr Leben lang keine Ruhe auf Erden nich find, daß ich furchtbar Angst habe, daß ich mit 'ner Frau falsch umgehn tu, und ich tät mir lieber selber ins eigne Fleisch schneiden. Ich wollt, es wär nur ich, der Ärger kriegt, Pip. Ich wollt, es gäb keinen Tickler für dich, alter Junge. Ich wollt, ich könnte alles auf mich nehmen, aber das is nu mal das Auf und Ab dabei, und ich hoffe, du siehst über Fehler hinweg.«

So jung ich damals war, so hegte ich, glaube ich, von diesem Abend an eine ungewohnte Bewunderung für Joe. Danach waren wir – wie auch vorher schon – ebenbürtig, doch wenn ich später in stillen Stunden Joe ansah und über ihn nachdachte, wurde ich mir des neuen Gefühls bewußt, daß ich in meinem Innern zu Joe aufschaute.

»Wie auch immer«, sagte Joe, stand auf und legte Feuerung nach, »die Schwarzwälder Uhr schlägt bald acht, und sie is noch nich zu Hause! Hoffentlich is die Stute von Onkel Pumblechook nich aufs Eis gegangen und eingebrochen.«

An Markttagen unternahm Mrs. Joe gelegentlich mit Onkel Pumblechook Ausflüge, um ihm beim Einkauf von solchen Haushaltsgegenständen zu helfen, die das Urteil einer Frau erforderten, denn Onkel Pumblechook war ein Junggeselle und setzte kein großes Vertrauen in seine Hausangestellte. Es war Markttag, und Mrs. Joe befand sich auf einer dieser Fahrten.

Joe machte Feuer und säuberte den Herd, und dann gingen wir an die Tür, um nach dem Kutschwagen zu horchen. Es war ein trockner, kalter Abend, und der Wind blies frisch, und der Frost war weiß und streng. Wenn jemand draußen auf den Marschen läge, würde er heute nacht sterben, dachte ich bei mir. Und dann sah ich zu den Sternen hinauf und stellte mir vor, wie furchtbar es für einen Menschen sein müßte, wenn er ihnen sein Gesicht zuwandte, während er erfror, ohne Hilfe oder Erbarmen in dieser glitzernden Menge zu finden.

»Da kommt ja die Stute«, sagte Joe, »hört sich an wie 'n Glockenspiel.«

Das Geklapper ihrer Hufeisen auf der gefrorenen Straße klang tatsächlich wie Musik, da sie viel schneller als gewöhnlich angetrabt kam. Wir stellten für Mrs. Joes Ankunft einen Stuhl hinaus und schürten das Feuer, damit sie ein helles Fenster sehen sollten. Dann warfen wir einen letzten prüfenden Blick auf die Küche, ob auch alles an seinem Platz war. Als wir diese Vorbereitungen abgeschlossen hatten, fuhren sie vor, vermummt bis zu den Augen. Mrs. Joe stieg schnell ab, und auch Onkel Pumblechook war schnell unten und bedeckte die Stute mit einer Decke; bald waren wir alle in der Küche und brachten so viel kalte Luft mit hinein, daß es schien, als trieben wir die ganze Hitze des Feuers hinaus.

»Also«, sagte Mrs. Joe, wickelte sich hastig und aufgeregt aus und warf ihr Häubchen auf die Schultern zurück, wo es an den Bändern hing, »wenn dieser Junge heut abend nicht dankbar ist, wird er's nie sein!«

Ich guckte so dankbar, wie ein Junge nur gucken kann, der keine Ahnung hat, warum er diese Miene aufsetzen soll.

»Man kann nur hoffen«, sagte meine Schwester, »daß er nicht verpimpelt wird. Aber ich hab meine Bedenken.«

»Das ist nicht ihre Art, Madam«, sagte Mr. Pumblechook. »Sie ist nicht so dumm.«

Sie? Ich sah Joe an und machte mit den Lippen und Augenbrauen eine Bewegung »Sie?« Joe sah mich an und bewegte seine Lippen und Brauen zu einem »Sie?« Weil ihn meine Schwester dabei ertappte, wischte er sich in seiner gewohnten versöhnlichen Art – wie stets in solcher Situation – mit dem Handrücken über die Nase und schaute Mrs. Joe an.

»Na«, sagte meine Schwester in ihrer schnippischen Manier, »was glotzt du so? Steht das Haus in Flammen?«

»Was für eine Person is gemeint?« warf Joe höflich ein.

»*Sie* ist eben vermutlich 'ne Sie«, sagte meine Schwester. »Es sei denn, du nennst Miss Havisham 'n Er. Ich nehme an, daß nicht mal du so weit gehst.«

»Miss Havisham oben in der Stadt?«

»Gibt's 'ne Miss Havisham unten in der Stadt?« erwiderte meine Schwester. »Sie möchte diesen Jungen zum Spielen bei sich haben. Selbstverständlich geht er hin. Und wenn er keine Lust dazu hat«, sagte meine Schwester und machte eine aufmunternde Kopfbewegung zu mir, besonders fröhlich und lustig zu sein, »mach ich ihm Beine.«

Ich hatte von Miss Havisham aus der Stadt gehört – jeder in weitem Umkreis hatte von Miss Havisham aus der Stadt gehört –, daß sie eine enorm reiche und grimmige Dame war, die in einem riesigen, düsteren und gegen Räuber verbarrikadierten Haus wohnte und ein sehr zurückgezogenes Leben führte.

»Sieh mal an!« sagte Joe verblüfft. »Ich frag mich nur, woher sie Pip kennt!«

»Dussel!« rief meine Schwester. »Wer sagt denn, daß sie ihn kennt?«

»Was für eine Person«, warf Joe wieder höflich ein, »hat erwähnt, daß sie ihn zum Spielen bei sich haben wollte?«

»Und konnte sie nicht Onkel Pumblechook fragen, ob er einen Jungen kennt, der dorthin zum Spielen geht? Ist es so unmöglich, daß Onkel Pumblechook ihr Pächter ist und daß er manchmal – wir wollen nicht sagen vierteljährlich oder halbjährlich, denn das wäre zu hoch für dich –, aber manchmal dahin geht und seine Pacht bezahlt? Und konnte sie dabei nicht Onkel Pumblechook fragen, ob er einen Jungen kennt, der zum Spielen hinkommt? Und konnte nicht Onkel Pumblechook, der immer aufmerksam und auf uns bedacht ist – obwohl du das nicht glauben magst, Joseph«, in einem äußerst vorwurfsvollen Ton, als wäre er der gleichgültigste Neffe der Welt, »diesen Jungen erwähnen, der hier herumtänzelt« – was wirklich nicht stimmte, das kann ich schwören – »und dem ich immer eine willfährige Sklavin gewesen bin?«

»Richtig so!« rief Onkel Pumblechook. »Gut gesagt! Richtig bemerkt! Wahrhaftig! Joseph, nun kennst du den Fall.«

»Nein, Joseph«, sagte meine Schwester noch immer vorwurfsvoll, während sich Joe ergeben mit dem Handrücken fortwährend über die Nase strich, »wenn du es auch nicht glauben magst, aber du kennst den Fall noch nicht. Du magst das annehmen, aber du kennst ihn nicht, Joseph. Denn du weißt nicht, daß Onkel Pumblechook, der sich bei allem, was wir auch sagen mögen, dessen bewußt ist, daß der Junge sein Glück machen kann, wenn er zu Miss Havisham geht, angeboten hat, ihn heute abend in seinem eigenen Kutschwagen mitzunehmen und bei sich zu behalten und morgen früh eigenhändig zu Miss Havisham zu bringen. Du lieber Himmel«, rief meine Schwester und warf ihre Haube in plötzlicher Verzweiflung von sich, »ich stehe hier und unterhalte mich mit diesen Mondkälbern, und Onkel Pumblechook wartet, und der Stute vor der Tür wird kalt, und der Junge ist vom Scheitel bis zur Sohle voller Ruß und Schmutz!«

Damit stürzte sie sich auf mich wie ein Adler aufs Lamm, und mein Gesicht wurde in Holzschüsseln im Ausguß gepreßt, und mein Kopf wurde unter die Hähne von Wasserfässern gehalten, und ich wurde geseift und geknetet und abgetrocknet und bearbeitet und gekratzt, bis ich wirklich ganz außer Atem war. (Ich möchte hier anmerken, daß ich vermutlich besser als irgendein anderer mit der Wirkung eines kantigen Eheringes vertraut bin, der gefühllos über das Gesicht gleitet.)

Als meine Waschung beendet war, wurde ich in sauberes Leinen von der steifsten Sorte wie ein Büßer in Sackleinen gesteckt und in meinen engsten und schrecklichsten Anzug gezwängt. Dann wurde ich Mr. Pumblechook übergeben, der mich auf eine Art in Empfang nahm, als wäre er der Sheriff, und eine Rede an mich vom Stapel ließ, die ihm, wie ich wußte, auf der Seele gebrannt hatte.

»Junge, sei allen Freunden gegenüber dankbar, besonders denen gegenüber, die dich mit eigner Hand aufgezogen haben!«

»Auf Wiedersehen, Joe!«

»Gott segne dich, Pip, alter Junge!«

Ich hatte mich bisher noch nie von ihm getrennt. Lag es nun an meinen Gefühlen oder am Seifenschaum, jedenfalls konnte ich zuerst keine Sterne vom Kutschwagen aus sehen. Aber einer nach dem anderen blitzte auf, ohne die Fragen zu klären, warum in aller Welt ich zu Miss Havisham spielen fahren sollte und was in aller Welt ich spielen sollte.

8. Kapitel

Mr. Pumblechooks Grundstück in der Hauptstraße des Marktfleckens hatte einen Hauch von Mehlstaub und Pfefferkörnern an sich, so wie es dem Grundstück eines Getreide- und Samenhändlers zukommt. In meinen Augen mußte er ein sehr glücklicher Mensch sein mit so vielen kleinen Schubfächern in seinem Geschäft, und ich fragte mich, als ich in das eine oder andere in den unteren Reihen linste und darin die eingewickelten braunen Papierpäckchen sah, ob die Blumensamen und -zwiebeln jemals den Wunsch haben, eines schönen Tages aus diesem Gefängnis auszubrechen und aufzublühen.

Es war am frühen Morgen nach meiner Ankunft, als ich diese Betrachtungen anstellte. Am Abend zuvor war ich sofort zu Bett in eine Mansarde mit schrägem Dach geschickt worden; in der Ecke, wo das Bett stand, war es so niedrig, daß die Ziegel schätzungsweise nur einen Fuß von meinen Augenbrauen entfernt waren. An demselben Morgen entdeckte ich eine seltsame Ähnlichkeit zwischen Samen und Kordsamt.

Mr. Pumblechook trug Kordsamt und sein Verkäufer ebenfalls. Irgendwie umgab ein starker Geruch nach Saatgut den Kordsamt, und dem Saatgut haftete ein Geruch von Kordsamt an, so daß ich kaum wußte, was wonach roch. Bei derselben Gelegenheit stellte ich fest, daß Mr. Pumblechook sein Geschäft zu führen schien, indem er über die Straße zum Sattler hinüberblickte, der wiederum sein Geschäft abzuwickeln schien, indem er den Wagenbauer im Auge behielt, der es zu etwas zu bringen schien, indem er die Hände in die Hosentaschen steckte und den Bäcker betrachtete, der seinerseits die Arme verschränkte und den Lebensmittelhändler anstarrte, der an seiner Tür stand und den Apotheker angähnte. Der Uhrmacher, der stets mit einem Vergrößerungsglas im Auge über einen kleinen Tisch gebeugt saß und stets von einer Gruppe in Arbeitsblusen betrachtet wurde, die ihm durch das Schaufenster aufmerksam zusahen, schien der einzige in der Hauptstraße zu sein, dessen Handwerk seine Aufmerksamkeit erforderte.

Mr. Pumblechook und ich frühstückten um acht Uhr im Wohnzimmer hinter dem Laden, während der Verkäufer seinen Becher Tee und sein Butterbrot vorn auf einem Sack Erbsen zu sich nahm. Ich fand Mr. Pumblechooks Gesellschaft scheußlich. Außer von dem Gedanken meiner Schwester beseelt, daß ein reumütiger und demütiger Charakterzug mit meiner Kost eingegeben werden sollte – er gab mir soviel wie möglich Brot mit sowenig wie möglich Butter und goß eine solche Menge warmes Wasser in meine Milch, daß es ehrlicher gewesen wäre, die Milch von vornherein wegzulassen –, bestand seine Unterhaltung aus nichts anderem als Rechnen. Auf mein höfliches »Guten Morgen« sagte er wichtigtuerisch: »Sieben mal neun, Junge?« Wie sollte ich da in der Lage sein zu antworten, da ich auf diese Weise plötzlich geprüft wurde, und das an einem fremden Ort und mit leerem Magen! Ich war hungrig, aber bevor ich einen Happen geschluckt hatte, begann er eine Kettenaufgabe, die sich über das ganze Frühstück erstreckte. »Sieben plus vier? – Plus acht? – Plus sechs? – Plus zwei?« Und so weiter. Jedesmal, nachdem ich eine Zahl genannt hatte, blieb gerade so viel Zeit, einen Bissen oder Schluck zu nehmen, bis die nächste kam. Währenddessen machte er es sich behaglich und aß (der Ausdruck sei mir gestattet: er fraß und schlang gierig) Schinken mit heißen Brötchen.

Aus diesen Gründen war ich froh, als es auf zehn Uhr zuging und wir uns auf den Weg zu Miss Havisham machten, obgleich mir nicht ganz wohl bei dem Gedanken war, wie ich mich im Hause dieser Dame zu benehmen hatte. Nach etwa einer Viertelstunde erreichten wir Miss Havishams Haus, das aus altem Backstein war und trostlos aussah und eine Menge Eisenstangen hatte. Einige Fenster waren zugemauert, von den anderen waren die unteren alle vergittert. Der Hof vor dem Haus war abgeschlossen. So mußten wir nach dem Läuten warten, bis jemand kam und aufschloß. Während wir am Tor warteten, schaute ich neugierig hinein (selbst dann fragte Mr. Pumblechook: »Plus vierzehn?«, aber ich tat so, als hörte ich ihn nicht) und sah, daß an der Seite des Hauses eine Brauerei stand. Es wurde nicht darin gebraut, und es schien auch schon lange nicht gebraut worden zu sein.

Ein Fenster wurde geöffnet, und eine helle Stimme fragte: »Wer ist da?« Daraufhin antwortete mein Begleiter: »Pumblechook.« Die Stimme erwiderte: »In Ordnung.« Das Fenster wurde wieder geschlossen, und eine junge Dame kam mit Schlüsseln in der Hand über den Hof.

»Das ist Pip«, sagte Mr. Pumblechook.

»Das ist also Pip«, antwortete die junge Dame, die sehr hübsch war und sehr stolz zu sein schien. »Komm herein, Pip.« Mr. Pumblechook kam mit herein, doch sie hielt ihn mit der Gartentür zurück.

»Oh!« sagte sie. »Wollen Sie Miss Havisham sprechen?«

»Wenn mich Miss Havisham sprechen möchte«, erwiderte Mr. Pumblechook verwirrt.

»Ach!« sagte das Mädchen, »aber Sie sehen doch, daß sie nicht will.«

Sie sagte das so endgültig und unwiderruflich, daß Mr. Pumblechook nicht protestieren konnte, obwohl seine Ehre gekränkt war. Aber er faßte mich scharf ins Auge – als hätte *ich* ihm etwas angetan – und verabschiedete sich in vorwurfsvollem Ton mit den Worten: »Junge, lege hier mit deinem Benehmen Ehre für die ein, die dich mit eigner Hand aufgezogen haben!« Ich hielt es nicht für unmöglich, daß er zurückkommen und mich durch das Tor fragen könnte: »Plus sechzehn?« Er kam aber nicht.

Meine junge Begleiterin verschloß das Tor, und wir gingen über den Hof. Er war gepflastert und sauber, aber in jeder Spalte wuchs Gras. Die Brauereigebäude standen durch einen kleinen Pfad mit ihm in Verbindung; die Holztüren dieses Weges standen offen, und auch die ganze Brauerei dahinter war geöffnet bis hin zur hohen Gartenmauer, und alles war leer und unbenutzt. Der kalte Wind schien dort kälter als außerhalb des Tores zu blasen; er verursachte ein heulendes Geräusch, wenn er an den offenen Seiten der Brauerei hindurchfegte, als pfiffe der Wind durch die Takelage eines Schiffes auf See.

Sie merkte, wie ich dorthin sah, und sagte: »Du könntest ohne weiteres das ganze starke Bier trinken, das da jetzt gebraut wird, Junge.«

»Ich glaube, ja, Miss«, sagte ich schüchtern.

»Es ist auch besser, daß jetzt dort kein Bier gebraut wird, es wäre sauer, mein Junge, meinst du nicht?«

»Es scheint so, Miss.«

»Niemand hat etwa vor, das zu versuchen«, fügte sie hinzu, »denn damit ist es vorbei, und die Stätte wird außer Betrieb bleiben, bis sie zusammenfällt. Was das starke Bier anbelangt, davon gibt es schon im Keller genug, um das Herrschaftshaus zu überschwemmen.«

»Ist das der Name dieses Hauses, Miss?«

»Einer seiner Namen, Junge.«

»Dann hat es demnach mehr als einen, Miss?«

»Noch einen. Der andere Name war ›Satis‹, was auf griechisch oder lateinisch oder hebräisch oder alles zusammen – was ein und dasselbe für mich ist – ›genug‹ heißt.«

»Genug-Haus«, sagte ich, »das ist ein seltsamer Name, Miss.«

»Ja«, antwortete sie, »aber er bedeutete mehr, als er aussagte. Als dieser Name gegeben wurde, war damit gemeint, daß der Besitzer dieses Hauses wunschlos glücklich war. Die müssen damals schnell zufrieden gewesen sein, würde ich sagen. Aber bummle nicht, Junge.«

Obwohl sie mich so oft mit einer Unbekümmertheit, die nicht gerade schmeichelhaft war, »Junge« nannte, war sie ungefähr in meinem Alter. Sie wirkte natürlich viel älter als ich, da sie ein Mädchen und schön und selbstbewußt war, und sie war so hochmütig gegen mich, als wäre sie einundzwanzig Jahre alt und eine Königin.

Wir gingen durch eine Nebentür ins Haus hinein, draußen vor dem großen Vordereingang hingen zwei Ketten, und als erstes fiel mir auf, daß alle Korridore dunkel waren und daß sie dort eine Kerze hatte brennen lassen. Sie nahm sie auf, und wir gingen über mehrere Flure und eine Treppe hinauf, und noch immer war alles dunkel, nur die Kerze schien. Endlich gelangten wir an die Tür eines Zimmers, und sie sagte: »Geh hinein.«

Ich antwortete mehr aus Schüchternheit als aus Höflichkeit: »Nach Ihnen, Miss.«

Darauf erwiderte sie: »Sei nicht albern, Junge, ich gehe nicht mit hinein.« Und verächtlich schritt sie davon und – was noch schlimmer war – nahm die Kerze mit.

Das war sehr unangenehm, und ich verspürte ziemliche Angst. Da mir jedoch nichts anderes übrigblieb, als zu klopfen, klopfte ich an und wurde von drinnen aufgefordert einzutreten. Deshalb ging ich hinein und befand mich in einem hübschen, großen Zimmer, das von Wachskerzen hell erleuchtet wurde. Nicht ein Schimmer Tageslicht war dort zu sehen. Es war ein Ankleidezimmer, wie ich aus der Einrichtung schloß, obwohl mir vieles davon der Form und dem Verwendungszweck nach unbekannt war. Aber auffallend war ein mit Stoff drapierter Tisch mit einem vergoldeten Spiegel, den ich auf den ersten Blick als Toilettentisch einer feinen Dame erkannte.

Ob ich diesen Gegenstand so schnell erkannt hätte, wenn keine feine Dame davor gesessen hätte, kann ich nicht sagen. In einem Lehnsessel, einen Ellbogen auf den Tisch und den Kopf auf die Hand gestützt, saß die seltsamste Dame, die ich jemals gesehen habe und sehen werde.

Sie war in kostbare Stoffe gehüllt – Satin, Spitze und Seide – und alles in Weiß. Ihre Schuhe waren weiß. Von ihrem Haar fiel ein langer weißer Schleier herab, sie hatte einen Brautkranz im Haar, das schon weiß war. Brautschmuck glitzerte an ihrem Hals und an den Händen, und einige andere Juwelen lagen glitzernd auf dem Tisch. Kleider, die nicht so prächtig wie das waren, das sie anhatte, sowie halb gepackte Koffer lagen verstreut umher. Sie war noch nicht ganz fertig angezogen, denn sie hatte erst einen Schuh an – der andere lag auf dem Tisch neben ihrer Hand; der Schleier war bloß halb gesteckt, ihre Uhr samt Kette hatte sie noch nicht um, und ein spitzenbesetztes Schultertuch lag zusammen mit jenen Schmucksachen, ihrem Taschentuch, den Handschuhen, ein paar Blumen und einem Gebetbuch durcheinandergewürfelt neben dem Spiegel.

Ich sah all diese Dinge nicht in den ersten wenigen Augenblicken, obwohl ich mehr davon gesehen habe, als man annehmen könnte. Ich bemerkte, daß alles in meinem Blickfeld, was weiß sein sollte, seinen Glanz eingebüßt hatte und verblichen und gelb war. Ich sah, daß die Braut im Brautkleid genauso an Schönheit verloren hatte wie ihr Kleid und wie die Blumen und daß nur noch der Glanz ihrer eingesunkenen

Augen geblieben war. Ich sah, daß das Kleid für die vollendete Figur einer jungen Frau bestimmt gewesen war und daß die Gestalt, um die es nun lose hing, zu Haut und Knochen abgemagert war. Früher war ich einmal mitgenommen worden, um mir eine gräßliche Wachsfigur auf der Messe anzusehen, die irgendeine unmögliche Person darstellte, die aufgebahrt lag. Ich war auch schon einmal in eine unserer alten Kirchen in den Marschen mitgenommen worden, um ein Gerippe in den Überresten eines kostbaren Gewandes zu besichtigen, das aus einer Gruft unter dem Kirchenfußboden ausgegraben worden war. Nun schienen Wachsfigur und Gerippe dunkle Augen zu haben, die sich bewegten und mich anblickten. Ich hätte aufgeschrien, wenn ich gekonnt hätte.

»Wer ist da?« fragte die Dame am Tisch.

»Pip, Madam.«

»Pip?«

»Mr. Pumblechooks Junge, Madam. Ich komme zum Spielen.«

»Tritt näher, ich will dich anschauen. Komm nahe heran.«

Als ich vor ihr stand und ihren Blicken auswich, nahm ich die sie umgebenden Gegenstände im einzelnen wahr und bemerkte, daß ihre Taschenuhr, wie auch die Uhr in ihrem Zimmer, bei zwanzig Minuten vor neun stehengeblieben war.

»Schau mich an«, sagte Miss Havisham. »Du hast keine Angst vor einer Frau, die die Sonne nicht mehr gesehen hat, seit du lebst?«

Mit Bedauern muß ich zugeben, daß ich mich nicht vor der dicken Lüge gefürchtet hatte, die in der Antwort »nein« steckte.

»Weißt du, was ich hier berühre?« fragte sie und legte beide Hände auf die linke Seite.

»Ja, Madam.« (Es ließ mich an den jungen Mann denken.)

»Was berühre ich?«

»Ihr Herz.«

»Gebrochen!«

Sie sprach dieses Wort mit lebhaftem Blick und starkem Nachdruck und mit einem überirdischen Lächeln aus, das eine Spur von Stolz trug. Danach ließ sie ihre Hände eine Weile dort ruhen und ließ sie langsam sinken, als ob sie schwer wären.

»Ich bin müde«, sagte Miss Havisham. »Ich möchte Zerstreuung haben, und von Männern und Frauen habe ich genug. Spiele!«

Ich glaube, selbst mein streitsüchtigster Leser wird zugeben, daß sie von einem unglücklichen Jungen kaum etwas Schwereres auf der Welt hätte verlangen können, als unter diesen Umständen zu spielen.

»Manchmal habe ich seltsame Einfälle«, fuhr sie fort, »und ich habe jetzt den seltsamen Einfall, daß ich jemand spielen sehen möchte. Da, da!« – mit einer ungeduldigen Bewegung der Finger ihrer rechten Hand – »Spiele, spiele!«

Mit der Furcht vor meiner Schwester im Nacken, hatte ich einen Augenblick lang die Absicht, im Zimmer wie Mr. Pumblechooks Kutschwagen herumzufahren. Ich fühlte mich dieser Vorstellung nicht gewachsen, gab den Plan auf und blickte Miss Havisham an, was sie vermutlich für störrisch hielt, denn sie sagte, nachdem wir uns tief in die Augen gesehen hatten: »Bist du eigensinnig und halsstarrig?«

»Nein, Madam, Sie tun mir sehr leid, und ich bedaure, daß ich gerade jetzt nicht spielen kann. Wenn Sie sich über mich beschweren, bekomme ich mit meiner Schwester Ärger; also würde ich es tun, wenn ich könnte, aber es ist so neu hier und so fremd und so vornehm – und so traurig.« Ich hielt inne aus Angst, ich könnte zuviel sagen oder bereits gesagt haben, und wiederum blickten wir uns an.

Bevor sie erneut sprach, wandte sie ihre Blicke von mir und betrachtete das Kleid, das sie trug, und den Toilettentisch und schließlich sich selbst im Spiegel.

»So neu für ihn«, murmelte sie, »so alt für mich. So fremd

für ihn, so vertraut für mich. So traurig für uns beide! Ruf Estella.«

Da sie noch immer ihr Spiegelbild betrachtete, nahm ich an, sie spräche noch vor sich hin, und verhielt mich still.

»Ruf Estella«, wiederholte sie und warf mir einen Blick zu. »Das kannst du tun. Ruf Estella. An der Tür.«

Im Dunkeln auf einem geheimnisvollen Flur eines unbekannten Hauses zu stehen, nach einer höhnischen jungen Dame, die weder zu sehen ist noch antwortet, Estella zu schreien, was ich als schreckliche Ungehörigkeit empfand, ihren Namen dermaßen herauszubrüllen, war fast ebenso schlimm, wie auf Befehl zu spielen. Schließlich aber antwortete sie, und ihr Licht kam wie ein Stern den dunklen Gang entlang. Miss Havisham bat sie, näher zu treten, nahm ein Schmuckstück vom Tisch und probierte die Wirkung auf ihrer schönen jungen Brust und zu ihrem hübschen braunen Haar aus. »Das wird eines Tages dir gehören, meine Liebe, und du wirst es gut behandeln. Ich möchte zusehen, wie du mit diesem Jungen Karten spielst.«

»Mit diesem Jungen! Weshalb? Er ist ein einfacher Bauernjunge!«

Ich glaubte Miss Havishams Antwort verstanden zu haben – sie schien mir nur so unwahrscheinlich. »Nun, du kannst ja sein Herz brechen.«

»Was spielst du, mein Junge?« fragte mich Estella mit größter Geringschätzung.

»Nichts außer Tod und Leben, Miss.«

»Besiege ihn«, sagte Miss Havisham zu Estella. So setzten wir uns zum Kartenspiel hin.

Damals begann ich zu begreifen, daß alles in dem Zimmer vor langer Zeit stehengeblieben war, so wie die Taschenuhr und die Standuhr. Ich stellte fest, daß Miss Havisham den Schmuck genau an dieselbe Stelle zurücklegte, von der sie ihn hochgenommen hatte. Als Estella die Karten gab, blickte ich wieder schnell zum Toilettentisch und sah, daß der Schuh darauf, einst weiß, jetzt gelb, nie getragen worden war. Ich schaute auf den Fuß, an dem er fehlte, und sah, daß der Seidenstrumpf daran, einst weiß, jetzt gelb, völlig abgetragen war. Ohne dieses Anhalten von allem, ohne diesen Stillstand all der faden, verfallenen Gegenstände hätte nicht einmal das verblichene Brautkleid auf dem eingefallenen Körper so sehr nach einem Totengewand oder der Schleier so sehr nach einem Leichentuch ausgesehen.

Wie eine Mumie saß sie da, als wir Karten spielten; die Rüschen und Borten an ihrem Brautkleid wirkten wie Pergamentpapier. Damals habe ich noch nichts von Ausgrabungen gewußt, bei denen man gelegentlich Menschen gefunden hat, die im Altertum begraben worden waren und die in dem Moment zu Staub zerfielen, da sie deutlich sichtbar wurden. Aber seither habe ich oft darüber nachgedacht, das sie ausgesehen haben muß, als ob sie bei Einwirkung des natürlichen Tageslichtes zu Staub zerfallen wäre.

»Er nennt die Buben Bauern, dieser Junge!« sagte Estella geringschätzig, bevor unser erstes Spiel zu Ende war. »Und was für Hände er hat! Und was für derbe Stiefel!«

Ich hatte nie zuvor daran gedacht, mich meiner Hände zu schämen, aber ich begann sie selbst für unansehnlich zu halten. Ihre Verachtung war so stark, daß sie auch mich ansteckte.

Sie gewann, und ich gab. Ich gab nicht richtig, was nur natürlich war, denn ich wußte, daß sie auf einen Fehler von mir lauerte, und sie nannte mich einen einfältigen, plumpen Bauernjungen.

»Du äußerst dich gar nicht über sie«, bemerkte Miss Havisham zu mir, als sie mich ansah. »Sie sagt viele unfreundliche Dinge zu dir, aber du äußerst dich gar nicht über sie. Was hältst du von ihr?«

»Das möchte ich nicht sagen«, stammelte ich.

»Sag es mir ins Ohr«, sagte Miss Havisham und beugte sich herab.

»Ich finde, sie ist sehr stolz«, antwortete ich flüsternd.
»Noch etwas?«
»Ich finde, sie ist sehr hübsch.«
»Was noch?«
»Ich finde, sie ist sehr unverschämt.« (Daraufhin blickte sie mich mit einem Ausdruck größter Abneigung an.)
»Was noch?«
»Ich finde, ich sollte jetzt nach Hause gehen.«
»Und sie niemals wiedersehen, obwohl sie so hübsch ist?«
»Ich weiß nicht, ob ich sie wiedersehen möchte, aber ich möchte jetzt nach Hause gehen.«
»Du kannst bald nach Hause gehen«, sagte Miss Havisham laut, »bringt das Spiel zu Ende.«
Wenn nicht dieses eine überirdische Lächeln am Anfang gewesen wäre, hätte ich fast mit Sicherheit annehmen können, daß Miss Havishams Gesicht nicht mehr lächeln konnte. Es hatte einen lauernden und brütenden Ausdruck angenommen – wahrscheinlich damals, als alle Dinge um sie herum erstarrten –, und es sah so aus, als könnte es durch nichts wieder verändert werden. Ihre Brust war eingefallen, so daß sie gebückt ging; ihre Stimme hatte sich gesenkt, so daß sie leise und einschläfernd sprach. Insgesamt hatte sie das Aussehen eines Menschen, der von der Wucht eines vernichtenden Schlages an Leib und Seele, innerlich und äußerlich, zerbrochen worden war.
Ich spielte mit Estella das Spiel zu Ende, und sie besiegte mich. Nachdem sie gewonnen hatte, warf sie die Karten auf den Tisch, als ob sie sie dafür verachtete, daß sie sie mir abgenommen hatte.
»Wann werde ich dich wieder hier haben?« fragte Miss Havisham. »Ich will mal überlegen.«
Ich begann sie daran zu erinnern, daß heute Mittwoch wäre, als sie mich mit einer bereits erwähnten ungeduldigen Bewegung der Finger ihrer rechten Hand zum Schweigen brachte.

»Laß das! Ich weiß nichts von den Tagen der Woche, ich weiß nichts von den Wochen des Jahres. Komm in sechs Tagen wieder. Hörst du?«

»Ja, Madam.«

»Estella, bringe ihn hinunter. Gib ihm etwas zu essen und laß ihn umherstreifen und sich umsehen, während er ißt. Geh, Pip.«

Ich folgte der Kerze beim Hinuntergehen, wie ich ihr beim Hinaufgehen gefolgt war, und sie stellte sie an den Platz, wo wir sie vorgefunden hatten. Bis sie die Seitenpforte öffnete, hatte ich, ohne richtig nachzudenken, die Vorstellung gehabt, daß es Nacht sein müßte. Die plötzliche Flut des Tageslichtes verwirrte mich ziemlich und gab mir das Gefühl, viele Stunden lang bei Kerzenschein in diesem seltsamen Zimmer verbracht zu haben.

»Du mußt hier warten«, sagte Estella, verschwand und schloß die Tür.

Ich nutzte die Gelegenheit, allein im Hof zu sein, um meine groben Hände und meine minderwertigen Stiefel zu betrachten. Meine Meinung zu beidem war nicht schmeichelhaft. Bisher hatten sie mich nie gestört, nun aber empfand ich sie als lästiges Anhängsel. Ich beschloß, Joe zu fragen, warum er mir beigebracht hat, die Karten Bauern zu nennen, die eigentlich Buben heißen. Ich wünschte, Joe hätte eine etwas bessere Erziehung genossen, dann wäre auch mir das zugute gekommen.

Sie kam mit Brot, Fleisch und einem kleinen Krug Bier zurück. Sie stellte den Krug auf das Pflaster im Hof und gab mir das Brot und das Fleisch, ohne mich dabei anzusehen, und so überheblich, als wäre ich ein elender Hund. Ich war so gedemütigt, verletzt, gekränkt, ärgerlich, traurig – ich kann nicht das richtige Wort für meinen Schmerz finden, Gott allein kennt es –, daß mir die Tränen in die Augen stiegen. In dem Moment sah mich das Mädchen mit sichtlicher Freude an. Das gab mir die Kraft, meine Tränen zurückzudrängen und ihr ins Gesicht zu sehen. Sie warf verächtlich den Kopf zurück, aber sicherlich mit dem Gefühl, mich tief getroffen zu haben, und lief davon.

Sobald sie weg war, sah ich mich nach einer Stelle um, wo ich mein Gesicht verbergen konnte; ich stellte mich hinter eins der Tore in der Brauereigasse und lehnte meinen Arm gegen die Wand, legte meinen Kopf darauf und weinte. Während ich weinte, stieß ich mit dem Fuß gegen die Mauer und raufte mir die Haare. Meine Erbitterung war so groß und mein namenloser Schmerz so heftig, daß ich mir Luft machen mußte.

Die Erziehung durch meine Schwester hatte mich überempfindlich gemacht. In der kleinen Welt, in der Kinder aufwachsen, wird nichts so genau wahrgenommen und empfunden wie Ungerechtigkeit, ganz gleich, von wem sie erzogen werden. Es mögen nur geringe Ungerechtigkeiten sein, denen das Kind ausgesetzt ist, aber das Kind ist klein, und seine Welt ist klein, und sein Schaukelpferd ist in seinen Augen so groß wie ein kräftiges irisches Jagdpferd. Seit meiner frühesten Kindheit hatte ich innerlich einen ständigen Kampf gegen die Ungerechtigkeit auszufechten. Sobald ich sprechen konnte, hatte ich gemerkt, daß meine Schwester mit ihren Launen und ihrer Tyrannei ungerecht gegen mich war. Ich hatte die tiefe Überzeugung gehegt, daß sie, wenn sie mich mit eigner Hand aufzog, damit noch nicht das Recht hatte, mich mit Schlägen aufzuziehen. Durch all die Strafen, Unfreundlichkeiten, Fastentage, schlaflosen Nächte und anderen Bußstrafen war ich zu dieser Überzeugung gelangt. Meine Schüchternheit und Überempfindlichkeit führe ich größtenteils darauf zurück, daß ich allein und ohne Hilfe mit alldem fertig werden mußte.

Im Augenblick reagierte ich meine verletzten Gefühle ab, indem ich die Brauereiwand mit den Füßen bearbeitete und mir die Haare ausriß. Dann wischte ich mein Gesicht am Ärmel ab und kam hinter dem Tor hervor. Das Brot und das

Fleisch schmeckten recht gut, und das Bier erwärmte und erregte mich; so faßte ich bald Mut und sah mich um.

Es war wirklich ein gottverlassener Ort bis hin zum Brauereihof mit dem Taubenhaus, das windschief auf seiner Stange schwankte und den Tauben das Gefühl verliehen hätte, auf hoher See zu sein, wenn überhaupt welche dagewesen wären. Aber es gab keine Tauben im Schlag, keine Pferde im Stall, keine Schweine im Koben, kein Malz im Lagerhaus, keinen Geruch von Treber und Bier im Kessel oder Faß. All die Geschäftigkeit und die Gerüche der Brauerei hatten sich wohl mit den letzten Rauchschwaden verflüchtigt. In einem Nebenhof lagen leere Fässer wüst durcheinander, denen noch ein säuerlicher Geruch wie eine Erinnerung an bessere Tage anhaftete. Der Geruch war aber zu säuerlich, als daß man an dieses Bier denken mußte, das nicht mehr gebraut wurde. In der Hinsicht erinnere ich mich an jenen verlassenen Ort wie an die meisten anderen.

Am äußersten Ende der Brauerei befand sich ein verwilderter und von einer alten Mauer umgebener Garten; die Mauer war gerade so hoch, daß ich mich daran hinaufziehen und lange genug festhalten konnte, um einen Blick hinüberzuwerfen und festzustellen, daß dieser verwilderte Garten zum Haus gehörte und von Unkraut überwuchert war. Aber auf den grüngelben Wegen war ein Pfad getreten, als ob dort manchmal jemand spazierenginge. In diesem Augenblick sah ich Estella, mir den Rücken zugewandt, den Pfad entlanggehen. Sie schien überall zu sein, denn als ich der Versuchung nachgab und über die Fässer zu steigen begann, sah ich sie am Ende des Hofes dasselbe tun. Sei drehte mir den Rücken zu, hielt ihr schönes braunes Haar in beiden Händen, sah sich nicht ein einziges Mal um und entschwand meinen Blicken. Das gleiche geschah in der Brauerei, womit ich die große, gepflasterte, luftige Halle meine, in der früher das Bier gebraut wurde und wo noch die Brauereigeräte herumstanden. Als ich dort zum erstenmal hineinging und, von der Düsternis ziemlich beklommen, an der Tür stehenblieb und um mich blickte, sah ich, wie sie zwischen den erloschenen Feuerstellen hindurchschritt, eine schmale Eisentreppe hinaufstieg und hoch oben auf einer Galerie verschwand, als wäre sie in den Himmel geschritten.

An dieser Stelle und in diesem Augenblick spielte mir die Phantasie ein seltsames Bild vor. Damals fand ich diese Erscheinung seltsam, aber viel später erschien sie mir noch weitaus seltsamer. Ich wandte meine vom frostklaren Licht geblendeten Augen einem starken Balken zu, der sich rechts von mir in einer Ecke des Gebäudes befand und an dem ich eine Gestalt hängen sah. Eine Gestalt, ganz in vergilbtem Weiß, mit nur einem Schuh an den Füßen. Ich konnte erkennen, daß die verblichenen Borten des Kleides wie Pergamentpapier aussahen und daß es Miss Havishams Gesicht war, auf dem ein Ausdruck lag, als ob sie versuchen wollte, mich zu rufen. Über den Anblick der Gestalt und von der Gewißheit, daß sie kurz zuvor noch nicht dagewesen war, tief bestürzt, wollte ich zuerst davonrennen, lief dann aber darauf zu. Doch mein Schrecken wuchs erst recht, als ich merkte, daß dort keine Gestalt mehr hing.

Erst das Licht des frostklaren Himmels, der Anblick der am Gitter des Hoftores vorbeilaufenden Menschen und die belebende Wirkung des letzten Brotes, Fleisches und Bieres konnten mich zur Vernunft bringen. Selbst dadurch hätte ich nicht so schnell zu mir gefunden, wenn ich nicht Estella gesehen hätte, die mit den Schlüsseln kam, um mich hinauszulassen. Sie hätte einen triftigen Grund, auf mich herabzusehen, dachte ich im stillen, wenn sie mich so ängstlich vorfände, sie sollte aber keinen triftigen Grund haben.

Im Vorübergehen warf sie mir einen triumphierenden Blick zu, als ob sie sich diebisch über meine groben Hände und derben Schuhe freute, und sie öffnete das Tor und blieb dort stehen. Als ich an ihr vorbeiging, ohne sie anzusehen, stubste sie mich und fragte spöttisch: »Warum weinst du nicht?«

»Weil ich nicht will.«

»Und ob du willst!« sagte sie. »Du hast geweint, bis du halb blind warst, und jetzt fängst du gleich wieder an.«

Sie lachte verächtlich, schob mich hinaus und schloß das Tor hinter mir ab. Ich lief schnurstracks zu Mr. Pumblechook und war heilfroh, daß er nicht zu Hause war. So hinterließ ich beim Verkäufer die Nachricht, an welchem Tag ich wieder zu Miss Havisham kommen sollte, und machte mich auf den vier Meilen weiten Weg zu unserer Schmiede. Unterwegs sann ich über alles nach, was ich erlebt hatte, und es traf mich tief, daß ich nur ein gewöhnlicher Bauernjunge mit groben Händen und plumpen Stiefeln war, daß ich die verächtliche Angewohnheit hatte, die Buben Bauern zu nennen, und daß ich viel weniger wußte, als ich am Abend zuvor angenommen hatte, und daß sich mein Leben auf dieser Ebene abspielte.

9. Kapitel

Als ich nach Hause kam, war meine Schwester sehr begierig, alles über Miss Havisham zu erfahren, und stellte unzählige Fragen. Bald setzte es heftige Stöße in den Nacken und ins Kreuz, und ich wurde mit dem Gesicht zur Küchenwand gestoßen, weil ich diese Fragen nicht ausführlich genug beantwortete.

Wenn bei anderen Kindern die Angst, nicht verstanden zu werden, in gleichem Maße wie bei mir vorhanden ist – was ich für wahrscheinlich halte, denn ich habe keinen Grund anzunehmen, daß ich eine Ausnahme gewesen bin –, so ist das die Erklärung für manche angebliche Verstocktheit. Ich war überzeugt, daß ich nicht verstanden werden würde, wenn ich Miss Havisham so beschrieb, wie ich sie gesehen hatte. Darüber hinaus war ich fest überzeugt, daß auch Miss Havisham nicht verstanden werden würde. Obwohl sie mir völlig unbegreiflich war, hatte ich das Empfinden, daß es unanständig und hinterhältig von mir wäre, sie Mrs. Joe so zu schildern, wie sie war (ganz zu schweigen von Miss Estella). Folglich erzählte ich so wenig wie möglich und wurde dafür mit dem Gesicht zur Küchenwand gestellt.

Das schlimmste war, daß dieser alte Peiniger, der vor Neugier, was ich wohl alles gesehen und gehört hatte, beinahe platzte, zur Vesperzeit keuchend in seinem Kutschwagen angefahren kam, um über alle Einzelheiten informiert zu werden. Der bloße Anblick dieses Quälgeistes mit seinen Fischaugen und dem offenstehenden Mund, mit seinem sandfarbenen, vor Wißbegierde gesträubten Haar und mit seiner vor hochtrabender Rechenkunst stolz geschwellten Brust machte mich nur noch verstockter.

»Nun, mein Junge«, begann Onkel Pumblechook, nachdem er sich auf dem Ehrenplatz am Kamin niedergelassen hatte. »Wie ist es dir in der Stadt ergangen?«

Ich antwortete: »Ganz gut, Sir«, und meine Schwester drohte mir mit der Faust.

»Ganz gut?« wiederholte Mr. Pumblechook. »Ganz gut ist keine Antwort. Sag uns, was du mit ›ganz gut‹ meinst, Bursche.«

Tünche an der Stirn verstärkt vielleicht den Eigensinn. Mit der Tünche der Küchenwand an meiner Stirn war ich in meinem Eigensinn jedenfalls nicht umzustimmen. Ich überlegte eine Weile und antwortete dann, als wäre mir etwas ganz Neues eingefallen: »Ich meine, ganz gut.«

Meine Schwester wollte sich mit einem Ausruf des Unwillens auf mich stürzen – ich konnte mit keinerlei Beistand rechnen, denn Joe war in der Schmiede beschäftigt –, doch Mr. Pumblechook trat dazwischen. »Nicht doch! Beruhigen Sie sich. Überlassen Sie den Burschen getrost mir. Überlassen Sie ihn mir.« Dann drehte mich Mr. Pumblechook zu sich herum, als ob er mir die Haare schneiden wollte, und sagte: »Zuerst werden wir mal Ordnung in die Gedanken bringen. Wieviel Schilling sind dreiundvierzig Pence?«

Ich erwog die Folgen, falls ich antworten würde: »Vierhundert Pfund.« Da das nur nachteilig für mich gewesen wäre, antwortete ich so richtig wie möglich und wich um ungefähr acht Pence ab. Danach ging Mr. Pumblechook mit mir die Pence-Tabelle von »zwölf Pence sind ein Schilling« bis zu »vierzig Pence sind drei Schilling und vier Pence« durch und wiederholte triumphierend: »Nun? Wieviel Schilling sind dreiundvierzig Pence?« Worauf ich nach langem Nachdenken antwortete: »Ich weiß es nicht.« Und ich war so wütend, daß ich beinahe glaube, ich habe es wirklich nicht gewußt.

Mr. Pumblechook drehte seinen Kopf wie einen Schraubenzieher, um die Antwort aus mir herauszuziehen, und fragte: »Sind dreiundvierzig Pence etwa sieben Schilling, sechs Pence und drei Farthing?«

»Ja!« sagte ich. Obwohl mir meine Schwester sofort eine Ohrfeige gab, freute es mich ungemein zu sehen, daß die Antwort ihm den Spaß verdorben und ihn zum Schweigen gebracht hatte.

»Sag mal, Junge, wie sieht Miss Havisham aus?« begann Mr. Pumblechook von neuem, als er sich erholt hatte. Dabei verschränkte er die Arme vor der Brust und setzte im stillen den Schraubenzieher ein.

»Sie ist sehr groß und hat dunkles Haar.«

»Stimmt das, Onkel?« fragte meine Schwester.

Mr. Pumblechook nickte zustimmend, woraus ich entnahm, daß er Miss Havisham nie gesehen hatte, denn beides entsprach nicht den Tatsachen.

»Gut!« sagte Mr. Pumblechook selbstgefällig und dann zu Mrs. Joe: »So muß man mit ihm umgehen. Ich glaube, Madam, daß wir uns jetzt durchsetzen.«

»Ganz gewiß, Onkel«, erwiderte Mrs. Joe, »ich wünschte, Sie hätten ihn immer. Sie wissen so gut, wie man ihn zu nehmen hat.«

»Nun, mein Junge, was tat sie gerade, als du heute zu ihr kamst?« fragte Mr. Pumblechook.

»Sie saß in einer schwarzen, mit Samt ausgeschlagenen Kutsche.«

Mr. Pumblechook und Mrs. Joe starrten sich an – sie hatten allen Grund dazu – und wiederholten fassungslos: »In einer schwarzen, mit Samt ausgeschlagenen Kutsche?«

»Ja«, sagte ich, »und Miss Estella – das ist, glaube ich, ihre Nichte – reichte ihr auf einem goldenen Tablett Kuchen und Wein durch das Kutschenfenster. Wir alle hatten Kuchen und Wein auf goldenen Tabletts. Und ich stieg hinten auf die Kutsche und aß meinen Kuchen, wie sie es mir befohlen hatte.«

»War noch jemand da?« fragte Mr. Pumblechook.

»Vier Hunde«, entgegnete ich.

»Große oder kleine?«

»Riesengroße«, sagte ich. »Sie haben sich um Kalbskoteletts gebalgt, die in einem Silberkörbchen lagen.«

Mr. Pumblechook und Mrs. Joe sahen sich wiederum völlig fassungslos an. Ich war wie besessen – wie ein Zeuge, der die Folter nicht fürchtet – und hätte ihnen alles mögliche erzählt.

»Wo in aller Welt stand denn die Kutsche?« fragte meine Schwester.

»In Miss Havishams Zimmer.« Sie staunten. »Aber Pferde waren keine vorgespannt«, fügte ich einschränkend hinzu und verzichtete in dem Moment auf vier prächtig herausgeputzte Rennpferde, die ich im Geist schon vorgespannt hatte.

»Kann das möglich sein, Onkel?« fragte Mrs. Joe. »Was kann der Junge damit meinen?«

»Das werd ich Ihnen sagen, Madam«, sagte Onkel Pumblechook. »Meiner Meinung nach handelt es sich um eine Sänfte. Sie ist ein bißchen wunderlich, wissen Sie, höchst wunderlich. Es ist ihr zuzutrauen, daß sie ihre Tage in einer Sänfte zubringt.«

»Haben Sie sie schon einmal darin sitzen sehen, Onkel?« fragte Mrs. Joe.

»Wie sollte ich!« entgegnete er, zu diesem Eingeständnis gezwungen, »da ich sie doch noch nie in meinem Leben zu Gesicht bekommen habe, noch nie!«

»Mein Gott, Onkel, und trotzdem haben Sie mit ihr gesprochen?«

»Wieso wissen Sie nicht«, sagte Mr. Pumblechook verdrießlich, »daß ich draußen vor der Tür stand, wenn ich bei ihr war, und daß sie mit mir durch die angelehnte Tür gesprochen hat? Sagen Sie nicht, Sie hätten das nicht gewußt, Madam. Wie dem auch sei, der Junge war da, um zu spielen. Was hast du gespielt, mein Junge?«

»Wir haben mit Fahnen gespielt«, antwortete ich. (Ich wundere mich heute selbst über mich, wenn ich an die Lügen denke, die ich bei dieser Gelegenheit aufgetischt habe.)

»Mit Fahnen?« wiederholte meine Schwester.

»Ja«, sagte ich. »Estella hat eine blaue Fahne geschwenkt und ich eine rote, und Miss Havisham hat eine aus dem Kutschenfenster geschwenkt, die über und über mit kleinen goldenen Sternen besät war. Und dann haben wir alle unsere Schwerter geschwungen und ›Hurra!‹ geschrien.«

»Schwerter?« wiederholte meine Schwester. »Wo hattet ihr denn die Schwerter her?«

»Aus einem Schrank«, sagte ich. »Ich habe darin auch Pistolen und Marmelade und Tabletten gesehen. In das Zimmer schien kein Tageslicht herein, nur Kerzen waren angezündet.«

»Das stimmt, Madam«, sagte Mr. Pumblechook und nickte ernsthaft mit dem Kopf. »So verhält sich die Sache, das habe ich mit eignen Augen gesehen.« Wiederum starrten mich die beiden an, und ich erwiderte den Blick mit gespielter Harmlosigkeit und glättete mein rechtes Hosenbein mit meiner rechten Hand.

Wenn sie mir noch mehr Fragen gestellt hätten, würde ich mich zweifellos selbst verraten haben, denn ich war in meiner Berichterstattung gerade bei dem Punkt angelangt, ihnen von einem Ballon im Hof zu erzählen. Nur schwankte ich, ob ich in meiner blühenden Phantasie von dem Ballon oder einem Bären in der Brauerei reden sollte. Sie waren jedoch dermaßen von den Wunderdingen beeindruckt, die ich ihnen berichtet hatte, daß ich noch einmal davonkam. Das Thema beschäftigte sie noch, als Joe von seiner Arbeit hereinkam, um eine Tasse Tee zu trinken. Meine Schwester schilderte ihm, mehr zu ihrer eigenen Erleichterung als ihm zur Freude, was ich angeblich erlebt hatte.

Als ich dann sah, wie Joe seine blauen Augen aufriß und sie in hilfloser Verwunderung in der Küche herumwandern ließ, packte mich Reue, aber nur seinetwegen, nicht im geringsten der beiden anderen wegen. Joe gegenüber – und nur vor ihm – kam ich mir wie ein kleines Scheusal vor. Indessen erörterten sie die Folgen, die sich für mich aus Miss Havishams Bekanntschaft und Gunst ergeben könnten. Sie hegten keinerlei Zweifel, daß Miss Havisham »etwas für mich tun« würde. Nur über die Form, in der etwas geschehen würde, waren sie sich nicht im klaren. Meine Schwester war mehr für Landbesitz, Mr. Pumblechook dagegen stimmte für eine stattliche Summe, die mir die Lehre in einem ordentlichen Unternehmen gestatten würde, zum Beispiel im Getreide- und Samenhandel. Joe fiel bei beiden in Ungnade, als er die glänzende Vermutung äußerte, ich könnte nur einen der Hunde geschenkt bekommen, die sich um die Kalbskoteletts gebalgt hatten.

»Wenn du Dummkopf keine besseren Einfälle hast«, sagte meine Schwester, »dann geh lieber an die Arbeit und tu noch was.« Woraufhin Joe hinausging.

Als Mr. Pumblechook weggefahren war und sich meine Schwester an den Abwasch machte, stahl ich mich zu Joe in die Schmiede und blieb dort, bis er für diesen Tag fertig war. Dann sagte ich zu ihm: »Bevor das Feuer ausgeht, Joe, möchte ich dir noch etwas sagen.«

»Möchtest du, Pip?« fragte Joe und zog seinen Schemel,

den er zum Beschlagen brauchte, ans Feuer. »Dann mal los. Was gibt's denn, Pip?«

»Du, Joe«, sagte ich und griff nach seinem hochgekrempelten Hemdsärmel und zwirbelte ihn zwischen meinem Daumen und Zeigefinger, »erinnerst du dich noch an alles, was ich von Miss Havisham erzählt habe?«

»Erinnern?« sagte Joe. »Ich glaube dir! Einfach großartig!«

»Es ist schrecklich, Joe, aber das alles ist nicht wahr.«

»Was sagst du da, Pip?« rief Joe, aufs höchste erstaunt. »Du willst doch nich etwa behaupten, daß . . .«

»Ja, Joe. Es ist alles Lüge.«

»Aber doch nich alles? Willst du damit sagen, Pip, daß gar keine mit schwarzem Samt ausgeschlagene Kutsche da war?« Ich schüttelte den Kopf. »Aber Hunde waren wenigstens da, Pip? Komm, Pip«, redete Joe auf mich ein, »wenn schon keine Kalbskoteletts da waren, dann doch zumindest Hunde?«

»Nein, Joe.«

»Wenigstens einer?« fragte Joe. »Ein junger Hund? Na!«

»Nein, Joe, nichts von alledem.«

Als ich niedergeschlagen zu Joe aufblickte, musterte er mich voller Bestürzung. »Pip, alter Junge! Das geht doch nich, alter Bursche! Hör mal, wo soll das hinführen?«

»Es ist schrecklich, Joe, nicht?«

»Schrecklich?« rief Joe. »Furchtbar das! Was is nur in dich gefahren?«

»Ich weiß es selbst nicht, Joe«, erwiderte ich, löste den Griff von seinem Hemdsärmel, setzte mich in der Asche zu seinen Füßen nieder und ließ den Kopf hängen. »Ich wünschte, du hättest mir nicht beigebracht, die Buben im Kartenspiel Bauern zu nennen, und ich wünschte, meine Stiefel wären nicht so plump und meine Hände nicht so grob.«

Und dann erzählte ich Joe, daß ich mich sehr unglücklich fühlte und daß ich außerstande gewesen sei, mich Mrs. Joe und Pumblechook anzuvertrauen, die immer so häßlich zu mir waren; ferner daß bei Miss Havisham eine furchtbar stolze, schöne junge Dame wäre, die von mir gesagt habe, ich wäre gewöhnlich, und daß ich jetzt wüßte, wie gewöhnlich ich bin, und daß ich wünschte, nicht so gewöhnlich zu sein, und daß die Lügen angefangen hätten, ohne daß ich wüßte, wie.

Das war schon eine philosophische Frage, die für Joe mindestens ebenso schwierig zu klären war wie für mich. Aber Joe trennte dieses Problem vom Philosophischen und bewältigte es somit.

»Eins mußt du dir merken, Pip«, sagte Joe nach einigem Überlegen, »Lügen bleiben Lügen. Woher sie auch kommen, sie sollten nich kommen. Sie kommen vom Vater der Lügen und kehren zu ihm zurück. Nimm keine Lüge nich mehr in 'n Mund, Pip. Auf diese Weise änderst du nich, daß du gewöhnlich bist, alter Junge. Was das Gewöhnlichsein betrifft, das versteh ich sowieso nich ganz. Du bist nämlich in manchen Dingen außergewöhnlich, zum Beispiel bist du außergewöhnlich klein. Auch bist du außergewöhnlich gebildet.«

»Nein, Joe, ich bin dumm und zurückgeblieben.«

»Wie kommst du darauf! Denk mal an deinen Brief, den du gestern abend geschrieben hast! Sogar in Druckschrift! Ha, ich habe Briefe von feinen Leuten gesehen, die nich in Druckschrift geschrieben warn, das schwör ich dir!« sagte Joe.

»Ich hab so gut wie nichts gelernt, Joe. Du hältst zuviel von mir, daran liegt es.«

»Schon gut, Pip«, sagte Joe, »sei es, wie es sei. Du mußt erst mal 'n gewöhnlicher Schüler sein, bevor du 'n außergewöhnlicher werden kannst. Selbst der König auf seinem Thron mit der Krone auf 'm Kopf kann nich seine Parlamentsbeschlüsse in Druckschrift schreiben, ohne vorher, als er noch 'n Prinz war, mit dem Alphabet angefangen zu haben. Ach!« fügte Joe mit bedeutungsvollem Kopfschütteln hinzu, »auch der hat mit dem A angefangen und sich bis zum Z durchgequält. Und ich weiß, was das bedeutet, obwohl ich es nie ganz geschafft habe.«

In dieser Weisheit steckte ein Fünkchen Hoffnung, das mir ein wenig Mut machte.

»Ob nich gewöhnliche Leute, was den Beruf und das Einkommen betrifft«, fuhr Joe nachdenklich fort, »besser daran täten, mit ihresgleichen zu verkehren, anstatt zu außergewöhnlichen Leuten spielen zu gehen – wobei mir einfällt, Fahnen hat's doch hoffentlich gegeben?«

»Nein, Joe.«

»Schade, daß nich mal eine einzige Fahne da war, Pip. Was an der ganzen Sache wahr is oder nich, kann jetz nich nachgeprüft werden, ohne deine Schwester zur Raserei zu bringen. Daran is gar nich zu denken. Hör zu, Pip, was dir 'n guter Freund sagt. Wenn du's nich schaffst, auf gradem Wege außergewöhnlich zu werden, wirst du es auf krummem erst recht nich. Also, lüg nich mehr, Pip, lebe redlich und sterbe glücklich.«

»Und du bist mir auch nicht böse?«

»Nein, alter Junge, aber wenn ich an die Lügen denke, die, ich muß schon sagen, faustdick waren – besonders die von den Kalbskoteletts und der Balgerei der Hunde –, möcht ich dir als Freund, der es ehrlich mit dir meint, den Rat geben, dir das alles beim Schlafengehen durch 'n Kopf gehn zu lassen. Genug davon, alter Junge, und tu so was nie wieder!«

Als ich in meine Dachkammer hinaufstieg und meine Gebete sprach, dachte ich noch an Joes gutgemeinten Rat. Dennoch war mein junges Gemüt so aufgewühlt und undankbar, daß ich mir noch lange, nachdem ich mich hingelegt hatte, vorstellte, wie gewöhnlich Estella Joe, den einfachen Grobschmied, mit seinen derben Stiefeln und groben Händen finden würde. Ich stellte mir vor, daß Joe und meine Schwester jetzt in der Küche saßen und daß ich von der Küche aus nach oben ins Bett gegangen war und daß Miss Havisham und Estella nie in der Küche saßen, sondern hoch über solchen gewöhnlichen Dingen standen. Als ich einschlief, erinnerte ich mich noch einmal daran, was ich bei Miss Havisham alles »zu tun gewohnt war«, als ob ich Wochen oder Monate und nicht nur Stunden dort verbracht hätte und als ob alles nichts Neues mehr für mich gewesen wäre.

Es war ein denkwürdiger Tag für mich, denn er rief große Veränderungen in mir hervor. Aber so geht es jedem im Leben. Man wähle einen beliebigen Tag und streiche ihn aus dem Leben, wie anders wäre alles verlaufen. Halte inne, lieber Leser, und denke einen Augenblick lang an die lange Kette von guten und bösen Tagen, die sich niemals um dich gelegt hätte, wenn nicht das erste Glied an einem denkwürdigen Tag geschmiedet worden wäre.

10. Kapitel

Ein oder zwei Tage später kam mir morgens der glückliche Gedanke, daß die beste Methode, ein außergewöhnlicher Mensch zu werden, wäre, alles aus Biddy herauszulocken, was sie nur wußte. Um diesen klugen Plan zu verwirklichen, erwähnte ich gegenüber Biddy, als ich am Abend zu Mr. Wopsles Großtante ging, daß ich aus besonderen Gründen im Leben vorwärtskommen wollte und daß ich ihr sehr dankbar wäre, wenn sie mir ihr ganzes Wissen vermitteln würde. Biddy, die ein sehr gefälliges Mädchen war, erklärte sich sofort dazu bereit und begann innerhalb von fünf Minuten, ihr Versprechen einzulösen.

Das Bildungsprogramm oder der Unterricht bei Mr. Wopsles Großtante läßt sich folgendermaßen zusammenfassen: Die Schüler aßen Äpfel und kitzelten einander mit Strohhalmen, bis Mr. Wopsles Großtante all ihre Kraft zusammennahm und mit einer Birkenrute blindlings auf sie zuwankte. Nachdem die Schüler die Strafe mit Hohngelächter entgegengenommen hatten, stellten sie sich in Reih und Glied auf und reichten summend ein zerfetztes Buch von Hand zu Hand. Das Buch enthielt das Alphabet, einige Zahlen und Tabellen und etwas Rechtschreibung, das heißt, diese Dinge hatte es einmal enthalten. Sobald das Buch herumgereicht wurde, verfiel Mr. Wopsles Großtante in eine Art Dämmerzustand, der sich entweder aus der Müdigkeit oder einem Rheumaanfall ergab. Die Schüler begannen dann einen Wettstreit zum Thema »Stiefel«, bei dem ermittelt werden sollte, wer dem anderen am kräftigsten auf die Zehen treten konnte. Diese »geistige« Übung dauerte so lange, bis Biddy auf sie losstürzte und drei abgegriffene Bibeln (die aussahen, als wären sie ungeschickt von etwas abgesägt worden) verteilte, die unleserlicher im Druck waren als irgendwelche literarischen Raritäten, die mir je begegnet sind, und die mit Rostflecken besät waren und zwischen deren einzelnen Seiten verschiedene Arten zerquetschter Insekten lagen. Dieser Teil des Unterrichts wurde gewöhnlich durch Einzelgefechte zwischen Biddy und widerspenstigen Schülern aufgelockert. Waren die Kämpfe vorüber, gab Biddy eine Seitenzahl an, und dann begannen wir alle in einem erschreckenden Chor laut zu lesen, was wir konnten beziehungsweise nicht konnten. Dabei führte uns Biddy mit hoher, schriller und monotoner Stimme an, und niemand hatte die leiseste Ahnung von dem, was wir lasen, oder die geringste Achtung vor dem Gelesenen. Wenn dieses schreckliche Getöse eine Weile angehalten hatte, erwachte Mr. Wopsles Großtante davon; sie wankte auf den ersten besten Jungen zu und zog ihn an den Ohren. Das war das allgemeine Zeichen für das Ende des Unterrichts an diesem Abend, und wir stürmten mit wahrem Triumphgeschrei über unsere geistigen Erfolge ins Freie. Um der Gerechtigkeit willen muß erwähnt werden, daß es keinem Schüler verboten war, auf der Schiefertafel oder mit Tinte zu schreiben (soweit vorhanden), aber in den Wintermonaten war die Beschäftigung dieser Art nicht leicht durchzuführen, weil der kleine Kramladen, in dem unser Unterricht abgehalten wurde und der gleichzeitig Mr. Wopsles Großtante als Wohn- und Schlafzimmer diente, nur schwach von einer trüben Talgkerze erleuchtet wurde.

Ich hatte den Eindruck, daß ich lange warten müßte, bis ich unter diesen Umständen ein außergewöhnlicher Mensch werden würde. Trotzdem beschloß ich, es zu versuchen. Und noch am selben Abend erfüllte Biddy die zwischen uns getroffene Vereinbarung, indem sie mir Einblick in ihre kleine Preisliste unter der Rubrik »Farinzucker« gewährte und mir ein großes englisches D lieh, das sie von der Überschrift einer Zeitung abgezeichnet hatte und das ich zu Hause nachzeichnen sollte. Ich hatte es, bis sie mich eines Besseren belehrte, für die Zeichnung einer Schnalle gehalten.

Selbstverständlich gab es im Dorf ein Gasthaus, und selbstverständlich rauchte Joe dort manchmal sein Pfeifchen. Ich erhielt von meiner Schwester den strikten Befehl, ihn eines Abends auf dem Heimweg von der Schule bei den »Drei fröhlichen Bootsmännern« abzuholen und auf eigenes Risiko nach Hause zu bringen. So lenkte ich meine Schritte zu den »Drei fröhlichen Bootsmännern«.

Bei den »Fröhlichen Bootsmännern« gab es eine Theke, und an der Wand neben der Tür waren beunruhigend lange Zechen mit Kreide angeschrieben, die niemals beglichen zu werden schienen. Sie standen dort schon, solange ich denken konnte, und waren schneller gewachsen als ich. In unserer Gegend aber gab es so viel Kreide, daß die Leute vielleicht keine Gelegenheit versäumen wollten, sie zu verwenden.

Es war Sonntagabend, und der Wirt betrachtete gerade ziemlich grimmig diese Kreideliste; da ich aber zu Joe und nicht zu ihm wollte, wünschte ich ihm nur einen guten Abend und lief zu dem am Ende eines Korridors gelegenen Gastzimmer, wo ein helles Feuer im Kamin brannte und wo Joe in Gesellschaft Mr. Wopsles und eines Fremden seine Pfeife rauchte. Joe begrüßte mich wie üblich mit »Hallo, Pip, alter Junge«. In diesem Augenblick drehte sich der Fremde um und blickte mich an.

Er war ein geheimnisvoll aussehender Mann, den ich nie zuvor gesehen hatte. Er hielt den Kopf schief, und ein Auge war halb geschlossen, als ob er mit einer unsichtbaren Waffe auf etwas ziele. Er hatte eine Pfeife im Mund, die er herausnahm, und nachdem er langsam Rauchwolken ausgestoßen und mich unentwegt angesehen hatte, nickte er mir zu. Auch ich nickte; dann nickte er abermals und machte mir auf der Bank neben sich Platz.

Da ich es aber gewohnt war, jedesmal neben Joe zu sitzen, wenn ich ihn von diesem Zufluchtsort abholte, sagte ich: »Nein, danke, Sir« und ließ mich neben Joe auf der Bank gegenüber nieder. Nachdem der Fremde Joe einen Blick zugeworfen und bemerkt hatte, daß dieser anderweitig beschäftigt war, nickte er mir erneut zu, als ich mich gesetzt hatte, und rieb dann sein Bein in einer, wie mir schien, ungewöhnlichen Weise.

»Sie sagten«, wandte sich der Fremde an Joe, »daß Sie Schmied sind.«

»Ja, das habe ich gesagt«, versetzte Joe.

»Was wollen Sie trinken, Mr. . . . .? Sie haben übrigens noch nicht Ihren Namen genannt.«

Joe nannte ihn, und der Fremde redete ihn damit an.

»Was möchten Sie trinken, Mr. Gargery? Auf meine Rechnung? Um die Runde zu beschließen?«

»Na, ehrlich gesagt«, wandte Joe ein, »bin ich es nicht gewohnt, mit freihalten zu lassen.«

»Gewohnt? Nein!« entgegnete der Fremde. »Einmal ist keinmal, noch dazu an einem Samstagabend. Also, sagen Sie, was Sie möchten, Mr. Gargery.«

»Ich will kein Spielverderber sein«, sagte Joe, »also Rum.«

»Rum«, wiederholte der Fremde. »Und möchte der andere Herr auch einen Wunsch äußern?«

»Rum«, sagte Mr. Wopsle.

»Drei Rum!« rief der Fremde dem Wirt zu. »Eine Lage!«

»Diesen anderen Herrn«, bemerkte Joe und stellte somit Mr. Wopsle vor, »sollten Sie einmal in der Kirche hören. Er ist nämlich unser Küster.«

»Aha«, antwortete der Fremde lebhaft und sah mich vielsagend an. »Wohl die einsame Kirche draußen in den Marschen, mit den Gräbern ringsum?«

»Genau die«, sagte Joe.

Der Fremde schmauchte behaglich brummend seine Pfeife und streckte die Beine auf der Bank aus, die er ganz für sich hatte. Er trug einen Reisehut mit breiter, herabhängender Krempe. Darunter hatte er ein Taschentuch wie eine Kappe um den Kopf gebunden, so daß seine Haare nicht zu sehen waren. Als er ins Feuer starrte, glaubte ich in seinem Gesicht ein verschmitztes, verstecktes Grinsen wahrzunehmen.

»Mit dieser Gegend bin ich nicht vertraut, meine Herren, aber sie scheint recht trostlos zu sein, besonders zum Fluß hin.«

»In den Marschen isses meistens trostlos«, meinte Joe.

»Gewiß, gewiß. Trifft man dort auch manchmal Zigeuner, Landstreicher oder ähnliches Pack?«

»Nein«, sagte Joe, »nur hin und wieder einen entkommenen Sträfling. Aber die einzufangen is gar nich leicht, stimmt's, Mr. Wopsle?«

Mr. Wopsle, der sich nur ungern erinnerte, stimmte wenig begeistert zu.

»Offensichtlich haben Sie schon einmal an einer solchen Verfolgung teilgenommen?« fragte der Fremde.

»Ja, einmal«, erwiderte Joe. »Wir wollten sie nich etwa einfangen, verstehn Sie, wir gingen nur als Zuschauer mit, ich und Mr. Wopsle und Pip. Nich wahr, Pip?«

»Ja, Joe.«

Wieder sah mich der Fremde bedeutungsvoll an, als ob er ausdrücklich mich mit seiner unsichtbaren Waffe aufs Korn genommen hätte, und sagte: »Der Junge ist ja 'n rechtes Knochenbündel. Wie heißt er doch gleich?«

»Pip«, sagte Joe.

»Ist er auf diesen Namen getauft?«

»Nein, das nich.«

»Ist Pip der Nachname?«

»Nein«, sagte Joe, »es ist so eine Art Name, den er sich selbst gab, als er noch klein war, und dabei blieb es.«

»Ist er Ihr Sohn?«

»Also«, sagte Joe nachdenklich. Natürlich brauchte er eigentlich nicht darüber nachzudenken, aber in den »Drei fröhlichen Bootsmännern« schien es üblich zu sein, alles, was beim Pfeiferauchen besprochen wurde, gründlich zu durchdenken. »Also, nein. Er is nich mein Sohn.«

»Neffe?« fragte der Fremde.

»Hm«, sagte Joe mit der gleichen Miene tiefsinnigen Nachdenkens, »ich will Ihnen nichts vormachen, mein Neffe is er auch nich.«

»Was zum Teufel ist er dann?« fragte der Fremde mit, wie mir schien, unnötiger Schärfe.

Jetzt mischte sich Mr. Wopsle ein, der von Berufs wegen in Fragen verwandtschaftlicher Beziehungen Bescheid wußte und erwägen mußte, welche Blutsverwandten ein Mann nicht heiraten durfte, und so erläuterte er die verwandtschaftlichen Bande zwischen mir und Joe. Da Mr. Wopsle einmal die Hand im Spiel hatte, schloß er mit einem äußerst verworrenen Zitat aus Richard III. und glaubte offenbar, genug erklärt zu haben, als er die Worte hinzufügte, »wie der Dichter sagt«.

In diesem Zusammenhang möchte ich bemerken, daß es Mr. Wopsle, als er über mich sprach, für notwendig erachtete, mein Haar zu zerzausen und es mir in die Augen zu pieken. Ich werde nicht begreifen, warum mich auch jeder aus seinem Stand, der zu uns ins Haus kam, unter ähnlichen Umständen durch so ein Fegefeuer jagen mußte. Dennoch erinnere ich mich nicht, in meiner frühen Kindheit jemals das Opfer der Kritik in unserem geselligen Familienkreis gewesen zu sein, vielmehr unternahm ein Mensch mit Riesenhänden alles, um mich zu beschützen.

Die ganze Zeit über hatte der Fremde nur mich angesehen,

und zwar so, als wollte er doch noch einen Schuß auf mich abgeben und mich niederstrecken. Mit Ausnahme der Bemerkung »Zum Teufel!« hatte er nichts mehr gesagt, bis der Grog gebracht wurde. Und dann feuerte er das Geschoß los – ein äußerst seltsames dazu.

Das ging alles ohne Worte in einer Art Zeichensprache vor sich und war ausschließlich für mich bestimmt. Er rührte seinen Grog um und kostete ihn, immer mit einem Seitenblick auf mich. Und er rührte und kostete ihn nicht mit dem dafür vorgesehenen Löffel, sondern *mit einer Feile*.

Er machte das so geschickt, daß niemand außer mir die Feile sehen konnte. Als er umgerührt hatte, wischte er die

Feile ab und steckte sie in eine Brusttasche. In dem Moment, als ich die Feile sah, wußte ich, daß es Joes Feile war und daß er meinen Sträfling kannte. Ich starrte ihn wie gebannt an. Er aber lehnte sich auf seiner Bank zurück, nahm kaum Notiz von mir und sprach hauptsächlich über Rüben.

In unserem Dorf herrschte die Sitte, am Samstagabend alles gründlich zu säubern und eine Ruhepause einzulegen, bevor man mit frischen Kräften wieder an die Arbeit ging. Das ermutigte Joe, an Samstagen eine halbe Stunde länger zu bleiben als sonst. Da die halbe Stunde vergangen und der Grog ausgetrunken war, stand Joe auf, um zu gehen, und nahm mich an die Hand.

»Warten Sie einen Augenblick, Mr. Gargery«, sagte der Fremde. »Ich glaube, ich habe irgendwo in meiner Tasche einen funkelnagelneuen Schilling. Wenn ich ihn finde, soll der Junge ihn haben.«

Er suchte ihn aus einer Handvoll Kleingeld heraus, wickelte ihn in zerknittertes Papier und gab ihn mir. »Das ist deiner!« sagte er. »Denk dran, für dich ganz allein!«

Ich dankte ihm und starrte ihn dabei unverwandt an, während ich mich fest an Joe klammerte. Er wünschte Joe eine gute Nacht, und er wünschte Mr. Wopsle (der mit uns aufbrach) eine gute Nacht; mir warf er nur einen Blick mit seinem Auge zu, mit dem er auf mich gezielt hatte. Eigentlich war es kein Blick, denn er hatte das Auge geschlossen, aber man wundert sich, was mit einem zugekniffenen Auge alles ausgedrückt werden kann.

Wenn ich auf dem Heimweg Lust verspürt hätte, mich zu unterhalten, hätte ich ein Selbstgespräch führen müssen, denn Mr. Wopsle trennte sich von uns vor den »Drei fröhlichen Bootsmännern«, und Joe lief mit weit geöffnetem Mund nach Hause, damit die frische Luft den Rumgeruch verdrängen sollte.

Ich aber war in gewisser Hinsicht durch die aufgelebte Erinnerung an meine alte Missetat und an meinen alten

Bekannten dermaßen verstört, daß ich an nichts anderes denken konnte.

Meine Schwester war nicht allzu schlechter Laune, als wir uns in der Küche einfanden, und Joe fühlte sich durch diesen seltenen Umstand ermutigt, ihr von dem nagelneuen Schilling zu erzählen. »Ich wette, der ist nicht echt«, sagte Mrs. Joe triumphierend, »sonst hätte er ihn dem Jungen nicht gegeben. Laß mal sehn.«

Ich wickelte ihn aus dem Papier, und er erwies sich als echt. »Aber was ist denn das?« rief meine Schwester, ließ den Schilling fallen und fing das Papier auf. »Zwei Einpfundnoten?«

Wahrhaftig, es waren zwei speckige Einpfundnoten, die so aussahen, als ob sie sich auf sämtlichen Viehmärkten der Grafschaft herumgetrieben hätten. Joe nahm wieder seinen Hut und rannte mit den Scheinen zu den »Drei fröhlichen Bootsmännern«, um sie dem Besitzer zurückzugeben. Während er unterwegs war, setzte ich mich auf den Schemel, auf dem ich immer saß, und sah meine Schwester geistesabwesend an. Ich war fest überzeugt, daß der Mann nicht mehr dasein würde.

Joe war schnell wieder zurück und erzählte, daß der Mann bereits weggewesen wäre, daß er, Joe, aber bezüglich der Geldscheine in den »Drei fröhlichen Bootsmännern« eine Nachricht hinterlassen hätte. Daraufhin wickelte sie meine Schwester fest in ein Stück Papier ein und legte sie unter ein paar getrocknete Rosenblätter in eine bemalte Teekanne, die auf einem Schrank in der guten Stube stand. Dort blieben sie als ein Alpdruck für mich viele Tage und Nächte liegen.

In einer Nacht wurde mein Schlaf erheblich durch die Vorstellung gestört, daß der Fremde mit seiner unsichtbaren Waffe auf mich ziele. Ich dachte auch daran, wie verwerflich es doch sei, mit Sträflingen unter einer Decke zu stecken – ein Umstand in meinem jungen Leben, den ich vorher vergessen hatte. Auch von der Feile wurde ich verfolgt. Die Angst packte mich, daß die Feile auftauchen könnte, wenn ich es am wenigsten erwartete. Ich fand erst Schlaf, als ich an den Besuch bei Miss Havisham am kommenden Mittwoch dachte. Im Schlaf sah ich die Feile aus einer Tür auf mich zukommen. Ich konnte aber nicht erkennen, wer sie in der Hand hielt, und ich erwachte von meinem eigenen gellenden Schrei.

11. Kapitel

Zur vereinbarten Zeit stellte ich mich bei Miss Havisham ein, und auf mein zögerndes Läuten am Tor erschien Estella. Nachdem sie mich eingelassen hatte, schloß sie wie beim ersten Mal die Tür hinter mir ab und führte mich zu dem dunklen Korridor, wo wieder die Kerze stand. Sie nahm keine Notiz von mir, bis sie die Kerze in der Hand hielt und über die Schulter hinweg herablassend zu mir sagte: »Du sollst heute hierher kommen.« Und sie brachte mich in einen ganz anderen Teil des Hauses.

Der Korridor war sehr lang und schien sich durch das gesamte quadratische Erdgeschoß des Herrenhauses zu ziehen. Allerdings durchquerten wir nur eine Seite dieses Karrees, und an seinem Ende blieb sie stehen, setzte die Kerze ab und öffnete eine Tür. Wir kehrten ans Tageslicht zurück, und ich fand mich in einem kleinen, gepflasterten Hof wieder, auf dessen gegenüberliegender Seite sich ein allein stehendes Wohnhaus befand, das offenbar dem Direktor der stillgelegten Brauerei gehört hatte. An der Außenwand dieses Hauses war eine Uhr angebracht, die ebenso wie die Uhr in Miss Havishams Zimmer und wie Miss Havishams Taschenuhr auf zwanzig Minuten vor neun stehengeblieben war.

Durch eine offene Tür traten wir in einen düsteren, niedrigen Raum im hinteren Teil des Erdgeschosses. Dort hielten sich mehrere Personen auf, und bevor sich Estella zu ihnen gesellte, sagte sie zu mir: »Du wartest da drüben, mein Junge, bis du gerufen wirst.« Da drüben, hieß am Fenster; ich ging hinüber und schaute mit gemischten Gefühlen »da drüben« hinaus.

Das Fenster zu ebener Erde sah auf den erbärmlichsten Teil des verwilderten Gartens hinaus; man sah übelriechende Kohlstrünke und einen Buchsbaum, der vor langer Zeit einmal rund wie ein Pudding gestutzt worden war, dann neue Triebe bekommen hatte, die nun in Form und Farbe abstachen. Diese Seite des Puddings wirkte jetzt so, als wäre er am Kochtopf hängengeblieben und angebrannt. Solche Gedanken kamen mir in den Sinn, als ich den Buchsbaum betrachtete. Über Nacht war etwas Schnee gefallen, der aber, soviel ich gesehen hatte, nirgends liegengeblieben war; nur in diesem kalten, schattigen Gartenwinkel war er noch nicht ganz geschmolzen, und der Wind wirbelte ihn hoch und wehte ihn gegen das Fenster, als ob er mich dafür bestrafen sollte, daß ich hergekommen war.

Ich spürte, daß mein Kommen die Unterhaltung im Raum unterbrochen hatte und daß mich die Anwesenden anstarrten. Ich konnte in dem Raum weiter nichts erkennen als den Widerschein des Feuers in der Fensterscheibe; aber das Gefühl, von oben bis unten gemustert zu werden, lähmte mir alle Glieder. Im Zimmer befanden sich drei Damen und ein Herr. Ich hatte noch keine fünf Minuten am Fenster gestanden, da hatte ich sie alle als Aufschneider und Speichellecker durchschaut. Aber sie taten so, als merkten sie nicht, daß die anderen Aufschneider und Speichellecker waren. Ansonsten hätten sie zugegeben, selbst einer zu sein.

Sie sahen alle lustlos und gelangweilt aus wie jemand, der auf eine Gefälligkeit wartet. Die redseligste der Damen mußte etwas sagen, um ein Gähnen zu unterdrücken. Diese Dame, sie hieß Camilla, erinnerte mich stark an meine Schwester; nur war sie älter und hatte (wie ich bei genauerem Hinsehen feststellte) einen stumpferen Gesichtsausdruck. Als ich sie näher kannte, hielt ich es fast für eine Schmeichelei, daß sie überhaupt einen Gesichtsausdruck hatte, so leer war die Fassade ihres arroganten Gesichtes.

»Die arme, liebe Seele!« sagte diese Dame so unvermittelt, wie das auch die Art meiner Schwester war. »Er ist sein eigener Feind!«

»Es wäre weitaus ratsamer und natürlicher, der Feind eines anderen zu sein«, meinte der Herr.

»Vetter Raymond«, bemerkte eine andere Dame, »wir sollen unseren Nächsten lieben.«

»Sarah Pocket«, erwiderte Vetter Raymond, »wenn man sich nicht selbst der Nächste ist, wer dann?«

Miss Pocket lachte, und Camilla, die ein Gähnen unterdrückte, lachte ebenfalls: »Was für eine Idee!« Mir kam es so vor, als gefiele ihnen dieser Gedanke sehr gut. Die andere Dame, die bisher noch gar nicht gesprochen hatte, sagte ernst und nachdrücklich: »Sehr richtig!«

»Armer Kerl!« fuhr Camilla fort (ich spürte, daß sie mich inzwischen unverwandt angesehen hatte), »er ist ein sonderbarer Mensch! Sollte man es für möglich halten, daß er, als Toms Frau starb, nicht einsehen wollte, wie wichtig es ist, daß die Kinder einen möglichst breiten Besatz an ihrer Trauerkleidung haben? ›Du lieber Gott, Camilla‹, sagte er, ›was macht das schon aus, wenn die armen, kleinen, mutterlosen Dinger ohne Besatz gehen?‹ Das sieht Matthew ähnlich! Diese Idee!«

»Er hat auch seine guten Seiten«, sagte Vetter Raymond. »Der Himmel möge verhüten, daß ich seine guten Seiten unterschlage. Er hat aber niemals ein Gefühl für gutes Benehmen besessen und wird es auch wohl nie besitzen.«

»Ihr wißt, ich war gezwungen«, sagte Camilla, »hart zu bleiben. Ich sagte zu ihm: ›Es geht nicht, aus Rücksicht auf die Familie.‹ Ich erklärte ihm weiterhin, daß es für die Familie eine Schande wäre, wenn die Kinder keinen breiten Besatz bekämen. Ich tötete ihm vom Frühstück bis zum Mittagessen den Nerv. Es schadete meiner Verdauung. Aber schließlich stieß er wütend hervor: ›Dann macht doch, was ihr wollt!‹ Gott sei Dank, es wird mir immer ein innerer Trost bleiben, daß ich sofort in den strömenden Regen hinausgelaufen bin und die Sachen gekauft habe.«

»Hat *er* sie wenigstens bezahlt?« fragte Estella.

»Das ist nicht so wichtig, mein liebes Kind, wer sie bezahlt hat«, entgegnete Camilla. »*Ich* habe sie gekauft. Und ich denke jedesmal mit Befriedigung daran, sooft ich nachts aufwache.«

Ein entferntes Klingelzeichen sowie der Widerhall einer laut rufenden Stimme im Korridor, durch den ich gekommen war, unterbrachen die Unterhaltung und veranlaßten Estella, zu mir zu sagen: »Los, Junge.« Als ich mich umwandte, blickten sie mich alle geringschätzig an, und beim Hinausgehen hörte ich Sarah Pocket sagen: »Sieh mal an! Was nun noch!« Und Camilla fügte empört hinzu: »Hat man solchen Einfall schon erlebt!«

Als wir mit unserer Kerze den dunklen Gang entlanggingen, blieb Estella plötzlich stehen, drehte sich um und sagte, mit dem Gesicht ganz dicht vor meinem, in ihrer spöttischen Art:

»Na?«

»Na, Miss?« antwortete ich, während ich beinahe über sie gestolpert wäre.

Sie schaute mich an, und ich schaute sie natürlich auch an.

»Bin ich hübsch?«

»Ja, ich finde Sie sehr hübsch.«

»Bin ich unverschämt?«

»Nicht so sehr wie beim letztenmal«, sagte ich.

»Nicht so sehr?«

»Nein.«

Bei ihrer letzten Frage geriet sie in Wut, und als ich ihr antwortete, schlug sie mir mit aller Kraft ins Gesicht.

»Nun?« fragte sie. »Was denkst du jetzt von mir, du kleines, widerliches Scheusal?«

»Das sage ich Ihnen nicht.«

»Weil du es oben erzählen willst, nicht wahr?«
»Nein«, erwiderte ich, »das stimmt nicht.«
»Warum heulst du nicht wieder, du jämmerlicher Wicht?«
»Weil ich Ihretwegen nie wieder weinen werde«, antwortete ich. Das war eine Behauptung, wie sie gewagter gar nicht sein konnte, denn innerlich weinte ich bereits ihretwegen, ganz zu schweigen von dem Schmerz, den sie mir später noch zufügen sollte.

Wir setzten unseren Weg nach diesem Zwischenfall fort und begegneten einem Herrn, der sich die Treppe hinuntertastete.

»Wer ist denn das hier?« fragte der Herr, blieb stehen und sah mich an.

»Ein Junge«, sagte Estella.

Er war ein korpulenter Mann mit einer außergewöhnlich dunklen Haut, einem riesigen Schädel und entsprechend großen Händen. Mit seiner großen Hand griff er mir ans Kinn und hob mein Gesicht zu sich empor, damit er es im Kerzenschein betrachten konnte. Für sein Alter hatte er eine beachtliche Glatze, dafür aber schwarze, buschige Augenbrauen, die wie Borsten abstanden. Seine tiefliegenden Augen hatten einen unangenehm stechenden und mißtrauischen Blick. Er trug eine breite Uhrkette, und dort, wo sein Bart hätte wachsen müssen, sah man kleine schwarze Punkte. Er bedeutete mir nichts, und ich konnte damals noch nicht ahnen, was er jemals für mich bedeuten würde. Aber ich hatte die Gelegenheit, ihn genau zu betrachten.

»He, ein Junge aus der Nachbarschaft?« fragte er.

»Ja, Sir«, sagte ich.

»Wie kommst *du* hierher?«

»Miss Havisham hat mich bestellt, Sir«, erklärte ich.

»Na, dann benimm dich anständig. Ich kenne mich mit Jungen aus, ihr seid schon eine Rasselbande. Gib acht!« sagte er, wobei er an seinem großen Zeigefinger knabberte und mich stirnrunzelnd ansah. »Benimm dich!«

Mit diesen Worten ließ er mich los – worüber ich sehr froh war, denn seine Hand roch nach parfümierter Seife – und setzte seinen Weg die Treppe hinunter fort. Ich überlegte, ob er wohl Arzt sei, aber dann dachte ich, als Arzt hätte er sich bestimmt ruhiger und selbstsicherer gezeigt. Ich hatte nicht viel Zeit, über dieses Thema nachzudenken, denn gleich darauf betraten wir Miss Havishams Zimmer, wo ich sie und alles andere in der gleichen Verfassung vorfand, wie ich es verlassen hatte. Estella ließ mich an der Tür stehen, und dort blieb ich, bis Miss Havisham vom Toilettentisch aus ihre Blicke auf mich richtete.

»Aha!« sagte sie, ohne im geringsten überrascht zu sein, »die Tage sind also abgelaufen, nicht wahr?«

»Ja, Madam. Heute ist . . .«

»Gut, gut!« winkte sie ungeduldig ab. »Das will ich gar nicht wissen. Bist du bereit zu spielen?«

Ich mußte in großer Verwirrung zugeben: »Ich glaube nicht, Madam.«

»Magst du auch nicht wieder Karten spielen?« fragte sie mit forschendem Blick.

»Ja, Madam, das könnte ich tun, wenn Sie es wünschen.«

»Da dir dieses Haus alt und trostlos vorkommt«, sagte Miss Havisham ungeduldig, »und du nicht spielen magst, willst du dann vielleicht arbeiten?«

Diese Frage konnte ich leichteren Herzens beantworten als die vorige, und ich sagte, ich würde gern arbeiten.

»Dann geh in das gegenüberliegende Zimmer« – sie zeigte mit ihrer welken Hand auf eine Tür hinter mir – »und warte dort, bis ich komme.«

Ich ging über den Treppenabsatz in das bezeichnete Zimmer. Auch in diesem Raum drang kein Sonnenstrahl hinein, und es roch stickig und muffig darin. In dem feuchten, altmodischen Kamin war vor kurzem ein Feuer angezündet worden, das aber eher ausgehen als anbrennen wollte, und der im Zimmer hängende Rauch kam mir – wie der Nebel auf unseren Marschen – kälter als die klare Luft vor. Ein paar Kerzen in den Armleuchtern auf dem hohen Kaminsims verbreiteten ein schwaches Licht im Zimmer oder, besser gesagt, sie unterbrachen mit ihrem Schein das Dunkel. Das Zimmer war geräumig und muß einmal recht hübsch gewesen sein, doch jetzt war jeder Gegenstand, soweit erkennbar, von einer Staub- und Schimmelschicht bedeckt und drohte zu zerfallen. Das auffallendste Möbelstück war eine lange Tafel mit einem Tischtuch darauf, als ob eine Festlichkeit vorbereitet worden war, bevor alle Uhren im Hause angehalten wurden. Ein Tafelaufsatz oder so etwas Ähnliches stand in der Mitte des Tisches und war dermaßen mit Spinnweben überzogen, daß man seine Form kaum noch erkennen konnte. Von dieser gelben weiten Fläche hob er sich wie ein schwarzer Pilz ab. Ich sah Spinnen mit gesprenkelten Beinen und gefleckten Körpern flink darauf zulaufen und daraus vorkommen, als hätte sich etwas von größter Wichtigkeit in der Familie der Spinnen zugetragen.

Hinter der Wandtäfelung hörte ich Mäuse rascheln, als wäre dasselbe Ereignis für sie von Bedeutung. Nur die Küchenschaben kümmerten sich nicht um die Unruhe, sondern krochen schwerfällig um den Kamin herum, als wären sie kurzsichtig und schwerhörig und einander nicht gut gesonnen.

Die kriechenden Wesen nahmen meine ganze Aufmerksamkeit in Anspruch, und ich beobachtete sie gerade aus einiger Entfernung, als Miss Havisham eine Hand auf meine Schulter legte. Mit ihrer anderen Hand stützte sie sich auf einen Krückstock, und so wirkte sie wahrhaftig wie eine Hexe.

»Dorthin«, sagte sie und deutete mit ihrem Stock auf die lange Tafel, »möchte ich gelegt werden, wenn ich tot bin. Sie sollen kommen und mich hier anschauen.«

Das unbehagliche Gefühl, daß sie auf den Tisch steigen, sofort dort sterben und somit zu einer leibhaftigen, gespensterhaften Wachsfigur vom Jahrmarkt werden könnte, ließ mich unter ihrer Berührung erschauern.

»Was, glaubst du, ist wohl das dort?« fragte sie mich und wies mit dem Stock auf etwas. »Das, was von Spinnweben überzogen ist?«

»Ich kann es nicht erraten, Madam.«

»Es ist eine große Torte. Eine Hochzeitstorte. Meine Hochzeitstorte!«

Sie blickte wild im Zimmer umher, stützte sich auf mich und krallte ihre Finger dabei in meine Schulter. »Komm, komm! Führe mich, führe mich!« sagte sie zu mir.

Ich vermutete deshalb, daß meine Arbeit darin bestehen sollte, Miss Havisham im Zimmer herumzuführen. Also begann ich sofort damit; sie stützte sich auf meine Schulter, und wir bewegten uns in einer Weise vorwärts, die mich an Mr. Pumblechooks holprigen Kutschwagen erinnerte.

Sie war körperlich recht schwach und sagte deshalb ziemlich bald: »Langsamer!«

Dennoch gingen wir unruhig und stockend weiter, sie krallte ihre Hand in meine Schulter und bewegte die Lippen, so daß ich mir einbildete, wir liefen schnell, weil ihre Gedanken so eilten. Nach einer Weile forderte sie mich auf: »Ruf Estella!«

Ich trat auf den Treppenabsatz hinaus und brüllte den Namen, wie ich es beim vorigen Mal getan hatte. Als ihr Licht zu sehen war, kehrte ich zu Miss Havisham zurück, und wir begannen erneut unsere Runden im Zimmer.

Wäre Estella die einzige Zuschauerin unseres merkwürdigen Treibens gewesen, hätte ich mich schon ausreichend geschämt; da sie aber die drei Damen und den Herrn, die ich alle unten gesehen hatte, mitbrachte, wußte ich nicht, wie ich mich verhalten sollte. Ich wäre aus Höflichkeit stehengeblieben, aber Miss Havisham kniff mich in die Schulter, wir setzten unseren Weg fort, und ich dachte beschämt, daß sie das für meine einzige Beschäftigung halten würden.

»Liebe Miss Havisham«, sagte Miss Sarah Pocket, »wie gut Sie aussehen!«

»Das stimmt nicht«, erwiderte Miss Havisham, »ich bin nur Haut und Knochen.«

Camilla, darüber erfreut, daß Miss Pocket diese Abfuhr erteilt wurde, murmelte mit teilnahmsvollem Blick auf Miss Havisham: »Arme, liebe Seele! Wie sollte sie auch wohl aussehen, die Arme. So ein Einfall!«

»Und wie geht es Ihnen?« fragte Miss Havisham Camilla. Da wir gerade dicht neben Camilla waren, wollte ich natürlich stehenbleiben, aber Miss Havisham wollte nicht. Wir zogen weiter, und ich hatte das Empfinden, von Camilla verabscheut zu werden.

»Danke, Miss Havisham«, erwiderte sie, »den Umständen entsprechend.«

»Nanu, was fehlt Ihnen denn?« fragte Miss Havisham mit übermäßiger Schärfe.

»Nichts Besonderes«, antwortete Camilla. »Ich will meine Gefühle nicht zur Schau stellen, aber ich habe nachts öfter an Sie gedacht als mir guttut.«

»Dann denken Sie nicht an mich«, erwiderte Miss Havisham scharf.

»Das ist so leicht gesagt!« bemerkte Camilla, ein Schluchzen unterdrückend. Ihre Oberlippe zuckte, und ihre Augen füllten sich mit Tränen. »Raymond ist mein Zeuge, wieviel Baldrian und Riechsalz ich nachts einnehmen muß. Raymond ist mein Zeuge, was für nervöse Zuckungen ich in den Beinen habe. Erstickungsgefühl und nervöse Zuckungen sind für mich jedoch nichts Neues, wenn ich in Sorge an die denke, die ich liebe. Könnte ich weniger mitfühlend und empfindsam sein, hätte ich eine bessere Verdauung und ein besseres Nervenkostüm. Ach, ich wollte, es wäre so. Aber nachts nicht an Sie denken – unmöglich!« Und wieder ein Tränenausbruch.

Wie ich feststellte, mußte es sich bei dem erwähnten Raymond um den anwesenden Herrn handeln, und dieser schien Camillas Mann zu sein. Er kam ihr an dieser Stelle zu Hilfe und sagte tröstend und schmeichelnd: »Camilla, Liebste, es ist bekannt, daß dein Familiensinn deine Gesundheit allmählich dermaßen untergräbt, daß dein eines Bein kürzer wird als das andere.«

»Ich habe noch nicht gewußt, meine Liebe«, bemerkte die ernste Dame, deren Stimme ich erst einmal gehört hatte, »daß man große Ansprüche an einen Menschen stellen kann, bloß weil man an ihn denkt.«

Miss Sarah Pocket, die, wie ich erst jetzt bemerkte, eine kleine, vertrocknete, runzlige Alte war mit einem winzigen, braunen, walnußähnlichen Gesicht und einem riesigen Mund, der dem einer Katze glich, nur ohne Schnurrhaare, unterstützte diese Ansicht mit den Worten: »Ich auch nicht, meine Liebe. Hm!«

»An jemand denken ist einfach«, pflichtete Miss Sarah Pocket bei.

»Oh, ja!« rief Camilla, deren wachsende Wut sich von den Beinen in den Busen zu verlagern schien. »Das stimmt schon. Allzu mitfühlend zu sein ist eine Schwäche, aber ich kann nicht anders. Zweifellos wäre meine Gesundheit besser, wenn ich anders veranlagt wäre, trotzdem möchte ich gar nicht anders sein. Obwohl es die Ursache vieler Leiden ist, tröstet es mich, zu wissen, daß ich so veranlagt bin, wenn ich nachts aufwache.« Es folgte ein weiterer Gefühlsausbruch.

Miss Havisham und ich waren zwischendurch nicht stehengeblieben, sondern wir hatten unseren Rundgang fortgesetzt. Manchmal streiften wir dabei die Röcke der Besucherinnen, dann wieder lag die ganze Länge des düsteren Zimmers zwischen uns.

»Seht euch Matthew an!« sagte Camilla. »Er kümmert sich nicht im mindesten um die Familie, er kommt nie her, um zu sehen, wie es Miss Havisham geht. Ich habe schon stundenlang bewußtlos mit aufgeschnürtem Korsett auf dem Sofa gelegen, den Kopf zur Seite geneigt, das Haar aufgelöst und die Füße wer weiß wo.«

»Die Füße lagen viel höher als dein Kopf, meine Liebe«, sagte Mr. Camilla.

»Stunden um Stunden habe ich in diesem Zustand wegen Matthews seltsamen und unerklärlichen Verhaltens zugebracht, und niemand hat es mir gedankt.«

»Ich muß wirklich sagen, ich wüßte nicht, wofür!« mischte sich die ernste Dame ein.

»Du siehst, meine Liebe«, fügte Miss Sarah Pocket hinzu (eine heimtückische Person), »du mußt dir selbst die Frage vorlegen, von wem du Dankbarkeit erwartet hast.«

»Ohne auch nur den geringsten Dank oder etwas Ähnliches erwartet zu haben«, fuhr Camilla fort, »habe ich stundenlang in dieser Verfassung zugebracht, und Raymond kann das Ausmaß meiner Erstickungsanfälle und die Wirkungslosigkeit des Baldrians bezeugen, und ich bin sogar vom Klavierstimmer quer über die Straße gehört worden, wo die armen Kinder noch irrtümlicherweise annahmen, es handelte sich um das Gurren einiger entfernter Tauben, und nun wird einem gesagt . . .« An dieser Stelle legte Camilla ihre Hand an den Hals und begann Untersuchungen über die Bildung neuer Laute anzustellen.

Als der Name Matthew erwähnt wurde, blieb Miss Havisham mit mir stehen und betrachtete die Sprecherin. Diese Tatsache brachte Camilla zum Schweigen.

»Matthew wird mich eines Tages doch besuchen«, sagte Miss Havisham streng, »wenn ich auf diesem Tisch dort liege. Das wird sein Platz sein«, sie schlug mit dem Stock auf den Tisch, »dort neben meinem Kopf! Und du wirst dort stehen! Und dein Mann dort! Und Sarah Pocket dort! Und Georgiana dort! Nun wißt ihr alle, wo ihr zu stehen habt, wenn ihr kommt, euch an meinem Anblick zu ergötzen. Und nun geht!« Jedesmal, wenn sie einen Namen nannte, hatte sie mit dem Stock auf eine andere Stelle des Tisches geschlagen. Dann sagte sie: »Führe mich, führe mich!«, und wir setzten unseren Weg fort.

»Es bleibt uns wohl nichts anderes übrig, als sich zu fügen und wegzugehen«, jammerte Camilla. »Es ist schon etwas wert, die Person seiner Liebe und Pflichterfüllung gesehen zu haben, wenn auch nur für so kurze Zeit. Ich werde mit schwermütiger Zufriedenheit daran denken, wenn ich nachts aufwache. Ich wünschte, Matthew könnte diesen Trost haben, aber er trotzt. Ich bin entschlossen, nicht meine Gefühle zur Schau zu stellen, doch es ist sehr hart, wenn einem gesagt wird, man weide sich am Anblick seiner Verwandten – als ob man ein Ungetüm wäre – und man solle gehen. Dieser bloße Gedanke!«

Mr. Camilla schritt ein, als Mrs. Camilla die Hand auf ihren bebenden Busen legte, so daß die Dame eine übernatürliche Beherrschung aufbrachte (die meines Erachtens darin bestand, erst umzukippen und zu ersticken, wenn sie außer Sichtweite war), Miss Havisham die Hand küßte und weggeleitet wurde. Sarah Pocket und Georgiana stritten darum, welche als letzte gehen sollte. Sarah aber war zu durchtrieben, als daß sie ausgestochen werden könnte, und tänzelte behende um Georgiana herum, so daß diese gezwungen war voranzugehen. Sarah Pocket wollte eine besondere Wirkung erzielen und verabschiedete sich mit den Worten: »Gott segne Sie, meine liebe Miss Havisham!« Auf ihrem walnußähnlichen Gesicht spielte ein Lächeln, als wollte sie für die Schwächen der anderen um Vergebung bitten.

Während Estella den Gästen hinunterleuchtete, wanderte Miss Havisham, die Hand auf meine Schulter gestützt, weiter umher, wenn auch immer langsamer. Schließlich blieb sie vor dem Kamin stehen und sagte, nachdem sie etwas vor sich hin gemurmelt und einige Augenblicke ins Feuer gestarrt hatte: »Ich habe heute Geburtstag, Pip.«

Ich wollte ihr alles Gute wünschen, sie aber hob warnend ihren Stock.

»Ich will nicht, daß man davon spricht. Ich gestatte weder denen, die eben hier waren, noch irgend jemandem, davon zu sprechen. Sie kommen zwar an diesem Tage her, wagen aber nicht, darauf anzuspielen.«

Selbstverständlich unterließ auch ich es, daran zu rühren.

»Lange, bevor du auf der Welt warst, wurde dieser Haufen Unrat hierhergebracht.« Sie stieß nach dem Berg Spinnweben auf dem Tisch, ohne ihn jedoch zu berühren. »Er und ich sind gleichermaßen dahingeschwunden. An ihm haben die Mäuse genagt, doch an mir hat Härteres als Mäusezähne genagt.«

Sie hielt den Knauf ihres Stockes ans Herz gepreßt, während sie in ihrem ehemals weißen, doch jetzt vergilbten und verschlissenen Kleid dastand und den Tisch betrachtete. Das einstmals weiße, doch jetzt vergilbte und zerschlissene Tafeltuch sah wie alles andere ringsum aus, als wollte es unter der leisesten Berührung zu Staub zerfallen.

»Wenn der völlige Verfall eingetreten ist«, sagte sie mit einem geisterhaften Blick, »und wenn man mich in meinem Brautkleid auf der Hochzeitstafel aufbahrt – so soll es gemacht werden, und es wird ein letzter Fluch gegen ihn sein –, wünschte ich, es wäre an einem Tage wie diesem!«

Sie betrachtete den Tisch, als sähe sie sich dort liegen. Ich verhielt mich still. Estella kam zurück, und auch sie verhielt sich still.

So verharrten wir, wie mir schien, eine geraume Zeit. In dieser stickigen Luft und bei der undurchdringlichen Dunkelheit, die in den abgelegenen Winkeln des Zimmers lastete, beschlich mich das beängstigende Gefühl, daß Estella und ich augenblicklich zu verwesen beginnen müßten.

Als Miss Havisham schließlich unvermittelt aus ihren Wahnvorstellungen zu sich kam, sagte sie: »Ich möchte zusehen, wie ihr beide miteinander Karten spielt. Warum habt ihr noch nicht angefangen?« Daraufhin begaben wir uns in ihr Zimmer und setzten uns wie beim erstenmal hin. Wieder wurde ich besiegt, und wie zuvor sah uns Miss Havisham unverwandt zu. Sie lenkte meine Aufmerksamkeit auf Estellas

Schönheit und kehrte sie noch mehr hervor, indem sie ihren Schmuck an Estellas Brust und in die Haare hielt.

Estella ihrerseits behandelte mich so ähnlich wie beim letztenmal, nur ließ sie sich nicht herab zu sprechen. Nachdem wir etwa ein halbes Dutzend Partien gespielt hatten, wurde ein Tag für meinen nächsten Besuch festgelegt, und ich wurde in den Hof hinuntergebracht, um dort wieder wie ein Hund gefüttert zu werden. Ich durfte auch diesmal nach Belieben umherstreifen.

Es ist ziemlich belanglos, ob die Tür in der Gartenmauer, die ich beim letztenmal hinaufgeklettert war, um einen Blick hinüberzuwerfen, damals offen oder geschlossen war. Damals hatte ich keine Tür gesehen, jetzt sah ich eine. Da sie offenstand und ich wußte, daß Estella die Besucher hinausgelassen hatte – denn sie war mit den Schlüsseln in der Hand zurückgekommen –, schlenderte ich im Garten umher. Es war eine einzige Wildnis mit alten Melonen- und Gurkenbeeten, die mit scheinbar letzter Kraft Gebilde in der Form von alten Hüten oder Stiefeln und hie und da einen kümmerlichen Sproß hervorgebracht hatten, der wie ein zerbeulter Kochtopf aussah.

Nachdem ich den Garten und ein Gewächshaus, in dem nur ein herabgefallener Weinstock und einige Flaschen zu sehen waren, untersucht hatte, befand ich mich in dem öden Winkel, auf den ich vom Fenster aus gesehen hatte. Da ich fest überzeugt war, daß nun niemand mehr im Haus wäre, spähte ich in eins der Fenster hinein und sah mich zu meinem großen Erstaunen einem blassen jungen Mann mit roten Augenlidern und lichtem Haar gegenüber.

Dieser blasse junge Mann verschwand schnell und tauchte neben mir auf. Er hatte über seinen Büchern gesessen, als ich ihm ins Gesicht starrte, und nun bemerkte ich, daß er mit Tinte beschmiert war.

»Hallo«, rief er, »junger Bursche!«

Wie ich beobachtet hatte, war »Hallo!« ein allgemein üblicher Ausdruck, den man am besten gleichermaßen erwiderte. Deshalb sagte ich »Hallo!«, ließ aber aus Höflichkeit den »jungen Burschen« weg.

»Wer hat dich hereingelassen?«

»Miss Estella.«

»Wer hat dir erlaubt, hier herumzustromern?«

»Miss Estella.«

»Komm, wir wollen uns prügeln«, sagte der blasse junge Mann.

Was konnte ich anderes tun, als ihm zu gehorchen? Ich habe mir seitdem oft diese Frage vorgelegt, aber was sonst sollte ich tun? Seine Art war so bestimmt, und ich war so verblüfft, daß ich ihm wie gebannt folgte, wohin er mich führte.

»Wart mal einen Moment«, rief er, als wir ein paar Schritte gegangen waren, und drehte sich herum. »Ich muß dir ja einen Grund zum Kämpfen geben. Da!« Plötzlich klatschte er provozierend in die Hände, trat elegant mit einem Bein nach hinten, zog mich an den Haaren, klatschte aufs neue in die Hände, senkte den Kopf und stieß ihn in meine Magengrube.

Daß er wie ein Stier in der soeben beschriebenen Weise auf mich losging, war nicht nur eine Frechheit, sondern für mich insofern unangenehm, als ich gerade Brot und Fleisch gegessen hatte. Ich versetzte ihm einen Schlag und war im Begriff, noch einmal zuzuschlagen, als er sagte: »Ach so, du willst wohl was?« Und er begann vorwärts und rückwärts zu tanzen, wie ich es in meiner Unerfahrenheit noch nie gesehen hatte.

»Spielregeln!« sagte er. Dabei hüpfte er vom linken auf das rechte Bein. »Richtige Regeln!« Nun hüpfte er vom rechten auf das linke Bein. »Komm auf den Platz und laß uns mit dem Vorspiel beginnen!« Diesmal sprang er vor und zurück und zeigte allerlei Kunststücke, während ich ihm hilflos zuschaute.

Insgeheim hatte ich Angst vor ihm, als ich sah, wie behende

er war, doch moralisch und physisch war ich überzeugt, daß er mit seinem lichten Haarschopf nichts in meiner Magengrube zu suchen hatte und daß ich mit Recht ungehalten war, wenn er mich so bedrängte. Deshalb folgte ich ihm wortlos in einen abgelegenen Winkel des Gartens, der von zwei aufeinandertreffenden Mauern gebildet und von einem Schutthaufen verdeckt wurde. Als ich seine Frage, ob mir der Platz gefalle, bejaht hatte, bat er mich, ihn für einen Augenblick zu entschuldigen. Bald darauf kehrte er mit einer Flasche Wasser und einem mit Essig getränkten Schwamm wieder. »Das ist für uns beide«, sagte er und legte alles neben der Mauer hin. Dann zog er nicht nur sein Jackett und die Weste aus, sondern auch sein Hemd. Er tat das in einer Weise, die fröhlich, geschäftsmäßig und blutdürstig zugleich wirkte.

Obwohl er nicht gerade gesund aussah – er hatte Pickel im Gesicht und einen Ausschlag am Mund –, erschreckten mich diese Vorbereitungen. Ich hielt ihn für etwa gleichaltrig; er war aber viel größer, und die Art, wie er herumwirbelte, beeindruckte mich stark. Im übrigen war er ein junger Mann in einem grauen Anzug (den er allerdings zum Kampf ausgezogen hatte), der mit seinen Ellbogen, Knien, Handgelenken und Hacken der Entwicklung weit voraus war.

Das Herz rutschte mir in die Hosen, als ich sah, wie er sich vor mir in Kampfstellung aufbaute und meinen Körper von oben bis unten musterte, als wollte er sich genau die Angriffsfläche aussuchen. Nie in meinem Leben war ich so überrascht gewesen wie in dem Augenblick, als ich ihn nach meinem ersten Schlag auf dem Rücken mit blutender Nase und verzerrtem Gesicht liegen sah.

Er war jedoch sofort wieder auf den Beinen und ging, nachdem er sich flink mit dem Schwamm abgerieben hatte, erneut in Kampfstellung. Die zweite große Überraschung in meinem Leben war die, daß er gleich wieder auf dem Rücken lag und mich mit einem blauen Auge anstarrte.

Sein Kampfgeist rang mir größten Respekt ab. Er schien

nicht viel Kraft zu haben, denn er versetzte mir nicht ein einziges Mal einen wirklich harten Schlag, sondern ging selbst andauernd zu Boden. Er kam aber jedesmal im Nu hoch, rieb sich mit dem Schwamm ab oder trank aus der Wasserflasche und brachte sich mit der größten Befriedigung wieder auf die Beine. Dann kam er mit einer Miene auf mich zu, daß ich ernsthaft annehmen mußte, er wollte mir den Garaus machen. Er war grün und blau geschlagen, denn ich muß gestehen, daß ich ihm mit jedem Schlage härter zusetzte. Aber immer wieder kam er hoch, bis er schließlich mit dem Hinterkopf gegen die Mauer prallte und stürzte. Doch selbst nach dieser Krise stand er auf und drehte sich mehrere Male verwirrt um die eigene Achse, weil er nicht wußte, wo er war. Schließlich kroch er auf den Knien zu seinem Schwamm, warf ihn hoch und stieß dabei keuchend hervor: »Das bedeutet, daß du gesiegt hast.«

Er wirkte so tapfer und einfältig, daß ich mich, obwohl ich den Streit nicht begonnen hatte, nicht über meinen Sieg von Herzen freuen konnte. Ja, ich gehe sogar so weit, daß ich mir während des Ankleidens wie ein wilder, junger Wolf oder eine andere Bestie vorkam. Schließlich war ich angezogen und wischte mir von Zeit zu Zeit mein blutiges Gesicht ab. Ich fragte ihn: »Kann ich Ihnen behilflich sein?«, er aber antwortete: »Nein, danke.« Ich wünschte ihm einen »guten Abend«, worauf er erwiderte: »Gleichfalls.«

Als ich auf den Hof zurückkam, wartete Estella schon mit den Schlüsseln. Sie fragte mich aber weder, wo ich gewesen war, noch, warum ich sie hatte warten lassen. Ihr Gesicht war leicht gerötet, und sie strahlte, als ob sie sich über irgend etwas sehr gefreut hätte. Anstatt gleich zum Tor zu gehen, trat sie in den Gang zurück und winkte mir.

»Komm her! Wenn du möchtest, darfst du mir einen Kuß geben.«

Sie hielt mir ihre Wange hin, und ich küßte sie. Ich glaube, ich hätte vieles darum gegeben, sie auf die Wange zu küssen.

Aber ich spürte, daß sie mir einfachem Bauernjungen diesen Kuß gewährte, wie man einem Bettler ein Geldstück gibt, und daß er nichts wert war.

Die Geburtstagsgäste, das Kartenspiel und der Kampf hatten mich so lange festgehalten, daß sich bei meiner Heimkehr bereits das Leuchtfeuer auf der Landzunge der Marschen gegen den dunklen Nachthimmel abhob und Joes Esse einen Streifen Funken über den Weg sprühte.

12. Kapitel

Bei dem Gedanken an den blassen jungen Mann beschlich mich ein unbehagliches Gefühl. Je mehr ich über den Kampf nachdachte und mir den blassen jungen Mann vorstellte, wie er mehrfach mit blutigem und verschwollenem Gesicht am Boden gelegen hatte, desto überzeugter war ich, daß der Vorfall Folgen für mich haben würde. Ich fühlte, daß das Blut des blassen jungen Mannes nach Rache verlangte und das Gesetz diese Rache ausüben würde. Ich hatte keine genaue Vorstellung von den zu erwartenden Strafen, es stand aber für mich fest, daß Dorfjungen nicht im Lande einherstolzieren, in die Häuser der vornehmen Leute eindringen und über lernbegierige junge Engländer herfallen könnten, ohne sich eine strenge Bestrafung einzuhandeln. Ich rührte mich sogar einige Tage lang nicht von zu Hause fort und spähte erst vorsichtig und ängstlich aus der Küchentür, bevor ich einen Gang erledigte, aus Furcht, die Beamten des Grafschaftsgefängnisses könnten sich auf mich stürzen. Die Nase des blassen jungen Mannes hatte Flecken auf meiner Hose hinterlassen, so versuchte ich, in tiefer Nacht den Beweis für meine Schuld zu beseitigen. Ich hatte dem blassen jungen Mann meine Fingerknöchel in die Zähne geschlagen, und nun verstrickte sich meine Phantasie in tausend Überlegungen, als ich unglaubliche Wege ersann, wie ich diesen verdammenswerten

Sachverhalt begründen würde, falls ich vor den Richter gezerrt werden sollte.

Als der Tag näherrückte, an dem ich an den Ort meiner Gewalttat zurückkehren sollte, erreichten meine Ängste ihren Höhepunkt. Ob etwa Hüter des Gesetzes, die extra aus London geschickt worden waren, hinter dem Tor auf der Lauer lagen? Oder ob sich Miss Havisham, da sie sich persönlich für eine Missetat rächen will, die in ihrem Hause begangen wurde, in ihrem Totengewand erheben und eine Pistole ziehen und mich totschießen würde? Ob eine große Truppe gedungener, aufgewiegelter Jungen verpflichtet worden ist, sich in der Brauerei auf mich zu stürzen und mich zu verprügeln, bis nichts mehr von mir übrigblieb? Es war ein großer Beweis für die Hochachtung, die ich dem blassen jungen Mann zollte, daß ich mir niemals vorstellte, er könnte an diesen Vergeltungsmaßnahmen beteiligt sein. Für diese Taten machte ich immer seine unverständigen Verwandten verantwortlich, die sich durch den Zustand seines Gesichtes in ihrem Familiensinn verletzt fühlten und aufgestachelt waren.

Jedoch, was half's, ich mußte zu Miss Havisham gehen, und so ging ich eben. Und siehe da! Nichts geschah wegen des Kampfes. Es wurde in keiner Weise darauf angespielt, und von dem blassen jungen Mann war weit und breit auch nichts zu sehen. Ich fand dieselbe Tür wieder offen, durchsuchte den Garten und spähte sogar in die Fenster des allein stehenden Hauses. Mir wurde aber die Sicht durch die geschlossenen Innenläden versperrt, und alles war wie ausgestorben. Nur in dem Winkel, in dem der Kampf stattgefunden hatte, fand ich Spuren, die bewiesen, daß der junge Mann dagewesen war. An jener Stelle waren Blutflecke zu sehen, die ich vor den Blicken anderer mit Gartenerde verbarg.

Auf dem breiten Treppenabsatz zwischen Miss Havishams Zimmer und besagtem Raum, in dem die lange Tafel stand, sah ich einen Gartenstuhl, einen leichten Stuhl auf Rädern, den man von hinten schob. Er war erst nach meinem letzten

Besuch dorthin gestellt worden, und von diesem Tage an gehörte es zu meinen Pflichten, Miss Havisham in diesem Stuhl (wenn sie zu müde war, um, auf meine Schulter gestützt, herumzulaufen) durch ihr eigenes Zimmer, über den Treppenabsatz und durch den anderen Raum zu schieben. Immer und immer wieder machten wir diese Rundfahrten; manchmal dauerten sie länger als drei Stunden hintereinander. Unwillkürlich erwähne ich die Häufigkeit dieser Spazierfahrten, weil sofort vereinbart worden war, daß ich zu diesem Zweck an jedem zweiten Tag zur Mittagszeit kommen sollte, und weil beim Nachrechnen eine Zeitspanne von acht bis zehn Monaten zusammenkommt.

Als wir uns mehr aneinander gewöhnten, unterhielt sich Miss Havisham öfter mit mir und fragte mich danach, was ich gelernt hätte und was ich werden wolle. Ich erzählte ihr, daß ich wohl zu Joe in die Lehre gehen würde. Ich ließ mich darüber aus, daß ich so gut wie nichts wüßte und alles lernen wollte, und hoffte im stillen, sie würde mir zu diesem Ziele ihre Hilfe anbieten. Sie tat aber nichts dergleichen. Im Gegenteil, meine Unwissenheit schien ihr recht zu sein. Sie gab mir weder einen Pfennig Geld oder ähnliches (außer dem täglichen Mittagessen), noch wurde vereinbart, daß ich für meine Dienste bezahlt werden sollte.

Estella war immer da und ließ mich stets herein und hinaus, forderte mich aber nicht mehr auf, sie zu küssen. Manchmal duldete sie mich gleichgültig, bisweilen behandelte sie mich herablassend, dann war sie ganz freundlich zu mir, und manchmal sagte sie nachdrücklich, daß sie mich hasse. Miss Havisham fragte mich oft mit flüsternder Stimme oder wenn wir allein waren: »Wird sie nicht immer hübscher, Pip?« Und wenn ich dann »ja« sagte – denn es war wirklich so –, schien sie sich diebisch zu freuen. Auch wenn wir Karten spielten, beobachtete Miss Havisham mit sichtlichem Vergnügen Estellas Launen. Manchmal, wenn ihre Stimmung so schnell umschlug, daß ich nicht wußte, was ich sagen oder tun sollte, umarmte Miss Havisham sie mit übertriebener Zärtlichkeit und flüsterte ihr etwas ins Ohr, was sich anhörte wie: »Brich ihnen das Herz, du mein Stolz und meine Hoffnung, brich ihnen das Herz und hab kein Erbarmen!«

Joe pflegte in der Schmiede Teile eines Liedes zu summen, das den Kehrreim »Alter Clem« hatte. Das war keine sehr feierliche Art, einem Schutzpatron zu huldigen, aber ich glaube, der »Alte Clem« bedeutete den Schmieden so viel wie der heilige Clemens. Dieses Lied ahmte den Rhythmus des Hämmerns auf Eisen nach und war eine lyrische Bitte um Verzeihung für das Bekanntmachen mit dem geachteten Namen »Alter Clem«.

Auf, ihr Burschen, schwingt den Hammer! Alter Clem!
Mit wucht'gem Schlag und hellem Klang! Alter Clem!
Schmiedet das Eisen, schmiedet das Eisen! Alter Clem!
Blast ins Feuer, blast ins Feuer! Alter Clem!
Daß es lodert, daß es kracht! Alter Clem!

Bald nachdem der Rollstuhl in Erscheinung getreten war, sagte Miss Havisham eines Tages mit der üblichen ungeduldigen Handbewegung plötzlich zu mir: »Los, los, sing mal was!« Ich summte dieses Liedchen leise vor mich hin, während ich sie weiterschob. Sie fand solch ein Gefallen daran, daß sie mit ihrer leisen, schleppenden Stimme einstimmte, als sänge sie im Schlaf. Von da an wurde es uns zur Gewohnheit, beim Herumfahren dieses Lied zu summen; auch Estella fiel manchmal mit ein. Selbst wenn wir zu dritt sangen, klang alles gedämpfter als der leiseste Windhauch in dem düsteren alten Haus.

Was konnte in einer solchen Umgebung aus mir werden? Wie sollte da mein Charakter nicht beeinflußt werden? Ist es verwunderlich, daß mein Geist ebenso geblendet war wie meine Augen, wenn ich aus den dämmrigen, gelblichen Räumen ins Tageslicht hinaustrat?

Vielleicht hätte ich Joe von dem blassen jungen Mann erzählt, wenn ich mich nicht erst kürzlich zu diesen Aufschneidereien hätte hinreißen lassen, die ich gestanden hatte. Unter diesen Umständen hätte Joe sicherlich den blassen jungen Mann für einen Reisenden aus der schwarzen, mit Samt ausgeschlagenen Kutsche gehalten, deshalb erwähnte ich ihn nicht. Außerdem wurde meine anfängliche Scheu, über Miss Estella zu sprechen, mit der Zeit immer stärker. Nur zu Biddy hatte ich volles Vertrauen; der Ärmsten erzählte ich alles. Warum mir das ganz natürlich erschien und warum Biddy an allem, was ich ihr erzählte, so herzlich Anteil nahm, wußte ich damals noch nicht, glaube es aber heute zu wissen.

Inzwischen wurden die Beratungen zu Hause in der Küche fortgesetzt; sie waren für mein ungemein gereiztes Gemüt fast unerträglich. Pumblechook, dieser Esel, kam des öfteren abends zu uns herüber, um mit meiner Schwester meine Zukunftsaussichten zu besprechen. Ich glaube wirklich (ich sage das heute ohne schlechtes Gewissen), daß ich ihm einen Achsnagel aus seinem Kutschwagen gezogen hätte, wenn ich es nur verstanden hätte. Dieser elende Kerl war ein dermaßen beschränkter Mann, daß er nicht über meine Zukunft sprechen konnte, ohne mich dabei vor sich zu haben beziehungsweise mich zu bearbeiten. Er zerrte mich, meistens am Kragen, von meinem Schemel herunter, auf dem ich still in einer Ecke saß, und stieß mich ans Kaminfeuer, als sollte ich gebraten werden. Dann sagte er: »Nun, Madam, das ist der Bursche, den Sie mit eigner Hand aufgezogen haben. Kopf hoch, Junge, und sei allezeit denen dankbar, die dich aufgezogen haben. Nun, Madam, was diesen Jungen betrifft...« Und dann fuhr er mir gegen den Strich durchs Haar, was ich, wie bereits erwähnt, seit meiner frühesten Kindheit keinem Menschen gestattet habe, und hielt mich vor sich am Ärmel fest. Es war ein lächerlicher Anblick, der nur seiner Dummheit gleichkam.

Dann ergingen er und meine Schwester sich in so unsinnigen Betrachtungen über Miss Havisham und darüber, was sie mit mir und für mich tun würde, daß ich jedesmal am liebsten in Tränen des Schmerzes und der Wut ausgebrochen wäre und mich auf Pumblechook gestürzt und ihn mit den Fäusten bearbeitet hätte. Bei diesen Gesprächen behandelte mich meine Schwester, als müßte sie mir bei jeder Frage einen Zahn ziehen. Pumblechook dagegen, der sich selbst zu meinem Gönner ernannt hatte, saß da und musterte mich verächtlich wie der Schmied meines Glückes, dem diese Tätigkeit nichts einträgt.

Joe beteiligte sich nicht an den Diskussionen, aber in ihrem Verlauf wurde er oft angesprochen, denn Mrs. Joe spürte, daß er von dem Gedanken, ich könnte die Schmiede verlassen, wenig angetan war. Ich war eigentlich alt genug, um zu Joe in die Lehre zu gehen, und wenn Joe vor dem Kamin saß, den Schürhaken auf den Knien, und gedankenverloren zwischen den Rosten in der Asche stocherte, legte meine Schwester diese harmlose Beschäftigung als ein Zeichen seines Widerspruchs aus, weshalb sie sich auf ihn stürzte, ihm den Schürhaken aus der Hand riß, ihn wegwarf und Joe schüttelte. Diese Beratungen hatten jedesmal einen höchst unerfreulichen Ausklang. Plötzlich und ohne jegliche Überleitung hielt meine Schwester gähnend inne, warf wie zufällig einen Blick auf mich und fiel mit den Worten über mich her: »Komm, nun reicht's mit dir! Marsch ins Bett! Du hast uns heute genug Sorgen gemacht!« Als ob ich sie um den Gefallen gebeten hätte, mir das Leben zu vergällen.

Lange Zeit ging es so weiter, und wahrscheinlich hätte dieser Zustand noch länger angehalten, wenn nicht Miss Havisham eines Tages bei unserem Rundgang kurz stehengeblieben wäre, sich auf meine Schulter gelehnt und etwas unwirsch festgestellt hätte: »Du wirst groß, Pip!«

Ich hielt es für richtig, ihr durch einen vielsagenden Blick anzudeuten, daß ich auf diese Tatsache keinen Einfluß hatte.

In dem Moment sagte sie nichts mehr, aber bald darauf blieb sie erneut stehen und blickte mich an, kurze Zeit später wieder; dann runzelte sie mürrisch die Stirn. Als ich beim nächsten Mal meinen Dienst versehen hatte und unser Rundgang beendet war, brachte ich sie an ihren Toilettentisch. Sie hielt mich aber mit der ungeduldigen Handbewegung zurück. »Wie heißt doch gleich der Schmied, bei dem du bist?«

»Joe Gargery, Madam.«

»Ist das der Meister, zu dem du in die Lehre gehen sollst?«

»Ja, Miss Havisham.«

»Du solltest am besten sofort bei ihm eintreten. Was meinst du, würde Gargery mit dir herkommen und deinen Lehrvertrag mitbringen?«

Ich gab zu verstehen, daß er das zweifellos als eine Ehre ansehen würde.

»Dann soll er herkommen.«

»Zu einem bestimmten Zeitpunkt, Miss Havisham?«

»Ach was! Ich weiß nichts von Zeit und Stunde. Er soll bald kommen, und zwar mit dir.«

Als ich abends nach Hause kam und Joe diese Nachricht übermittelte, bekam meine Schwester einen noch viel schlimmeren Koller als zuvor. Sie fragte mich und Joe, ob wir sie für unseren Fußabtreter hielten und wie wir es wagen könnten, sie so zu behandeln, und für welche Leute sie unserer Meinung nach gut genug sei. Nach einem Sturzbach solcher Fragen warf sie einen Kerzenständer nach Joe und brach in lautes Schluchzen aus; sie holte die Müllschippe hervor – was stets ein schlechtes Zeichen war –, band sich die grobe Schürze um und begann gründlich sauberzumachen. Doch mit dem Ausfegen nicht zufrieden, griff sie zu Eimer und Scheuerbürste und trieb uns hinaus, so daß wir zitternd im Hof stehen mußten. Es war zehn Uhr abends, als wir uns hineinzuschleichen wagten. Sie empfing Joe mit der Frage, warum er nicht gleich eine Negersklavin geheiratet habe. Der arme Joe antwortete nicht, sondern strich sich seinen Backenbart und sah mich niedergeschlagen an, als hielte er die Sache mit der Negersklavin für gar nicht so übel.

13. Kapitel

Am übernächsten Tag war es für mich eine rechte Plage, zu sehen, wie sich Joe mit seinem Sonntagsstaat herausputzte, um mich zu Miss Havisham zu begleiten. Da er jedoch für diesen Anlaß seinen Galarock für notwendig erachtete, wagte ich ihm nicht zu sagen, er sähe in seiner Arbeitskleidung viel besser aus, zumal ich wußte, daß er sich nur meinetwegen dieser Tortur unterzog und nur mir zuliebe seinen Hemdkragen im Nacken dermaßen hochzog, daß seine Haare wie ein Federbusch abstanden.

Beim Frühstück teilte meine Schwester ihre Absicht mit, uns in die Stadt zu begleiten und bei Onkel Pumblechook zu warten, bis wir »die Angelegenheit bei unseren feinen Damen erledigt« hätten, eine Betrachtungsweise, die Joe das Schlimmste ahnen ließ. Die Schmiede wurde für diesen Tag geschlossen, und Joe schrieb – wie er das bei den wenigen Gelegenheiten, wo er nicht arbeitete, immer tat – mit Kreide das eine Wort »wek« an die Tür und fügte einen Pfeil hinzu, der in die Richtung zeigte, die er eingeschlagen hatte.

Wir gingen zu Fuß in die Stadt, voran meine Schwester mit einem riesigen Filzhut auf dem Kopf, einem geflochtenen Korb in der Hand, den sie wie das Großsiegel von England trug, mit einem Paar Stelzschuhen, einem zweiten Umschlagtuch und einem Schirm, obwohl es ein schöner, sonniger Tag war. Ich bin mir nicht ganz im klaren, ob sie diese Gegenstände als Buße oder zum Angeben mit sich herumschleppte; ich glaube aber eher, sie wollte mit diesen Schätzen prahlen, so wie Kleopatra oder irgendeine andere Herrscherin ihre Reichtümer bei einem Fest oder feierlichen Umzug zur Schau stellte.

Als wir zu Pumblechooks Haus kamen, stürzte meine Schwester sofort hinein und ließ uns stehen. Da es schon fast Mittag war, gingen Joe und ich unverzüglich zu Miss Havisham. Wie gewöhnlich öffnete Estella das Tor; als Joe sie erblickte, nahm er den Hut ab und drehte die Krempe verlegen zwischen beiden Händen.

Estella beachtete uns beide nicht, sondern führte uns den Weg entlang, den ich so gut kannte. Ich folgte dicht hinter ihr, Joe ging als letzter. Als ich mich in dem langen Korridor nach Joe umblickte, hielt er noch immer den Hut mit größter Vorsicht in der Hand und kam mit langen Schritten auf Zehenspitzen hinter uns her.

Estella sagte zu mir, wir sollten beide ins Zimmer gehen, so nahm ich also Joe am Ärmel und führte ihn in Miss Havishams Empfangszimmer. Sie saß an ihrem Toilettentisch und drehte sich sofort zu uns um.

»Oh!« sagte sie zu Joe. »Sie sind der Ehemann der Schwester dieses Jungen?«

Ich hätte mir niemals vorstellen können, daß sich der liebe alte Joe dermaßen verändern und einem seltsamen Vogel ähneln könnte, wie er so stumm dastand, mit gesträubtem Gefieder und geöffnetem Mund, als warte er auf einen Wurm.

»Sie sind also der Ehemann der Schwester dieses Jungen?« wiederholte Miss Havisham.

Es war zu unangenehm. Während der ganzen Unterhaltung wandte sich Joe nur an mich anstatt an Miss Havisham.

»Was ich sagen wollte, Pip«, bemerkte Joe nun in einem Ton, der gleichzeitig größte Überzeugung, unbedingtes Vertrauen und vollendete Höflichkeit ausdrückte, »ich habe deine Schwester geheiratet und war damals, wenn du das so nennen willst, ein Junggeselle.«

»Gut!« sagte Miss Havisham. »Sie haben demnach den Jungen in der Absicht großgezogen, ihn in die Lehre zu nehmen? Ist das so, Mr. Gargery?«

»Du weißt, Pip«, erwiderte Joe, »du und ich, wir sind

immer gute Freunde gewesen, und wir haben uns schon auf den Spaß gefreut, den wir haben werden. Aber, Pip, wenn du etwas gegen diesen Beruf einzuwenden gehabt hättest – sagen wir mal, zu schwarz und rußig oder so ähnlich –, nich, daß ich etwa nich drauf gehört hätte, nich wahr?«

»Hat der Junge«, fragte Miss Havisham, »jemals Einwände gehabt? Gefällt ihm dieses Handwerk?«

»Was du ja selbst am besten wissen mußt, Pip«, entgegnete Joe und verstärkte seine frühere Mischung von Beweisen, Vertrauen und Höflichkeit mit den Worten: »Es war dein eigner Herzenswunsch.« (Ich sah, daß er diese Redewendung der Situation für angemessen hielt.) Er sagte nochmals: »Und von deiner Seite kamen keine Einwände, und Pip, es war dein großer Herzenswunsch!« Ich bemühte mich vergebens, ihm verständlich zu machen, daß er seine Worte an Miss Havisham richten müßte. Je mehr ich ihn durch meine Mimik und Gestik dazu bewegen wollte, desto vertrauensvoller, eindringlicher und höflicher wandte er sich an mich.

»Haben Sie seinen Lehrvertrag mitgebracht?« fragte Miss Havisham.

»Na, Pip, das weißt du doch«, antwortete Joe, als wäre die Frage unsinnig gewesen, »du hast selbst gesehen, wie ich ihn in meinen Hut gesteckt habe, also muß er ja dasein.« Mit diesen Worten zog er ihn hervor und gab ihn nicht etwa Miss Havisham, sondern mir. Ich fürchte, ich habe mich für den lieben, guten Kerl geschämt – ja, ich weiß, daß ich mich seiner geschämt habe –, als ich sah, daß Estella hinter Miss Havishams Stuhl stand und um ihre Augen ein hämisches Lächeln spielte. Ich nahm ihm den Vertrag aus der Hand und reichte ihn Miss Havisham.

»Verlangen Sie kein Lehrgeld von dem Jungen?« fragte Miss Havisham, nachdem sie den Vertrag überflogen hatte.

»Joe!« rief ich vorwurfsvoll, denn er gab keine Antwort. »Warum sagst du nichts?«

»Pip«, unterbrach mich Joe, offenbar gekränkt, »das is doch eine Sache, von der zwischen dir und mir keine Rede sein kann und wo du ganz genau weißt, die Antwort is 'n klares ›Nein‹. Du weißt, daß ich ›Nein, Pip‹ antworte, warum sollte ich überhaupt was sagen?«

Miss Havisham warf ihm einen Blick zu, der zeigte, daß sie besser, als ich es für möglich gehalten hätte, erkannt haben mußte, was für ein Mensch er in Wirklichkeit war. Sie griff nach einem kleinen Beutel, der neben ihr auf dem Tisch lag.

»Pip hat sich hier ein Lehrgeld verdient«, sagte sie, »und hier ist es. In diesem Beutel sind fünfundzwanzig Guineen. Gib sie deinem Meister, Pip.«

Als hätte er angesichts dieser seltsamen Gestalt und des merkwürdigen Zimmers völlig den Verstand verloren, wandte sich Joe selbst in dieser Phase des Gespräches an mich.

»Das is sehr großzügig von dir, Pip«, sagte Joe, »ich nehme es gern und dankbar an, obwohl ich nie und nimmer damit gerechnet habe, nich im entferntesten. Und nun, alter Junge«, sagte Joe, wobei mir heiß und kalt wurde, da mir auch diese vertrauliche Anrede an Miss Havisham gerichtet erschien, »und nun, alter Junge, wollen wir unsere Pflicht erfüllen. Du und ich, wir beide wollen unsere Pflicht erfüllen, einer dem anderen gegenüber und denen gegenüber, die dir das großzügige Geschenk gemacht haben. Es soll ihnen – für immer – zur inneren Genugtuung gereichen, daß . . .« Hier merkte Joe, daß er sich schrecklich verheddert hatte, aber dann rettete er die Situation mit den Worten: »Und fern von mir soll es sein.« Diese Worte klangen ihm so schön und überzeugend, daß er sie wiederholte.

»Auf Wiedersehen, Pip!« sagte Miss Havisham. »Laß sie hinaus, Estella.«

»Soll ich wiederkommen, Miss Havisham?« fragte ich.

»Nein. Du arbeitest von nun an bei Gargery. Gargery! Auf ein Wort!«

Sie rief ihn zurück, während ich hinausging, und ich hörte sie mit Nachdruck zu Joe sagen: »Der Junge hat sich hier gut benommen, und das ist seine Belohnung. Als rechtschaffener Mann werden Sie natürlich nichts weiter erwarten.«

Wie Joe das Zimmer verlassen hat, konnte ich nie herausfinden. Ich weiß nur, daß er, als er endlich draußen war, die Treppe hinauf- anstatt hinuntergegangen ist. Er war taub gegen alle Anrufe, bis ich ihm nacheilte und ihn zurückholte. Eine Minute später waren wir draußen, das Tor wurde verschlossen, und Estella war verschwunden. Als wir wieder allein im hellen Tageslicht standen, lehnte sich Joe gegen eine Mauer und sagte zu mir: »Erstaunlich!« Er blieb lange dort stehen und wiederholte das Wort »erstaunlich« so oft, daß ich glaubte, er käme überhaupt nicht mehr zu sich. Schließlich erweiterte er seine Äußerung zu dem Satz: »Pip, das sag ich dir, das is *erstaunlich*!« Allmählich wurde er gesprächig, und wir konnten losgehen.

Ich habe allen Grund, anzunehmen, daß Joes Verstand durch das Erlebte heller geworden war und daß er auf dem Weg zu Pumblechook einen schlauen Plan ausgedacht hatte. Meine Annahme sollte durch die Szene bestätigt werden, die sich in Mr. Pumblechooks Wohnzimmer abspielte, wo sich bei unserem Eintreffen meine Schwester mit dem verhaßten Samenhändler angeregt unterhielt.

»Nun«, rief meine Schwester uns beiden entgegen. »Was habt ihr erlebt? Ich staune, daß ihr euch herabLaßt, in solch eine armselige Gesellschaft, wie wir es sind, zurückzukehren. Wahrhaftig, ich staune.«

»Miss Havisham«, sagte Joe und blickte mich starr an, als müßte er scharf nachdenken, »hat uns ausdrücklich aufgetragen, ihre – waren es nun Empfehlungen oder Grüße, Pip? – auszurichten.«

»Empfehlungen«, sagte ich.

»Ja, mir ist auch so«, antwortete Joe, »ihre Empfehlungen an Mrs. J. Gargery ...«

»Da hab ich aber was von!« bemerkte meine Schwester, war aber dennoch erfreut.

»Und sie wünschte«, fuhr Joe fort und sah mich erneut starr an, als suche er wieder in seinem Gedächtnis, »daß ihr Gesundheitszustand es zulassen täte – war das so, Pip?«

»Das Vergnügen zu haben ...«, fügte ich hinzu.

»... auch Damen zu empfangen«, sagte Joe und holte tief Luft.

»Na«, rief meine Schwester mit einem besänftigten Blick auf Mr. Pumblechook. »Sie hätte die Höflichkeit besitzen können, mir diese Nachricht vorher mitzuteilen, aber besser spät als nie. Und was hat sie dem jungen Tunichtgut hier gegeben?«

»Sie hat ihm gar nichts gegeben«, sagte Joe.

Mrs. Joe wollte gerade auffahren, als Joe fortfuhr: »Was sie gegeben hat, gab sie seinen Freunden. Und mit ›seinen Freunden‹, war ihre Erklärung, ›meine ich, zu Händen seiner Schwester, Mrs. J. Gargery‹. Das waren ihre Worte. ›Mrs. J. Gargery.‹ Sie wußte wohl nich«, fügte Joe nachdenklich hinzu, »daß J. für Joe steht.«

Meine Schwester sah Pumblechook an, der die Ellbogen an der Holzlehne seines Sessels rieb. Er nickte ihr zu und blickte ins Kaminfeuer, als hätte er alles vorausgesehen.

»Und wieviel hast du bekommen?« fragte meine Schwester lachend. Ja, wirklich, sie lachte!

»Was würden denn die Herrschaften zu zehn Pfund sagen?« fragte Joe.

»Sie würden sagen«, antwortete meine Schwester barsch, »ganz schön. Nicht aufregend, aber ganz schön.«

»Aber es is mehr«, sagte Joe.

Dieser schreckliche Schwindler Pumblechook nickte wiederum und sagte, während er über die Sessellehnen strich: »Es ist noch mehr als das, Madam.«

»Was, Sie wollen doch nicht etwa behaupten . . .?« begann meine Schwester.

»Doch, doch, Madam«, sagte Pumblechook, »aber warten Sie ab. Weiter, Joseph, sei so gut, weiter!«

»Was würden die Herrschaften«, fuhr Joe fort, »zu zwanzig Pfund sagen?«

»Ein stattliches Sümmchen, würde ich sagen«, erwiderte meine Schwester.

»Nun«, sagte Joe, »es sind aber mehr als zwanzig Pfund.«

Dieser gemeine Heuchler Pumblechook nickte wieder und sagte gönnerhaft lächelnd: »Ja, es ist noch mehr, Madam. Mach's kurz, Joseph!«

»Um zum Schluß zu kommen«, sagte Joe strahlend und überreichte meiner Schwester den Beutel, »es sind fünfundzwanzig Pfund.«

»Es sind fünfundzwanzig Pfund, Madam«, plapperte Pumblechook, dieser niederträchtigste aller Gauner, nach und erhob sich, um meiner Schwester die Hand zu schütteln. »Das haben Sie sich redlich verdient (wie ich betont habe, als ich nach meiner Meinung gefragt wurde), und ich wünsche Ihnen viel Freude an dem Geld!«

Wenn der Schurke es dabei belassen hätte, wäre die Angelegenheit schon schlimm genug gewesen, aber er belastete sein Schuldkonto noch mehr, indem er mich sozusagen unter seine Fittiche nahm, und zwar in so herablassender Weise, daß er damit alle früheren Gemeinheiten übertraf.

»Sehen Sie, Joseph und Mrs. Joe«, sagte Mr. Pumblechook und packte mich am Oberarm, »ich gehöre zu denen, die das, was sie angefangen haben, auch zu Ende führen. Dieser Junge muß sofort in die Lehre gehen. Das ist *meine* Meinung. Sofort in die Lehre!«

»Gott weiß, Onkel Pumblechook«, sagte meine Schwester und riß das Geld an sich, »wir sind Ihnen zu tiefem Dank verpflichtet.«

»Schon gut, Madam«, erwiderte der teuflische Getreidehändler. »Eine Hand wäscht die andere, das ist überall so. Aber ihr wißt, wir müssen den Jungen in die Lehre geben. Um ehrlich zu sein, ich habe versprochen, dafür zu sorgen.«

Die Ratsherren hatten im nahegelegenen Rathaus gerade eine Sitzung, und so gingen wir unverzüglich dorthin, um mich bei der Behörde als Joes Lehrling eintragen zu lassen. Ich sage, wir *gingen* dorthin, in Wirklichkeit aber wurde ich von Pumblechook dahin gestoßen, als wäre ich ein Taschendieb oder hätte einen Schober in Brand gesteckt. Es wurde tatsächlich überall angenommen, ich sei auf frischer Tat ertappt worden, denn ich hörte einige Leute sagen, als mich Pumblechook durch die Menge vor sich her stieß: »Was hat der verbrochen?« Andere meinten: »Er ist noch ziemlich jung, aber sieht schon verdorben aus, nicht?« Eine gütige und wohlmeinende Person gab mir sogar ein Büchlein mit dem

Holzschnitt eines bösen jungen Mannes, der überreichlich mit Fesseln ausgestattet war, das den Titel trug: »Als Lektüre in meiner Zelle.«

Der Sitzungssaal war in meinen Augen ein merkwürdiger Raum mit Stühlen, die höher waren als Kirchenbänke, und mit Leuten, die sich auf den Stühlen fläzten und nur Zuschauer waren. Die würdigen Richter (einer hatte gepuderte Haare) saßen mit verschränkten Armen in ihre Stühle zurückgelehnt, oder sie schnupften Tabak oder machten ein Nickerchen, andere schrieben oder lasen Zeitung. An den Wänden hingen etliche glänzende, düstere Porträts, die mein ungeübtes Auge für eine Komposition aus Mandelbonbon und Heftpflaster hielt. Hier wurde in einer Ecke mein Lehrvertrag unterschrieben und beglaubigt, und damit war ich »Lehrling«. Während der ganzen Zeit hielt mich Mr. Pumblechook fest, als hätten wir auf dem Weg zum Schafott nur noch kurz vorgesprochen, um diese kleinen Formalitäten zu erledigen.

Nachdem wir wieder draußen waren und die Jungen abgeschüttelt hatten, die in fröhlicher Stimmung darauf lauerten, mich in aller Öffentlichkeit gefoltert zu sehen, und die nun bitter enttäuscht waren, als sie mich im Kreise meiner Freunde sahen, kehrten wir in Pumblechooks Wohnung zurück. Dort geriet meine Schwester über die fünfundzwanzig Guineen in so freudige Erregung, daß sie es nicht lassen konnte, in Anbetracht der unerwarteten Erbschaft im »Blauen Eber« ein Essen zu veranstalten. Mr. Pumblechook mußte mit seinem Wagen zu den Hubbles und zu Mr. Wopsle fahren und sie abholen.

Der Vorschlag wurde angenommen, und ich verlebte einen sehr traurigen Tag, denn für die ganze Gesellschaft schien festzustehen, daß ich bei ihrer Feier ein lästiges Übel war. Um die Sache noch schlimmer zu machen, fragten sie mich alle von Zeit zu Zeit – wenn ihnen nichts Besseres einfiel –, warum ich mich nicht freute? Was blieb mir anderes übrig, als zu antworten, daß ich mich ja freute, was jedoch nicht stimmte.

Nun, sie waren eben Erwachsene und unterhielten sich auf ihre Weise und nutzten die Gelegenheit weidlich aus. Dieser verlogene Pumblechook pries sich selbst als den wohltätigen Urheber der ganzen Angelegenheit und nahm den Ehrenplatz an der Tafel ein. Als er die Festrede hielt und ihnen dazu teuflisch gratulierte, daß ich laut Lehrvertrag ins Gefängnis käme, falls ich als Lehrling Karten spielte, Schnaps tränke, bis in die Nacht hinein aufbliebe, schlechten Umgang pflegte oder mich anderer Vergehen schuldig machte, stellte er mich neben sich auf einen Stuhl, um seine Bemerkungen zu verdeutlichen.

Ansonsten habe ich von dem großen Fest nur noch im Gedächtnis behalten, daß sie mich nicht einschlafen ließen, sondern mich jedesmal, wenn ich einnicken wollte, wachrüttelten und mich aufforderten, recht fröhlich zu sein. Ich weiß auch noch, daß Mr. Wopsle am späten Abend Collins' Ode vortrug und dabei sein »blutbeflecktes Schwert« donnernd niedersausen ließ, so daß der Kellner hereinkam und sagte: »Die Handlungsreisenden von unten machen höflich darauf aufmerksam, daß das kein Rummelplatz ist.« Auf dem Heimweg waren alle in bester Stimmung und sangen »O Lady Fair«. Mr. Wopsle sang den Baß und behauptete mit äußerst kräftiger Stimme (und antwortete damit dem neugierigen Menschen, der dieses Lied höchst aufdringlich beherrscht, indem er über die persönlichen Dinge eines jeden Bescheid wissen möchte), daß *er* der Mann mit den wehenden weißen Locken war und daß er im großen ganzen der schwächste Pilger auf Erden war.

Schließlich erinnere ich mich noch, wie todunglücklich ich war, als ich in meine Schlafkammer kam, und daß ich der festen Überzeugung war, Joes Handwerk werde mir zuwider sein. Es hatte mir einmal gefallen, aber nun nicht mehr.

14. Kapitel

Es ist eine schlimme Sache, wenn man sich seines Zuhause schämt. Man mag das schwärzesten Undank nennen, und die wohlverdiente Strafe wird gerechtfertigt sein. Dennoch ist es eine schlimme Sache; das kann ich bezeugen.

Wegen der Launenhaftigkeit meiner Schwester habe ich mich zu Hause nie sonderlich wohl gefühlt. Aber durch Joe war es mir in einem verklärten Licht erschienen. Ich hatte die gute Stube für den feinsten Salon gehalten, die Eingangstür für ein geheimnisvolles Portal zum Tempel, den man feierlich öffnete, wenn gebratene Hühner geopfert wurden. Die Küche war für mich ein bescheidener, wenn auch nicht prächtiger Raum, und die Schmiede hatte ich als den strahlenden Weg zu Männlichkeit und Unabhängigkeit angesehen. Innerhalb eines einzigen Jahres war das ganz anders geworden. Jetzt kam mir alles häßlich und gewöhnlich vor, und ich hätte um keinen Preis Miss Havisham und Estella unser Haus sehen lassen.

Inwieweit ich selbst an meiner unglücklichen seelischen Verfassung schuld hatte oder inwieweit die Schuld bei Miss Havisham beziehungsweise meiner Schwester lag, ist sowohl für mich als auch für jeden anderen ohne Belang. Ich hatte mich innerlich verändert. Ob zum Guten oder Bösen, ob entschuldbar oder nicht, ich war anders geworden.

Früher hatte ich mir eingebildet, daß ich stolz und glücklich sein müßte, sobald ich meine Hemdsärmel hochkrempeln und als Joes Lehrling in der Schmiede arbeiten könnte. Nun, da es soweit war, dachte ich nur daran, wie verdreckt und mit Kohlenstaub bedeckt ich war und daß der Alltag auf mir lastete, mit dem verglichen Joes Amboß federleicht war. In meinem späteren Leben hat es Situationen gegeben (wie vermutlich bei den meisten Menschen), in denen mir zeitweilig zumute war, als ob ein dicker Vorhang alles einhülle, was von Reiz und Zauber war, um mich von allem auszuschließen und nur noch geduldig leiden zu lassen. Nie hatte sich dieser

Vorhang so schwer und erbarmungslos gesenkt wie damals, als mein vorgeschriebener Lebensweg durch den soeben vollzogenen Eintritt in die Lehre beschritten wurde.

Ich erinnere mich, daß ich in den späteren Jahren meiner Lehrzeit oft an Sonntagabenden bei einbrechender Dunkelheit auf dem Friedhof gestanden und meine Zukunftsaussichten mit der dem Wind ausgesetzten Marschlandschaft verglichen habe. Ich stellte dabei eine gewisse Ähnlichkeit zwischen beiden fest; die einen waren so unbestimmt und öde wie die anderen, zu beiden führte ein unbekannter Weg durch dichten Nebel, und dahinter lag das Meer. Schon vom ersten Tag meiner Lehrzeit an war ich so niedergeschlagen, doch ich bin nur froh, daß ich zu Joe, solange ich bei ihm in der Lehre war, nie ein Sterbenswörtchen gesagt habe. Das ist aber auch das einzige, worüber ich mich in diesem Zusammenhang freuen kann. Für alles, was ich noch hinzuzufügen habe, gebührt doch einzig und allein Joe das Verdienst. Nicht weil *ich*, sondern weil *Joe* pflichtbewußt war, lief ich nicht davon und wurde Soldat oder Seemann. Nicht weil *ich*, sondern weil *Joe* einen ausgeprägten Sinn für Rechtschaffenheit und Fleiß hatte, habe ich mit erträglichem Eifer meinen Widerwillen bekämpft. Man kann schwer sagen, wie weit der Einfluß eines liebenswürdigen, ehrlichen, pflichtbewußten Menschen in der Welt reicht. Er ist aber leicht zu ermessen, wenn man ihn selbst verspürt hat, und ich weiß sehr wohl, daß alles Gute, was mit meiner Lehrzeit verbunden ist, von dem schlichten, zufriedenen Joe und nicht von mir, dem Ruhelosen, Ehrgeizigen, Unzufriedenen, herrührt.

Wer kann schon sagen, was ich eigentlich wollte? Wie soll *ich* das sagen, wo ich es selbst nicht wußte? Ich fürchtete am meisten, daß ich in einer unglückseligen Stunde, wenn ich gerade am schmutzigsten und gewöhnlichsten aussah, von meiner Arbeit aufblicken und bemerken würde, wie Estella zu einem der kleinen Fenster der Schmiede hereinschaute. Ich war von der Furcht besessen, daß sie mich früher oder später mit schwarzem Gesicht und rußigen Händen bei der gröbsten Arbeit ausfindig machen und mich dann verspotten und verachten würde. Oft, wenn ich nach Einbruch der Dunkelheit für Joe den Blasebalg bediente und wir »Alter Clem« sangen und dabei die Erinnerung auflebte, wie wir das Lied bei Miss Havisham gesungen hatten, erschien mir Estella mit ihrem schönen, im Winde flatternden Haar und ihren spöttischen Augen im Schmiedefeuer. In solchen Augenblicken sah ich dann zu den schwarzen Quadraten an der Wand, denen die Fenster abends glichen, und bildete mir ein, ihr Gesicht wäre gerade verschwunden, und ich glaubte, sie wäre endlich gekommen.

Wenn wir danach zum Abendbrot in die Küche gingen, kamen mir das Haus und das Essen noch ärmlicher vor als sonst, und ich schämte mich in meinem undankbaren Herzen meines Zuhause mehr denn je.

15. Kapitel

Da ich für den Unterricht bei Mr. Wopsles Großtante allmählich zu groß geworden war, hörte meine Ausbildung bei diesem lächerlichen Frauenzimmer auf. Allerdings erst, als mir Biddy alles vermittelt hatte, was sie wußte, angefangen von der kleinen Preisliste bis zu einem lustigen Lied, das sie einmal für einen halben Penny gekauft hatte. Obwohl der einzige verständliche Teil dieses modernen literarischen Werkes die Anfangszeilen waren:

> *Als ich ging nach London hin, Sirs,*
>   *dideldum!*
>   *dideldum!*
> *Wurd ich nicht schwer reingelegt, Sirs?*
>   *dideldum!*
>   *dideldum!*

lernte ich in dem Bestreben, klüger zu werden, dieses Lied mit größtem Ernst auswendig. Ich kann mich auch nicht besinnen, daß ich seinen Wert in Frage gestellt habe. Nur fand ich (und finde es heute noch), daß mit dem häufigen »Dideldum« die Dichtkunst zu weit getrieben wurde. In meinem Wissensdurst machte ich Mr. Wopsle Vorschläge, mir geistige Nahrung zukommen zu lassen, worauf er freundlich einwilligte. Als sich aber herausstellte, daß er mich nur als Partner gebrauchen wollte, dem man widersprechen und den man umarmen, beweinen, tyrannisieren, erdolchen und auf die verschiedenste Weise grob behandeln kann, nahm ich bald von diesem Lehrgang Abstand, aber erst, nachdem mich Mr. Wopsle in seinem dramatischen Zorn ordentlich verprügelt hatte.

Alles, was ich lernte, versuchte ich Joe beizubringen. Diese Feststellung hört sich so gut an, daß ich sie noch näher erklären muß. Ich wünschte nämlich, daß Joe weniger unwissend und gewöhnlich wirken sollte, damit er meiner würdiger sei und Estella keinen Anlaß zur Verachtung biete.

Wir hatten die alte Batterie draußen im Marschland für unsere Studien auserwählt; eine zerbrochene Schiefertafel und ein Stück Griffel waren unsere Unterrichtsmittel, dazu kam noch Joes Tabakspfeife. Ich kann mich nicht entsinnen, daß Joe je von einem Sonntag zum anderen irgend etwas behalten oder in meinem Unterricht überhaupt etwas gelernt hätte. Dennoch rauchte er seine Pfeife an der Batterie mit einem viel weiseren Gesichtsausdruck, ja mit einer geradezu gelehrten Miene, als wäre er fest davon überzeugt, gewaltige Fortschritte zu machen. Armer Bursche, ich wünschte, es wäre an dem.

Es war da draußen schön und friedlich, wenn hinter dem Deich die Segel vorbeiglitten, und manchmal, bei Ebbe, sah es aus, als ob die Segel zu gesunkenen Schiffen gehörten, die noch immer auf dem Grund des Wassers dahintrieben. Stets, wenn ich die dem Meer zustrebenden Schiffe mit den geblähten Segeln beobachtete, dachte ich an Miss Havisham und Estella, und jedesmal, wenn in weiter Ferne die Sonnenstrahlen auf eine Wolke oder ein Segel, auf einen grünen Hügel oder den Wasserspiegel fielen, ging es mir genauso. Miss Havisham, Estella, das seltsame Haus und das seltsame Leben schienen irgendwie mit allem, was malerisch war, zusammenzuhängen.

Eines Sonntags, als Joe genießerisch seine Pfeife rauchte, hatte er sich selbst als »schrecklich dumm« bezeichnet, so daß ich es an diesem Tag aufgab, ihn zu unterrichten. Ich lag eine Zeitlang, das Kinn in die Hand gestützt, auf dem Deich und entdeckte überall in der Landschaft, am Himmel und im Wasser Spuren von Miss Havisham und Estella. So entschloß ich mich schließlich, über einen Plan zu sprechen, der mich innerlich schon lange beschäftigte.

»Joe«, sagte ich, »meinst du nicht, daß ich Miss Havisham einen Besuch abstatten sollte?«

»Einen Besuch, Pip«, erwiderte Joe und dachte angestrengt nach. »Warum eigentlich?«

»Warum, Joe? Warum macht man schon einen Besuch?«

»Da gibt's vleicht Besuche«, sagte Joe, »bei denen man diese Frage nie klären kann. Aber was einen Besuch bei Miss Havisham betrifft, so könnte sie annehmen, du willst – du erwartest was von ihr.«

»Meinst du nicht, ich kann ihr sagen, daß das nicht der Fall ist, Joe?«

»Das könntest du, alter Junge«, sagte Joe. »Vleicht glaubt sie dir, vleicht auch nich.«

Joe merkte wie ich, daß er den Kern der Sache getroffen hatte, und er sog heftig an seiner Pfeife, um seine Aussage nicht durch eine Wiederholung abzuschwächen.

»Sieh mal, Pip«, fuhr Joe fort, sobald er dieser Gefahr entgangen war, »Miss Havisham war spendabel zu dir. Als Miss Havisham spendabel zu dir war, hat sie mich zurückgerufen und mir gesagt, daß das alles war.«

»Ja, Joe. Das habe ich gehört.«

»Alles, nichts weiter«, wiederholte Joe mit Nachdruck.

»Ja, Joe, ich hab dir doch gesagt, ich habe es gehört.«

»Ich meine, Pip, daß sie damit wohl sagen wollte – Schluß damit! Was du getan hast! – Ich nach Nord, du nach Süd! – Weit weg voneinander!«

Ich hatte auch schon diesen Gedanken gehabt, und so war es nicht gerade tröstlich für mich, ihn von Joe bestätigt zu hören. Das machte ihn nur noch wahrscheinlicher.

»Aber, Joe.«

»Na, alter Junge.«

»Ich habe nun schon bald mein erstes Lehrjahr hinter mir und mich seitdem noch nie bei Miss Havisham bedankt oder mich nach ihr erkundigt oder irgendwie gezeigt, daß ich sie nicht vergessen habe.«

»Das stimmt, Pip, und vleicht solltest du ihr vier Hufeisen anfertigen, aber ich meine, vier Hufeisen sind wohl doch nich das richtige Geschenk, wenn überhaupt keine Hufe da sind.«

»Auf diese Weise will ich mich nicht ins Gedächtnis rufen, Joe, ich denke dabei nicht an ein Geschenk.«

Joe aber hatte sich ein Geschenk in den Kopf gesetzt und hielt daran fest. »Oder du könntest, wenn man dir hilft, eine neue Kette für das Eingangstor schmieden oder ein oder zwei Gros Schrauben für den allgemeinen Gebrauch oder 'nen schönen Luxusgegenstand wie 'ne Röstgabel, wo sie ihr Gebäck mit nimmt, oder 'nen Bratrost, wo sie Sprotten braten tut oder so was.«

»Ich denke an überhaupt kein Geschenk, Joe«, warf ich ein.

»Na gut«, sagte Joe, der sich noch immer an diesen Gedanken klammerte, als hätte ich besonders darauf bestanden. »Wenn ich du wär, Pip, ich würde nichts schenken, nein, würde ich nich. Denn was soll 'ne Türkette, wenn sie immer eine vor hat? Und Schrauben können falsch ausgelegt werden. Und wenn's 'ne Röstgabel sein soll, mußt du mit Messing arbeiten, und damit kannst du noch keine Ehre einlegen. Und der beste Handwerker kann sich durch 'nen Rost nich besser machen, denn 'n Rost bleibt ebend 'n Rost«, schärfte mir Joe beharrlich ein, als hätte er Mühe, mich von einer fixen Idee abzubringen. »Du kannst machen, was du willst, 's wird immer nur 'n Rost dabei rauskommen, das kannst du nich ändern.«

»Mein lieber Joe«, rief ich verzweifelt und packte ihn an der Jacke, »hör auf damit. Ich habe nie daran gedacht, Miss Havisham ein Geschenk zu machen.«

»Nein, Pip«, stimmte Joe zu, als hätte er die ganze Zeit diese Meinung vertreten, »ich sag dir ja, du hast recht, Pip.«

»Ja, Joe, aber ich wollte noch fragen, ob du mir morgen einen halben Tag freigeben könntest, da wir doch gerade nicht soviel zu tun haben. Dann würde ich in die Stadt gehen und Miss Est–Havisham besuchen.«

»Aber sie heißt doch nich Estavisham«, sagte Joe ernst, »oder is sie umgetauft worden?«

»Ich weiß, ich weiß, Joe. Ich habe mich nur versprochen. Was hältst du davon, Joe?«

Da ich es für gut hielt, war auch Joe damit einverstanden. Aber er bestand darauf, daß es bei diesem einen Besuch bleiben müßte, falls ich nicht freundlich aufgenommen oder aufgefordert werden sollte, meinen Besuch zu wiederholen – ein Besuch, der weiter nichts bezweckte, als meine Dankbarkeit für die erwiesene Gunst auszudrücken. Ich versprach, mich an diese Bedingungen zu halten.

Joe beschäftigte einen Gesellen auf Wochenlohn namens Orlick. Dieser behauptete, sein Vorname sei Dolge – eine glatte Unmöglichkeit –, aber er war ein so halsstarriger Bursche, daß ich glaube, er war in dieser Hinsicht nicht das Opfer einer Wahnvorstellung, sondern hatte sich diesen Namen als eine Herausforderung an den Verstand des Dorfes bewußt zugelegt. Er war ein breitschultriger, schlaksiger, dunkelhäutiger Bursche mit Bärenkräften, der es nie eilig hatte und stets krumm ging. Er schien niemals mit einer festen Absicht an die

Arbeit zu gehen, sondern schlich wie zufällig herein. Wenn er zum Mittagessen zu den »Fröhlichen Bootsmännern« ging oder abends die Schmiede verließ, ging er wie Kain oder der Ewige Jude hinaus, als wüßte er nicht, wohin er sollte, oder als hätte er nicht die Absicht wiederzukommen. Er wohnte bei einem Schleusenwärter draußen in den Marschen und kam an den Wochentagen aus seiner Klause geschlendert, die Hände in den Hosentaschen und seine Verpflegung lose in einem Bündel verstaut, das ihm auf dem Rücken baumelte.

Sonntags hielt er sich meistens an den Schleusentoren auf oder stand gegen eine Scheune oder einen Schober gelehnt. Er bewegte sich stets vornübergeneigt und mit gesenktem Blick vorwärts. Wenn er angesprochen oder sonstwie gezwungen wurde aufzublicken, tat er das halb ärgerlich, halb verlegen, als ob er nur den einen Gedanken hatte, wie seltsam und nachteilig es sei, beim Denken gestört zu werden.

Dieser mürrische Geselle konnte mich nicht leiden. Als ich noch sehr klein und ängstlich war, gab er mir zu verstehen, daß in einer finsteren Ecke der Schmiede der Teufel lebe und daß er den Satan sehr gut kenne. Alle sieben Jahre müsse das Feuer mit einem lebendigen Jungen geschürt werden, und ich sollte mich darauf gefaßt machen. Als ich dann Joes Lehrling wurde, vermutete er vielleicht, ich könnte ihn verdrängen; jedenfalls mochte er mich noch weniger leiden. Nicht etwa, daß er offen irgend etwas sagte oder tat, was Feindseligkeit ausdrückte. Ich merkte nur, wie er die Funken immer in meine Richtung schlug und jedesmal, wenn ich »Alter Clem« sang, falsch einsetzte.

Dolge Orlick war bei seiner Arbeit und hörte, wie ich am nächsten Tag Joe an meinen halben freien Tag erinnerte. Zunächst sagte er nichts, denn Joe und er hatten gerade ein glühendes Stück Eisen vor sich, und ich stand am Blasebalg, aber bald stützte er sich auf seinen Hammer und sagte: »Meister, Sie werden doch nich einen von uns vorziehen? Wenn der kleine Pip einen halben Tag freibekommt, gilt das gleiche für den alten Orlick.« Ich schätze, er war damals etwa fünfundzwanzig Jahre alt, doch er sprach von sich meistens wie von einer hochbetagten Person.

»Was willst du denn mit einem halben freien Tag anfangen, wenn du ihn bekommst?« fragte Joe.

»Was ich damit anfangen will? Was will der denn damit anfangen? Was der kann, kann ich auch«, sagte Orlick.

»Pip will in die Stadt gehen«, versetzte Joe.

»Na schön, dann geht der alte Orlick auch in die Stadt«, erwiderte diese Person. »Es können ja zwei in die Stadt gehn, 's muß nich bloß einer gehn.«

»Reg dich nich auf!« sagte Joe.

»Kann ich machen, wie ich will«, knurrte Orlick. »Manche mit ihrem In-die-Stadt-Gehn! Also, Meister, bitte! Keine Bevorzugung in dieser Werkstatt! Sein Sie 'n Mann!«

Da sich der Meister weigerte, über diese Angelegenheit zu sprechen, solange der Geselle schlechter Laune war, stürzte Orlick zur Esse, zog eine rotglühende Stange heraus und ging damit auf mich zu, als wollte er sie mir in den Leib jagen, schwang sie um meinen Kopf, legte sie auf den Amboß und hämmerte darauflos, als ob er mich vor sich hätte und die Funken Blutspritzer von mir wären. Als er sich selbst heiß- und das Eisen kaltgehämmert hatte, stützte er sich schließlich auf seinen Hammer und sagte: »Nun, Meister!«

»Hast du dich wieder beruhigt?« fragte Joe.

»Ja, ja«, sagte der alte Orlick mürrisch.

»Na gut, da du im allgemeinen nich schlechter als jeder andere arbeitest, soll heute jeder einen halben freien Tag haben.«

Meine Schwester hatte heimlich im Hof gestanden und gelauscht – sie war eine rücksichtslose Spionin – und schaute sofort zu einem der Fenster hinein.

»Das sieht dir ähnlich, du Narr«, sagte sie zu Joe, »diesem faulen Kerl auch noch freizugeben. Du bist weiß Gott was für 'n reicher Mann, daß du den Lohn zum Fenster rauswerfen kannst. Ich wünschte, *ich* wär hier der Meister!«

»Sie würden jeden beherrschen, wenn Sie könnten«, gab Orlick mit boshaftem Grinsen zurück.

»Laß sie in Ruh«, sagte Joe.

»Ich würde schon mit allen Dummköpfen und Schurken fertig werden«, erwiderte meine Schwester und steigerte sich in eine mächtige Wut hinein. »Und ich könnte nicht mit all den Dummköpfen fertig werden, ohne mit eurem Meister, dem König aller Schwachköpfe, fertig zu werden. Und auch mit dir würde ich fertig werden, der du der schlimmste Schurke in ganz England und Frankreich bist. So!«

»Sie sind 'n Hausdrachen, Mutter Gargery«, knurrte der Geselle. »Wenn das berechtigt, über Halunken zu richten, sind Sie der beste Richter.«

»Wirst du sie wohl in Ruh lassen«, warnte Joe.

»Was hast du gesagt?« begann meine Schwester zu zetern. »Was hast du gesagt? Was hat dieser Bursche Orlick zu mir gesagt, Pip? Wie hat er mich genannt? Und mein Mann steht daneben? Oh! Oh! Oh!« Jedes Oh war ein einziger Aufschrei. Zu meiner Schwester muß ich bemerken – das trifft übrigens für alle gewalttätigen Frauen zu, die ich kennengelernt habe –, daß ihre Leidenschaft keine Entschuldigung für ihr Verhalten war, denn sie geriet nicht einfach in Wut, sondern sie unternahm bewußt und absichtlich große Anstrengungen, sich nach und nach in blinden Zorn zu steigern. »Wie hat er mich vor diesem niederträchtigen Kerl genannt, der geschworen hat, mich zu beschützen? Oh! Haltet mich! Oh!«

»Hach!« stieß der Geselle zwischen den Zähnen hervor, »ich würde dich schon halten, wenn du meine Frau wärst. Ich würde dich unter die Pumpe halten und dir die Wut austreiben.«

»Laß sie in Ruh, rat ich dir«, sagte Joe.

»Oh! Hört euch das an!« schrie meine Schwester und klatschte dabei in die Hände (was das nächste Stadium ihres

Wutausbruches andeutete). »Hört euch an, wie er mich beschimpft! Dieser Orlick! In meinem eigenen Haus! Mich, eine verheiratete Frau! Und mein Mann steht daneben! Oh! Oh!« Nachdem sie mehrmals gekreischt und in die Hände geklatscht hatte, schlug sie sich gegen die Brust und auf die Knie, riß sich die Haube vom Kopf und raufte sich die Haare, was die letzte Etappe auf ihrem Weg zum Wahnsinn war. In diesem Moment war sie wie eine Furie und stürmte auf die Tür los, die ich glücklicherweise zugeriegelt hatte.

Was blieb dem armen Joe jetzt anderes übrig, nachdem seine Zwischenrufe nicht beachtet worden waren, als seinem Gesellen mutig entgegenzutreten und ihn zu fragen, was ihm eingefallen sei, sich zwischen ihn und Mrs. Joe zu stellen, und ob er tapfer genug sei, sich mit ihm zu schlagen? Orlick spürte, daß er kämpfen mußte, und ging sofort in Abwehrstellung. Ohne erst ihre angesengten Schürzen abzulegen, gingen sie wie zwei Riesen aufeinander los. Ich habe nie jemand gesehen, der Joe lange standhalten konnte. So lag Orlick, als wäre er nicht stärker als der blasse junge Mann gewesen, sehr bald im Kohlenstaub und schien sich auch nicht so schnell zu erheben. Danach öffnete Joe die Tür und hob meine Schwester auf, die am Fenster ohnmächtig geworden war (aber meines Erachtens erst noch den Kampf gesehen hatte). Er trug sie ins Haus, legte sie hin und brachte sie wieder zu sich. Sie aber hatte nichts Besseres zu tun, als um sich zu schlagen und Joe an den Haaren zu zerren. Dann setzte jene eigentümliche Stille ein, die jedem Sturm folgte. Mit dem unbestimmten Gefühl, das mich im Zusammenhang mit solch einer Flaute stets beschlich – nämlich daß Sonntag und jemand gestorben war –, ging ich nach oben, um mich umzuziehen.

Als ich wieder hinunterkam, sah ich Joe und Orlick die Schmiede ausfegen. Die einzige Spur dieser Aufregungen war eine Schramme an Orlicks Nasenflügel, die sein Gesicht weder schmückte noch ausdrucksvoller machte. Ein Krug Bier war aus den »Fröhlichen Bootsmännern« geholt worden, aus dem sie nun abwechselnd friedlich tranken. Die Stille wirkte beruhigend auf Joe und regte ihn zu philosophischen Betrachtungen an. Er begleitete mich auf die Straße hinaus und machte zum Abschied den weisen Ausspruch: »Es geht alles vorüber, Pip. So ist das Leben!«

Mit was für albernen Gefühlen (denn wir finden die Gefühle, die bei einem Mann ernst genommen werden, bei einem Jungen lächerlich) ich mich auf den Weg zu Miss Havisham gemacht habe, spielt hier keine Rolle. Auch nicht, wie viele Male ich am Tor auf und ab ging, bevor ich mich entschließen konnte zu läuten. Es gehört auch nicht hierher, daß ich überlegte, ob ich gehen sollte, ohne geklingelt zu haben, und daß ich zweifellos weggegangen wäre, wenn ich über meine Zeit verfügen und ein andres Mal hätte herkommen können.

Miss Sarah Pocket kam ans Tor. Nicht Estella.

»Nanu? Du bist wieder hier?« sagte Miss Pocket. »Was willst du denn?«

Als ich erwiderte, daß ich nur gekommen sei, um mich nach Miss Havishams Befinden zu erkundigen, überlegte Sarah offenbar, ob sie mich nicht fortschicken sollte. Da sie aber nicht die Verantwortung übernehmen wollte, ließ sie mich eintreten und forderte mich bald danach auf, mit hochzukommen.

Alles war unverändert, und Miss Havisham war allein. »Nun!« sagte sie und richtete ihre Blicke auf mich. »Ich hoffe, du willst nichts. Du wirst auch nichts bekommen.«

»Nein, wahrhaftig nicht, Miss Havisham. Ich wollte Ihnen nur sagen, daß es mir in der Lehre gefällt und daß ich Ihnen stets dankbar bin.«

»Gut, gut«, winkte sie mit ihrer ungeduldigen Handbewegung ab. »Besuch mich ab und zu. Komm an deinem Geburtstag her. Ach!« rief sie plötzlich und wandte sich mit ihrem Stuhl zu mir. »Du siehst dich wohl nach Estella um, was?«

Ich hatte tatsächlich nach Estella Ausschau gehalten und stammelte:

»Sie ist doch hoffentlich wohlauf?«

»Im Ausland«, sagte Miss Havisham, »soll lernen, eine Dame zu werden. Weit weg. Hübscher denn je. Von allen bewundert, die sie sehen. Hast du das Gefühl, sie verloren zu haben?«

In diesen letzten Worten lag so viel Schadenfreude, und sie brach in ein dermaßen gehässiges Lachen aus, daß ich nicht wußte, was ich erwidern sollte. Sie ersparte mir die Mühe nachzudenken, indem sie mich verabschiedete. Als Sarah mit dem Walnußgesicht das Tor hinter mir geschlossen hatte, war ich unzufriedener denn je mit meinem Zuhause, mit meinem Beruf, überhaupt mit allem. Das war nun das Ergebnis meines Besuches.

Als ich die High Street entlangschlenderte, tief traurig die Schaufenster betrachtete und überlegte, was ich wohl kaufen würde, wenn ich ein feiner Herr wäre, wer kam da gerade aus einer Buchhandlung? Mr. Wopsle! Er hielt die ergreifende Tragödie von George Barnwell in der Hand, die er soeben für sechs Pence gekauft hatte und die er Pumblechook, mit dem er gerade Tee trinken wollte, Wort für Wort vorzutragen gedachte. Kaum hatte er mich erblickt, als ihm auch schon der Gedanke kam, eine besondere Vorsehung habe ihm einen Lehrjungen zum Rezitieren über den Weg geschickt. Er hielt mich fest und bestand darauf, daß ich ihn zu Pumblechooks Wohnung begleiten sollte. Da ich wußte, daß es zu Hause trostlos sein würde und die Nacht finster und der Weg düster und mir jeder Weggefährte lieb war, sträubte ich mich nicht lange. Wir trafen bei Pumblechook ein, als gerade die Straßenlaternen und die Lampen in den Geschäften angezündet wurden.

Da ich nie einer anderen Vorführung von George Barnwell beigewohnt habe, weiß ich nicht, wie lange sie gewöhnlich dauert. Ich erinnere mich jedoch, daß sie an jenem Abend bis um halb zehn dauerte. Als Mr. Wopsle nach Newgate ging, glaubte ich, er käme nie zum Schafott, so langsam wurde er in seinem Spiel, wie noch nie zuvor in seiner schändlichen Laufbahn. Ich fand es übertrieben, daß er darüber klagte, sein Leben werde auf dem Höhepunkt beendet, als ob er nicht seit Beginn seines Lebenswandels schon die besten Jahre hinter sich gelassen hätte. Das jedoch war nur eine Frage der Länge und Mühsal. Was mich kränkte, war die Gleichsetzung der ganzen Geschichte mit meinem harmlosen Ich. Als Barnwell auf die schiefe Bahn geriet, fühlte ich, ehrlich gesagt, unter Pumblechooks empörten und zurechtweisenden Blicken tatsächlich Reue. Wopsle seinerseits gab sich alle Mühe, mich im schlechtesten Licht erscheinen zu lassen. Ich war zugleich rührselig und grimmig und wurde veranlaßt, meinen Onkel zu ermorden. Dafür gab es keine mildernden Umstände. Millwood besiegte mich bei jeder Gelegenheit mit Worten. Die Tochter meines Meisters hatte die fixe Idee, sich für mich zu interessieren, und alles, was ich zu meinem schmachtenden und zögernden Verhalten an jenem verhängnisvollen Morgen sagen kann, ist, daß es meiner allgemeinen Charakterschwäche entsprach. Noch nachdem ich glücklicherweise gehängt worden war und Wopsle das Buch geschlossen hatte, starrte mich Pumblechook an und wiegte sein Haupt. »Junge, laß dir das zur Warnung dienen.« Er tat gerade so, als wäre es eine bekannte Tatsache, daß ich einen Mord unmittelbar ins Auge faßte, vorausgesetzt, ich könnte jemanden dazu bewegen, die Schwäche zu haben, mein Wohltäter zu werden.

Es war stockfinstere Nacht, als alles vorüber war und ich mit Mr. Wopsle den Heimweg antrat. Außerhalb der Stadt gerieten wir in feuchten, dichten Nebel. Die Laterne an der Zollschranke war ein verschwommener Fleck und schien nicht am gewohnten Platz zu hängen. Ihre Strahlen wirkten im Nebel wie eine feste Masse. Wir unterhielten uns darüber und stellten fest, daß der Nebel aus einer bestimmten Gegend des Marschlandes aufsteigt, sobald der Wind dreht. Plötzlich stießen wir auf einen Mann, der im Schutze des Zollhauses einhertrottete.

»Heda!« riefen wir und blieben stehen. »Bist du es, Orlick?«

»Ach!« antwortete er und kam angeschlurft, »ich habe hier einen Moment gewartet, ob ich nich Gesellschaft finde.«

»Du bist spät dran«, bemerkte ich.

Orlick antwortete, was nur natürlich war: »Du etwa nicht?«

»Wir haben«, sagte Mr. Wopsle, der noch von seiner Aufführung verklärt war, »wir haben heute abend in geistigen Genüssen geschwelgt, Mr. Orlick.«

Der »alte« Orlick brummte nur etwas vor sich hin, als gäbe es dazu nichts zu sagen, und wir gingen gemeinsam weiter. Nach einer Weile fragte ich ihn, ob er den freien Nachmittag in der Stadt verbracht habe.

»Ja«, sagte er, »die ganze Zeit. Ich bin gleich nach dir dagewesen. Ich hab dich nich gesehn, aber ich muß dicht hinter dir gewesen sein. Übrigens, es sind wieder Schüsse gefallen.«

»Auf den Hulks?« fragte ich.

»Ja, 's sind wieder 'n paar Vögel davongeflogen. Seit es dunkel is, wird dauernd geschossen. Du kannst es gleich hören.«

Tatsächlich drang schon nach einigen Schritten das wohlbekannte Dröhnen gedämpft durch den Nebel an unser Ohr und rollte die Flußniederung entlang, als wollte es die Flüchtlinge verfolgen und ihnen drohen.

»Diese Nacht ist bestens geeignet zum Abhauen«, sagte Orlick. »Heute wird es schwerhalten, einen Ausreißer wieder einzufangen.«

Dieses Thema rief Erinnerungen in mir wach, und ich grübelte schweigend darüber nach. Mr. Wopsle, dem es als Onkel in der Tragödie arg heimgezahlt wurde, begann laut über seinen Garten in Camberwell nachzudenken. Die Hände in den Hosentaschen, schlurfte Orlick schwerfällig neben mir her. Es war sehr dunkel, sehr naß, sehr schmutzig, und so patschten wir durch den Schlamm. Ab und zu hörten wir wieder Kanonenschüsse, die grollend den Fluß entlang rollten. Mr. Wopsle starb bewunderungswürdig in Camberwell und besonders mutig bei Bosworth Field und in größtem Todeskampf bei Glastonbury. Orlick murmelte manchmal: »Schmiedet das Eisen, schmiedet das Eisen! Alter Clem!« Ich glaubte, er hätte getrunken; er war aber nüchtern.

Schließlich gelangten wir ins Dorf. Der Weg führte uns am Gasthaus der »Drei fröhlichen Bootsmänner« vorbei, wo zu unserem Erstaunen – es war bereits elf Uhr – noch ein reges Treiben herrschte. Die Tür war weit offen, und ungewöhnlich viele Lichter, die hastig hervorgeholt und aufgestellt worden waren, standen verstreut umher. Mr. Wopsle lief hinein, um sich zu erkundigen, was los sei (er vermutete, daß ein Häftling gefangen worden war), kam aber in großer Hast herausgestürzt.

»Bei euch muß etwas passiert sein, Pip«, rief er, ohne anzuhalten. »Marsch, nach Hause!«

»Was ist denn los?« fragte ich und hielt mit ihm Schritt. Orlick blieb an meiner Seite.

»Ich verstehe es nicht ganz. Als Joe Gargery nicht da war, scheint jemand gewaltsam ins Haus eingedrungen zu sein. Wahrscheinlich Sträflinge. Es ist jemand überfallen und verletzt worden.«

Wir liefen zu schnell, als daß wir noch mehr darüber hätten sprechen können, und wir machten erst halt, als wir in der Küche standen. Sie war voller Menschen. Das ganze Dorf war hier und im Hof versammelt. Ein Arzt war da und Joe und eine Gruppe Frauen; sie alle hockten mitten in der Küche. Die müßigen Zuschauer traten zurück, als sie mich sahen. Nun entdeckte ich meine Schwester, die besinnungslos auf dem blanken Fußboden lag. Sie war durch einen heftigen Schlag gegen den Hinterkopf von unbekannter Hand niedergestreckt worden, während sie das Gesicht dem Kamin zugewandt hatte. Niemals würde sie wieder vor Wut toben, solange sie Joes Frau war.

16. Kapitel

Da mir noch George Barnwell im Kopf herumspukte, war ich anfangs geneigt anzunehmen, daß ich selbst bei dem Überfall auf meine Schwester irgendwie die Hand im Spiel gehabt haben muß oder daß zumindest auf mich als ihren nächsten Verwandten, von dem hinlänglich bekannt war, daß er ihr zu Dank verpflichtet war, eher ein Verdacht fallen mußte als auf jeden anderen. Doch als ich im helleren Licht des nächsten Morgens über die Angelegenheit nachzudenken begann und hörte, wie man überall darüber sprach, bekam ich eine vernünftigere Einstellung zu dem Vorfall.

Joe war in den »Drei fröhlichen Bootsmännern« gewesen und hatte dort von Viertel neun bis drei Viertel zehn sein Pfeifchen geraucht. Während seiner Abwesenheit hatte meine Schwester an der Küchentür gestanden und einem heimkehrenden Landarbeiter gute Nacht gewünscht. Der Mann konnte den Zeitpunkt, zu dem er sie gesehen hatte, nicht genau angeben (er geriet dabei in arge Verwirrung). Schätzungsweise mußte es kurz vor neun gewesen sein. Als Joe fünf Minuten vor zehn nach Hause kam, fand er sie zu Boden gestreckt vor und rief sofort um Hilfe. Das Feuer war noch nicht sehr weit heruntergebrannt, und auch der Kerzendocht war nicht sehr lang, aber die Kerze war ausgeblasen.

Nichts im Hause war entwendet worden. Auch sonst hatte sich in der Küche nichts verändert, mit Ausnahme der ausgegangenen Kerze, die auf einem Tisch zwischen der Tür und meiner Schwester stand und sich hinter ihr befand, als sie, dem Feuer zugewandt, niedergeschlagen wurde. Nur durch ihren Sturz und das dabei vergossene Blut war etwas Unordnung entstanden. Aber ein bemerkenswertes Beweisstück gab es doch am Tatort. Sie war mit einem stumpfen und schweren Gegenstand am Kopf und Rückgrat getroffen worden. Danach muß derjenige wohl noch, als sie mit dem Gesicht am Boden lag, etwas Schweres mit voller Wucht auf sie geworfen haben. Als Joe sie aufhob, lag neben ihr das durchgefeilte Fußeisen eines Sträflings.

Joe, der das Eisen mit fachmännischem Blick untersucht hatte, behauptete, daß es vor geraumer Zeit durchgefeilt worden war. Die Verfolgung der Verbrecher von den Hulks und die Aussagen der Leute, die von dort kamen und sich das Eisen ansahen, bestätigten Joes Ansicht. Sie wagten sich nicht festzulegen, wann es die Gefängnisschiffe verlassen hatte, von denen es zweifellos stammte. Sie wollten aber mit Sicherheit wissen, daß dieses besondere Eisen von keinem der beiden Häftlinge getragen wurde, die am Abend zuvor ausgerückt waren. Außerdem war einer der beiden schon wieder eingefangen und hatte dabei die Fessel noch am Fuß.

Nach allem, was ich wußte, zog ich meine eigenen Schlüsse. Das Eisen konnte kein anderes sein als das meines Sträflings, an dem ich ihn in den Marschen hatte feilen sehen; ich wollte ihn aber nicht bezichtigen, daß er es zu diesem Zweck hier verwendet haben sollte. Ich glaubte vielmehr, ein anderer müßte sich des Eisens bemächtigt und es zu dieser grausamen Tat benutzt haben: entweder Orlick oder der Fremde, der mir die Feile gezeigt hatte.

Was Orlick betraf, so war er, wie er uns am Zollhaus erzählt hatte, in der Stadt gewesen. Man hatte ihn mehrfach am Abend in der Stadt gesehen; er war in wechselnder Gesellschaft in verschiedenen Kneipen gewesen und mit mir und Mr. Wopsle zurückgekommen. Nichts sprach gegen ihn, nur der Streit. Aber meine Schwester hatte sich mit ihm und allen möglichen Leuten schon tausendmal herumgestritten. Sollte nun der Fremde wegen seiner zwei Pfundnoten gekommen sein, konnte es eigentlich keinen Streit gegeben haben, denn meine Schwester war darauf vorbereitet, sie zurückzugeben.

Außerdem hatte es keinen Wortwechsel gegeben. Der Täter mußte leise und plötzlich eingetreten sein und sie niedergeschlagen haben, bevor sie sich hatte umdrehen können.

Der Gedanke, daß ich die Waffe, wenn auch unbeabsichtigt, geliefert hatte, war mir schrecklich, doch ich konnte kaum anders denken. Ich litt unsagbare Qualen, während ich hin und her überlegte, ob ich nicht doch das Geheimnis meiner Kindheit lüften und Joe die ganze Geschichte erzählen sollte. Monatelang beantwortete ich jeden Tag diese Frage mit »Nein« und legte sie mir am nächsten Morgen von neuem vor. Schließlich kam ich zu dem Schluß, daß das Geheimnis inzwischen zu alt, zu sehr mit mir verwachsen und ein Teil von mir selber geworden sei, als daß ich es von mir losreißen könnte. Nachdem ich schon zu einem so großen Unheil beigetragen hatte, gesellte sich zu der schrecklichen Angst, mir Joe zu entfremden, sofern er mir Glauben schenkte, die quälende Vorstellung, daß er mir nicht glauben, sondern meine Geschichte, ebenso wie die erdachten Hunde und Kalbskoteletts, für eine ungeheure Lüge ansehen werde. Dennoch schloß ich mit mir selbst einen Kompromiß – denn schwankte ich nicht bei einer Sache, die schon getan war, zwischen Recht und Unrecht? – und nahm mir vor, ein volles Geständnis abzulegen, sobald sich eine neue Gelegenheit ergeben sollte, bei der Entdeckung des Täters behilflich zu sein.

Die Polizisten und die Männer von der Bow Street in London – die Ereignisse trugen sich in der Zeit der rotberockten Polizei zu – hielten sich ein oder zwei Wochen im Hause auf und benahmen sich so, wie ich es von anderen Amtspersonen in ähnlichen Fällen gehört oder gelesen habe. Sie griffen mehrere, offensichtlich harmlose Leute auf, verrannten sich in falsche Vorstellungen und versuchten beharrlich, die Gegebenheiten ihren Ideen anzupassen, anstatt von den Gegebenheiten die Ideen abzuleiten. Wenn sie vor den »Fröhlichen Bootsmännern« standen, blickten sie vielsagend und streng drein, was von der gesamten Nachbarschaft ungemein bewundert wurde, und wenn sie etwas tranken, taten sie so geheimnisvoll, als würden sie bald den Schuldigen festsetzen. Aber eben nur bald, denn es gelang ihnen nie.

Diese Hüter der Ordnung waren längst verschwunden, als meine Schwester noch immer schwerkrank zu Bett lag. Ihr Sehvermögen war beeinträchtigt; so sah sie alle Gegenstände doppelt und langte nach imaginären Teetassen oder Weingläsern anstatt der gereichten. Auch ihr Gehör hatte stark gelitten und ebenso das Gedächtnis. Ihre Sprache war nicht zu verstehen. Als sie schließlich wieder so weit hergestellt war, daß sie mit unserer Hilfe herunterkommen konnte, mußte sie stets meine Schiefertafel bei sich haben, um schriftlich auszudrücken, was sie in Worten nicht sagen konnte. Da sie (abgesehen von der schlechten Handschrift) nie richtig schreiben gelernt und Joe nie richtig lesen gelernt hatte, kam es zwischen den beiden zu außerordentlichen Verwicklungen, die zu lösen ich stets herbeigerufen wurde. Daß wir ihr Mondamin statt Medizin reichten, Tee mit Joe und Dreck mit Speck verwechselten, gehört noch zu den harmlosesten Fehlern, die ich wiederum beging.

Jedenfalls hatte sich ihr heftiges Temperament gemäßigt, sie war geduldig geworden. Eine gewisse Unsicherheit, bedingt durch das Zittern ihrer Glieder, hatte sie bald für immer ergriffen. Später geschah es des öfteren, daß sie sich im Abstand von zwei oder drei Monaten mit den Händen an den Kopf faßte und dann etwa eine Woche lang in eine Art geistiger Umnachtung versank. Es fiel uns schwer, eine geeignete Pflegerin für sie zu finden, bis uns der Zufall zu Hilfe kam. Mr. Wopsles Großtante überwand ihren zähen Lebenskampf, und Biddy wurde ein Glied unserer Familie.

Ungefähr einen Monat, nachdem meine Schwester wieder in der Küche erschienen war, kam Biddy mit einem kleinen, gesprenkelten Karton, der all ihre Habe enthielt, zu uns und wurde zum Segen für den Haushalt, vor allem für Joe, denn der arme Kerl war durch den ständigen Anblick seiner hinfälligen Frau tief betrübt und wandte sich mir abends, wenn er ihr Gesellschaft leistete, hin und wieder zu und sagte mit Tränen in den blauen Augen: »Was is sie doch mal für eine stattliche Frau gewesen, Pip!« Biddy übernahm sofort mit so großem Geschick ihre Pflege, als ob sie sie von Kindheit an gekannt hätte, und Joe konnte im gewissen Sinne die größere Ruhe, die in sein Leben gezogen war, genießen und ab und zu in die »Fröhlichen Bootsmänner« gehen, um sich zu zerstreuen, was ihm guttat. Es war bezeichnend für die Polizisten, daß sie alle mehr oder weniger den armen Joe verdächtigt hatten (was er nie erfahren hat) und daß sie ihn alle für einen der durchtriebensten Burschen gehalten hatten, der ihnen jemals begegnet war.

Biddys erster Erfolg in ihrer neuen Tätigkeit war die Lösung einer Schwierigkeit, mit der ich nie fertig geworden war. Ich hatte mir alle erdenkliche Mühe gegeben, war aber gescheitert. Das war folgendermaßen:

Immer wieder hatte meine Schwester auf die Schiefertafel einen Buchstaben gemalt, der wie ein merkwürdiges T aussah, und uns dann jedesmal mit größtem Nachdruck angedeutet, daß es sich um etwas handele, was sie besonders wünschte. Vergeblich hatte ich ihr alle nur möglichen Gegenstände gezeigt, die mit einem T anfingen, vom Teer über Toast bis zur Tonne. Schließlich kam mir in den Sinn, daß das Zeichen wie ein Hammer aussah, und als ich meiner Schwester dieses Wort ins Ohr brüllte, begann sie auf den Tisch zu hämmern und zeigte dadurch ihre Zustimmung. Daraufhin brachte ich alle unsere Hämmer herein, aber ohne Erfolg. Dann fiel mir eine Krücke ein, die ja eine ähnliche Form hat, und ich borgte mir eine im Dorf und zeigte sie meiner Schwester voll Zuversicht. Sie aber schüttelte den Kopf derart heftig, als sie die Krücke sah, daß wir fürchteten, sie könnte sich in ihrem geschwächten und zerrütteten Zustand den Hals ausrenken.

Als meine Schwester herausfand, wie schnell sie von Biddy verstanden wurde, erschien dieses geheimnisvolle Zeichen erneut auf der Schiefertafel. Biddy betrachtete es nachdenklich, hörte sich meine Erklärung dazu an, blickte gedankenvoll auf meine Schwester und auf Joe (der auf der Tafel stets mit seinem Anfangsbuchstaben dargestellt wurde) und rannte plötzlich in die Schmiede. Joe und ich hinterdrein.

»Aber natürlich!« rief Biddy mit strahlendem Gesicht. »Seht ihr's nicht? Sie meint ihn!«

Orlick, selbstverständlich! Sie hatte seinen Namen vergessen und konnte ihn nur mit seinem Schmiedehammer bezeichnen. Wir erklärten ihm, weshalb er in die Küche kommen sollte. Bedächtig legte er den Hammer beiseite, wischte sich mit dem Ärmel die Stirn ab, wischte noch einmal mit der Schürze darüber und kam mit seltsam eingeknickten Knien, wie es charakteristisch für ihn war, herausgeschlurft.

Ich gebe zu, daß ich erwartet hatte, meine Schwester werde ihn beschimpfen, und daß ich enttäuscht war, als nichts dergleichen geschah. Sie gab sich die größte Mühe, mit ihm im guten Einvernehmen zu sein, und war offensichtlich sehr zufrieden, daß wir ihn endlich geholt hatten. Durch Zeichen gab sie uns zu verstehen, daß wir ihm etwas zu trinken geben sollten. Sie beobachtete seinen Gesichtsausdruck, als wollte sie sich unbedingt davon überzeugen, daß ihm dieser Empfang gefiel. In allem, was sie tat, drückte sich der innige Wunsch aus, sich mit ihm auszusöhnen, und sie benahm sich dabei so demütig wie ein Kind einem strengen Lehrer gegenüber. Von nun an verging kaum ein Tag, an dem sie nicht den Hammer auf ihre Schiefertafel malte, Orlick hereingeschlurft kam und verbissen vor ihr stand, als wüßte er genausowenig wie ich, was er davon halten sollte.

17. Kapitel

Meine Lehrzeit verlief in den alten Bahnen und spielte sich innerhalb der Grenzen unseres Dorfes und der Marschen ab.

Sie wurde durch nichts Bemerkenswertes unterbrochen, abgesehen von meinem Geburtstag, an dem ich Miss Havisham einen weiteren Besuch abstattete. Miss Sarah Pocket versah noch immer den Dienst am Gartentor, und Miss Havisham fand ich ebenso vor, wie ich sie verlassen hatte. Sie sprach von Estella in derselben Weise, wenn nicht sogar in denselben Worten. Der Besuch dauerte nur wenige Minuten. Beim Abschied gab sie mir eine Guinee und forderte mich auf, an meinem nächsten Geburtstag wiederzukommen. Ich möchte hier gleich erwähnen, daß diese jährlichen Besuche zu einem Brauch wurden. Beim erstenmal wollte ich das Geld nicht annehmen; das hatte aber nur zur Folge, daß sie mich ärgerlich fragte, ob ich etwa mehr erwartet hätte. Daraufhin nahm ich es stets an.

Das öde, alte Haus, das fahle Licht in dem verdunkelten Zimmer, das verwelkte Gespenst in dem Sessel neben dem Toilettentisch – alles war so unverändert, daß ich das Gefühl hatte, als wäre an diesem geheimnisvollen Ort mit den angehaltenen Uhren auch die Zeit stehengeblieben, während ich und alles andere draußen älter wurden. Soweit ich mich erinnern kann, drang niemals Tageslicht ins Haus. Es verwirrte mich, und unter seinem Einfluß haßte ich im Grunde meines Herzens mein Handwerk und schämte mich meiner häuslichen Verhältnisse.

Unmerklich stellte ich jedoch an Biddy einen Wandel fest. Ihre Absätze waren nicht mehr schiefgetreten, das Haar glänzte und sah gepflegt aus, und ihre Hände waren immer sauber. Sie war nicht schön, eher gewöhnlich, und glich Estella in keiner Weise, aber sie hatte ein angenehmes, natürliches und sanftes Wesen. Sie lebte kaum ein Jahr bei uns (ich erinnere mich, daß sie zu diesem Zeitpunkt gerade die Trauerkleidung abgelegt hatte), da fielen mir eines Abends ihre seltsam nachdenklichen und forschenden Augen auf, Augen voller Schönheit und Güte. Das ergab sich, als ich von einer Aufgabe aufblickte (ich schrieb einige Abschnitte aus einem

Buch ab, um mich durch eine Art List in zweierlei Hinsicht zugleich zu üben) und spürte, wie Biddy mich beobachtete. Ich legte meine Feder hin, und Biddy hielt in ihrer Näharbeit inne, ohne sie jedoch sinken zu lassen.

»Biddy«, sagte ich, »wie machst du das nur? Entweder bin ich sehr dumm, oder du bist sehr klug.«

»Wie meinst du das? Ich verstehe dich nicht«, erwiderte Biddy lächelnd.

Sie führte den gesamten Haushalt, und zwar ausgezeichnet. Aber darauf wollte ich gar nicht hinaus, obwohl diese Tatsache das, was ich hatte sagen wollen, nur noch erstaunlicher machte.

»Wie bringst du es fertig, Biddy«, fragte ich, »alles, was ich lerne, mitzulernen und immer mit mir Schritt zu halten?« Ich fing an, mir auf mein Wissen etwas einzubilden, denn ich gab die Guineen, die ich zum Geburtstag bekam, dafür aus und legte auch den größten Teil meines Taschengeldes für ähnliche Zwecke beiseite. Allerdings bin ich heute der Meinung, daß das wenige, was ich lernte, teuer erkauft war.

»Ich könnte dich ebensogut fragen, wie du alles fertigbringst«, sagte Biddy.

»Nein, denn wenn ich abends aus der Schmiede komme, kann jeder sehen, wie ich mich daransetze. Du aber beschäftigst dich nie damit, Biddy.«

»Ich glaube, es fliegt mir zu – wie ein Husten«, sagte Biddy ruhig und begann wieder zu nähen.

Als ich mich auf meinem Stuhl zurücklehnte und zusah, wie Biddy mit zur Seite geneigtem Kopf weiternähte, ging mir durch den Sinn, was sie doch für ein ungewöhnliches Mädchen war; denn mir wurde klar, daß sie mit den Fachausdrücken unseres Handwerks sowie mit den Bezeichnungen für die verschiedenen Arbeitsgänge und Werkzeuge nicht weniger vertraut war als ich. Kurz, was ich wußte, wußte auch Biddy. Theoretisch war sie bereits ein ebenso guter Schmied wie ich oder sogar ein besserer.

»Du gehörst zu den Menschen, Biddy«, sagte ich, »die aus jeder Gelegenheit das Beste herausholen. Ehe du zu uns kamst, hatte sich dir niemals solche Möglichkeit geboten. Nun schau mal, was du für Fortschritte gemacht hast!«

Biddy sah mich einen Augenblick an und nähte dann weiter. Dabei sagte sie: »Und doch bin ich dein erster Lehrer gewesen, nicht wahr?«

»Biddy«, rief ich verwundert, »du weinst ja!«

»Aber nein«, sagte Biddy und sah lachend auf. »Wie kommst du denn darauf?«

Wie wäre ich schon darauf gekommen, wenn ich nicht gesehen hätte, daß eine glänzende Träne auf ihre Arbeit fiel? Ich schwieg und dachte daran, was für ein Aschenputteldasein sie geführt hatte, bis Mr. Wopsles Großtante endlich die schlechte Gewohnheit aufgab zu leben, die manche Menschen besser ablegen sollten. Ich dachte an die traurigen Verhältnisse, unter denen sie in dem trostlosen, kleinen Kramladen und in der trostlosen, geräuschvollen Abendschule leben mußte, unter der Bürde dieses elenden, alten Bündels Unzurechnungsfähigkeit, das sie auf Schultern tragen und immer mit sich herumschleppen mußte. Sogar in diesen widrigen Zeiten, überlegte ich, müssen in Biddy die Anlagen geschlummert haben, die sich nun entfalten, denn in meinem ersten Unmut und meiner ersten Unzufriedenheit hatte ich wie selbstverständlich bei ihr Hilfe gesucht. Biddy saß still da und nähte und vergoß auch keine Tränen mehr. Während ich sie so betrachtete und über all das nachsann, kam mir der Gedanke, daß ich vielleicht nicht dankbar genug gegen Biddy gewesen war. Wahrscheinlich bin ich zu zurückhaltend gewesen und hätte sie durch mein Vertrauen (obwohl ich dieses Wort in meinen Überlegungen nicht gebrauchte) mehr stärken sollen.

»Ja, Biddy«, bemerkte ich, nachdem mir das alles durch den Kopf gegangen war, »du warst mein erster Lehrer, und zwar zu einem Zeitpunkt, als wir beide uns nicht träumen ließen, daß wir eines Tages in dieser Küche beisammensitzen würden.«

»Ach, das arme Wesen!« erwiderte Biddy. Es sah diesem selbstlosen Geschöpf ähnlich, mit einer Bemerkung die Aufmerksamkeit auf meine Schwester zu lenken. Sie erhob sich, bemühte sich um die Kranke und bettete sie bequemer. »Das ist leider wahr!«

»Weißt du«, fuhr ich fort, »wir müssen ein bißchen mehr miteinander reden, so wie wir es früher getan haben. Ich muß dich wieder öfter um Rat fragen. Am nächsten Sonntag, Biddy, wollen wir einen Spaziergang in die Marschen machen und uns ausgiebig unterhalten.«

Meine Schwester durfte jetzt nicht mehr allein gelassen werden, aber Joe übernahm an diesem Sonntagnachmittag bereitwillig ihre Pflege, und Biddy und ich gingen gemeinsam weg. Es war ein herrlicher Sommertag. Als wir das Dorf, die Kirche und den Friedhof hinter uns gelassen und die Marschen erreicht hatten, sahen wir die Segel der Schiffe an uns vorübergleiten. Wie schon des öfteren, begann ich in Gedanken Miss Havisham und Estella mit diesem Anblick zu verbinden. Als wir dann zum Fluß kamen und uns am Ufer niedersetzten und das Wasser zu unseren Füßen plätscherte, kam mir alles noch stiller vor, als wenn gar kein Laut zu hören gewesen wäre. Ich hielt Zeit und Ort für günstig, Biddy meine geheimsten Gedanken zu offenbaren.

»Biddy«, sagte ich, nachdem ich ihr strengstes Stillschweigen auferlegt hatte, »ich möchte ein vornehmer Herr werden.«

»Oh, ich an deiner Stelle würde das nicht wollen«, erwiderte sie. »Ich glaube nicht, daß es deinem Wesen entspricht.«

»Biddy«, entgegnete ich ernsthaft, »ich habe meine Gründe, warum ich ein vornehmer Herr werden möchte.«

»Du mußt es ja am besten wissen, Pip, aber glaubst du nicht, daß du so am glücklichsten bist?«

»Biddy«, rief ich ungeduldig, »ich bin jetzt ganz und gar

nicht glücklich. Mein Beruf und mein ganzes Leben sind mir zuwider. Seit ich in der Lehre bin, habe ich auch noch keinen Gefallen daran gefunden. Sei nicht albern.«

»War ich albern?« fragte Biddy ruhig und zog die Augenbrauen hoch. »Das tut mir leid. Es war nicht meine Absicht. Ich möchte nur, daß es dir gut geht und du dich wohl fühlst.«

»Nun, dann merke dir ein für allemal, daß ich nie und nimmer glücklich sein werde oder sein kann – sondern nur unglücklich –, hörst du, Biddy, solange ich nicht ein völlig anderes Leben führen darf als augenblicklich.«

»Das ist schade«, sagte Biddy und schüttelte bekümmert den Kopf. Nun hatte ich selbst es ja auch immer wieder bedauert, so daß ich in meinem inneren Widerstreit dicht daran war, Tränen des Ärgers und der Verzweiflung zu vergießen, als Biddy ihre und meine eigenen Gefühle in Worte kleidete. Ich sagte ihr, daß sie recht hätte und ich wüßte, wie bedauerlich dies wäre, ich es aber nicht ändern könne.

»Wenn ich mich damit abfinden könnte«, sagte ich zu Biddy und zupfte das kurze Gras in meiner Reichweite aus, so wie ich früher meine Gefühle an meinen Haaren oder an der Brauerei ausgelassen hatte, »und nur halb soviel für die Schmiede übrig hätte wie in meiner Kindheit, wäre es besser für mich, das weiß ich. Du und ich und Joe hätten weiter keine Wünsche gehabt. Joe und ich wären vielleicht nach meiner Lehrzeit Partner geworden, und wir beide wären vielleicht ein Paar geworden und hätten hier an diesem Ufer an einem schönen Sonntag gesessen, ganz andere Menschen als jetzt. Ich wäre dir doch gut genug gewesen, nicht wahr, Biddy?«

Biddy seufzte, während sie den vorübergleitenden Schiffen nachblickte und antwortete: »Ja, ich bin nicht allzu wählerisch.« Es klang nicht gerade schmeichelhaft, aber ich wußte, daß sie es gut meinte.

»Sieh mal«, fuhr ich fort, wobei ich noch mehr Gras auszupfte und auf einem Halm herumkaute, »wie ich mich statt dessen benehme. Unzufrieden und mißvergnügt bin ich. Und was würde es mir schon ausmachen, ungehobelt und gewöhnlich zu sein, wenn es mir nicht jemand gesagt hätte?«

Biddy wandte mir plötzlich ihr Gesicht zu und sah mich aufmerksamer an als zuvor die vorbeiziehenden Schiffe.

»Es trifft weder zu, noch ist es sehr höflich, dir so etwas zu sagen«, bemerkte sie und blickte wieder zu den Schiffen hin.

»Wer hat denn das gesagt?«

Ich geriet aus der Fassung, denn mir waren diese Worte herausgefahren, ohne daß ich die Folgen ganz übersehen hatte. Jetzt konnte ich sie jedoch nicht mehr zurücknehmen, und so antwortete ich: »Die hübsche junge Dame bei Miss Havisham. Sie ist schöner als jede andere, und ich bewundere sie maßlos, und ihretwegen möchte ich ein vornehmer Herr werden.« Nachdem ich dieses wahnwitzige Geständnis abgelegt hatte, warf ich das abgerissene Gras in den Fluß, als hätte ich nicht übel Lust hinterherzuspringen.

»Willst du ein vornehmer Herr werden, um ihr eins auszuwischen oder um sie für dich zu gewinnen?« fragte mich Biddy ruhig nach einer Pause.

»Ich weiß nicht«, antwortete ich mürrisch.

»Denn wenn du sie ärgern willst«, fuhr Biddy fort, »wäre es meiner Meinung nach vernünftiger – aber das mußt du besser wissen –, dich überhaupt nicht um ihre Worte zu kümmern. Willst du sie aber für dich gewinnen, meine ich – aber das mußt du besser wissen –, ist sie es gar nicht wert.«

Ebenso hatte ich viele Male darüber gedacht. Ebenso war mir in diesem Augenblick alles völlig klar. Aber wie konnte ich armer, verblendeter Dorfbursche diesen inneren Widerstreit vermeiden, in den selbst die besten und klügsten Menschen tagtäglich geraten?

»Das mag ja alles stimmen«, erwiderte ich, »aber ich bewundere sie nun mal heimlich.«

Kurz gesagt, bei diesen Worten verbarg ich mein Gesicht im Gras und raufte mir mit beiden Händen heftig die Haare. Dabei wußte ich, daß meine seelische Verfassung an Wahnsinn grenzte, und mir war klar, daß es mir recht geschehen wäre, wenn ich meinen Kopf zur Strafe, weil ich ein solcher Dummkopf war, gegen die Kieselsteine geschlagen hätte.

Biddy war ein sehr gescheites Mädchen; sie machte keinerlei Versuch mehr, mich zu überzeugen. Sie legte ihre Hand,

die zwar durch die Hausarbeit etwas rauh war, aber doch besänftigend wirkte, auf meine Hände und zog sie mir sanft vom Kopf fort. Dann klopfte sie mir begütigend auf die Schulter, während ich das Gesicht auf den Arm legte und ein bißchen weinte – wie damals im Hof der Brauerei – und davon überzeugt war, von irgend jemand oder überhaupt von aller

Welt schlecht behandelt zu werden. Ich wußte nur nicht genau, von wem.

»Über eines bin ich froh«, sagte Biddy, »und zwar, daß du mir dein Vertrauen geschenkt hast, Pip. Und noch etwas macht mich glücklich: daß du dich natürlich auf meine Verschwiegenheit verlassen kannst und ich bisher deines Vertrauens würdig war. Wenn deine erste Lehrerin (ach, wie bescheiden war mein Wissen, und ich hätte selbst unterrichtet werden müssen) gegenwärtig wieder deine Lehrerin wäre, wüßte sie, welche Aufgabe sie dir stellen würde. Doch die wäre nicht leicht zu lösen. Du bist ihr inzwischen überlegen, und so hat es keinen Sinn mehr.« Biddy erhob sich mit einem leisen Seufzer von der Uferböschung und sagte mit frischer, heiterer Stimme: »Wollen wir noch etwas weiterlaufen oder nach Hause gehen?«

»Biddy«, rief ich, stand auf, schlang meinen Arm um ihren Hals und gab ihr einen Kuß, »ich werde dir immer alles erzählen.«

»Bis du ein vornehmer Herr geworden bist«, antwortete Biddy.

»Du weißt, daß ich nie einer werde, also bleibt es dabei. Ich brauche dir gar nichts zu erzählen, denn du weißt alles, was ich weiß. Aber das habe ich dir schon neulich abend zu Hause gesagt.«

»Ach«, flüsterte Biddy und blickte wieder zu den Schiffen hin. Dann wiederholte sie mit ihrer freundlichen Stimme: »Wollen wir noch etwas weiterlaufen oder nach Hause gehen?«

Ich sagte, wir wollten noch ein wenig gehen, und so wanderten wir, bis der Sommernachmittag in den Sommerabend überging; es war unbeschreiblich schön. Ich fing an zu überlegen, ob es für mich nicht natürlicher und nützlicher wäre, unter diesen Umständen zu leben, als bei Kerzenlicht in einem Zimmer, in dem die Uhren stehengeblieben sind, Karten zu spielen und mich von Estella verächtlich behandeln zu lassen. Ich hielt es für das ratsamste, wenn ich sie und alle Erinnerungen an sie aus meinem Kopf verbannen könnte und an der vorgesehenen Arbeit Gefallen finden und das Beste daraus machen würde. Ich legte mir die Frage vor, ob Estella – wäre sie in diesem Augenblick an Biddys Stelle gewesen – mich nicht unglücklich gemacht hätte? Ich mußte zugeben, daß daran kein Zweifel bestand, und sagte zu mir selbst: »Pip, was bist du doch für ein Narr!«

Beim Spaziergang sprachen wir über vielerlei, und alles, was Biddy sagte, erschien mir richtig. Biddy kränkte einen nie, sie hatte keine Launen und war immer ausgeglichen. Es hätte ihr niemals Freude, sondern nur Schmerz bereitet, wenn sie mir weh getan hätte. Lieber hätte sie ihr eigenes Herz verletzt als meins. Wie kam es nur, daß ich *ihr* nicht den Vorzug gab?

»Biddy«, sagte ich auf dem Heimweg, »ich wünschte, du könntest mich zur Vernunft bringen.«

»Das wünschte ich auch!« erwiderte Biddy.

»Wenn ich mich nur in dich verlieben könnte. Du nimmst es mir doch nicht übel, daß ich zu einer so alten Bekannten wie dir ganz offen spreche?«

»Du liebe Güte, überhaupt nicht!« sagte Biddy. »Auf mich brauchst du keine Rücksicht zu nehmen.«

»Wenn es mir nur gelingen würde, dann wäre alles gut für mich.«

»Das wirst du nie können«, sagte Biddy.

An jenem Abend schien mir der Gedanke nicht so abwegig, wie er mir noch wenige Stunden zuvor gewesen wäre. Ich meinte deshalb, das sei durchaus nicht sicher. Biddy aber beharrte auf ihrer Meinung. Tief in meinem Herzen gab ich ihr recht, nahm es ihr jedoch übel, daß sie so fest bei ihrem Standpunkt blieb.

Als wir in die Nähe des Friedhofs kamen, mußten wir einen Damm überqueren und am Schleusentor über einen Zaun klettern. Da tauchte vor uns aus dem Tor oder aus dem

Binsengestrüpp oder Schlamm (der gerade fest war) der »alte« Orlick auf.

»Hallo!« brummte er, »wo wollt ihr zwei denn hin?«

»Wohin sonst als nach Hause?«

»Na, verdammt will ich sein«, sagte er, »wenn ich euch nicht begleite!«

Diesen Fluch, verdammt zu werden, führte er gern im Munde. Er verband damit keine besondere Bedeutung, soweit ich feststellte, sondern gebrauchte den Ausdruck, wie auch seinen angeblichen Vornamen, um die Menschen zu beleidigen und so etwas wie wilde Zerstörungswut auszudrücken. Als ich noch klein war, hatte ich angenommen, daß er mich aufspießen würde, falls er selbst mich verdammt hätte.

Biddy war gar nicht mit seiner Begleitung einverstanden und flüsterte mir zu: »Laß ihn nicht mitkommen, ich mag ihn nicht.« Da ich ihn auch nicht leiden konnte, nahm ich mir die Freiheit, ihm zu sagen, daß wir ihm dankten, aber seine Begleitung nicht wünschten. Er quittierte meine Worte mit schallendem Gelächter und blieb zurück, trottete aber in einigem Abstand hinter uns her.

Weil ich gerne wissen wollte, ob Biddy ihn auch verdächtigte, am Überfall auf meine Schwester beteiligt gewesen zu sein – meine Schwester konnte ja nichts darüber aussagen –, fragte ich sie, warum sie ihn nicht mochte.

»Ach«, antwortete sie und blickte sich über die Schulter hinweg nach ihm um, »weil ich – weil ich fürchte, daß er etwas für mich übrig hat.«

»Hat er dir jemals gesagt, daß er dich gern hat?« fragte ich entrüstet.

»Nein«, sagte Biddy und sah sich wieder um, »er hat es mir nicht gesagt, aber er tanzt um mich herum, sobald er mich zu Gesicht bekommt.«

So ungewöhnlich und seltsam mir diese Beweise seiner Zuneigung erschienen, sowenig zweifelte ich an der Richtigkeit ihrer Deutung. Ich war auf den »alten« Orlick schrecklich wütend, weil er es wagte, sie zu bewundern; ich war so wütend, als wäre es ein Verbrechen an mir.

»Aber dir kann es doch gleichgültig sein«, sagte Biddy ruhig.

»Gewiß, Biddy, es macht mir nichts aus, aber ich habe es nicht gern und bin damit nicht einverstanden.«

»Ich auch nicht«, sagte Biddy. »Doch was kümmert dich das schon?«

»Ganz recht«, erwiderte ich, »aber ich muß dir ehrlich sagen, daß ich nichts mehr von dir halten würde, wenn er mit deinem Einverständnis um dich herumscharwenzelte.«

Von diesem Abend an ließ ich Orlick nicht mehr aus den Augen, und sobald sich ihm eine günstige Gelegenheit bot, um Biddy herumzuschleichen, kam ich ihm zuvor und verhinderte seine Bekundung. Durch die plötzliche Vorliebe meiner Schwester für ihn hatte er in Joes Haus Fuß gefaßt, ansonsten hätte ich gedrängt, daß ihm gekündigt werde. Er durchschaute meine »guten« Absichten und erwiderte sie, wie ich später noch erfahren sollte.

Als wenn es vorher nicht schon wirr genug in meinem Kopf ausgesehen hätte, steigerte ich diese Verworrenheit noch tausendfach. Zuweilen war ich mir darüber im klaren, daß Biddy unvergleichlich wertvoller als Estella war und daß ich mich des schlichten, ehrlichen Lebens eines Handwerkers, zu dem ich bestimmt war, nicht zu schämen brauchte, das mir vielmehr genügend Möglichkeiten zur Selbstachtung und zum Glücklichsein bot. In solchen Zeiten kam ich endgültig zu dem Schluß, daß meine Abneigung gegen den guten, alten Joe und seine Schmiede vorüber war und ich mich auf dem besten Wege befand, Joes Teilhaber und Biddys Mann zu werden – bis mich plötzlich eine verwirrende Erinnerung an die Tage bei Miss Havisham wie eine vernichtende Kugel traf und mich wieder völlig um den Verstand brachte. Um den verdrehten Verstand wieder in Ordnung zu bringen, brauchte es seine Zeit, und oftmals, ehe es mir recht gelungen war, wirbelte der aufkommende Gedanke, daß ich nach meiner Lehre mit Miss Havishams Hilfe vielleicht doch noch mein Glück machen könnte, alles wieder durcheinander.

Ich glaube, ich wäre wohl nie mit dieser Schwierigkeit fertig geworden, wenn ich die Lehre beendet hätte. So aber brachte ich meine Lehrzeit nie zu Ende, sondern sie wurde vorzeitig abgebrochen. Im folgenden werde ich berichten, wie sich das zugetragen hat.

18. Kapitel

Es war in meinem vierten Lehrjahr, und es war ein Samstagabend. In den »Drei fröhlichen Bootsmännern« saß eine Gruppe von Gästen um den Kamin und hörte aufmerksam Mr. Wopsle zu, der laut aus der Zeitung vorlas. Einer der Zuhörer war ich.

Ein aufsehenerregender Mord war begangen worden, und Mr. Wopsle watete sozusagen bis zu den Augenbrauen im Blut. Er weidete sich an jeder abscheulichen Einzelheit in der Beschreibung und versetzte sich an die Stelle eines jeden Zeugen vor der Mordkommission. Wie das Opfer stöhnte er schwach: »Ich bin verloren«, und als Mörder brüllte er roh: »Ich werd es dir heimzahlen.« Bei dem medizinischen Gutachten ahmte er treffend unseren Dorfarzt nach. Er piepste und zitterte in solchem Maße wie der alte Zollwächter, der die Schläge gehört hatte, daß man an der geistigen Zurechnungsfähigkeit des Zeugen zweifeln konnte. Der Untersuchungsrichter wurde in Mr. Wopsles Bearbeitung zu Timon von Athen und der Gerichtsbüttel zu Coriolan. Er fand großen Gefallen daran, und auch wir amüsierten uns köstlich. In dieser behaglichen Verfassung gelangten wir zu dem Urteil: vorsätzlicher Mord.

Erst in diesem Augenblick bemerkte ich einen fremden Herrn, der sich auf die Rücklehne der Bank mir gegenüber gestützt hatte und uns beobachtete. Auf seinem Gesicht lag ein verächtlicher Ausdruck, und er knabberte an seinem großen Zeigefinger, während er die Gruppe musterte.

»Nun«, sagte der Fremde zu Mr. Wopsle, als dieser mit dem Vorlesen fertig war, »ich zweifle nicht daran, daß Sie den Fall zu Ihrer eigenen Zufriedenheit geklärt haben.«

Alle fuhren zusammen und starrten ihn an, als wäre er der Mörder. Er sah jeden kühl und spöttisch an. »Natürlich schuldig?« fragte er. »Raus mit der Sprache! Los!«

»Sir«, erwiderte Mr. Wopsle, »wenn ich auch nicht die Ehre habe, Sie zu kennen, sage ich doch ›schuldig‹.« Woraufhin wir alle Mut faßten und zustimmend murmelten.

»Das wußte ich«, sagte der Fremde, »ich habe nichts anderes erwartet. Ich sagte es Ihnen eben. Aber nun will ich Ihnen eine Frage stellen. Ist Ihnen bekannt oder nicht, daß nach dem englischen Gesetz jeder so lange als unschuldig gilt, bis seine Schuld erwiesen – ja, erwiesen – ist?«

»Sir«, begann Mr. Wopsle zu antworten, »ich als Engländer . . .«

»Ach«, unterbrach ihn der Fremde und stieß mit dem Zeigefinger nach ihm, »weichen Sie nicht meiner Frage aus. Entweder Sie wissen es, oder Sie wissen es nicht. Na, was ist?«

Er beugte Kopf und Körper mit einer drohenden, fragenden Gebärde schräg nach vorn und schnellte seinen Zeigefinger auf Mr. Wopsle, als wollte er zeigen, daß er ihn meinte. Dann nagte er wieder daran.

»Also, wissen Sie es, oder wissen Sie es nicht?« fragte er.

»Natürlich weiß ich es«, erwiderte Mr. Wopsle.

»Natürlich wissen Sie es. Warum haben Sie es dann nicht gleich gesagt? Nun will ich Ihnen noch eine andere Frage stellen.« Er ergriff von Mr. Wopsle Besitz, als hätte er ein Recht auf ihn. »Wisen Sie auch, daß noch keiner der Zeugen ins Kreuzverhör genommen worden ist?«

Mr. Wopsle setzte an: »Ich kann nur sagen . . .«, als ihn der Fremde unterbrach.

»Was denn? Sie wollen meine Frage nicht mit Ja oder Nein beantworten? Ich werde Sie noch einmal befragen.« Erneut stieß er mit dem Zeigefinger nach ihm. »Geben Sie acht. Ist Ihnen bekannt, oder ist Ihnen nicht bekannt, daß keiner der Zeugen bisher ins Kreuzverhör genommen worden ist? Nur ein Wort will ich hören: ja oder nein?«

Mr. Wopsle zögerte, und er machte auf uns alle einen recht kläglichen Eindruck.

»Kommen Sie«, sagte der Fremde, »ich werde Ihnen helfen. Sie verdienen zwar keine Hilfe, aber ich werde Ihnen helfen. Sehen Sie sich das Papier an, das Sie in der Hand halten. Was ist das?«

»Was das ist?« wiederholte Mr. Wopsle und betrachtete es völlig verständnislos.

»Ist es«, fuhr der Fremde in seinem sarkastischen und argwöhnischen Ton fort, »das bedruckte Papier, aus dem Sie gerade vorgelesen haben?«

»Zweifellos.«

»Zweifellos. Nun sehen Sie in diese Zeitung und sagen Sie mir, ob dort nicht klar und deutlich steht, der Angeklagte habe ausdrücklich auf den Rat seiner gesetzlichen Verteidiger hin erklärt, daß er vorläufig von seiner Verteidigung absieht.«

»Das habe ich ja eben vorgelesen«, verteidigte sich Mr. Wopsle.

»Es hat nichts zu sagen, was Sie eben vorgelesen haben, Sir. Ich habe Sie nicht gefragt, was Sie gerade vorgelesen haben. Wenn Sie wollen, können Sie das Vaterunser rückwärts lesen – wahrscheinlich haben Sie das schon getan. Sehen Sie sich die Zeitung an. Nein, nein, nein, mein Freund, nicht da oben in der Spalte. Sie wissen schon, weiter unten, da unten.« (Wir alle fanden, daß Mr. Wopsle Ausflüchte suchte). »Nun? Haben Sie es gefunden?«

»Hier steht's«, sagte Mr. Wopsle.

»So, nun überfliegen Sie den Abschnitt und sagen Sie mir, ob dort nicht klar und deutlich steht, der Angeklagte habe ausdrücklich auf den Rat seiner gesetzlichen Verteidiger hin erklärt, daß er von seiner Verteidigung absehe? Entnehmen Sie das daraus?«

Mr. Wopsle antwortete: »Das steht aber nicht wörtlich hier.«

»Nicht wörtlich!« wiederholte der Fremde mit einem Blick in die Runde, wobei er mit seiner Rechten auf den Zeugen Wopsle wies. »Und nun frage ich Sie, was Sie von dem Gewissen dieses Mannes halten, der, mit diesem Satz vor Augen, sich ruhig schlafen legen kann, nachdem er einen Mitmenschen schuldig gesprochen hat, ohne ihn vorher angehört zu haben?«

Wir alle ahnten allmählich, daß Mr. Wopsle nicht der Mann war, für den wir ihn gehalten hatten, und daß er langsam durchschaut wurde.

»Und dieser gleiche Mann, bedenken Sie«, fuhr der Herr fort und streckte den Zeigefinger gegen Mr. Wopsle aus, »dieser gleiche Mann könnte zu ebendiesem Prozeß als Geschworener geladen werden und könnte, nachdem er sich so schwer mit Schuld beladen hat, in den Schoß der Familie zurückkehren und sein Haupt ruhig niederlegen, obwohl er feierlich geschworen hatte, er werde nach bestem Wissen und Gewissen den Streitfall zwischen unserem obersten Herrscher, dem König, und dem Angeklagten hinter der Schranke prüfen und einen gerechten Urteilsspruch anhand der Beweise fällen, so wahr ihm Gott helfe!«

Wir waren alle fest überzeugt, daß der unglückselige Wopsle zu weit gegangen war und besser daran getan hätte, noch rechtzeitig auf seinem rücksichtslosen Weg haltzumachen.

Der fremde Herr, der unbestreitbar das Auftreten einer Autorität hatte und mit seinem Verhalten ausdrückte, daß er um die Geheimnisse jedes einzelnen von uns wisse und sie nur zu lüften brauche, um uns zugrunde zu richten, verließ seinen Platz an der Lehne und trat zwischen die beiden Bänke an das

Kaminfeuer. Dort blieb er stehen, die linke Hand in der Hosentasche, und nagte an seinem rechten Zeigefinger.

»Wie ich unterrichtet bin«, sagte er und sah uns der Reihe nach an, so daß wir vor ihm erzitterten, »soll sich unter Ihnen ein Schmied namens Joseph oder Joe Gargery befinden. Wer von Ihnen ist das?«

»Das bin ich«, sagte Joe.

Der fremde Herr winkte ihn herbei, und Joe erhob sich.

»Sie haben einen Lehrling«, fuhr der Fremde fort, »der Pip genannt wird. Ist er hier?«

»Hier bin ich!« rief ich.

Der Fremde erkannte mich nicht wieder, aber ich erkannte in ihm den Herrn, dem ich bei meinem zweiten Besuch in Miss Havishams Haus auf der Treppe begegnet war. Ich hatte ihn in dem Augenblick erkannt, als er sich über die Banklehne beugte und uns ansah. Nun, da ich ihm gegenüberstand und er mir seine Hand auf die Schulter legte, fielen mir wieder im einzelnen sein riesiger Schädel, die dunkle Haut, die tiefliegenden Augen, die schwarzen, buschigen Brauen, seine breite Uhrkette, die kleinen, schwarzen Punkte, wo der Backenbart gewöhnlich wächst, und sogar der Duft parfümierter Seife an seiner großen Hand auf.

»Ich möchte mit Ihnen ein vertrauliches Gespräch führen«, sagte er, nachdem er mich mit Muße betrachtet hatte. »Es wird einige Zeit in Anspruch nehmen. Vielleicht gehen wir am besten in Ihre Wohnung. Ich möchte meine Mitteilung nicht gern hier machen. Sie können Ihren Freunden hinterher soviel davon erzählen, wie Sie möchten. Das geht mich dann nichts mehr an.«

Unter dem verwunderten Schweigen der anderen verließen wir die »Drei fröhlichen Bootsmänner« und gingen ebenso schweigend nach Hause. Unterwegs sah mich der Fremde gelegentlich von der Seite an und kaute zuweilen an seinem Finger. Als wir zu Hause ankamen, ging Joe, der eine Ahnung zu haben schien, wie wichtig und feierlich dieses Ereignis war, voraus und öffnete die Haustür. Unsere Unterredung fand in der guten Stube statt, die von einer einzigen Kerze spärlich beleuchtet wurde.

Sie begann damit, daß der fremde Herr am Tisch Platz nahm, die Kerze zu sich heranzog und einige Vermerke in seinem Notizbuch durchsah. Dann legte er das Notizbuch wieder weg und schob die Kerze ein wenig zur Seite, nachdem er ins Dunkle geblinzelt hatte, um Joe und mich zu erkennen.

»Mein Name ist Jaggers«, begann er, »und ich bin Rechtsanwalt in London. Ich bin dort recht bekannt. Mit Ihnen habe ich eine ungewöhnliche Angelegenheit zu regeln, und ich möchte vorausschicken, daß der Vorschlag nicht von mir stammt. Hätte man mich um Rat gefragt, wäre ich jetzt nicht hier. Ich bin nicht gefragt worden, also stehe ich vor Ihnen. Was ich als Bevollmächtigter eines anderen zu tun habe, tue ich. Nicht mehr und nicht weniger.«

Da er uns von seinem Platz aus wohl nicht gut sehen konnte, stand er auf, schwang ein Bein über eine Stuhllehne und stützte sich darauf. Somit stand er mit einem Bein auf dem Sitz und mit dem anderen auf dem Fußboden.

»Also, Joseph Gargery, ich habe Ihnen ein Angebot zu machen. Es bedeutet, daß Sie diesen jungen Burschen, Ihren Lehrling, loswerden. Sie würden sich wohl nicht weigern, seinen Lehrvertrag aufzuheben, wenn er darum bitten würde und es zu seinem Besten wäre? Sie würden wohl keine Entschädigung dafür verlangen?«

»Gott verhüte, daß ich irgendwas verlange, wenn es um Pips Zukunft geht«, sagte Joe, baß erstaunt.

»Das ›Gott verhüte‹ ist zwar sehr ehrenwert, gehört aber nicht zur Sache«, erwiderte Mr. Jaggers. »Die Frage lautet: Verlangen Sie etwas, ja oder nein?«

»Die Antwort lautet: Nein«, entgegnete Joe bestimmt.

Ich fand, Mr. Jaggers sah Joe an, als hielte er ihn wegen seiner Uneigennützigkeit für einen Narren. Aber ich war zu neugierig und zu verblüfft, als daß ich mir dessen sicher war.

»Bedenken Sie die Zusicherung, die Sie gemacht haben, und versuchen Sie nicht, sie später rückgängig zu machen.«

»Wer sollte das schon versuchen!« versetzte Joe.

»Ich habe ja nichts behauptet. Besitzen Sie einen Hund?«

»Ja.«

»Na, dann merken Sie sich, daß einer, der bellt, gut ist, aber daß einer, der beißt, besser ist. Vergessen Sie das nicht«, wiederholte Mr. Jaggers, schloß die Augen und nickte Joe zu, wie um ihm zu verzeihen. »Nun zurück zu diesem jungen Burschen. Ich habe ihm zu eröffnen, daß er große Erwartungen zu hegen hat.«

Joe und ich rangen nach Luft und wechselten Blicke miteinander.

»Ich bin beauftragt, ihm mitzuteilen«, sagte Mr. Jaggers und wies dabei seitlich mit dem Zeigefinger auf mich, »daß er in den Besitz eines beachtlichen Vermögens gelangen wird. Ferner ist es der Wille des gegenwärtigen Besitzers besagten Vermögens, daß er sofort aus der bisherigen Umgebung herauskommt und zu einem vornehmen Herrn erzogen werden soll – mit einem Wort, wie es einem jungen Mann mit großen Erwartungen entspricht.«

Mein Traum war erfüllt. Meine kühne Phantasie wurde von der nüchternen Wirklichkeit übertroffen. Miss Havisham wollte also in großzügiger Weise mein Glück machen.

»Nun, Mr. Pip«, fuhr der Rechtsanwalt fort, »wende ich mich mit dem, was noch zu sagen bleibt, an Sie. Als erstes nehmen Sie zur Kenntnis, daß die betreffende Person, von der ich meine Aufträge erhalte, den Wunsch hat, daß Sie für immer den Namen Pip beibehalten. Ich nehme an, daß Sie bei Ihren großen Erwartungen keinen Einwand gegen diese geringfügige Klausel haben. Sollten Sie etwas einzuwenden haben, dann müßten Sie es jetzt sagen.«

Mein Herz schlug so schnell, und in meinen Ohren sauste es dermaßen, daß ich kaum stammeln konnte, ich hätte keine Einwände.

»Das wollte ich meinen! Als zweites nehmen Sie zur Kenntnis, Mr. Pip, daß der Name der Person, die Ihr großmütiger Wohltäter ist, ein tiefes Geheimnis bleibt, bis die betreffende Person es für gut befindet, ihn selbst zu verraten. Ich bin ermächtigt, Ihnen zu sagen, daß die betreffende Person Ihnen den Namen persönlich nennen möchte. Wann und wo das geschehen wird, kann ich nicht sagen. Das kann niemand. Jahre können darüber vergehen. Und außerdem müssen Sie wissen, daß es Ihnen streng verboten ist, irgendwelche Nachforschungen nach ihr anzustellen oder bei den Verhandlungen mit mir auch nur im entferntesten auf irgendeine Person – wer es auch sei – anzuspielen oder Bezug zu nehmen. Sollten Sie eine Vermutung haben, behalten Sie sie für sich. Es ist nebensächlich, welche Gründe dieses Verbot hat: Es können triftige und ernste Gründe sein, sie können auch einer bloßen Laune entspringen. Das zu prüfen ist nicht Ihre Aufgabe. Die Bedingung ist gestellt. Ob Sie diese Bedingung annehmen und für bindend ansehen, ist die einzig verbleibende Festlegung, die ich noch für meinen Auftraggeber zu treffen habe, dem gegenüber ich ansonsten nicht verantwortlich bin. Das ist die Person, der Sie Ihre Erwartungen zu verdanken haben, und das Geheimnis wird nur von ihr und mir gehütet. Auch diese Bedingung ist nicht schwer erfüllbar, in Anbetracht des zu erwartenden Glücks. Sollten Sie aber etwas einzuwenden haben, müßten Sie das jetzt sagen. Also heraus mit der Sprache!«

Wiederum konnte ich nur mit Mühe stammeln, daß ich keine Einwände zu machen hätte.

»Das wollte ich meinen! Und damit habe ich meine Vereinbarungen getroffen, Mr. Pip.« Obwohl er mich »Mr. Pip« nannte und mich zuvorkommend behandelte, konnte er doch nicht ganz einen drohenden Argwohn verbergen. Auch jetzt kniff er gelegentlich die Augen zu und wies beim Sprechen mit dem Zeigefinger auf mich, als wollte er damit ausdrücken, daß er allerlei Nachteiliges über mich wisse und es nur zu erwähnen brauchte. »Als nächstes kommen wir zu den Einzelheiten unserer Vereinbarung. Sie müssen nämlich wissen, daß Sie sich, obwohl ich den Ausdruck ›Erwartungen‹ zwar mehrmals verwandt habe, nicht nur mit Erwartungen zu begnügen brauchen. Ich habe bereits eine Summe in der Hand, die für Ihre Ausbildung und den Unterhalt gut ausreichen wird. Betrachten Sie mich bitte als Ihren Vormund. Oh!« fuhr er fort, als ich ihm danken wollte, »ich sagte Ihnen schon, daß ich für meine Dienste bezahlt werde, sonst würde ich sie nicht ausführen. Man hält es für richtig, daß Sie entsprechend Ihrer veränderten Lebenslage eine bessere Ausbildung erhalten, und man erwartet, daß Sie sich über die Wichtigkeit und Notwendigkeit im klaren sind, diesen Vorteil sofort zu nutzen.«

Ich sagte, danach hätte ich mich schon immer gesehnt.

»Wonach Sie sich gesehnt haben, Mr. Pip«, erwiderte er, »ist uninteressant. Bleiben Sie bei der Sache. Wenn Sie jetzt den Wunsch haben, genügt das. Darf ich voraussetzen, daß Sie einverstanden sind, unverzüglich einem geeigneten Lehrer anvertraut zu werden? Ist das der Fall?«

Ja, stammelte ich, das sei der Fall.

»Gut. Nun möchte ich noch Ihre Neigungen hören. Ich finde das zwar töricht, aber es ist meine Pflicht. Haben Sie jemals von einem Lehrer gehört, dem Sie den Vorzug geben würden?«

Außer Biddy und Mr. Wopsles Großtante kannte ich keinen Lehrer, deshalb verneinte ich die Frage.

»Ich kenne einen bestimmten Lehrer, der sich meines Erachtens für unseren Zweck eignet«, sagte Mr. Jaggers. »Ich empfehle ihn nicht, verstehen Sie, ich empfehle nämlich nie jemanden. Der Herr, von dem ich spreche, ist ein gewisser Mr. Matthew Pocket.«

»Ach!« Ich entsann mich gleich dieses Namens. Miss Havishams Verwandter. Jener Matthew, von dem Mr. und Mrs. Camilla gesprochen haben. Jener Matthew, der neben Miss

Havishams Kopf stehen soll, wenn sie in ihrem Brautkleid auf der Hochzeitstafel aufgebahrt sein wird.

»Sie kennen den Namen?« fragte Mr. Jaggers und blickte mich verschmitzt an. Dann kniff er die Augen zusammen und wartete auf meine Antwort.

Ich erwiderte, daß ich diesen Namen bereits gehört hätte.

»So«, versetzte er, »den Namen haben Sie bereits gehört! Die Frage aber ist, was Sie davon halten.«

Ich sagte oder versuchte zu sagen, daß ich ihm für diese Empfehlung sehr dankbar wäre.

»Nein, mein junger Freund!« unterbrach er mich und schüttelte bedächtig seinen großen Kopf. »Denken Sie nach!«

Ich dachte nicht nach, sondern begann wieder, ich wäre ihm für seine Empfehlung sehr dankbar.

»Nein, mein junger Freund«, unterbrach er mich erneut und schüttelte den Kopf, stirnrunzelnd und lächelnd zugleich, »nein, nein, nein. Es ist zwar gut ausgedrückt, aber so geht das nicht. Sie sind zu jung, als daß Sie mich damit einfangen könnten. Empfehlung ist nicht das richtige Wort, Mr. Pip. Wählen Sie ein anderes.«

Ich verbesserte mich und sagte, daß ich ihm dafür dankbar wäre, Mr. Matthew Pocket erwähnt zu haben.

»Das kommt der Sache schon näher!« rief Mr. Jaggers aus.

Und ich würde es gern bei diesem Herrn versuchen, fügte ich hinzu.

»Gut. Am besten, Sie versuchen es mit ihm in dessen Haus. Es wird alles für Sie in die Wege geleitet. Zuerst können Sie seinen Sohn aufsuchen, der in London lebt. Wann wollen Sie nach London kommen?«

Ich sagte mit einem Blick auf Joe, der reglos neben mir stand, daß ich sofort kommen könnte.

»Zuerst«, meinte Mr. Jaggers, »sollten Sie sich neue Kleidung zulegen, aber keine Arbeitskleidung. Sagen wir also, in einer Woche. Sie werden etwas Geld benötigen. Soll ich Ihnen zwanzig Guineen hierlassen?«

Er zog mit größter Gelassenheit eine lange Geldbörse aus der Tasche, zählte die Goldstücke auf den Tisch und schob sie zu mir herüber. Dabei hatte er zum erstenmal das Bein vom Stuhl genommen. Als er das Geld hinübergeschoben hatte, saß er rittlings da, schwenkte die Börse und musterte Joe.

»Na, Joseph Gargery? Sie sehen wie vom Donner gerührt aus!«

»Das bin ich auch!« sagte Joe mit entschiedener Stimme.

»Es war abgemacht, daß Sie nichts für sich verlangen, wissen Sie noch?«

»Es war abgemacht«, sagte Joe, »und es is abgemacht, und es wird immer so bleiben.«

»Was wäre aber«, fragte Mr. Jaggers und schwenkte seine Geldbörse, »wenn ich den Auftrag hätte, Ihnen zum Ausgleich ein Geschenk zu machen?«

»Zum Ausgleich wofür?« fragte Joe.

»Für den Verlust seiner Dienste.«

Joe legte mir sanft wie eine Frau seine Hand auf die Schulter. Seitdem habe ich ihn in seiner Mischung aus Kraft und Zartheit oft mit einem Schmiedehammer verglichen, der einen Menschen zermalmen oder behutsam an eine Eierschale klopfen kann. »Ich kann gar nich sagen, wie gern ich Pip ohne Entschädigung gehen lasse, wenn er nur zu Ruhm und Glück kommt. Wenn Sie aber denken, daß der Verlust dieses kleinen Kindes, das zu uns in die Schmiede gekommen und immer mein bester Freund gewesen is, mit Gold aufgewogen werden kann . . .«

Ach, lieber, guter Joe, den zu verlassen ich so schnell bereit und dem gegenüber ich so undankbar war, ich sehe dich wieder vor mir: den muskulösen Arm vor den Augen, der gewaltige Brustkorb hebt und senkt sich, und deine Stimme erstirbt. Oh, du lieber, guter, treuer und zärtlicher Joe, noch heute spüre ich, wie deine liebevolle, zitternde Hand an jenem Tage feierlich auf meinem Arm ruhte, als wäre es das Rauschen einer Engelsschwinge gewesen.

Damals aber redete ich Joe zu. Ich hatte mich im Labyrinth der Träume von meinem zukünftigen Glück verirrt, so daß ich unsere gemeinsam zurückgelegten Pfade nicht noch einmal beschreiten konnte. Ich bat Joe, sich zu beruhigen, denn wir waren, wie er selbst gesagt hatte, stets die besten Freunde gewesen und würden es auch immer bleiben (das sagte ich). Joe rieb sich mit seiner freien Hand so heftig die Augen, als wollte er sie zerdrücken, sagte aber kein Wort mehr.

Mr. Jaggers hatte sich das ganze wie jemand angesehen, der Joe für den Dorftrottel und mich für dessen Wärter hielt. Dann wog er die Geldbörse, die er nicht mehr schwenkte, in seiner Hand und sagte: »Nun, Joe Gargery, ich mache Sie darauf aufmerksam, daß dies Ihre letzte Chance ist. Bei mir gibt es keine Halbheiten. Wenn Sie das Geschenk annehmen wollen, das ich für Sie bereithalte, sagen Sie es freiheraus, und Sie bekommen es. Sollten Sie aber meinen . . .« Hier wurde er zu seiner großen Verblüffung von Joe unterbrochen, der plötzlich um ihn herumsprang und sich wie ein angriffslustiger Boxer gebärdete.

»Womit ich sagen will«, schrie Joe, »wenn Sie nur hergekommen sind, um mich wie'n Stier zu quälen und zu reizen, dann kommen Sie nur her! Womit ich sagen will, wenn Sie 'n Mann sind, dann los! Womit ich sagen will, daß ich das so meine, wie ich's sage, und dafür einstehe!«

Ich zog Joe beiseite, und er wurde sofort versöhnlich, erklärte mir nun sehr höflich – als leise Warnung für jeden, den es angehen könnte –, daß er nicht gewillt sei, sich in seinem eigenen Hause quälen und reizen zu lassen. Bei Joes Wutanfall war Mr. Jaggers aufgesprungen und zur Tür zurückgewichen. Er zeigte nicht die geringste Lust, wieder näher zu kommen, und richtete von dort aus seine Abschiedsworte an uns:

»Nun, Mr. Pip, da Sie ein vornehmer Herr werden wollen, halte ich es für das beste, so schnell wie möglich von hier wegzugehen. Lassen wir es bei heute in einer Woche, und Sie werden bis dahin meine gedruckte Adresse erhalten. Sie können beim Postkutschenbüro eine Droschke nehmen und gleich zu mir kommen. Vergessen Sie nicht, daß ich zu meinem Auftrag keinerlei eigene Meinung äußere. Ich werde dafür bezahlt und führe ihn auch aus. Jetzt wissen Sie Bescheid!«

Er richtete den Zeigefinger auf uns beide und hätte wohl noch mehr gesagt, hielt jedoch Joe für zu gefährlich und verschwand.

Mir kam ein Gedanke, der mich veranlaßte, ihm zu den »Drei fröhlichen Bootsmännern« nachzulaufen, wo eine gemietete Kutsche auf ihn wartete.

»Verzeihung, Mr. Jaggers.«

»Hallo!« sagte er und wandte sich um, »was gibt's?«

»Ich möchte alles richtig machen, Mr. Jaggers, und mich an Ihre Anweisungen halten. Deshalb dachte ich, ich frage lieber. Darf ich mich von denen, die ich hier kenne, vor meiner Abreise verabschieden?«

»Nein«, sagte er und sah mich dabei verständnislos an.

»Ich meine nicht die hier im Dorf, sondern in der Stadt.«

»Dagegen ist nichts einzuwenden«, meinte er.

Ich bedankte mich und lief rasch wieder nach Hause. Joe hatte bereits die Eingangstür verriegelt und die gute Stube verlassen. Er saß in der Küche am Feuer, die Hände auf den Knien, und starrte unverwandt in die Glut. Auch ich ließ mich am Kamin nieder und starrte ins Feuer. Lange Zeit sprach keiner ein Wort.

Meine Schwester ruhte auf Kissen in ihrem Sessel in der Ecke, und Biddy saß mit ihrer Handarbeit am Feuer. Joe saß neben Biddy und ich meiner Schwester gegenüber neben Joe. Je länger ich in die glühenden Kohlen sah, desto schwerer fiel es mir, Joe anzublicken. Je länger das Schweigen andauerte, desto schwerer wurde es mir, etwas zu sagen.

Schließlich brachte ich heraus: »Joe, hast du es schon Biddy erzählt?«

»Nein, Pip«, antwortete Joe, ohne aufzublicken. Er umklammerte seine Knie, als hätte er heimlich erfahren, daß seine Beine beabsichtigten davonzulaufen, »das überlasse ich dir selbst, Pip.«

»Mir wäre es lieber, wenn du es ihr sagen würdest, Joe.«

»Pip is jetz 'n vornehmer, reicher Herr«, sagte Joe, »Gott gebe ihm dazu seinen Segen.«

Biddy ließ ihre Arbeit sinken und sah mich an. Joe hielt seine Knie fest und sah mich an. Ich sah die beiden an. Nach einer Pause gratulierten sie mir beide von Herzen, aber in ihrem Glückwunsch schwang etwas Traurigkeit mit, was ich ihnen ziemlich übelnahm.

Ich schärfte Biddy (und durch Biddy Joe) strengstens ein, daß sie über den Urheber meines Glückes weder etwas wußten noch sagten. Es würde alles zu gegebener Zeit bekannt werden, bemerkte ich, und bis dahin sollte weiter nichts erwähnt werden, als daß ich durch einen geheimnisvollen Wohltäter zu großen Erwartungen berechtigt sei. Biddy nickte nachdenklich, als sie ihre Arbeit wieder aufnahm, und versprach, sich daran zu halten, und Joe, der immer noch seine Knie umklammerte, sagte: »Ja, ja, ich werd mich daran halten.« Dann wünschten sie mir noch einmal Glück und konnten sich nicht genug über den Gedanken wundern, daß ich ein vornehmer Herr sein sollte, worüber ich mich ärgerte.

Biddy unternahm die größten Anstrengungen, meiner Schwester begreiflich zu machen, was geschehen war. Ich glaube allerdings, daß diese Versuche völlig gescheitert sind. Sie lachte zwar, nickte mehrmals mit dem Kopf und sprach sogar Biddy die Wörter »Pip« und »Vermögen« nach. Dennoch bezweifle ich, daß sie ihnen mehr Bedeutung beimaß als einem Wahlgeschrei. Ein schwärzeres Bild von ihrem Geisteszustand kann ich nicht malen.

Hätte ich es nicht an mir erlebt, hätte ich es gar nicht glauben wollen, aber je mehr Joe und Biddy ihre heitere Ausgeglichenheit wiederfanden, desto trübsinniger wurde ich. Natürlich war ich nicht unzufrieden mit meinem Reichtum, vielleicht aber, ohne es zu wissen, mit mir selbst.

Ich saß da, die Ellbogen auf den Knien, den Kopf in die Hände gestützt, und starrte ins Feuer, während die beiden über meine Abreise sprachen und darüber, was sie ohne mich anfangen sollten, und über all diese Dinge. Jedesmal wenn ich ihren Blicken begegnete – keinen so freundlichen mehr, und sie sahen mich oft an, besonders Biddy –, fühlte ich mich gekränkt, als ob sie mir mißtrauten, obwohl sie das, weiß Gott, niemals durch Worte oder Gebärden zum Ausdruck brachten.

Um diese Zeit erhob ich mich meist und schaute durch die Tür in die Nacht hinaus, denn unsere Küchentür führte direkt ins Freie und stand an Sommerabenden weit offen, damit frische Luft hereinkam. Sogar die Sterne, zu denen ich emporschaute, schienen mir kümmerlich und armselig, weil sie über der bescheidenen Umgebung strahlten, in der ich mein bisheriges Leben verbracht hatte.

»Heute ist Sonnabend«, sagte ich, als wir beim Abendessen saßen, das aus Brot, Käse und Bier bestand. »Noch fünf Tage bis zum Tag vor meiner Abreise. Sie werden schnell vergehen.«

»Ja, Pip«, erwiderte Joe, dessen Stimme aus dem Bierkrug hohl klang, »sie werden schnell vergehen.«

»Schnell, sehr schnell«, sagte Biddy.

»Ich habe mir überlegt, Joe, daß ich am Montag, wenn ich in die Stadt gehe und meine neuen Sachen bestelle, dem Schneider sagen werde, daß ich sie dort anprobieren will oder daß er sie zu Mr. Pumblechook schicken soll. Es wäre mir sehr unangenehm, wenn mich hier alle Leute anstarrten.«

»Mr. und Mrs. Hubble möchten dich vleicht auch in deinem neuen, feinen Anzug sehen, Pip«, sagte Joe, der in seiner linken Handfläche eifrig Bissen von seinem Käsebrot abschnitt und auf mein nicht angerührtes Essen schaute, als erinnere er sich der Zeit, da wir unsere Schnitten miteinander teilten. »Vleicht auch Wopsle. Und die ›Fröhlichen Bootsmänner‹ würden es als eine Ehre ansehen.«

»Das gerade will ich nicht, Joe. Sie würden so ein Aufhebens darum machen – so gewöhnlich und ungehörig –, daß ich es nicht ertragen könnte.«

»Ja, dann natürlich, Pip!« sagte Joe. »Wenn du's nich ertragen kannst . . .«

Biddy hielt meiner Schwester den Teller und fragte mich hieraufhin: »Hast du dir schon überlegt, wann du dich Mr. Gargery, deiner Schwester und mir vorstellen wirst? Das wirst du doch wohl tun?«

»Biddy«, erwiderte ich etwas unwillig, »du bist immer so fix, daß man kaum mit dir mitkommt.«

»Ja, sie is immer fix«, bemerkte Joe.

»Wenn du einen Moment gewartet hättest, Biddy, hättest du gehört, daß ich meine Sachen in einem Bündel hierherbringen werde, wahrscheinlich am Abend vor meiner Abreise.«

Biddy sagte nichts mehr. Großmütig verzieh ich ihr und wünschte ihr und Joe von Herzen eine gute Nacht. Dann ging ich zu Bett. Als ich in meine kleine Kammer kam, setzte ich mich und ließ meine Blicke lange durch diese ärmliche, kleine Kammer schweifen, von der ich mich bald trennen und über deren Niveau ich mich für immer erheben sollte. Sie steckte voller Erinnerungen, selbst aus jüngster Zeit. Noch in diesem Augenblick, als ich meinen Raum mit den schöneren Zimmern verglich, in denen ich künftig wohnen würde, geriet ich in denselben inneren Zwiespalt, in dem ich mich so oft bei Vergleichen zwischen der Schmiede und Miss Havishams Haus oder zwischen Biddy und Estella befunden hatte.

Die Sonne hatte den ganzen Tag über auf das Dach über meiner Kammer geschienen, so war der Raum recht stickig. Als ich das Fenster öffnete und hinausschaute, sah ich Joe langsam aus der dunklen Haustür hinaustreten und an der frischen Luft ein wenig auf und ab gehen. Dann sah ich, wie

Biddy kam, ihm seine Pfeife brachte und sie ihm anzündete. So spät rauchte er sonst nie; mir kam es wie ein Zeichen dafür vor, daß er aus irgendeinem Grunde Trost brauchte.

Er stand jetzt in der Tür direkt unter mir und rauchte. Auch Biddy stand dort und unterhielt sich leise mit ihm. Ich wußte, daß sie von mir sprachen, denn ich hörte sie beide mehrmals liebevoll meinen Namen nennen. Selbst wenn ich sie besser verstanden hätte, hätte ich sie nicht belauscht. Deshalb trat ich vom Fenster weg und setzte mich auf den Stuhl neben meinem Bett und empfand es als traurig und seltsam, daß dieser erste Abend meines großen Glücks der einsamste sein sollte, den ich bisher erlebt hatte.

Als ich zum offenen Fenster schaute, sah ich helle Rauchringe aus Joes Pfeife aufsteigen; in meinen Augen waren sie der Segen, den Joe mir hinaufschickte – ein Segen, der mir nicht aufgezwungen wurde, sondern unauffällig war und die Luft erfüllte, die wir gemeinsam atmeten. Ich löschte die Kerze und kroch ins Bett. Diesmal schlief ich unruhig, und nie wieder sollte ich in diesem Bett meinen festen, gesunden Schlaf finden.

19. Kapitel

Der neue Morgen ließ meine Zukunftsaussichten völlig verändert und in einem viel helleren Licht erscheinen. Am schwersten lastete jedoch der Gedanke auf meiner Seele, daß noch sechs Tage bis zur Abreise vor mir lagen. Ich konnte die böse Ahnung nicht loswerden, daß London in der Zwischenzeit etwas zustoßen könnte oder daß es einfallen, wenn nicht gar verschwinden könnte, bis ich dort einträfe.

Joe und Biddy waren sehr teilnahmsvoll und liebenswürdig, wenn ich von unserer bevorstehenden Trennung sprach, erwähnten sie aber nur, wenn ich es tat. Nach dem Frühstück holte Joe meinen Lehrvertrag aus dem Schrank in der guten

Stube. Wir warfen ihn ins Feuer, und ich fühlte mich richtig frei. In dem neuartigen Bewußtsein, unabhängig zu sein, ging ich mit Joe zur Kirche und war der Meinung, daß der Geistliche wahrscheinlich nicht vom reichen Mann und Himmlischen Königreich gesprochen hätte, wenn er alles gewußt hätte.

Nach unserem zeitig eingenommenen Mittagessen schlenderte ich allein los, um mich endgültig von den Marschen zu verabschieden. Als ich an der Kirche vorbeiging, empfand ich (wie schon am Morgen während des Gottesdienstes) starkes Mitleid mit den Geschöpfen, die dazu bestimmt waren, ihr ganzes Leben lang Sonntag für Sonntag dorthin zu gehen und schließlich vergessen unter den bescheidenen, grünen Grabhügeln zu ruhen.

Ich beschloß im stillen, eines Tages etwas für sie zu tun, und entwarf einen Plan, nach dem ich ein Festmahl mit Rinderbraten und Plumpudding spendieren und jedem im Dorf eine Pinte Bier und eine Portion Herablassung zukommen lassen würde.

Schon früher hatte ich des öfteren mit einer gewissen Beschämung an meine Bekanntschaft mit dem Flüchtling gedacht, den ich damals zwischen diesen Gräbern hatte umherhinken sehen. Wie wurde ich erst an jenem Sonntag an diesen elenden, zerlumpten und vor Kälte zitternden Mann mit dem verräterischen Eisen an den Füßen erinnert! Mein Trost war, daß dies alles eine lange Zeit zurücklag und daß man ihn zweifellos weit weg gebracht hatte. Für mich war er tot, und wahrscheinlich war er wirklich inzwischen gestorben.

Niemals würde ich dieses flache Sumpfland wiedersehen, diese Deiche und Schleusen, dieses grasende Weidevieh, das mich jetzt trotz seiner Trägheit respektvoll zu betrachten schien und mir nachblickte, um möglichst lange dem Mann mit den großen Erwartungen nachzustarren. Leb wohl, du eintönige Welt meiner Kindheit, von nun an bin ich für London und zu Großem bestimmt; nicht für das Schmiedehandwerk und das einfache Leben. Beschwingt lief ich zur alten Batterie, legte mich dort nieder und schlief über der Frage, ob mir Miss Havisham wohl Estella zugedacht habe, fest ein.

Als ich aufwachte, war ich sehr erstaunt, Joe, seine Pfeife rauchend, neben mir zu finden. Kaum hatte ich die Augen geöffnet, grüßte er mich mit einem fröhlichen Lächeln und sagte: »Da es das letzte Mal is, Pip, dachte ich, ich geh dir mal nach.«

»Ach, Joe, ich freue mich, daß du das getan hast.«

»Dank dir, Pip.«

»Das kannst du glauben, lieber Joe«, fuhr ich fort, nachdem wir uns die Hände geschüttelt hatten, »ich werde dich nie vergessen.«

»Nein, nein, Pip«, sagte Joe zufrieden, »das wirst du nich! Ach ja, alter Junge! Weiß Gott, das muß ein Mensch erst mal im Kopf verarbeiten. Aber ich brauchte 'ne Weile dazu. Es kam alles so plötzlich, nich wahr, Pip?«

Irgendwie war ich nicht recht zufrieden, daß Joe meiner so sicher war. Ich hätte es lieber gesehen, wenn er sich erschüttert gezeigt oder gesagt hätte: »Es gereicht dir zur Ehre, Pip« oder ähnliches. Deshalb ging ich auf Joes erste Bemerkung gar nicht ein und sagte nur zur zweiten, daß die Nachricht wahrhaftig sehr plötzlich gekommen wäre, daß es aber von jeher mein Wunsch gewesen sei, ein vornehmer Herr zu werden, und daß ich mir immer wieder überlegt hätte, was ich tun würde, wenn ich einer wäre.

»Hast du das tatsächlich?« fragte Joe. »Erstaunlich!«

»Es ist nur schade, Joe«, sagte ich, »daß du in unseren Unterrichtsstunden hier nicht noch etwas weiter vorangekommen bist, nicht wahr?«

»Nun, ich weiß nich«, erwiderte Joe. »Ich bin so schrecklich dumm. Nur von meinem Handwerk verstehe ich was. Es war schon immer schade, daß ich so schrecklich dumm bin, aber das is nich schlimmer als vor einem Jahr, stimmt's?«

Ich hatte sagen wollen, daß es, da ich zu meinem Reichtum gelangt war und für Joe etwas tun konnte, günstiger gewesen wäre, wenn er die Ausbildung für eine höhere Stellung gehabt hätte. Er wußte aber gar nicht, worauf ich hinauswollte, und ich beschloß, lieber mit Biddy darüber zu sprechen.

Als wir wieder zu Hause angelangt waren und unseren Tee getrunken hatten, führte ich deshalb Biddy in unser Gärtchen an der Straße und gab ihr, um ihre Stimmung zu heben, ganz allgemein zu verstehen, daß ich sie nie vergessen würde. Dann sagte ich ihr, ich wollte sie um einen Gefallen bitten: »Und zwar darum, Biddy, daß du keine Gelegenheit versäumst, Joe ein bißchen weiterzuhelfen.«

»Wie ihm weiterhelfen?« fragte Biddy mit festem Blick.

»Nun, Joe ist ein lieber Kerl. Ja, er ist, finde ich, der liebste Kerl, den es je gegeben hat, doch in manchen Dingen ist er etwas zurückgeblieben, zum Beispiel in seinem Wissen und in seinem Benehmen.«

Obwohl ich Biddy, während ich das sagte, ansah und sie ihre Augen weit aufriß, blickte sie mir nicht ins Gesicht.

»Ach, sein Benehmen! Reicht das nicht aus?« fragte Biddy und zupfte ein Johannisbeerblatt ab.

»Meine liebe Biddy, für hier reicht es aus . . .«

»Ach, für hier reicht es?« unterbrach Biddy und betrachtete eingehend das Blatt in ihrer Hand.

»Hör mich doch erst mal an. Wenn ich Joe einmal in bessere Kreise befördern sollte – und das hoffe ich zu tun, sobald ich mein ganzes Vermögen habe –, würde man ihm kaum gerecht werden.«

»Meinst du etwa, er weiß das nicht?« fragte Biddy.

Das war eine dermaßen herausfordernde Frage (denn ich selbst hatte sie mir nicht im entferntesten gestellt), daß ich ziemlich schnippisch fragte: »Biddy, was meinst du damit?«

Biddy hatte das Blatt zwischen ihren Fingern zerrieben (der Geruch vom Johannisbeerstrauch erinnert mich seitdem an jenen Abend in dem Gärtchen an der Straße) und sagte: »Ist dir noch nie der Gedanke gekommen, daß er auch seinen Stolz haben könnte?«

»Stolz?« wiederholte ich in verächtlichem Ton.

»Oh, es gibt viele Arten von Stolz«, sagte Biddy, blickte mir in die Augen und schüttelte den Kopf, »Stolz und Stolz ist nicht dasselbe . . .«

»Na, warum sprichst du nicht weiter?«

»Ist nicht dasselbe«, fuhr Biddy fort. »Vielleicht ist er zu stolz, als daß er sich von einem Platz fortholen läßt, den er ausfüllen kann und gut ausfüllt und auf dem er sich Achtung verschafft. Um ehrlich zu sein, meines Erachtens ist er stolz. Das mag anmaßend klingen, wenn ich es sage, denn du mußt ihn ja weitaus besser kennen als ich.«

»Ach, Biddy«, sagte ich, »es tut mir leid, das an dir festzustellen. Ich habe es nicht von dir erwartet. Du bist neidisch und mißgünstig, Biddy. Du bist wegen meines Aufstiegs zum Reichtum unzufrieden und kannst es nicht verbergen.«

»Wenn du das Herz hast, so etwas von mir zu denken«, erwiderte Biddy, »dann sag es ruhig. Sag es immer wieder, wenn du es übers Herz bringst, so von mir zu denken.«

»Du meinst wohl, wenn du es übers Herz bringst, so zu *sein*, Biddy«, sagte ich in dem Tonfall des Überlegenen. »Schiebe die Sache nicht auf mich. Es tut mir sehr leid, so etwas bei dir festzustellen – es ist ein böser Zug der menschlichen Natur. Ich hatte dich bitten wollen, jede sich dir bietende Gelegenheit zu nutzen, dem lieben Joe weiterzuhelfen, wenn ich nicht mehr hier bin. Aber nach alldem bitte ich dich um nichts. Es tut mir außerordentlich leid, das an dir festzustellen, Biddy«, wiederholte ich. »Es ist – es ist ein böser Zug der menschlichen Natur.«

»Ob du mich nun tadelst oder eine gute Meinung von mir hast«, antwortete die arme Biddy, »du kannst dich in jedem Fall darauf verlassen, daß ich immer alles für Joe tun werde, was in meinen Kräften steht. Mit welcher Meinung von mir du auch weggehen magst, es wird meine Erinnerung an dich nicht ändern. Doch ein vornehmer Herr sollte niemals ungerecht sein«, sagte Biddy und wandte den Kopf ab.

Ich wiederholte noch einmal, es sei ein böser Zug der menschlichen Natur (eine Feststellung, von deren Richtigkeit ich mich noch überzeugen sollte), wandte mich von Biddy ab und ging den kleinen Pfad entlang, während Biddy ins Haus zurückkehrte. Ich schritt durch das Gartentor und schlenderte bis zum Abendessen mißvergnügt umher. Wieder empfand ich es als betrüblich und seltsam, daß auch dieser zweite Abend seit dem Beginn meiner großen Erwartungen so einsam und unbefriedigend verlaufen sein sollte wie der erste.

Am nächsten Morgen erschien wieder alles in einem rosigen Licht, und ich ließ auch Biddy an meiner milden Stimmung teilhaben. Wir berührten dieses Thema nicht mehr. Nachdem ich meinen besten Anzug angezogen hatte und annehmen konnte, die Geschäfte geöffnet vorzufinden, ging ich in die Stadt und stellte mich bei Mr. Trabb, dem Schneider, ein. Dieser frühstückte gerade im Zimmer hinter seinem Laden und hielt es nicht für nötig, zu mir herauszukommen, sondern rief mich zu sich nach hinten.

»Na«, sagte Mr. Trabb in recht vertraulichem Ton, »wie geht's? Was kann ich für dich tun?«

Mr. Trabb hatte seine warmen Brötchen in Scheiben geschnitten und strich nun Butter dazwischen und klappte sie zu. Er war ein wohlhabender alter Junggeselle, und durch das offene Fenster sah man einen gepflegten Garten mit Obstbäumen. In die Wand neben dem Kamin war ein ansehnlicher Geldschrank eingelassen, und ich zweifelte nicht im geringsten daran, daß dort sein Reichtum in prall gefüllten Beuteln aufbewahrt wurde.

»Mr. Trabb«, begann ich, »es ist mir peinlich, es sagen zu müssen, weil es nach Prahlerei aussieht, aber ich habe ein stattliches Vermögen geerbt.«

Sofort änderte Mr. Trabb sein Benehmen. Er vergaß sein Butterbrötchen, erhob sich von seinem Platz am Bett, wischte die Hände am Tischtuch ab und rief aus: »Oh, du meine Güte!«

»Ich fahre zu meinem Vormund nach London«, sagte ich und zog dabei wie zufällig ein paar Guineen aus der Tasche. »Dazu hätte ich gern einen eleganten Anzug, und ich möchte

ihn sofort in bar bezahlen«, fügte ich hinzu, weil ich fürchtete, er würde sonst nur leere Versprechungen machen.

»Mein Verehrtester«, sagte Mr. Trabb, verneigte sich ehrfurchtsvoll, breitete die Arme aus und berührte mich an den Ellbogen. »Ich bitte Sie, reden Sie nicht von Bezahlung. Darf ich Ihnen meine Glückwünsche aussprechen? Hätten Sie die Güte, mir in den Laden zu folgen?«

Mr. Trabbs Lehrjunge war der frechste Bursche weit und breit. Als ich den Laden das erste Mal betrat, war er gerade beim Ausfegen, und seine Arbeit hatte er sich etwas versüßt, indem er mich anfegte. Er war noch immer mit dem Fegen beschäftigt, als ich nun mit Mr. Trabb zusammen hereinkam. Er stieß mit dem Besen gegen jede Ecke und alle möglichen Gegenstände, wohl um zu zeigen (wie ich es auffaßte), daß er jedem lebenden oder toten Schmied ebenbürtig sei.

»Schluß mit dem Krach«, rief Mr. Trabb streng, »oder ich werfe dich raus! Nehmen Sie doch bitte Platz, Sir. Sehen Sie, hier«, sagte Mr. Trabb, holte einen Ballen hervor, rollte den Stoff mit Schwung auf dem Ladentisch ab und legte die Hand darunter, um den Glanz zu betonen. »Eine ausgezeichnete Ware. Ich kann Sie Ihnen wärmstens empfehlen, denn sie ist wirklich besonders gut. Aber Sie sollen noch mehr sehen. Reich mir Nummer vier herunter!« wandte er sich mit entsetzlich strenger Miene an den Jungen, denn er befürchtete wohl, dieser Rüpel könnte mich damit anstoßen oder sich auf andere Weise zu vertraulich benehmen.

Mr. Trabb ließ den Burschen nicht eher aus den Augen, bis er Nummer vier auf den Ladentisch gelegt hatte und sich wieder in sicherer Entfernung befand. Dann befahl er ihm, Nummer fünf und Nummer acht zu bringen. »Untersteh dich, deine bösen Streiche zu spielen«, rief Mr. Trabb, »oder du wirst es dein Leben lang bereuen, du niederträchtiger Lümmel.«

Mr. Trabb beugte sich dann über Nummer vier und empfahl sie mir mit ehrerbietiger Vertraulichkeit als eine leichte, für den Sommer geeignete Ware, die beim hohen und niederen Adel in Mode sei. Es sei ihm eine Ehre, wenn ein so hervorragender Mitbürger (er dürfe ihn doch Mitbürger nennen?) diesen Stoff trage. »Wirst du mir bald Nummer fünf und acht bringen, du Taugenichts«, sagte Mr. Trabb daraufhin zu dem Jungen, »oder soll ich dich vor die Tür setzen und den Stoff selber holen?«

Unterstützt durch Mr. Trabbs sachkundiges Urteil, wählte ich den Anzugstoff aus und ging wieder ins Hinterzimmer, um mir dort Maß nehmen zu lassen. Obwohl Mr. Trabb meine Maße schon hatte und noch vor kurzem damit zufrieden war, sagte er entschuldigend, daß sie unter den gegebenen Umständen absolut nicht ausreichten. Im Hinterzimmer nahm er mir Maß und stellte Berechnungen an, als ob ich ein Grundstück und er der sorgfältigste aller Landvermesser wäre. Er machte sich so große Umstände, daß ich das Gefühl hatte, kein Preis könnte ihn für seine Mühe angemessen entlohnen. Als er endlich fertig war und wir vereinbart hatten, daß er am Donnerstagabend die Sachen zu Mr. Pumblechook schicken sollte, bemerkte er, die Hand auf der Türklinke: »Ich weiß, Sir, daß Herren aus London im allgemeinen nicht zur Kundschaft von Geschäftsleuten in der Provinz rechnen. Wenn Sie mir aber als Bürger Londons von Zeit zu Zeit einen Auftrag geben wollten, wäre ich Ihnen sehr zu Dank verpflichtet. Guten Morgen, Sir, sehr verbunden. – Tür auf!«

Dieser Befehl galt dem Lehrjungen, der nicht die geringste Ahnung hatte, was das bedeutete. Ich sah, wie er fast zusammenbrach, als mich sein Meister händereibend hinauskomplimentierte. Meine erste entscheidende Erfahrung mit der gewaltigen Macht des Geldes machte ich an Trabbs Lehrjungen, der von ihr moralisch umgeworfen wurde.

Nach diesem denkwürdigen Ereignis ging ich zum Hutmacher, zum Schuhmacher und Strumpfwirker und kam mir dabei wie Mutter Hubbards Hund vor, der zu seiner Ausstattung die Dienste ähnlich zahlreicher Gewerbe in Anspruch nahm. Ich ging auch zum Kutschenverleih und bestellte einen Platz für Sonnabend, sieben Uhr früh. Es war nicht notwendig, überall zu erklären, daß ich ein stattliches Vermögen geerbt hatte. Doch jedesmal, wenn ich etwas in dieser Hinsicht erwähnte, wandte sich der betreffende Handwerker vom Fenster ab, durch das er die Vorgänge in der High Street beobachtete, und lenkte seine Aufmerksamkeit völlig auf mich.

Nachdem ich alles, was ich benötigte, bestellt hatte, lenkte ich meine Schritte zu Pumblechook, und als ich mich seiner Wirkungsstätte näherte, sah ich ihn in seiner Ladentür stehen.

Er wartete bereits voller Ungeduld auf mich. Schon am frühen Morgen war er mit seiner Kutsche unterwegs gewesen, hatte in der Schmiede hereingeschaut und dabei die Neuigkeit erfahren. In seinem Wohnzimmer, wo die Barnwell-Lesung gewesen war, stand ein Imbiß für mich bereit, und auch er befahl seinem Angestellten, aus dem Wege zu gehen, als meine erlauchte Person an ihm vorbeikam.

»Mein lieber Freund«, sagte Mr. Pumblechook und ergriff, sobald wir allein waren, meine beiden Hände, »ich gratuliere Ihnen zu Ihrem großen Glück. Sie haben es redlich verdient!«

Damit traf er den Nagel auf den Kopf und drückte sich, wie mir erschien, sehr vernünftig aus.

»Der Gedanke«, sagte Mr. Pumblechook, nachdem er mehrfach vor Bewunderung geschnauft hatte, »daß ich das bescheidene Werkzeug zu diesem Glück gewesen bin, erfüllt mich mit stolzer Genugtuung.«

Ich bat Mr. Pumblechook, stets daran zu denken, daß er zu diesem Thema nichts sagen oder auch nur andeuten dürfte.

»Mein lieber junger Freund«, entgegnete Mr. Pumblechook, »falls Sie mir gestatten, Sie so zu nennen . . .«

Ich murmelte »Gewiß«, und Mr. Pumblechook ergriff nochmals meine Hände und führte sie als ein Zeichen der Rührung an sein Herz, genauer gesagt, etwas tiefer, an seine Weste.

»Mein lieber junger Freund, verlassen Sie sich darauf, daß ich alles tun werde, Joseph in Ihrer Abwesenheit diese Tatsache einzuschärfen. Joseph!« wiederholte Mr. Pumblechook in mitleidsvollem, beschwörendem Ton. »Joseph! Joseph!« Dabei schüttelte er den Kopf und tippte sich an die Stirn, womit er Josephs geistige Unzulänglichkeit andeuten wollte.

»Aber mein lieber junger Freund«, sagte Mr. Pumblechook, »Sie müssen ja hungrig und erschöpft sein. Nehmen Sie doch Platz. Hier ist ein Hühnchen, eben aus dem ›Eber‹ geholt, hier ist eine Zunge, auch aus dem ›Eber‹, und dann sind noch ein paar Kleinigkeiten aus dem ›Eber‹, die Sie hoffentlich auch nicht verschmähen werden.« Mr. Pumblechook setzte sich und sprang sofort wieder auf. »Sehe ich wirklich denjenigen vor mir, mit dem ich in den glücklichen Zeiten seiner Kindheit immer Spaß gemacht habe? Und darf ich?«

Mit diesem »Darf ich?« wollte er fragen, ob er mir die Hand schütteln dürfe. Ich war einverstanden, und er tat es mit Hingabe und setzte sich daraufhin wieder.

»Hier ist Wein«, sagte Mr. Pumblechook, »wir wollen ein Gläschen trinken. Fortuna sei Dank. Möge sie ihre Günstlinge stets so gerecht auswählen! Und dennoch kann ich nicht den einen vor mir sehen«, Mr. Pumblechook erhob sich erneut, »und mit ihm anstoßen, ohne zu fragen . . . darf ich . . . darf ich?«

Ich sagte, er dürfe, und wiederum schüttelte er mir die Hand, trank sein Glas aus und hielt es verkehrt herum nach unten. Ich tat das gleiche; hätte ich selbst kopfgestanden, hätte mir der Wein nicht schneller zu Kopf steigen können. Mr. Pumblechook reichte mir die rechte Hühnerkeule und die besten Scheiben Zunge (das Beste war ihm gerade gut genug für mich) und hielt sich selbst ziemlich zurück. »Ach, Hühnchen, Hühnchen«, wandte sich Mr. Pumblechook an das Geflügel auf der Platte, »du konntest nicht ahnen, als du noch ein Küken warst, was auf dich warten würde. Du konntest nicht ahnen, daß du mal unter diesem bescheidenen Dach einem zur Stärkung gereicht werden würdest – halten Sie es für eine Schwäche«, sagte Mr. Pumblechook und stand wieder auf, »aber darf ich? Darf ich?«

Da es nicht mehr notwendig war, zu wiederholen, er dürfe, schüttelte er mir sofort die Hand. Wie er das so oft tun konnte, ohne sich an meinem Messer zu verletzen, ist mir unbegreiflich.

Nachdem er etwas zu sich genommen hatte, fuhr er fort: »Und Ihre Schwester, die die Ehre hatte, Sie mit eigner Hand großzuziehen! Es ist ein Jammer, mitanzusehen, daß sie diese Ehre nicht begreifen kann. Darf ich?«

Er wollte gerade wieder auf mich zukommen, aber ich hielt ihn zurück.

»Wir wollen auf ihre Gesundheit trinken«, sagte ich.

»Ah!« rief Mr. Pumblechook aus und lehnte sich, vor Bewunderung ganz schwach geworden, in seinem Sessel zurück, »daran erkennt man sie, Sir!« (Ich weiß nicht, wer der Sir war, denn ich war es gewiß nicht, und ein Dritter war nicht im Zimmer.) »Daran erkennt man die Edelmütigen, Sir! Stets gütig und bereit zu verzeihen. Einem gewöhnlichen Menschen«, sagte der kriecherische Pumblechook und stellte das Glas hastig ab, ohne daraus getrunken zu haben, und erhob sich erneut, »könnte mein wiederholtes . . . darf ich?«

Nachdem er seine Absicht ausgeführt hatte, nahm er wieder Platz und trank auf meine Schwester. »Wir wollen ihre Fehler nicht verkennen, die sie in ihrem Temperament begangen hat, aber sie hat es, wie wir hoffen, gut gemeint.«

Um diese Zeit fiel mir auf, daß sich sein Gesicht zu röten begann. Was mich betraf, schien mein ganzes Gesicht in Wein getaucht, so sehr brannte es.

Ich teilte Mr. Pumblechook mit, daß ich meine neuen Kleidungsstücke zu ihm schicken lassen wollte. Er war begeistert, weil ich ihm diese Ehre zuteil werden ließ. Ich nannte meine Gründe, warum ich im Dorf kein Aufsehen erregen wollte, was er himmelhoch lobte. Niemand außer ihm, deutete er an, sei meines Vertrauens würdig, das heißt, war er es eigentlich? Dann fragte er mich, ob ich mich noch an unsere kindlichen Spiele mit Zahlen erinnere und wie wir zusammen gegangen seien, um meinen Lehrvertrag unterzeichnen zu lassen, und wie er doch wirklich mein liebster und bester Freund gewesen sei.

Selbst wenn ich zehnmal soviel Wein getrunken hätte, wäre

mir klargewesen, daß er niemals in diesem engen Verhältnis zu mir gestanden hat, und ich hätte im Grunde meines Herzens diesen Gedanken von mir gewiesen. Trotzdem entsinne ich mich, wie ich der Meinung war, mich in ihm getäuscht zu haben und daß er ein ganz vernünftiger, gutherziger und prima Bursche sei.

Allmählich setzte er so viel Vertrauen in mich, daß er mich in bezug auf seine eigenen Belange um Rat fragte. Er sprach von der Gelegenheit zu einem großen Zusammenschluß des Getreide- und Samenhandels, und zwar in einem Ausmaß, wie man ihn in der näheren und weiteren Umgebung noch nicht gesehen hat. Was seiner Meinung nach zur Verwirklichung dieses gewaltigen Projektes gebraucht wurde, war mehr Kapital. Das waren die beiden Wörtchen: mehr Kapital. Nun dachte Pumblechook daran, daß dieses Kapital durch einen vorgetäuschten Partner ins Geschäft eingebracht werden könnte. Dieser vorgetäuschte Partner hätte weiter nichts zu tun, als selbst oder durch einen Vertreter nach eigenem Belieben zu erscheinen und die Bücher zu prüfen beziehungsweise zweimal im Jahr seinen Gewinn in Höhe von fünfzig Prozent abzuholen und in die Tasche zu stecken. Er sah darin für einen jungen Mann mit Geist und Vermögen eine Möglichkeit, die einer Überlegung wert sei. Aber was dachte ich? Er setzte großes Vertrauen in meine Ansicht, und was dachte ich? Ich gab es als meine Meinung aus: »Warten Sie eine Weile!« Von der Größe und Bestimmtheit dieser Absicht war er dermaßen beeindruckt, daß er mich nicht länger fragte, ob er meine Hand schütteln dürfe, sondern sie einfach ergriff.

Wir tranken den ganzen Wein aus, Mr. Pumblechook versprach immer wieder, auf Joe zu achten (worauf, weiß ich nicht) und mir stets tatkräftig behilflich zu sein (wobei, weiß ich nicht). Er erzählte mir auch zum ersten Mal in seinem Leben, nachdem er sein Geheimnis streng gehütet hatte, daß er schon immer von mir gesagt habe: »Dieser Junge ist kein gewöhnlicher Junge, und glaubt mir, er wird sein Glück machen, und zwar kein gewöhnliches Glück.« Er sagte, unter Tränen lächelnd, es sei merkwürdig, daß er gerade jetzt daran denken müsse. Ich stimmte ihm zu. Schließlich ging ich in die frische Luft hinaus und hatte das vage Gefühl, irgend etwas könne mit der Sonne nicht in Ordnung sein. Ohne auf den Weg zu achten, gelangte ich schlaftrunken bis zur Zollschranke.

Dort wurde ich durch Mr. Pumblechooks Rufe aufgeschreckt. Er lief in einiger Entfernung auf der sonnigen Straße und gab mir mit heftigen Gesten zu verstehen, daß ich stehenbleiben solle. Ich wartete, und er kam atemlos näher.

»Nein, lieber Freund«, sagte er, als er wieder Luft bekam, »ich kann es mir nicht versagen. Diese Gelegenheit soll nicht ohne Ihre Freundlichkeit vorübergehen. Darf ich als Ihr alter Freund und Gönner? Darf ich?«

Wir schüttelten uns wohl zum hundertsten Mal die Hände, und er wies einen jungen Fuhrmann barsch zur Seite. Dann segnete er mich und winkte mir, bis ich hinter einer Wegbiegung verschwand. Ich bog danach in ein Feld ein und hielt unter einer Hecke ein langes Schläfchen, bevor ich meinen Heimweg fortsetzte.

Ich hatte nicht viel Gepäck nach London mitzunehmen, denn von dem wenigen, was ich besaß, entsprach nur sehr wenig meinen neuen Lebensverhältnissen. Doch noch am selben Abend begann ich zu packen, und in der Vorstellung, es sei nun keine Zeit mehr zu verlieren, verstaute ich auch Dinge, von denen ich wußte, daß ich sie am nächsten Morgen noch brauchen würde.

So vergingen der Dienstag, der Mittwoch und der Donnerstag. Am Freitagmorgen ging ich zu Mr. Pumblechook, um meinen neuen Anzug anzuziehen und Miss Havisham einen Besuch abzustatten. Mr. Pumblechook hatte mir zum Umkleiden sein eigenes Zimmer überlassen, und es hingen zu diesem Anlaß saubere Handtücher da. Mein neuer Anzug war natürlich ziemlich enttäuschend. Wahrscheinlich bleibt jedes neue und sehnsüchtig erwartete Kleidungsstück etwas hinter den Vorstellungen seines Trägers zurück. Doch nachdem ich meinen neuen Anzug angezogen und mich fast eine halbe Stunde lang vor Mr. Pumblechooks unzulänglichem Spiegel in dem vergeblichen Bemühen verrenkt hatte, auch meine Beine zu sehen, schien er mir schon etwas besser zu passen.

Da in der benachbarten, etwa zehn Meilen entfernten Stadt Markttag war, traf ich Mr. Pumblechook nicht zu Hause an. Ich hatte ihm nicht genau gesagt, wann ich abzufahren gedachte, und brauchte ihm vor meiner Abreise wahrscheinlich nicht noch einmal die Hand zu schütteln. So verlief alles nach Wunsch, und ich ging in meiner neuen Aufmachung davon. Dabei schämte ich mich schrecklich, am Ladengehilfen vorbeigehen zu müssen, und hatte das Gefühl, nicht vorteilhaft auszusehen – so wie Joe in seinem Sonntagsstaat.

Auf allerlei Umwegen durch Nebenstraßen gelangte ich zu Miss Havishams Haus, wo ich recht linkisch an der Glocke zog, weil mich die steifen, langen Finger meiner neuen Handschuhe behinderten.

Sarah Pocket kam ans Tor und prallte förmlich zurück, als sie mich so verändert fand. Ihr Walnußgesicht verfärbte sich von Braun über Grün zu Gelb.

»Du?« fragte sie. »Du? Guter Gott, was willst du denn?«

»Ich gehe nach London, Miss Pocket«, sagte ich, »und möchte mich von Miss Havisham verabschieden.«

Man hatte mich nicht erwartet, denn sie ließ mich im Garten stehen, während sie erst fragen ging, ob ich vorgelassen werden dürfe. Sie kehrte sehr schnell zurück und führte mich hinauf. Dabei starrte sie mich unentwegt an.

Auf ihren Stock gestützt, machte Miss Havisham ihren Rundgang durch das Zimmer mit der langen Hochzeitstafel. Der Raum war so matt beleuchtet wie früher. Beim Klang der

Schritte blieb sie stehen und wandte sich um. Sie stand gerade neben dem verdorbenen Hochzeitskuchen.

»Bleib hier, Sarah«, sagte sie. »Nun, Pip?«

»Ich fahre morgen nach London, Miss Havisham«, ich wählte sorgsam jedes Wort, »und ich dachte, Sie hätten nichts dagegen, wenn ich mich von Ihnen verabschiede.«

»Du bist ja so herausgeputzt, Pip«, sagte sie und ließ ihren Stock um mich tanzen, als wollte sie, die gute Fee, die mich so verwandelt hatte, mir das Abschiedsgeschenk überreichen.

»Seit ich das letzte Mal hier war, bin ich in den Besitz eines großen Vermögens gekommen, Miss Havisham«, murmelte ich. »Dafür bin ich sehr dankbar, Miss Havisham!«

»Ja, ja!« sagte sie und blickte die fassungslose und neidische Sarah mit sichtlichem Vergnügen an. »Ich habe Mr. Jaggers gesprochen und davon gehört, Pip. Du fährst also morgen?«

»Ja, Miss Havisham.«

»Und eine reiche Person hat sich deiner angenommen?«

»Ja, Miss Havisham.«

»Sie hat keinen Namen verraten?«

»Nein, Miss Havisham.«

»Und Mr. Jaggers ist dein Vormund?«

»Ja, Miss Havisham.«

Sie glühte bei diesem Frage-und-Antwort-Spiel, so weidete sie sich an Sarah Pockets Mißgunst. »Nun«, fuhr sie fort, »du hast eine vielversprechende Zukunft vor dir. Sei brav, verdiene sie dir – und befolge Mr. Jaggers' Anweisungen.« Sie sah mich an, und sie sah Sarah an, die ihrem gespannten Gesicht ein gequältes Lächeln abrang. »Lebe wohl, Pip! Du weißt, daß du diesen Namen beibehältst?«

»Ja, Miss Havisham.«

»Lebe wohl, Pip!«

Sie hielt mir ihre Hand hin, und ich ließ mich auf mein Knie nieder und führte sie an meine Lippen. Ich hatte zuvor nicht überlegt, wie ich mich von ihr verabschieden würde, doch in diesem Augenblick schien mir dieser Kniefall ganz selbstverständlich. Triumphierend blickte sie Sarah Pocket mit ihren unheimlichen Augen an. Und so verließ ich meine gute Fee. Sie stand, mit beiden Händen auf den Stock gestützt, mitten im spärlich erleuchteten Zimmer neben dem verdorbenen und von Spinnweben überzogenen Hochzeitskuchen.

Sarah Pocket begleitete mich hinunter, als wäre ich ein Gespenst, das man hinausgeleiten muß. Sie konnte über meine äußere Erscheinung nicht hinwegkommen und war in höchstem Maße verwirrt. Ich sagte: »Auf Wiedersehen, Miss Pocket«, sie aber starrte nur vor sich hin und war offenbar nicht gefaßt genug, um meine Worte zu begreifen.

Kaum hatte ich das Haus hinter mir gelassen, eilte ich zu Mr. Pumblechook zurück, zog den neuen Anzug aus, legte ihn zu einem Bündel zusammen und ging in meinen alten Sachen nach Hause. Ehrlich gesagt, fühlte ich mich darin viel wohler, obwohl ich noch das Bündel zu tragen hatte.

Nun waren jene sechs Tage, die zuerst so lang erschienen, wie im Fluge vergangen, und morgen sollte der Abschied sein, an den ich gar nicht recht denken mochte. Während die sechs Abende allmählich zu fünf, zu vier, zu drei und schließlich zwei Abenden zusammenschrumpften, begann ich immer stärkeren Gefallen an Joes und Biddys Gesellschaft zu finden. Am letzten Abend zog ich ihnen zur Freude meine neuen Kleider an und blieb bis zum Schlafengehen in meiner Pracht sitzen. Zur Feier des Tages gab es ein warmes Abendessen mit dem unvermeidlichen Brathuhn, und zum Schluß tranken wir noch einen Flip. Wir waren alle sehr niedergeschlagen, obwohl wir uns den Anschein gaben, in guter Stimmung zu sein.

Um fünf Uhr morgens sollte ich mit meinem kleinen Handkoffer unser Dorf verlassen, und ich hatte Joe gesagt, daß ich allein fortgehen wollte. Leider muß ich eingestehen, daß dieses Vorhaben von meiner Vorstellung ausging, Joe und ich würden zu sehr voneinander abstechen, wenn wir gemeinsam zur Kutsche gingen. Ich hatte mir selbst eingeredet, daß nichts dergleichen Anlaß zu dieser Abmachung war. Als ich aber an diesem letzten Abend in meine Kammer hinaufstieg, mußte ich mir das Gegenteil eingestehen, und ich verspürte den Wunsch, wieder hinunterzugehen und Joe zu bitten, mich doch am Morgen zu begleiten. Ich ließ es aber bleiben.

Die ganze Nacht hindurch erschienen mir in meinen unruhigen Träumen Kutschen, die mich an alle möglichen Orte brachten, nur nicht nach London, und vor die mal Hunde, dann Katzen, Schweine oder Menschen gespannt waren, niemals aber Pferde. Phantastische Irrfahrten beschäftigten mich, bis der Tag graute und die Vögel sangen. Ich stand auf, zog mich halb an und setzte mich ans Fenster, um noch einmal hinauszuschauen, schlief aber dabei wieder ein.

Biddy war so zeitig auf den Beinen, um mir das Frühstück zuzubereiten, daß ich den Rauch des Küchenfeuers spürte. Obwohl ich am Fenster kaum eine Stunde geschlafen hatte, fuhr ich in dem schrecklichen Gedanken hoch, es müsse spät am Nachmittag sein. Doch lange danach und lange, nachdem ich das Klappern der Teetassen gehört hatte und alles bereit war, konnte ich mich nicht entschließen hinunterzugehen. Ich blieb also oben, öffnete mehrmals meinen kleinen Handkoffer und verschloß ihn dann jedesmal wieder, bis Biddy rief, ich käme zu spät.

Das Frühstück wurde hastig verzehrt und schmeckte nicht recht. Ich stand vom Tisch auf und sagte mit gespielter Munterkeit, als wäre es mir gerade in den Sinn gekommen: »Na, ich glaube, ich muß jetzt gehen!« Dann küßte ich meine Schwester, die lachend, nickend und zitternd in ihrem gewohnten Sessel saß, gab Biddy einen Kuß und schlang meine Arme um Joes Hals. Danach nahm ich meinen kleinen Handkoffer und ging hinaus. Kurz darauf hörte ich hinter mir ein Scharren, und ich wandte mich um. Das letzte, was ich von ihnen sah, war, daß Joe mir einen alten Schuh nachwarf und Biddy das gleiche tat. Ich blieb stehen und winkte mit dem

Hut, und der gute, alte Joe schwenkte seinen starken rechten Arm über dem Kopf und schrie mit heiserer Stimme »Hurra!«, während sich Biddy die Schürze vors Gesicht hielt.

In zügigem Tempo eilte ich davon und dachte dabei, daß mir der Abschied leichter gefallen war, als ich angenommen hatte. Mir ging auch durch den Sinn, wie peinlich es gewesen

wäre, wenn der Kutsche vor allen Leuten in der High Street alte Schuhe nachgeworfen worden wären. Pfeifend zog ich meines Wegs. Im Dorf war noch alles friedlich und still. Der weiße Nebel stieg feierlich auf, als wollte er mir die Welt, in der ich in meiner unschuldigen Kindheit gelebt hatte, noch einmal zeigen. Alles war mir so unbekannt und großartig, daß ich plötzlich tief aufseufzte und in Tränen ausbrach. Ich legte meine Hand an den Wegweiser am Dorfausgang und sagte: »Lebe wohl, mein lieber, lieber Freund!«

Wir sollten uns unserer Tränen weiß Gott niemals schämen, denn sie spülen wie Regen den Erdenstaub weg, der unsere verschlossenen Herzen bedeckt. Nachdem ich geweint hatte, fühlte ich mich besser: Ich war reumütiger und mir meiner Undankbarkeit bewußt und auch sanfter gestimmt. Hätte ich eher geweint, wäre Joe jetzt gewiß an meiner Seite gegangen.

Von diesem Tränenausbruch und einem weiteren auf meinem einsamen Weg war ich dermaßen überwältigt, daß ich, als ich in der Kutsche saß und wir uns von der Stadt entfernten, mit brennendem Herzen überlegte, ob ich nicht beim ersten Pferdewechsel aussteigen und nach Hause laufen sollte, damit ich noch einen Abend daheim verbringen und besser Abschied nehmen könnte. Wir wechselten die Pferde, doch ich war noch zu keinem Entschluß gekommen und sagte mir im stillen, daß ich beim nächsten Pferdewechsel immer noch aussteigen und zurücklaufen könnte. Während ich mit diesen Überlegungen beschäftigt war, glaubte ich in einem Mann, der uns auf der Straße entgegenkam, das Ebenbild von Joe zu erkennen, und mein Herz pochte mir bis zum Hals. Aber wie sollte er hierherkommen!

Wir wechselten noch zweimal die Pferde, und nun war es zu spät, und wir waren zu weit, als daß ich hätte umkehren können. So setzte ich meine Fahrt fort. Die Nebel waren völlig verschwunden, vor mir lag ausgebreitet die Welt.

Das ist das Ende des ersten Abschnitts von Pips Erwartungen.

20. Kapitel

Die Reise von unserem Städtchen bis zur Hauptstadt dauerte etwa fünf Stunden. Es war kurz nach zwölf Uhr, als die vierspännige Postkutsche, mit der ich reiste, in der Gegend der Cross Keys, Wood Street und Cheapside in den Londoner Verkehrstrubel geriet.

Wir Briten waren uns damals einig, daß es einem Hochverrat gleichkomme, daran zu zweifeln, daß unser Tun und Lassen das beste sei. Sonst hätte ich wohl London, erschreckt von seinen Ausmaßen, ziemlich häßlich, verwinkelt, eng und schmutzig gefunden.

Mr. Jaggers hatte mir pünktlich seine Adresse geschickt. Sie lautete: Little Britain; dahinter hatte er auf seine Visitenkarte geschrieben: »Gleich hinter Smithfield, nahe dem Kutschenbüro.« Dennoch verstaute mich ein Droschkenkutscher, der so viele Umhänge über seinem schmuddeligen Mantel wie Jahre auf dem Buckel zu haben schien, in seiner Kutsche und schloß mich durch einen klappbaren und klirrenden Tritt von außen ab, als wollte er mit mir fünfzig Meilen weit fahren. Wie er auf den Kutschbock stieg, den, soweit ich mich erinnere, eine alte, vom Wetter schon mitgenommene, grüne und mottenzerfressene Decke schmückte, war eine zeitraubende Angelegenheit. Es war ein prächtiger Wagen mit sechs großen Kronen außen und zerrissenen Riemen hinten, denn ich weiß nicht, wie viele Lakaien sich daran festgehalten haben, und mit einer Egge darunter, die Dilettanten daran hindern sollte, der Versuchung zu erliegen.

Ich hatte kaum Muße gehabt, die Kutsche zu genießen und darüber nachzudenken, wie ähnlich sie einem Strohhof und dennoch einem Trödlerladen war, und zu überlegen, warum die Futterbeutel der Pferde innen behalten wurden, als ich bemerkte, daß der Kutscher im Begriff war abzusteigen und wir im nächsten Moment anhalten würden. Tatsächlich hielten wir in einer düsteren Straße vor einem Geschäftshaus mit offenstehender Tür, an der der Name »Mr. Jaggers« stand.

»Was macht es?« fragte ich den Kutscher.

Der Kutscher antwortete: »Einen Schilling, es sei denn, Sie legen was zu.«

Ich erklärte natürlich, daß ich nicht die Absicht hätte.

»Dann bleibt's bei einem Schilling«, bemerkte der Kutscher. »Ich möchte keinen Ärger haben. *Den* kenne ich!« Er warf einen finsteren Blick auf Mr. Jaggers' Namen und schüttelte den Kopf.

Als er den Schilling bekommen hatte, umständlich wieder auf den Bock geklettert und davongefahren war (was ihn offensichtlich erleichterte), ging ich, mit meinem Köfferchen in der Hand, in den Vorraum und fragte, ob Mr. Jaggers zu Hause sei.

»Nein, das ist er nicht«, erwiderte der Sekretär. »Er befindet sich zur Zeit auf dem Gericht. Habe ich es mit Mr. Pip zu tun?«

Ich gab zu verstehen, daß er mit Mr. Pip spreche.

»Mr. Jaggers hat hinterlassen, Sie möchten in seinem Zimmer warten. Er verhandelt in einer Strafsache und konnte nicht sagen, wie lange es dauern wird. Da seine Zeit aber knapp bemessen ist, wird er selbstverständlich nicht länger als unbedingt erforderlich bleiben.«

Mit diesen Worten öffnete der Sekretär eine Tür und ließ mich in ein angrenzendes Zimmer treten. Dort saß ein Herr mit nur einem Auge, der einen Samtanzug mit Kniehosen trug und sich die Nase am Ärmel wischte, als er bei der Zeitungslektüre gestört wurde.

»Warte draußen, Mike«, sagte der Sekretär.

Ich wollte gerade sagen, er möchte sich nicht stören lassen, als der Sekretär den Herrn ohne viel Federlesens hinausbeförderte, ihm die Pelzmütze nachwarf und mich dann allein ließ.

Mr. Jaggers' Zimmer wurde nur durch eine Dachluke erhellt und war ein furchtbar düsterer Ort. Die Glasscheiben waren zu einer sonderbaren Form zusammengesetzt, die einem gebrochenen Schädel ähnelte, und die Nachbarhäuser wirkten so verzerrt, als hätten sie sich verrenkt, um zu mir hereinzulugen. Es lagen nicht so viele Akten herum, wie ich erwartet hatte; dafür etliche Gegenstände, die ich nicht erwartet hätte, zum Beispiel eine alte rostige Pistole, ein in der Scheide steckendes Schwert, mehrere seltsam aussehende Kisten und Päckchen und in einem Regal zwei schreckliche Abgüsse von verschwollenen Gesichtern mit verzerrten Nasen. Mr. Jaggers' hochlehniger Sessel war aus tiefschwarzem Roßhaar und mit Messingnägeln beschlagen, so daß er wie ein Sarg wirkte. Ich konnte mir vorstellen, wie er sich darin zurücklehnte und am Zeigefinger nagte, wenn Klienten da waren. Das Zimmer war nur klein, und die Klienten schienen alle die Angewohnheit zu haben, sich mit dem Rücken an die Wand zu lehnen. Besonders gegenüber Mr. Jaggers' Sessel sah die Wand in Schulterhöhe schon ganz speckig aus. Ich erinnerte mich auch, daß der einäugige Herr gegen die Wand getaumelt war, als er meinetwegen hinausgeworfen wurde.

Ich nahm auf dem für Klienten bestimmten Stuhl gegenüber Mr. Jaggers' Sessel Platz und wurde von der trostlosen Atmosphäre förmlich erdrückt. Ich stellte fest, daß sich der Sekretär – genauso wie sein Herr – den Anschein gab, als wisse er über jedermann Nachteiliges. Ich fragte mich, wie viele Schreiber sich wohl noch im oberen Stockwerk befänden und ob sie auch für sich in Anspruch nähmen, ihren Mitmenschen überlegen zu sein. Ich sann darüber nach, welche Geschichte all die verstreuten Sachen im Zimmer haben und wie sie hierhergeraten sein mochten. Ich grübelte, ob die beiden verschwollenen Gesichter zu Mr. Jaggers' Familie gehörten und warum er sie, wenn er schon so häßliche Verwandte hatte, statt ihnen zu Hause einen Platz einzuräumen, auf dieses staubige Regal stellte, wo sie ein Anziehungspunkt für Staub und Fliegen waren.

Ein Sommertag in London war für mich natürlich etwas Ungewohntes, und ich mag von der stickigen, verbrauchten Luft und von dem Staub und Schmutz, der auf allem lag, niedergeschlagen gewesen sein. Dennoch wartete ich in Mr. Jaggers' abgeschiedenem Zimmer, bis ich wirklich nicht mehr diese beiden Abgüsse auf dem Regal über Mr. Jaggers' Sessel ertragen konnte; ich stand auf und ging hinaus.

Als ich dem Sekretär sagte, daß ich noch ein wenig an die frische Luft gehen und dort warten wolle, riet er mir, um die Ecke zu biegen, wo ich zum Fleischmarkt nach Smithfield käme. Somit geriet ich nach Smithfield, und der Schmutz und das Fett, das Blut und der Dunst dieses schändlichen Ortes schienen an mir haften zu bleiben. Ich versuchte, ihn so schnell wie möglich abzustreifen, und bog in eine Straße ein, von der aus ich die große, schwarze Kuppel der St.-Pauls-Kathedrale hinter einem finsteren Gebäude – dem Newgate-Gefängnis, wie mir ein Passant sagte – herausragen sah.

Der Gefängnismauer folgend, gelangte ich zu einem Fahrweg, der mit Stroh bedeckt war, um den Lärm der vorbeifahrenden Fuhrwerke zu dämpfen. Aus dieser Tatsache und der Anzahl der Menschen, die umherstanden und stark nach Schnaps und Bier rochen, schloß ich, daß die Gerichtsverhandlungen im Gange waren.

Während ich mich umschaute, fragte mich ein ungewöhnlich schmutziger und angetrunkener Gerichtsdiener, ob ich nicht Lust hätte, mit hineinzukommen und einer Verhandlung beizuwohnen. Er erbot sich, mir für eine halbe Krone einen Platz in der vordersten Reihe zu besorgen, von wo aus ich den Lord Oberrichter mit seiner Perücke und in seiner Robe bestens sehen könnte. Er sprach von dieser ehrwürdigen Persönlichkeit wie von einer Wachsfigur und bot mir bald danach dessen Anblick zu dem herabgesetzten Preis von achtzehn Pence an. Als ich sein Anerbieten wegen einer Verabredung ausschlug, war er so freundlich, mich auf einen Hof zu führen und mir zu zeigen, wo der Galgen stand und wo Leute öffentlich ausgepeitscht wurden. Dann zeigte er mir das Sündertor, durch das die Angeklagten zur Hinrichtung gingen. Um mein Interesse für dieses schreckliche Tor noch zu steigern, gab er mir zu verstehen, daß vier von solchen am übernächsten Tag um acht Uhr morgens durch dieses Tor kommen würden, um der Reihe nach gehängt zu werden. Das war entsetzlich und erregte in mir einen tiefen Abscheu gegen London. Um so mehr, als dieser Vertreter des Hohen Gerichts (von Kopf bis Fuß, sogar bis zum Taschentuch) stockige Kleidung trug, die ihm offenbar ursprünglich nicht gehört und die er – das kam mir in den Sinn – billig beim Henker erworben hatte. Unter diesen Umständen war ich froh, ihn mit einem Schilling loszuwerden.

Ich kehrte zum Kontor zurück und fragte, ob Mr. Jaggers inzwischen eingetroffen sei. Da er noch nicht da war, schlenderte ich erneut los. Diesmal nach Little Britain und zum Bartholomew Close, wo ich feststellte, daß außer mir noch andere Leute auf Mr. Jaggers warteten. Zwei Männer mit geheimnisvollem Äußeren lungerten im Bartholomew Close herum und setzten bei der Unterhaltung gedankenverloren ihre Fußspitzen auf die Ritzen im Pflaster. Als sie zum erstenmal an mir vorbeigingen, hörte ich den einen sagen: »Jaggers wird es schon schaffen, wenn's möglich ist.« In einer Ecke stand eine Gruppe von drei Männern und zwei Frauen; die eine weinte in ihr schmutziges Umschlagtuch, während die andere ihr Tuch über die Schultern zog und tröstend sagte: »Jaggers ist für ihn, Melia, was willst du mehr?« Während ich dort herumstand, kam ein kleiner Jude mit rotgeränderten Augen in Begleitung eines anderen kleinen Juden in den Hof, den er aber mit einem Auftrag fortschickte. Als dieser weg war, bemerkte ich, wie dieser Jude, der sehr temperamentvoll war, unter einem Laternenpfahl wie ein Besessener zu tanzen begann und sich dabei mit den Worten begleitete: »O Jaggers, Jaggers, Jaggers. Alles andere ist Heckmeck. Gebt mir Jaggers!« Diese Beweise für die Beliebtheit meines Vormundes hinterließen einen tiefen Eindruck bei mir, und ich bewunderte ihn mehr denn je.

Als ich durch das eiserne Tor zum Bartholomew Close auf Little Britain spähte, sah ich endlich Mr. Jaggers über die Straße auf mich zukommen. All die anderen Wartenden sahen ihn im selben Augenblick und stürzten zu ihm hin. Mr.

Jaggers, der mir eine Hand auf die Schulter legte und mich mit sich fortzog, ohne ein Wort an mich zu richten, wandte sich den Herandrängenden zu.

Zuerst widmete er sich den beiden geheimnisvollen Männern.

»Mit *euch* habe ich nichts zu besprechen«, sagte Mr. Jaggers und streckte ihnen seinen Finger entgegen. »Mehr will ich nicht wissen. Was den Ausgang der Angelegenheit betrifft, so ist er Glückssache. Ich habe euch gleich gesagt – reine Glückssache. Habt ihr bei Wemmick bezahlt?«

»Wir haben das Geld heute morgen aufgetrieben, Sir«, sagte der eine unterwürfig, während der andere in Mr. Jaggers' Gesicht zu lesen versuchte.

»Ich habe euch nicht gefragt, wann und wo oder ob ihr es überhaupt aufgetrieben habt. Hat Wemmick das Geld bekommen?«

»Ja, Sir«, antworteten beide wie aus einem Munde.

»Gut, dann könnt ihr gehen. Schluß jetzt!« sagte Mr. Jaggers und wies sie mit einer Handbewegung zur Seite. »Noch ein Wort, und ich lege euren Fall nieder.«

»Wir hatten gedacht, Mr. Jaggers . . .«, begann einer der Männer und nahm den Hut ab.

»Das gerade sollt ihr nicht tun«, sagte Mr. Jaggers. »Ihr habt also gedacht! Ich denke für euch, das reicht. Wenn ich euch brauche, weiß ich, wo ihr zu finden seid. Ich möchte nicht, daß ihr mich hier aufsucht. Schluß jetzt! Ich möchte nichts mehr hören.«

Die beiden Männer tauschten Blicke miteinander, als Mr. Jaggers sie noch einmal mit seiner Handbewegung fortwies, und zogen sich demütig zurück.

»Und nun zu euch!« sagte Mr. Jaggers, blieb plötzlich stehen und wandte sich an die beiden Frauen mit den Umschlagtüchern; die Männer hatten sich bescheiden abseits gestellt. »Oh, da ist ja Amelia.«

»Ja, Mr. Jaggers.«

»Und wißt ihr auch noch«, erwiderte Mr. Jaggers, »daß ihr ohne mich gar nicht hier wärt, gar nicht hier sein könntet?«

»Oh ja, Sir!« riefen beide Frauen gleichzeitig. »Gott segne Sie, Sir, das wissen wir genau!«

»Warum kommt ihr dann überhaupt her?« fragte Mr. Jaggers.

»Und mein Bill, Sir?« flehte die weinende Frau.

»Laßt es euch ein für allemal gesagt sein!« antwortete Mr. Jaggers. »Euer Bill ist in den besten Händen. Wenn ihr aber laufend herkommt und um euren Bill jammert, werde ich ein Exempel statuieren und ihn fallenlassen. Habt ihr bei Wemmick bezahlt?«

»Ja, natürlich, Sir! Bis auf den letzten Penny!«

»Gut. Dann habt ihr eure Pflicht getan. Noch ein einziges Wort, und Wemmick wird euch das Geld zurückgeben.«

Diese furchtbare Drohung veranlaßte die beiden Frauen, sich sofort zurückzuziehen. Niemand blieb mehr da, nur noch der aufgeregte Jude, der schon ein paarmal Mr. Jaggers' Rockzipfel an seine Lippen geführt hatte.

»Ich kenne den Mann nicht«, sagte Mr. Jaggers in geradezu vernichtendem Ton. »Was will der Kerl?«

»Mein lieber Mr. Jaggers. Ich bin der Bruder von Abraham Lazarus!«

»Wer ist das?« fragte Mr. Jaggers. »Laßt meinen Rock los!«

Der Bittsteller küßte noch einmal den Saum, bevor er ihn losließ, und erwiderte: »Abraham Lazarus, wegen des Silberdiebstahls verdächtig.«

»Da kommt ihr zu spät«, sagte Mr. Jaggers, »ich bin auf der Gegenseite.«

»Guter Gott, Jaggers!« rief mein aufgebrachter Jude aus und erbleichte, »Sie sind doch nicht etwa gegen Abraham Lazarus!«

»Jawohl, das bin ich«, antwortete Mr. Jaggers, »nun Schluß damit. Verschwindet.«

»Mr. Jaggers! Einen Augenblick! Mein eigner Cousin ist eben zu Mr. Wemmick gegangen, um ihm jede Summe anzubieten. Mr. Jaggers! Nur eine Sekunde! Wenn Sie die Güte hätten, sich von der anderen Partei loskaufen zu lassen – zu jedem x-beliebigen Preis – Geld spielt keine Rolle – Mr. Jaggers! Mister . . .!«

Mein Vormund schob seinen Bittsteller gleichgültig beiseite, der auf dem Pflaster Sprünge vollführte, als hätte er glühende Kohlen unter sich. Ohne weitere Zwischenfälle gelangten wir in das Vorzimmer, wo wir den Sekretär und den Mann in Samtrock und Pelzkappe vorfanden.

»Mike ist da«, sagte der Sekretär, kletterte von seinem Stuhl und näherte sich Mr. Jaggers recht vertraulich.

»Oh!« sagte Mr. Jaggers und wandte sich dem Mann zu, der sich eine Haarlocke in die Stirn zerrte (wie der Bulle in Cock Robin am Glockenstrang zerrte). »Ihr Mann kommt heute nachmittag an die Reihe. Nun?«

»Nun, Mr. Jaggers«, erwiderte Mike mit einer Stimme, die nach ständigem Schnupfen klang, »mit einiger Mühe ist es mir gelungen, Sir, einen geeigneten Mann zu finden.«

»Worauf ist er vorbereitet zu schwören?«

»Nun, Mr. Jaggers«, sagte Mike und wischte sich die Nase diesmal an der Pelzkappe ab, »eigentlich auf alles.«

Mr. Jaggers wurde plötzlich furchtbar zornig. »Ich habe Sie schon einmal gewarnt«, sagte er und streckte seinem erschreckten Klienten den Zeigefinger entgegen, »daß ich ein Exempel statuieren werde, falls Sie sich erdreisten, hier solche Reden zu führen. Wie können Sie Schurke es wagen, so mit mir zu reden?«

Der Klient sah bestürzt und verwirrt aus, als wüßte er gar nicht, was er verbrochen haben sollte.

»Dämlack!« sagte der Sekretär leise und stieß ihn mit dem Ellenbogen an. »Dummkopf! Mußt du ihm das auf die Nase binden?«

»Ich frage Sie jetzt, Sie Einfaltspinsel, zum letzten Mal«, sagte mein Vormund streng, »was will der Mann, den Sie hergebracht haben, beschwören?«

Mike blickte meinen Vormund angestrengt an, als wollte er in dessen Gesicht lesen, und erwiderte zögernd: »Entweder seinen guten Leumund oder daß er in der fraglichen Nacht mit ihm zusammengewesen ist und ihn nicht verlassen hat.«

»Seien Sie vorsichtig. Was ist der Mann von Beruf?«

Mike betrachtete seine Pelzkappe, schaute zu Boden und an die Decke, sah den Sekretär und sogar mich an, bevor er etwas schüchtern erwiderte: »Wir haben ihn zurechtgemacht wie einen . . .«

Mein Vormund polterte los: »Was denn? Was wollen Sie?«

»Dämlack!« fügte der Sekretär wieder hinzu und stieß ihn an.

Nachdem er etwas hilflos nach einer Antwort gesucht hatte, hellte sich seine Miene auf, und er begann von neuem: »Wir haben ihn wie einen ehrbaren Pastetenverkäufer herausgeputzt. Wie eine Art Pastetenbäcker.«

»Ist er hier?« fragte mein Vormund.

»Ich habe ihn auf einer Treppenstufe gleich um die Ecke warten lassen«, sagte Mike.

»Lassen Sie ihn am Fenster vorbeikommen, damit ich ihn mir ansehen kann.«

Das bezeichnete Fenster gehörte zum Vorzimmer. Wir

stellten uns alle drei hinter den Fensterladen und sahen sogleich den Klienten wie zufällig in Begleitung eines langen Kerls mit einer Verbrechervisage vorbeigehen, der eine kurze, weiße Leinenjacke und eine Papiermütze trug. Dieser harmlose Konditor war keineswegs nüchtern; er hatte ein blaues Auge, das sich im grünen Stadium der Heilung befand und überpinselt worden war.

»Sag ihm, er soll seinen Zeugen sofort davonjagen«, sagte mein Vormund angewidert zum Sekretär, »und frag ihn, was er sich dabei gedacht hat, solch einen Kerl anzubringen.«

Mein Vormund führte mich dann in sein Zimmer, und während er im Stehen aus einer Brotbüchse frühstückte und dazu aus einem Fläschchen etwas Cherry trank (er schien seine Wut am belegten Brot auszulassen), teilte er mir mit, welche Vorkehrungen er für mich getroffen hatte. Ich sollte zu dem jungen Mr. Pocket in Barnards Gasthof gehen, wo ein Bett für mich bereitstände. Bei dem jungen Mr. Pocket sollte ich bis zum Montag bleiben und dann mit ihm gemeinsam besuchsweise zu seinem Vater fahren, um zu sehen, wie es mir gefiele. Außerdem erfuhr ich, wieviel Geld ich zur Verfügung haben würde; es war eine reichliche Summe. Mein Vormund holte sie aus einer seiner Schubladen hervor, dazu die Karten einiger Geschäftsleute, bei denen ich meine Kleidungsstücke und was ich sonst noch brauchte bestellen sollte.

»Man wird Ihnen gern Kredit geben, Mr. Pip«, sagte mein Vormund, aus dessen Flasche es so stark roch wie aus einem ganzen Faß. Nachdem er sich schnell noch einmal gütlich getan hatte, fuhr er fort: »Aber auf diese Weise kann ich Ihre Rechnungen kontrollieren und Ihnen Einhalt gebieten, falls Sie in Schulden geraten. Natürlich werden Sie einige Dummheiten machen, doch das ist dann nicht meine Schuld.«

Nachdem ich eine Weile über diese Ansicht nachgegrübelt hatte, fragte ich Mr. Jaggers, ob ich einen Wagen bestellen sollte. Er sagte, es lohne nicht, da mein Ziel ganz nahe sei.

Wemmick könnte mich dorthin bringen, wenn ich einverstanden wäre.

Ich erkannte nun, daß Wemmick der Sekretär im Nebenzimmer war. Ein anderer Schreiber wurde durch ein Klingelzeichen von oben heruntergeholt, damit er ihn während seiner Abwesenheit vertreten konnte. Ich folgte ihm auf die Straße, nachdem ich mich von meinem Vormund verabschiedet hatte. Draußen lungerten wieder einige Leute herum, doch Wemmick bahnte sich einen Weg durch sie hindurch und sagte mit kühler, doch entschiedener Stimme: »Ich sage euch, es hat keinen Zweck. Er will mit keinem reden.« Bald darauf waren wir sie los und setzten unseren Weg nebeneinander fort.

21. Kapitel

Unterwegs betrachtete ich Mr. Wemmick etwas näher, um herauszufinden, wie er bei Tageslicht aussehe. Er war ein vertrocknetes Männlein, ziemlich klein und mit einem breiten, langweiligen Gesicht, dessen Ausdruck nur unvollkommen mit einem stumpfen Meißel herausgearbeitet zu sein schien. Es gab Linien im Gesicht, die wie Grübchen hätten aussehen können, wenn das Material zarter und das Werkzeug feiner gewesen wären. So aber waren es nur Falten. Der Meißel hatte drei oder vier Verschönerungsversuche an der Nasenpartie unternommen, die aber erfolglos geblieben waren. Aus seiner abgetragenen Wäsche schloß ich, daß er Junggeselle sein müsse. Er hatte vermutlich mehrere Trauerfälle hinter sich, denn er trug mindestens vier Trauerringe, ferner eine Brosche, auf der eine Dame und eine Trauerweide neben einem Grab mit einer Urne dargestellt waren. Ich bemerkte auch, daß an seiner Uhrkette etliche Ringe und Siegel hingen, als wäre er mit Erinnerungsstücken verstorbener Freunde überhäuft worden. Er hatte funkelnde Augen – sie waren klein, scharf und schwarz – und dünne, fleckige Lippen. Meines Erachtens mußte er vierzig bis fünfzig Jahre alt sein.

»Sie sind also noch nie in London gewesen?« fragte mich Mr. Wemmick.

»Nein«, erwiderte ich.

»Auch ich bin einmal als Fremder hierhergekommen«, sagte Mr. Wemmick. »Es ist komisch, sich das jetzt vorzustellen.«

»Sie sind hier wohl inzwischen wie zu Hause?«

»Ja, natürlich. Ich kenne das Leben der Stadt.«

»Ist es nicht eine gefährliche Gegend?« fragte ich, eigentlich nur, um etwas zu sagen.

»Man kann in London betrogen, ausgeraubt und ermordet werden. Aber es gibt überall viele Leute, die so etwas tun.«

»Wenn es böses Blut zwischen ihnen gibt«, sagte ich, um die Behauptung etwas abzuschwächen.

»Oh, ich weiß nichts von bösem Blut«, entgegnete Mr. Wemmick. »Von bösem Blut ist nicht die Rede. Sie tun es einfach, wenn dabei etwas zu holen ist.«

»Das macht die Sache noch schlimmer.«

»Finden Sie?« versetzte Mr. Wemmick. »Das kommt auf dasselbe raus, denke ich.«

Er hatte den Hut aus der Stirn geschoben und starrte vor sich hin. In sich gekehrt ging er durch die Straßen, als gäbe es dort nichts, was seine Aufmerksamkeit erregen könnte. Sein Mund war derart verschlossen, daß er nur mechanisch ein Lächeln andeutete. Erst als wir Holborn Hill erreicht hatten, begriff ich, daß es sich um kein echtes Lächeln, sondern nur um eine mechanische Andeutung handelte.

»Wissen Sie, wo Mr. Matthew Pocket wohnt?« fragte ich Mr. Wemmick.

»Ja«, er deutete durch ein Kopfnicken in die Richtung, »in Hammersmith, im Westen Londons.«

»Ist es noch weit?«

»Nun, ungefähr fünf Meilen.«

»Kennen Sie ihn?«

»Na, Sie sind ja ein ausgesprochener Untersuchungsrichter!« sagte Mr. Wemmick und warf mir einen anerkennenden Blick zu. »Ja, ich kenne ihn. Und ob ich ihn kenne!«

In diesen Worten lag eine Spur von Nachsicht und Geringschätzung, die mich ziemlich deprimierte. Von der Seite aus betrachtete ich noch immer sein hölzernes Gesicht, um ein ermutigendes Zeichen darin zu entdecken, als er auch schon sagte, wir seien an Barnards Gasthof angelangt. Diese Ankündigung machte mich nicht froher, denn ich hatte erwartet, ein von Mr. Barnard geleitetes Hotel vorzufinden, mit dem verglichen der »Blaue Eber« in unserem Städtchen ein armseliger Gasthof wäre. Statt dessen stellte sich Mr. Barnard als ein Phantasiegeschöpf und sein Gasthof als die schäbigste Ansammlung verkommener Gebäude heraus, die jemals an einer Ecke zusammengedrängt waren – ein Tummelplatz für Kater.

Wir betraten diesen Zufluchtsort durch ein Türchen und gelangten durch einen Gang auf einen düsteren, kleinen Hof, der mich an einen eingeebneten Friedhof erinnerte. Ich hatte das Gefühl, die traurigsten Bäume, die elendsten Spatzen und Katzen, die baufälligsten Häuser (etwa ein halbes Dutzend an der Zahl) zu sehen, die man sich nur vorstellen kann. Ich fand, daß die Fenster aller Wohnungen, in die diese Häuser aufgeteilt waren, den Verfall unterstrichen: ihre schäbigen Jalousien und Vorhänge, die verwelkten Blumen in den Töpfen, die gesprungenen Scheiben; überall lag Staub, und alles war nur notdürftig ausgebessert. Von den leeren Zimmern starrten mich Schilder an: »Zu vermieten!«, als würde sich kein armseliger Mensch mehr hierher verirren und als würde Barnards rachsüchtige Seele langsam durch den allmählichen Selbstmord der gegenwärtigen Bewohner und ihre Bestattung unter dem Kies zur Ruhe kommen. Ein frostiger Morgen mit Ruß und Rauch hüllte diesen elenden Gasthof ein, und er hatte sich Asche aufs Haupt gestreut und sich reumütig und bußfertig gezeigt – die reinste Müllgrube. Das alles hatte mir ins Auge gestochen, während der Gestank von altem und frischem Unrat und dem, der unter einem vernachlässigten Dach und im Keller entsteht, vom Unrat der Ratten, Mäuse und Wanzen sowie aus den Ställen von nebenan meinen Geruchssinn ansprach und mir klagend zuraunte: »Versuche es mit Barnards Mischung.«

Die erste Stufe bei der Verwirklichung meiner großen Erwartungen war so unbefriedigend, daß ich Mr. Wemmick verzweifelt ansah. »Ach«, sagte er – offenbar hatte er mich mißverstanden –, »dieser abgelegene Ort erinnert Sie wohl an das Land? Mir geht es ebenso.«

Er führte mich in eine Ecke und von dort aus eine Treppe hinauf (die sich, wie mir schien, langsam in Holzmehl auflöste, so daß die Mieter der oberen Etage sicherlich eines Tages aus der Tür treten und dabei feststellen müßten, daß sie nicht mehr hinuntergehen konnten) und schließlich zu einer Wohnung im obersten Stockwerk. An einer der Türen war zu lesen: »Mr. Pocket jun.«, und auf einem Zettel am Briefkasten stand: »Bin gleich zurück.«

»Er hat Sie sicherlich nicht so zeitig erwartet«, erklärte Mr. Wemmick. »Brauchen Sie mich noch?«

»Nein, danke«, sagte ich.

»Da ich die Kasse führe«, bemerkte Mr. Wemmick, »werden wir uns gewiß öfter begegnen. Auf Wiedersehen.«

»Auf Wiedersehen.«

Ich streckte meine Hand hin, die Mr. Wemmick zuerst so betrachtete, als hätte ich eine Gabe erwartet. Dann sah er mich an und bemerkte seinen Irrtum.

»Ja, natürlich! Sie sind es wohl gewohnt, die Hand zu reichen?«

Ich war ziemlich verwirrt und nahm an, das sei in London nicht mehr üblich. Deshalb sagte ich: »Ja.«

»Ich habe es mir völlig abgewöhnt«, sagte Mr. Wemmick, »und tue es nur in Ausnahmefällen. Es war mir eine Freude, Ihre Bekanntschaft zu machen. Auf Wiedersehen.«

Als wir uns die Hand gereicht hatten und er gegangen war, öffnete ich das Fenster im Hausflur und hätte mich dabei um ein Haar selbst enthauptet, denn die Seile zum Hochziehen waren morsch, und so sauste es wie ein Fallbeil herab. Zum Glück geschah es dermaßen schnell, daß ich meinen Kopf noch nicht hinausgestreckt hatte. Nachdem ich dieser Gefahr entronnen war, begnügte ich mich damit, durch die schmutzstarrenden Fensterscheiben das verschwommene Bild vom Gasthof zu betrachten und mißmutig hinauszuschauen. Dabei sagte ich mir im stillen, daß man London entschieden zu hoch einschätzte.

Mr. Pockets junior Vorstellung von »Bin gleich zurück« stimmte nicht mit meiner überein, denn ich war schon fast wahnsinnig darüber geworden, eine halbe Stunde lang hinauszugucken und meinen Namen mehrmals an die schmutzigen Fensterscheiben zu schreiben, als ich endlich Schritte auf der Treppe vernahm. Allmählich tauchten erst der Hut, dann der Kopf, das Halstuch, die Weste, die Hosen und die Schuhe eines Mannes auf, der etwa dem gleichen Stand wie ich angehören mochte. Unter jedem Arm trug er eine Tüte und in einer Hand ein Körbchen mit Erdbeeren. Er war ganz außer Atem.

»Mr. Pip?« fragte er.

»Mr. Pocket?« fragte ich.

»Du lieber Gott!« rief er aus. »Es tut mir schrecklich leid, aber ich wußte von einer Kutsche aus Ihrer Gegend, die gegen Mittag eintrifft, und nahm an, daß Sie mit dieser kämen. Um ehrlich zu sein, bin ich Ihretwegen weggegangen – das soll keine Entschuldigung sein –, weil ich dachte, Sie hätten als Nachtisch gern etwas Obst, da Sie vom Lande kommen. Deshalb bin ich zum Markt nach Covent Garden gelaufen, um es recht frisch zu bekommen.«

Aus einem ganz bestimmten Grund meinte ich, mir müßten die Augen aus dem Kopf treten. Ich dankte ihm nur flüchtig für sein Aufmerksamkeit und hielt alles für einen Traum.

»Du liebe Güte«, sagte Mr. Pocket junior, »diese Tür klemmt so!«

Als er sich mit der Tür abquälte, wobei er die beiden Tüten unter dem Arm hielt und dabei die Erdbeeren zu Brei quetschte, bat ich ihn, sie ihm abnehmen zu dürfen. Er reichte sie mir mit einem zustimmenden Lächeln und kämpfte mit der Tür wie mit einer wilden Bestie. Plötzlich gab die Tür nach, so daß er zurücktaumelte und mit mir zusammenstieß; ich prallte ebenfalls zurück und taumelte auf die gegenüberliegende Tür zu.

Wir mußten beide lachen. Aber noch immer hatte ich das Gefühl, daß mir die Augen aus dem Kopf treten müßten und daß alles ein Traum sein müsse.

»Kommen Sie, bitte, herein«, sagte Mr. Pocket junior. »Gestatten Sie mir voranzugehen. Es sieht bei mir hier recht bescheiden aus, ich hoffe aber, Sie werden es sich bis zum Montag einigermaßen erträglich machen. Mein Vater meinte, Sie würden den morgigen Tag lieber mit mir als mit ihm verbringen und hätten vielleicht Lust, einen Spaziergang durch London zu machen. Ich würde Ihnen sehr gern London zeigen. Was unser Essen betrifft, werden Sie hoffentlich zufrieden sein, denn es wird uns von unten aus dem Café gebracht. Der Ordnung halber möchte ich hinzufügen, daß es auf Mr. Jaggers' Weisung hin Ihnen angerechnet wird. Die Wohnung ist nicht gerade herrschaftlich, da ich mir mein Brot selber verdienen muß und mir mein Vater nichts beisteuern kann. Ich würde allerdings nichts annehmen, selbst wenn er es mir geben könnte. Das ist unser Wohnzimmer – nur ein paar Stühle, Tische, ein Teppich und ein paar Dinge, die sie zu Hause entbehren konnten. Das Tischtuch, die Löffel und den Gewürzständer dürfen Sie nicht auf mein Konto buchen, denn alles stammt Ihretwegen aus dem Café. Das ist mein kleines Schlafzimmer, ziemlich muffig, aber in Barnards Gasthof ist alles muffig. Das ist Ihr Schlafzimmer. Die Möbel wurden extra für Sie gemietet und werden hoffentlich ihren

Zweck erfüllen. Sollten Sie noch etwas benötigen, besorge ich es gern für Sie. Die Zimmer sind abgelegen, und wir werden ungestört sein. Wir geraten uns schon nicht in die Haare. Ach, du meine Güte, entschuldigen Sie bitte, Sie halten die ganze Zeit über das Obst. Geben Sie die Tüten bitte her. Ich bin wirklich tief beschämt.«

Als ich Mr. Pocket junior gegenüberstand und ihm nacheinander die Tüten reichte, sah ich, wie das große Erstaunen in seine Augen trat, das in meinen schon liegen mußte. Er wich zurück und sagte: »Guter Gott, Sie sind ja der herumstromernde Junge!«

»Und Sie«, erwiderte ich, »sind der blasse junge Mann!«

22. Kapitel

Der blasse junge Mann und ich standen in Barnards Gasthof und musterten uns eine Weile. Dann brachen wir in lautes Gelächter aus.

»Nein, daß *Sie* das sind!« sagte er. »Nein, daß *Sie* das sind!« sagte ich. Dann betrachteten wir uns erneut und mußten wieder lachen. »Nun«, sagte der blasse junge Mann und streckte mir gutmütig seine Hand hin, »ich hoffe, daß alles vergessen ist und Sie mir großmütig verzeihen, daß ich Sie damals niedergeschlagen habe.«

Aus seinen Worten entnahm ich, daß Mr. Herbert Pocket (so hieß der blasse junge Mann) noch immer seine Absicht mit der Ausführung verwechselte. Ich antwortete zurückhaltend, und wir reichten uns freundschaftlich die Hände.

»Damals waren Sie wohl noch nicht in der jetzigen glücklichen Lage?« fragte Herbert Pocket.

»Nein«, antwortete ich.

»Nein«, fügte er sinnend hinzu, »wie ich gehört habe, hat sich das erst kürzlich zugetragen. Ich war damals auch auf der Suche nach einer glücklichen Fügung.«

»Wirklich?«

»Ja, Miss Havisham hatte mich kommen lassen, um festzustellen, ob sie an mir Gefallen finden könnte. Offenbar gefiel ich ihr nicht.«

Ich hielt es für höflich zu bemerken, daß ich darüber verwundert sei.

»Zeugt von schlechtem Geschmack«, sagte Herbert lachend, »ist aber eine Tatsache. Ja, sie hatte mich versuchsweise kommen lassen. Hätte ich Erfolg gehabt, wäre ich sicherlich für immer versorgt gewesen, und vielleicht wäre ich – wie soll man sagen – mit Estella . . .«

»Was soll das heißen?« fragte ich, plötzlich ernst werdend.

Während unserer Unterhaltung hatte er das Obst auf einen Teller gelegt, wodurch seine Aufmerksamkeit geteilt war und ihm dieses Geständnis entschlüpft war. Noch immer mit dem Obst beschäftigt, erklärte er: »Versprochen, verlobt. Nennen Sie es, wie Sie wollen.«

»Wie haben Sie diese Enttäuschung verwunden?« fragte ich.

»Pah!« sagte er. »Ich habe mir nicht viel draus gemacht. Sie ist ein Wüterich.«

»Miss Havisham?«

»Die auch, aber ich meinte Estella. Dieses Mädchen ist hartherzig, hochmütig und in höchstem Maße launenhaft. Außerdem ist sie von Miss Havisham dazu erzogen worden, an jedem männlichen Wesen Rache zu üben.«

»Wie ist sie eigentlich mit Miss Havisham verwandt?«

»Gar nicht«, antwortete er, »nur adoptiert.«

»Warum sollte sie an jedem männlichen Wesen Rache üben? Rache wofür?«

»Du lieber Himmel, Mr. Pip!« rief er. »Wissen Sie das nicht?«

»Nein«, sagte ich.

»Du liebe Güte! Das ist eine Geschichte für sich, wir werden sie uns bis zum Essen aufsparen. Aber jetzt gestatten Sie mir bitte die Freiheit, Ihnen eine Frage zu stellen. Wie sind Sie an jenem Tage dorthin gekommen?«

Ich erzählte es ihm, und er hörte mir aufmerksam bis zum Schluß zu. Dann brach er wieder in Gelächter aus und fragte mich, ob mir hinterher etwas weh getan hätte. Ich fragte nicht erst, wie es ihm ergangen war, denn meine Meinung stand in dieser Hinsicht fest.

»Soviel ich weiß, ist Mr. Jaggers Ihr Vormund?« fuhr er fort.

»Ja.«

»Sie wissen, daß er Miss Havishams Sachwalter und Anwalt ist und ihr Vertrauen wie kein zweiter genießt?«

Das brachte mich, wie ich merkte, auf ein gefährliches Gebiet. Ich antwortete mit Zurückhaltung, aber ohne es zu verleugnen, daß ich Mr. Jaggers am Tage unseres Kampfes, doch sonst nicht mehr, in Miss Havishams Haus gesehen hatte und daß er sich, wie ich glaube, nicht entsänne, mich dort jemals bemerkt zu haben.

»Er war so freundlich, meinen Vater als Lehrer für Sie zu empfehlen, und wandte sich mit diesem Vorschlag an meinen Vater. Natürlich wußte er durch seine geschäftlichen Beziehungen zu Miss Havisham von meinem Vater. Mein Vater ist Miss Havishams Cousin, was jedoch nicht bedeutet, daß sie miteinander verkehren. Mein Vater ist nämlich ein schlechter Schmeichler und wird sich ihr nicht geneigt machen.«

Herbert Pocket hatte ein offenes und unbekümmertes Wesen, das einen sogleich für ihn einnahm. Nie zuvor und nie danach habe ich einen Menschen kennengelernt, der so wie er mit jedem Blick, ja mit seinem Tonfall zum Ausdruck brachte, daß er zu nichts Geheimem und Niederträchtigem imstande war. Seine ganze Art strahlte eine wunderbare Zuversicht aus, doch gleichzeitig flüsterte mir eine innere Stimme zu, daß er niemals Erfolg haben oder gar reich sein werde. Diesen Eindruck gewann ich bei unserer ersten Begegnung, noch ehe wir uns zu Tisch setzten, aber ich kann nicht sagen, weshalb.

Er war noch immer der blasse junge Mann und hatte trotz seiner Energie und Lebhaftigkeit eine gewisse Müdigkeit an sich, die nicht auf Stärke schließen ließ. Sein Gesicht war nicht gerade hübsch, aber mehr als das: es war ausgesprochen liebenswürdig und fröhlich. Seine Gestalt war wie damals, als meine Fäuste sie so hart bearbeitet hatten, etwas linkisch, doch wirkte sie, als bliebe sie stets jung und zierlich. Ob ihm Mr. Trabbs provinzlerisches Machwerk besser gestanden hätte, bleibe dahingestellt. Auf jeden Fall weiß ich, daß er seine ziemlich alten Sachen mit mehr Würde trug als ich meinen neuen Anzug.

Da er offen über alles plauderte, spürte ich, daß Zurückhaltung nicht angebracht war und auch nicht unserem Alter entspräche. Deshalb erzählte ich ihm meine Geschichte und betonte, es sei mir verboten, nach meinem Wohltäter zu forschen. Ferner erwähnte ich, daß ich auf dem Lande ein Schmied geworden war und nur wenig von Umgangsformen wüßte. Es wäre daher sehr freundlich von ihm, wenn er mir einen Wink geben würde, sobald ich in Verlegenheit geriete oder etwas falsch machte.

»Mit Vergnügen«, sagte er, »obwohl ich prophezeien kann, daß Sie solche Hinweise nur selten brauchen werden. Ich nehme an, wir werden des öfteren zusammensein, und so möchte ich jeden unnötigen Zwang zwischen uns ausschließen. Würden Sie mir den Gefallen tun und mich von nun an mit meinem Vornamen Herbert anreden?«

Ich dankte ihm, stimmte zu und nannte ihm meinen Vornamen, Philip.

»Philip gefällt mir nicht«, sagte er lächelnd, »denn das klingt nach einem braven Jungen aus dem Lesebuch, der so faul war, daß er in einen Teich fiel, so dick, daß er nicht aus den Augen sehen konnte, so geizig, daß er den Kuchen so lange wegschloß, bis ihn die Mäuse auffraßen, und der so eifrig nach Vogelnestern suchte, daß er von Bären, die in der Nähe waren, gefressen wurde. Ich werde Ihnen sagen, was ich gern möchte. Wir harmonieren so gut, und Sie sind Schmied gewesen, hätten Sie etwas dagegen?«

»Ich habe gegen keinen Ihrer Vorschläge etwas einzuwenden«, antwortete ich, »nur verstehe ich Sie nicht ganz.«

»Hätten Sie etwas dagegen, wenn ich Sie Händel nenne? Es gibt ein bezauberndes Musikstück von Händel, das ›Der harmonische Grobschmied‹ heißt.«

»Das gefällt mir sehr gut.«

»Also dann, mein lieber Händel«, sagte er und drehte sich um, als die Tür geöffnet wurde, »da ist das Essen. Ich muß Sie bitten, am oberen Tischende Platz zu nehmen, weil das Essen auf Ihre Rechnung geht.«

Davon wollte ich nichts wissen, und so nahm er diesen Platz ein, und ich saß ihm gegenüber.

Es war ein nettes, kleines Mahl – damals erschien es mir wie ein wahres Festessen –, und es schmeckte noch einmal so gut, weil wir ganz unter uns waren, ohne ältere Menschen dabei und mitten in London. Eine gewisse zigeunerhafte Atmosphäre verlieh dem Bankett seinen besonderen Reiz. Während der Tisch der Schoß des Überflusses war – wie Mr. Pumblechook gesagt hätte –, denn alles stammte aus dem Café, war die Ausstattung des Wohnzimmers recht dürftig. Der Kellner war genötigt, die Deckel auf den Fußboden zu legen (worüber er dann stolperte), die zerlassene Butter auf den Sessel zu stellen, das Brot auf das Bücherregal und den Käse auf dem Kohlenkasten abzustellen, und das Brathuhn kam auf mein Bett ins Nebenzimmer, wo ich dann, als ich schlafen ging, eine Mischung aus Petersilie und Butter vorfand. Das alles trug zur festlichen Stimmung bei, und als der Kellner verschwunden war und mich nicht mehr beobachten konnte, war mein Vergnügen ungetrübt.

Im Verlauf des Essens erinnerte ich Herbert an sein Versprechen, mir Näheres über Miss Havisham zu erzählen.

»Richtig«, antwortete er, »ich komme gleich darauf zu sprechen. Doch bevor ich dieses Thema beginne, lieber Händel, möchte ich Sie darauf aufmerksam machen, daß es in London nicht üblich ist, das Messer in den Mund zu nehmen – um Unglücksfälle zu vermeiden –, dazu ist die Gabel da. Man steckt sie aber nicht weiter hinein als notwendig. Es ist kaum der Rede wert, doch es empfiehlt sich, es ebenso wie die anderen zu machen. Den Löffel faßt man im allgemeinen von unten an, nicht von oben. Das hat zwei Vorteile: Man reicht besser an den Mund heran (was schließlich der Zweck ist), und man braucht nicht mit dem rechten Ellbogen zu fuhrwerken, als wollte man Austern öffnen.«

Er brachte diese freundschaftlichen Hinweise so munter vor, daß wir beide lachen mußten und ich kaum errötete.

»Und nun«, fuhr er fort, »kommen wir zu Miss Havisham. Sie müssen wissen, daß Miss Havisham ein verzogenes Kind war. Ihre Mutter starb, als sie noch in der Wiege lag, und ihr Vater konnte ihr nichts abschlagen. Ihr Vater war ein Landedelmann in der Gegend, aus der Sie stammen, und besaß eine Brauerei. Ich weiß nicht, warum es als vornehm gilt, Bier zu brauen. Aber es ist unbestritten, daß man zwar nicht Bäcker sein und als vornehm gelten kann, daß ein Brauer dagegen nichts von seiner Vornehmheit einbüßt. Das sieht man alle Tage.«

»Ein Edelmann darf auch keinen Gasthof unterhalten«, sagte ich.

»Auf keinen Fall«, erwiderte Herbert, »wogegen ein Gasthof einen Edelmann unterhalten kann. Nun! Mr. Havisham war sehr reich und sehr stolz und seine Tochter ebenfalls.«

»War Miss Havisham das einzige Kind?« wagte ich die nächste Frage.

»Einen Augenblick, darauf komme ich noch. Nein, sie war nicht das einzige Kind. Sie hatte noch einen Halbbruder. Ihr Vater hatte in aller Stille ein zweites Mal geheiratet – ich glaube, seine Köchin.«

»Ich denke, er war stolz«, wandte ich ein.

»Mein guter Händel, das war er auch. Weil er so stolz war,

heiratete er seine zweite Frau in aller Stille. Nach einiger Zeit starb sie. Ich vermute, er hat seiner Tochter erst davon erzählt, nachdem die Frau gestorben war. Dann wurde der Sohn in die Familie aufgenommen und wohnte in dem Haus, das Sie ja kennen. Als der Sohn herangewachsen war, wurde er ausschweifend, verschwenderisch und ungehorsam – mit einem Wort, ein schlechter Mensch. Schließlich enterbte ihn der Vater. Doch als er starb, wurde er milder und hinterließ ihm ein beträchtliches Vermögen, wenn es auch längst nicht so stattlich war wie das von Miss Havisham. – Trinken Sie noch ein Glas Wein, und gestatten Sie mir die Bemerkung, daß es in der Gesellschaft nicht üblich ist, sein Glas zu leeren, indem man es umkippt und mit dem Rand an die Nase stößt.«

Das hatte ich, völlig in seine Schilderung versunken, getan. Ich dankte ihm und entschuldigte mich. Er sagte: »Nicht der Rede wert« und fuhr fort:

»Miss Havisham war nun eine reiche Erbin und galt als glänzende Partie. Auch ihr Halbbruder besaß wieder reichliche Geldmittel, die er aber durch seine Schulden und Torheiten bald verschwendete. Zwischen ihm und ihr kam es zu heftigeren Unstimmigkeiten als zwischen ihm und seinem Vater, und vermutlich hegte er eine tiefe Abneigung gegen sie, weil sie des Vaters Zorn geschürt hatte. Nun komme ich zum bösen Teil der Geschichte – ich möchte mich nur unterbrechen, mein lieber Händel, um Sie darauf hinzuweisen, daß eine Serviette nicht in ein Glas gehört.«

Warum ich versucht hatte, meine Serviette in das Glas zu stopfen, weiß ich beim besten Willen nicht. Ich weiß nur noch, daß ich mit einer Beharrlichkeit, die einem besseren Zweck angemessen gewesen wäre, große Anstrengungen unternahm, sie hineinzuzwängen. Wieder dankte ich ihm und entschuldigte mich, und wieder sagte er freundlich, es sei wirklich nicht der Rede wert, und fuhr fort:

»Nun trat ein Herr in Erscheinung – vielleicht bei einem Rennen oder auf einem Ball oder wo Sie sonst wollen –, ein gewisser Herr, der Miss Havisham den Hof machte. Ich habe ihn nie gesehen (denn das geschah vor fünfundzwanzig Jahren, also noch vor unserer Geburt, Händel), aber von meinem Vater habe ich gehört, daß er ein auffallend gutaussehender Mann war und als ihr Ehemann geeignet zu sein schien. Wie mein Vater beteuert, konnte man ihn nur, wenn man ahnungslos und unvoreingenommen war, für einen Gentleman halten. Es gehört zu meines Vaters Prinzipien, daß nur derjenige ein Gentleman mit gutem Benehmen ist, der in seinem Inneren ein Gentleman ist. Er sagt, kein Anstrich könne die Beschaffenheit des Holzes verdecken. Je mehr Firnis man auftrage, desto mehr komme die Maserung zum Vorschein. Nun, dieser junge Mann stellte Miss Havisham nach und beteuerte, sie anzubeten. Ich nehme an, daß sie bis dahin kaum Empfindungen gekannt hatte und daß nun ihre Gefühle mit Macht zum Ausbruch kamen und sie ihn leidenschaftlich liebte. Es besteht kein Zweifel darüber, daß sie ihn buchstäblich vergötterte. Er nutzte ihre Leidenschaft regelrecht aus, indem er ihr große Geldsummen entlockte und sie dazu überredete, ihres Bruders Anteil an der Brauerei (den ihm der Vater hinterlassen hatte) für einen enormen Preis unter dem Vorwand abzukaufen, daß er als ihr zukünftiger Ehemann *alles* in die Hand nehmen und verwalten müsse. Zu diesem Zeitpunkt war Ihr Vormund noch nicht Miss Havishams Berater. Außerdem war sie zu hochmütig und zu verliebt, als daß sie sich von irgend jemand hätte beraten lassen. Ihre Verwandten waren arm und berechnend, mit Ausnahme meines Vaters, der auch arm, nicht aber untertänig und neidisch ist. Als der einzige unter ihnen, der sich seine Unabhängigkeit bewahrt hatte, warnte er sie, daß sie zuviel für diesen Mann tue und sich ihm rückhaltlos ausliefere. Bei der ersten besten Gelegenheit wies sie meinen Vater in Gegenwart ihres Verlobten zornig aus dem Haus, und seither hat mein Vater sie nicht wiedergesehen.«

Ich mußte an ihre Worte denken: »Matthew wird schließlich doch zu mir kommen, wenn ich tot auf der Tafel aufgebahrt bin.« Ich fragte Herbert, ob denn sein Vater unversöhnlich sei.

»Nein, das ist nicht der Grund«, sagte er, »aber sie hat ihm im Beisein ihres zukünftigen Ehemannes vorgeworfen, er sei in der Hoffnung enttäuscht, daß ihm seine Schmeicheleien zum Vorteil gereichen würden. Wenn er jetzt zu ihr ginge, sähe es wirklich so aus – sogar vor ihm und auch vor ihr. Doch kehren wir, um zum Schluß zu kommen, zu dem Mann zurück. Der Tag der Hochzeit war festgelegt, die Brautkleider waren gekauft, die Hochzeitsreise war geplant, die Hochzeitsgäste waren eingeladen. Der Tag kam heran, wer aber nicht kam, war der Bräutigam. Er schrieb einen Brief . . .«

». . . den sie erhielt«, warf ich ein, »als sie sich gerade für die Hochzeit ankleidete. Um zwanzig vor neun, nicht wahr?«

»Auf die Minute genau«, nickte Herbert, »sie hat daraufhin sämtliche Uhren anhalten lassen. Was außer dem herzlosen Bruch des Eheversprechens noch darin gestanden hat, kann ich Ihnen nicht sagen, weil ich es nicht weiß. Als sie sich von einer schweren Krankheit erholt hatte, ließ sie das ganze Anwesen so verkommen, wie Sie es kennen, und seitdem hat sie nie wieder das Tageslicht gesehen.«

»Ist das die ganze Geschichte?« fragte ich nach einiger Überlegung.

»Ja, soweit ich sie kenne. Ich weiß wirklich nur soviel, wie ich mir zusammengereimt habe, denn mein Vater vermeidet es stets, darüber zu sprechen. Selbst als mich Miss Havisham zu sich einlud, erzählte er mir nur soviel, wie nötig war, um das Ganze zu verstehen. Etwas habe ich noch vergessen: Es wird vermutet, daß der Mann, dem sie ihr volles Vertrauen geschenkt hatte, gemeinsame Sache mit ihrem Halbbruder gemacht, daß es sich um ein Komplott zwischen den beiden gehandelt habe und daß sie sich den Gewinn geteilt haben.«

»Ich frage mich nur, warum er sie nicht geheiratet und damit den ganzen Besitz an sich gebracht hat.«

»Möglicherweise war er schon verheiratet. Auch kann die furchtbare Kränkung ein Teil der Rache ihres Halbbruders gewesen sein«, sagte Herbert. »Aber wie gesagt, ich weiß das nicht.«

»Was ist aus den beiden Männern geworden?« fragte ich, nachdem ich wieder eine Weile überlegt hatte.

»Sie sind immer stärker, falls das überhaupt noch möglich war, in Schmach und Schande geraten und schließlich verkommen.«

»Leben sie noch?«

»Das weiß ich nicht.«

»Sie sagten vorhin, Estella sei mit Miss Havisham nicht verwandt, sondern von ihr adoptiert. Wann wurde sie adoptiert?«

Herbert zuckte mit den Schultern. »Seit ich von einer Miss Havisham gehört habe, hat es auch eine Estella gegeben. Mehr weiß ich nicht. Und nun, Händel«, sagte er abschließend, »herrscht offenes Einvernehmen zwischen uns. Ich habe Ihnen alles erzählt, was ich über Miss Havisham weiß.«

»Und Sie wissen alles, was mir bekannt ist«, erwiderte ich.

»Das glaube ich gern. So kann es zwischen uns keine Eifersucht und keine Mißverständnisse geben. Was die Bedingung anbelangt, der Sie Ihr Glück im Leben zu verdanken haben, nämlich das Verbot, nach dem Urheber zu forschen, können Sie gewiß sein, daß dieses Thema weder von mir noch von meinen Angehörigen jemals angeschnitten wird.«

Er sagte das mit so viel Taktgefühl, daß ich spürte, dieser Fall war damit abgetan, selbst wenn ich jahrelang im Hause seines Vaters leben würde. Seine Worte hatte er so bedeutungsvoll ausgesprochen, daß ich aus ihnen herauslas, er hielt, genau wie ich, Miss Havisham für meine Wohltäterin.

Zuerst hatte ich gar nicht begriffen, daß er dieses Thema angeschnitten hatte, um alle Unklarheiten zu beseitigen; um so erleichterter und ungezwungener waren wir hinterher, so daß ich nun seine Absicht verstand. Wir waren lustig und vergnügt, und im Laufe des Gesprächs fragte ich ihn nach seinem Beruf. Er antwortete: »Ich bin Unternehmer und versichere Schiffe.« Wahrscheinlich bemerkte er, wie meine Blicke auf der Suche nach Anhaltspunkten für Schiffe oder Kapital durch das Zimmer wanderten, denn er fügte hinzu: »In der City.«

Ich hatte die großartigsten Vorstellungen von dem Reichtum und der Bedeutung aller Personen, die mit Schiffsversicherungen in der City zu tun hatten, und dachte nun mit Schrecken daran, daß ich diesen jungen Schiffsagenten zu Boden geworfen, sein Unternehmerauge blau geschlagen und sein verantwortungsbeladenes Haupt verwundet hatte. Zu meiner Erleichterung kam mir wieder der Gedanke in den Sinn, daß Herbert Pocket nie im Leben sehr erfolgreich oder wohlhabend sein würde.

»Ich werde mich nicht damit begnügen, mein Kapital nur in Schiffsversicherungen anzulegen. Ich werde auch einige Aktien von Lebensversicherungen aufkaufen und versuchen, in den Aufsichtsrat zu kommen. Ich werde mich auch ein bißchen am Bergbau beteiligen. Das wird mich aber nicht hindern, ein paar tausend Tonnen auf meine eigene Kappe zu verfrachten. Ich denke mir«, sagte er und lehnte sich im Sessel zurück, »ich werde aus Ostindien Seide, Schals, Gewürze, Farben, Drogen und Edelhölzer einführen. Das ist ein lohnendes Geschäft.«

»Und die Gewinne sind hoch?« fragte ich.

»Ungeheuer!« sagte er.

Wieder wurde ich schwankend, denn ich überlegte, ob seine Zukunft nicht rosiger aussah als meine.

»Außerdem beabsichtige ich«, sagte er und steckte die Daumen in die Westentaschen, »aus Westindien Zucker, Tabak und Rum zu kaufen. Auch mit Ceylon werde ich Handel treiben, vor allem wegen des Elfenbeins.«

»Dazu werden Sie aber eine Menge Schiffe brauchen.«

»Eine ganze Flotte«, sagte er.

Von dem Ausmaß seiner Unternehmungen überwältigt, fragte ich ihn, in welche Gegenden die von ihm versicherten Schiffe gegenwärtig am häufigsten führen.

»Bis jetzt bin ich noch nicht im Geschäft«, erwiderte er. »Ich sehe mich erst etwas um.«

Irgendwie paßte diese Beschäftigung besser zu Barnards Gasthof. Im Brustton der Überzeugung sagte ich: »Ach so!«

»Ja, ich arbeite in einem Kontor und sehe mich dort um.«

»Ist ein Kontor einträglich?« fragte ich.

»Sie meinen, für den jungen Mann, der dort beschäftigt ist?« entgegnete er.

»Ja, für Sie?«

»Aber n-nein, nicht für mich.« Er sagte das mit der Miene eines Mannes, der die Sache genau abwägt. »Nicht gerade einträglich. Das heißt, es bringt mir überhaupt nichts ein. Ich muß für mich selbst sorgen.«

Das klang allerdings nicht nach einem einträglichen Geschäft, und ich schüttelte den Kopf, um anzudeuten, daß es bei diesen Einnahmequellen schwerhalten dürfte, zu sparen und Kapital anzuhäufen.

»Aber die Hauptsache ist«, sagte Herbert Pocket, »daß man sich umsehen kann. *Das* ist das wichtigste. Man arbeitet im Kontor, wissen Sie, und sieht sich um.«

Es kam mir eigentümlich vor, daß man sich nicht auch umsehen konnte, ohne im Kontor zu arbeiten; ich beugte mich jedoch stillschweigend seiner größeren Erfahrung.

»Es kommt dann die Zeit«, sagte Herbert, »wo sich einem *die* Gelegenheit bietet. Man ergreift sie, stürzt sich auf sie und macht sein Geld. Dann hat man es geschafft! Wenn man erst einmal Kapital hat, braucht man es nur noch richtig anzulegen.«

Das entsprach nun seinem Verhalten bei unserer Begegnung im Garten. Die Art, wie er seine Armut hinnahm, paßte genau zu der Art, wie er die Niederlage damals hingenommen hatte. Mir kam es vor, als ertrüge er alle Schläge des Lebens ebenso wie damals meine Faustschläge. Es war ganz offensichtlich, daß er nur das Allernötigste besaß, denn alles, was ich sah, war auf meine Rechnung aus dem Gasthaus oder sonstwoher bestellt worden.

Obwohl er in Gedanken sein Glück bereits gemacht hatte, sprach er so zurückhaltend davon, daß ich ihm für seine Bescheidenheit direkt dankbar war. Zu seinem von Natur aus angenehmen Wesen war das ein weiterer angenehmer Zug, und wir kamen prächtig miteinander aus. Am Abend machten wir einen Spaziergang durch die Straßen und gingen zum halben Preis ins Theater. Am nächsten Tag besuchten wir die Westminster Abbey, und am Nachmittag schlenderten wir durch den Hyde Park. Ich fragte mich, wer wohl all die Pferde beschlagen mochte, und wünschte mir, Joe wäre derjenige.

Nach meiner bescheidenen Schätzung waren an jenem Sonntag bereits viele Monate vergangen, seit ich Joe und Biddy verlassen hatte. Der Abstand zwischen uns vergrößerte sich, und unser Marschland lag in weiter Entfernung. Daß ich unsere alte Kirche noch am Sonntag zuvor in meinem alten Sonntagsstaat besucht haben sollte, kam mir schier unmöglich vor. Doch hier in den Straßen von London, die in der Abenddämmerung hell erleuchtet waren und von Menschen wimmelten, stellten sich Selbstvorwürfe ein, daß ich mich von der einfachen, alten Küche zu Hause getrennt hatte. Mitten in der Nacht legten sich mir die Schritte eines vorgeblichen Wächters, der unter dem Vorwand, Barnards Gasthof zu bewachen, herumgeisterte, schwer auf die Seele.

Am Montagmorgen um Viertel vor neun ging Herbert ins Kontor, um sich zur Stelle zu melden und um sich vermutlich auch umzusehen. Ich leistete ihm Gesellschaft. Er wollte sich in ein oder zwei Stunden frei machen und mich nach Hammersmith begleiten. Ich wollte solange auf ihn warten. Nach dem Ort zu urteilen, an den sich die zukünftigen geistigen Riesen am Montagmorgen begaben, kam ich zu der Überzeugung, daß die Eier, aus denen junge Versicherungsagenten schlüpfen sollten, wie die von Straußenvögeln in Staub und Hitze ausgebrütet wurden. Auch erweckte das Kontor, in dem Herbert arbeitete, in mir nicht den Eindruck, ein geeigneter Beobachtungsposten zu sein. Es lag im zweiten Stock eines Hinterhauses mit der Aussicht auf einen schmutzstarrenden Hof und auf die zweite Etage eines weiteren, gegenüberliegenden Seitenflügels.

Ich wartete ungefähr bis Mittag und ging zur Börse, wo ich Männer unter den Schiffahrtskursen sitzen sah. Ich hielt sie für große Kaufleute und konnte gar nicht begreifen, warum sie alle so deprimiert wirkten.

Als Herbert kam, gingen wir in ein bekanntes Gasthaus essen, das ich damals sehr schätzte. Heute aber glaube ich, daß diese Wertschätzung zu den größten Übertreibungen in Europa gehörte. Schon damals konnte ich nicht umhin festzustellen, daß an den Tischdecken, Messern und Jacketts der Kellner mehr Fett und Soße hafteten, als man in den Steaks vorfand. Nach einer billigen Mahlzeit (wenn man das Fett bedenkt, das gar nicht berechnet wurde) kehrten wir in Barnards Gasthof zurück, holten meinen kleinen Handkoffer und nahmen die Kutsche nach Hammersmith. Gegen zwei oder drei Uhr nachmittags kamen wir dort an und brauchten nur wenige Schritte bis zu Mr. Pockets Haus zu laufen. Wir klinkten die Pforte auf und gelangten direkt in ein Gärtchen, das oberhalb des Flusses lag und in dem sich gerade Mr. Pockets Kinder tummelten. Wenn ich mich nicht vollkommen täuschte, wuchsen Mr. und Mrs. Pockets Kinder nicht heran oder wurden aufgezogen, sondern stolperten durchs Leben.

Mrs. Pocket saß in einem Gartensessel unter einem Baum und las. Die Beine hatte sie dabei auf einen anderen Stuhl gelegt. Die beiden Kindermädchen von Mrs. Pocket blickten sich nach den Kindern um, während diese spielten. »Mama«, sagte Herbert, »hier ist der junge Mr. Pip.« Woraufhin mich Mrs. Pocket freundlich, aber würdevoll begrüßte.

»Master Alick und Miss Jane«, schrie eines der Kindermädchen, »wenn ihr in die Büsche da rennt, fallt ihr in den Fluß rein und ertrinkt, und was wird dann bloß euer Papa sagen?«

Währenddessen hob das Kindermädchen Mrs. Pockets Taschentuch auf und sagte: »Nun haben Sie es mindestens sechsmal fallen lassen, Madam!« Mrs. Pocket lachte nur und sagte: »Danke, Flopson.« Dann rückte sie sich in ihrem Sessel zurecht und griff wieder zum Buch. Sofort lag auf ihrem Gesicht ein sorgenvoller und gespannter Ausdruck, als hätte sie schon eine Woche lang gelesen. Doch ehe sie ein halbes Dutzend Zeilen gelesen hatte, blickte sie zu mir auf und sagte: »Ich hoffe, daß es Ihrer Mama gut geht.« Diese unerwartete Bemerkung brachte mich dermaßen in Verlegenheit, daß ich die unsinnigsten Dinge zu äußern begann. Wenn ich eine Mutter hätte, ginge es ihr zweifellos gut und sie hätte gewiß Grüße ausgerichtet. Da kam zum Glück gerade das Kindermädchen.

»Also, Madam«, rief sie und hob das Taschentuch auf, »das ist das siebente Mal! Was machen Sie nur heute nachmittag?« Mrs. Pocket nahm ihr Eigentum an sich, blickte es zunächst vollkommen erstaunt an, als hätte sie das Tuch nie zuvor gesehen, doch dann erkannte sie es wieder und sagte lachend: »Danke, Flopson.« Sie vergaß mich und vertiefte sich in ihre Lektüre.

Nun, da ich Muße hatte, zählte ich nicht weniger als sechs kleine Pockets in den verschiedensten Altersstufen. Kaum war ich bei sechs angelangt, als ich ein siebentes irgendwo jämmerlich weinen hörte.

»Is das nich unser Baby?« sagte Flopson, anscheinend ziemlich erstaunt. »Machen Sie schnell, Millers!«

Millers, das andere Kindermädchen, lief ins Haus, und allmählich verstummte das Weinen, als wenn man einem Bauchredner etwas in den Mund gestopft hätte. Mrs. Pocket las unentwegt, und ich hätte gern gewußt, was für ein Buch das sein mochte.

Wir warteten offenbar darauf, daß Mr. Pocket zu uns herauskäme. Jedenfalls warteten wir dort, und ich hatte Muße, eine bemerkenswerte Erscheinung in der Familie zu beobachten. Jedesmal, wenn sich die Kinder beim Spielen in Mrs. Pockets Nähe verirrten, strauchelten sie und purzelten über sie hinweg, worüber die Mutter stets nur einen Augenblick verwundert war, während die Kinder anhaltend wehklagten. Ich konnte keine Erklärung für diese erstaunliche Tatsache finden und gab mich Spekulationen darüber hin, bis Millers mit dem Baby erschien. Sie reichte es Flopson, und diese wollte das Kind Mrs. Pocket geben, als auch sie kopfüber mit dem Kind im Arm über Mrs. Pocket stolperte, aber von mir und Herbert aufgefangen wurde.

»Lieber Himmel, Flopson!« rief Mrs. Pocket und schaute kurz von ihrem Buch auf. »Alle Welt fällt hin!«

»Ja, wahrhaftig, Madam!« erwiderte Flopson, ganz rot im Gesicht. »Was haben Sie denn da?«

»Was *ich* hier habe?« fragte Mrs. Pocket.

»Na, wenn das nich Ihre Fußbank is!« rief Flopson. »Und wenn Sie sie auch so unter Ihren Röcken versteckt haben, muß ja jeder drüber stolpern. Hier! Nehmen Sie das Kleine, Madam, und geben Sie mir das Buch her.«

Mrs. Pocket befolgte den Rat und schaukelte das Kind ungeschickt auf ihrem Schoß, während die anderen Kinder um sie herumspielten. Das hatte nur kurze Zeit gedauert, als Mrs. Pocket anordnete, alle sollten sich ins Haus begeben und Mittagsruhe halten. Damit machte ich bei meinem ersten Besuch gleich die zweite Entdeckung, daß nämlich die Erziehung der kleinen Pockets darin bestand, entweder durch die Gegend zu purzeln oder sich hinzulegen.

Als Flopson und Millers die Kinder wie eine kleine Schafherde ins Haus getrieben hatten, kam Mr. Pocket heraus, um mich zu begrüßen. Nach alldem setzte es mich nicht weiter in Erstaunen, daß Mr. Pocket ein Mann mit einem ziemlich sorgenvollen Gesichtsausdruck und grauem, wirrem Haar war. Er sah aus, als wüßte er nicht recht, wie er mit allem fertig werden sollte.

23. Kapitel

Mr. Pocket sagte, er freue sich, mich zu sehen, und hoffe, daß es mir nichts ausmache, ihn kennenzulernen. »Denn ich bin wirklich keine aufregende Persönlichkeit«, fügte er mit einem Lächeln hinzu, das mich an seinen Sohn erinnerte.

Trotz seiner Sorgen und seiner grauen Haare wirkte er noch jung, auch hatte er eine sehr natürliche Art. Ich benutze das Wort »natürlich« im Sinne von »ungekünstelt«. In seinem zerfahrenen Wesen lag eine gewisse Komik, über die man nur nicht lachte, weil er sie selbst spürte. Nachdem er sich mit mir eine Zeitlang unterhalten hatte, zog er die schönen, schwarzen Augenbrauen besorgt zusammen und fragte Mrs. Pocket: »Belinda, ich hoffe, du hast Mr. Pip begrüßt?« Sie schaute von ihrem Buch auf und sagte: »Ja.« Dann lächelte sie mich geistesabwesend an und fragte mich, ob ich gern Orangenblütenwasser tränke. Da diese Frage nicht im entferntesten Zusammenhang zu dem Vorausgegangenen oder dem Folgenden stand, nahm ich an, daß sie nur, ebenso wie die vorherigen Worte, in der ihr eigenen herablassenden Art an mich gerichtet wurde.

In wenigen Stunden brachte ich in Erfahrung und möchte es hier gleich erwähnen, daß Mrs. Pocket die einzige Tochter eines durch einen Unglücksfall ums Leben gekommenen Ritters war, der sich eingeredet hatte, sein verstorbener Vater wäre zum Baronet ernannt worden, wenn es nicht jemand aus persönlichen Gründen hintertrieben hätte – ich weiß nicht, wer: ob der Monarch, der Premierminister, der Lord Chancellor, der Erzbischof von Canterbury oder sonstwer. Auf Grund dieser Einbildung hatte er sich zum Adel dieser Welt gerechnet. Ich glaube, er selbst ist schließlich zum Adligen ernannt worden, weil er anläßlich der Grundsteinlegung zu irgendeinem Gebäude in einer auf Pergament gedruckten Ansprache der englischen Grammatik Gewalt angetan oder weil er einem Mitglied des königlichen Hauses den Mörtel und die Kelle gehalten hatte. Sei es, wie es sei, er hatte Mrs. Pocket von der Wiege an in dem Sinne erzogen, daß sie unter allen Umständen einen Mann »mit Titel« heiraten und vom Erlernen »plebejischer« Hauswirtschaftskenntnisse verschont werden müsse.

Die Aufsicht und Erziehung durch diesen klugen Vater war so erfolgreich gewesen, daß aus der jungen Dame zwar ein feinsinniges, aber auch hilfloses und nutzloses Geschöpf geworden war. Mit diesem Wesen ausgestattet, begegnete sie als blutjunges Mädchen dem blutjungen Mr. Pocket, der noch schwankte, ob er das Amt des Lordkanzlers antreten oder sich eine Mitra aufs Haupt setzen sollte. Da diese Entscheidung nur eine Frage der Zeit war, ergriffen Mr. und Mrs. Pocket die Gelegenheit beim Schopfe und heirateten ohne das Wissen des klugen Vaters. Der kluge Vater, der nichts anderes zu vergeben oder zu verweigern hatte als seinen Segen, vermachte ihnen nach kurzem Kampf diese Mitgift und versicherte Mr. Pocket, daß seine Frau »ein Schatz für einen Prinzen« gewesen wäre. Mr. Pocket hatte diesen Schatz so angelegt, wie es von jeher in der Welt üblich war, und vermutlich nur geringe Zinsen eingestrichen. Dennoch war Mrs. Pocket im allgemeinen der Gegenstand einer Art respektvollen Mitleids, weil sie keinen »Mann mit Titel« geheiratet hatte, während Mr. Pocket der Gegenstand milder Vorwürfe war, weil er es zu keinem Titel gebracht hatte.

Mr. Pocket ging mit mir ins Haus und zeigte mir mein Zimmer; es war freundlich und so gemütlich eingerichtet, daß ich es als Wohnzimmer benutzen konnte. Dann klopfte er bei zwei ähnlichen Zimmern an die Tür und machte mich mit deren Bewohnern bekannt, mit Mr. Drummle und Mr. Startop. Drummle, ein ältlich wirkender junger Mann von massiger Statur, pfiff vor sich hin. Startop, noch jünger an Jahren und im Aussehen, las gerade und hielt seinen Kopf dabei, als fürchte er, er könnte ihm von zuviel Wissen auseinanderplatzen.

Mr. und Mrs. Pocket befanden sich ganz augenscheinlich in den Händen anderer, und ich fragte mich, wer eigentlich das Haus besaß und sie dort wohnen ließ, bis ich herausfand, daß die Hausangestellten über diese unsichtbare Macht verfügten. Das war vielleicht ein bequemer Weg und ersparte Mühen, er schien aber auch Kosten zu verursachen, denn die Dienstboten glaubten es sich schuldig zu sein, gut zu essen und zu trinken und eine Menge Gäste bei sich zu empfangen. Sie genehmigten zwar auch Mr. und Mrs. Pocket einen reichlich gedeckten Tisch, doch hatte ich stets den Eindruck, daß man in der Küche bei weitem am besten beköstigt wurde – wobei man immer die Meinung vertrat, ihr Kostgänger müsse zur Selbstverteidigung in der Lage sein. Ich war nämlich erst eine knappe Woche im Haus, als eine Nachbarin, die die Familie persönlich gar nicht kannte, an Mrs. Pocket schrieb, sie hätte beobachtet, wie Millers das Baby geschlagen habe. Darüber war Mrs. Pocket dermaßen betrübt, daß sie in Tränen ausbrach, als sie den Brief erhielt, und sagte, die Nachbarn sollten sich gefälligst um ihre eigenen Belange kümmern.

Nach und nach erfuhr ich – hauptsächlich von Herbert –, daß Mr. Pocket seine Ausbildung in Harrow und Cambridge genossen hatte, wo er durch seine Leistungen herausragte. Als ihm aber, noch sehr jung an Jahren, das Glück widerfahren war, Mrs. Pocket zu heiraten, hatte er seine guten Aussichten aufgegeben und war ein »Pauker« geworden. Nachdem er einer Reihe stumpfsinniger Burschen den Lehrstoff eingetrichtert hatte – wobei zu bemerken ist, daß deren Väter, sofern sie einflußreich waren, ihm stets eine Beförderung versprachen, sie aber wieder vergaßen, sobald ihn ihre Söhne verlassen hatten –, war er dieser leidigen Tätigkeit überdrüssig und ging nach London. Als hier seine hochgesteckten Erwartungen fehlschlugen, erteilte er jungen Leuten Unterricht, die dazu keine Gelegenheit gehabt oder sie nicht ergriffen hatten, und polierte bei anderen deren Kenntnisse für bestimmte Zwecke auf. Seine Fähigkeiten hatte er außerdem bei literarischen Sammelbänden und Korrekturen angewandt und mit diesen Einkünften, zusammen mit bescheidenen eigenen Mitteln, das Haus unterhalten, das ich kannte.

Mr. und Mrs. Pocket hatten eine grundhäßliche Witwe zur Nachbarin, die aber ein so einfühlsames Wesen hatte, daß sie sich mit jedermann vertrug, jedem Gutes nachsagte und jeden, je nach den Umständen, mit ihrem Lächeln oder ihren Tränen bedachte. Sie hieß Mrs. Coiler, und ich hatte die Ehre, sie am Tage meiner Ankunft zu Tisch zu führen. Auf der Treppe gab sie mir zu verstehen, was für ein hartes Los es für die liebe Mrs. Pocket sei, daß der liebe Mr. Pocket jungen Männern Unterricht erteilen müsse. Das beziehe sich natürlich nicht auf mich, sagte sie mit einem Überschwang an Herzlichkeit und Vertrauen (zu diesem Zeitpunkt kannte ich sie noch keine fünf Minuten); wenn nämlich alle so wie ich wären, läge die Sache ganz anders.

»Aber die liebe Mrs. Pocket«, sagte Mrs. Coiler, »braucht nach ihrer frühzeitigen Enttäuschung (dem lieben Mr. Pocket ist deswegen nicht etwa ein Vorwurf zu machen) so viel Eleganz und so viele Annehmlichkeiten des Lebens...«

»Ja, Madam«, warf ich ein, weil ich fürchtete, sie würde gleich zu weinen anfangen.

»Und sie ist so aristokratisch erzogen...«

»Ja, Madam«, sagte ich mit der gleichen Absicht wie zuvor.

»... daß es wirklich schmerzlich ist«, sagte Mrs. Coiler, »wenn der liebe Mr. Pocket seine Aufmerksamkeit nicht auf die liebe Mrs. Pocket lenken kann, sondern seine Zeit anderweitig verbringen muß.«

Im stillen dachte ich, es wäre schlimmer, wenn der Schlächter seine Zeit und Aufmerksamkeit von der lieben Mrs. Pocket lenkte; ich sagte aber nichts, denn ich hatte vollauf damit zu tun, verstohlen auf meine Tischmanieren zu achten.

Während ich mich auf Messer, Gabel, Löffel, Gläser und andere mörderische Instrumente konzentrierte, erfuhr ich aus allem, was zwischen Mrs. Pocket und Drummle gesprochen wurde, daß Drummle – er hieß mit Vornamen Bentley – der zweitnächste Erbe eines Baronettitels war. Außerdem erfuhr ich, daß das Buch, in dem Mrs. Pocket im Garten gelesen hatte, alle Adelstitel verzeichnet hatte und daß sie das genaue Datum kannte, an dem ihr Großvater in dieses Buch eingetragen worden wäre, wenn er es überhaupt so weit gebracht hätte. Drummle sagte nicht viel, doch wenn er sprach (mir kam er recht mürrisch vor), dann wie ein Auserwählter, und in Mrs. Pocket achtete er die Frau und Schwester. Niemand außer den beiden und der häßlichen Mrs. Coiler schien sich für dieses Thema zu interessieren, und mir kam es vor, daß Herbert peinlich davon berührt war. Das Gespräch wäre noch nicht beendet worden, wenn nicht ein Diener von einem häuslichen Mißgeschick berichtet hätte. Es stellte sich heraus, daß die Köchin das Rindfleisch nicht finden konnte. Zu meinem unbeschreiblichen Erstaunen erlebte ich nun zum ersten Mal, auf welche seltsame Weise Mr. Pocket seinem Herzen Luft machte. Niemand nahm Notiz davon, und auch ich gewöhnte mich bald daran. Er legte Messer und Gabel, mit denen er gerade tranchieren wollte, zur Seite und griff sich mit beiden Händen ins wirre Haar, als wollte er sich am eignen Schopfe hochziehen. Da ihm das aber nicht gelang, wandte er sich geruhsam seiner früheren Beschäftigung zu.

Mrs. Coiler wechselte nun das Thema und begann, mir Komplimente zu machen. Zunächst fand ich Gefallen daran, doch sie schmeichelte mir auf so plumpe Weise, daß es mich bald abstieß. Schlangenartig machte sie sich an mich unter dem Vorwand heran, lebhaft an den Freunden und der Gegend interessiert zu sein, die ich verlassen hatte. Alles war falsch und hinterlistig. Als sie sich hin und wieder auf Startop (der sehr wenig mit ihr sprach) oder auf Drummle (der noch weniger sagte) stürzte, beneidete ich die beiden um ihre Plätze an der anderen Seite der Tafel.

Nach dem Essen wurden die Kinder hereingeführt, und Mrs. Coiler äußerte sich bewundernd über ihre Augen, Nasen und Beine – eine kluge Methode, ihr Benehmen zu verbessern. Es waren vier kleine Mädchen und zwei kleine Jungen, dazu das Baby, von dem ich nicht wußte, was es war, und der Nachfolger des Babys, der noch ungeboren war. Flopson und Millers brachten sie wie Unteroffiziere herein, die irgendwo Kinder als Rekruten angeworben hatten. Mrs. Pocket dagegen sah die kleinen verhinderten Adligen an, als ob sie schon das Vergnügen gehabt hätte, sie genau zu betrachten, aber nicht wüßte, was sie mit ihnen anfangen sollte.

»Hier! Geben Sie mir Ihre Gabel, Madam, und nehmen Sie das Baby«, sagte Flopson, »halten Sie es so rum, nich mit dem Kopf unter den Tisch.«

Nach diesem Ratschlag hielt Mrs. Pocket das Kind anders, aber stieß mit dem Köpfchen auf den Tisch, was wir an einer furchtbaren Erschütterung bemerkten.

»Um Himmels willen, geben Sie mir das Kind zurück, Madam«, rief Flopson, »Miss Jane, kommen Sie her und schaukeln Sie das Baby lieber!«

Eins der kleinen Mädchen, ein winziges Persönchen, das schon zeitig die anderen in seine Obhut genommen zu haben schien, verließ den Platz neben mir, tanzte vor dem Baby auf und ab, bis es zu weinen aufhörte und lachte. Daraufhin lachten auch die anderen Kinder. Selbst Mr. Pocket, der zwischendurch zweimal versucht hatte, sich am eigenen Schopfe hochzuziehen, lachte, und wir übrigen stimmten mit ein und waren fröhlich.

Flopson packte das Baby an den Gelenken wie eine Puppe, setzte es somit sicher auf Mrs. Pockets Schoß und gab ihm den Nußknacker zum Spielen. Gleichzeitig machte sie Mrs. Pocket darauf aufmerksam, daß die Griffe dieses Gegenstandes nicht ins Auge gehen dürften, und schärfte Miss Jane ein, ebenfalls achtzugeben. Dann verließen die beiden Kindermädchen das Zimmer. Auf der Treppe gerieten sie in eine handfeste Auseinandersetzung mit einem liederlichen Diener, der uns bei Tisch bediente und am Spieltisch beinahe die Hälfte seiner Knöpfe verspielt hatte.

Es berührte mich unangenehm, daß Mrs. Pocket mit Drummle in ein Gespräch über zwei Baronetstitel vertieft war, während sie in Zucker und Wein getauchte Apfelsinenscheiben aß und das Baby auf ihrem Schoß vollkommen vergaß, das in gefährlicher Weise mit dem Nußknacker spielte. Schließlich erkannte Jane, in welcher Gefahr das kleine Köpfchen schwebte; sie verließ leise ihren Platz und entlockte mit List und Tücke dem Kind die gefährliche Waffe. Mrs. Pocket hatte etwa im gleichen Moment ihre Apfelsine verzehrt und sagte nun im mißbilligenden Ton zu Jane: »Du ungezogenes Kind, was unterstehst du dich? Setz dich auf der Stelle hin!«

»Liebe Mama«, stammelte das kleine Mädchen. »Das Baby würde sich die Augen ausgepiekt haben.«

»Wie kannst du es wagen, so etwas zu sagen?« gab Mrs. Pocket zurück. »Setz dich sofort auf deinen Stuhl!«

Mrs. Pockets Würde war derart niederschmetternd, daß ich tief beschämt war, so als hätte ich selbst dazu beigetragen, sie zu reizen.

»Belinda«, protestierte Mr. Pocket vom anderen Ende des Tisches aus, »wie kannst du bloß so unvernünftig sein? Jane wollte sich nur einschalten, um das Baby zu schützen.«

»Ich werde niemandem gestatten, sich einzumischen«, sagte Mrs. Pocket. »Matthew, ich bin überrascht, daß du zuläßt, wie ich einer Einmischung ausgesetzt bin.«

»Großer Gott!« rief Mr. Pocket voller Verzweiflung. »Sollen sich Kinder mit Nußknackern ins eigne Grab bringen? Soll sie niemand davor bewahren?«

»Ich will nicht, daß sich Jane in meine Angelegenheiten

einmischt«, sagte Mrs. Pocket mit einem majestätischen Blick auf die unschuldige, kleine Sünderin. »Ich hoffe, ich vergesse nicht die Stellung meines armen Großvaters. Wahrhaftig, Jane!«

Mr. Pocket vergrub die Hände wieder in seinen Haaren und zog sich diesmal tatsächlich ein paar Zentimeter vom Stuhl hoch.

»Nun hört euch das an!« rief Mr. Pocket hilfeflehend die Elemente an. »Da können sich Babys wegen der Stellung irgendwelcher Großväter mit dem Nußknacker zu Tode bringen.« Dann ließ er sich wieder nieder und wurde still.

Während dieser Szene blickten wir alle betreten auf das Tischtuch. Es trat eine Pause ein, in der das unverwüstliche Baby eine Reihe Juchzer ausstieß und Hopser zur kleinen Jane hin machte, die meines Erachtens die einzige in der Familie war (von den Hausangestellten abgesehen), zu der das Kind ein vertrautes Verhältnis hatte.

»Mr. Drummle«, sagte Mrs. Pocket, »würden Sie nach Flopson läuten? Jane, du kleines ungehorsames Ding, geh und leg dich hin. Nun, mein Liebling, komm zur Mama!«

Das Baby war das Ehrgefühl in Person und protestierte mit aller Macht. Es warf sich rücklings über Mrs. Pockets Arm, zeigte den Anwesenden anstelle seines zarten Gesichtchens ein Paar gestrickte Schuhe und mollige Füßchen und wurde in höchst aufsässiger Verfassung hinausgetragen. Schließlich setzte es aber seinen Willen durch, denn nach wenigen Minuten sah ich durch das Fenster, wie es von Jane gehätschelt wurde.

Da Flopson anderweitig beschäftigt war und sich niemand anderes um sie kümmerte, blieben die übrigen fünf Kinder am Tisch zurück. Somit konnte ich beobachten, welche Beziehungen zwischen ihnen und Mr. Pocket bestanden. Sie spielten sich folgendermaßen ab: Mr. Pocket betrachtete sie einige Minuten lang – er hatte ein noch bestürzteres Gesicht und noch zerzaustere Haare als sonst –, als könnte er gar nicht begreifen, wie sie in dieses Haus zur Kost und Logis geraten sind und weshalb die Schöpfung sie nicht einem anderen zugedacht hatte. Dann stellte er ihnen einige erzieherische Fragen: warum der kleine Joe ein Loch in der Halskrause habe, worauf dieser erwiderte, Flopson würde es stopfen, sobald sie Zeit dazu fände; woher die kleine Fanny das Nagelgeschwür habe, die dem Papa antwortete, Millers würde einen Umschlag auflegen, falls sie es nicht vergäße. Jetzt übermannte ihn väterliche Zärtlichkeit; er schenkte jedem Kind einen Schilling und schickte sie zum Spielen hinaus. Während sie nach draußen gingen, machte er noch einen ernsten Versuch, sich an den eigenen Haaren hochzuziehen, und gab dann sein hoffnungsloses Unterfangen auf.

Am Abend wurde auf dem Fluß gerudert. Da Drummle und Startop ihre eigenen Boote hatten, beschloß ich, mir auch eins anzuschaffen und sie auszustechen. In den meisten körperlichen Übungen der Landjugend war ich recht gewandt, doch ich war mir darüber im klaren, daß mir der für die Themse nötige elegante Stil fehlte (ganz zu schweigen von anderen Gewässern). Deshalb nahm ich mir sogleich vor, bei dem siegreichen Ruderer Unterricht zu nehmen, der an unserem Landungssteg aufgekreuzt war und mit dem mich meine neuen Gefährten bekannt gemacht hatten. Dieser Mann vom Fach brachte mich mit der Bemerkung, ich hätte Arme wie ein Schmied, in arge Verlegenheit. Wenn er geahnt hätte, daß er mit diesem Kompliment beinahe seinen Schüler verloren hätte, wäre es ihm gewiß nicht über die Lippen gekommen.

Als wir spätabends nach Hause kamen, wartete ein Tablett mit Abendbrot auf uns, und wir hätten uns vermutlich gut amüsiert, wenn nicht etwas Mißliches im Hause vorgefallen wäre. Mr. Pocket war in guter Stimmung, als das Hausmädchen hereinkam und sagte: »Wenn Sie gestatten, Sir, möchte ich mit Ihnen sprechen.«

»Mit deinem Hausherrn sprechen?« sagte Mrs. Pocket, in der die Würde erneut die Oberhand gewann. »Wie kommst du nur auf solchen Gedanken? Sprich mit Flopson. Oder sprich mit mir – aber ein andermal.«

»Entschuldigen Sie, Madam«, fing das Mädchen erneut an, »ich möchte sofort was sagen, und zwar zum Hausherrn.«

Daraufhin verließ Mr. Pocket das Zimmer, und wir vertrieben uns die Zeit bis zu seiner Rückkehr.

»Das ist ja eine schöne Geschichte, Belinda!« sagte Mr. Pocket, der mit kummervollem und verzweifeltem Gesicht eintrat. »Da liegt die Köchin sinnlos betrunken in der Küche auf dem Fußboden und hat im Küchenschrank einen Haufen Butter, um ihn für Schmalz zu verkaufen!«

Mrs. Pocket legte plötzlich freundliche Gefühle an den Tag und sagte: »Das macht bloß diese widerwärtige Sophia!«

»Wie meinst du das, Belinda?« fragte Mr. Pocket.

»Sophia hat es dir erzählt«, sagte Mrs. Pocket. »Habe ich nicht mit eignen Augen gesehen und mit eignen Ohren gehört, wie sie eben ins Zimmer gekommen ist und dich gebeten hat, dich sprechen zu können?«

»Aber hat sie mich nicht hinuntergeführt, Belinda«, erwiderte Mr. Pocket, »und mir die Frau gezeigt und den Haufen Butter dazu?«

»Und du, Matthew, nimmst sie dafür in Schutz, daß sie Zwietracht sät?« sagte Mrs. Pocket.

Mr. Pockets Brust entrang sich ein furchtbares Stöhnen.

»Bin ich, Großvaters Enkelin, denn gar nichts in diesem Hause?« fragte Mrs. Pocket. »Übrigens ist die Köchin immer eine sehr nette, ehrfürchtige Frau gewesen. Als sie sich nach der Stelle erkundigen kam, hat sie gleich wie selbstverständlich gesagt, daß ich zu einer Herzogin geboren bin.«

Neben Mr. Pocket stand ein Sofa, auf das er sich in der Haltung eines sterbenden Gladiators niederfallen ließ. Noch in dieser Pose sagte er mit dumpfer Stimme: »Gute Nacht, Mr. Pip.« Ich hielt es für angebracht, ins Bett zu gehen und ihn allein zu lassen.

24. Kapitel

Zwei, drei Tage später, nachdem ich mich in meinem Zimmer eingerichtet hatte, mehrmals nach London gefahren war und bei meinen Händlern alles Nötige bestellt hatte, kamen Mr. Pocket und ich zu einem langen Gespräch zusammen. Er wußte mehr als ich über meine Zukunftsaussichten, denn er bezog sich darauf, von Mr. Jaggers erfahren zu haben, ich solle für keinen bestimmten Beruf ausgebildet, sondern so erzogen werden, daß ich es mit dem Durchschnitt der jungen Männer aus wohlhabenden Kreisen aufnehmen könne. Ich war natürlich einverstanden und hatte nichts dagegen einzuwenden.

Er riet mir, bestimmte Stellen in London aufzusuchen, um mir die erforderlichen Grundlagen zu verschaffen, und ihn mit der Aufgabe zu betrauen, mir alles zu erklären und meine Studien zu überwachen. Er hoffte, daß ich durch verständnisvolle Unterstützung kaum auf Schwierigkeiten stoßen würde und daß ich bald auf jegliche fremde Hilfe bis auf seine eigene verzichten könnte. Mit der Art, in der er mir diese und ähnliche Dinge sagte, schuf er ein wunderbares Vertrauensverhältnis zwischen uns. Ich möchte hier gleich anmerken, daß er stets ehrlich und eifrig bestrebt war, den Vertrag mit mir einzuhalten, womit er mich veranlaßte, mich ebenfalls ehrlich und eifrig daran zu halten. Hätte er als mein Lehrer Gleichgültigkeit gezeigt, hätte ich als sein Schüler mit ebensolcher Münze zurückgezahlt. Er gab mir jedoch keinen Anlaß dazu, und wir wurden einander gerecht. Bei seinem Umgang mit mir benahm er sich niemals lächerlich, sondern stets ernsthaft, aufrichtig und gütig.

Als diese Dinge geregelt und so weit gediehen waren, daß ich entschlossen zu arbeiten beginnen konnte, kam mir der Gedanke, mein Leben würde angenehmer und abwechslungsreicher verlaufen, wenn ich in mein Schlafzimmer in Barnards Gasthof zurückzöge. Meinen Manieren könnte der Umgang mit Herbert nicht schaden. Mr. Pocket hatte gegen diesen

Vorschlag nichts einzuwenden, drängte aber darauf, den Plan erst meinem Vormund zu unterbreiten, bevor etwas in die Wege geleitet werde. Ich spürte, daß seine Zurückhaltung auf der Überlegung beruhte, mein Vorhaben könne Herbert Ausgaben ersparen. Daher begab ich mich nach Little Britain und trug Mr. Jaggers meinen Wunsch vor.

»Wenn ich die gemieteten Möbel und noch ein paar Kleinigkeiten kaufen könnte«, sagte ich, »würde ich mich dort wie zu Hause fühlen.«

»Immer los!« sagte Mr. Jaggers und lachte kurz auf. »Ich hab es ja gesagt, Sie würden vorankommen. Also, wieviel Geld brauchen Sie?«

Ich sagte, ich wüßte es nicht recht.

»Also bitte«, versetzte Mr. Jaggers, »wieviel? Fünfzig Pfund?«

»Oh, längst nicht soviel.«

»Fünf Pfund?« fragte Mr. Jaggers.

Dieser Unterschied war so kraß, daß ich verwirrt bat: »Oh! Doch etwas mehr.«

»Mehr als fünf Pfund?« fragte Mr. Jaggers lauernd, die Hände in den Hosentaschen, den Kopf zur Seite geneigt und den Blick auf die Wand hinter mir gerichtet. »Wieviel mehr?«

»Es ist so schwierig, eine Summe festzulegen«, antwortete ich zögernd.

»Nun, versuchen wir es, an die Sache ranzukommen. Zweimal fünf Pfund, reicht das? Dreimal fünf Pfund, wird das genügen? Viermal fünf Pfund, reicht das?« Ich antwortete, das würde auf jeden Fall langen.

»Viermal fünf Pfund werden also ausreichen?« fragte Mr. Jaggers und zog die Brauen zusammen. »Na, wieviel ist denn das?«

»Wieviel das ist?«

»Ja«, sagte Mr. Jaggers, »wieviel?«

»Ich glaube, bei Ihnen macht's zwanzig Pfund«, sagte ich lächelnd.

»Wieviel ich draus mache, ist uninteressant, lieber Freund«, bemerkte Mr. Jaggers und schüttelte schlau und mißbilligend den Kopf. »Ich möchte wissen, wieviel es bei Ihnen ist.«

»Natürlich zwanzig Pfund.«

»Wemmick!« rief Mr. Jaggers und öffnete seine Bürotür. »Lassen Sie sich von Mr. Pip eine schriftliche Anweisung geben und zahlen Sie ihm zwanzig Pfund aus.«

Dieses strenge Geschäftsgebaren hinterließ einen tiefen, doch keineswegs guten Eindruck bei mir. Mr. Jaggers lachte niemals, dafür trug er aber blanke, knarrende Stiefel. Wenn er sich in Erwartung einer Frage mit gesenktem Kopf und zusammengekniffenen Augenbrauen hin und her wiegte, verursachte er bei ihnen ein Knarren, und sie schienen abgehackt und spöttisch zu lachen. Als er bald danach fortging, sagte ich zu Wemmick, der ein lebhafter und gesprächiger Mensch war, daß ich nicht recht wüßte, was ich von Mr. Jaggers halten solle.

»Sagen Sie ihm das, und er wird es als Kompliment auffassen«, antwortete Wemmick. »Er will nämlich gar nicht, daß Sie aus ihm schlau werden. Oh«, fuhr er fort, weil ich ihn verblüfft ansah, »es ist nicht persönlich gemeint, sondern beruflich, nur beruflich.«

Wemmick stand an seinem Pult und kaute auf seinem Frühstück, einem trockenen, harten Zwieback, herum. Die einzelnen Stücke steckte er in den Mund, als werfe er etwas in einen Briefschlitz.

»Mir kommt es immer so vor«, sagte Wemmick, »als ob er eine Menschenfalle aufgestellt hat und sie beobachtet. Plötzlich – schnapp – sitzt einer drin!«

Ich verzichtete zu bemerken, daß Fallen nicht zu den Annehmlichkeiten des Lebens gehörten, und sagte nur, er sei wohl sehr gewandt.

»Unerforschlich wie Australien«, meinte Wemmick. Er zeigte mit der Feder auf die Tür und deutete damit an, daß Australien auf der entgegengesetzten Seite des Globus liege.

»Es gibt nichts Unergründlicheres als ihn«, fügte Wemmick hinzu und brachte seine Feder wieder zu Papier.

Danach sagte ich, seine Geschäfte gingen offenbar gut, und Wemmick erwiderte: »Großartig!« Ich fragte ihn, ob sie viele Angestellte seien, und Wemmick antwortete: »Wir sind nicht viele Angestellte, denn es gibt nur einen Jaggers, und die Leute wollen ihn nicht aus zweiter Hand haben. Wir sind nur vier. Möchten Sie sie kennenlernen? Man kann doch sagen, Sie sind einer von uns.«

Ich nahm das Angebot an. Als Mr. Wemmick den Rest des Zwiebacks in den Mund gesteckt und mir mein Geld aus einer Kassette im Safe ausgezahlt hatte – den Geldschrankschlüssel hatte er irgendwo hinter dem Rücken verwahrt und zog ihn nun aus dem Kragen wie einen eisernen Zopf hervor –, gingen wir nach oben.

Das Haus war düster und verwahrlost, und die fettigen Schultern, die in Mr. Jaggers' Zimmer ihre Spuren hinterlassen hatten, schienen seit Jahren auch im Treppenhaus die Wände zu beschmutzen. Im ersten Stockwerk war ein Schreiber, der wie ein Mittelding zwischen einem Zöllner und einem Rattenfänger aussah – ein großer, blasser, gepuderter Mann mit aufgedunsenem Gesicht –, gerade eifrig mit vier ärmlich wirkenden Leuten beschäftigt, die er ebenso unhöflich behandelte, wie scheinbar alle Menschen behandelt wurden, die Mr. Jaggers' Geldsäckel auffüllen halfen. »Er sammelt Beweismaterial für Old Bailey«, sagte Mr. Wemmick, als wir draußen waren. In dem Zimmer darüber fertigte ebenfalls ein Schreiber, der klein und schwach wie ein Terrier aussah und zottiges Haar hatte wie ein junger Hund, bei dem man das Scheren vergessen hatte, einen kurzsichtigen Mann ab, den mir Mr. Wemmick als einen Schmelzer vorstellte, dessen ständig siedender Tiegel alles von mir Gewünschte schmelzen würde. Er war von weißen Ausdünstungen überzogen, als hätte er sein Handwerk an sich selbst ausprobieren wollen. In einem Hinterzimmer beugte sich ein Mann mit hochgezogenen Schultern und schmerzverzerrtem Gesicht, das er mit einem schmutzigen Wolltuch umwickelt hatte, über seine Arbeit. Sein alter, schwarzer Anzug war so abgetragen, daß er wie mit Wachs überzogen glänzte. Der Mann fertigte saubere Abschriften der Notizen an, die von den beiden anderen Herren zu Mr. Jaggers' persönlicher Verwendung zusammengestellt worden waren.

Nun hatte ich das ganze Geschäft gesehen. Als wir wieder hinuntergingen, führte mich Mr. Wemmick in das Zimmer meines Vormunds und sagte: »Das kennen Sie ja schon.«

»Erklären Sie mir doch bitte«, sagte ich, als mir die beiden abscheulichen Gipsabdrücke mit dem tückischen Ausdruck wieder vor Augen kamen, »wen die eigentlich darstellen.«

»Die hier?« fragte Wemmick, der auf einen Stuhl kletterte und den Staub von den schrecklichen Gipsköpfen blies, ehe er sie herunterholte. »Das sind zwei ganz berühmt-berüchtigte Leute, Klienten, die uns großen Ruhm eingetragen haben. Dieser Bursche hier (na, du bist wohl in der Nacht heruntergeklettert und hast ins Tintenfaß gelinst, so sieht der Fleck an der Braue aus, du alter Gauner) hat seinen Brotherrn umgebracht und muß die Sache sehr geschickt eingefädelt haben, denn man konnte ihm die Tat nie nachweisen.«

»Ist ihm der Abdruck ähnlich?« fragte ich und wich unwillkürlich vor diesem Scheusal zurück, während Wemmick auf die Augenbraue spuckte und den Fleck mit seinem Ärmel wegzureiben versuchte.

»Ob der ihm ähnlich ist? Haargenau. Der Abdruck wurde in Newgate gemacht, gleich nachdem man ihn vom Galgen abgenommen hatte. Mich hast du besonders gemocht, was, du alter Fuchs?« sagte Wemmick. Dann unterstrich er seine zärtliche Anrede, indem er seine Brosche berührte, auf der die Dame und die Trauerweide neben dem Grab mit der Urne dargestellt waren. »Hat er ausdrücklich für mich anfertigen lassen!«

»Ist das eine bestimmte Frau?« fragte ich.

»Nein«, erwiderte Wemmick. »Nur zum Spaß. (Du hast immer gern deine Späßchen gemacht, was?) Nein, nicht die Andeutung von einer Dame war in diesen Fall verwickelt, Mr. Pip, das heißt nur eine, aber die war nicht so schlank und vornehm und hätte sich gewiß nicht um diese Urne hier gekümmert – es sei denn, daß etwas zu trinken drin gewesen wäre.« Da nun Wemmicks Aufmerksamkeit auf seine Brosche gerichtet war, stellte er den Gipsabdruck hin und putzte das Schmuckstück mit seinem Taschentuch.

»Hat der andere Kerl das gleiche Ende gefunden?« fragte ich. »Er hat denselben Gesichtsausdruck.«

»Ganz recht«, sagte Wemmick, »es ist die gleiche unverfälschte Miene. Beinahe, als ob ein Nasenflügel an einem Roßhaar und einem kleinen Angelhaken hängengeblieben wäre. Ja, er hat das gleiche Ende gefunden. Das ist hier eine ganz normale Sache, wissen Sie. Er hat Testamente gefälscht, dieser Schlingel, wenn er nur nicht auch noch die vermeintlichen Erblasser ins Jenseits befördert hat. Warst doch ein feiner Kerl« (Mr. Wemmick wandte sich ihm wieder zu), »und du hast behauptet, du könntest griechisch schreiben. Ach, du Angeber! Was bist du doch für ein Lügner gewesen. Ein größerer Lügner ist mir seither nicht begegnet!« Ehe Wemmick seinen verstorbenen Freund wieder ins Regal zurückstellte, wies er auf den größten seiner Trauerringe und sagte: »Hat er noch einen Tag vor seinem Tode für mich kaufen lassen.«

Während er die andere Büste auf ihren Platz stellte und dann vom Stuhl heruntersteig, ging mir der Gedanke durch den Sinn, daß sein gesamter persönlicher Schmuck aus solchen Quellen stammen könne. Da er auf diesem Gebiet keine Scheu gezeigt hatte, wagte ich es, ihm diese Frage zu stellen, als er vor mir stand und sich den Staub von den Händen wischte.

»O ja«, gab er zu, »das sind alles Geschenke dieser Art. Eins kommt zum anderen, so ist der Lauf der Dinge. Ich behalte sie immer. Es sind Raritäten, und vor allem sind sie Eigentum. Sie mögen nicht viel wert sein, aber schließlich sind sie Vermögen, und zwar bewegliches. Für Sie mit Ihren glänzenden Aussichten bedeutet das nicht viel, aber mein Wahlspruch heißt: ›Strebe nach beweglichem Besitz.‹«

Als ich dieser Erkenntnis gehuldigt hatte, fuhr er freundlich fort: »Wenn Sie einmal nichts Besseres zu tun haben und mich in Walworth besuchen wollen, könnten Sie bei mir über Nacht bleiben. Mir wäre es eine Ehre. Viel habe ich nicht, was ich Ihnen zeigen könnte, nur ein paar Kuriositäten, die Sie vielleicht gern anschauen möchten. Ansonsten liebe ich mein Gärtchen und meine Laube.«

Ich sagte, daß ich seine Gastfreundschaft gern in Anspruch nähme.

»Danke, dann sagen wir also, sobald es Ihnen paßt. Haben Sie schon bei Mr. Jaggers zu Abend gegessen?«

»Noch nicht.«

»Nun«, sagte Wemmick, »er wird Ihnen Wein anbieten, guten Wein. Ich werde Ihnen Punsch vorsetzen, auch keinen schlechten. Und jetzt will ich Ihnen noch etwas sagen. Wenn Sie bei Mr. Jaggers zum Essen sind, dann achten Sie auf seine Haushälterin.«

»Werde ich etwas Ungewöhnliches zu sehen bekommen?«

»Na«, meinte Wemmick, »Sie werden ein wildes Tier kennenlernen, das gezähmt wurde. Nichts Ungewöhnliches, werden Sie denken. Doch das hängt davon ab, wie wild die Bestie war, bevor sie gezähmt wurde. Ihre Achtung vor Mr. Jaggers' Macht wird nur noch steigen. Halten Sie die Augen offen!«

Ich versprach es ihm, nachdem er meine Neugier dermaßen geweckt hatte. Als ich mich verabschiedete, fragte er mich, ob ich noch ein paar Minuten Zeit hätte, um Mr. Jaggers in Aktion zu beobachten.

Aus verschiedenen Gründen und nicht zuletzt, weil ich mir nicht genau vorstellen konnte, was Mr. Jaggers da machte, willigte ich ein. Wir tauchten in der City unter und gelangten in einen überfüllten Gerichtssaal, wo ein Blutsverwandter (im mörderischen Sinne) jenes Gehenkten mit der Vorliebe für Broschen hinter der Schranke stand und verlegen auf etwas herumkaute, während mein Vormund eine Frau im Verhör oder Kreuzverhör hatte – ich weiß nicht, was –, wobei er sie, die Richter, und überhaupt jeden in Schrecken versetzte. Sobald irgend jemand eine Bemerkung machte, die seinen Unwillen erregte, verlangte er sofort, sie »zu Protokoll zu nehmen«. Wollte jemand kein Geständnis ablegen, rief er: »Ich werde es schon aus Ihnen rausholen«, und wenn jemand etwas zugab, sagte er: »Na, jetzt habe ich Sie!« Die Richter zitterten, wenn er an seinem Zeigefinger nagte. Sowohl Übeltäter wie Polizisten hingen ängstlich an seinen Lippen und erschauerten, wenn er sich nur andeutungsweise in ihre Richtung wandte. Auf welcher Seite er eigentlich stand, konnte ich nicht feststellen; mir schien es, als zermalme er alle an diesem Ort. Ich weiß nur, daß er, als ich mich auf Zehenspitzen hinausschlich, nicht die Partei der Richter ergriff. Er brachte die Beine des alten Herrn, der den Vorsitz führte, unter dem Tisch zum Zittern, indem er das Benehmen dieses Vertreters des britischen Gesetzes in dieser Verhandlung und an diesem Tage scharf verurteilte.

25. Kapitel

Bentley Drummle, der ein so mürrischer Bursche war, daß er sogar ein Buch zur Hand nahm, als hätte ihn der Autor persönlich damit beleidigt, schloß auch Bekanntschaften nicht weniger unfreundlich. Er war von plumper Statur, seine Bewegungen waren träge, ebenso wie sein Auffassungsvermögen. Sein Gesichtsausdruck wirkte stumpfsinnig, und die große Zunge wälzte sich genauso schwerfällig im Mund, wie er sich durch das Zimmer bewegte. Er war faul, hochmütig, geizig, zurückhaltend und mißtrauisch. Er stammte aus einer reichen Familie in Somersetshire, die ihm diese Eigenschaften so lange anerzogen hatte, bis man feststellte, daß er zwar mündig, aber ein Dummkopf war. So war Bentley Drummle zu Mr. Pocket gekommen, als er diesen Herrn um Haupteslänge überragte und mit seiner Beschränktheit die meisten anderen übertraf.

Startop war von einer nachgiebigen Mutter verwöhnt und im Hause behalten worden, als er eigentlich hätte zur Schule gehen müssen. Er hing aber innig an ihr und bewunderte sie über alle Maßen. Seine Gesichtszüge waren beinahe weiblich zart, und er sah – »wie du siehst, obwohl du sie nicht kennst«, meinte Herbert – genauso aus wie seine Mutter. Es war nur selbstverständlich, daß ich mich gegen ihn freundlicher als gegen Drummle benahm und daß wir schon bei den ersten abendlichen Bootspartien nebeneinander heimruderten und uns von Boot zu Boot unterhielten, während Bentley Drummle unter den überhängenden Böschungen und zwischen den Binsen hinter uns her fuhr. Stets schlich er wie ein Amphibienwesen am Ufer entlang, selbst wenn ihn die Strömung rasch vorwärts gerissen hätte. Ich werde mich immer an ihn erinnern, wie er uns in der Dunkelheit oder im Stauwasser folgte, während unsere beiden Boote bei Sonnenuntergang oder Mondschein mitten auf dem Fluß dahinglitten.

Mein Freund und enger Vertrauter war Herbert. Da ich ihm anbot, in meinem Boot mitzufahren, ergab sich für ihn oft die Gelegenheit, nach Hammersmith zu kommen. Und weil ich seine Wohnung mit ihm teilte, fuhr ich oft nach London. Wir wanderten zwischen diesen beiden Orten zu allen möglichen Zeiten hin und her. Ich hege noch immer für diese Straße (obwohl sie nicht mehr so reizvoll ist wie damals) eine Vorliebe, die sich in meiner unbeschwerten und hoffnungsvollen Jugendzeit herausgebildet hat.

Als ich in Mr. Pockets Familie ein oder zwei Monate verbracht hatte, erschienen Mr. und Mrs. Camilla. Camilla war Mr. Pockets Schwester. Auch Georgiana, die ich in Miss

Havishams Haus bei der gleichen Gelegenheit kennengelernt hatte, fand sich ein. Sie war eine Cousine, eine unausstehliche Jungfer, die ihre Starrheit für Religion und ihr galliges Wesen für Liebe ausgab. All diese Leute haßten mich mit dem Haß enttäuschter Habgier. Natürlich schmeichelten sie mir, da ich zu Wohlstand gelangt war, mit größter Niedertracht. Mr. Pocket, der in ihren Augen ein großes Kind ohne Sinn für die eigenen Interessen war, wurde mit der geduldigen Nachsicht behandelt, in der ich sie schon über ihn hatte reden hören. Mrs. Pocket verachteten sie; aber sie räumten der armen Seele ein, daß sie vom Leben schwer enttäuscht worden ist, wodurch sie sich selbst etwas ins Licht setzten.

Das war die Umgebung, in der ich lebte und mich meinen Studien widmete. Bald nahm ich kostspielige Gewohnheiten an und gab solche Geldsummen aus, die mir vor wenigen Monaten noch unglaublich erschienen wären. Doch in guten wie in schlechten Zeiten habe ich mich an meine Bücher gehalten. Das war nicht mein besonderes Verdienst, denn ich kannte nur allzu gut meine Bildungslücken. Mit Mr. Pockets und Herberts Hilfe kam ich schnell voran. Da der eine oder der andere stets zur Seite war, um die nötige Hilfestellung zu leisten und mir Hindernisse aus dem Weg zu räumen, hätte ich ein ebenso großer Schwachkopf wie Drummle sein müssen, wenn ich weniger erreicht hätte.

Ich hatte Mr. Wemmick einige Wochen nicht gesehen, als mir in den Sinn kam, ihm ein paar Zeilen zu schreiben und ihm vorzuschlagen, daß ich ihn an einem Abend nach Hause begleiten könnte. Er antwortete, er sei sehr erfreut und er werde mich um sechs Uhr abends am Büro erwarten. Ich ging hin und fand ihn Punkt sechs gerade dabei, wie er den Schlüssel vom Geldschrank hinter seinem Rücken verstaute.

»Würden Sie gern zu Fuß nach Walworth gehen?« fragte er.

»Gewiß«, sagte ich, »wenn Sie das auch möchten.«

»Sehr sogar«, erwiderte Wemmick, »denn ich habe den

ganzen Tag die Beine unter den Tisch gestreckt und würde jetzt gern einen Spaziergang machen. Nun will ich Ihnen erzählen, was ich zum Abendessen besorgt habe, Mr. Pip. Ich habe einen Schmorbraten zu Hause zubereitet und kaltes Geflügel aus der Garküche geholt. Es wird zart sein, denn der Wirt gehörte kürzlich in einigen unserer Prozesse zu den Geschworenen, und wir haben ihn glimpflich behandelt. Daran erinnerte ich ihn, als ich das Huhn kaufte. Ich sagte zu ihm: ›Suchen Sie uns etwas Gutes aus, Briton, denn wir hätten Sie auch ebensogut noch ein oder zwei Tage länger dabehalten können.‹ Daraufhin sagte er: ›Gestatten Sie mir, daß ich Ihnen das beste Geflügel, das ich im Geschäft habe, schenke.‹ Ich gestattete es ihm natürlich. Schließlich ist es beweglicher Besitz. Ich hoffe, Sie haben nichts gegen einen Alten einzuwenden?« Ich nahm an, er spräche noch von dem Geflügel, bis er hinzufügte: »Ich habe nämlich meinen alten Vater bei mir zu Hause.« Ich antwortete darauf, wie es die Höflichkeit gebietet.

»Sie waren also immer noch nicht bei Mr. Jaggers zum Essen?« fragte er, während wir weitergingen.

»Bis jetzt noch nicht.«

»Er hat es mir heute nachmittag gesagt, als er hörte, daß Sie kommen. Ich nehme an, Sie werden morgen eine Einladung erhalten. Er will auch Ihre Freunde zu sich bitten. Drei, nicht wahr?«

Obwohl ich Drummle sonst nicht zu meinen Freunden zählte, antwortete ich: »Ja.«

»Na, er will die ganze Bande einladen«, ich fand diese Worte wenig schmeichelhaft, »und was er Ihnen vorsetzt, ist auch gut. Erwarten Sie keine große Abwechslung, aber Sie werden Vorzügliches bekommen. Da gibt's noch 'ne komische Sache in seinem Haus«, fuhr Wemmick nach einer Pause fort, als ob sich die Bemerkung über die Haushälterin von selbst verstünde, »er läßt nachts weder Fenster noch Türen verriegeln.«

»Ist er noch nie bestohlen worden?«

»Das ist es ja!« erwiderte Wemmick. »Er sagt in aller Öffentlichkeit: ›*Den* möchte ich mal sehen, der *mich* bestiehlt.‹ Du liebe Güte, ich habe mehr als hundertmal gehört, wie er in unserem Büro zu Gewohnheitseinbrechern gesagt hat: ›Ihr wißt ja, wo ich wohne, nirgends ist ein Riegel vor. Warum macht ihr bei mir kein Geschäft? Kommt! Kann ich euch nicht verlocken?‹ Nicht ein einziger von ihnen, Sir, würde das wagen, nicht für Geld und gute Worte.«

»Fürchtet man ihn denn so sehr?« fragte ich.

»Ihn fürchten?« sagte Wemmick. »Das will ich meinen! Außerdem ist er schlau, selbst wenn er sie herausfordert. Kein Silber, Sir. Alles legiertes Zeug, jeder Löffel.«

»So hätten sie gar nicht viel davon«, bemerkte ich, »wenn sie . . .«

»Ha, aber *er* hätte viel davon«, schnitt mir Wemmick das Wort ab, »und das wissen sie. Er würde ihnen den Garaus machen, vielen von ihnen. Er würde alles erreichen, was er will. Es ist schwer zu sagen, was er nicht durchsetzen könnte, wenn er es sich erst vorgenommen hat.«

Ich wollte gerade über die Bedeutung meines Vormunds nachsinnen, als Wemmick bemerkte: »Was das fehlende Silber anbelangt, so entspricht das nur seiner naturgemäßen Unergründlichkeit. Er ist unergründlich wie das Wasser. Sehen Sie sich seine Uhrkette an. Die ist wirklich echt.«

»Sie sieht wie massives Gold aus«, sagte ich.

»Massiv?« wiederholte Wemmick. »Das will ich glauben. Und auch seine Repetieruhr ist aus Gold und mindestens ihre hundert Pfund wert. In dieser Stadt, Mr. Pip, leben ungefähr siebenhundert Diebe, die alle von dieser Uhr wissen. Es gibt nicht einen Mann, eine Frau oder ein Kind unter ihnen, die nicht das kleinste Glied dieser Kette kennen und es wie glühendes Eisen fallen lassen würden, wenn man sie dazu verführte, es zu berühren.«

Zuerst verkürzten wir uns mit diesem Gespräch und später

mit allgemeineren Themen die Zeit und den Weg, bis er mir zu verstehen gab, daß wir in Walworth angelangt seien.

Es schien aus einer Ansammlung dunkler Pfade, Gräben und kleiner Gärten zu bestehen und ein ziemlich trostloser Ort zu sein. Wemmicks kleines Holzhaus stand inmitten der Gärten, und sein Giebel war wie eine mit Kanonen bestückte Batterie geschnitzt und bemalt.

»Hab ich selbst gemacht«, sagte Wemmick. »Sieht nett aus, was?«

Ich rühmte es sehr. Es war, glaube ich, das kleinste Haus, das ich jemals gesehen habe, mit den merkwürdigsten gotischen Fenstern (die meisten waren vorgetäuscht) und einer gotischen Tür, durch die man kaum hineinkam.

»Sehen Sie, das ist eine richtige Fahnenstange«, sagte Wemmick, »und sonntags hisse ich eine richtige Flagge. Und schauen Sie hier. Wenn ich über diese Brücke gegangen bin, ziehe ich sie hinter mir hoch – so – und schneide die Verbindung ab.«

Die Brücke war ein Brett und lag über einem vier Fuß breiten und zwei Fuß tiefen Graben. Es war drollig anzusehen, mit welchem Stolz er sie hochzog und befestigte. Er lächelte dabei vergnügt und nicht nur mechanisch.

»Jeden Abend um neun Uhr Greenwicher Zeit geht die Kanone los«, sagte Wemmick. »Da ist sie, sehen Sie? Wenn sie abgefeuert wird, vergeht Ihnen Hören und Sehen.«

Das erwähnte Geschütz war etwas abseits an einem aus Gittern gebauten Platz aufgestellt. Gegen die Witterung war es durch eine kleine Segeltuchplane in Form eines Schirms geschützt.

»Und da hinten versteckt«, sagte Wemmick, »um den Eindruck einer Festung zu wahren – denn das ist ein Prinzip von mir: Hast du eine Idee, führ sie aus und gib nicht nach. Ich weiß nicht, ob das auch Ihre Meinung ist . . .«

»Ja, natürlich«, sagte ich.

»Da hinten halte ich ein Schwein, Geflügel und Kaninchen.

Sehen Sie, außerdem baue ich mir mein eignes kleines Frühbeet zusammen und ziehe Gurken. Beim Abendessen können Sie urteilen, wie der selbstgezogene Salat schmeckt. Stellen Sie sich diesen kleinen Ort belagert vor, Sir«, sagte Wemmick, zwar lächelnd, aber ernsthaft und wiegte sein Haupt, »in bezug auf die Vorräte würde ich 'ne verteufelt lange Zeit durchhalten.«

Dann führte er mich zu einer etwa zwölf Yard entfernt gelegenen Gartenlaube, zu der man nur auf verschlungenen Pfaden gelangte, so daß man bis dorthin geraume Zeit benötigte. An diesem Zufluchtsort standen unsere Gläser schon bereit. Unser Punsch kühlte in einem kleinen Zierteich aus, an dessen Rand die Laube aufgestellt war. Dieses winzige Gewässer (in der Mitte befand sich eine Insel, die der Salat für das Abendessen sein konnte) war kreisförmig, und er hatte es mit einem Springbrunnen versehen, der, sobald man eine kleine Mühle in Gang brachte und einen Stöpsel aus der Zuleitung zog, so kräftig sprühte, daß einem der Handrücken naß wurde.

»Ich bin mein eigner Techniker, mein eigner Zimmermann, mein eigner Klempner, mein eigner Gärtner, ich mache überhaupt alles selbst«, erklärte Wemmick auf meine Komplimente hin. »Es ist schon eine gute Sache, wissen Sie. Es verscheucht die Spinnweben von Newgate und erfreut meinen alten Herrn. Sie haben doch nichts dagegen, wenn ich Sie sofort mit meinem alten Vater bekannt mache? Es ist Ihnen doch nicht unangenehm, oder?«

Ich brachte meine Bereitschaft zum Ausdruck, und wir betraten die »Burg«. Dort saß in einem Flanellmantel ein sehr alter Mann am Kamin. Er war sauber, heiter, zufrieden und gepflegt, aber stocktaub.

»Na, wie geht's uns denn, alter Herr?« fragte Wemmick und schüttelte ihm herzlich und übermütig die Hand.

»Ganz gut, John, ganz gut!« antwortete der alte Mann.

»Das ist Mr. Pip, alter Herr«, sagte Wemmick, »ich

wünschte, du könntest seinen Namen verstehen. Nicken Sie ihm zu, Mr. Pip, das hat er gern. Nicken Sie ihm bitte zu und blinzeln Sie!«

»Ein schönes Anwesen hat mein Sohn, Sir«, schrie der Alte, während ich so nachdrücklich wie möglich nickte. »Das ist ein

schönes Fleckchen, wo man sich vergnügen kann, Sir. Dieser Ort mit seinen herrlichen Anlagen sollte, wenn mein Sohn mal nicht mehr lebt, von der Nation zur Freude der Allgemeinheit erhalten werden.«

»Du bist stolz wie der Gockel auf dem Mist, was, Alterchen?« sagte Wemmick und betrachtete den alten Mann mit ungewohnt weichem Ausdruck. »Ich nick dir zu« (er nickte heftig), »und jetzt noch mal« (er nickte noch heftiger), »das hast du gern, stimmt's? Wenn es Sie nicht ermüdet, Mr. Pip – ich weiß natürlich, daß es für Fremde ein bißchen anstrengend ist –, würden Sie ihn noch einmal antippen? Sie glauben gar nicht, wie sehr er sich darüber freut!«

Ich winkte ihm noch mehrmals, und er war in bester Stimmung. Dann machte er sich daran, die Hühner zu füttern, und wir setzten uns in die Laube zu unserem Glas Punsch. Hier erzählte mir Wemmick, während er seine Pfeife rauchte, daß er viele Jahre gebraucht habe, bis er sein Besitztum in diesem Maße vervollkommnen konnte.

»Ist das Ihr Eigentum, Mr. Wemmick?«

»O ja«, sagte Wemmick. »Ich habe es nach und nach erworben. Nun gehört es mir, wahrhaftig!«

»Ach, wirklich? Ich hoffe, Mr. Jaggers bewundert es auch.«

»Der hat es nie gesehen«, sagte Wemmick. »Nie davon gehört. Hat auch nie den alten Herrn gesehen oder was von ihm gehört. Nein, das Büro ist eine Sache, das Privatleben eine andere. Wenn ich ins Büro gehe, lasse ich meine Burg hinter mir, und wenn ich die Burg betrete, lasse ich das Büro hinter mir. Sie täten mir einen Gefallen, sofern es Ihnen nichts ausmacht, wenn Sie es ebenso hielten. Ich möchte nicht, daß im Geschäft darüber gesprochen wird.«

Natürlich wollte ich ihm seine Bitte erfüllen. Der Punsch schmeckte sehr gut, und so saßen wir und tranken und plauderten bis kurz vor neun Uhr. »Gleich wird die Kanone abgefeuert«, sagte dann Wemmick und legte seine Pfeife beiseite. »Meinem alten Herrn bereitet's das größte Vergnügen.«

Wir kehrten in die Burg zurück, wo der Alte mit erwartungsvollem Gesicht als Vorbereitung auf die aufregende abendliche Zeremonie den Schürhaken zum Glühen brachte. Wemmick wartete mit der Uhr in der Hand, bis der Augenblick gekommen war, daß er dem Alten den glühenden Schürhaken abnehmen und zur Batterie laufen konnte. Gleich darauf ging der Schuß mit einem Getöse los, unter dem das ganze verrückte Häuschen erzitterte, als würde es jeden Moment einstürzen, und das alle Gläser und Tassen zum Klirren brachte. Daraufhin schrie der Alte – der meines Erachtens aus dem Sessel geflogen wäre, wenn er sich nicht festgeklammert hätte – wie besessen: »Er ist losgegangen! Ich hab ihn gehört!« Ich nickte dem alten Mann so eifrig zu, bis ich – und das ist keine Übertreibung – sein Gesicht nicht mehr erkennen konnte.

In der Zeit bis zum Abendessen zeigte mir Wemmick seine Kuriositätensammlung. Die meisten waren mit einem Verbrechen verknüpft. So gab es die Feder, mit der eine berüchtigte Fälschung durchgeführt worden war, ein oder zwei berühmte Rasiermesser, ein paar Haarlocken und verschiedene, von Verurteilten geschriebene Geständnisse, die Mr. Wemmick – er legte besonderen Wert darauf – als »durchweg erlogen, Sir« bezeichnete. Sie alle standen anmutig verstreut zwischen kleinen Gegenständen aus Glas und Porzellan, allerlei hübschen Dingen, die der Besitzer des »Museums« selbst gefertigt hatte, und einigen vom Vater geschnitzten Pfeifenstopfern. Sie wurden sämtlich in dem Raum der Burg aufbewahrt, in den ich zuerst geführt worden war und der nicht nur als allgemeines Wohnzimmer, sondern auch als Küche diente, nach der Pfanne auf dem Kamineinsatz und einem Kleinod aus Bronze über dem Kamin zu urteilen, das zum Aufhängen eines Bratenspießes bestimmt war.

Wir wurden von einem hübschen kleinen Mädchen bedient, das tagsüber den alten Vater betreute. Nachdem sie den Tisch gedeckt hatte, wurde die Brücke heruntergelassen, damit sie nach Hause gehen konnte. Das Essen schmeckte ausgezeichnet, und obwohl die Burg dem Verfall dermaßen nahe war, daß es wie nach schlechten Nüssen roch, und das Schwein ein bißchen weiter weg hätte hausen können, kam ich vollkommen auf meine Kosten. Auch gegen mein kleines

Schlafzimmer im Turm ließ sich nichts einwenden. Nur war die Zimmerdecke zwischen mir und dem Fahnenmast so dünn, daß ich im Bett das Gefühl hatte, ich müßte die Stange während der ganzen Nacht auf meiner Stirn balancieren.

Wemmick war am nächsten Morgen zeitig auf den Beinen, und ich hörte, wie er meine Schuhe putzte. Danach begann er mit der Gartenarbeit, und ich konnte von meinem gotischen Fenster aus beobachten, wie er so tat, als stelle er den alten Mann mit an, und wie er ihm äußerst liebevoll zunickte. Unser Frühstück war genauso schmackhaft wie das Abendessen, und Punkt halb acht machten wir uns auf den Weg nach Little Britain. Je näher wir herankamen, desto verschlossener und ernster benahm sich Wemmick, und sein Mund wurde wieder schmal wie ein Briefschlitz. Als wir schließlich an seinem Arbeitsplatz anlangten und er den Schlüssel aus dem Mantelkragen hervorzog, sah man ihm sein Grundstück in Walworth nicht mehr an, so als wären die Burg, die Zugbrücke, die Laube, der Teich, der Springbrunnen und der alte Vater mit dem letzten Kanonenschuß davongewirbelt worden.

26. Kapitel

Wie von Wemmick vorausgesagt, sollte ich bald Gelegenheit bekommen, das Heim meines Vormunds mit dem seines Kassierers und Sekretärs zu vergleichen. Als ich, von Walworth kommend, ins Büro trat, wusch sich mein Vormund gerade in seinem Zimmer die Hände mit parfümierter Seife. Er bat mich zu sich und lud mich und meine Freunde ein, worauf mich Wemmick schon vorbereitet hatte. »Ganz zwanglos«, bat er sich aus, »nicht im Abendanzug und sagen wir, morgen.« Ich fragte ihn nach der Adresse (denn ich hatte keine Ahnung, wo er wohnte), und da er, wie ich glaube, eine grundsätzliche Abneigung gegen direkte Antworten hatte, erwiderte er: »Kommen Sie hierher, ich nehme Sie dann zu mir nach Hause mit.« Ich möchte an dieser Stelle erwähnen, daß er sich, wie ein Chirurg oder Zahnarzt, nach jedem Klienten die Hände wusch. Zu diesem Zwecke hatte er in seinem Zimmer eine kleine Ecke abgeteilt, in der es wie in einem Parfümeriegeschäft nach Seife roch. An der Tür hing ein ungewöhnlich großes Rollhandtuch. Jedesmal, wenn er vom Gericht kam oder einen Klienten verabschiedet hatte, wusch er sich die Hände und trocknete sie gründlich an diesem Handtuch ab. Als meine Freunde und ich ihn am nächsten Abend um sechs Uhr aufsuchten, muß er einen besonders unangenehmen Fall zu bearbeiten gehabt haben, denn wir trafen ihn in der Waschecke an, wo er sich nicht nur die Hände wusch, sondern auch das Gesicht abspülte und gurgelte. Nachdem er das getan und sich am Handtuch ausgiebig abgetrocknet hatte, holte er noch sein Federmesser hervor und beseitigte damit unter den Fingernägeln die letzten Spuren des »Falles«, bevor er seinen Mantel anzog.

Als wir auf die Straße traten, schlichen wie gewöhnlich einige Leute umher, die ihn offenbar sprechen wollten. Doch in dem Geruch der Seife, der ihn wie eine Wolke umgab, lag etwas so Entschiedenes, daß sie es für diesen Tag aufgaben.

Während wir in westlicher Richtung gingen, wurde er immer wieder von Straßenpassanten gegrüßt; jedesmal wenn er das merkte, unterhielt er sich lauter mit mir. Er aber grüßte niemanden und nahm auch keine Notiz davon, wenn ihn jemand grüßte.

Er führte uns nach Soho in die Gerrard Street, zu einem auf der Südseite der Straße gelegenen Haus, das in seiner Art recht vornehm wirkte, aber dringend einen neuen Anstrich benötigte und dessen Fenster sehr schmutzig waren. Er holte den Schlüssel hervor und öffnete die Tür, und wir betraten eine mit Steinen ausgelegte, kahle, düstere und wenig benutzte Diele. Eine dunkelbraune Treppe führte zu drei ebenfalls dunkelbraun gehaltenen Zimmern in der ersten Etage.

Die getäfelten Wände waren mit geschnitzten Girlanden verziert. Als er bei der Begrüßung davorstand, wußte ich, an welche Art von Schlingen ich dabei denken mußte.

Das Essen war im besten der drei Zimmer aufgetragen worden. Das zweite Zimmer diente ihm als Ankleideraum und das dritte als Schlafzimmer. Er erzählte uns, daß ihm das ganze Haus gehöre, er aber selten mehr als diese Räume bewohne.

Die Tafel war reich gedeckt – selbstverständlich ohne Silberzeug; neben seinem Sessel stand ein Teewagen mit zahlreichen Flaschen und Karaffen und vier mit Obst gefüllten Schalen als Nachtisch. Mir fiel während der ganzen Zeit auf, daß er alles selbst in die Hand nahm und auch eigenhändig austeilte.

In dem Zimmer befand sich ein Bücherschrank. An den Buchrücken sah ich, daß es sich um Literatur über Beweismaterial, Strafrecht, Verbrecherbiographien, Prozesse, Parlamentsbeschlüsse und ähnliches handelte. Die Einrichtung war gediegen und aus gutem Material, ebenso wie seine Uhrkette. Alles wirkte jedoch etwas büromäßig; nichts Schmückendes war zu finden. In einer Ecke stand ein kleiner Tisch voller Akten mit einer Lampe darauf. Er schien sich also die Büroarbeit mit nach Hause zu nehmen und sie am Abend wieder hervorzuholen.

Da er meine drei Gefährten bisher kaum beachtet hatte – denn wir beide waren nebeneinander gegangen –, stand er nach dem Klingelzeichen auf dem Kaminvorleger und musterte sie ausgiebig. Zu meiner Verwunderung interessierte er sich von Anfang an hauptsächlich, wenn auch nicht ausschließlich, für Drummle.

»Pip«, sagte er, legte seine schwere Hand auf meine Schulter und zog mich ans Fenster, »ich kann sie nicht auseinanderhalten. Wer ist die Spinne?«

»Die Spinne?« fragte ich.

»Der picklige, schlaksige, mürrische Bursche.«

»Das ist Bentley Drummle«, antwortete ich, »der andere mit dem zarten Gesicht ist Startop.«

Ohne auch nur im geringsten auf den »mit dem zarten Gesicht« zu achten, erwiderte er: »Bentley Drummle heißt er? Dieser Bursche gefällt mir.«

Sofort begann er ein Gespräch mit Drummle; er ließ sich nicht im mindesten von dessen schwerfälligen, verstockten Antworten abschrecken; offenbar reizte es ihn, dem anderen die Worte aus der Nase zu ziehen. Ich beobachtete die beiden, doch dann trat die Haushälterin zwischen uns, weil sie den ersten Gang servierte.

Sie war eine Frau von etwa vierzig Jahren, vielleicht habe ich sie auch jünger geschätzt. Sie war ziemlich groß, flink und behende, auffallend blaß und hatte große, wäßrige Augen und volles, langes Haar. Ich kann nicht sagen, ob es an einem Herzleiden lag, daß ihre Lippen wie aus Atemnot geöffnet waren und ihr Gesicht Hast und Unruhe ausdrückte. Ich weiß aber, daß ich ein oder zwei Abende zuvor »Macbeth« im Theater gesehen hatte und daß ihr Gesicht auf mich wirkte, als wäre es von der heißen Luft wie die Gesichter gerötet, die ich aus dem Hexenkessel hatte steigen sehen.

Sie stellte die Speisen hin, tippte meinen Vormund leise mit einem Finger am Arm an, um darauf hinzuweisen, daß das Essen bereitstand, und verschwand. Wir nahmen an dem runden Tisch Platz; mein Vormund ließ Drummle auf der einen und Startop auf der anderen Seite neben sich sitzen. Die Haushälterin hatte ein köstliches Fischgericht auf den Tisch gebracht. Danach aßen wir eine ebenso erlesene Hammelkeule und ein schmackhaftes Geflügelgericht. Die Soßen, Weine und Zutaten, die wir wünschten, waren vom Besten; unser Gastgeber reichte sie uns vom Teewagen aus. Sobald sie die Runde gemacht hatten, stellte er sie wieder an ihren Platz zurück. Auf die gleiche Weise teilte er zu jedem Gang saubere Teller, Messer und Gabeln aus und legte das benutzte Geschirr in zwei Körbe, die neben seinem Sessel auf dem Fußboden standen. Außer der Haushälterin ließ sich keine andere Bedienung blicken. Sie trug jedes Gericht auf, und jedesmal war ihr Gesicht das aus dem Hexenkessel auftauchende. Nach Jahren ließ ich eine schreckliche Ähnlichkeit mit dieser Frau herstellen, indem ich jemandem, dessen natürliches Ebenbild lediglich in den herabfallenden Haaren bestand, veranlaßte, in einem dunklen Zimmer hinter eine Schüssel mit brennendem Spiritus zu treten.

Sowohl ihre auffallende Erscheinung als auch Wemmicks Andeutungen veranlaßten mich, der Haushälterin besondere Aufmerksamkeit zu schenken. Und so beobachtete ich, wie sie, jedesmal wenn sie im Zimmer war, aufmerksam ihre Blicke auf meinen Vormund richtete und ihre Hände nur zögernd die Schüsseln losließen, die sie vor ihn hinstellte, als fürchtete sie, er könnte sie zurückrufen und sie ansprechen, wenn sie in der Nähe war. An seinem Benehmen konnte ich erkennen, daß er das wußte und sie absichtlich immer im ungewissen ließ.

Die Mahlzeit verlief in fröhlicher Stimmung, und obgleich mein Vormund offenbar lieber einer Unterhaltung folgte, als selbst Themen beizutragen, merkte ich, daß er die Charakterschwächen aus uns herausquetschte. Ehe ich mir völlig bewußt war, den Mund geöffnet zu haben, offenbarte ich bereits meine Neigung, verschwenderisch zu sein, Herbert von oben herab zu behandeln und mich meiner großen Erwartungen zu rühmen. Einem jeden erging es so, besonders aber Drummle. Dessen Hang, über die anderen mißgünstig und neidisch herzufallen, wurde von ihm ans Tageslicht gezerrt, noch ehe das Fischgericht abgetragen war.

Als wir beim Käse angelangt waren, kam die Rede auf unsere Ruderkünste, und Drummle wurde von uns aufgezogen, weil er immer so langsam hinter uns hergeschlichen kommt. Daraufhin sagte Drummle zu unserem Gastgeber, daß er sein Zimmer unserer Gesellschaft vorziehe, daß er mit seinem Wissen unserem Lehrer überlegen sei und uns mit seiner Kraft zerschmettern könne. Fast unmerklich brachte es mein Vormund fertig, ihn wegen dieser Lappalie in Wut zu versetzen; er begann die Ärmel hochzukrempeln und seine muskulösen Arme zu zeigen, woraufhin wir alle es ihm lächerlicherweise nachtaten.

In diesem Augenblick räumte die Haushälterin den Tisch ab. Mein Vormund beachtete sie gar nicht, sondern saß mit abgewandtem Gesicht in seinen Sessel zurückgelehnt und nagte an seinem Zeigefinger; dabei verriet er ein mir unerklärliches Interesse an Drummle. Doch plötzlich, als sie gerade über den Tisch langte, umschloß seine Pranke wie eine Falle ihre Hand. Er tat das dermaßen unerwartet und rasch, daß wir unseren törichten Streit abbrachen.

»Da Sie gerade von Kraft sprechen«, sagte Mr. Jaggers, »will ich Ihnen ein Handgelenk zeigen. Molly, laß sie dein Handgelenk sehen.«

Die von ihm umklammerte Hand lag auf dem Tisch, doch die andere Hand hatte sie hinter dem Rücken versteckt. »Herr«, sagte sie leise und sah ihn aufmerksam und flehentlich an, »bitte nicht.«

»Ich werde Ihnen ein Handgelenk zeigen«, wiederholte Mr. Jaggers mit unerschütterlicher Entschlossenheit. »Molly, laß sie dein Handgelenk sehen.«

»Herr«, murmelte sie wieder, »ich bitte Sie!«

»Molly«, sagte Mr. Jaggers, ohne sie anzublicken – er starrte auf die gegenüberliegende Seite des Zimmers –, »zeig ihnen beide Handgelenke. Na, zeig sie!«

Er ließ ihre Hand los und drehte sie auf dem Tisch um. Sie holte auch die andere Hand hervor und streckte beide nebeneinander aus. Das zweite Gelenk war ziemlich entstellt und über und über mit Narben bedeckt. Als sie die Hände vorgestreckt hielt, wandte sie ihren Blick von Mr. Jaggers ab und schaute alle gespannt der Reihe nach an.

»Hier steckt Kraft drin«, sagte Mr. Jaggers und fuhr kaltblütig mit dem Zeigefinger über die Sehnen. »Nur wenige

Männer haben so viel Kraft im Handgelenk wie diese Frau. Es ist erstaunlich, was für Kraft allein im Zugriff dieser Hände liegt. Ich habe schon viele Hände zu sehen bekommen, niemals aber, weder bei Männern noch bei Frauen, stärkere erlebt.«

Während er dies ruhig abwägend sagte, wanderten ihre Blicke noch immer von einem zum anderen. Erst als er zu sprechen aufhörte, sah sie ihn wieder an. »Genug, Molly«, sagte Mr. Jaggers und nickte ihr leicht zu, »du bist bewundert worden und kannst gehen.« Sie zog die Hände weg und ging aus dem Zimmer. Mr. Jaggers nahm die Karaffe vom Teewagen, füllte sein Glas und reichte den Wein herum.

»Um halb zehn müssen wir uns trennen, meine Herren«, sagte er, »nutzen Sie deshalb die Zeit. Ich freue mich, Sie alle hier zu haben. Mr. Drummle, ich trinke auf Ihr Wohl.«

Wenn er mit Drummles Bevorzugung das Ziel verfolgte, ihn noch mehr aus sich herauszulocken, so war ihm das glänzend gelungen. Triumphierend zeigte Drummle den anderen seine Geringschätzung und wurde immer beleidigender, bis er direkt unausstehlich war. Mr. Jaggers verfolgte ihn, während er sich steigerte, mit demselben merkwürdigen Interesse. Er schien Mr. Jaggers' Wein erst die rechte Würze zu geben.

In unserem jugendlichen Mangel an Taktgefühl hatten wir zuviel getrunken und redeten nun zuviel. Besonders in Harnisch gerieten wir wegen einer flegelhaften und spöttischen Äußerung Drummles, wir gingen zu leichtfertig mit unserem Geld um. Das veranlaßte mich zu der mehr übereilten als taktvollen Bemerkung, er habe dazu am allerwenigsten Grund, den Startop habe ihm gerade erst vor einer Woche in meiner Gegenwart Geld geliehen.

»Na und«, versetzte Drummle, »er wird es wiederbekommen.«

»Ich wollte damit nicht andeuten, daß er es nicht zurückbekommen wird«, sagte ich, »sondern Sie nur veranlassen, den Mund zu halten, wenn es um uns und unsere Geldangelegenheiten geht, meine ich.«

»Meinen Sie«, erwiderte Drummle. »Ach, du lieber Gott!«

»Ich möchte behaupten«, fuhr ich fort, um ihn schonungslos zu treffen, »Sie würden keinem von uns Geld leihen, wenn wir etwas brauchten.«

»Das stimmt«, sagte Drummle. »Ich würde keinem von Ihnen auch nur sechs Pence leihen. Ich würde niemandem sechs Pence leihen.«

»Ziemlich schäbig, sich unter diesen Umständen selbst etwas zu borgen, würde ich sagen.«

»Würden *Sie* sagen«, wiederholte Drummle. »Ach, du lieber Gott!«

Das war so aufreizend – besonders weil ich gegen seine Beschränktheit und seinen Hochmut nicht ankam –, daß ich, ohne auf Herberts Wink zu achten, entgegnete: »Gut, Mr. Drummle, da wir gerade bei diesem Thema sind, will ich Ihnen verraten, wie sich Herbert und ich geäußert haben, als Sie das Geld geborgt haben.«

»Ich will gar nicht wissen, wie sich Herbert und Sie geäußert haben«, knurrte Drummle. Ich glaube, er fügte leise brummend hinzu, wir sollten uns zum Teufel scheren.

»Ich werde es Ihnen trotzdem sagen, ob Sie wollen oder nicht. Als Sie zufrieden das Geld in die Tasche steckten, fanden wir, daß Sie recht belustigt zu sein schienen, weil er so gutmütig war, Ihnen das Geld zu leihen.«

Drummle lachte aus vollem Halse; er lachte uns ins Gesicht und hatte dabei die Hände in den Taschen und die kräftigen Schultern hochgezogen. Er gab deutlich zu verstehen, daß wir recht hatten und er uns Dummköpfe verachtete.

Daraufhin nahm ihn sich Startop vor, allerdings weitaus nachsichtiger als ich, und ermahnte ihn, etwas liebenswürdiger zu sein. Startop war ein lebhafter, freundlicher, junger Bursche, Drummle genau das Gegenteil, weshalb er ihn direkt als eine persönliche Beleidigung ansah. Er antwortete ihm scharf und grob, doch Startop versuchte die Auseinandersetzung mit einer scherzhaften Bemerkung, über die wir alle lachen mußten, abzuwenden. Dieser kleine Erfolg versetzte Drummle noch mehr in Wut, und so nahm er ohne jegliche Warnung die Hände aus den Taschen, senkte seine kräftigen Schultern, fluchte und ergriff ein großes Glas, das er zweifellos seinem Widersacher an den Kopf geworfen hätte, wenn es ihm unser Gastgeber nicht noch im rechten Augenblick geschickt entrissen hätte.

»Meine Herren«, sagte Mr. Jaggers, während er ruhig sein Glas absetzte und seine goldene Repetieruhr mit der dicken Kette hervorzog, »es tut mir aufrichtig leid, Ihnen mitteilen zu müssen, daß es halb zehn ist.«

Auf diesen Wink hin erhoben wir uns. Noch ehe wir an der Haustür waren, redete Startop Drummle mit »alter Junge« an, als wäre nichts geschehen. Doch der »alte Junge« war so wenig geneigt, darauf einzugehen, daß er nicht einmal auf derselben Straßenseite nach Hammersmith laufen wollte. Da Herbert und ich in der Stadt blieben, beobachteten wir, wie die beiden davongingen; jeder auf einer Straßenseite, Startop vorneweg und Drummle im Schatten der Häuser hinterher, so wie er in seinem Boot stets zurückblieb.

Da die Haustür noch nicht verschlossen war, kam mir der Gedanke, ich könnte Herbert einen Moment allein lassen und hinauflaufen, um meinem Vormund noch ein paar Worte zu sagen.

Ich traf ihn in seinem Ankleidezimmer an, wo er, umgeben von einer Stiefelparade, bereits dabei war, sich nach unserem Besuch die Hände zu waschen.

Ich sei gekommen, sagte ich, um mich wegen des unerfreulichen Zwischenfalls zu entschuldigen und weil ich hoffte, er sei mir deswegen nicht böse.

»Pah«, sagte er, wobei er sein Gesicht begoß und durch die Wassertropfen hindurch sprach, »das macht nichts, Pip. Diese Spinne gefällt mir trotzdem.«

Er hatte sich mir zugewandt, schüttelte den Kopf, prustete und rieb sich mit dem Handtuch trocken.

»Es freut mich, daß Sie ihn mögen, Sir«, sagte ich. »Ich mag ihn nicht.«

»Nein, nein«, pflichtete mein Vormund bei, »geben Sie sich wenig mit ihm ab. Halten Sie sich möglichst fern von ihm. Aber ich mag den Burschen, Pip. Er gehört zu der ehrlichen Sorte. Wenn ich ein Hellseher wäre . . .«

Über das Handtuch hinweg warf er mir einen Blick zu.

»Ich bin aber kein Hellseher«, meinte er und trocknete sich die Ohren mit den beiden Handtuchenden ab. »Sie wissen ja, was ich bin, nicht wahr? Gute Nacht, Pip.«

»Gute Nacht, Sir.«

Ungefähr einen Monat später war für die Spinne die Zeit bei Mr. Pocket glücklich abgelaufen, und zur großen Erleichterung aller Hausgenossen, Mrs. Pocket ausgenommen, kehrte er in den Schoß der Familie zurück.

27. Kapitel

Mein lieber Mr. Pip,

ich schreibe dies auf Mr. Gargerys Wunsch und will Sie wissen lassen, daß er in Begleitung von Mr. Wopsle nach London fährt und sich freuen würde, Sie zu sehen, wenn es Ihnen angenehm ist. Er würde am Dienstag morgens um neun Uhr in Barnards Gasthof sein. Wenn es Ihnen nicht paßt, geben Sie bitte Bescheid. Ihrer armen Schwester geht es noch so wie damals, als Sie abreisten. Jeden Abend sprechen wir in der Küche von Ihnen und fragen uns, was Sie wohl sagen und tun mögen. Sollten Sie es als zu vertraulich ansehen, entschuldigen Sie es bitte um der schönen, gemeinsam verbrachten Zeit willen. Genug für heute, lieber Mr. Pip.

Ihre stets dankbare und ergebene Dienerin
Biddy

PS Er bittet mich, daß ich ausdrücklich »was für 'n Spaß« schreibe. Er sagt, Sie werden schon verstehen. Ich hoffe und zweifle nicht daran, daß Sie ihn gern sehen wollen, obwohl Sie ein feiner Herr sind, denn Sie haben immer ein gutes Herz gehabt, und er ist ein so wertvoller Mensch. Ich habe ihm alles vorgelesen, nur nicht den letzten Satz, und er bittet mich ausdrücklich noch einmal, »was für'n Spaß« zu schreiben.

Diesen Brief erhielt ich mit der Post am Montagmorgen. Daher galt die Verabredung für den nächsten Tag. Ich will ganz offen eingestehen, mit welchen Gefühlen ich Joes Besuch entgegensah.

Nicht etwa mit Freude, obwohl mich so vieles mit ihm verband; nein, ich war ziemlich erregt, etwas gekränkt und hatte das Gefühl, er passe nicht hierher. Wenn ich ihn mit Geld hätte fernhalten können, hätte ich gewiß das Geld ausgegeben. Meine größte Beruhigung war, daß er in Barnards Gasthof und nicht nach Hammersmith kommen wollte und somit nicht Bentley Drummle über den Weg laufen konnte. Es machte mir nichts aus, wenn er von Herbert oder dessen Vater gesehen würde, denn beide achtete ich sehr. Dagegen erregte mich der Gedanke, er könnte von Drummle, den ich verachtete, gesehen werden. Es ist oft so im Leben, daß wir gewöhnlich unsere größten Charakterschwächen und Gemeinheiten um derjenigen willen zeigen, die wir am meisten verabscheuen.

Ich hatte angefangen, die Zimmer mit allerlei unnötigen und ungeeigneten Dingen zu schmücken, und der Kampf gegen Barnard stellte sich als recht kostspielig heraus. Die Zimmer unterschieden sich inzwischen grundlegend von denen bei meinem Einzug, und ich hatte die Ehre, ein paar Seiten im Kontobuch eines benachbarten Dekorateurs zu füllen. Neuerdings war ich so weit gegangen, mir einen Diener in Stiefeln – Stulpenstiefeln – zu halten, unter dessen »Knute« ich meine Tage verbrachte. Nachdem ich dieses Ungeheuer aus dem Abschaum der Familie meiner Waschfrau herausgeholt und mit einer blauen Jacke, gelben Weste, weißen Krawatte, mit kremfarbenen Kniehosen und den bereits erwähnten Stiefeln ausgestattet hatte, mußte ich dafür sorgen, daß er wenig zu tun, aber viel zu essen bekam. Mit diesen beiden Forderungen wurde er zur Last meines Daseins.

Dieser Rachegeist war zu Dienstag früh um acht Uhr bestellt, wo er sich in der Diele einfinden sollte (laut Rechnung für den Fußbodenbelag war sie zwei Quadratfuß groß). Herbert schlug ein paar Dinge zum Frühstück vor, von denen er annahm, daß sie Joe schmecken würden. Obwohl ich mich ihm gegenüber wegen seines Interesses und seiner Umsicht zu Dank verpflichtet fühlte, regte sich in mir der Verdacht, daß er nicht gar so schnell mit allem gewesen wäre, wenn Joe *ihn* besucht hätte.

Wie dem auch sei, ich fuhr am Montagabend in die Stadt, um mich auf Joes Besuch vorzubereiten, und stand am nächsten Morgen zeitig auf und sorgte dafür, daß das Wohnzimmer und der Frühstückstisch prächtig hergerichtet wurden. Unglücklicherweise nieselte es an diesem Morgen, und selbst ein Engel hätte nicht die Tatsache verhehlen können, daß an den Fensterscheiben in Barnards Gasthof rußgeschwärzte Tränenbäche herabflossen.

Je näher der Zeitpunkt rückte, desto größer wurde mein Verlangen davonzulaufen, doch der Rachegeist stand, wie befohlen, in der Diele, und gleich darauf hörte ich Joe im Treppenhaus. Ich erkannte Joe an seinen schwerfälligen Schritten – seine Sonntagsstiefel waren ihm immer etwas zu groß – und an der langen Zeit, die er benötigte, um beim Treppensteigen in den anderen Stockwerken die Namensschilder zu lesen. Als er endlich vor unserer Tür stehenblieb, konnte ich hören, wie sein Finger die Buchstaben meines Namens auf dem Türschild nachzog, und danach hörte ich durch das Schlüsselloch ganz deutlich, wie er nach Atem rang. Schließlich klopfte er einmal schüchtern an, und Pepper – so lautete der vielsagende Name des Rachegeistes – meldete »Mr. Gargery!« Ich glaubte schon, er würde nie mit dem

Füßeabtreten fertig und ich müßte ihn von der Matte herunterziehen, doch endlich trat er ein.

»Joe, wie geht's dir, Joe?«

»Pip, wie geht's dir, Pip?«

Sein liebes, ehrliches Gesicht strahlte nur so. Den Hut legte er zwischen uns auf den Fußboden, dann ergriff er meine Hände und bewegte sie wie Pumpenschwengel auf und nieder.

»Ich bin so froh, dich wiederzusehen, Joe. Gib mir deinen Hut.«

Aber Joe hob ihn vorsichtig mit beiden Händen auf, als wäre er ein Vogelnest mit Eiern, und wollte nichts davon wissen, sich von seinem Eigentum zu trennen. Mit dem Hut in der Hand blieb er stehen, was die Unterhaltung recht unbequem machte.

»Wie du gewachsen bist«, sagte Joe, »und so schick und vornehm.« Joe überlegte eine Weile, bis er das rechte Wort gefunden hatte. »Na, sicherlich bist du für dein' König und Land 'ne Ehre.«

»Und du, Joe, siehst ganz prächtig aus.«

»Gottlob«, sagte Joe, »so seh ich immerfort aus. Und deiner Schwester, der geht's nich schlechter wie sonst. Und Biddy, die is immer gesund und munter. Und allen Freunden geht's nich schlechter, wenn nich sogar besser. Nur Wopsle, der is tiefer gesunken.«

Während der ganzen Zeit (noch immer hielt er mit beiden Händen behutsam das Vogelnest) ließ Joe seine Blicke im Zimmer umherwandern und auf meinem geblümten Schlafrock ruhen.

»Tiefer gesunken, Joe?«

»Ja, nun«, sagte Joe und senkte die Stimme, »er hat die Kirche verlassen und is zur Schauspielerei gegangen. Wegen die Schauspielerei is er ja auch mit mir nach London gekommen. Und sein Wunsch war«, Joe klemmte kurz das Vogelnest unter den linken Arm und tastete mit der rechten

Hand nach einem Ei, »wenn's recht is, daß ich dir das hier geben tu.«

Ich nahm, was Joe mir gab, und stellte fest, daß es das zerknüllte Programm eines kleinen Londoner Theaters war. Es kündigte für diese Woche den ersten Auftritt »des berühmten Laienschauspielers aus der Provinz (mit dem Ruf eines Roscius)« an, »dessen einmalige Vorstellung mit dem größten Drama unseres Nationaldichters kürzlich in Theaterkreisen eine Sensation hervorgerufen hat«.

»Hast du diese Aufführung gesehen, Joe?« fragte ich.

»Jawohl«, erklärte Joe feierlich und mit Nachdruck.

»War es denn eine Sensation?«

»Aber ja«, sagte Joe, »'ne Menge Apfelsinenschalen wurden geworfen. Besonders, als er den Geist gesehn hat. Aber sagen Sie selbst, Sir, ob's richtig bedacht is, 'nen Mann ehrlichen Herzens bei seiner Aufgabe zu lassen, wenn dauernd zwischen ihn und 'n Geist ›Amen‹ gerufen wird. Ein Mensch kann Pech gehabt ham und in der Kirche gewesen sein«, Joe dämpfte die Stimme zu einem eindringlichen und mitfühlenden Tonfall, »aber das is noch kein Grund, warum man ihn zu dieser Zeit so stören sollte. Ich meine, wenn dem Geist von dem eignen Vater eines Mannes nich erlaubt werden kann, die Aufmerksamkeit auf sich zu lenken, wem sonst, Sir? Weiter, wenn sein Trauerhut leider so klein is, daß ihn die schwarzen Federn mit ihrem Gewicht runterziehn tun, kannste versuchen, ihn aufzubehalten, wie du willst.«

Joe sah plötzlich selbst so aus, als hätte er einen Geist gesehen. Daraus schloß ich, daß Herbert ins Zimmer getreten war. Ich machte Joe mit Herbert bekannt, der ihm die Hand entgegenstreckte. Joe aber wich zurück und hielt sich am Vogelnest fest.

»Ihr ergebener Diener, Sir«, sagte Joe, »ich hoffe, daß Sie und Pip . . .« In dem Moment fiel sein Blick auf den Rachegeist, der gerade Röstbrot auf den Tisch stellte, und er machte Anstalten, diesen jungen Mann als Familienmitglied zu begrüßen. Ich runzelte jedoch die Stirn und verwirrte ihn noch mehr. »Ich meine, hoffentlich leidet ihr beiden jungen Herrn nich an eurer Gesundheit in diesem engen Loch. Für Londoner Begriffe mag das ja 'n sehr guter Gasthof sein«, sagte Joe vertraulich, »aber ich für mein Teil würde nich mal 'n Schwein hier halten, jedenfalls nich, wenn ich's orntlich mästen und saftig haben will.«

Nachdem sich Joe in so schmeichelhafter Weise über die Vorzüge unserer Wohnung geäußert und beiläufig die Neigung gezeigt hatte, mich mit »Sir« anzureden, wurde er aufgefordert, am Tisch Platz zu nehmen. Joe sah sich im Zimmer nach einem geeigneten Fleck um, wo er seinen Hut lassen konnte (als kämen nur wenige Stellen dafür in Frage), und legte ihn schließlich auf die äußerste Kante des Kaminsimses, wo er später des öfteren herunterfiel.

»Möchten Sie Tee oder Kaffee, Mr. Gargery?« fragte Herbert, der morgens immer den Hausherrn spielte.

»Danke, Sir«, sagte Joe, der stocksteif dasaß.

»Was halten Sie von Kaffee?«

»Danke, Sir«, erwiderte Joe, offenbar wegen dieses Vorschlags niedergeschlagen, »da Sie so freundlich sind und Kaffee auswählen, will ich gegen Ihre Meinung nichts sagen. Aber finden Sie nich auch, daß einem so warm davon wird?«

»Na, dann nehmen wir eben Tee«, sagte Herbert und goß ihn ein.

In diesem Augenblick fiel Joes Hut vom Kaminsims; er verließ seinen Stuhl, hob ihn auf und legte ihn an denselben Platz zurück. Als ob es zum guten Benehmen gehörte, wenn er bald wieder herunterfiele.

»Wann sind Sie hergekommen, Mr. Gargery?«

»Isses gestern nachmittag gewesen?« überlegte Joe und hustete hinter der vorgehaltenen Hand, als hätte er sich in der Zwischenzeit bereits den Keuchhusten geholt. »Nein. Ja, doch. Ja. Gestern nachmittag.« Er sah zugleich gescheit, erleichtert und gerecht aus.

»Haben Sie schon etwas von London zu sehen bekommen?«

»Ja, natürlich, Sir«, antwortete Joe, »ich mit Wopsle bin gleich zu 'nem Schuhwichseladen gegangen. Wir finden aber, es stimmt nich mit den Schildern an der Ladentür überein. Ich meine«, fügte Joe erläuternd hinzu, »'s is zu architekturarisch.«

Ich glaube wirklich, daß Joe dieses Wort noch mehr in die Länge gezogen hätte (für meine Begriffe von Architektur mächtig ausdrucksvoll), wenn er nicht durch seinen Hut abgelenkt worden wäre, der glücklicherweise wieder herunterfiel. Er mußte wirklich ständig ein wachsames Auge haben und flink bei der Hand sein, wie ein Torsteher. Er trieb ein ungewöhnliches Spiel damit und erwies sich als äußerst gewandt. Mal schoß er auf den Hut zu und fing ihn geschickt im Fallen auf, dann erfaßte er ihn in der Luft und jonglierte ihn in die verschiedensten Winkel des Zimmers und gegen die Muster der Tapete, bis er ihn sicher in der Hand hielt. Schließlich klatschte er auf einen Untersatz, wo ich mich seiner bemächtigte.

Wenn ich an seinen Hemdkragen und den Kragen des Jacketts denke, so sind sie mir beide ein Rätsel. Warum sollte sich ein Mensch dermaßen einzwängen, um sich korrekt angezogen zu fühlen? Warum sollte er es für notwendig erachten, in den Sonntagskleidern zu leiden, bloß um geläutert zu werden? Zeitweilig wurde er nachdenklich, hielt dann die Gabel über dem Teller und ließ seine Blicke merkwürdig umherwandern. Dann wurde er von Hustenanfällen heimgesucht. Er saß zu weit vom Tisch ab, so daß mehr auf den Fußboden fiel, als er aß. Er tat so, als sei nichts geschehen, und ich war heilfroh, als Herbert uns verließ, um in die City zu gehen.

Ich war weder vernünftig noch einfühlsam genug einzusehen, daß das alles meine Schuld war und daß sich Joe ungezwungener gegeben hätte, wenn ich es ihm leichter gemacht hätte. Ich war ungeduldig und ärgerlich auf ihn, und in dieser Situation sammelte er mir nur glühende Kohlen aufs Haupt.

»Da wir beide nun allein sind, Sir«, begann Joe.

»Joe«, unterbrach ich ihn mürrisch, »wie kannst du mich Sir nennen?«

Für den Bruchteil einer Sekunde sah mich Joe etwas vorwurfsvoll an. So lächerlich seine Krawatte und sein Kragen aussahen, so deutlich wurde ich mir der Würde bewußt, die in seinem Blick lag.

»Da wir beide nun allein sind«, fuhr Joe fort, »und ich weder die Absicht noch die Möglichkeit habe, noch lange zu bleiben, will ich damit schließen oder – richtiger gesagt – damit beginnen, zu erklären, was mich in diese ehrenvolle Lage gebracht hat. Denn wenn es nich mein einziger Wunsch wär, dir von Nutzen zu sein«, bemerkte Joe in seiner gewohnten klaren Ausdrucksweise, »hätt ich nich die Ehre gehabt, in Gesellschaft von zwei feinen Herrn zu frühstücken.«

Da ich seinem Blick nicht noch einmal begegnen wollte, erhob ich keine Einwände.

»Also, Sir«, fuhr Joe fort, »die Sache is die. Gestern abend war ich bei den ›Bootsmännern‹, Pip«, sagte Joe und warf den Kopf leicht zurück. Jedesmal wenn ihn die Zuneigung übermannte, nannte er mich Pip, und wenn er in die Höflichkeit zurückverfiel, sagte er Sir. »Da kommt doch der Pumblechook in seiner Kutsche an«, sagte Joe und kam auf ein neues Thema zu sprechen, »derselbige, der mir manchmal das Haar gegen den Strich kämmen tut, schrecklich!, weil er in der ganzen Stadt erzählt, daß er in deiner Kindheit schon immer dein Freund gewesen is und du ihn als Spielkamerad angesehn hast.«

»Unsinn. Das warst doch du, Joe.«

»Was ich gerne glauben will, Pip«, sagte Joe und warf den Kopf leicht zurück, »aber das hat jetz wenig zu bedeuten, Sir. Also, Pip, derselbige, der mit seinem großmäuligen Getue, kommt doch zu mir in die ›Bootsmänner‹ ('ne Pfeife und 'ne

Pinte Bier is für den Handwerksmann weiß Gott 'ne Erholung, Sir, und grade das, was er brauch), und da sagt er zu mir: ›Joseph, Miss Havisham will dich sprechen.‹«

»Miss Havisham, Joe?«

»›Sie will dich sprechen‹, waren Pumblechooks Worte.« Joe saß da und rollte die Augen zur Decke empor.

»Ja, Joe? Bitte weiter.«

»Am nächsten Tag, Sir«, sagte Joe und sah mich an, als wäre ich weit weg, »als ich mich gewaschen hatte, besuch ich also Miss A.«

»Miss A., Joe? Miss Havisham.«

»Zu der sage ich so, meine aber Havisham, Sir«, antwortete Joe in einem formellen Ton, als machte er sein Testament. »Ihre Worte warn folgendermaßen: ›Mr. Gargery, sind Sie mit Mr. Pip in Verbindung?‹ Da ich grade 'nen Brief von dir hatte, konnte ich sagen: ›Ja, bin ich.‹ (Als ich Ihre Schwester heiratete, Sir, sagte ich: ›Ja, will ich.‹ Und als ich deiner Freundin antwortete, Pip, sagte ich: ›Ja, bin ich.‹) ›Würden Sie ihm dann bitte mitteilen‹, sagte sie, ›daß Estella nach Hause gekommen ist und sich freuen würde, ihn wiederzusehen.‹«

Ich spürte, wie ich errötete, als ich Joe anblickte. Hoffentlich lag das unter anderem daran, daß ich mir eingestand, ich hätte ihm mehr Mut gemacht, wenn mir der Anlaß seines Besuches bekannt gewesen wäre.

»Als ich nach Hause kam und Biddy bat, dir das zu schreiben«, fuhr Joe fort, »wollte sie nich so recht. Sie sagte: ›Ich weiß, er wird sich freuen, es aus deinem Munde zu hören. Es ist Urlaubszeit, und du möchtest ihn sehen, fahr hin!‹ Nun bin ich zum Schluß gekommen, Sir«, sagte Joe und erhob sich von seinem Stuhl, »und ich wünsche dir alles Gute, Pip, und daß es dir immer besser geht und du immer mehr Erfolg hast.«

»Du willst doch nicht etwa schon gehen, Joe?«

»Doch«, sagte Joe.

»Aber du kommst zum Mittagessen wieder, Joe?«

»Nein«, sagte Joe.

Unsere Blicke trafen sich, und all die »Sirs« wichen aus seinem mannhaften Herzen, als er mir die Hand reichte.

»Pip, guter alter Junge, man muß im Leben so viele Male Abschied nehmen, meine ich, und einer is 'n Grobschmied, einer is 'n Feinschmied, und einer is 'n Goldschmied, und einer is 'n Kupferschmied. Unterschiede muß es geben und müssen eben so hingenommen werden. Wenn heute Fehler gemacht worden sind, dann von mir. Du und ich, wir hätten uns nich in London treffen solln, überhaupt nich anderswo, nur wo wir für uns allein sind und von Freunden verstanden werden. Nich daß ich stolz bin oder recht haben möchte, aber du siehst mich in diesen Sachen nie mehr. Ich gehör nich in diese Sachen. Ich gehör in die Schmiede, in die Küche oder in die Maaschen. Du wirst nich halb soviel an mir auszusetzen ham, wenn ich in meinem Arbeitsanzug wär, mit dem Hammer in der Hand oder gar mit meiner Pfeife. Du wirst nich halb soviel an mir auszusetzen ham, wenn du mich mal wiedersehn willst und kommst und den Kopf zum Schmiedefenster reinsteckst und Joe, den Grobschmied, siehst, dort am Amboß, mit der alten, angesengten Schürze, an der gewohnten Arbeit. Ich bin schrecklich dumm, aber ich hoffe, ich habe doch noch was Gescheites von mir gegeben. Und nun, mein lieber alter Pip, mein alter Junge, Gott segne dich!«

Ich hatte mich nicht getäuscht, daß in seinem Auftreten eine schlichte Würde lag. Als er diese Worte sprach, konnte ihm seine Kleidung keinen Abbruch tun, genausowenig, als wäre er im Himmel gewesen. Er strich mir sanft über die Stirn und ging hinaus. Sobald ich mich genügend gefaßt hatte, stürzte ich ihm hinterher und suchte ihn in den umliegenden Straßen; er war aber verschwunden.

28. Kapitel

Es war klar, daß ich mich am nächsten Tag in unser Städtchen begeben mußte, und in meinem ersten Anflug von Reue war es ebenso klar, daß ich bei Joe wohnen würde. Als ich mir aber für den folgenden Tag einen Platz in der Postkutsche gesichert und Mr. Pocket aufgesucht hatte, war ich in bezug auf den letzten Punkt durchaus nicht mehr so entschlossen und begann nach Ausflüchten und Entschuldigungen zu suchen, um im »Blauen Eber« absteigen zu können. Ich würde Joe Umstände machen. Ich wurde nicht erwartet, und mein Bett wäre deshalb nicht hergerichtet. Ich wäre zu weit von Miss Havisham entfernt, und sie war streng und duldete das womöglich nicht.

Alle Betrüger dieser Welt sind nichts im Vergleich zu den Selbstbetrügern, und mit solchen Vorwänden machte ich mir selbst etwas vor. Wahrhaftig eine merkwürdige Sache. Daß ich ahnungslos eine gefälschte Halbkrone von einem anderen annehme, ist noch einzusehen. Doch daß ich wissentlich von mir selbst gefälschtes Geld als bare Münze ausgeben sollte! Ein gefällig wirkender Fremder faltet – angeblich um der Sicherheit willen – meine Geldscheine zusammen, entwendet die Banknoten und gibt mir statt dessen Falschgeld. Aber was ist schon sein Taschenspielertrick gegenüber meinem, wenn ich mein Falschgeld zusammenlege und als Banknoten weitergebe!

Nachdem ich mich entschlossen hatte, in den »Blauen Eber« zu ziehen, schwankte ich heftig, ob ich den Rachegeist mitnehmen sollte oder nicht. Der Gedanke, daß dieser kostspielige Diener im Bogengang vor dem »Blauen Eber« seine Stiefel zur Schau stellen würde, war verlockend. Nahezu großartig war die Vorstellung, ihn wie zufällig in der Schneiderwerkstatt vorzuführen und Trabbs respektlosen Lehrjungen durcheinanderzubringen. Andererseits könnte sich Trabbs Lehrjunge bei ihm einschmeicheln und aus der Schule plaudern. So dreist und rücksichtslos dieser Kerl war, könnte er ihn auch auf der High Street verhöhnen. Meine Gönnerin würde womöglich von ihm erfahren und etwas dagegen haben. Kurz, ich beschloß, den Rachegeist zu Hause zu lassen.

Ich hatte meinen Platz in der Nachmittagskutsche belegt, und da es Winter geworden war, würde ich meinen Bestimmungsort erst zwei oder drei Stunden nach Einbruch der Dunkelheit erreichen. Die Abfahrt von Cross Keys sollte um zwei Uhr erfolgen. Ich war schon eine Viertelstunde vorher dort, von dem »dienenden« Rachegeist begleitet, falls ich diese Bezeichnung auf jemanden anwenden kann, der mir niemals »diente«, sofern er sich bloß drücken konnte.

Damals war es üblich, mit den Postkutschen auch Häftlinge zu den Werften zu befördern. Wie ich oft gehört hatte, fuhren sie auf Außensitzen mit, und ich hatte mehr als einmal gesehen, wie sie vom Kutschendach ihre mit Ketten versehenen Beine herabbaumeln ließen. So hatte ich keinen Grund, überrascht zu sein, als mir Herbert auf dem Hof entgegenkam und mitteilte, daß zwei Sträflinge mit uns führen. Doch aus gutem Grund schrak ich noch immer zusammen, wenn ich das Wort »Sträfling« hörte.

»Du hast doch nichts dagegen, Händel?« fragte Herbert.

»O nein!«

»Es sah mir aber so aus, als ob du sie nicht magst.«

»Ich kann nicht behaupten, daß sie mir angenehm sind, und ich glaube, dir auch nicht sonderlich. Aber ich habe nichts gegen sie.«

»Sieh mal, da kommen sie«, sagte Herbert, »da aus der Schenke. Was für ein entwürdigender und widerwärtiger Anblick!«

Sie hatten vermutlich ihren Aufseher freigehalten, denn sie hatten einen Gefängnisaufseher neben sich, und alle drei wischten sich mit den Handrücken über den Mund. Die beiden Sträflinge waren mit Handschellen aneinandergeschlossen und trugen an den Füßen Eisenketten, die ich nur allzugut kannte. Auch die Art ihrer Kleidung war mir wohlbekannt. Ihr Aufseher hatte ein Paar Pistolen bei sich und trug einen dicken Knüppel unter dem Arm. Er vertrug sich aber gut mit ihnen, stand neben ihnen und sah dem Anspannen der Pferde mit einer Miene zu, als wären die Häftlinge interessante Stücke einer Ausstellung, die im Moment noch nicht geöffnet ist, und er deren Kurator. Der eine von ihnen, der etwas größer und dicker war, hatte natürlich, wie es in der Welt eben seltsam zugeht – ob bei Häftlingen oder Freien –, den kleineren Anzug ausgehändigt bekommen. Seine Arme sahen wie große Nadelkissen aus, und seine Kleidung entstellte ihn auf lächerliche Weise; dennoch erkannte ich ihn an seinem halbgeschlossenen Auge auf den ersten Blick. Vor mir stand der Mann, den ich an einem Samstagabend auf der Sitzbank in den »Drei fröhlichen Bootsmännern« gesehen und der mich mit seiner unsichtbaren Waffe getroffen hatte!

Es war offensichtlich, daß er mich bis jetzt nicht erkannt hatte. Er sah zu mir herüber, und sein Blick blieb abschätzend auf meiner Uhrkette haften; dann spie er gleichmütig aus und sagte etwas zu dem anderen Häftling. Daraufhin lachten beide und drehten sich um, wobei die Handschellen klirrten, und betrachteten etwas anderes. Die großen Nummern auf ihren Rücken, die wie Hausnummern wirkten; ihr grobes, dreckiges und plumpes Äußeres, das sie wie niedere Tiere erscheinen ließ; die Ketten an den Füßen, die mit Taschentüchern schamhaft verdeckt waren; sowie die Art, in der man sie anstarrte oder sich von ihnen fernhielt, machten sie (wie Herbert gesagt hatte) zu einem höchst unerfreulichen und entwürdigenden Anblick.

Doch das war nicht das schlimmste. Es stellte sich heraus, daß sämtliche hinteren Plätze in der Kutsche von einer aus London wegziehenden Familie eingenommen worden waren und daß für die beiden Sträflinge nur die vorderen Plätze, hinter dem Kutscher, übrigblieben. Aus diesem Grunde geriet ein reizbarer Herr, der den vierten Platz auf dieser Bank innehatte, in hellen Zorn und sagte, daß es ein Vertragsbruch sei, wenn er mit solchen Schurken gemeinsam reisen müsse, und daß es boshaft, entwürdigend und schändlich und was weiß ich noch alles sei. Inzwischen stand die Kutsche bereit, und der Kutscher wurde ungeduldig. Wir wollten alle einsteigen, und auch die Sträflinge mit ihrem Aufseher waren herübergekommen – sie verbreiteten jenen seltsamen Geruch nach Brot, grobem Tuch, Kabelgarn und Scheuerstein, der Sträflingen nun mal anhaftet.

»Nehmen Sie es doch nicht so tragisch, Sir«, bat der Aufseher den verärgerten Reisenden. »Ich werde neben Ihnen sitzen. Ich setze die beiden an das andere Ende der Bank. Sie werden Sie nicht behelligen, Sir. Sie werden gar nicht merken, daß sie da sind.«

»Laßt mich in Frieden«, grollte der Häftling, den ich wiedererkannt hatte. »Ich will nicht fahren. Ich bleibe auch gerne hier. Von mir aus kann jeder meinen Platz haben.«

»Oder meinen«, sagte der andere barsch. »Ich wär niemand auf den Wecker gefallen, wenn ich mir meinen Weg hätte aussuchen können.« Dann lachten beide und begannen, Nüsse zu knacken und die Schalen umherzuspucken. Ich glaube, ich hätte es genauso gemacht, wenn ich an ihrer Stelle gewesen und so verächtlich behandelt worden wäre.

Schließlich wurde vereinbart, daß der zornige Herr entweder neben seinen zufälligen Reisegefährten Platz nehmen oder zurückbleiben müsse. So kletterte er, noch immer schimpfend, auf seinen Sitz; der Aufseher setzte sich neben ihn, und die Sträflinge zogen sich empor, so gut sie konnten. Der Häftling, den ich wiedererkannt hatte, saß hinter mir, so daß sein Atem meine Haare streifte.

»Auf Wiedersehen, Händel«, rief Herbert, als wir losfuhren.

Ich dachte, was für ein Segen es doch war, daß er einen anderen Namen als Pip für mich erfunden hatte.

Ich kann unmöglich beschreiben, mit welcher Deutlichkeit ich den Atem des Sträflings spürte, nicht nur an meinem

Hinterkopf, sondern den ganzen Rücken entlang. Ich hatte das Gefühl, eine scharfe, ätzende Säure dringe mir ins Mark, und ich wurde ganz nervös davon. Er schien mühsamer und geräuschvoller als andere Menschen zu atmen. Ich spürte, wie ich in dem schüchternen Bestreben, ihm auszuweichen, auf einer Seite die Schulter wie zum Buckel hochzog.

Das Wetter war naßkalt, und die beiden fluchten über die Kälte. Sie machte uns alle schläfrig, noch ehe wir weit gefahren waren. Als wir das Gasthaus, das auf halber Strecke liegt, hinter uns gelassen hatten, dösten wir vor uns hin, fröstelten und schwiegen. Ich nickte über der Frage ein, ob ich diesem Kerl die zwei Pfundnoten zurückgeben sollte, bevor ich ihn aus den Augen verlor, und wie ich das am besten anstellen könnte. Wenn ich im Schlummer nach vorn kippte, schreckte ich jäh auf und erwog die Frage von neuem.

Ich mußte jedoch länger, als ich dachte, geschlafen haben, denn obwohl ich in der Dunkelheit und dem schwankenden Lichtschein unserer Lampen nichts erkennen konnte, spürte ich das Marschland an dem kalten, feuchten Wind, der uns entgegenwehte. Da ich zusammengekauert saß, um mich zu wärmen und mich etwas gegen den Wind abzuschirmen, waren die Sträflinge mir jetzt näher als vorher. Die ersten Worte, die ich von ihnen auffing, als ich zu mir kam, schienen meine eigenen Gedanken wiederzugeben: »Zwei Pfundnoten.«

»Wie ist er denn zu denen gekommen?« fragte der mir unbekannte Häftling.

»Wie soll ich das wissen?« erwiderte der andere. »Er hatte sie irgendwie verstaut. Nehme an, von Freunden bekommen.«

»Ich wollte, ich hätt sie hier«, sagte der andere und fluchte heftig auf die Kälte.

»Die beiden Pfundnoten oder die Freunde?«

»Die beiden Pfundnoten. Ich würde alle Freunde dafür hergeben, und ich glaube, das wär 'n verdammt gutes Geschäft. Also, was sagte er?«

»Er sagte also«, fuhr der von mir erkannte Sträfling fort, »und zwar war das Ganze in 'ner halben Minute hinter einem Holzstapel in der Werft erledigt. ›Du wirst doch nun entlassen!‹ Ja, das wurde ich. Ob ich diesen Jungen, der ihm zu essen gegeben und das Geheimnis für sich behalten hatte, ausfindig machen und ihm die beiden Pfundnoten geben könnte. Ja, ich konnte und tat es auch.«

»Bist 'n schöner Narr«, brummte der andere. »Ich hätt sie auf 'n Kopp gekloppt, verfressen oder versoffen. Er muß aber ziemlich dumm gewesen sein. Will sagen, er kannte dich wohl nicht?«

»Nicht die Spur. 'ne andre Gruppe und 'n andres Schiff. Wegen 'nem Fluchtversuch wurde er wieder verurteilt – zu lebenslänglich.«

»Und das war das einzige Mal, daß du draußen gearbeitet hast, hier in dieser Gegend?«

»Das einzige Mal.«

»Was hältst du von dieser Gegend?«

»Einfach abscheulich.«

»Schlamm, Nebel, Sumpf und Arbeit. Arbeit, Sumpf, Nebel und Schlamm.«

Die beiden fluchten mit deftigen Worten über die Gegend, aber allmählich hörten sie zu murren auf und verstummten dann ganz.

Nachdem ich dieses Zwiegespräch mit angehört hatte, wäre ich sicherlich ausgestiegen und in der Einsamkeit und Finsternis der Landstraße zurückgeblieben, wenn ich nicht genau gewußt hätte, daß mich der Mann nicht wiedererkannt hatte. Ich hatte mich wahrhaftig im Laufe der Jahre stark verändert, war auch anders gekleidet und lebte in derartig veränderten Verhältnissen, daß es recht unwahrscheinlich war, wenn er mich rein zufällig erkennen sollte. Dennoch genügte der Zufall, daß wir gemeinsam in derselben Kutsche fuhren, mich mit der Furcht zu erfüllen, durch ein anderes seltsames Zusammentreffen könnte er meinen Namen erfahren. Aus diesem Grunde beschloß ich, sobald wir die Stadt erreicht hätten, auszusteigen, um aus seiner Nähe fortzukommen. Dieses Vorhaben führte ich auch erfolgreich aus. Mein kleiner Koffer lag im Kutschkasten zu meinen Füßen. Ich brauchte nur einen Deckel zu öffnen, um ihn herauszuholen. Ich warf ihn hinunter, sprang hinterher und fand mich an der ersten Lampe und auf den ersten Pflastersteinen der Stadt wieder. Die Sträflinge fuhren in der Kutsche weiter, und ich wußte, an welcher Stelle sie zum Fluß fortgeschafft werden würden. Im Geiste sah ich das Boot mit seiner Mannschaft aus Sträflingen vor mir, das am schlammigen Landesteg auf sie wartete. Wieder vernahm ich das barsche: »Platz da, ihr!«, das wie ein an Hunde gerichteter Befehl klang. Und wieder sah ich draußen auf dem dunklen Wasser die verruchte Arche Noah liegen.

Ich hätte nicht sagen können, wovor ich Angst hatte, weil meine Furcht unklar und schwer zu schildern war; dennoch lastete sie auf mir. Als ich zum Hotel ging, spürte ich, wie mich etwas anderes als die Sorge, erkannt zu werden, vor Angst erzittern ließ. Ich bin überzeugt, daß es sich nicht deutlich äußerte und daß es für ein paar Minuten das Aufleben des schrecklichen Kindheitserlebnisses war.

Das Restaurant im »Blauen Eber« war leer. Ich hatte bereits das Essen bestellt und mich hingesetzt, als mich der Kellner erst erkannte. Kaum hatte er sich für seine Vergeßlichkeit entschuldigt, als er mich fragte, ob er den Hausknecht zu Mr. Pumblechook schicken sollte.

»Nein«, sagte ich, »auf keinen Fall.«

Der Kellner (er war derselbe, der an dem Tag, als ich den Vertrag unterschrieb, die große Beschwerde der Kaufleute heraufgebracht hatte) gab sich überrascht und ergriff die erste beste Gelegenheit, eine schmutzige alte Zeitung in meine Nähe zu legen, daß ich sie zur Hand nehmen und folgenden Artikel lesen mußte:

»Unsere Leser werden sicherlich mit großem Interesse im Zusammenhang mit dem romantischen Aufstieg eines jungen

Künstlers im Schmiedehandwerk aus unserer Nachbarschaft vernehmen (übrigens ein geeignetes Thema für die Feder unseres bis jetzt noch nicht allgemein anerkannten Mitbürgers Tooby, des Dichters unseres Blattes), daß der Gönner, Gefährte und Freund des jungen Mannes eine hochgeschätzte Persönlichkeit ist, die nicht unbeträchtlich mit dem Getreide- und Samenhandel verknüpft ist und deren äußerst günstig gelegene Geschäftsräume nicht weiter als hundert Meilen von der High Street entfernt sind. Es ist nicht ganz selbstlos von uns, wenn wir *ihn* als den Mentor unseres jungen Telemachos anerkennen, denn es ist angenehm zu wissen, daß unsere Stadt den Mann hervorgebracht hat, der des anderen Glück begründete. Fragt der einheimische Vertreter der Weisheit mit hochgezogener Braue oder der einheimische Vertreter der Schönheit mit strahlendem Blick, um wessen Glück es sich handelt? Wir meinen, Quinten Massys war der Schmied von Antwerpen, verb. sap.«

Auf Grund meiner reichen Erfahrung bin ich überzeugt, daß ich am Nordpol – falls ich zur Zeit meines Reichtums dorthin gereist wäre – jeden hätte treffen können, ob Eskimos oder zivilisierte Menschen, der mir erzählt hätte, daß Pumblechook mein Gönner und der Begründer meines Glücks gewesen sei.

29. Kapitel

Schon am frühen Morgen war ich auf den Beinen. Um zu Miss Havisham zu gehen, war es noch zu zeitig, deshalb schlenderte ich in die Gegend, in der Miss Havisham wohnte – es war nicht Joes Gegend; da konnte ich noch morgen hingehen –, grübelte über meine Wohltäterin nach und malte mir in lebhaften Farben aus, was sie mit mir vorhatte.

Sie hatte Estella an Kindes Statt angenommen und mich sozusagen ebenfalls; es konnte kein Zweifel darüber bestehen, daß sie uns zusammenbringen wollte. Mir war es vorbehalten, das verwahrloste Haus instandzusetzen, den Sonnenschein in die dunklen Zimmer einzulassen, die Uhren in Gang zu bringen und das Feuer in den erkalteten Feuerstellen anzufachen, die Spinnweben zu beseitigen und das Ungeziefer zu vertilgen, kurz gesagt, ich sollte die großartigen Taten eines jungen romantischen Ritters vollbringen und die Prinzessin heiraten. Ich war stehengeblieben, um das Haus zu betrachten. Seine verwitterten, roten Ziegelmauern, die verschlossenen und verhangenen Fenster und der dichte, grüne Efeu, dessen Zweige sogar die Schornsteine wie mit alten, sehnigen Armen umklammerten, hatten es zu einem reizvollen Geheimnis gemacht, dessen Held ich war. Estella war natürlich der Mittelpunkt, die Seele des Ganzen. Obwohl sie dermaßen von mir Besitz ergriffen hatte, obwohl ich mich in meiner Phantasie mit ihr beschäftigte und meine Hoffnung auf sie setzte und obwohl ihr Einfluß auf das Leben und die charakterliche Entwicklung in meinen Knabenjahren sehr stark gewesen war, dichtete ich ihr nicht einmal an diesem romantischen Morgen Eigenschaften an, die sie nicht besaß. Ich erwähne das aus einem bestimmten Grund an dieser Stelle, weil das der Faden ist, der in das jämmerliche Labyrinth meines Lebens führt. Meiner Erfahrung gemäß können die gewöhnlichen Vorstellungen eines Verliebten nicht immer zutreffen. Unbedingt wahr ist vielmehr, daß ich Estella damals einfach aus dem Grund liebte, weil ich sie unwiderstehlich fand. Ein für allemal: Zu meinem Leidwesen war mir oft, wenn auch nicht immer, bewußt, daß ich sie gegen jede Vernunft hoffnungslos liebte und sie mir den Seelenfrieden und das Glück raubte. Ein für allemal: Nicht zuletzt deswegen liebte ich sie, weil ich das wußte; und dieses Wissen konnte mich auch nicht mehr daran hindern, als wenn ich sie für den Inbegriff der menschlichen Vollkommenheit gehalten hätte.

Ich richtete meinen Spaziergang so ein, daß ich zur gewohnten Zeit am Gartentor anlangte. Nachdem ich mit unsicherer Hand geläutet hatte, wandte ich mich mit dem Rücken zum Tor, während ich mich bemühte, ruhig durchzuatmen und mein pochendes Herz zu besänftigen. Ich hörte, wie die Seitentür geöffnet wurde und Schritte über den Hof kamen. Ich tat jedoch so, als hätte ich nichts gehört, auch dann nicht, als sich das Tor in seinen rostigen Angeln drehte.

Als mir schließlich jemand auf die Schulter tippte, fuhr ich zusammen und wandte mich um. Wie groß war meine Bestürzung erst, als ich mich einem Mann in schlichter, grauer Kleidung gegenübersah, den ich am wenigsten als Pförtner an Miss Havishams Haustür vermutet hätte.

»Orlick!«

»Ja, junger Herr, nich nur in Ihrem Leben hat sich einiges verändert. Aber kommen Sie nur rein. Es is gegen die Anordnung, wenn ich das Tor zu lange offenlasse.« Ich trat ein, er schlug das Tor zu, verschloß es und zog den Schlüssel ab.

»Ja«, sagte er und sah sich um, nachdem er ein paar Schritte zum Haus vorausgegangen war, »ich bin jetz hier!«

»Wie sind Sie hierhergekommen?«

»Wie ich hierhergekommen bin?« versetzte er, »auf meinen Beinen. Meine Kiste habe ich auf 'ner Schubkarre hergefahrn.«

»Ist die Stellung vorteilhaft?«

»Ich bin nich zum Schaden hier, junger Herr, möcht ich meinen.«

Dessen war ich nicht so sicher. Ich hatte Muße, über seine Antwort nachzudenken, während er langsam seinen stumpfen Blick über den Boden, an meinen Beinen und Armen bis zum Gesicht emporwandern ließ.

»Dann haben Sie also die Schmiede verlassen?«

»Sieht das hier wie 'ne Schmiede aus?« erwiderte Orlick und blickte mit gekränkter Miene um sich. »Sieht das hier so aus?«

Ich fragte ihn, wie lange er schon von Gargerys Schmiede fort sei.

»Ein Tag is wie der andre«, antwortete er, »das weiß ich nich, ohne nachzurechnen. Jedenfalls bin ich, kurz nachdem Sie weg waren, hergekommen.«

»Das hätte ich mir denken können, Orlick.«

»Ach!« sagte er trocken. »Dann wärn Sie ja 'n Gelehrter.«

Inzwischen waren wir am Haus angelangt, wo ich bemerkte, daß sein Zimmer gleich neben der Seitentür lag. Das kleine Fenster sah auf den Hof hinaus. Den geringen Abmessungen nach glich es dem Raum, den man in Paris gewöhnlich einem Pförtner zugesteht. An der Wand hingen mehrere Schlüssel, zu denen er nun den Torschlüssel hängte. Sein mit einer bunt geflickten Decke zugedecktes Bett stand in einer Art Nische.

Alles machte einen schäbigen, beengten und trüben Eindruck und glich der Behausung einer Haselmaus. Wie er so düster und schläfrig in einer dunklen Ecke neben dem Fenster stand, ähnelte er einer Haselmaus, für die der Käfig eingerichtet war – und er paßte hinein.

»Ich habe dieses Zimmer noch nie gesehen«, bemerkte ich, »es gab hier allerdings auch keinen Pförtner.«

»Nein«, sagte er, »bis sich herumsprach, daß das Grundstück nich bewacht war, und man es für gefährlich hielt, bei all den Sträflingen und dem anderen Gesindel, das sich herumtreibt. Und dann hat man mich für diese Stelle vorgeschlagen, weil ich ein Mann bin, der es einem anderen orntlich zurückzahlen kann, und so hab ich zugesagt. Es is einfacher, als den Blasebalg zu treten und zu hämmern. Das da is geladen.«

Mein Blick war an einem messingbeschlagenen Gewehr über dem Kaminsims hängengeblieben, und seine Augen waren meinen gefolgt.

»Soll ich jetzt nicht zu Miss Havisham hinaufgehen?« sagte ich, denn ich hatte keine Lust mehr, mich zu unterhalten.

»Sie können mich totschlagen, wenn ich das wüßte!« erwiderte er und reckte und streckte sich. »Mein Auftrag is hiermit beendet, junger Herr. An diese selbige Glocke klopfe ich mit diesem selbigen Hammer, und Sie gehen immer den Gang entlang, bis Sie jemand treffen.«

»Ich werde wohl erwartet?«

»Sie können mich zweimal totschlagen, wenn ich das sagen könnte!« antwortete er.

Daraufhin schritt ich durch den langen Korridor, den ich beim erstenmal in meinen derben Stiefeln entlanggegangen war, und er ließ seine Glocke ertönen. Am Ende des Ganges, der noch von der Glocke widerhallte, traf ich Sarah Pocket, die meinetwegen im Gesicht grün und gelb geworden zu sein schien.

»Oh!« sagte sie. »Sie sind's, Mr. Pip?«

»Ich bin's, Miss Pocket. Es freut mich, Ihnen mitteilen zu können, daß es Mr. Pocket und seiner Familie gut geht.«

»Sind sie inzwischen vernünftiger geworden?« fragte Miss Pocket und schüttelte traurig den Kopf. »Es wäre besser, wenn sie vernünftiger geworden wären. Ach, Matthew, Matthew! Kennen Sie sich hier aus, Sir?«

Ziemlich gut, denn ich hatte viele Male die Treppe im Dunkeln erklommen. Jetzt stieg ich mit leichteren Schuhen als damals nach oben und klopfte in der gewohnten Weise an Miss Havishams Zimmertür. »Das ist Pips Art zu klopfen«, hörte ich sie gleich darauf sagen, »komm herein, Pip.«

Sie saß in ihrem Sessel neben dem mir bekannten Tisch, in dem mir bekannten Kleid. Die Hände hatte sie über dem Stock gefaltet, ihr Kinn ruhte darauf, und ihre Augen blickten ins Feuer. Neben ihr saß eine elegante Dame, die ich noch nie gesehen hatte. Sie hielt den weißen Schuh, der niemals getragen worden war, in der Hand und beugte sich darüber, um ihn zu betrachten.

»Komm herein, Pip«, murmelte Miss Havisham, ohne sich umzusehen oder aufzuschauen. »Komm herein, Pip. Wie geht es dir, Pip? Du küßt mir ja die Hand, als wäre ich eine Königin, wie? Nun?«

Plötzlich sah sie zu mir auf, wobei sie nur die Augen bewegte, und wiederholte in grimmig-munterem Ton: »Nun?«

»Ich habe gehört, Miss Havisham«, sagte ich ziemlich verlegen, »daß Sie so gütig waren, den Wunsch zu äußern, ich solle Sie besuchen. Ich bin sofort gekommen.«

»Nun?«

Die Dame, die ich nie zuvor gesehen hatte, hob die Augen und blickte mich schelmisch an, und dann merkte ich, daß es Estellas Augen waren. Sie hatte sich aber sehr verändert, war noch um vieles schöner und weiblicher geworden und erregte in allem Bewunderung. Sie hatte so erstaunliche Fortschritte gemacht, daß ich dagegen gar nicht vorangekommen zu sein schien. Während ich sie betrachtete, hatte ich das Empfinden, daß ich mich hoffnungslos in den derben, gewöhnlichen Burschen zurückverwandelte. Gleichzeitig überfiel mich das Gefühl der Distanz und Ungleichheit und ihrer Unnahbarkeit.

Sie reichte mir die Hand. Ich stammelte etwas von der Freude, sie wiederzusehen, und wie lange ich auf diesen Moment gewartet hätte.

»Findest du, daß sie sich sehr verändert hat, Pip?« fragte Miss Havisham lauernden Blickes und schlug mit ihrem Stock auf einen Stuhl zwischen ihr und Estella, was eine Aufforderung war, mich dorthin zu setzen.

»Als ich hereinkam, Miss Havisham, glaubte ich, alles hätte sich an Estella verändert, das Gesicht und die Gestalt. Aber jetzt wird sie wieder ganz die alte . . .«

»Was denn? Du willst doch nicht etwa sagen, wie die frühere Estella?« unterbrach mich Miss Havisham. »Sie war hochmütig und unverschämt, und du wolltest immer weg von ihr. Erinnerst du dich?« Verwirrt sagte ich, das wäre alles lange her und ich hätte es damals nicht besser gewußt und ähnliches. Estella lächelte völlig gelassen und sagte, ich hätte zweifellos recht gehabt und sie wäre wirklich garstig gewesen.

»Hat *er* sich verändert?« fragte Miss Havisham.

»Ja, sehr«, antwortete Estella und sah mich an.

»Nicht mehr so derb und gewöhnlich?« fragte Miss Havisham und spielte mit Estellas Haar.

Estella lachte und blickte auf den Schuh in ihrer Hand, lachte erneut und stellte den Schuh beiseite. Noch immer behandelte sie mich wie einen dummen Jungen, dennoch betörte sie mich.

Wir saßen in dem dunklen Zimmer inmitten der seltsamen Dinge, die einen starken Eindruck auf mich hinterlassen hatten, und ich erfuhr, daß sie erst kürzlich aus Frankreich zurückgekehrt war und daß sie nach London gehen wollte. Sie war überheblich und eigenwillig wie eh und je, hatte diese Eigenschaften ihrer Schönheit aber so untergeordnet, daß es unmöglich und unnatürlich war (zumindest dachte ich das), sie von ihrer Schönheit zu trennen. Es war wirklich unmöglich, ihre Person von meinem unglückseligen Verlangen nach Geld und Vornehmheit zu trennen, das meine Jünglingsjahre beeinträchtigt hatte – von all den irregeleiteten Bestrebungen, die mich beschämt auf mein Zuhause und Joe herabblicken ließen – von all den Phantasievorstellungen, die mir ihr Gesicht im lodernden Feuer vorgaukelten, es aus dem Eisen auf dem Amboß herausschlugen und in der dunklen Nacht zum Schmiedefenster hineinschauen und wieder weghuschen ließen. Mit einem Wort, es war mir vorher und auch jetzt nicht möglich, sie aus meinem Inneren zu verbannen.

Es wurde vereinbart, daß ich den ganzen Tag bei Miss Havisham bleiben, am Abend ins Hotel zurückkehren und am nächsten Morgen nach London reisen sollte. Als wir uns eine Weile unterhalten hatten, schickte uns Miss Havisham in den verwilderten Garten hinaus. Wenn wir dann zurückkämen, sagte sie, sollte ich sie wie in früheren Zeiten ein wenig im Rollstuhl umherfahren.

Estella und ich gingen also in den Garten, durch das Tor, durch das ich vor der Begegnung mit dem blassen jungen Mann, jetzt Herbert, geschlendert war. Ich zitterte im stillen und hätte am liebsten ihren Rocksaum geküßt. Sie dagegen war völlig gelassen und wollte ganz gewiß nicht meinen Rocksaum küssen. Als wir uns dem Ort des Zweikampfes näherten, blieb sie stehen und sagte: »Ich muß ein seltsames kleines Geschöpf gewesen sein, daß ich mich an jenem Tage versteckt habe, um mir diesen Kampf anzusehen. Es hat mir aber viel Spaß gemacht.«

»Sie haben mich reichlich belohnt.«

»Habe ich das?« fragte sie gleichgültig und leichthin. »Ich erinnere mich, daß ich gegen Ihren Gegner eine große Abneigung hegte, weil ich mich ärgerte, daß er hierherbestellt war, um mich mit seiner Gesellschaft zu belästigen.«

»Er und ich sind jetzt die besten Freunde.«

»Ach? Ja, ich entsinne mich. Nehmen Sie nicht Unterricht bei seinem Vater?«

»Ja.«

Ich gab dies nur ungern zu, weil das nach einem Schuljungen aussah, und sie behandelte mich ohnehin wie ein Kind.

»Seit sich Ihre Verhältnisse und Aussichten verändert haben, hat sich auch Ihr Umgang geändert«, sagte Estella.

»Natürlich«, erwiderte ich.

»Und notwendig«, fügte sie hochmütig hinzu. »Was früher geeigneter Umgang für Sie war, wäre inzwischen gänzlich ungeeignet.«

Innerlich bezweifelte ich stark, ob ich noch die ernste Absicht hatte, Joe zu besuchen. Doch wenn ich sie gehabt hätte, wäre sie durch diese Bemerkung verdrängt worden.

»Sie hatten damals keine Ahnung von dem Glück, das Ihnen bevorstand?« fragte Estella mit einer leichten Handbewegung, die den Zweikampf andeutete.

»Nicht im geringsten.«

Die Vollkommenheit und Überlegenheit, mit der sie neben mir herschritt, und meine Jugendlichkeit und Unterwürfigkeit bildeten einen Gegensatz, den ich deutlich spürte. Er hätte wohl noch mehr an mir genagt, wenn ich mich nicht als auserwählt und für sie bestimmt betrachtet hätte.

Der Garten war zu sehr verwildert und überwuchert, als daß man darin bequem spazierengehen konnte. Nachdem wir ein oder zwei Runden gemacht hatten, betraten wir den Hof der Brauerei. Ich zeigte ihr genau, wo ich sie an jenem ersten Tage über die Fässer habe klettern sehen, und sie sagte mit einem kühlen und gleichgültigen Blick in diese Richtung: »Habe ich das getan?« Ich erinnerte sie daran, wo sie aus dem Haus gekommen war und mir Fleisch und etwas zu trinken gegeben hatte, und sie sagte: »Ich kann mich nicht darauf besinnen.«

»Auch nicht darauf, daß Sie mich zum Weinen gebracht haben?«

»Nein«, sagte sie, schüttelte den Kopf und blickte umher. Ich glaube wirklich, daß ich wieder, weil sie sich nicht im entferntesten erinnerte, Tränen vergoß, und zwar innerlich, aber das sind die schmerzlichsten Tränen, die man vergießen kann.

»Sie müssen wissen«, sagte Estella so herablassend zu mir, wie das nur eine strahlende und schöne Frau kann, »daß ich kein Herz habe – falls das mit meinem Erinnerungsvermögen irgendwie zusammenhängen sollte.«

Ich redete allerlei Unsinn darüber, daß ich mir die Freiheit herausnähme, ihre Äußerung anzuzweifeln. Ich müßte es besser wissen. Solche Schönheit könnte es ohne Herz nicht geben.

»Oh! Ich habe ein Herz, in das man mit einem Dolch stechen oder mit einer Kugel schießen kann, darüber besteht kein Zweifel«, sagte Estella, »und wenn es aufhören würde zu schlagen, würde ich natürlich nicht mehr leben. Aber Sie wissen schon, was ich meine. Ich besitze kein weiches Gemüt – keine Gefühlsregungen oder Mitleid – alles Unsinn.«

Was war es nur, das sich mir aufdrängte, wenn sie stehenblieb und mich aufmerksam ansah? Irgend etwas, was ich an Miss Havisham entdeckt hatte? Nein. In ihrem Blick und in ihren Gesten lag manchmal eine entfernte Ähnlichkeit mit

Miss Havisham, wie man es häufig bei Kindern beobachten kann, die von den Erwachsenen, mit denen sie ausschließlich zusammen sind, einiges übernehmen, wodurch später eine erstaunliche zufällige Ähnlichkeit im Ausdruck von Gesichtern, die sonst völlig verschieden sind, auftreten kann.

Ich betrachtete sie erneut, und obwohl sie mich noch immer anschaute, war der Eindruck verflogen.

Was war es nur?

»Ich meine das ernst«, sagte Estella, weniger mit einem Stirnrunzeln (denn ihre Stirn war glatt) als mit einem Düsterwerden ihres Gesichts. »Wenn wir oft zusammenkommen sollen, ist es besser, Sie glauben es mir gleich. Nein!« unterbrach sie mich gebieterisch, als ich den Mund auftun wollte. »Ich habe meine Zärtlichkeit nicht irgendwo versteckt. Ich kenne so etwas gar nicht.«

Im nächsten Augenblick befanden wir uns in der seit langem unbenutzten Brauerei, und sie wies auf die Galerie, auf der ich sie an jenem ersten Tag gesehen hatte. Sie erzählte mir, daß sie sich erinnere, dort oben gewesen zu sein und bemerkt zu haben, wie ich unten erschrocken dagestanden habe. Als meine Augen ihrer weißen Hand folgten, erfaßte mich wieder diese vage Vorstellung, die ich mir nicht erklären konnte. Durch mein unwillkürliches Zusammenzucken veranlaßt, legte sie ihre Hand auf meinen Arm. Sofort tauchte dieses spukhafte Bild wieder vor mir auf und war im Nu verschwunden.

Was war es nur?

»Was ist los?« fragte Estella. »Haben Sie wieder einen Schreck bekommen?«

»Das wäre der Fall, wenn ich daran glaubte, was Sie gerade gesagt haben«, erwiderte ich, um etwas abzulenken.

»Sie glauben es mir also nicht? Nun gut, ich habe es Ihnen jedenfalls gesagt. Miss Havisham wird Sie bald auf Ihrem altgewohnten Posten erwarten, obwohl ich finde, daß sie darauf wie auf alle anderen Ansprüche allmählich verzichten könnte. Machen wir noch eine Runde um den Garten und gehen dann hinein. Kommen Sie! Heute sollen Sie wegen meiner Grausamkeit keine Tränen vergießen. Sie sollen mein Page sein und mir Ihre Schulter als Stütze reichen.«

Ihr schönes Kleid hatte den Boden gestreift. Jetzt raffte sie es mit der einen Hand, und mit der anderen berührte sie leicht meine Schulter, während wir nebeneinanderher gingen. Noch zwei- oder dreimal wanderten wir durch den verwilderten Garten, der in meinen Augen in voller Blüte stand.

Wäre das grüne und gelbe Unkraut in den Ritzen der alten Mauern die edelste Blumenpracht, die je geblüht hat, gewesen, so könnte es in meiner Erinnerung nicht liebevoller bewahrt bleiben.

Es bestand kein großer Altersunterschied zwischen uns. Wir waren fast gleichaltrig, obwohl sie als Mädchen natürlich etwas älter wirkte als ich. Doch ihre Unnahbarkeit, die sich aus ihrer Schönheit und ihrem Auftreten ergab, quälte mich trotz meines Entzückens, und an ihrer Unverschämtheit spürte ich, daß uns unsere Wohltäterin füreinander bestimmt hatte. Ich armer Junge!

Schließlich kehrten wir ins Haus zurück, und ich erfuhr zu meiner Verwunderung, daß mein Vormund dagewesen war, um mit Miss Havisham geschäftliche Dinge zu besprechen, und daß er zum Essen zurückkehren würde. In dem Raum, in dem die modernde Tafel stand, hatte man, während wir draußen waren, die alten, trüben Kronleuchter angezündet, und Miss Havisham saß in ihrem Stuhl und erwartete mich.

Es war, als schöbe ich den Stuhl gewissermaßen in die Vergangenheit zurück, als wir unseren Rundgang um die kläglichen Überbleibsel der Hochzeitsfeier begannen. In diesem düstern Zimmer und im Vergleich zu der Gestalt, die – in ihren Stuhl zurückgelehnt – dem Grabe entstiegen zu sein schien und ihren Blick auf sie heftete, sah Estella strahlender und schöner denn je aus, und ich war wie von einem Zauber gebannt.

Die Zeit verstrich, und die Stunde des Mittagessens rückte heran. Estella ging, um sich zurechtzumachen.

Wir waren mitten vor der langen Tafel stehengeblieben, und Miss Havisham streckte einen ihrer dürren Arme aus und ließ die zur Faust geballte Hand auf dem gelben Tischtuch ruhen. Als Estella über die Schulter hinweg zurückblickte, ehe sie hinausging, warf ihr Miss Havisham Kußhände mit einem leidenschaftlichen Eifer zu, der in seiner Art schrecklich war.

Nachdem Estella gegangen und wir beide allein zurückgeblieben waren, wandte sie sich mir zu und sagte im Flüsterton: »Ist sie nicht schön, anmutig und gut gewachsen? Bewunderst du sie?«

»Das muß jeder, der sie sieht, Miss Havisham.«

Sie legte mir einen Arm um meinen Hals und zog meinen Kopf dicht an ihr Gesicht, während sie im Stuhl saß. »Liebe sie, liebe sie, liebe sie! Wie behandelt sie dich?«

Ehe ich antworten konnte (als ob ich eine so schwierige Frage überhaupt hätte beantworten können!), wiederholte sie: »Liebe sie, liebe sie, liebe sie. Wenn sie nett zu dir ist, liebe sie. Wenn sie dich verletzt, liebe sie. Wenn sie dein Herz in Stücke reißt – und je älter und stärker dein Herz wird, desto tiefer geht der Schmerz –, liebe sie, liebe sie, liebe sie!«

Niemals hatte ich solche Leidenschaftlichkeit gesehen, wie sie sie in ihre Worte legte. Ich spürte, wie sich die Muskeln des dünnen Arms, der meinen Hals umschlang, heftig spannten.

»Hör zu, Pip. Ich habe sie an Kindes Statt angenommen, damit sie geliebt werde. Ich habe sie aufgezogen und ausbilden lassen, damit sie geliebt werde. Und ich habe sie zu dem gemacht, was sie ist, damit sie geliebt werde. Liebe sie!«

Sie wiederholte das Wort oft genug, so daß kein Zweifel darüber bestand, was sie meinte. Aber selbst wenn dieses so häufig wiederholte Wort nicht Liebe, sondern Haß, Verzweiflung, Rache oder gar Tod gelautet hätte, aus ihrem Munde hätte es auch nur wie ein Fluch klingen können.

»Ich werde dir erklären«, sagte sie in demselben hastigen

und leidenschaftlichen Flüsterton, »was wahre Liebe ist. Es ist blinde Ergebenheit, bedingungslose Selbsterniedrigung, völlige Unterordnung, Vertrauen und Glauben wider eignes besseres Wissen und das der ganzen Welt, und es bedeutet, daß du Herz und Seele dem hingibst, der dich vernichtet – so wie ich es getan habe!«

Als sie an diesem Punkt angelangt war und danach einen wilden Schrei ausstieß, faßte ich sie um die Taille, denn sie stand in ihrem zerfetzten Kleid im Rollstuhl auf und taumelte, als sollte sie jeden Moment gegen die Wand schlagen und tot umfallen.

All das spielte sich in wenigen Sekunden ab. Als ich sie in den Rollstuhl zurückgezwungen hatte, nahm ich einen mir bekannten Geruch wahr, und als ich mich umblickte, sah ich meinen Vormund im Zimmer.

Stets trug er (das habe ich wohl noch nicht erwähnt) ein seidenes, kostbares Taschentuch von beachtlichem Ausmaß bei sich, das ihm in seinem Beruf wertvolle Dienste leistete. Ich habe beobachtet, wie er einen Klienten oder Zeugen in Schrecken versetzte, indem er dieses Taschentuch feierlich auseinanderfaltete, als wollte er sich sogleich damit schneuzen, dann aber innehielt, als wüßte er, daß der Zeitpunkt nicht gegeben sei, solange Klient oder Zeuge noch kein Geständnis abgelegt haben. Unmittelbar darauf folgte dann das Geständnis wie etwas Selbstverständliches. Als ich ihn im Zimmer bemerkte, hielt er das eindrucksvolle Taschentuch in beiden Händen und betrachtete uns. Sein Blick begegnete meinem, und in dieser Haltung verharrend, sagte er laut in eine Pause des Stillschweigens hinein: »Wirklich? Merkwürdig!« Dann verwendete er das Taschentuch zu seinem eigentlichen Zweck und erzielte eine erstaunliche Wirkung.

Miss Havisham hatte ihn gleichzeitig mit mir bemerkt. Sie hatte wie jeder andere Angst vor ihm, bemühte sich aber krampfhaft, Fassung zu gewinnen, und stammelte, er sei pünktlich wie immer.

»Pünktlich wie immer«, wiederholte er und kam auf uns zu. »Wie geht's Ihnen, Pip? Soll ich Sie ein wenig herumfahren, Miss Havisham? Einmal die Runde? Sie sind also hier, Pip?«

Ich erzählte ihm, wann ich gekommen war und daß mich Miss Havisham gebeten habe, Estella zu besuchen. Woraufhin er erwiderte: »Ach ja, eine vornehme junge Dame!« Dann schob er mit der einen Hand Miss Havisham im Rollstuhl vor sich her und steckte die andere in seine Hosentasche, als befänden sich in der Tasche lauter geheimnisvolle Dinge.

»Na, Pip, wie oft haben Sie Estella bisher gesehen?« fragte er, als er einmal anhielt.

»Wie oft?«

»Ja, wie oft? Zehntausendmal?«

»Oh, so oft gewiß nicht.«

»Zweimal?«

»Jaggers«, unterbrach ihn Miss Havisham zu meiner großen Erleichterung, »lassen Sie meinen Pip in Ruhe und gehen Sie mit ihm zum Mittagessen.«

Er fügte sich, und wir tasteten uns gemeinsam im Dunkeln die Treppe hinunter. Während wir über den gepflasterten Hof zu den abseits gelegenen Räumen gingen, fragte er mich, wie oft ich Miss Havisham habe essen und trinken sehen. Dabei ließ er mir wie immer die Wahl zwischen hundert- und einmal.

Ich überlegte kurz und sagte: »Nie.«

»Werden Sie auch nie, Pip«, erwiderte er finster lächelnd. »Seitdem sie ihr jetziges Leben führt, hat sie es niemandem gestattet, sie dabei zu beobachten. Nachts streift sie umher und ißt, was ihr unter die Finger kommt.«

»Bitte, Sir«, sagte ich, »darf ich Ihnen eine Frage stellen?«

»Das dürfen Sie«, sagte er, »und ich darf mich weigern, sie zu beantworten. Stellen Sie Ihre Frage.«

»Heißt Estella Havisham oder . . .« Ich hatte nichts hinzuzufügen.

»Oder was?«

»Heißt sie Havisham?«

»Sie heißt Havisham.«

Damit waren wir am Mittagstisch angelangt, wo uns Estella und Miss Pocket erwarteten. Mr. Jaggers nahm den Platz am Kopfende ein, Estella ihm gegenüber, während ich meiner grünlich-gelben Freundin gegenübersaß. Das Essen war ausgezeichnet, und wir wurden von einem Serviermädchen bedient, das ich, solange ich hier ein- und ausgegangen war, nie zu Gesicht bekommen hatte, das aber die ganze Zeit in diesem geheimnisvollen Haus gewesen sein mußte. Nach dem Essen wurde meinem Vormund eine Flasche erlesenen alten Weines vorgesetzt (offenbar kannte er diesen Wein gut), und die beiden Damen ließen uns allein.

Die hartnäckige Zurückhaltung, die Mr. Jaggers in diesem Hause zeigte, habe ich an ihm nie mehr und nirgendwo anders erlebt. Er blickte vor sich hin und schaute Estella während der Mahlzeit kaum einmal ins Gesicht. Wenn sie ihn ansprach, hörte er zu und antwortete nach angemessener Pause, sah sie dabei aber niemals an, soweit ich das beobachten konnte. Sie dagegen betrachtete ihn oft interessiert und neugierig, wenn nicht sogar mißtrauisch, doch sein Gesicht verriet nicht im geringsten, ob er das bemerkte. Während des Essens bereitete es ihm eine diebische Freude, Sarah Pocket noch grüner und gelber im Gesicht werden zu lassen, indem er bei der Unterhaltung mit mir auf meine Zukunftsaussichten anspielte. Auch hierbei ließ er sich seine Absicht nicht anmerken und erweckte sogar den Anschein, daß er diese Anspielungen aus mir Einfältigem herausholte (das tat er tatsächlich, obwohl ich nicht weiß, wie).

Als wir beide allein geblieben waren, saß er mit einer Miene da, als müßte er infolge der Erfahrung, die er besaß, erst einmal eine Pause einlegen, was für mich wirklich zuviel war. Als er weiter nichts in der Hand hatte, prüfte er den Portwein auf Herz und Nieren. Er hielt ihn gegen den Kerzenschein, kostete ihn, bewegte ihn ein wenig im Mund hin und her, schluckte ihn hinunter, betrachtete sein Glas aufs neue, roch daran, kostete ihn und trank ihn, goß nach und untersuchte das Glas noch einmal gründlich, bis ich inzwischen so nervös geworden war, als hätte der Wein ihm etwas Nachteiliges über mich erzählen können. Drei- oder viermal unternahm ich den schwachen Versuch, eine Unterhaltung in Gang zu bringen. Doch jedesmal, wenn er merkte, daß ich ihn etwas fragen wollte, betrachtete er mich, mit dem Glas in der Hand, und rollte den Wein im Mund, als wollte er mich darauf hinweisen, daß es keinen Sinn hätte, da er ohnehin nicht antworten könnte.

Ich glaube, Miss Pocket war sich darüber im klaren, daß sie bei meinem Anblick Gefahr lief, in den Wahnsinn getrieben zu werden und sich dabei vielleicht die Haube vom Kopf zu reißen – ein häßliches Ding, so ähnlich wie ein Scheuerlappen aus Musselin – und den Fußboden mit ihren Haaren zu besäen, die sicherlich nicht auf *ihrem* Kopf gewachsen waren. Sie kam nicht zum Vorschein, als wir später zu Miss Havisham hinaufgingen und zu viert Whist spielten. In der Zwischenzeit hatte Miss Havisham die schönsten Juwelen von ihrem Frisiertisch sehr phantasievoll in Estellas Haar gesteckt beziehungsweise ihre Brust und Arme damit geschmückt. Mir fiel auf, daß sogar mein Vormund seine dichten Brauen ein wenig hob und zu ihr hinschaute, als er sie in ihrer Lieblichkeit und jugendlichen Frische vor sich sah.

Über die Art und das Ausmaß, in dem er unsere Trümpfe an sich nahm und am Ende der Runde mit niedrigen Karten herauskam, vor denen unsere Könige und Königinnen völlig wertlos waren, will ich mich nicht äußern. Auch nicht über meinen Eindruck, daß er uns wie drei jämmerliche, rätselhafte Gestalten betrachtete, die er längst durchschaut hatte. Worunter ich am meisten litt, war der Gegensatz zwischen seinem kühlen Verhalten und meinen Gefühlen Estella gegenüber. Nicht, weil ich wußte, daß ich es nicht ertragen könnte, mit ihm über sie zu sprechen, sondern weil ich wußte, daß ich es nicht ertragen könnte, wenn er ihr zu nahe rückte; weil ich wußte, daß ich es nicht ertragen könnte, wenn er nichts mehr mit ihr zu tun haben wollte. Es lag daran, daß meine Bewunderung neben ihm existierte, daß meine Gefühle im gleichen Raum schwangen – darin bestand meine schmerzliche Lage.

Bis neun Uhr abends spielten wir Karten. Dann wurde verabredet, daß ich, sobald Estella nach London käme, benachrichtigt werden und sie an der Postkutsche abholen sollte. Ich verabschiedete mich von ihr, gab ihr die Hand und entfernte mich.

Mein Vormund bewohnte im »Blauen Eber« das Zimmer neben mir. Bis spät in die Nacht hinein dröhnten mir noch Miss Havishams Worte »Liebe sie, liebe sie, liebe sie!« in den Ohren. Ich wandelte sie ab und flüsterte wohl mehr als hundertmal in mein Kissen hinein: »Ich liebe sie, ich liebe sie, ich liebe sie!« Eine Welle der Dankbarkeit überkam mich, daß sie für mich, den ehemaligen Schmiedelehrling, bestimmt sein sollte. Dann fragte ich mich – falls sie, wie ich befürchtete, keineswegs für dieses Los dankbar wäre –, wann sie anfangen würde, sich für mich zu interessieren. Wann würde ich in ihrem Herzen, das jetzt noch stumm und gefühllos war, warme Empfindungen wachrufen?

Weh mir! Ich hielt solche Gefühlsregungen für erhaben, bedachte aber nicht, wie erbärmlich und gemein es von mir war, mich von Joe fernzuhalten, nur weil ich wußte, daß *sie* ihn verachten würde. Ein Tag war erst vergangen, seit mir Joe Tränen in die Augen getrieben hatte. Doch schnell waren sie versiegt – Gott verzeih mir!

30. Kapitel

Nachdem ich am nächsten Morgen im »Blauen Eber« beim Ankleiden die Angelegenheit gründlich durchdacht hatte, beschloß ich, meinem Vormund zu sagen, daß ich Zweifel hegte, ob Orlick der geeignete Mensch sei, bei Miss Havisham eine Vertrauensstellung einzunehmen. »Natürlich ist er nicht der rechte Mann, Pip«, sagte mein Vormund, schon im voraus davon überzeugt, »weil derjenige, der eine Vertrauensstellung einnimmt, nie der rechte Mann ist.« Der Gedanke schien ihm einzuleuchten, daß diese Sonderstellung nicht zum ersten Mal von einem ungeeigneten Menschen bekleidet wurde. Mit zufriedener Miene hörte er mir zu, als ich ihm erzählte, was ich von Orlick wußte. »Sehr gut, Pip«, bemerkte er, als ich geendet hatte, »ich werde sofort hingehen und unserem Freund den Laufpaß geben.«

Da er so kurz und bündig reagierte, war ich ziemlich beunruhigt und bat um etwas Aufschub. Ich deutete sogar an, daß unser Freund Schwierigkeiten machen könnte. »O nein, das wird er nicht«, sagte mein Vormund und unterstrich diese Worte selbstbewußt mit seinem Taschentuch. »Das möchte ich erleben, wie er mit *mir* in dieser Frage streitet!«

Da wir erst mit der Mittagskutsche nach London fahren wollten und ich beim Frühstück so schreckliche Angst vor Pumblechook ausgestanden hatte, daß ich kaum die Tasse halten konnte, nutzte ich die Gelegenheit zu sagen, daß ich lieber laufen und auf der Landstraße nach London vorausgehen würde, während Mr. Jaggers beschäftigt war. Er möge dem Kutscher Bescheid sagen, daß ich unterwegs zusteigen und meinen Platz einnehmen wolle. Somit konnte ich sofort nach dem Frühstück vom »Blauen Eber« ausrücken. Ich machte einen großen Bogen um Pumblechooks Anwesen, der mich ein paar Kilometer ins freie Gelände führte, und gelangte schließlich wieder in die High Street, aber etwas von dieser »Falle« entfernt. Jetzt fühlte ich mich verhältnismäßig sicher.

Es war sehr interessant, wieder einmal in dem stillen alten Städtchen zu sein, und es war alles andere als unangenehm, hin und wieder erkannt und angestarrt zu werden. Ein oder zwei Kaufleute stürzten sogar aus ihren Geschäften und liefen vor mir ein Stück die Straße entlang, damit sie umkehren und so tun konnten, als hätten sie etwas vergessen, nur um dicht an mir vorbeigehen zu können. Ich weiß nicht, wer sich bei dieser Gelegenheit schlechter verstellte; sie, die ihre Neugier nicht zugeben wollten, oder ich, der sie nicht gesehen haben wollte. Immerhin spielte ich eine außergewöhnliche Rolle und war damit gar nicht unzufrieden, bis mir eine Schicksalsfügung Trabbs Lehrjungen, diesen Schurken, über den Weg laufen ließ.

Während ich meine Blicke auf einen bestimmten Punkt des Weges in der Ferne richtete, sah ich Trabbs Lehrjungen auf mich zukommen, der sich selbst mit einem leeren, blauen Beutel schlug. In dem Glauben, daß es am besten sei, wenn ich ihn arglos und freundlich anschaute und dadurch am ehesten seine bösen Absichten vereitelte, ging ich mit einem entsprechenden Gesichtsausdruck weiter und gratulierte mir schon im stillen zu meinem Erfolg, als plötzlich Trabbs Knie aneinanderschlugen, sich seine Haare sträubten, die Mütze vom Kopf flog, er am ganzen Leibe zitterte, auf die Straße wankte und den Leuten zurief: »Haltet mich! Ich fürchte mich so!« Er täuschte vor, durch meine würdevolle Erscheinung in einen Anfall von Angst und Zerknirschung versetzt worden zu sein. Als ich an ihm vorüberging, schlugen seine Zähne laut aufeinander, und mit allen Anzeichen der Erniedrigung warf er sich in den Staub.

Das ließ sich schwer ertragen, war aber noch gar nichts. Ich war noch keine zweihundert Yard weitergegangen, als ich zu meinem unbeschreiblichen Entsetzen, Erstaunen und Ärger Trabbs Burschen schon wieder herankommen sah. Er tauchte aus einer engen Gasse auf. Den blauen Beutel hatte er über die Schulter geworfen, Diensteifer sprühte aus seinen Augen, und aus seinem Gang sprach die Absicht, froh und munter zu Trabb zurückzukehren. Wie vom Schlage gerührt, nahm er mich wahr und wurde noch schwerer heimgesucht als vorher. Doch diesmal drehte er sich wie ein Kreisel mit zitternden

Knien und hocherhobenen Händen um mich, als wollte er um Gnade bitten. Einige Zuschauer jubelten seinen Qualen mit dem größten Vergnügen zu, und ich war äußerst verlegen.

Ich war die Straße erst bis zum Postamt entlanggegangen, als ich Trabbs Lehrjungen erneut aus einer Seitenstraße her-

vorstürzen sah. Diesmal gab er sich vollkommen anders. Er trug den blauen Beutel um die Schultern wie ich meinen Überzieher und stolzierte mir auf der gegenüberliegenden Seite, umgeben von einem Trupp begeisterter junger Freunde, entgegen, denen er von Zeit zu Zeit mit der Hand winkte und zurief: »Kennt euch nich!« Mit Worten lassen sich der Ärger und die Kränkungen, die mir durch Trabbs Lehrjungen zugefügt wurden, nicht beschreiben. Als er dicht an mir vorüberkam, zerrte er seinen Hemdkragen hoch, zwirbelte das Seitenhaar, stemmte einen Arm in die Seite, grinste übertrieben, zappelte am ganzen Körper und sagte zu seinen Begleitern mit schleppender Stimme: »Kennt euch nich! Kennt euch nich! Wahrhaftig, er kennt euch nich!« Die Schande, die unmittelbar darauf folgte, indem er zu krähen begann und mich mit Gegacker über die Brücke hinweg verfolgte, als wäre ein Hahn besonders niedergeschlagen, weil er mich noch als Schmied gekannt hatte, wurde noch von der Schande übertroffen, in der ich die Stadt verließ, besser gesagt, aus der ich aufs freie Feld hinausgejagt wurde.

Nicht einmal heute weiß ich, was ich hätte anderes tun sollen, außer alles zu ertragen. Es sei denn, ich hätte Trabbs Lehrjungen bei dieser Gelegenheit umgebracht. Mich mit ihm auf der Straße zu prügeln oder eine Vergeltung zu erzwingen, die nicht mit seinem Herzblut gesühnt wurde, wäre nutzlos und erniedrigend gewesen. Im übrigen konnte niemand diesen Burschen kränken. Er war wie eine unangreifbare aalglatte Natter, die, wenn sie in eine Ecke getrieben wird, sofort ihrem Verfolger hämisch zischend zwischen den Beinen entwischt. Am nächsten Tag teilte ich allerdings Mr. Trabb schriftlich mit, daß sich Mr. Pip außerstande sähe, weiterhin bei jemandem zu kaufen, der in dem Maße vergessen konnte, was er der Allgemeinheit schuldig sei, daß er einen Lehrling beschäftige, der bei jedem anständigen Menschen Abscheu hervorrufen müsse.

Die Postkutsche, in der Mr. Jaggers saß, holte mich rechtzeitig ein, und ich nahm wieder auf dem Kutschbock Platz. Ich traf zwar sicher, aber nicht gesund in London ein, denn mein Herz war angegriffen. Gleich nach meiner Ankunft schickte ich reumütig einen Kabeljau und ein Fäßchen Austern an Joe ab (als Entschädigung, daß ich ihn nicht selbst aufgesucht hatte) und begab mich dann in Barnards Gasthof.

Dort fand ich Herbert vor, der gerade kalten Braten zum Abendessen verzehrte und erfreut war, mich wiederzusehen. Nachdem ich den Rachegeist nach einer zusätzlichen Mahlzeit ins Gasthaus geschickt hatte, verlangte es mich, noch an diesem Abend meinem Freund und Gefährten das Herz auszuschütten. Da eine vertrauliche Atmosphäre nicht möglich war, solange sich der Rachegeist in der Diele aufhielt, die man als sein Vorzimmer zum Schlüsselloch betrachten konnte, hieß ich ihn ins Theater gehen. Ein stärkerer Beweis für die lästige Knechtschaft durch meinen Peiniger kann kaum erbracht werden als die demütigenden Kniffe, zu denen ich ständig gezwungen war, nur um ihn zu beschäftigen. Ich ging sogar so weit, daß ich ihn manchmal zum Hyde Park schickte, damit er nachsähe, wie spät es sei.

Als wir gegessen hatten und, die Füße auf dem Kaminvorgitter, dasaßen, sagte ich zu Herbert: »Mein lieber Herbert, ich möchte dir etwas Besonderes erzählen.«

»Mein lieber Händel«, erwiderte er, »ich werde dein Vertrauen zu schätzen wissen.«

»Die Sache betrifft mich, Herbert«, sagte ich, »und eine andere Person.«

Herbert schlug die Beine übereinander, hielt den Kopf schief und blickte ins Feuer. Nachdem er eine Weile vergebens so gesessen hatte, schaute er mich an, weil ich nicht weitersprach.

»Herbert«, sagte ich und legte ihm meine Hand aufs Knie, »ich liebe Estella – ich bete sie an.«

Statt völlig erstaunt zu sein, antwortete Herbert nur wie selbstverständlich: »Schön. Und nun?«

»Und nun, Herbert? Hast du weiter nichts zu sagen als ›Und nun?‹«

»Was weiter, meine ich«, sagte Herbert, »natürlich wußte ich das schon.«

»Woher weißt du das?« fragte ich.

»Woher ich das weiß, Händel? Na, von dir.«

»Ich habe doch nie mit dir darüber gesprochen.«

»Gesprochen! Du hast auch nie darüber gesprochen, wenn du dir die Haare hast schneiden lassen, aber ich habe schließlich Augen im Kopf. Du hast sie angebetet, solange ich dich kenne. Du hast deine Bewunderung zusammen mit deinem Koffer hierhergebracht. Darüber gesprochen! Du hast den ganzen Tag über von nichts anderem gesprochen. Als du mir deine Lebensgeschichte erzählt hast, hast du deutlich erwähnt, daß du sie vom ersten Moment eurer Begegnung an geliebt hast, schon als du noch sehr jung warst.«

»Also gut«, sagte ich, dem dies alles neu, doch nicht unangenehm war. »Ich habe niemals aufgehört, sie anzubeten. Und jetzt ist sie als das schönste und eleganteste Geschöpf zurückgekommen. Gestern habe ich sie gesehen. Wenn ich sie vorher angebetet habe, dann bete ich sie jetzt noch einmal so sehr an.«

»Dann hast du ja Glück, Händel«, sagte Herbert, »daß du für sie auserwählt und bestimmt wurdest. Ohne auf verbotenes Gebiet vorzudringen, darf man wohl sagen, daß zwischen uns in dieser Hinsicht keine Unstimmigkeit besteht. Hast du eine Vorstellung, wie Estella deine Bewunderung aufnimmt?«

Ich schüttelte mißmutig den Kopf. »Ach, sie ist meilenweit von mir entfernt«, sagte ich.

»Geduld, mein lieber Händel, du hast reichlich Zeit. Aber du wolltest wohl noch etwas sagen?«

»Ich schäme mich, es auszusprechen«, erwiderte ich, »und dennoch ist es nicht schlimmer, es auszusprechen, als es zu denken. Du nennst mich ein Glückskind. Stimmt, das bin ich. Noch gestern war ich ein Schmiedelehrling, und heute – wie soll ich das nennen, was ich heute bin?«

»Sagen wir, ein guter Kerl, wenn du unbedingt eine Bezeichnung willst«, erwiderte Herbert lächelnd und legte seine Hände auf meine. »Ein guter Kerl bist du, ungestüm und zaghaft, tapfer und schüchtern, tatkräftig und verträumt – eine seltsame Mischung.«

Ich überlegte einen Augenblick, ob sich diese Mischung wirklich in meinem Charakter zeigte. Im großen ganzen stimmte ich dieser Analyse keineswegs zu, hielt es jedoch nicht für lohnend, sich darüber zu streiten.

»Wenn ich mich frage, Herbert, wie ich mich heute bezeichnen soll«, fuhr ich fort, »so will ich dir sagen, was ich denke. Du sagst, ich habe Glück. Ich weiß, daß ich nichts zu meinem Aufstieg beigetragen habe und daß mir einzig und allein das Glück hold war. Und doch, wenn ich an Estella denke...«

»Und wann denkst du nicht an sie?« warf Herbert ein und blickte ins Feuer, was ich sehr freundlich und verständnisvoll fand.

»Ich kann dir gar nicht sagen, mein lieber Herbert, wie abhängig und unsicher ich mich fühle, wie hunderterlei Zufällen ausgesetzt. Ohne ein verbotenes Gebiet zu betreten, wie du es gerade getan hast, darf ich wohl sagen, daß meine Erwartungen von der Zuverlässigkeit einer einzigen Person (ich nenne keinen Namen) abhängen. Wie unbestimmt und unbefriedigend ist es, nicht genau zu wissen, worin sie bestehen!« Mit diesen Worten sprach ich mir etwas von der Seele, was mich schon immer mehr oder weniger, doch seit gestern noch ärger, bedrückt hatte.

»Weißt du, Händel«, erwiderte Herbert in seiner fröhlichen, zuversichtlichen Art, »mir will scheinen, daß wir vor lauter Verzagtheit in unserer Leidenschaft einem geschenkten Gaul sozusagen mit der Lupe ins Maul schauen. Außerdem übersehen wir alle, wenn wir unsere Aufmerksamkeit nur auf die Untersuchung lenken, die besten Seiten des Tieres. Hast du mir nicht erzählt, daß dir dein Vormund, Mr. Jaggers, gleich am Anfang gesagt hat, es bliebe nicht nur bei den Erwartungen? Selbst *wenn* er dir das nicht mitgeteilt hätte – wobei es ein gewichtiges Wenn ist –, glaubst du etwa, daß ausgerechnet Mr. Jaggers von allen Juristen in London derjenige ist, der seine gegenwärtigen Beziehungen zu dir aufrechterhielte, wenn er sich seiner Sache nicht ganz sicher fühlte?«

Ich gab zu, daß dieses Argument nicht zu leugnen sei. Ich sagte das (wie die Menschen oft in solchen Fällen tun), als stimmte ich der Wahrheit und Gerechtigkeit nur widerstrebend zu – als ob ich es leugnen wollte!

»Ich meine wohl, daß dieses Argument stichhaltig ist«, sagte Herbert, »und du würdest, glaube ich, schwerlich ein stichhaltigeres finden. Du mußt bei deinem Vormund den richtigen Zeitpunkt abwarten, und er muß bei seinem Klienten die Zeit abwarten. Ehe du dich versiehst, bist du einundzwanzig Jahre alt und erfährst dann vielleicht auch Genaueres. Jedenfalls rückst du der Sache immer näher.«

»Wie zuversichtlich du bist!« sagte ich dankbar und bewunderte sein heiteres Wesen.

»Das muß ich auch sein«, sagte Herbert, »denn weiter bleibt mir nichts. Im übrigen muß ich zugeben, daß diese vernünftigen Gedanken, die ich eben geäußert habe, nicht von mir, sondern von meinem Vater stammen. Die einzige Äußerung, die ich von meinem Vater über deine Angelegenheit gehört habe, war: ›Die Sache ist abgemacht, sonst würde sich Mr. Jaggers nicht damit abgeben.‹ Doch ehe ich noch weiteres über meinen Vater oder meines Vaters Sohn sage und dein Vertrauen erwidere, möchte ich mich für einen Augenblick unbeliebt, ja geradezu widerwärtig in deinen Augen machen.«

»Das wird dir nicht gelingen«, sagte ich.

»Oh, doch – das wird es«, sagte er. »Eins, zwei, drei, jetzt sitze ich in der Patsche. Händel, mein lieber Junge« (obwohl er in einem sorglosen Ton sprach, meinte er es doch sehr ernst), »während wir uns eben unterhalten haben, ging mir durch den Sinn, daß Estella nicht die Vorbedingung für deine Erbschaft sein kann, sonst wäre sie bestimmt von deinem Vormund erwähnt worden. Habe ich dich recht verstanden, daß er weder direkt noch indirekt jemals auf sie Bezug genommen hat? Hat er zum Beispiel jemals angedeutet, daß dein Gönner die Absicht hege, euch eines Tages miteinander zu verheiraten?«

»Nein, niemals.«

»Nun, Händel, ich kann dir auf Ehre und Gewissen versichern, daß ich gegen saure Trauben gefeit bin! Wenn du nicht an sie gebunden bist, kannst du dich dann nicht von ihr lösen? Ich habe dir ja gesagt, daß ich mich unbeliebt machen würde.«

Ich wandte den Kopf ab, denn plötzlich, wie der Wind, der von der See her über die Marschen fegt, überwältigte mich dasselbe Gefühl, das ich an jenem Morgen hatte, als ich die Schmiede verließ und als die Nebel feierlich stiegen und ich den Wegweiser am Dorfausgang umschlang, und schnitt mir ins Herz. Eine Weile herrschte Schweigen zwischen uns.

»Ja, mein lieber Händel«, fuhr Herbert fort, als hätten wir nicht geschwiegen, »da sich dieses Gefühl so tief in der Brust eines Jungen eingewurzelt hat, der von Natur aus und durch die Begleitumstände romantisch geworden ist, sieht die Angelegenheit ernst aus. Denke an ihre Erziehung, denke an Miss Havisham. Denk daran, was sie für ein Mensch ist (jetzt bin ich abstoßend, und du verabscheust mich). Das kann zu keinem guten Ende führen.«

»Ich weiß es, Herbert«, sagte ich, noch immer mit abgewandtem Gesicht, »aber ich kann es nicht ändern.«

»Kannst du dich nicht frei machen?«

»Nein, unmöglich!«

»Kannst du es nicht versuchen, Händel?«

»Nein, unmöglich!«

»Na gut«, sagte Herbert, erhob sich und zitterte, als hätte er geschlafen. Dann stocherte er im Kaminfeuer. »Ich werde jetzt versuchen, mich dir wieder angenehm zu machen.«

Er ging durch das Zimmer, schob die Gardinen zurecht, rückte die Stühle an ihren Platz, räumte die Bücher und andere Dinge weg, die umherlagen, sah in die Vorhalle, warf einen Blick in den Briefkasten, schloß die Tür und kam zu seinem Stuhl neben dem Kamin zurück. Er nahm wieder Platz, wobei er das linke Bein mit beiden Händen umschloß.

»Ich wollte dir noch ein paar Worte über meinen Vater und meines Vaters Sohn sagen, Händel. Ich fürchte, meines Vaters Sohn braucht dir kaum zu verraten, daß meines Vaters Haushalt nicht gerade vorbildlich geführt wird.«

»Dort herrscht niemals Mangel, Herbert«, sagte ich, um ihn etwas zu ermutigen.

»O ja! Das sagt auch der Müllkutscher voller Anerkennung, und der Trödler aus der Nebenstraße ist derselben Ansicht. Spaß beiseite, Händel, denn diese Sache ist ernst genug. Du weißt genau wie ich, wie die Dinge stehen. Vermutlich hat es eine Zeit gegeben, in der mein Vater noch nicht aufgesteckt hatte. Wenn überhaupt, dann ist diese Zeit längst vorbei. Darf ich dich fragen, ob du Gelegenheit hattest, in deinem Landstrich festzustellen, daß Kinder aus nicht ganz standesgemäßen Ehen besonders darauf aus sind, sich zu verheiraten?«

Das war eine so ungewöhnliche Frage, daß ich die Gegenfrage stellte: »Ist das wirklich der Fall?«

»Ich weiß nicht«, erwiderte Herbert, »das möchte ich ja gerade wissen. Weil es auf uns haargenau zutrifft. Meine arme Schwester Charlotte, die nach mir geboren wurde und gestorben ist, ehe sie vierzehn war, ist ein treffendes Beispiel. Mit der kleinen Jane ist es ebenso. Nach ihrer Sehnsucht zu urteilen, sich ehelich zu binden, könntest du annehmen, sie hätte ihr kurzes Leben mit der ständigen Betrachtung des häuslichen Glücks verbracht. Der kleine Alick, der noch in den Spielhosen steckt, hat bereits seine Vorbereitungen für die Ehe mit einer jungen Dame aus Kew getroffen. Ich glaube, wir sind schon alle verlobt, bis auf das Baby.«

»Du demnach auch?« fragte ich.

»Ja«, sagte Herbert, »aber das ist ein Geheimnis.«

Ich versicherte ihm, das Geheimnis für mich zu behalten, und bat ihn, mich in nähere Einzelheiten einzuweihen. Er hatte so vernünftig und einfühlsam über meine Schwächen gesprochen, daß ich nun etwas von seiner Charakterstärke erfahren wollte.

»Darf ich nach dem Namen fragen?«

»Sie heißt Clara«, sagte Herbert.

»Lebt in London?«

»Ja. Vielleicht sollte ich erwähnen«, sagte Herbert, der merkwürdig niedergeschlagen und kleinlaut geworden war, seit wir dieses interessante Thema aufgegriffen hatten, »daß sie nicht den albernen Standesansprüchen meiner Mutter entspricht. Ihr Vater hatte etwas mit der Lebensmittelversorgung von Passagierschiffen zu tun. Ich glaube, er war wohl eine Art Proviantmeister.«

»Und was ist er jetzt?«

»Er ist Invalide«, erwiderte Herbert.

»Und lebt . . .?«

»Im ersten Stock«, sagte Herbert. Das hatte ich nun gerade nicht gemeint, denn meine Frage hatte sich auf seine Einkünfte bezogen. »Ich habe ihn noch nie zu Gesicht bekommen, denn er bleibt immer oben in seinem Zimmer, solange ich Clara kenne. Aber gehört habe ich ihn ständig. Er macht einen schrecklichen Lärm und brüllt und klopft mit einem scheußlichen Gegenstand auf den Fußboden.« Als mich Herbert ansah und dann herzlich lachte, fand er sofort zu seinem gewohnten Frohsinn zurück.

»Hoffst du nicht, ihn kennenzulernen?«

»O ja, ich hoffe ständig darauf«, gab Herbert zurück, »denn jedesmal, wenn ich ihn höre, erwarte ich, daß er im nächsten Moment durch die Decke kommt. Ich weiß nur nicht, wie lange die Träger halten werden.«

Nachdem er noch einmal von Herzen gelacht hatte, wurde er wieder kleinlaut und erzählte mir, daß er diese junge Dame heiraten wollte, sobald er zu Geld gekommen sei. Dann fügte er bekümmert hinzu: »Sieh mal, man kann nicht heiraten, solange man sich noch umsieht.«

Während wir gedankenverloren ins Feuer starrten und ich darüber nachsann, wie schwierig es doch manchmal war, zu Geld zu kommen, steckte ich die Hände in die Hosentaschen. Ein zusammengefaltetes Stück Papier erregte meine Aufmerksamkeit. Ich faltete es auseinander und stellte fest, daß es sich um das Theaterprogramm handelte, das ich von Joe bekommen hatte und das den berühmten Laienschauspieler aus der Provinz (mit dem Ruf eines Roscius) ankündigte. »Ach, du meine Güte«, entfuhr es mir laut, »das ist ja heute abend.«

Damit kamen wir sofort auf ein anderes Thema zu sprechen, und wir entschlossen uns, ins Theater zu gehen. Nachdem ich versprochen hatte, Herbert in seiner Herzensangelegenheit mit allen nur möglichen Mitteln zu trösten und zu ermutigen, und nachdem mir Herbert erzählt hatte, daß mich seine Verlobte dem Namen nach bereits kenne und ich ihr vorgestellt werden sollte, und nachdem wir mit einem Händedruck unser gegenseitiges Vertrauen bekräftigt hatten, bliesen wir die Kerzen aus, schürten das Feuer, verschlossen die Tür und machten uns auf den Weg zu Mr. Wopsle nach Dänemark.

31. Kapitel

Bei unserer Ankunft in Dänemark fanden wir den König und die Königin vor, wie sie in zwei Sesseln auf einem Küchentisch thronten und Hof hielten. Der ganze dänische Adel war vertreten: ein Edelknabe in den Waschlederstiefeln eines riesigen Vorfahren; ein ehrwürdiger Peer mit schmutzigem Gesicht, der offenbar erst im vorgerückten Alter aus dem Volk aufgestiegen war; und die dänischen Ritter mit Kämmen im Haar und weißen Seidenstrümpfen, wodurch sie im allgemeinen recht weiblich wirkten. Mein begabter Mitbürger stand mit verschränkten Armen und düster blickend abseits, und ich hätte mir gewünscht, daß seine Locken und die Stirn glaubhafter ausgesehen hätten.

Etliche seltsame Dinge ereigneten sich im Verlauf der Handlung. Der verstorbene König des Landes schien nicht nur kurz vor seinem Tode vom Husten gequält worden zu sein, sondern hatte ihn anscheinend mit ins Grab genommen und nun wieder zurückgebracht. Der königliche Geist trug auch ein Manuskript bei sich, das um den Knüppel gewickelt war und in dem er gelegentlich nachsah, wobei er etwas unruhig war und dazu neigte, den Anknüpfungspunkt zu verpassen, was nur darauf hindeutete, daß er ein gewöhnlicher Sterblicher war. Ich nehme an, daß dem Geist deshalb von den Zuschauern im obersten Rang geraten wurde »umzublättern« – eine Empfehlung, die er furchtbar übelnahm. Außerdem muß erwähnt werden, daß dieser erhabene Geist stets auftrat, als wäre er schon lange dem Grabe entstiegen und habe eine große Entfernung zurückgelegt, und daß er von einer nahe aufgestellten Wand herkam. Das bewirkte seine schreckliche Angst, mit Hohngelächter begrüßt zu werden. Der Königin von Dänemark, einer sehr drallen Dame, die – der Geschichte getreu – recht unverschämt war, wurde vom Publikum nachgesagt, sie trage zuviel Bronzeschmuck. Ihr Diadem war mit einem breiten Metallband unter dem Kinn befestigt (als ob sie furchtbare Zahnschmerzen hätte), ein Gürtel umschloß ihre Taille, und auch an jedem Arm trug sie einen Reifen; deshalb wurde sie vor aller Öffentlichkeit »Kesselpauke« genannt. Der Edelknabe in den Stiefeln seiner Vorfahren spielte die gegensätzlichsten Rollen: Er war kurz hintereinander ein tüchtiger Seemann, ein wandernder Schauspieler, ein Totengräber, ein Geistlicher und die Hauptperson auf einem Fechtturnier bei Hofe, nach deren geübtem Auge und Urteilsvermögen über die besten Leistungen entschieden wurde. Das führte allmählich zu einem Mangel an Verständnis für ihn und schließlich sogar zur allgemeinen Empörung, so daß man mit Nüssen nach ihm warf. Ophelia wurde zum Schluß das Opfer eines langsam fortschreitenden Wahnsinns, wobei sie im Laufe der Zeit ihren weißen Schal ablegte, zusammenfaltete und begrub, woraufhin ein mürrischer Mann, der schon lange seine Nase an der Eisenstange in der ersten Reihe des obersten Ranges gekühlt hatte, knurrte: »Jetzt geht das Baby schlafen, auf zum Abendessen!«, was, gelinde gesagt, unpassend war.

Bei meinem unglückseligen Mitbürger hinterließen all diese Zwischenfälle eine spaßige Wirkung. Mußte der unentschlossene Prinz eine Frage stellen oder Zweifel anmelden, half ihm das Publikum weiter. Zum Beispiel bei der Frage, ob es edelmütiger sei zu leiden, brüllten einige »ja« und einige »nein«, und andere, die zu beiden Ansichten neigten, rieten zu knobeln. Ein regelrechter Debattierklub entstand. Als der Prinz sich fragte, was solche Gesellen wie er noch auf der Erde herumzukrauchen hätten, wurde er durch laute Rufe »Hört! Hört!« ermutigt. Als er mit einem verrutschten Strumpf erschien (die Unordnung wurde durch die Sitte hervorgerufen, daß vermutlich in die Spitze immer eine scharfe Falte mit dem Bügeleisen eingeplättet wurde), diskutierte man im obersten Rang über die Blässe seines Beines und darüber, ob es durch den Schreck so blaß geworden ist, den ihm der Geist eingejagt hat. Als er zur Blockflöte griff – die sehr der kleinen Flöte ähnelte, auf der eben noch im Orchester gespielt und die an der Tür herausgereicht worden war –, wurde er einstimmig zu dem Lied »Herrsche, Britannien!« aufgefordert. Als er dem Spieler empfahl, nicht so mit den Armen zu fuchteln, rief der mürrische Mann: »Und Sie man auch nich, Sie sind noch schlimmer als er!« Zu meinem Bedauern muß ich hinzufügen, daß Mr. Wopsle bei all diesen Begebenheiten mit schallendem Gelächter bedacht wurde.

Die größten Anfechtungen erlitt er allerdings auf dem Friedhof. Dieser sah aus wie ein Urwald. Auf der einen Seite stand eine Art kirchliches Waschhaus und auf der anderen ein Tor wie ein Schlagbaum. Mr. Wopsle erschien in einem weiten, schwarzen Umhang am Schlagbaum und ermahnte freundlich den Totengräber: »Vorsicht! Der Leichenbestatter kommt und sieht nach, wie du mit der Arbeit vorankommst!« Ich glaube, in jedem zivilisierten Land wird man begreifen, daß Mr. Wopsle schlecht den Totenschädel zurücklegen konnte, nachdem er darüber moralische Betrachtungen angestellt hatte, ohne seine staubigen Finger an einer weißen Serviette abgewischt zu haben, die er aus der Brusttasche zog. Aber sogar dieses harmlose und notwendige Tun ging nicht ohne die Bemerkung »Herr Ober!« ab. Die Ankunft der zu bestattenden Leiche (in einem leeren Kasten mit aufklappendem Deckel) war der Auftakt zu einer allgemeinen Heiterkeit, die noch verstärkt wurde, weil einer der Träger nicht erkannt werden wollte. Die Heiterkeit begleitete Mr. Wopsle während seines Kampfes mit Laertes am Rande des Orchesters und des Grabes und ließ nicht eher nach, bis er den König vom Küchentisch gestoßen hatte und ganz langsam – Glied für Glied – gestorben war.

Zu Anfang hatten wir ein paar schwache Ansätze gemacht, Mr. Wopsle Applaus zu spenden, sie waren jedoch zu aussichtslos, als daß wir sie fortsetzten. So saßen wir da und fühlten ehrlich mit ihm, mußten aber auch aus vollem Halse lachen. Ich lachte die ganze Zeit, obwohl ich es nicht wollte, die Sache war zu spaßig. Dennoch hatte ich insgeheim den Eindruck, daß zweifellos etwas Besonderes in seiner Vortragskunst lag – nicht unserer alten Freundschaft wegen, fürchte ich, sondern weil sie sehr langweilig und sehr traurig war, aufwärts und abwärts ging und in keiner Weise irgendeinem Menschen unter natürlichen Bedingungen im Leben oder Tode glich. Als die Tragödie zu Ende war und man nach ihm verlangt und ihn ausgepfiffen hatte, sagte ich zu Herbert: »Wir gehen am besten gleich, sonst treffen wir ihn womöglich noch.«

Wir stürzten, so schnell wir konnten, die Treppe hinunter, waren aber nicht flink genug. An der Tür stand ein Jude mit unnatürlich dick aufgetragenen Augenbrauen, der – als wir auf ihn zukamen – meine Aufmerksamkeit auf sich lenkte, und sagte: »Mr. Pip und sein Freund?«

Die Identität von Mr. Pip und seinem Freund wurde bestätigt.

»Mr. Waldengarver«, sagte der Mann, »würde sich freuen, wenn er die Ehre hätte.«

»Waldengarver?« wiederholte ich, als mir Herbert zuraunte: »Wahrscheinlich Wopsle.«

»Oh!« sagte ich. »Ja. Sollen wir Ihnen folgen?«

»Ein paar Schritte, bitte.« Als wir uns in einer Seitenstraße befanden, wandte er sich um und fragte: »Wie gefiel er Ihnen? *Ich* habe ihn ausstaffiert.«

Ich weiß nicht, wie er ausgesehen hat, nur ähnlich einem Leichenzug. Eine riesige dänische Sonne hing ihm an einem blauen Band um den Hals, wodurch er den Anschein erweckte, als hätte er eine außergewöhnliche Feuerversicherung abgeschlossen. Ich sagte aber, er hätte sehr gut ausgesehen.

»Als er ans Grab gekommen ist«, sagte unser Begleiter, »hat er seinen Umhang herrlich gezeigt. Aber von der Kulisse aus betrachtet, fand ich, er hätte die Beine in die Hand nehmen sollen, als er den Geist im Gemach der Königin gesehen hat.«

Ich pflichtete bescheiden bei, und wir stürzten durch eine kleine schmutzige Schwingtür in eine Art Kiste hinein, die sich unmittelbar hinter der Tür befand. Dort entledigte sich Mr. Wopsle seiner dänischen Gewänder, und dort war gerade so viel Platz, daß wir uns gegenseitig über die Schulter blicken und dabei die Tür beziehungsweise den Deckel dieses Schwitzkastens öffnen mußten, wenn wir ihn sehen wollten.

»Meine Herren«, sagte Mr. Wopsle, »ich bin stolz, Sie begrüßen zu können. Mr. Pip, ich hoffe, Sie entschuldigen, daß ich Sie holen ließ. Ich habe das Glück, Sie aus früheren

Zeiten zu kennen, und das Drama hat schon immer einen
Anspruch auf feine und reiche Leute gehabt, das ist seit jeher
so.«

Inzwischen mühte sich Mr. Waldengarver im Schweiße
seines Angesichts, aus seiner prinzlichen Trauerkleidung zu
schlüpfen.

»Ziehn Sie die Strümpfe aus, Mr. Waldengarver«, sagte der
Eigentümer, »sonst gehn sie Ihnen kaputt. Machen Sie sie
kaputt, sind fünfunddreißig Schilling im Eimer. Kein andres
Paar hat Shakespeare je größere Ehre eingelegt. Bleiben Sie
still auf Ihrem Stuhl, ich mach das.«

Damit sank er auf die Knie und begann, sein Opfer auszuziehen. Als der erste Strumpf abgestreift wurde, wäre er sicherlich mit seinem Stuhl nach hinten gekippt, aber es war so
eng, daß er nicht kippen konnte.

Bis dahin hatte ich mich gescheut, ein Wort über das Stück
zu verlieren. Doch dann sah Mr. Waldengarver selbstgefällig
zu uns hoch und sagte: »Meine Herren, wie lief das Stück, von
Ihnen aus gesehen?«

Herbert antwortete hinter mir (und stieß mich dabei an):
»Großartig.« So sagte auch ich: »Großartig.«

»Wie hat Ihnen meine Interpretation der Rolle gefallen,
meine Herren?« fragte Mr. Waldengarver fast, wenn auch
nicht ganz gönnerhaft.

Herbert sagte von hinten (und knuffte mich wieder): »Eindrucksvoll und fest umrissen.« So sagte ich kühn, als stammte
die Äußerung von mir und als müßte ich bitten, darauf zu
beharren: »Eindrucksvoll und fest umrissen.«

»Ich freue mich über Ihre Zustimmung, meine Herren«,
sagte Mr. Waldengarver würdevoll, obwohl er gerade gegen
die Wand gedrückt wurde und sich an seinem Stuhl festklammerte.

»Ich will Ihnen aber eins sagen, Mr. Waldengarver«, äußerte sich der Mann auf den Knien, »wo Sie mit Ihrer Darstellung schiefliegen. Hören Sie zu! Ich kümmere mich nicht, wer das Gegenteil behauptet. Ich sag's Ihnen einfach. Sie sind mit Ihrer Hamlet-Darstellung auf dem Holzweg, wenn Sie Ihre Beine von der Seite zeigen. Der letzte Hamlet, den ich ausstaffiert habe, hat bei der Probe den gleichen Fehler gemacht, bis ich ihm auf jedes Schienbein eine große rote Waffel geklebt

habe und dann bei der Probe (es war die letzte) nach vorn ins Parkett gegangen bin, meine Herren, und jedesmal, wenn er im Profil zu sehen war, gerufen habe: ›Ich sehe die Waffeln nicht!‹ Am Abend spielte er hinreißend.«

Mr. Waldengarver lächelte mir zu, als wollte er sagen: »Ein ehrlicher Diener, ich sehe über seine Torheit hinweg!« Dann sagte er laut: »Meine Darbietung ist für das Publikum hier etwas zu klassisch und gedankenvoll. Aber es wird noch Fortschritte machen.«

Herbert und ich erwiderten gleichzeitig, daß es zweifellos Fortschritte machen werde.

»Meine Herren«, sagte Mr. Waldengarver, »haben Sie im obersten Rang einen Mann beobachtet, der versucht hat, den Gottesdienst – ich meine die Vorstellung – zur Zielscheibe des Spottes zu machen?«

Feige antworteten wir, es wäre uns so, als hätten wir solch einen Mann bemerkt. »Er war gewiß betrunken«, fügte ich hinzu.

»O nein, mein Lieber«, sagte Mr. Wopsle, »nicht betrunken. Darauf würde sein Dienstherr achten, Sir. Sein Dienstherr würde ihm nicht gestatten, sich zu betrinken.«

»Sie kennen seinen Dienstherrn?«

Mr. Wopsle schloß seine Augen und öffnete sie wieder, beides tat er sehr langsam. »Sie müssen doch einen dummen, brüllenden Esel mit kratziger Stimme und boshaftem Aussehen bemerkt haben, meine Herren«, sagte er, »der die rôle (wenn ich den französischen Ausdruck benutzen darf) des dänischen Königs Claudius durchgesprochen – ich will nicht sagen gespielt – hat. Der ist sein Dienstherr, meine Herren. So ist die Schauspielkunst!«

Da ich nicht genau wußte, ob mir Mr. Wopsle mehr leid getan hätte, wenn er verzweifelt gewesen wäre, tat er mir auch in dieser Situation leid; deshalb nutzte ich die Gelegenheit, als er sich umdrehte, um die Hosenträger zu befestigen – wodurch wir aus der Tür gedrängelt wurden –, Herbert zu fragen, was er davon hielte, wenn wir ihn zu uns zum Abendessen einlüden. Herbert war damit einverstanden. So lud ich ihn ein, und er kam mit uns in Barnards Gasthof, wobei er bis zu den Augen vermummt war. Wir gaben uns alle Mühe mit ihm, und er saß bis morgens um zwei Uhr, blickte noch einmal auf seinen Erfolg zurück und entwickelte neue Pläne. Ich habe vergessen, wie sie im einzelnen aussahen, erinnere mich aber ganz allgemein, daß er zu Anfang das Drama wiederbeleben und es zum Schluß zermalmen wollte. Im Falle seines Todes würde es vollkommen verwaist bleiben und wäre ohne jegliche Hoffnung.

Nach all den Ereignissen ging ich unglücklich zu Bett, dachte unglücklich an Estella und träumte unglücklich, daß meine Erwartungen zunichte gemacht würden und ich Herberts Clara heiraten müßte oder vor zwanzigtausend Zuschauern den Hamlet mit Miss Havishams Geist spielen müßte, ohne auch nur zwanzig Worte zu kennen.

32. Kapitel

Eines Tages, als ich mit Mr. Pocket über meinen Büchern saß, erhielt ich per Post ein Schreiben, dessen bloßer Anblick mich in Aufregung versetzte. Obwohl ich diese Schrift noch nie gesehen hatte, erriet ich, wer der Absender war. Der Brief hatte keine Anrede wie »Lieber Mr. Pip« oder »Lieber Pip« oder »Verehrter Sir« oder »Lieber Sonstwas«, sondern lautete wie folgt:

Ich werde übermorgen mit der Mittagskutsche nach London fahren. Es war wohl vereinbart, daß Sie mich abholen. Jedenfalls hatte Miss Havisham diese Vorstellung, und ich schreibe auf ihren Wunsch hin. Sie läßt Sie vielmals grüßen.

Ihre Estella

Wenn mehr Zeit geblieben wäre, hätte ich mir zu diesem Anlaß wahrscheinlich noch ein paar neue Anzüge machen lassen, doch so mußte ich mich mit dem begnügen, was ich besaß. Mein Appetit war sofort verschwunden, und ich fand weder Frieden noch Ruhe, bis der Tag herangekommen war. Selbst an diesem Tage war ich unruhig, ja es wurde schlimmer mit mir als zuvor. Bevor die Kutsche vom »Blauen Eber« aus unserer Stadt abgefahren sein konnte, schlich ich schon um das Kutschenbüro in der Woodstreet in Cheapside. Obwohl ich das nur zu gut wußte, hielt ich es für zu gewagt, das Postkutschenbüro länger als fünf Minuten aus den Augen zu lassen. In dieser vernunftwidrigen Verfassung hatte ich die erste halbe Stunde von vier oder fünf Stunden verbracht, als mir Wemmick in die Arme lief.

»Hallo, Mr. Pip«, rief er, »wie geht es Ihnen? Ich wußte gar nicht, daß das *Ihr* Revier ist.«

Ich erklärte ihm, daß ich auf jemand wartete, der mit der Kutsche ankäme, und erkundigte mich dann nach der »Burg« und dem »alten Herrn«.

»Sind beide auf der Höhe, danke«, sagte Wemmick, »besonders der alte Herr. Er ist in bester Verfassung. Er wird nächstens zweiundachtzig. Am liebsten würde ich dann zweiundachtzig Schuß abgeben, wenn die Nachbarn nichts dagegen hätten und mein Geschütz dem Druck standhielte. Aber das ist kein Gespräch für London. Was meinen Sie, wohin ich gehe?«

»Ins Büro«, sagte ich, denn er hatte diese Richtung eingeschlagen.

»Ganz in die Nähe«, erwiderte Wemmick, »ich gehe nach Newgate. Wir beschäftigen uns zur Zeit mit einem Bankraub, und ich bin unterwegs gewesen, um mich am Tatort umzusehen. Jetzt muß ich noch ein paar Worte mit unserem Klienten sprechen.«

»Hat Ihr Klient den Raub begangen?« fragte ich.

»Du lieber Himmel, nein«, antwortete Wemmick trocken, »aber er steht unter Anklage. Das könnte Ihnen oder mir ebenso passieren. Jeder von uns könnte dessen beschuldigt werden, wissen Sie.«

»Wir sind es aber noch nicht«, bemerkte ich.

»Äh!« sagte Wemmick und tippte mir mit dem Zeigefinger auf die Brust, »Sie sind ein ganz Schlauer, Mr. Pip! Würden Sie gern mal Newgate von innen sehen? Haben Sie etwas Zeit?«

Ich hatte noch so viel Zeit, daß mir der Vorschlag ganz gelegen kam, obwohl er nicht mit meinem Wunsch im Einklang stand, das Kutschenbüro im Auge zu behalten. Ich murmelte, daß ich erst einmal nachfragen wollte, ob mir genügend Zeit bliebe, ihn zu begleiten. Ich ging ins Büro hinein und erkundigte mich recht eingehend bei dem Schreiber (wobei ich seine Geduld arg auf die Probe stellte) nach dem frühest möglichen Zeitpunkt, zu dem die Postkutsche eintreffen könnte – was mir eigentlich genauso bekannt war wie ihm. Dann kehrte ich zu Mr. Wemmick zurück, und nachdem ich auf meine Uhr geblickt und mich verwundert über die erhaltene Auskunft gezeigt hatte, nahm ich sein Angebot an.

Nach wenigen Minuten waren wir in Newgate. Wir gelangten an der Pförtnerloge vorbei, wo an den kahlen Wänden neben den Gefängnisvorschriften Fesseln hingen, ins Innere des Gefängnisses. Zu jener Zeit waren die Gefängnisse stark vernachlässigt. Die übertriebene Reaktion, die auf alle öffentlichen Vergehen folgt und die stets die härteste und längste Strafe ist, hatte noch nicht eingesetzt. Die Verbrecher wurden damals nicht besser untergebracht und beköstigt als die Soldaten (ganz zu schweigen von den Almosenempfängern) und steckten selten die Gefängnisse mit der verzeihlichen Absicht in Brand, damit sich ihre Suppe verbesserte. Als mich Wemmick mitnahm, war gerade Besuchszeit. Ein Bierkellner zog mit Bier umher, und die Gefangenen, die hinter Gittern warteten, kauften Bier und unterhielten sich mit Freunden. Es war ein abstoßender, häßlicher, verwirrender und niederschmetternder Anblick.

Mich setzte in Erstaunen, daß Wemmick zwischen den Gefangenen wie ein Gärtner zwischen seinen Pflanzen umherging. Das kam mir erstmals in den Sinn, als ich sah, wie er zu einem Gefangenen, der in der Dunkelheit wie ein Sproß aufgetaucht war, sagte: »Was, Hauptmann Tom? *Sie* sind hier? Nein, wirklich?« Und: »Ist das nicht Black Bill hinter dem

Brunnen? Warum nur habe ich Sie seit zwei Monaten nicht gesehen? Wie geht's Ihnen?« Der Gedanke drängte sich ebenfalls auf, wenn Wemmick an den Gittern stehenblieb und den ängstlich Flüsternden – jeweils einzeln – mit zugekniffenen Lippen zuhörte und sie dabei betrachtete, als nähme er regen Anteil an den Fortschritten, die sie seit dem letzten Zusammentreffen gemacht hatten, um sich bei ihrem Prozeß voll zu entfalten.

Er war äußerst beliebt, und wie mir schien, erledigte er die persönlichen Dinge von Mr. Jaggers' Klienten. Natürlich ging ein Teil von Mr. Jaggers' Position und Würde auch auf ihn über und bewirkte, daß man sich ihm nur in gewissen Grenzen näherte. Daß er die einzelnen Klienten nacheinander zur Kenntnis nahm, gab er zu verstehen, indem er mit dem Kopf nickte, seinen Hut lässig mit beiden Händen zurechtrückte, die Lippen zusammenpreßte und die Hände in die Taschen steckte. In ein oder zwei Fällen gab es Schwierigkeiten, das Honorar einzutreiben. Mr. Wemmick, der soweit wie möglich von der zu niedrigen Summe zurückwich, sagte:

»Das hat keinen Zweck, mein Junge. Ich bin nur ein Untergebener. Wenn du die geforderten Gelder nicht aufbringen kannst, wende dich an einen anderen Advokaten, es gibt genug davon, weißt du. Und was dem einen nicht der Mühe wert ist, mag dem anderen noch lohnend sein. Das rate ich dir als Untergebener. Gib dir keine Mühe mit aussichtslosen Versuchen. Warum? Wer ist der nächste?«

So wanderten wir durch Wemmicks Gewächshaus, bis er sich nach mir umdrehte und sagte: »Achten Sie auf den Mann, dem ich die Hand geben werde.« Das hätte ich auch ohne diesen Hinweis getan, da er sonst niemandem die Hand gab.

Kaum hatte er das gesagt, als ein stattlicher Mann mit grader Haltung (ich sehe ihn noch vor mir) in einem abgetragenen, olivgrünen Rock in eine Ecke hinter dem Gitter trat.

Sein sonst gerötetes Gesicht war von einer gewissen Blässe überdeckt, und seine Augen wanderten unstet hin und her, auch wenn er sie auf etwas Bestimmtes heften wollte. Er legte die Hand an den Hut, der wie kalte Fleischbrühe mit einer Fettschicht überzogen war, und grüßte militärisch auf halb ernsthafte, halb scherzhafte Weise.

»Seien Sie gegrüßt, Oberst!« sagte Wemmick. »Wie geht es Ihnen, Oberst?«

»Danke, gut, Mr. Wemmick.«

»Alles ist getan worden, was nur irgend möglich war, aber die Beweise waren zu belastend für uns, Oberst.«

»Ja, das waren sie, Sir, aber *ich* mache mir nichts draus.«

»Nein, nein«, sagte Wemmick kühl, »*Sie* nicht.« Dann wandte er sich mir zu: »Dieser Mann hat Seiner Majestät gedient. Er war bei den Linientruppen und hat sich freigekauft.«

Ich sagte: »In der Tat?«, und der Mann sah mich an, blickte über meinen Kopf hinweg auf alle Umstehenden, wischte sich dann mit der Hand über die Lippen und lachte.

»Ich nehme an, daß ich am Montag hier herauskomme, Sir«, sagte er zu Wemmick.

»Vielleicht«, erwiderte mein Freund, »aber genau kann man das nicht wissen.«

»Ich bin froh, daß ich mich noch von Ihnen verabschieden kann, Mr. Wemmick«, sagte der Mann und streckte seine Hand durch die Gitterstäbe.

»Danke«, sagte Wemmick und schüttelte ihm die Hand. »Ich freue mich auch, Oberst.«

»Wenn das echt gewesen wäre, was ich bei meiner Verhaftung bei mir hatte, Mr. Wemmick«, sagte der Mann und wollte seine Hand gar nicht loslassen, »hätte ich Sie um den Gefallen gebeten, einen Ring von mir zu tragen – als Anerkennung für Ihre Gefälligkeit.«

»Ich nehme den guten Willen für die Tat«, sagte Wemmick. »Übrigens, sind Sie nicht Taubenzüchter?« Der Mann schaute zum Himmel empor. »Man hat mir erzählt, Sie hätten eine bemerkenswerte Zucht von Tümmlern. Könnten Sie nicht einen Freund damit beauftragen, mir ein Pärchen zu überlassen, falls Sie keine weitere Verwendung dafür haben sollten?«

»Es soll geschehen, Sir.«

»In Ordnung«, sagte Wemmick, »es wird gut für sie gesorgt werden. Alles Gute, Oberst. Auf Wiedersehen!« Sie reichten sich noch einmal die Hände, und während wir uns entfernten, sagte Wemmick zu mir: »Ein Falschmünzer, der was von seinem Fach versteht. Der Stadtrichter gibt heute seinen Bericht heraus, und zweifellos wird er am Montag hingerichtet werden. Aber wie dem auch sei, ein Taubenpärchen ist immerhin beweglicher Besitz.« Bei diesen Worten schaute er zurück und nickte seiner abgestorbenen Pflanze zu. Als er dann den Hof verließ, betrachtete er ihn mit einer Miene, als überlegte er bereits, welche andere Pflanze am besten an seine Stelle käme.

Als wir beim Verlassen an der Pförtnerloge vorbeikamen, merkte ich, daß meinem Vormund von den Aufsehern ebenso große Bedeutung beigemessen wurde wie von den Inhaftierten. »Was meinen Sie, Mr. Wemmick«, fragte der Aufseher, der uns zwischen den beiden mit Eisenspitzen versehenen Gefängnispforten warten ließ und erst das eine Tor sorgfältig verschloß, ehe er das andere öffnete, »was wird Mr. Jaggers aus diesem Mord am Fluß machen? Wird er einen Totschlag daraus machen, oder was wird er machen?«

»Warum fragen Sie ihn nicht selber?« erwiderte Wemmick.

»Ich kann mich beherrschen!« sagte der Aufseher.

»Sehen Sie, Mr. Pip, so sind sie alle hier«, versetzte Wemmick und zog seinen Briefschlitz in die Breite. »Es macht ihnen nichts aus, mich, den Untergebenen, zu fragen. Sie werden es jedoch nie erleben, daß sie Fragen an meinen Vorgesetzten richten.«

»Gehört der junge Herr hier zu den Lehrlingen in Ihrem

Büro?« fragte der Pförtner und grinste über Mr. Wemmicks lustige Bemerkung.

»Sehen Sie, er fängt schon wieder an«, rief Wemmick aus, »ich hab's Ihnen ja gesagt! Stellt dem Untergebenen eine weitere Frage, noch ehe die erste beantwortet ist. Angenommen, Mr. Pip gehört zu den Angestellten?«

»Dann weiß er, was Mr. Jaggers für einer ist«, sagte der Pförtner und grinste wieder.

»Äh!« rief Wemmick und versetzte dem Pförtner plötzlich aus Spaß einen Schlag. »Wenn Sie es mit meinem Chef zu tun haben, sind Sie stumm wie ein Fisch. Lassen Sie uns raus, Sie alter Schlaukopf, sonst lasse ich Sie wegen Freiheitsberaubung verklagen.«

Der Pförtner lachte, wünschte uns einen guten Tag und lachte uns noch über die Eisenspitzen der Tür hinweg nach, als wir schon die Treppen zur Straße hinunterstiegen.

»Wissen Sie, Mr. Pip«, sagte mir Wemmick ernst ins Ohr, als er vertraulich nach meinem Arm griff, »meines Erachtens gibt es für Mr. Jaggers nichts Besseres, als auf diese Weise über die anderen erhaben zu sein. Er wahrt immer diesen Abstand. Sein Stolz paßt zu seinen enormen Fähigkeiten. Der Oberst vorhin würde ebensowenig wagen, sich von *ihm* zu verabschieden, wie sich der Aufseher trauen würde, ihn nach seinen Absichten in bezug auf einen Fall zu befragen. Zwischen seine Unnahbarkeit und diese Leute stellt er seine Untergebenen, verstehen Sie? Und so hat er sie alle fest in der Hand.«

Ich war von der Gewandtheit meines Vormundes stark beeindruckt, doch nicht zum erstenmal. Ehrlich gesagt, wünschte ich von Herzen (und auch das nicht zum erstenmal), daß ich einen anderen, weniger tüchtigen Vormund gehabt hätte.

Mr. Wemmick und ich trennten uns vor dem Büro in Little Britain, wo wie üblich Bittsteller auf Mr. Jaggers warteten. Ich kehrte auf meinen Beobachtungsposten in der Straße des

Postkutschenbüros zurück und hatte noch fast drei Stunden zu warten.

Während der ganzen Zeit grübelte ich darüber nach, wie seltsam es doch war, daß ich mit der Verderbtheit der Gefängnisse und Verbrecher in Berührung kommen sollte, daß ich ihr in meiner Kindheit an einem Winterabend in unserem öden Marschland zum erstenmal begegnet bin, daß sie mir bei zwei Gelegenheiten wiedererschienen ist (wie ein Fleck, der verblaßt, aber nicht verschwindet) und nun auf diese Weise mein Glück und meine Erfolge beeinträchtigte. Während meine Gedanken darum kreisten, dachte ich an die schöne, junge Estella, die stolz und vornehm war und mir entgegenreiste, und voller Schrecken dachte ich an den Gegensatz zwischen der Gefängniswelt und ihr. Ich wünschte, Wemmick wäre mir nicht begegnet und ich hätte ihm nicht nachgegeben und wäre nicht mitgegangen, damit ich nicht ausgerechnet an diesem Tage die Luft von Newgate in meinem Atem und meinen Kleidern hätte. Während ich auf und ab schlenderte, klopfte ich den Gefängnisstaub von meinen Schuhen und aus meiner Kleidung und preßte diese Luft aus meinen Lungen. Ich fühlte mich dermaßen besudelt, wenn ich bedachte, wer sogleich kommen würde, daß die Kutsche schließlich zu schnell eintraf, und ich hatte mich noch nicht von der Erinnerung an Mr. Wemmicks Gewächshaus gelöst, als ich ihr Gesicht am Wagenfenster erblickte und sah, wie sie mir zuwinkte.

Was war das nur für ein unbekannter Schatten, der in diesem Augenblick wiederum vorbeihuschte?

33. Kapitel

In ihrem pelzbesetzten Reisekostüm erschien mir Estella von noch zarterer Schönheit als je zuvor, sogar in meinen Augen. Sie zeigte sich mir gegenüber liebenswürdiger als sonst, und ich glaubte in diesem veränderten Benehmen Miss Havishams

Einfluß zu spüren. Wir standen im Hof des Gasthauses, während sie mir ihre Gepäckstücke zeigte, und als alles eingesammelt war, fiel mir ein – ich hatte inzwischen nur an sie und an nichts anderes gedacht –, daß ich gar nicht ihr Reiseziel kannte.

»Ich fahre nach Richmond«, erzählte sie mir. »Wie ich aus dem Unterricht weiß, gibt es zwei Richmonds, eins in Surrey und eins in Yorkshire, und meins ist das Richmond in Surrey. Es liegt zehn Meilen von hier entfernt. Ich soll eine Kutsche nehmen, und Sie sollen sie mieten. Hier ist mein Portemonnaie. Sie sollen meine Ausgaben daraus bezahlen. Oh, Sie müssen meine Börse nehmen! Ihnen und mir bleibt nichts anderes übrig, als die Anweisungen zu befolgen. Wir können nicht nach eigenem Ermessen handeln, Sie und ich.«

Als sie mir das Portemonnaie reichte und mich dabei anschaute, hoffte ich aus ihren Worten einen verborgenen Sinn herauszuhören. Sie sagte das abschätzig, aber nicht ungehalten.

»Eine Kutsche muß erst bestellt werden, Estella. Möchten Sie sich hier ein wenig ausruhen?«

»Ja, ich soll mich hier etwas ausruhen, und ich soll Tee trinken, und Sie sollen mir dabei Gesellschaft leisten.«

Sie schob ihren Arm wie selbstverständlich in meinen, und ich bat den Kellner, der die Kutsche angestarrt hatte, als hätte er so ein Ding noch nie im Leben gesehen, uns ein Privatzimmer zu zeigen. Daraufhin zog er eine Serviette hervor, als würde er ohne dieses Zaubermittel nicht den Weg nach oben finden, und führte uns in ein finsteres Loch, das mit einem fast blinden Spiegel (ein völlig überflüssiger Gegenstand, wenn man die Enge des Raumes bedenkt), mit einer Flasche Anchovissauce und einem Paar Holzschuhen ausgestattet war. Als ich dieses Gelaß ausschlug, brachte er uns in ein anderes Zimmer, mit einer Tafel für dreißig Personen. Im Kamin versengte ein Schreibblatt unter einem Haufen Kohlenstaub. Nachdem er kopfschüttelnd das verlöschende Feuer betrachtet hatte, nahm er meine Bestellung entgegen. Da sie nur »Tee für die Dame« lautete, verließ er ziemlich niedergeschlagen den Raum.

Ich war (und bin noch heute) der Meinung, daß einen die Luft in jenem Zimmer, die nach Stall und Fleischbrühe roch, zu dem Schluß bringen konnte, daß Kutschen nicht genügend gefragt waren und daß der Eigentümer die Pferde für die Gäste einkochen ließ. Dennoch war dieser Raum für mich das Paradies, weil Estella da war. Ich glaubte, daß ich mit ihr dort mein Leben lang hätte glücklich sein können (ich war damals wohlbemerkt ganz und gar nicht glücklich und war mir dessen auch bewußt).

»Wo werden Sie in Richmond wohnen?« fragte ich Estella.

»Ich werde dort bei einer Dame auf großem Fuße leben, die genügend Einfluß hat – zumindest behauptet sie das –, mich herumzuführen und bekannt zu machen, mir Leute vorzustellen, das heißt mich Leuten vorzustellen.«

»Sicherlich werden Sie über die Abwechslung und Bewunderung Ihrer Person froh sein.«

»Ja, es ist anzunehmen.«

Sie antwortete so gleichgültig, daß ich sagte: »Sie sprechen von sich wie von einem anderen Menschen.«

»Woher wissen Sie, wie ich von anderen Leuten spreche? Immer langsam!« sagte Estella und lächelte bezaubernd. »Sie dürfen nicht erwarten, daß ich bei *Ihnen* in die Schule gehe. Ich muß auf meine Weise reden. Wie kommen Sie mit Mr. Pocket aus?«

»Ich lebe dort ganz angenehm, zumindest . . .« Mir schien, ich war im Begriff, eine Gelegenheit zu verpassen.

»Zumindest?« wiederholte Estella.

»Zumindest so angenehm, wie ich überall leben könnte – ohne Sie.«

»Sie dummer Junge«, sagte Estella völlig gelassen, »wie können Sie nur solchen Unsinn reden? Ihr Freund, Mr. Matthew, ist wohl seiner Familie überlegen?«

»Wahrhaftig. Er ist niemandes Feind ...«

»Fügen Sie nur nicht hinzu, daß er sein eigner Feind ist. Solche Männer hasse ich. Aber wie ich gehört habe, ist er wirklich selbstlos und über kleinliche Eifersüchteleien und Gehässigkeiten erhaben.«

»Ich habe allen Grund, dem zuzustimmen.«

»Aber keinen Grund, dasselbe von der übrigen Familie zu behaupten«, sagte Estella und nickte mir halb ernst, halb scherzhaft zu, »denn sie belästigen Miss Havisham mit Berichten und Anspielungen, die Ihnen Schaden zufügen sollen. Man belauert und verleumdet Sie, schreibt Briefe (manchmal anonyme) über Sie, und Sie sind der Inhalt und die Qual ihres Lebens. Sie können sich kaum vorstellen, wie Sie von diesen Leuten gehaßt werden.«

»Sie schaden mir doch hoffentlich nicht?«

Anstatt zu antworten, brach Estella in schallendes Gelächter aus. Das war außergewöhnlich, und so betrachtete ich sie ziemlich verblüfft. Nachdem sie sich beruhigt hatte – es war kein gleichgültiges, sondern ein herzhaftes Lachen gewesen –, sagte ich in meiner schüchternen Art zu ihr: »Ich darf doch wohl annehmen, daß Sie sich keinen Spaß daraus machen, wenn man mir Schaden zufügen wollte?«

»Nein, nein, da können Sie sicher sein«, sagte Estella. »Seien Sie überzeugt, daß ich nur lache, weil es ihnen nicht gelingt. Oh, diese Leute bei Miss Havisham, was für Qualen müssen sie ausstehen!« Wieder lachte sie. Sogar jetzt, da sie mir erklärt hatte, warum, kam mir ihr Lachen sonderbar vor, obwohl es zweifellos aufrichtig war, hielt ich es für etwas übertrieben. Ich meinte, es müsse noch mehr dahinterstecken, als ich wußte. Sie erriet meine Gedanken und gab die Antwort darauf.

»Selbst für Sie ist es nicht leicht zu verstehen«, sagte Estella, »welche Genugtuung es für mich ist, wenn die Pläne dieser Leute durchkreuzt werden, und welche Freude es mir bereitet, wenn sie lächerlich gemacht werden. Denn Sie sind nicht in diesem merkwürdigen Haus aufgewachsen. *Ich* aber. Ihr junger Geist wurde nicht durch Bosheiten gegen eine wehrlose und unterdrückte Kreatur geschärft – Bosheiten, die sich unter der Maske von Anteilnahme und Mitgefühl und allem möglichen, was sanft und gütig ist, verbargen. *Ich* habe das miterlebt. Ihnen wurden nicht als Kind nach und nach die Augen für die Heucheleien dieser Frau geöffnet, die ihre große Seelenruhe bis in die Nacht hinein bewahrte. *Mir* aber.«

Estella war jetzt nicht nach Lachen zumute, auch waren ihre Erinnerungen nicht oberflächlicher Natur. Ich hätte all meine großen Erwartungen hingegeben, nur um nicht der Anlaß für diese Blicke von ihr zu sein.

»Zwei Dinge kann ich Ihnen sagen«, rief Estella. »Erstens: Trotz des Sprichworts, daß steter Tropfen den Stein höhlt, können Sie ganz beruhigt sein. Diese Leute werden niemals – auch nicht in hundert Jahren – Ihre Position bei Miss Havisham im geringsten erschüttern. Zweitens betrachte ich Sie als den Auslöser ihrer vergeblichen Zudringlichkeiten und Gemeinheiten. Hier ist meine Hand darauf.«

Als sie sie mir fröhlich entgegenstreckte – ihre düstere Stimmung war verflogen –, ergriff ich sie und zog sie an meine Lippen. »Sie törichter Junge«, sagte Estella, »wollen Sie sich niemals warnen lassen? Oder küssen Sie meine Hand mit dem gleichen Gefühl, mit dem ich Sie damals meine Wange küssen ließ?«

»Was für ein Gefühl war das?«

»Ich muß einen Moment überlegen. Ein Gefühl der Verachtung gegenüber den Schmeichlern und Intriganten.«

»Wenn ich ja sage, darf ich dann noch einmal Ihre Wange küssen?«

»Das hätten Sie fragen sollen, bevor Sie mir die Hand küßten. Aber bitte, wenn Sie möchten.«

Ich beugte mich hinab, und ihr Gesicht war bewegungslos wie das einer Statue.

»Und nun«, sagte Estella und entzog sich mir, als ich ihre

Wange berührte, »müssen Sie dafür sorgen, daß ich Tee bekomme, und dann sollen Sie mich nach Richmond bringen.«

Daß sie in diesen Ton zurückverfiel, als wäre unser Zusammensein erzwungen und wir nichts anderes als Marionetten, berührte mich schmerzlich, wie mir überhaupt alles in unseren Beziehungen Schmerz bereitete. Wie auch immer sie mit mir sprechen mochte, wollte ich ihr nicht trauen und wagte nicht zu hoffen. Dennoch verfolgte ich, entgegen dem Vertrauen und der Hoffnung, weiter meinen Weg. Warum es tausendmal wiederholen? So blieb es immer.

Ich läutete nach dem Tee. Der Kellner, der wieder mit seinem Zaubermittel erschien, brachte nach und nach etwa fünfzig Beigaben zu dem Erfrischungsgetränk, doch vom Tee war keine Spur. Er brachte auf dem Tablett Tassen und Untertassen, Teller, Messer und Gabeln (einschließlich Tranchierbestecks), verschiedene Löffel, ein Salznäpfchen; etwas Teegebäck, das er äußerst sorgfältig unter einem Eisendeckel verwahrte; Moses im Binsenkörbchen, was von einem Stück weicher Butter mit viel Petersilie darum dargestellt wurde; eine blasse, bestäubte Frikadelle; dreieckige Brotscheiben, an denen sich die Kaminstäbe aus der Küche abzeichneten; und schließlich eine bauchige Familienkanne, mit der er hereinstolperte. Seine Haltung drückte die Last und Bürde aus. Nach längerer Abwesenheit kehrte er schließlich mit einem wertvollen Kästchen zurück, das dünne Blätter enthielt. Ich tauchte sie in heißes Wasser und brachte somit eine Tasse ich weiß nicht was für Estella zustande.

Nachdem die Rechnung bezahlt, der Kellner nicht vergessen und auch der Stallknecht bedacht worden war, das Zimmermädchen seinen Anteil bekommen hatte – und kurz gesagt, das ganze Haus in Geringschätzung und Feindseligkeit versetzt und Estellas Geldbörse sehr erleichtert war –, bestiegen wir die Postkutsche und fuhren los. Da wir nach Cheapside einbogen und die Newgate Street entlangratterten, gelangten wir bald an die Mauern, an die ich nur beschämt dachte.

»Was für ein Gebäude ist das?« fragte mich Estella.

Zuerst tat ich so, als wisse ich es nicht, doch dann sagte ich es ihr. Als sie es betrachtet und den Kopf wieder eingezogen hatte, murmelte sie: »Arme Kerle!« Um nichts in der Welt hätte ich meinen Besuch dort zugegeben.

»Mr. Jaggers steht in dem Ruf«, sagte ich, um geschickt auf etwas anderes überzulenken, »die Geheimnisse dieses trostlosen Ortes besser als jeder andere in London zu kennen.«

»Ich glaube, er ist überall in die Geheimnisse eingeweiht«, sagte Estella leise.

»Sie sind ihm vermutlich oft begegnet?«

»Solange ich denken kann, bin ich ihm in gewissen Abständen immer wieder begegnet. Ich kenne ihn aber heute nicht besser als damals, als ich kaum sprechen konnte. Was haben Sie für Erfahrungen mit ihm gemacht? Kommen Sie gut mit ihm aus?«

»Seit ich mich an seine mißtrauische Art gewöhnt habe«, sagte ich, »geht es ganz gut.«

»Stehen Sie miteinander auf vertrautem Fuße?«

»Ich habe bei ihm zu Hause zu Abend gegessen.«

»Ich stelle mir sein Heim merkwürdig vor«, sagte Estella und schauerte zusammen.

»Es ist auch ein merkwürdiger Ort.«

Ich wäre selbst ihr gegenüber vorsichtig gewesen, zu offen über meinen Vormund zu sprechen, hätte mich aber so weit von dem Thema hinreißen lassen, das Abendessen in der Gerard Street zu beschreiben, wenn wir nicht gerade in den Schein einer Gaslaterne geraten wären. In diesem Augenblick schien wieder alles von diesem unerklärlichen Gefühl bestimmt zu sein, das ich schon kannte. Als wir aus dem Schein heraus waren, fühlte ich mich für kurze Zeit wie betäubt, als hätte ich einen Blitz gesehen.

So kamen wir auf andere Dinge zu sprechen. Hauptsächlich unterhielten wir uns über den Weg, den wir benutzten, und über die Stadtteile Londons, die zu beiden Seiten lagen. Die große Stadt war ihr fast unbekannt, wie sie mir erzählte, denn sie hatte, bis sie nach Frankreich reiste, die nächste Umgebung von Miss Havishams Haus niemals verlassen und war nur auf der Hin- und Rückfahrt durch London gekommen. Ich fragte, ob sich mein Vormund, während sie hier sei, um sie kümmern sollte, worauf sie heftig ausrief: »Gott bewahre!« und dann schwieg.

Es war nicht zu übersehen, daß sie sich Mühe gab, mich zu betören und mich für sie einzunehmen. Sie hätte mich ohnehin für sich gewonnen, selbst wenn diese Aufgabe Qualen verlangt hätte. Das machte mich keineswegs glücklicher, denn selbst wenn sie nicht zu erkennen gegeben hätte, daß wir von anderen gelenkt wurden, hätte ich gespürt, daß sie mein Herz in der Hand hielt, weil sie sich das vorgenommen, und nicht etwa, weil es Zärtlichkeit in ihr hervorgerufen hatte, und weil sie es brechen und wegwerfen wollte.

Als wir durch Hammersmith kamen, zeigte ich ihr, wo Mr. Matthew Pocket wohnte, und sagte, es sei nicht weit von hier bis Richmond; hoffentlich könnte ich sie von Zeit zu Zeit sehen.

»O ja, das können Sie. Sie sollen mich besuchen, wenn Sie es für richtig halten. Sie sollen mit der Familie dort bekannt gemacht werden, das heißt, Ihr Name ist bereits bekannt.«

Ich erkundigte mich, ob es ein großer Haushalt sei, zu dem sie bald gehören würde.

»Nein, es sind nur zwei Personen, Mutter und Tochter. Die Mutter ist eine angesehene Dame, verschmäht es jedoch nicht, ihre Einkünfte aufzubessern.«

»Ich wundere mich, daß sich Miss Havisham so schnell wieder von Ihnen trennen konnte.«

»Das gehört zu Miss Havishams Plänen, Pip«, erwiderte Estella seufzend, als wäre sie müde. »Ich soll ihr häufig schreiben und sie regelmäßig besuchen und berichten, wie es mir geht – mir und den Juwelen, denn inzwischen gehören sie mir fast alle.«

Es war das erste Mal, daß sie mich mit meinem Namen anredete. Natürlich hatte sie das absichtlich getan; sie wußte ja, daß es mir gefallen würde.

Wir kamen nur allzu schnell in Richmond an. Unser Ziel war ein Haus am Anger: ein stattliches, altes Gebäude, wo Krinolinen, Puder und Schönheitspflästerchen, bestickte Röcke, aufgerollte Strümpfe, Rüschen und Degen viele Male zur Geltung gekommen sind. Einige alte Bäume vor dem Haus waren noch gestutzt und sahen so unnatürlich aus wie die Reifröcke und Perücken; aber bald würden auch sie den ihnen zugedachten Platz in dem langen Zug der Toten einnehmen und wie alle übrigen den Weg des Schweigens gehen.

Eine alte Klingel – die zu ihrer Zeit häufig angekündigt haben mag: Hier kommt die grüne Krinoline, hier kommt das Schwert mit dem diamantenbesetzten Griff, hier kommen die Schuhe mit den roten Absätzen und dem blauen Solitär – ertönte feierlich im Mondlicht, und zwei Hausmädchen mit roten Wangen stürzten herbei, um Estella zu empfangen. Die Eingangstür verschluckte im Nu ihre Koffer; sie reichte mir die Hand, lächelte, sagte »Gute Nacht« und war ebenfalls verschwunden. Ich blieb noch stehen, blickte zum Haus hin und dachte, wie glücklich ich wäre, wenn ich dort mit ihr zusammen leben würde, und wußte genau, daß ich in ihrer Nähe nie glücklich, sondern unglücklich war.

Ich stieg in die Kutsche, um nach Hammersmith zurückzufahren. Das Herz tat mir weh, als ich einstieg, und es schmerzte noch stärker, als ich ausstieg. Vor unserer Haustür traf ich die kleine Jane Pocket, die von einer kleinen Gesellschaft kam und von ihrem kleinen Liebhaber begleitet wurde. Ich beneidete ihren kleinen Liebhaber, obwohl er sich Flopson fügen mußte.

Mr. Pocket war zu einem Vortrag unterwegs, denn er hielt großartige Vorträge über Haushaltsführung, und seine Abhandlungen über den Umgang mit Kindern und Dienstboten galten als die besten Lehrbücher auf diesem Gebiet. Mrs. Pocket hingegen war zu Hause und befand sich in einer etwas schwierigen Lage, weil man dem Baby, das während Millers unerklärlicher Abwesenheit (mit einem Verwandten, der zum Garderegiment gehörte) ruhig bleiben sollte, eine Schachtel mit Nadeln in die Hand gedrückt hatte. Nun fehlten mehr Nadeln, als so einem zarten Wesen äußerlich noch als Stärkungsmittel guttun konnten.

Da Mr. Pocket zu Recht wegen seiner ausgezeichneten praktischen Ratschläge und wegen seiner klaren und vernünftigen Ansichten und wegen seines Urteilsvermögens gepriesen wurde, nahm ich mir in meinem Herzeleid vor, ihn ins Vertrauen zu ziehen. Als ich aber einen Blick auf Mrs. Pocket warf, wie sie in ihrem Buch mit den Adelstiteln las, nachdem sie Bettruhe als wirksamstes Heilmittel für das Baby verordnet hatte, dachte ich: Ach nein, lieber nicht.

34. Kapitel

Sobald ich mich an meine großen Erwartungen gewöhnt hatte, erkannte ich allmählich ihre Wirkung auf mich und meine Umgebung. Ihren Einfluß auf meinen Charakter versuchte ich soweit wie möglich vor mir selbst zu verschleiern, wußte aber genau, daß er nicht gut war. Wegen meines Benehmens Joe gegenüber fühlte ich mich ständig unbehaglich. Auch Biddys wegen hatte ich alles andere als ein reines Gewissen. Wachte ich nachts auf – wie Camilla –, überlegte ich mit müdem Kopf, daß ich ein glücklicher und besserer Mensch geworden wäre, wenn ich Miss Havisham nie gesehen hätte und zu einem Mann herangereift wäre, der mit Freuden als Joes Partner in der ehrbaren, alten Schmiede arbeitete. Viele Male, wenn ich abends allein saß und ins Feuer starrte, dachte ich, daß im Grunde genommen kein Feuer dem der

Schmiede oder dem Herdfeuer zu Hause gleichkomme. Doch Estella war so untrennbar mit meiner Rastlosigkeit und inneren Unruhe verbunden, daß es mich verwirrte und ich nicht wußte, inwieweit ich daran beteiligt war. Das heißt: angenommen, ich hätte keine großen Erwartungen und trotzdem Estella im Sinn gehabt, so kann ich nicht zu meiner eigenen Beruhigung feststellen, daß es viel besser um mich gestanden hätte. Was nun meinen Einfluß auf andere angeht, lag die Sache einfacher, und ich begriff – wenn auch noch zu langsam –, daß er keinem nutzte, am allerwenigsten Herbert. Meine Verschwendungssucht verführte seine leichtfertige Natur zu Ausgaben, die er sich nicht leisten konnte, verdarb sein schlichtes Leben und zerstörte seinen Frieden durch Ängste und Reue. Weit weniger bedauerte ich die üblen Tricks, zu denen ich die anderen Familienmitglieder der Pockets ungewollt herausgefordert hatte, weil sie von Natur aus kleinlich waren. Wenn ich es nicht getan hätte, wären sie von irgendeinem anderen in ihnen wachgerufen worden. Bei Herbert lag der Fall anders. Mich plagte oft das Gewissen, wenn ich mir überlegte, was für einen schlechten Dienst ich ihm erwiesen hatte, indem ich seine bescheiden eingerichteten Zimmer mit ungeeigneten Polstermöbeln vollstopfte und ihm den Rachegeist in der kanariengelben Weste zur Verfügung stellte.

So unvermeidlich, wie man nach kleinen Annehmlichkeiten stets größere wünscht, geriet ich immer tiefer in Schulden. Kaum hatte ich damit angefangen, als es mir Herbert bald nachtat. Auf Startops Anraten ließen wir uns in einen Klub aufnehmen, der den Namen »Hainfinken« trug. Den Zweck dieser Einrichtung habe ich nie erraten; es sei denn, daß die Mitglieder alle vierzehn Tage einmal kostspielig speisten, nach dem Essen in heftigen Streit gerieten und schuld daran waren, wenn sechs Kellner betrunken auf der Treppe lagen. Ich weiß, daß diese ergötzlichen gesellschaftlichen Pflichten stets erfüllt wurden und daß Herbert und ich weiter nichts begriffen, als man sich beim ersten Toast der Gesellschaft mit den Worten an uns wandte: »Meine Herren, möge das gegenseitige Wohlwollen unter den Hainfinken stets regieren und gefördert werden.«

Die »Finken« gaben ihr Geld sinnlos aus (wir nahmen unsere Festessen in einem Hotel in Covent Garden ein), und der erste Fink, den ich sah, als ich ehrenvoll in den »Hain« aufgenommen wurde, war Bentley Drummle, der damals in einer eigenen Kutsche die Straßen unsicher machte und den Laternenpfählen an den Straßenecken großen Schaden zufügte. Gelegentlich schoß er kopfüber aus seiner Equipage, und einmal habe ich erlebt, wie er auf diese unbeabsichtigte Weise wie eine Ladung Kohlen vor der Tür des »Hains« landete. Hier greife ich ein wenig vor, denn nach den heiligen Gesetzen der Gesellschaft war ich noch kein Fink und durfte noch keiner sein, solange ich nicht volljährig war.

Im Vertrauen auf meine Geldmittel hätte ich gern Herberts Ausgaben mit übernommen. Herbert war aber stolz, und ich konnte ihm diesen Vorschlag nicht unterbreiten. Deshalb geriet er in alle möglichen Schwierigkeiten und fuhr fort, »sich umzusehen«. Als wir uns allmählich angewöhnten, bis spät in die Nacht hinein in Gesellschaft aufzubleiben, stellte ich fest, daß er sich morgens nach dem Frühstück recht verzagt »umsah«, daß er sich gegen Mittag etwas zuversichtlicher »umsah« und daß er den Kopf hängen ließ, wenn er zum Abendessen heimkehrte; daß er nach dem Essen in der Ferne ganz deutlich Geldquellen zu entdecken glaubte, die er gegen Mitternacht nur noch zu erschließen brauchte; daß er um zwei Uhr morgens wieder dermaßen verzweifelt war, daß er davon sprach, sich ein Gewehr zu kaufen und nach Amerika zu gehen, um dort Büffel einzutreiben und damit sein Glück zu machen.

Die halbe Woche brachte ich gewöhnlich in Hammersmith zu, und wenn ich in Hammersmith war, suchte ich Richmond auf, doch davon später. Herbert besuchte mich oft in Hammersmith, wenn ich dort war, und ich glaube, seinem Vater wurde bei diesen Begegnungen zuweilen flüchtig klar, daß sich die Gelegenheit, auf die er wartete, noch nicht ergeben hatte. Doch in dem allgemeinen Durcheinander der Familie war sein Durchs-Leben-Stolpern eine Angelegenheit, die sich irgendwie von selbst regeln würde. Mr. Pockets Haar wurde indessen immer grauer, und er versuchte in schwierigen Situationen noch häufiger, sich am eigenen Schopfe herauszuziehen. Währenddessen brachte Mrs. Pocket die Familienmitglieder mit ihrer Fußbank zu Fall, las in ihrem Buch mit den Adelstiteln, verlor ihr Taschentuch, erzählte uns von ihrem Großvater und brachte den Kindern das Schießen bei, indem sie sie ins Bett feuerte, wann immer sie ihre Aufmerksamkeit auf sich zogen.

Da ich gerade einen Abschnitt meines Lebens näher beschreibe, in der Absicht, meinen Weg vor mir selbst zu rechtfertigen, kann ich das kaum besser tun, als den Bericht über unser Tun und Lassen in Barnards Gasthof zu vervollständigen.

Wir gaben soviel Geld aus, wie wir konnten, und bekamen nur so viel dafür, wie sich die Leute entschließen konnten, uns zu geben. Wir waren stets mehr oder weniger unglücklich, und den meisten unserer Bekannten erging es ebenso. Wir gaukelten uns vor, daß wir uns von Herzen amüsierten, doch in Wirklichkeit war das nie der Fall. Meiner Meinung nach unterschieden wir uns in dieser Hinsicht nicht von anderen Menschen.

Jeden Morgen begab sich Herbert aufs neue in die Stadt, um sich dort »umzusehen«. Oftmals stattete ich ihm einen Besuch in dem düsteren Hinterstübchen ab, in dem er von einem Tintenfaß, einem Kleiderhaken, einem Kalender, einem Tisch und Stuhl und einem Lineal umgeben war. Ich kann mich nicht entsinnen, daß er jemals etwas anderes tat, als sich »umzusehen«. Wenn wir alles, was wir in Angriff nehmen, so ehrlich erledigten, wie es Herbert tat, lebten wir in einer Welt der Tugend. Der arme Kerl hatte weiter nichts zu tun, als an jedem Nachmittag zu einer bestimmten Stunde zu Lloyd zu gehen, um dort seinen Vorgesetzten ehrerbietig zu begrüßen. Soweit ich feststellen konnte, tat er im Zusammenhang mit Lloyd nichts anderes, es sei denn, daß er von dort zurückkehrte. Wenn er seine Lage als ungewöhnlich ernst empfand und unbedingt eine Gelegenheit finden wollte, pflegte er in der Hauptgeschäftszeit zur Börse zu gehen und zwischen den versammelten Größen wie eine trübsinnige Volkstanzfigur hin und her zu laufen. »Denn ich habe festgestellt, Händel«, sagte Herbert zu mir, wenn er nach solch einem besonderen Anlaß zum Abendessen heimkehrte, »daß eine Gelegenheit nicht zu einem ins Haus kommt, sondern daß man auf sie zugehen muß, und das habe ich getan.«

Wenn wir uns nicht so zugetan gewesen wären, hätten wir uns jeden Morgen mit Haß begegnen müssen. Zu diesem Zeitpunkt meiner Reuegefühle verabscheute ich die Zimmer über alle Maßen und konnte den Anblick des Rachegeistes in seiner Livree, die mir zu dieser Tageszeit noch kostspieliger und sinnloser als in den folgenden vierundzwanzig Stunden erschien, nicht ertragen. Je tiefer wir in Schulden gerieten, desto spärlicher wurde unser Frühstück, und als wir einmal beim Frühstück die schriftliche Drohung erhielten, man wolle gerichtlich gegen uns vorgehen, »was nicht ganz«, wie mein Lokalblatt geschrieben haben könnte, »ohne Beziehung zu Juwelen war«, ging ich so weit, den Rachegeist an seinem blauen Kragen zu packen und ihn zu schütteln, daß er wie ein gestiefelter Amor in der Luft schwebte, nur weil er sich erdreistete zu vermuten, daß wir ein Brötchen wünschten.

Zu gewissen Zeiten – das heißt zu ungewissen Zeiten, denn sie hingen von unserer Stimmung ab – sagte ich zu Herbert, als hätte ich etwas Neues entdeckt: »Mein lieber Herbert, es steht nicht gut mit uns.«

»Mein lieber Händel«, pflegte Herbert in aller Offenheit zu antworten, »es ist ein merkwürdiger Zufall, aber ich hatte die gleichen Worte auf den Lippen, das kannst du mir glauben.«

»Nun, Herbert«, erwiderte ich, »dann wollen wir mal unsere Finanzlage überprüfen.«

Eine Vereinbarung mit diesem Vorsatz zu treffen bereitete uns schon eine tiefe Befriedigung. Ich war immer der Meinung, dies gehörte zum Geschäftlichen, damit wäre der Sache beizukommen und dadurch könnte man den Stier bei den Hörnern packen. Zudem wußte ich, daß Herbert ebenso dachte.

Zum Essen bestellten wir uns etwas besonders Gutes, dazu eine Flasche auserlesenen Wein, damit wir uns zu diesem Anlaß geistig stärkten und der Aufgabe gut gewachsen waren. Nach der Mahlzeit holten wir mehrere Federn, einen reichlichen Vorrat Tinte und eine ansehnliche Menge Schreib- und Löschpapier hervor, denn es lag etwas Beruhigendes darin, reichlich Schreibmaterial vor sich zu haben.

Dann nahm ich ein Blatt Papier zur Hand und schrieb sauber oben als Überschrift Barnards Gasthof und das Datum hinzu. Herbert nahm ebenfalls einen Bogen Papier und schrieb in ähnlicher Anordnung: »Aufstellung von Herberts Schulden.«

Dann kramte jeder von uns in einem wüsten Haufen von Zetteln neben sich, die in Schubladen gestopft, in Hosentaschen zerknittert und beim Kerzenanzünden halb angebrannt worden waren oder wochenlang hinter dem Spiegel gesteckt oder anderweitig Schaden genommen hatten. Das Kritzeln unserer Federn ließ uns dermaßen aufleben, daß es mir manchmal schwerfiel, zwischen dieser erbaulichen Tätigkeit und dem tatsächlichen Entrichten des Geldes zu unterscheiden. Beides schien mir gleichermaßen Anerkennung zu verdienen.

Wenn wir eine Weile geschrieben hatten, fragte ich Herbert, wie er vorankomme. Beim Anblick der immer länger werdenden Zahlenreihen kratzte er sich recht kleinlaut den Kopf.

»Es wird immer mehr, Händel«, pflegte Herbert zu sagen, »so wahr ich lebe, es wird immer mehr.«

»Sei stark, Herbert«, erwiderte ich und schrieb emsig weiter. »Blick den Dingen ins Auge, überprüfe deine Lage und laß dich nicht unterkriegen.«

»Das würde ich gern, Händel, aber leider kriegen *mich* die Dinge unter.«

Mein bestimmtes Auftreten verfehlte jedoch nicht seine Wirkung, und Herbert machte sich wieder an die Arbeit. Nach einiger Zeit hielt er wiederum inne, diesmal unter dem Vorwand, irgendeine Rechnung von Cobbs oder Lobbs oder Nobbs nicht da zu haben.

»Dann mußt du schätzen, Herbert. Nimm eine runde Summe und setze sie ein.«

»Was für ein findiger Bursche du bist!« erwiderte mein Freund voller Bewunderung. »Dein Geschäftssinn ist wirklich beachtlich.«

Das fand ich auch. Bei diesen Gelegenheiten erwarb ich mir den Ruf eines erstklassigen Geschäftsmannes: prompt, entschlossen, tatkräftig, scharfsichtig und kaltblütig. Als ich alle Verpflichtungen in meine Liste eingetragen hatte, verglich ich sie mit den Rechnungen und hakte sie ab. Die Selbstgefälligkeit, mit der ich eine Eintragung ausstrich, war ein Hochgenuß. Sobald ich nichts mehr abzuhaken hatte, faltete ich meine Rechnungen sorgfältig zusammen, machte bei jeder einen Vermerk auf der Rückseite und verschnürte sie alle zu einem ebenmäßigen Bündel. Dann tat ich das gleiche für Herbert (der bescheiden meinte, er besäße nicht meine Veranlagung für geschäftliche Dinge) und hatte das Gefühl, auch seine Angelegenheiten ins rechte Licht gerückt zu haben.

Zu meinem Geschäftsgebaren gehörte noch ein weiterer glorreicher Grundzug, den ich »einen Spielraum lassen« nannte. Wenn zum Beispiel Herberts Schulden hundertvierundsechzig Pfund, vier Schilling und zwei Pence betrugen, riet ich: »Laß einen Spielraum und trage zweihundert Pfund ein.« Angenommen, meine Schulden waren viermal so groß, ließ ich einen Spielraum und schrieb siebenhundert Pfund ein. Ich hatte die beste Meinung von der klugen Methode mit dem Spielraum, doch rückblickend muß ich zugeben, daß sie ein kostspieliger Einfall war, denn wir gerieten sofort wieder in neue Schulden und glichen damit den Spielraum aus; und in dem Gefühl, dadurch unabhängig und zahlungsfähig zu sein, mußten wir erneut den Spielraum erweitern.

Doch die Ruhe und innere Befriedigung nach solchen Überprüfungen unserer geschäftlichen Angelegenheiten stärkten eine Zeitlang mein Selbstbewußtsein. Durch meine Anstrengungen, meine Methode und Herberts Komplimente beruhigt, saß ich inmitten der Schreibsachen, unsere sauber gebündelten Rechnungen vor mir auf dem Tisch, und fühlte mich eher wie ein Bankinstitut als wie ein einfacher Privatmann.

Bei diesen feierlichen Anlässen schlossen wir die Wohnungstür ab, um nicht gestört zu werden. Eines Abends war ich gerade wieder in heiterer Stimmung, als wir hörten, wie ein Brief durch den Türschlitz gesteckt wurde und zu Boden fiel. »Er ist für dich, Händel«, sagte Herbert, der hinausgegangen war und damit zurückkam, »hoffentlich ist nichts passiert.« Damit spielte er auf das große schwarze Siegel und den Trauerrand an.

Der Brief war von Trabb & Co. unterzeichnet, und sein Inhalt lautete schlicht, daß ich ein ehrenwerter Sir war und man mir mitteilen wollte, daß Mrs. J. Gargery am vergangenen Montag abends um zwanzig Minuten nach sechs Uhr verschieden sei und daß man mich bat, an der Beerdigung am kommenden Montag um drei Uhr nachmittags teilzunehmen.

35. Kapitel

Zum erstenmal hatte sich auf meinem Lebensweg ein Grab geöffnet, und die Kluft, die es auf dem ebenen Pfad aufriß, war erstaunlich. Tag und Nacht verfolgte mich die Gestalt meiner Schwester in ihrem Sessel am Küchenfeuer. Daß dieser Platz ohne sie sein sollte, konnte ich nicht fassen. Obwohl ich in der letzten Zeit selten oder nie an sie gedacht hatte, wurde ich die seltsame Vorstellung nicht los, daß sie auf der Straße auf mich zukomme oder plötzlich an die Tür klopfe. Selbst in meinen Zimmern, mit denen sie nicht im geringsten verbunden war, spürte ich sofort die Leere, die der Tod hinterläßt, und glaubte ständig, den Klang ihrer Stimme zu hören oder ihre Bewegungen und Gesichtsregungen wahrzunehmen, als wäre sie noch am Leben und oft hier gewesen.

Wie auch immer sich mein Schicksal gestaltet hatte, ich hätte an meine Schwester schwerlich mit Zärtlichkeit zurückdenken können. Ich nehme jedoch an, daß man auch ohne Zärtlichkeit Reue empfinden kann. Unter diesem Eindruck (und vielleicht aus dem Bedürfnis nach zärtlichen Gefühlen heraus) packte mich eine heftige Wut auf den unbekannten Täter, um dessentwillen sie so viel Leid ertragen mußte. Ich wußte, daß ich Orlick oder jeden anderen rücksichtslos verfolgt hätte, wenn ich sichere Beweise gehabt hätte.

Nachdem ich Joe kondoliert und ihm zugesagt hatte, daß ich zur Beerdigung kommen würde, verbrachte ich die noch verbleibenden Tage in dieser eben geschilderten seltsamen Gemütsverfassung. Früh am Morgen fuhr ich los, stieg im »Blauen Eber« ab und hatte genügend Zeit, um zu Fuß zur Schmiede zu gehen.

Es war wieder herrliches Sommerwetter, und auf dem Wege dachte ich lebhaft an die Zeiten zurück, als ich ein kleines, hilfloses Wesen war und von meiner Schwester alles andere als geschont wurde. Sie erschienen aber in einem verklärten Licht, in dem sogar der gefürchtete Tickler harmloser wurde. Der Duft nach Bohnenkraut und Klee gab meinem Herzen zu verstehen, daß der Tag kommen würde, an dem andere im Sonnenschein wandern und dann freundlich an mich zurückdenken werden.

Schließlich näherte ich mich dem Haus und sah, daß Trabb & Co. damit beschäftigt waren, das Begräbnis vorzubereiten. Vor der Haustür hatten sich zwei traurige, lächerlich wirkende Gestalten aufgestellt, die beide eine schwarzumflorte Krücke hielten – als ob so ein Gegenstand irgendeinen Trost spenden könnte. In dem einen erkannte ich einen Postkutscher wieder, der aus dem »Blauen Eber« entlassen worden war, weil er ein Brautpaar am Hochzeitsmorgen in eine Sägegrube gejagt hat, während er sich wegen schwerer Trunkenheit am Hals seines Pferdes mit beiden Armen festklammern mußte. Sämtliche Kinder und die meisten Frauen aus dem Dorf bestaunten die schwarzgekleideten Wächter und die geschlossenen Fenster des Hauses und der Schmiede. Als ich herankam, klopfte einer der beiden Wächter (der Postkutscher) an die Tür und gab damit zu verstehen, daß ich durch den Kummer zu erschöpft sei und nicht genügend Kraft besitze, selbst anzuklopfen.

Der andere schwarzgekleidete Wächter (ein Zimmermann, der einmal bei einer Wette zwei Gänse gegessen hatte) öffnete die Tür und führte mich in die gute Stube. Hier hatte sich Mr. Trabb am besten Tisch zu schaffen gemacht, hatte alle Ausziehplatten hochgeklappt und veranstaltete mit Hilfe einer Menge schwarzer Stecknadeln eine Art schwarzen Basar. Als ich eintrat, hatte er gerade irgendeinen Hut mit schwarzen Kattunstreifen versehen, daß er wie ein Negerbaby im Tragkleidchen aussah. Er streckte seine Hand auch nach meinem aus. Da ich aber diese Geste mißdeutete und durch die Situation verwirrt war, schüttelte ich ihm mit großer Herzlichkeit die Hand.

Der arme, liebe Joe saß, in einen kleinen schwarzen Umhang gehüllt, mit einer großen Schleife unter dem Kinn, am obersten Ende des Zimmers, wohin er als Hauptleidtragender offenbar von Mr. Trabb gewiesen worden war. Als ich mich zu ihm herabbeugte und sagte: »Lieber Joe, wie geht es dir?«, antwortete er: »Pip, alter Junge, du kanntest sie ja, als sie . . .

eine stattliche ...«, umklammerte meine Hand und verstummte.

Biddy sah sehr ordentlich und bescheiden in ihrem Trauerkleid aus, ging leise hin und her und machte sich nützlich. Nachdem ich sie begrüßt hatte – für eine Unterhaltung hielt ich den Zeitpunkt ungeeignet –, setzte ich mich neben Joe und überlegte nun, in welchem Teil des Hauses sie, meine Schwester, sein mochte. Da es in der guten Stube nach süßem Gebäck roch, blickte ich mich nach dem Tisch mit den Erfrischungen um. Er war, bis man sich an das Halbdunkel gewöhnt hatte, kaum zu erkennen. Dort gab es einen angeschnittenen Pflaumenkuchen, Orangenscheiben, belegte Brote und Gebäck sowie zwei Karaffen, die mir als Zierstücke sehr wohl bekannt waren, die ich aber nie in Gebrauch gesehen hatte. Die eine war mit Portwein, die andere mit Cherry gefüllt. Als ich am Tisch stand, bemerkte ich den kriecherischen Pumblechook im schwarzen Rock und mit einem meterlangen Flor am Hut. Er stopfte sich mit allerlei voll und versuchte mit unterwürfigen Bewegungen, meine Aufmerksamkeit auf sich zu lenken. Als es ihm gelungen war, kam er zu mir herüber (er roch nach Cherry und Brot) und sagte mit gedämpfter Stimme: »Darf ich, lieber Sir?« und reichte mir die Hand. Dann entdeckte ich Mr. und Mrs. Hubble; letztere saß sittsam und stumm in einem Winkel. Wir sollten alle »das Geleit geben« und wurden von Trabb zu einzelnen Grüppchen zusammengestellt.

»Was ich sagen wollte, Pip«, flüsterte mir Joe zu, als wir uns zu zweit in der guten Stube »formierten«, wie es Mr. Trabb nannte – wobei dies eine schreckliche Ähnlichkeit mit der Vorbereitung auf einen Totentanz hatte –, »was ich sagen wollte, Sir, ich hätte sie lieber selbst zur Kirche getragen, mit drei oder vier Freunden zusammen, welche mit willigen Herzen und Armen gekommen wärn, aber es wurde überlegt, wie die Nachbarn drauf herabsehn täten und meinen würden, daß wir keine Achtung nich hätten.«

»Alle die Taschentücher raus!« rief Mr. Trabb in diesem Augenblick mit berufsmäßig trauriger Stimme. »Taschentücher raus! Wir sind soweit!«

Wir hielten alle die Taschentücher vor das Gesicht, als ob wir Nasenbluten hätten, und marschierten paarweise hinaus: Joe und ich, Biddy und Pumblechook, Mr. und Mrs. Hubble. Die sterbliche Hülle meiner armen Schwester war durch die Küchentür hinausgebracht worden, und da es zu einem Begräbnis gehörte, daß sechs Leichenträgern unter einer abscheulichen schwarzen Samtdecke mit weißer Umrandung die Sicht und die Luft genommen wurde, wirkte das Ganze wie ein Ungeheuer mit zwölf Menschenbeinen, das sich schlurfend und stolpernd vorwärts bewegte, voran die beiden Türhüter, der Postkutscher und sein Kamerad.

Bei den Nachbarn jedoch fand dieser Aufzug großen Anklang, und wir wurden, während wir durchs Dorf schritten, sehr bewundert. Der jüngere und lebhaftere Teil der Dorfbewohner stürzte hin und wieder voraus, um uns zu überholen und uns aufzulauern und an günstigen Stellen den Weg abzuschneiden. Wenn wir dann um eine Straßenecke bogen, erhoben die übermütigsten unter ihnen jedesmal ein lautes Geschrei: »Sie kommen! Da sind sie!«, und uns wurde fast zugejubelt. Bei diesem Umzug wurde ich von dem kriecherischen Pumblechook arg belästigt, indem er hinter mir herging und fortwährend an meinem langen Hutband herumnestelte und meinen Mantel glattstrich. Außerdem wurden meine Gedanken von dem übertriebenen Stolz Mr. und Mrs. Hubbles abgelenkt, die außerordentlich eingebildet und aufgeblasen einhergingen, weil sie an einem so großartigen Trauerzug teilnahmen.

Und dann lag das Marschland vor uns, mit den Schiffen auf dem Fluß, deren Segel zum Vorschein kamen. Wir gingen auf den Friedhof, zu den Gräbern meiner Eltern, die ich nicht gekannt hatte: »Philip Pirrip, verstorben in dieser Gemeinde, und Georgiana, Ehefrau des obigen.« Dort wurde meine

Schwester still in die Erde gebettet, während hoch oben die Lerchen sangen und der leise Wind die Schatten der Bäume und Wolken aufs Grab zauberte.

Über die Aufmerksamkeit des weltlich gesinnten Pumblechook während der Feier möchte ich weiter nichts sagen, als daß sie ständig auf mich gerichtet war. Selbst als die erhabenen Bibelstellen verlesen wurden, die die Menschen daran erinnerten, daß sie nichts auf diese Welt mitbringen und nichts mitnehmen können und daß sie wie Schatten dahinhuschen und nichts lange von ihnen übrigbleibt, hörte ich ihn hüsteln und damit einen Vorbehalt wegen eines jungen Mannes andeuten, der unerwartet zu einem großen Vermögen gelangt war. Als wir zu Hause waren, besaß er die Frechheit, mir zu sagen, daß er sich wünschte, meine Schwester hätte erleben können, daß ich ihr diese Ehre erwies; sicherlich hätte sie es für angemessen gehalten, diese Ehre mit dem Leben zu bezahlen. Danach trank er den restlichen Cherry aus, und Mr. Hubble trank den Portwein, und die beiden unterhielten sich (wie ich seitdem festgestellt habe, in der bei solchen Anlässen üblichen Weise), als ob sie ganz anderer Herkunft als die Verstorbene wären und niemals sterben würden. Schließlich verschwand er mit Mr. und Mrs. Hubble – sicherlich, um den Abend zu beschließen und in den »Fröhlichen Bootsmännern« zu erzählen, daß er meines Glückes Schmied und von jeher mein Wohltäter gewesen sei.

Nachdem sie alle gegangen waren und Trabb mit seinen Leuten (ohne seinen Lehrjungen – ich hatte nach ihm Ausschau gehalten) die Vermummungen in Taschen verstaut hatte und ebenfalls weg war, fühlten wir uns wohler im Haus. Bald darauf nahmen Biddy, Joe und ich gemeinsam einen kalten Imbiß ein. Wir aßen aber in der guten Stube und nicht in der vertrauten Küche, und Joe ging so außerordentlich umständlich mit Messer, Gabel, Salzfäßchen und anderen Dingen um, daß es uns peinlich war. Nach dem Essen jedoch, als ich ihn veranlaßt hatte, seine Pfeife zu rauchen, und als wir um die Schmiede herumgeschlendert waren und uns auf dem großen Stein vor der Tür niedergelassen hatten, fühlten wir uns wohler. Mir fiel auf, daß sich Joe nach dem Begräbnis umgezogen hatte und ein Mittelding zwischen Sonntagsstaat und Arbeitskluft anhatte, in dem der liebe Kerl natürlich und ganz wie er selber aussah.

Er freute sich sehr, als ich ihn bat, in meinem Kämmerchen schlafen zu dürfen, und ich war auch zufrieden, denn ich hatte das Gefühl, daß ich mit meiner Bitte etwas Edles getan hatte. Als die Abenddämmerung hereinbrach, nahm ich die Gelegenheit wahr, mit Biddy in den Garten zu gehen und mich mit ihr zu unterhalten.

»Biddy«, sagte ich, »ich finde, du hättest mir in dieser traurigen Angelegenheit schreiben können.«

»Finden Sie, Mr. Pip?« sagte Biddy. »Ich hätte geschrieben, wenn ich es für nötig gehalten hätte.«

»Halte mich nicht für unfreundlich, Biddy, wenn ich dir jetzt sage, daß du es hättest für nötig halten sollen.«

»Meinen Sie, Mr. Pip?«

Sie war so ruhig und hatte eine so liebe und nette Art an sich, daß ich sie nicht wieder zum Weinen bringen wollte. Nachdem ich sie eine Weile betrachtet hatte, wie sie mit niedergeschlagenen Augen neben mir herging, wechselte ich das Thema.

»Es wird wohl schwerhalten, daß du hierbleibst, nicht wahr, liebe Biddy?«

»Oh! Das kann ich nicht, Mr. Pip«, sagte Biddy in bedauerndem Ton, doch voller Überzeugung. »Ich habe schon mit Mrs. Hubble gesprochen, und morgen ziehe ich zu ihr. Ich hoffe, wir werden uns gemeinsam etwas um Mr. Gargery kümmern können, bis er sich abgefunden hat.«

»Wie wirst du in Zukunft leben, Biddy? Falls du etwas Geld...«

»Wie ich in Zukunft leben werde?« unterbrach mich Biddy, die leicht errötet war. »Das will ich Ihnen sagen, Mr. Pip. Ich werde versuchen, eine Stelle als Lehrerin in der neuen Schule zu bekommen, die fast fertig ist. Alle Nachbarn werden mich empfehlen, und ich hoffe, ich kann mich mit Fleiß und Geduld selbst weiterbilden, während ich andere unterrichte. Sie wissen, Mr. Pip«, fuhr Biddy lächelnd fort, als sie zu mir aufblickte, »die neuen Schulen sind anders als die alten, aber ich habe später eine ganze Menge von Ihnen gelernt und seitdem reichlich Zeit gehabt, mich zu vervollkommnen.«

»Ich glaube, du würdest in jeder Lebenslage noch dazulernen, Biddy.«

»Ach! Nur in bezug auf meine schlechten Charakterzüge nicht«, murmelte Biddy.

Es war weniger ein Vorwurf als ein laut ausgesprochener Gedanke. Nun, ich meinte, es sei besser, auch dieses Thema zu wechseln. So ging ich noch eine Weile mit Biddy spazieren und schaute schweigend auf ihre gesenkten Augenlider.

»Ich habe noch nichts Näheres über den Tod meiner Schwester gehört, Biddy.«

»Da ist nicht viel zu erzählen – die arme Seele. Sie hatte vier Tage lang ihre schlimmen Zustände gehabt – obwohl es ihr in letzter Zeit eher besser als schlechter gegangen war –, und am Abend des vierten Tages, es war gerade Teezeit, stand sie auf und sagte klar und deutlich ›Joe‹. Da sie seit langem kein Wort mehr gesprochen hatte, rannte ich in die Schmiede, um Mr. Gargery zu holen. Sie gab mir durch Zeichen zu verstehen, daß er sich dicht neben sie setzen und ich ihre Arme um Joes Hals legen sollte. So legte ich sie um seinen Hals, und sie neigte den Kopf auf seine Schulter und war ganz zufrieden und beruhigt. Bald darauf sagte sie wieder ›Joe‹ und dann ›Verzeih‹ und einmal ›Pip‹. Danach hat sie ihren Kopf nicht mehr gehoben, und genau nach einer Stunde legten wir sie auf ihr Bett, weil wir merkten, daß sie von uns gegangen war.«

Biddy weinte. Der dunkler werdende Garten, der Pfad und die Sterne, die nun zu leuchten begannen – alles verschwamm vor meinen Augen.

»Hat man niemals etwas herausbekommen, Biddy?«

»Nein, nichts.«

»Weißt du, was aus Orlick geworden ist?«

»Nach der Farbe seiner Kleidung zu urteilen, arbeitet er in den Steinbrüchen.«

»Dann hast du ihn also wiedergesehen? Warum blickst du zu dem dunklen Baum da auf dem Pfad hin?«

»Ich habe ihn dort an dem Abend bemerkt, als sie starb.«

»Das war doch nicht das letzte Mal, Biddy?«

»Nein. Ich habe ihn dort gesehen, seit wir hier umherwandern. – Es hat keinen Sinn«, sagte Biddy und legte ihre Hand auf meinen Arm, als ich darauf zustürzen wollte. »Du weißt, ich würde dich nicht täuschen. Er war kaum eine Minute dort und ist schon wieder weg.«

Es brachte mich in Harnisch, daß sie noch immer von diesem Kerl verfolgt wurde. Ich mochte ihn nach wie vor nicht. Das sagte ich ihr, und ich sagte ihr auch, daß ich weder Geld noch Mühe scheuen würde, ihn aus dieser Gegend zu vertreiben. Allmählich lenkte mich Biddy auf ein weniger aufregendes Thema hin und erzählte mir, wie sehr mich Joe liebe und daß er sich niemals über irgend etwas beklage – sie sagte nicht, über mich. Das war auch nicht nötig, denn ich wußte, was sie meinte –, sondern stets seine Pflicht im Leben tue, mit starker Hand, schweigend und mit gütigem Herzen.

»Man kann wirklich nur Gutes über ihn sagen«, erwiderte ich. »Wir müssen öfter über diese Dinge sprechen, Biddy, denn ich werde jetzt natürlich öfter herkommen. Ich werde den armen Joe nicht allein lassen.«

Biddy sagte kein Wort dazu.

»Biddy, hast du mich nicht gehört?«

»Doch, Mr. Pip.«

»Abgesehen davon, daß du mich ›Mr. Pip‹ nennst, was ich geschmacklos finde, Biddy, wie hast du das gemeint?«

»Wie ich das gemeint habe?« fragte Biddy zaghaft.

»Biddy«, sagte ich und war auf die Wirkung meiner Worte

bedacht, »ich muß dich bitten, mir zu sagen, was du damit gemeint hast.«

»Damit?«

»Sprich mir nicht alles nach«, erwiderte ich scharf. »Das hast du doch sonst nicht getan, Biddy.«

»Sonst nicht!« sagte Biddy. »Oh, Mr. Pip! Sonst!«

Nun, ich dachte daran, auch diesen Punkt fallenzulassen. Aber nach einer schweigsamen Runde um den Garten kam ich auf das Hauptanliegen zurück.

»Biddy«, sagte ich, »ich habe davon gesprochen, öfter herzukommen, um Joe zu besuchen, und du hast darauf mit Schweigen reagiert. Sei so gut, Biddy, und sage mir, warum.«

»Sind Sie denn wirklich sicher, daß Sie ihn oft besuchen wollen?« fragte Biddy, die auf dem schmalen Gartenweg stehengeblieben war und mich unter dem Sternenhimmel mit ihren klaren, ehrlichen Augen anblickte.

»Du lieber Gott!« sagte ich, denn ich sah mich gezwungen, Biddy als hoffnungslos aufzugeben. »Das ist wahrhaftig ein schlechter Charakterzug! Sag bitte nichts mehr, Biddy. Du erschütterst mich zu sehr.«

Beim Abendessen hielt ich mich aus triftigen Gründen von Biddy fern, und als ich in meine Kammer hinaufstieg, verabschiedete ich mich von ihr so erhaben, wie ich es in meinem murrenden Innern mit dem Friedhof und den Ereignissen des Tages für vereinbar hielt. Sooft ich in der Nacht erwachte – und das war alle Viertelstunde –, überlegte ich, wie unfreundlich, verletzend und ungerecht Biddy zu mir gewesen war.

Früh am Morgen sollte ich abreisen, und früh am Morgen war ich draußen und schaute unbemerkt durch eins der Fenster in die Schmiede. Dort stand ich minutenlang und betrachtete Joe, der bereits bei der Arbeit war. Auf seinem Gesicht lag ein Glanz von Gesundheit und Kraft, als ob die strahlende Sonne des Lebens darauf schiene.

»Auf Wiedersehen, lieber Joe! Nein, wisch sie nicht ab, um

Gottes willen, reich mir deine rußige Hand! Ich werde bald und oft hiersein.«

»Es kann nie zu bald sein, Sir«, sagte Joe, »und es kann nie zu oft sein, Pip!«

Biddy erwartete mich an der Küchentür mit einem Krug frischer Milch und einem Kanten Brot. »Biddy«, sagte ich, als ich ihr zum Abschied die Hand reichte, »ich bin dir nicht böse, aber ich bin gekränkt.«

»Nein, sei nicht gekränkt«, bat sie leidenschaftlich. »Mir soll es weh tun, wenn ich engherzig gewesen bin.«

Als ich davonging, stiegen die Nebel auf. Wenn sie mir voraussagen wollten – und ich vermute, sie wollten es –, daß ich *nicht* wiederkommen würde und daß Biddy recht behalten sollte, kann ich nur sagen, sie hatten recht.

36. Kapitel

Mit Herbert und mir wurde es immer schlimmer. Unsere Schulden nahmen ständig zu, wir überprüften unsere Finanzen, ließen »Spielräume« und wickelten ähnliche lobenswerte Geschäfte ab. Die Zeit verging, und ich wurde, wie es Herbert vorhergesagt hatte, volljährig, ehe ich mich versah.

Herbert war acht Monate vor mir volljährig geworden. Da ihm dieses Ereignis weiter nichts einbrachte, erregte dieser Tag kein großes Aufsehen in Barnards Gasthof. Meinem einundzwanzigsten Geburtstag hatten wir voller Vermutungen und Erwartungen entgegengesehen, denn wir waren beide der Meinung, daß mein Vormund kaum umhin könne, aus diesem Anlaß etwas Endgültiges zu erklären.

Ich hatte dafür gesorgt, daß man in Little Britain sehr genau wußte, wann ich Geburtstag hatte. Am Tage vorher erhielt ich von Wemmick eine offizielle Nachricht, in der mir mitgeteilt wurde, Mr. Jaggers würde sich freuen, wenn ich Mr. Jaggers an diesem besonderen Tag um fünf Uhr nachmittags aufsuchen würde. Wir waren überzeugt, daß sich etwas Großes ereignen müsse, und ich war ungewöhnlich aufgeregt, als ich mich, die Pünktlichkeit in Person, zum Büro meines Vormunds begab.

Im Vorzimmer beglückwünschte mich Wemmick und rieb sich seine Nase angelegentlich mit einem zusammengefalteten Stück Seidenpapier – ein Anblick, der mir sehr gefiel. Er sagte aber nichts, sondern wies mich mit entsprechendem Kopfnicken in das Zimmer meines Vormunds. Es war November, und mein Vormund stand, den Rücken an den Kamin gelehnt, am Feuer und hielt die Hände unter den Rockschößen verborgen.

»Nun, Pip«, sagte er, »ab heute muß ich wohl Mr. Pip zu Ihnen sagen. Herzlichen Glückwunsch, Mr. Pip.«

Wir schüttelten uns die Hände, was er stets nur kurz tat, und ich dankte ihm.

»Nehmen Sie Platz, Mr. Pip«, sagte mein Vormund.

Während ich mich hinsetzte und er seine Haltung beibehielt und auf seine Stiefelspitzen hinabblickte, fühlte ich mich unbehaglich, denn ich wurde an vergangene Zeiten erinnert, als ich auf einen Grabstein gesetzt wurde. Die beiden gräßlichen Gipsköpfe auf dem Regal standen nicht weit von ihm entfernt und sahen so aus, als wollten sie den untauglichen Versuch machen, sich an der Unterhaltung zu beteiligen.

»Nun, mein junger Freund«, begann mein Vormund, als wäre ich ein Zeuge im Zeugenstand, »ich möchte ein paar Worte mit Ihnen reden.«

»Bitte sehr, Sir.«

»Wie hoch, meinen Sie«, sagte Mr. Jaggers, indem er sich vorbeugte, um auf den Boden zu starren, und dann den Kopf in den Nacken warf, um zur Decke emporzublicken, »wie hoch, meinen Sie, sind Ihre Ausgaben für den Lebensunterhalt?«

»Meine Ausgaben, Sir?«

»Ihre«, wiederholte Mr. Jaggers und blickte noch immer

zur Decke. Dann ließ er seine Blicke im Zimmer umherwandern und hielt das Taschentuch, mit dem er sich schneuzen wollte, in der Schwebe.

Ich hatte dermaßen oft meine Finanzen überprüft, daß mir jeglicher Überblick verlorengegangen war. Widerstrebend gestand ich ein, die Frage unmöglich beantworten zu können. Mit dieser Antwort schien Mr. Jaggers einverstanden zu sein, denn er sagte: »Das dachte ich mir!« und putzte sich mit zufriedener Miene die Nase.

»Jetzt habe ich *Ihnen* eine Frage gestellt, mein Freund«, sagte Mr. Jaggers. »Wollen Sie *mich* etwas fragen?«

»Selbstverständlich wäre es mir eine große Erleichterung, wenn ich Ihnen verschiedene Fragen stellen dürfte, Sir. Doch ich erinnere mich an Ihr Verbot.«

»Stellen Sie eine Frage«, sagte Mr. Jaggers.

»Erfahre ich heute, wer mein Wohltäter ist?«

»Nein. Fragen Sie weiter.«

»Soll ich dieses Geheimnis bald erfahren?«

»Warten Sie damit noch eine Weile«, sagte Mr. Jaggers, »und fragen Sie etwas anderes.«

Ich sah mich um, es bot sich aber keine Möglichkeit, dieser Nachfrage zu entgehen. »Habe ich noch etwas zu erwarten, Sir?« Daraufhin meinte Mr. Jaggers triumphierend: »Ich wußte ja, daß wir noch darauf kommen würden!« und rief Wemmick zu, er möchte ihm das Papier bringen. Wemmick erschien, überreichte es und verschwand.

»Nun, Mr. Pip«, sagte Mr. Jaggers, »hören Sie bitte gut zu. Sie haben hier ziemlich ungehemmt Geld abgehoben. Ihr Name taucht recht oft in Wemmicks Kassabuch auf, und natürlich haben Sie Schulden.«

»Ich fürchte, das muß ich bejahen, Sir.«

»Sie wissen, daß Sie es bejahen müssen, nicht wahr?« sagte Mr. Jaggers.

»Ja, Sir.«

»Ich frage nicht, wie hoch Ihre Schulden sind, weil Sie es

selbst nicht wissen, und wenn Sie es wüßten, würden Sie es mir nicht sagen. Sie würden weniger angeben. Ja, ja, mein Freund«, rief Mr. Jaggers und winkte mit dem Zeigefinger ab, als ich widersprechen wollte. »Es ist anzunehmen, daß Sie es nicht glauben wollen, aber Sie würden es tun. Entschuldigen Sie, aber ich weiß das besser als Sie. Nehmen Sie jetzt dieses Stück Papier zur Hand. Haben Sie es? Sehr gut. Nun falten Sie es auseinander und sagen Sie mir, was das ist.«

»Es ist eine Banknote«, sagte ich, »im Wert von fünfhundert Pfund.«

»Das ist eine Banknote«, wiederholte Mr. Jaggers, »im Wert von fünfhundert Pfund. Ein hübsches Sümmchen, meine ich. Finden Sie das auch?«

»Wie sollte ich das nicht!«

»Ach, Sie sollen die Frage beantworten«, sagte Mr. Jaggers.

»Zweifellos finde ich das.«

»Sie halten es zweifellos für ein hübsches Sümmchen. Nun, dieses hübsche Sümmchen gehört Ihnen, Pip. Es wird Ihnen am heutigen Tage geschenkt, als Vorbote Ihrer großen Erwartungen. Und mit diesem hübschen Sümmchen pro Jahr, kein bißchen mehr, müssen Sie auskommen, bis sich der Spender des Ganzen zu erkennen gibt. Das heißt also, daß Sie von jetzt an Ihre Geldangelegenheiten vollkommen selbständig regeln müssen und bei Wemmick vierteljährlich hundertfünfundzwanzig Pfund abheben werden, bis Sie mit dem eigentlichen Geldgeber und nicht mehr mit einer Mittelsperson in Verbindung stehen. Wie ich Ihnen bereits gesagt habe, bin ich lediglich ein Mittelsmann. Ich handle nach meinen Anweisungen und werde dafür bezahlt. Ich halte sie für unklug, werde aber nicht dafür bezahlt, mich über ihren Wert zu äußern.

Gerade wollte ich mich für die Großzügigkeit bedanken, mit der mich mein Wohltäter behandelte, als mich Mr. Jaggers unterbrach. »Ich werde nicht dafür bezahlt, Pip, daß ich irgend jemandem Ihre Worte ausrichte«, sagte er kühl. Dann raffte er seine Rockschöße zusammen, so wie er das Thema zusammengefaßt hatte, und blickte stirnrunzelnd auf seine Stiefel, als vermute er, daß sie etwas gegen ihn im Schilde führten.

Nach einer Pause begann ich von neuem: »Vorhin hatte ich eine Frage, Mr. Jaggers, mit der ich noch eine Weile warten sollte. Hoffentlich mache ich nichts falsch, wenn ich sie doch noch einmal stelle.«

»Worum geht es?«

Ich hätte es mir denken können, daß er mir nie aus einer schwierigen Lage heraushelfen würde; dennoch war ich verwirrt, daß ich die Frage aufs neue stellen mußte, als ob es sich um etwas Neues handelte.

»Ist es wahrscheinlich«, fragte ich nach einigem Zögern, »daß mein Wohltäter, mein Geldgeber, wie Sie ihn nennen, Mr. Jaggers, bald . . .« Hier hielt ich verlegen inne.

»Bald was?« fragte Mr. Jaggers. »Das ist keine richtige Frage, wissen Sie.«

»Bald nach London kommen oder mich irgendwo anders zu sich rufen wird?« sagte ich, nachdem ich nach den passenden Worten gesucht hatte.

»Was das betrifft«, erwiderte Mr. Jaggers und musterte mich das erstemal mit seinen dunklen, tiefliegenden Augen, »so müssen wir auf jenen Abend zurückkommen, an dem wir uns in Ihrem Dorf zum erstenmal begegnet sind. Was habe ich Ihnen damals gesagt, Pip?«

»Sie haben mir gesagt, Mr. Jaggers, daß Jahre vergehen können, bis diese Person erscheinen wird.«

»Genauso«, sagte Mr. Jaggers, »das war meine Antwort.«

Als wir uns in die Augen sahen, spürte ich, wie mein Atem in dem brennenden Wunsch, etwas aus ihm herauszubekommen, schneller ging. Und da ich spürte, daß er schneller wurde, und auch spürte, daß Mr. Jaggers es bemerkt hatte, wußte ich, daß meine Chance geringer denn je war, etwas aus ihm herauszuholen.

»Glauben Sie, daß bis dahin noch Jahre vergehen werden, Mr. Jaggers?«

Mr. Jaggers schüttelte den Kopf – nicht um meine Frage zu verneinen, sondern um überhaupt zum Ausdruck zu bringen, daß er keinesfalls mehr antworten werde –, und die beiden Gipsköpfe mit den verzerrten Gesichtern sahen bei meinem flüchtigen Hinsehen aus, als ob ihre gespannte Aufmerksamkeit auf einen Höhepunkt gelangt sei und sie jeden Moment niesen müßten.

»Hören Sie!« sagte Mr. Jaggers und rieb sich mit seinen erwärmten Händen die Waden warm, »ich will ganz offen zu Ihnen sein, mein Freund Pip. Das ist eine Frage, die nicht gestellt werden darf. Sie werden das besser verstehen, wenn ich Ihnen sage, daß Sie *mich* mit dieser Frage bloßstellen können. Ja, ich gehe mit Ihnen sogar noch ein Stück weiter, ich will Ihnen noch mehr verraten.«

Er beugte sich so tief zu seinen Stiefeln hinab, daß er sich in der entstehenden Pause die Waden reiben konnte.

»Wenn sich diese Person zu erkennen gibt«, sagte Mr. Jaggers und richtete sich auf, »werden Sie und jene Person Ihre Angelegenheiten selbst regeln. Wenn sich diese Person zu erkennen gibt, ist meine Aufgabe bei dieser Sache beendet. Wenn sich diese Person zu erkennen gibt, ist es nicht notwendig, daß ich irgend etwas darüber weiß. Und das ist alles, was ich Ihnen zu sagen habe.«

Wir schauten uns an, bis ich den Blick abwandte und nachdenklich auf den Fußboden starrte. Aus seinen letzten Worten schloß ich, daß Miss Havisham, was die Pläne mit Estella und mir betraf, ihn aus dem einen oder anderen Grunde nicht ins Vertrauen gezogen hatte. Ich nahm an, er ärgere sich darüber und sei eifersüchtig oder er sei wirklich gegen diesen Plan gewesen und wolle nichts damit zu tun haben. Als ich den Kopf hob, merkte ich, daß er mich die ganze Zeit scharf angesehen hatte und es noch immer tat.

»Wenn das alles ist, was Sie mir zu sagen haben, Sir«, versetzte ich, »bleibt mir nichts hinzuzufügen.«

Er nickte zustimmend, zog seine von den Dieben gefürchtete Taschenuhr und fragte mich, wo ich zu Abend essen würde. Ich antwortete, zu Hause mit Herbert. Höflicherweise fragte ich ihn, ob er uns die Ehre geben und uns Gesellschaft leisten wolle. Sofort nahm er die Einladung an. Er bestand aber darauf, mit mir zusammen nach Hause zu laufen, damit ich seinetwegen keine besonderen Vorbereitungen treffen konnte, doch zuvor müsse er noch einen oder zwei Briefe schreiben und sich (natürlich) die Hände waschen. Deshalb sagte ich, daß ich ins Vorzimmer gehen und mich mit Wemmick unterhalten würde.

In Wirklichkeit war mir, als ich die fünfhundert Pfund in meiner Tasche fühlte, ein Gedanke gekommen, den ich schon oft gehabt hatte. Wemmick schien mir der geeignete Mann zu sein, der mich diesbezüglich beraten konnte.

Er hatte seinen Geldschrank bereits abgeschlossen und bereitete sich vor, nach Hause zu gehen. Er war von seinem Tisch aufgestanden, brachte die beiden betropften Leuchter hinaus und stellte sie neben die Putzschere auf ein Brett nahe der Tür, damit sie gelöscht werden konnten. Die Glut hatte er fast zusammengekratzt und seinen Hut und Mantel bereitgelegt. Nun schlug er sich mit dem Geldschrankschlüssel über die Brust, um sich nach der Büroarbeit körperlich zu betätigen.

»Mr. Wemmick«, begann ich, »ich möchte Ihre Meinung hören. Ich würde nämlich gern einem Freund helfen.«

Wemmick preßte seinen Briefkastenschlitz zusammen und schüttelte den Kopf, als ob er taub gegen solche Schwächeanwandlungen wäre.

»Dieser Freund«, fuhr ich fort, »versucht, geschäftlich vorwärtszukommen, hat aber kein Geld, und es ist schwierig und entmutigend für ihn, einen Anfang zu machen. Ich möchte ihm nun irgendwie bei diesem Anfang behilflich sein.«

»Mit Bargeld?« fragte Wemmick knochentrocken.

»Mit *etwas* Bargeld«, erwiderte ich, denn mir fielen die sauber verschnürten Rechnungen von zu Hause ein, »mit *etwas* Bargeld und vielleicht mit einem kleinen Vorschuß meiner großen Erwartungen.«

»Mr. Pip«, sagte Wemmick, »gestatten Sie mir, daß ich Ihnen an meinen Fingern die Namen der verschiedenen Brücken bis zur Chelsea Reach aufzähle. Also, da haben wir erstens die London Bridge, zweitens die Southwark, drittens die Blackfriars, viertens die Waterloo, fünftens die Westminster und sechstens die Vauxhall.« Er hatte alle Brücken der Reihe nach aufgezählt und bei jeder mit dem Geldschrankschlüssel ein Kreuz in seine Handfläche gezeichnet. »Sie können also unter sechs eine auswählen.«

»Ich verstehe Sie nicht«, sagte ich.

»Suchen Sie sich eine Brücke aus, Mr. Pip«, erwiderte Wemmick, »laufen Sie dorthin und werfen Sie von der Mitte aus Ihr Geld in die Themse, dann wissen Sie, wo es geblieben ist. Wenn Sie einem Freund damit helfen, werden Sie es auch los, aber längst nicht so angenehm und nützlich.«

Ich hätte eine Zeitung in seinen Mund stopfen können, so weit riß er ihn nach dieser Äußerung auf.

»Das klingt nicht sehr ermutigend«, sagte ich.

»Soll es auch nicht sein«, erwiderte Wemmick.

»Demnach sind Sie der Ansicht«, fragte ich etwas verärgert, »daß man für einen Freund...?«

»Niemals beweglichen Besitz ausgeben sollte«, sagte Wemmick. »Keinesfalls sollte man das tun. Es sei denn, man will den Freund loswerden. Dann entsteht die Frage, wieviel beweglichen Besitz man anlegen will, um ihn loszuwerden.«

»Und das ist Ihre wohlüberlegte Meinung, Mr. Wemmick?« fragte ich.

»Das ist meine wohlüberlegte Meinung in diesem Büro«, erwiderte er.

»Ach!« sagte ich und trieb ihn in die Enge, denn ich glaubte einen Ansatzpunkt gefunden zu haben, »wäre das auch in Walworth Ihre Meinung?«

»Mr. Pip«, antwortete er würdevoll, »Walworth ist ein Ort für sich und dieses Büro ein anderer, ebenso wie der alte Herr eine Person für sich ist und Mr. Jaggers eine andere. Sie dürfen nicht miteinander verwechselt werden. Meine eigene Meinung bleibt in Walworth, und in diesem Büro äußere ich nur meine geschäftlichen Ansichten.«

»Na schön«, sagte ich recht erleichtert, »dann werde ich Sie in Walworth aufsuchen, darauf können Sie sich verlassen.«

»Mr. Pip«, erwiderte er, »Sie werden dort als Privatmann herzlich willkommen sein.«

Wir hatten diese Unterhaltung im Flüsterton geführt, weil wir wußten, was für feine Ohren mein Vormund hatte. Als er nun in der Tür erschien und sich die Hände abtrocknete, zog sich Wemmick den Mantel an und stand bereit, die Kerzen auszublasen. Gemeinsam traten wir drei auf die Straße, doch vor der Haustür schlug Wemmick seine Richtung ein, und Mr. Jaggers und ich gingen in unsere.

Mehr als einmal an jenem Abend wünschte ich mir, daß Mr. Jaggers in der Gerrard Street einen alten Vater oder eine Kanone oder sonst etwas haben möge, was sein Stirnrunzeln verschwinden ließe. Es war ein unerfreulicher Gedanke, wenn man es an seinem einundzwanzigsten Geburtstag nicht für lohnend hielt, in dieser Welt des Mißtrauens, wie sie von ihm geschaffen wurde, volljährig zu werden. Er war tausendmal besser gebildet und klüger als Wemmick, und trotzdem wäre mir Wemmick tausendmal lieber als Tischgast gewesen. Mr. Jaggers machte nicht nur mich furchtbar melancholisch, denn nachdem er gegangen war, starrte Herbert ins Feuer und behauptete von sich, er fühle sich so niedergeschlagen und schuldbewußt, als habe er ein schweres Verbrechen begangen und könne sich nur nicht auf die Einzelheiten besinnen.

37. Kapitel

Da ich es für das beste hielt, Mr. Wemmicks Privatmeinung an einem Sonntag anzuhören, wählte ich den kommenden Sonntagnachmittag für eine Pilgerfahrt zur »Burg«. Als ich mich der Festungsmauer näherte, sah ich, daß der Union Jack gehißt und die Zugbrücke hochgezogen war, ließ mich von diesen Zeichen der Abwehr und des Widerstands jedoch nicht abschrecken, sondern läutete am Tor und wurde äußerst friedfertig von dem alten Vater begrüßt.

»Mein Sohn, Sir«, sagte der alte Mann, nachdem er die Zugbrücke festgemacht hatte, »hat geahnt, daß Sie heute kommen würden. Er hat die Nachricht hinterlassen, daß er bald von seinem Nachmittagsspaziergang zurückkehren würde. Mein Sohn geht regelmäßig spazieren. Er macht alles regelmäßig, mein Sohn.«

Ich nickte dem alten Herrn zu, wie es Wemmick getan hätte, und wir gingen hinein und ließen uns am Kamin nieder.

»Ich nehme an, Sir«, sagte der alte Mann mit seiner piepsigen Stimme, während er sich die Hände an den Flammen wärmte, »Sie haben meinen Sohn in seinem Büro kennengelernt.« Ich nickte. »Mir ist zu Ohren gekommen, daß mein Sohn eine tüchtige Kraft in seinem Fach ist, Sir?« Ich nickte kräftig. »Ja, das hat man mir erzählt. Sein Fach sind Rechtsfragen?« Ich nickte noch heftiger. »Was mich bei meinem Sohn sehr überrascht«, sagte der alte Mann, »denn eigentlich war er nicht für das Rechtswesen vorgesehen, sondern für das Böttcherhandwerk.«

Ich wollte gern wissen, was der alte Herr über Mr. Jaggers' Ruf wußte, und brüllte ihm diesen Namen ins Ohr. Er brachte mich ordentlich in Verwirrung, weil er herzlich auflachte und vergnügt antwortete: »Nein, wirklich, da haben Sie recht.« Bis zum heutigen Tage habe ich nicht die geringste Ahnung, was er gemeint haben konnte oder was für einen Witz ich gerissen haben sollte.

Da ich nicht nur dasitzen und ihm unaufhörlich zunicken konnte, ohne wenigstens versucht zu haben, ihn ins Gespräch zu ziehen, brüllte ich die Frage hinaus, ob er auch Böttcher von Beruf gewesen sei. Nachdem ich dieses Wort mehrmals mit aller Kraft herausgestoßen und dem alten Herrn auf die Brust getippt hatte, um die Verbindung zu ihm anzudeuten, gelang es mir schließlich, mich verständlich zu machen.

»Nein«, sagte der alte Herr, »im Lagerhaus, im Lagerhaus, zuerst da drüben« – er schien den Kamin zu meinen, aber dann glaubte ich, er wollte in Richtung Liverpool zeigen – »und später in der Londoner City. Weil ich aber ein Leiden habe, ich höre nämlich schwer, Sir . . .«

Durch Gesten brachte ich mein größtes Erstaunen zum Ausdruck.

»Ja, ich höre schlecht. Als ich dieses Leiden bekommen habe, ist mein Sohn ins Rechtswesen gegangen und hat mich zu sich genommen, und nach und nach hat er es zu diesem vornehmen und schönen Besitztum gebracht. Um noch einmal auf das zurückzukommen, was Sie sagten, wissen Sie«, fuhr der alte Mann fort und lachte wieder herzlich, »ich muß schon sagen, nein, wirklich, da haben Sie recht.«

Ich fragte mich gerade in aller Bescheidenheit, ob ich mit meiner Erfindungsgabe irgend etwas hätte äußern können, was ihn nur halb so amüsiert hätte wie dieser unbeabsichtigte Scherz, als ich durch ein plötzliches Knacken in der einen Kaminwand aufgeschreckt wurde und ein kleines Holzbrett mit der Aufschrift »John« wie von Geisterhand heruntergeklappt wurde. Der alte Mann folgte meinen Blicken und schrie triumphierend: »Mein Sohn ist nach Hause gekommen!«, und wir gingen beide zur Zugbrücke hinaus.

Es war sehenswert, wie mir Wemmick von der anderen Seite des Grabens her zuwinkte, obwohl wir uns mit Leichtigkeit hätten die Hände reichen können. Dem Alten machte es ein so sichtliches Vergnügen, die Zugbrücke zu bedienen, daß ich ihm meine Hilfe gar nicht anbot, sondern ruhig stehenblieb, bis Wemmick herübergekommen und mir seine Begleiterin, Miss Skiffins, vorgestellt hatte.

Miss Skiffins wirkte hölzern und hatte wie ihr Begleiter einen Mund, der an einen Briefschlitz erinnerte. Sie mochte zwei oder drei Jahre jünger als Wemmick sein, und ich nahm an, daß sie auch beweglichen Besitz hatte. Der Schnitt ihres Kleides, das heißt oberhalb der Taille, ließ ihre Figur wie einen Kinderdrachen aussehen. Für mein Empfinden war das Kleid zu leuchtend orange und ihre Handschuhe etwas zu giftgrün. Sie schien aber eine gutmütige Person zu sein und zeigte sich dem Alten gegenüber sehr rücksichtsvoll. Rasch hatte ich herausbekommen, daß sie ein häufiger Gast in der »Burg« war, denn als ich beim Hineingehen Wemmick zu seiner genialen Vorrichtung beglückwünschte, mit der er sein Kommen dem Alten ankündigte, bat er mich, meine Aufmerksamkeit einen Augenblick auf die andere Seite des Kamins zu lenken, und verschwand. Kurz danach klickte es erneut, und ein anderes Türchen mit »Miss Skiffins« darauf, öffnete sich. Dann verschwand »Miss Skiffins«, und »John« war zu sehen, danach erschienen »Miss Skiffins« und »John« zusammen, und schließlich schlossen sich beide Klappen. Als Wemmick von der Vorführung dieser mechanischen Vorrichtung zurückkehrte, drückte ich meine höchste Bewunderung dafür aus, und er sagte: »Ja, wissen Sie, es macht Spaß und ist für den alten Herrn zweckmäßig. Donnerwetter, Sir, bliebe noch zu erwähnen, daß von all den Leuten, die an dieses Tor kamen, noch keiner das Geheimnis dieser Zugvorrichtung erfahren hat, nur mein Vater, Miss Skiffins und ich kennen es!«

»Und Mr. Wemmick«, fügte Miss Skiffins hinzu, »hat sie selbst konstruiert und selbst ausgedacht.«

Während Miss Skiffins ihre Haube absetzte (die grünen Handschuhe behielt sie den ganzen Abend an, wohl als sichtbares Zeichen dafür, daß man Besuch hatte), lud mich Wemmick zu einem Rundgang um sein Besitztum ein, damit ich sähe, wie die Insel im Winter aussah. Da ich annahm, daß er mir Gelegenheit geben wollte, seine Walworth-Meinung zu hören, ergriff ich die Gelegenheit, sobald wir die »Burg« verlassen hatten.

Da ich alles gut überlegt hatte, schnitt ich dieses Thema an, als sei vorher nie die Rede davon gewesen. Ich teilte Wemmick mit, daß ich mir um Herbert Pocket Sorgen machte, und erzählte ihm, wie wir uns zum erstenmal begegnet waren und wie wir gekämpft hatten. Ich berührte kurz Herberts häusliche Verhältnisse, sprach von seinem Charakter und davon, daß er keine eigenen Mittel besäße und nur auf die seines Vaters angewiesen sei, die aber unsicher und unpünktlich waren. Ich wies auf den Nutzen hin, der mir in meiner anfänglichen Unerfahrenheit und Unwissenheit aus dem Umgang mit ihm erwachsen war, und gestand, daß ich fürchtete, ihm schlecht gedankt zu haben; wahrscheinlich wäre es ihm ohne mich und meine großen Erwartungen besser ergangen. Miss Havisham ließ ich weit zurück und deutete noch die Möglichkeit an, daß ich bei seinen Zukunftsaussichten als Konkurrent aufgetreten sein mochte und daß er ganz gewiß großzügig sei und weit entfernt von jeglichem Argwohn, von Vergeltungsmaßnahmen und bösen Absichten. Aus all diesen Gründen (sagte ich zu Wemmick) und weil er mein junger Gefährte und Freund sei und ich ihn sehr gern habe, sei es mein Wunsch, daß von meinem Glück ein wenig auf ihn ausstrahle. Deswegen bäte ich Wemmick, der die Menschen kenne und in geschäftlichen Dingen erfahren sei, um Rat, wie ich mit meinen Mitteln Herbert am besten zu einem sofortigen Einkommen – sagen wir einhundert Pfund im Jahr, um ihn zuversichtlich und guten Mutes zu halten – verhelfen und ihm allmählich eine Teilhaberschaft ermöglichen könnte. Zum Schluß bat ich Wemmick um Verständnis, daß Herbert nie etwas von meiner Hilfe wissen oder ahnen dürfe und daß es sonst niemanden in der Welt gäbe, den ich um Rat fragen könnte. Ich legte ihm die Hand auf die Schulter und schloß mit den Worten: »Ich kann mir nicht helfen, aber ich habe zu Ihnen Vertrauen, obgleich ich weiß, daß Sie dadurch Mühe haben. Aber Sie sind selber schuld daran, weil Sie mich hierher mitgenommen haben.«

Wemmick schwieg eine ganze Weile, dann sagte er plötzlich: »Wissen Sie, Mr. Pip, eines muß ich Ihnen sagen. Das ist verflixt anständig von Ihnen.«

»Und wenn Sie mir nun dabei helfen, anständig zu sein?« sagte ich.

»Menschenskind«, erwiderte Mr. Wemmick kopfschüttelnd, »das gehört nicht zu meinen Geschäften.«

»Es ist ja auch nicht Ihr Ort für Geschäfte«, sagte ich.

»Das stimmt«, antwortete er, »damit treffen Sie den Nagel auf den Kopf. Ich werde mir die Sache überlegen, Mr. Pip, und denke schon, es wird sich alles Schritt für Schritt einrichten lassen. Skiffins (das ist ihr Bruder) ist Buchhalter und Makler. Ich werde ihn aufsuchen und mich für Sie verwenden.«

»Ich danke Ihnen tausendmal.«

»Im Gegenteil«, sagte er, »ich habe Ihnen zu danken, denn obwohl wir hier ganz privat sind, muß man doch sagen, daß es noch ein paar Newgate-Spinnweben gibt, die nun weggefegt werden.«

Nachdem wir uns noch eine Weile über dieselbe Angelegenheit unterhalten hatten, kehrten wir zur »Burg« zurück, wo Miss Skiffins den Tee zubereitete. Dem Alten wurde die verantwortungsvolle Aufgabe übertragen, die Brotscheiben zu rösten, und dieser vortreffliche alte Herr war dermaßen eifrig, daß ihm die Augen zu schmelzen drohten. Diese Mahlzeit war keine Formsache, sondern gehaltvolle Wirklichkeit. Der alte Herr bereitete einen so hohen Berg Toast zu – er wurde auf einem am obersten Gitter befestigten Eisenständer geröstet –, daß ich ihn kaum dahinter sehen konnte. Währenddessen brühte Miss Skiffins eine riesige Kanne Tee, so daß das Schwein hinter dem Haus sichtlich unruhig wurde und wiederholt seinen Wunsch zum Ausdruck brachte, an der Gesellschaft teilzunehmen.

Die Fahne war eingeholt und die Kanone abgefeuert worden – alles auf die Minute –, und ich fühlte mich vom übrigen Walworth angenehm getrennt, als wäre der Burggraben dreißig Fuß breit und ebenso tief. Nichts störte den Frieden in der »Burg«, nur das gelegentliche Herunterklappen von »John« und »Miss Skiffins«. Die kleinen Schildchen litten hin und wieder an irgendeiner Störanfälligkeit, die mich beunruhigte, bis ich mich daran gewöhnt hatte. Aus der Art und Weise, in der Miss Skiffins zu Werke ging, schloß ich, daß sie dort an jedem Sonntagabend Tee kochte. Auch vermute ich, daß die klassisch schöne Brosche, die sie trug und die das halbmondförmige Profil eines unsympathischen weiblichen Wesens mit sehr gerader Nase darstellte, zu ihrem beweglichen Besitz gehörte, der ihr von Mr. Wemmick verehrt worden war.

Wir aßen alle Toastbrotscheiben auf und tranken dementsprechend Tee. Es war eine Freude zu beobachten, wie erhitzt und glänzend wir danach aussahen. Besonders den Alten hätte man für einen lauteren alten Häuptling eines wilden Stammes halten können, der gerade geölt worden war. Nach einer kurzen Ruhepause wusch Miss Skiffins, da das kleine Dienstmädchen nicht da war – es schien an Sonntagnachmittagen in den Schoß ihrer Familie zurückzukehren –, das Teegeschirr in einer lässigen und damenhaften Weise ab, die niemanden von uns bloßstellte. Dann zog sie wieder ihre Handschuhe an, wir setzten uns ans Feuer, und Wemmick sagte: »Vater, nun lies uns was aus der Zeitung vor.«

Wemmick erklärte mir, während der Alte seine Brille hervorholte, daß es so Sitte bei ihnen sei und daß es dem alten Herrn eine Genugtuung sei, laut aus der Zeitung vorzulesen. »Ich will mich nicht entschuldigen«, sagte Wemmick, »denn ihm sind nicht viele Freuden vergönnt, nicht wahr, Vater?«

»Ganz recht, John, ganz recht«, entgegnete der alte Mann, der merkte, daß man ihn angesprochen hatte.

»Nicken Sie ihm nur von Zeit zu Zeit zu, wenn er von seinem Blatt hochsieht«, sagte Wemmick, »dann freut er sich wie ein Schneekönig. Wir sind alle ganz Ohr, Vater.«

»Ganz recht, John, ganz recht!« erwiderte der fröhliche alte Mann. Er war so eifrig und zufrieden, daß es wirklich entzückend war.

Der Vortrag des Alten erinnerte mich an die Stunden bei Mr. Wopsles Großtante, nur mit der angenehmeren Eigenart, daß seine Stimme durch das Schlüsselloch zu dringen schien. Da er die Kerzen in seiner Nähe wünschte und stets nahe daran war, entweder den Kopf oder die Zeitung dareinzustecken, mußte man auf ihn achtgeben wie auf eine Pulvermühle. Doch Wemmick paßte unermüdlich und zärtlich auf, und der Alte las weiter, ohne sich dessen bewußt zu sein, wie oft er gerettet wurde.

Da Wemmick und Miss Skiffins nebeneinander saßen, ich dagegen in einem schattigen Winkel hockte, beobachtete ich, wie sich Mr. Wemmicks Mund langsam und allmählich in die Länge zog, der damit nachdrücklich andeutete, daß Wemmick langsam und allmählich seinen Arm um Miss Skiffins' Taille schlang. Im Laufe der Zeit sah ich seine Hand auf Miss Skiffins' anderer Seite zum Vorschein kommen. Doch in diesem Augenblick gebot ihm Miss Skiffins mit ihrem grünen Handschuh Einhalt, löste seinen Arm, als ob er ein Kleidungsstück wäre, und legte ihn mit der größten Gelassenheit vor sich auf den Tisch. Miss Skiffins' Fassung währenddessen gehört zu dem Erstaunlichsten, was ich je gesehen habe. Wenn ich ihre Handlungsweise für Geistesabwesenheit hätte halten können, so meine ich, daß Miss Skiffins rein mechanisch gehandelt hat.

Bald stellte ich fest, wie Wemmicks Arm erneut langsam aus dem Gesichtskreis verschwand. Kurz danach begann sich sein Mund wieder in die Breite zu ziehen. Nach einer Pause, die für mich spannend und beinahe schmerzhaft erregend war, sah ich seine Hand auf der anderen Seite von Miss

Skiffins auftauchen. Sofort hielt sie sie mit der Gewandtheit und Gelassenheit eines Boxers fest, löste diesen Brautgürtel wie zuvor und legte ihn auf den Tisch. Wenn man den Tisch als Pfad der Tugend ansieht, muß ich feststellen, daß Wemmicks Arm während des Vortrags des Alten ständig den Pfad

der Tugend verließ und von Miss Skiffins darauf zurückgebracht wurde.

Schließlich wurde der Alte von seinem Vorlesen schläfrig. Das war der Augenblick für Wemmick, einen kleinen Kessel hervorzuholen, dazu ein Tablett mit Gläsern und eine schwarze Flasche, die ein Porzellanstöpsel krönte. Dieser stellte einen rotbäckigen, geselligen, kirchlichen Würdenträger dar. Mit Hilfe dieser Gegenstände bekamen wir alle etwas Warmes zu trinken, auch der Alte, der bald wieder munter war. Miss Skiffins mixte, und ich bemerkte, daß sie und Wemmick aus einem Glas tranken. Natürlich hütete ich mich davor, Miss Skiffins meine Begleitung für den Heimweg anzubieten, und hielt es unter den gegebenen Umständen für angebracht, als erster aufzubrechen. Das tat ich dann auch und verabschiedete mich herzlich von dem Alten, nachdem ich einen angenehmen Abend verbracht hatte.

Noch ehe eine Woche verstrichen war, erhielt ich von Wemmick einen aus Walworth datierten Brief, in dem er mitteilte, daß er hoffe, einige Fortschritte in unserer privaten und persönlichen Angelegenheit gemacht zu haben, und sich freuen würde, wenn ich ihn wieder besuchen käme. Somit begab ich mich erneut und immer wieder nach Walworth, und mehrmals war ich mit ihm in der City verabredet, doch niemals berührten wir dieses Thema in Little Britain oder in dessen Nähe. Das Ergebnis war dann, daß wir einen geeigneten jungen Kaufmann oder Schiffsmakler fanden, der sich noch nicht lange im Geschäftsleben niedergelassen hatte, der einen gescheiten Mitarbeiter und Kapital benötigte und der nach entsprechendem Zeitraum und Einnahmen einen Partner wünschte. Zwischen ihm und mir wurde ein geheimer Vertrag unterzeichnet, dessen Gegenstand Herbert war. Die Hälfte meiner fünfhundert Pfund zahlte ich ihm sofort aus und verpflichtete mich zu verschiedenen anderen Zahlungen: einige sollten zu bestimmten Terminen von meinem Einkommen geleistet werden; eine gewisse Summe, wenn ich in den Besitz meines Vermögens gelangt sei. Miss Skiffins' Bruder führte die Verhandlung. Wemmick verfolgte sie durchweg, ließ sich aber niemals dabei blicken.

Die ganze Angelegenheit war so geschickt eingefädelt, daß Herbert nicht den leisesten Verdacht hegte, ich könnte meine Hand mit im Spiel gehabt haben. Nie werde ich das strahlende Gesicht vergessen, mit dem er eines Nachmittags nach Hause kam und mir als ganz große Neuigkeit erzählte, daß er auf einen gewissen Clarriker (so hieß der junge Kaufmann) gestoßen sei und daß Clarriker ihm gegenüber außerordentliche Sympathie gezeigt habe und daß er glaube, die Gelegenheit sei endlich gekommen. Als Tag für Tag seine Hoffnungen wuchsen und sein Gesicht immer mehr strahlte, muß er mich für einen rührenden Freund gehalten haben, denn ich hatte die größte Mühe, meine Freudentränen zurückzuhalten, wenn ich ihn so glücklich sah. Nachdem die Sache schließlich geregelt und er in Clarrikers Firma eingetreten war und sich den ganzen Abend lang mit mir im Überschwang von Freude und Erfolg unterhalten hatte, habe ich allen Ernstes geweint, als ich zu Bett ging, weil meine Erwartungen einem anderen Nutzen gebracht hatten.

Ein großes Ereignis – den Wendepunkt meines Lebens – sehe ich jetzt vor meinem geistigen Auge. Doch bevor ich fortfahre, darüber zu erzählen, und zu den sich daraus ergebenden Veränderungen komme, muß ich Estella ein Kapitel widmen. Ein Kapitel ist nicht viel für ein Thema, das so lange Zeit mein Herz bewegt hat.

38. Kapitel

Sollte das stattliche, alte Haus am Anger von Richmond nach meinem Tode jemals von Geistern heimgesucht werden, dann bestimmt von meinem Geist. Wie viele Tage und Nächte hat meine ruhelose Seele dieses Haus umkreist, als Estella dort wohnte! Mein Körper konnte sein, wo er wollte, doch meine Gedanken schweiften immer wieder zu diesem Haus.

Die Dame, bei der man Estella untergebracht hatte, hieß Mrs. Brandley, war Witwe und hatte eine Tochter, die mehrere Jahre älter war als Estella. Die Mutter sah jugendlich aus, die Tochter dagegen wirkte ältlich. Die Mutter hatte eine rosige Gesichtsfarbe, die Tochter eine gelbliche. Die Mutter hatte einen Hang zur Frivolität und die Tochter zur Theologie. Sie lebten, wie man so sagt, in guten Verhältnissen, waren oft eingeladen und wurden von vielen Leuten besucht. Zwischen Estella und ihnen gab es, wenn überhaupt, nur wenig Gemeinsames; doch man sah ein, daß sie für Estella wichtig waren und diese Estella brauchten. Mrs. Brandley war eine Freundin von Miss Havisham gewesen, bevor sich diese in die Einsamkeit zurückgezogen hatte.

In und um Mrs. Brandleys Haus litt ich alle nur denkbaren Qualen, die Estella mir zufügen konnte. Die Art meiner Beziehungen zu ihr, die mir eine gewisse Vertraulichkeit, doch keine Gunstbezeigung einbrachte, trug zu meiner Verzweiflung bei. Sie mißbrauchte mich, um andere Bewunderer an der Nase herumzuführen, und nutzte diese Vertrautheit zwischen ihr und mir dazu aus, meiner Verehrung für sie mit Nichtachtung zu begegnen. Wäre ich ihr Sekretär, ihr Diener, Halbbruder oder armer Verwandter gewesen, wäre ich ein jüngerer Bruder ihres zukünftigen Mannes gewesen, hätte ich nicht weiter von meinen Hoffnungen entfernt sein können, obwohl ich ihr so nahe war. Das Vorrecht, sie mit dem Vornamen anzureden und von ihr ebenfalls beim Vornamen genannt zu werden, verstärkte nur unter diesen Umständen meine Qualen. Und während ich es für wahrscheinlich halte, daß es ihre anderen Verehrer nahezu wahnsinnig machen mußte, wußte ich mit Bestimmtheit, daß es mich fast zur Raserei brachte.

Sie hatte zahllose Bewunderer. Zweifellos sah ich in meiner Eifersucht in jedem, der ihr nahe kam, einen Bewunderer, doch auch ohnedies waren es mehr als genug.

Ich besuchte sie oft in Richmond und hörte oft in der Stadt von ihr. Auch lud ich sie und die Brandleys häufig zu Bootsfahrten ein. Es gab Ausflüge, Festtage, Theaterstücke, Opern, Konzerte, Gesellschaften, also alle möglichen Vergnügungen, bei denen ich sie ständig begleitete – doch sie alle waren für mich eine seelische Pein. Nicht eine Stunde war ich in ihrer Gesellschaft glücklich, und dennoch sprach mein Herz bei Tag und Nacht von dem Glück, mit ihr bis zum Tode zusammenzusein.

Während dieser Zeit unserer Beziehungen – sie dauerte, wie man noch sehen wird und wie sie mir damals vorkam, sehr lange – verfiel sie gewöhnlich in einen Umgangston, der zu erkennen gab, daß unser Beisammensein erzwungen war. Dann gab es wieder andere Gelegenheiten, da sie diesen Ton und ihre ganze Haltung veränderte und mich zu bemitleiden schien.

»Pip, Pip«, sagte sie eines Abends, als sie wieder einmal so eine Veränderung vornahm und wir in der Dämmerung im Haus in Richmond am Fenster saßen. »Wollen Sie sich denn nicht warnen lassen?«

»Wovor?«

»Vor mir.«

»Mich warnen lassen, mich von Ihnen angezogen zu fühlen? Meinen Sie das, Estella?«

»Was ich meine! Wenn Sie nicht merken, was ich meine, sind Sie blind.«

Ich hätte ihr antworten sollen, daß Liebe im allgemeinen blind mache, doch ich wurde stets durch das Gefühl zurückgehalten – auch das bereitete mir nicht wenige Qualen –, daß es nicht anständig sei, mich ihr aufzudrängen, obgleich sie wußte, daß sie keine andere Wahl hatte, als Miss Havisham zu gehorchen. Ich befürchtete immer, ihr Wissen darum brächte mich ihrem Stolz gegenüber in einen Nachteil und machte mich zum Gegenstand heftiger Auflehnung in ihrem Innern.

»Jedenfalls«, sagte ich, »bin ich gerade jetzt nicht gewarnt worden, denn Sie forderten mich ja auf, Sie zu besuchen.«

»Das stimmt«, sagte Estella mit dem kühlen, gleichgültigen Lächeln, das mich jedesmal entmutigte.

Nachdem sie kurze Zeit in die Dämmerung geblickt hatte, fuhr sie fort: »Es ist wieder soweit, daß mich Miss Havisham einen Tag lang in Haus »Satis« bei sich haben möchte. Sie sollen mich dorthin begleiten und zurückbringen, wenn Sie Lust haben. Sie will nicht, daß ich allein reise, und ist dagegen, mein Dienstmädchen zu empfangen, weil sie panische Angst davor hat, daß solche Leute über sie reden. Können Sie mich begleiten?«

»Ob ich Sie begleiten kann, Estella!«

»Sie können also? Übermorgen, wenn es Ihnen recht ist. Die Kosten sollen Sie aus meiner Börse bezahlen. Haben Sie die Bedingung für unsere Fahrt vernommen?«

»Ja, und ich muß gehorchen«, sagte ich.

Das war die ganze Vorbereitung auf diesen und andere Besuche. Miss Havisham schrieb mir niemals, und ich habe auch nie ihre Handschrift zu sehen bekommen. Wir fuhren am übernächsten Tag und fanden sie in dem Zimmer vor, wo ich ihr zum erstenmal begegnet war. Es ist überflüssig zu erwähnen, daß sich in Haus »Satis« nichts verändert hatte.

Ihre Zärtlichkeit zu Estella war noch grauenhafter als beim letztenmal, da ich sie zusammen gesehen hatte. Ich gebrauche dieses Wort absichtlich, denn in dem Feuer ihrer Blicke und Umarmungen lag etwas wahrhaft Grauenhaftes. Sie konnte sich nicht von Estellas Schönheit lösen, sie hing an ihren Lippen, verfolgte ihre Gesten und knabberte an ihren Nägeln, während sie sie betrachtete, als ob sie das schöne Geschöpf, das sie großgezogen hatte, mit den Augen verschlingen wollte.

Von Estella wanderten ihre Blicke prüfend zu mir, als wollte sie mir ins Herz sehen und seine Wunden ergründen.

»Wie behandelt sie dich, Pip, wie behandelt sie dich?« fragte sie mich wieder in ihrem hexenähnlichen Eifer sogar in Estellas Gegenwart. Als wir aber am Abend am flackernden Kaminfeuer saßen, war sie noch unheimlicher: Dann entlockte sie Estella – sie hatte deren Hand durch ihren Arm gezogen und hielt sie umklammert – die Namen und Verhältnisse der von ihr betörten Männer, indem sie auf das zurückgriff, was Estella ihr in ihren regelmäßigen Briefen erzählt hatte. Während Miss Havisham mit der Hartnäckigkeit eines tödlich verletzten und kranken Gemütes bei diesem Thema verharrte, stützte sie die andere Hand auf ihre Krücke, legte das Kinn darauf und starrte mich wie ein Gespenst mit ihren traurigen, funkelnden Augen an.

So unglücklich es mich machte, so bitter das Gefühl der Abhängigkeit, ja der Erniedrigung war, das es in mir auslöste, erkannte ich daran doch, daß Estella dazu ausersehen war, für Miss Havisham Rache an den Männern zu üben, und daß ich sie nicht eher besitzen würde, bis sie den Rachedurst zeitweilig gestillt hatte. Ich erkannte daran, warum sie mir von vornherein bestimmt war. Indem Miss Havisham sie Männer betören und quälen und Unheil anrichten ließ, sandte sie sie in der bösen Gewißheit aus, daß sie für alle Bewunderer unerreichbar war und daß jeder, der auf diesen Einsatz setzte, das Spiel verlieren mußte. Daran erkannte ich, daß auch ich mit dieser boshaften Methode gequält wurde, obwohl mir der Preis zugedacht war. Darin sah ich auch den Grund dafür, daß ich so lange vertröstet wurde und daß mein ehemaliger Vormund behauptet hatte, nichts von diesem Plan zu wissen.

Kurz, ich sah darin Miss Havisham, wie sie mir jetzt und dort erschien und wie ich sie stets vor Augen gehabt hatte. Und ich sah darin den festumrissenen Schatten des düsteren und ungesunden Hauses, in dem sie ihr Leben fern von jedem Sonnenstrahl verbrachte.

Die Kerzen, die ihr Zimmer erhellten, steckten in Wandleuchtern. Sie waren in ziemlicher Höhe angebracht und brannten mit der Mattheit künstlichen Lichtes in selten gelüfteten Räumen. Als ich mich nach ihnen und dem schwachen Schein, den sie hinterließen, umblickte und die stehengebliebene Uhr, die verblichenen Gegenstände ihres Brautstaates auf dem Tisch und dem Fußboden und ihre traurige Gestalt betrachtete, die vom Widerschein des Feuers gespenstisch vergrößert an die Decke und die Wand gemalt wurde, fand ich an allem meine Überlegungen bestätigt. Meine Gedanken wanderten zu dem großen Saal hinter dem Treppenabsatz hinüber, wo die Tafel gedeckt war, und ich sah sie in den vom Tafelaufsatz herabfallenden Spinnweben, in den über das Tischtuch kriechenden Spinnen, in den Spuren der Mäuse, wie sie mit ihren kleinen aufgeregten Herzen hinter der Holztäfelung Zuflucht suchten, und im Umhertappen und Innehalten der Käfer auf dem Fußboden niedergeschrieben.

Bei diesem Besuch kam es zwischen Estella und Miss Havisham zu einem heftigen Wortwechsel. Es war das erste Mal, daß ich eine Unstimmigkeit zwischen ihnen bemerkte.

Wir saßen am Kamin, wie soeben beschrieben, und Miss Havisham hielt noch immer Estellas Arm durch ihren gezogen und hielt noch immer Estellas Hand fest, als sich Estella allmählich frei zu machen versuchte. Sie hatte zuvor schon mehr als einmal hochmütige Ungeduld gezeigt und diese heftige Zuneigung eher hingenommen als erwidert.

»Was!« rief Miss Havisham und blitzte sie an. »Bist du etwa meiner überdrüssig?«

»Ich bin nur ein wenig meiner selbst überdrüssig«, erwiderte Estella, löste ihren Arm und ging zum großen Kaminsims, wo sie ins Feuer starrte.

»Sag die Wahrheit, du undankbares Geschöpf!« schrie Miss Havisham und stieß wütend mit dem Krückstock auf den Fußboden. »Mich hast du über!«

Estella betrachtete sie völlig gelassen und blickte dann wieder ins Feuer. Ihre anmutige Gestalt und ihr schönes Gesicht drückten Selbstbeherrschung und Gleichmut gegenüber der wilden Leidenschaft der anderen aus, daß es beinahe grausam wirkte.

»Du gefühlloses Wesen!« rief Miss Havisham aus. »Du hast ein Herz aus Stein!«

»Wie denn«, sagte Estella und behielt ihre gleichgültige Haltung bei, als sie sich an den großen Kaminsims lehnte und sich nur ihre Augen bewegten. »Wirfst du mir vor, hartherzig zu sein? Du?«

»Bist du das etwa nicht?« lautete die heftige Gegenfrage.

»Du solltest eigentlich wissen«, sagte Estella, »daß ich genau das bin, was du aus mir gemacht hast. Nimm das Gute oder meine Fehler, nimm den ganzen Erfolg oder alle Mißerfolge, kurz, nimm mich für dich in Anspruch.«

»Oh, sieh sie dir an, sieh sie dir an!« schrie Miss Havisham erbittert. »Sieh sie dir an, wie hart und undankbar sie ist! Hier, wo ich sie an mein unglückliches Herz gedrückt habe, als die Wunden noch frisch geblutet haben, und wo ich sie jahrelang mit Zärtlichkeiten überschüttet habe!«

»Schließlich bin ich bei dieser Vereinbarung nicht gefragt worden«, sagte Estella, »denn wenn ich auch schon laufen und sprechen konnte, als sie getroffen wurde, so war das aber alles, was ich konnte. Was willst du von mir? Du bist gut zu mir gewesen, und ich verdanke dir alles. Was verlangst du von mir?«

»Liebe«, antwortete die andere.

»Die hast du.«

»Nein, die habe ich nicht«, sagte Miss Havisham.

»Du bist meine Adoptivmutter«, versetzte Estella, ohne ihre anmutige Haltung zu verändern, ohne ihre Stimme laut zu erheben – wie es die andere tat – und ohne Ärger oder Zärtlichkeit zu verraten. »Adoptivmutter, ich habe gesagt, daß ich dir alles verdanke. Alles, was ich besitze, gehört selbstverständlich dir. Alles, was du mir geschenkt hast, kannst du auf Wunsch zurückbekommen. Sonst besitze ich nichts. Wenn du aber von mir verlangst, dir etwas zu geben, was ich nie empfangen habe, können weder meine Dankbarkeit noch mein Pflichtgefühl Unmögliches vollbringen.«

»Habe ich ihr etwa keine Liebe entgegengebracht!« rief Miss Havisham und wandte sich wütend an mich. »Habe ich ihr nicht meine brennende Liebe geschenkt, die jederzeit untrennbar mit Eifersucht und heftigem Schmerz verbunden war. Und dann spricht sie so mit mir! Soll sie mich doch wahnsinnig nennen, soll sie mich doch wahnsinnig nennen!«

»Warum sollte ich dich wahnsinnig nennen?« entgegnete Estella. »Warum gerade ich? Kennt irgend jemand auf der Welt nur halb so gut wie ich deine festen Absichten? Weiß außer mir noch jemand, was für ein zuverlässiges Gedächtnis du hast? Ich, die hier am Kamin auf dem kleinen Hocker, der sogar jetzt noch neben dir steht, gesessen und von dir gelernt hat, ich, die in dein Gesicht geblickt hat, obwohl es fremd wirkte und mich erschreckte!«

»Schnell vergessen!« jammerte Miss Havisham. »Hast die Zeit schnell vergessen!«

»Nein, nicht vergessen«, versetzte Estella. »Nicht vergessen, sondern in meinem Gedächtnis aufbewahrt. Wann habe ich mich je in deinem Unterricht nicht ordentlich verhalten? Wann habe ich je deine Lehren vergessen? Wann habe ich hier je etwas zugelassen« (sie berührte ihre Brust), »was du fernhalten wolltest? Sei gerecht zu mir.«

»Wie stolz, wie stolz!« klagte Miss Havisham und strich sich mit beiden Händen das graue Haar aus der Stirn.

»Wer hat mich gelehrt, stolz zu sein?« erwiderte Estella. »Wer lobte mich, wenn ich meine Lektion gut gelernt hatte?«

»Wie hartherzig, wie hartherzig!« jammerte Miss Havisham und strich sich wieder die Haare aus der Stirn.

»Wer hat mich gelehrt, hartherzig zu sein?« erwiderte Estella. »Wer lobte mich, wenn ich meine Lektion gut gelernt hatte?«

»Aber zu *mir* so stolz und hartherzig zu sein!« Miss Havisham schrie das fast hinaus, während sie ihre Arme ausstreckte. »Estella, Estella, Estella, daß du zu *mir* so stolz und hartherzig bist!«

Einen Augenblick lang betrachtete Estella sie mit einer Art stiller Verwunderung, war aber sonst in keiner Weise erregt; bald danach starrte sie wieder ins Kaminfeuer.

»Ich kann nicht verstehen«, sagte Estella und blickte nach kurzem Schweigen auf, »warum du so unvernünftig bist, wenn ich dich nach geraumer Trennung besuchen komme.

Ich habe niemals die dir zugefügten Kränkungen und ihre Ursachen vergessen. Ich bin dir oder deinen Lehren nie untreu gewesen. Ich habe niemals eine Schwäche gezeigt, die ich mir vorwerfen müßte.«

»Wäre es Schwäche, meine Liebe zu erwidern?« rief Miss Havisham aus. »Aber ja, ja, du würdest es so nennen!«

»Ich glaube«, sagte Estella nachdenklich, wiederum in stiller Verwunderung, »allmählich begreife ich, wie das geschehen ist. Wenn du deine Adoptivtochter völlig in der Dunkelheit und Enge dieser Zimmer aufgezogen hättest und sie niemals hättest wissen lassen, daß es so etwas wie das Tageslicht gibt (in dem sie nie dein Gesicht zu sehen bekommen hat), wenn du das getan und dann absichtlich von ihr verlangt hättest, das Tageslicht zu verstehen, wärst du dann enttäuscht und ärgerlich gewesen?«

Miss Havisham hatte den Kopf in die Hände gestützt, stöhnte leise und wiegte sich in ihrem Sessel, antwortete aber nicht.

»Oder aber«, sagte Estella, »was der Sache näher kommt, hättest du sie von klein auf mit deiner ganzen Energie und aller Gewalt gelehrt, daß es zwar so etwas wie das Tageslicht gäbe, daß es für sie aber feindlich und gefährlich wäre und sie sich davon abwenden müßte, denn es hatte deinen Augen geschadet und würde auch ihre angreifen; wenn du das getan und dann absichtlich von ihr verlangt hättest, Gefallen am Tageslicht zu finden, sie es aber nicht gekonnt hätte, wärst du dann enttäuscht und ärgerlich?«

Miss Havisham saß da und lauschte (zumindest hatte ich den Eindruck, denn ihr Gesicht konnte ich nicht sehen), gab aber noch keine Antwort.

»Nun muß ich genommen werden, wie ich geworden bin«, sagte Estella. »Ich kann nichts für den Erfolg und auch nichts für den Mißerfolg, doch beides gehört zu mir.«

Miss Havisham war – ich wußte kaum, wie – auf den Fußboden zwischen die verblichenen Überbleibsel ihres

Hochzeitsstaates gesunken, die überall verstreut herumlagen. Ich benutzte diesen Augenblick – von Anfang an hatte ich auf einen günstigen Moment gewartet –, das Zimmer zu verlassen, nachdem ich Estella mit einer Handbewegung angefleht hatte, sich um Miss Havisham zu kümmern. Als ich hinausging, stand Estella noch immer am großen Kaminsims, genauso wie die ganze Zeit vorher. Miss Havishams graues Haar lag zwischen dem Hochzeitskram ausgebreitet auf dem Fußboden und bot einen traurigen Anblick.

Schweren Herzens wanderte ich unter dem Sternenhimmel etwa eine Stunde lang über den Hof, um die Brauerei und durch den verwilderten Garten. Als ich schließlich den Mut aufbrachte, ins Zimmer zurückzukehren, fand ich Estella zu Miss Havishams Füßen vor. Sie nähte an dem alten Kleid, das zu zerfallen drohte und an das mich seither immer die verblichenen Fahnenfetzen erinnern, die ich in Kathedralen hängen sah. Später spielten Estella und ich wie früher Karten; nur hatten wir inzwischen mehr Übung und bevorzugten französische Spiele. So verging der Abend, und ich begab mich zur Ruhe.

Ich lag in dem abseits gelegenen Gebäude auf der anderen Seite des Hofes. Es war das erste Mal, daß ich mich in Haus »Satis« zur Ruhe legte, und ich konnte keinen Schlaf finden. Miss Havisham verfolgte mich in tausendfacher Gestalt. Sie war auf dieser Seite des Kopfkissens, auf der anderen, am Kopfende des Bettes, am Fußende, hinter der halbgeöffneten Tür zum Ankleidezimmer, im Ankleidezimmer, im Zimmer über oder unter mir – einfach überall. Als der Zeiger langsam auf zwei Uhr vorrückte, hatte ich das Gefühl, daß es mich nicht länger im Bett hielte und daß ich aufstehen müßte. Deshalb erhob ich mich, zog mich an, ging über den Hof durch den langen Korridor, um von dort aus in den vorderen Hof zu gelangen und mich abzulenken. Doch kaum hatte ich den Gang betreten, als ich meine Kerze löschte, denn ich sah Miss Havisham, einem Gespenst gleich, leise weinend dort entlanggehen. Sie hielt eine Kerze in der Hand, die sie wahrscheinlich aus einem der Wandleuchter in ihrem Zimmer genommen hatte, und wirkte bei diesem Kerzenschein noch wesenloser. Unten an der Treppe stehend, spürte ich den modrigen Geruch aus dem Festsaal, ohne daß ich sah, wie sie die Tür dazu öffnete. Ich hörte, wie sie dort umherging, in ihr eignes Zimmer zurückkehrte und wieder in den Saal trat, ohne ihr leises Weinen einzustellen. Nach einiger Zeit versuchte ich, hinauszugelangen und zurückzugehen; es glückte mir jedoch erst, als der Tag anbrach und mir ein paar Lichtstrahlen den Weg wiesen. Währenddessen hörte ich jedesmal, wenn ich an die Treppe kam, ihre Schritte, sah ihre Kerze vorbeiziehen und hörte ihr ununterbrochenes Weinen.

Bevor wir am nächsten Tag aufbrachen, gab es kein Wiederaufleben des Streites zwischen ihr und Estella, auch später nicht bei ähnlichen Gelegenheiten. (Soweit ich mich recht erinnere, boten sich vier ähnliche Anlässe.) Auch änderte sich Miss Havishams Verhalten gegenüber Estella in keiner Weise. Mir schien nur, daß zu ihren früheren Eigenarten eine gewisse Furcht hinzugekommen war.

Unmöglich kann ich dieses Blatt meiner Lebensgeschichte umwenden, ohne Bentley Drummles Namen zu erwähnen, obgleich ich es gerne täte.

Als die »Hainfinken« bei einem bestimmten Anlaß in großer Zahl versammelt waren und als das gute Allgemeinbefinden dadurch belebt wurde, daß wie gewöhnlich niemand mit der Meinung des anderen übereinstimmte, rief der den Vorsitz führende Fink den Hain zur Ordnung, insofern als Mr. Drummle noch keinen Trinkspruch auf eine Dame ausgebracht hatte, wozu dieser Rohling der Satzung der Gesellschaft gemäß an diesem Tage verpflichtet gewesen war. Mir kam es vor, als habe er mir einen gehässigen Blick zugeworfen, während der Wein herumgereicht wurde, und da wir uns nicht grün waren, konnte das leicht möglich sein.

Wie groß waren meine Überraschung und Empörung, als

er die Anwesenden aufforderte, mit ihm auf Estellas Wohl zu trinken.

»Welche Estella?« fragte ich.

»Kümmern Sie sich nicht darum«, erwiderte Drummle.

»Wo wohnt Estella?« fragte ich. »Sie sind verpflichtet, das zu sagen.« Was er als Fink wirklich war.

»In Richmond, meine Herren«, sagte Drummle und ging bei der Frage über mich hinweg. »Eine Dame von unvergleichlicher Schönheit.«

»Was versteht der schon von unvergleichlicher Schönheit, dieser gemeine, elende Schwachkopf!« flüsterte ich Herbert zu.

»Ich kenne diese Dame«, rief Herbert über den Tisch, als der Toast ausgebracht worden war.

»Wirklich?« versetzte Drummle.

»Ich kenne sie auch«, fügte ich mit hochrotem Gesicht hinzu.

»Wirklich?« sagte Drummle. »Ach, du lieber Gott!«

Das war die einzige Erwiderung – außer nach Glas oder Geschirr zu greifen –, zu der diese dumme Kreatur in der Lage war. Ich wurde aber darüber so wütend, als hätte es sich um eine geistsprühende Äußerung gehandelt. Ich stand unvermittelt auf und erklärte, daß ich nicht umhin könne, es als eine Unverschämtheit des Ehrenwerten Finken anzusehen, den Finkenhain aufzusuchen – wir sprachen vom Finkenhain in dieser Weise, weil wir es für parlamentarisch hielten – und auf das Wohl einer Dame zu trinken, die er nicht kenne. Mr. Drummle sprang daraufhin auf und fragte, was ich damit meine. Woraufhin ich heftig antwortete, er wisse ja wohl, wo ich zu finden sei.

Über die Frage, ob es nach einem solchen Vorfall in einem christlichen Land möglich sei, Blutvergießen zu vermeiden, gingen die Ansichten der Finken auseinander. Der Streit darüber wurde so lebhaft, daß sechs Ehrenwerte Mitglieder während der Diskussion sechs anderen Ehrenwerten Mitgliedern erklärten, man wisse ja, wo sie zu finden seien. Schließlich wurde jedoch beschlossen (der Finkenhain galt als Ehrengericht), daß sich Mr. Pip als Gentleman und Fink dafür entschuldigen müsse, daß er sich zu so großer Hitzigkeit habe hinreißen lassen, falls Mr. Drummle eine Erklärung der Dame beibringen könne, die seine Bekanntschaft mit ihr bestätigte. Der nächste Tag wurde für das Beibringen des Schreibens festgelegt (damit unsere Ehre nicht durch eine Verzögerung auf Eis gelegt wurde), und an diesem Tag erschien Drummle mit dem höflichen, kurzen Zugeständnis Estellas, daß sie mehrere Male die Ehre gehabt habe, mit ihm zu tanzen. Mir blieb nichts anderes übrig, als mein Bedauern zu äußern, daß ich mich zu so großer Hitzigkeit habe hinreißen lassen, und den Gedanken, »ich sei irgendwo zu finden«, als unhaltbar abzulehnen. Eine Stunde lang saßen sich dann Drummle und ich gegenüber, und wir schnaubten uns wütend an, während der Hain in einen heftigen Streit verwickelt war; aber schließlich wurde die Verträglichkeit in einem erstaunlichen Maße wiederhergestellt.

Ich schildere das so leichthin, doch es war durchaus nicht leicht für mich. Ich kann unmöglich zum Ausdruck bringen, wie mich der Gedanke schmerzte, daß Estella einem so niederträchtigen, taktlosen und mürrischen Einfaltspinsel, der weit unter dem Durchschnitt lag, ihre Gunst erweisen sollte. Bis auf den heutigen Tag glaube ich, daß es nur einem Anflug von Großmut und Selbstlosigkeit in meiner Liebe zu ihr zuzuschreiben war, wenn ich den Gedanken nicht ertragen konnte, daß sie sich zu diesem Schurken herabließ. Zweifellos wäre ich bei jedem, dem sie gewogen war, unglücklich gewesen, doch ein würdigerer Gegenstand ihrer Zuneigung hätte mich anders und weniger schmerzlich berührt.

Es fiel mir nicht schwer herauszufinden (und es gelang mir schnell), daß Drummle anfing, ihr auf dem Fuße zu folgen, und sie es sich gefallen ließ. Bald verfolgte er sie ständig, und unsere Wege kreuzten sich dadurch jeden Tag. Beharrlich blieb er an ihrer Seite, und Estella hielt ihn hin: Einmal ermutigte sie ihn, dann nahm sie ihm jede Hoffnung; bald schmeichelte sie ihm, bald zeigte sie offen ihre Verachtung; das eine Mal kannte sie ihn gut, das andere Mal erinnerte sie sich kaum, wer er war.

Die Spinne, wie Mr. Jaggers ihn genannt hatte, lag jedoch ständig auf der Lauer und besaß die Geduld ihrer Gattung. Außerdem setzte er das einfältige Vertrauen in sein Geld und die Bedeutung seiner Familie, was ihm manchmal zustatten kam.

So belauerte die Spinne hartnäckig Estella, beobachtete andere, klügere Insekten bis zu deren Verschwinden und ließ sich an ihrem Faden herab und stürzte sich gerade im richtigen Augenblick auf das Opfer.

Auf einem Ball in Richmond (damals fanden fast überall Bälle statt), wo Estella alle übrigen Schönheiten in den Schatten gestellt hatte, wurde sie von dem tölpelhaften Drummle dermaßen belästigt und ertrug das mit so großer Geduld, daß ich beschloß, seinetwegen mit ihr zu sprechen. Ich benutzte die nächste sich bietende Gelegenheit, als sie auf Mrs. Brandley wartete und, bereit zur Abfahrt, etwas abseits zwischen Blumen saß. Ich war bei ihr, denn ich holte sie meistens bei solchen Gelegenheiten ab und brachte sie wieder zurück.

»Sind Sie müde, Estella?«

»Ja, ziemlich, Pip.«

»Das ist kein Wunder.«

»Sagen Sie lieber, ich darf nicht müde sein, denn ich muß noch vor dem Schlafengehen einen Brief nach Haus ›Satis‹ schreiben.«

»Um ausführlich über Ihren Erfolg heute abend zu berichten?« fragte ich. »Gewiß kein allzu großer, Estella.«

»Was meinen Sie damit? Ich wußte gar nicht, daß ich einen hatte.«

»Estella«, sagte ich, »sehen Sie sich diesen Burschen da drüben in der Ecke an, der zu uns herüberschaut.«

»Warum soll ich ihn ansehen?« erwiderte Estella und ließ ihre Blicke statt dessen nicht von mir. »Was ist denn mit diesem Burschen da drüben in der Ecke los – um Ihre Worte zu gebrauchen –, daß ich ihn ansehen soll?«

»Genau das wollte ich Sie fragen«, sagte ich, »denn er hat sich den ganzen Abend über in Ihrer Nähe herumgetrieben.«

»Motten und alle möglichen häßlichen Insekten«, gab Estella, mit einem flüchtigen Blick auf ihn, zurück, »umschwirren eine brennende Kerze. Kann die Kerze etwas dafür?«

»Nein«, erwiderte ich, »aber kann nicht Estella etwas dafür?«

»Nun, vielleicht«, sagte sie und lachte nach einer Weile. »Ja, wenn Sie so wollen.«

»Aber Estella, hören Sie mich an. Es macht mich unglücklich, daß Sie einen so allgemein verachteten Mann wie Drummle bestärken. Sie wissen, wie er verachtet wird.«

»Na und?«

»Sie wissen, er taugt nicht viel, weder innerlich noch äußerlich. Ein schwachsinniger, mürrischer, finsterer und langweiliger Bursche.«

»Na und?«

»Sie wissen, daß er weiter nichts zu bieten hat als Geld und eine Anzahl hohlköpfiger Vorfahren. Ist Ihnen das etwa nicht bekannt?«

»Na und?« sagte sie wieder, und jedesmal riß sie dabei ihre schönen Augen weiter auf.

Um die Schwierigkeit zu überwinden, von dieser einsilbigen Antwort loszukommen, griff ich sie auf und wiederholte sie mit Nachdruck: »Na und! Darum macht es mich unglücklich.«

Wenn ich hätte annehmen können, daß sie Drummle mit der Absicht ihre Gunst zeigte, mich unglücklich zu machen, hätte ich leichteren Herzens sein können, doch sie behandelte mich in ihrer üblichen Art so gleichgültig, daß ich nicht daran glauben konnte.

»Pip«, sagte Estella und ließ ihre Blicke umherschweifen, »machen Sie sich nicht wegen Ihres Eindrucks lächerlich. Es mag auf andere seine Wirkung haben, so ist es auch gedacht. Aber es lohnt sich nicht, darüber zu sprechen.«

»Doch«, sagte ich, »weil ich es nicht ertragen kann, wenn die Leute sagen: ›Sie verschwendet ihre Anmut und ihre Reize an einen ausgesprochenen Bauernlümmel, den gewöhnlichsten, den man sich denken kann.‹«

»Ich kann es ertragen«, sagte Estella.

»Oh! Seien Sie nicht so stolz, Estella, und nicht so unerbittlich.«

»Er nennt mich in einem Atemzug stolz und unerbittlich«, sagte Estella, »und wirft mir im nächsten Atemzug vor, mich mit einem Bauernlümmel abzugeben!«

»Darüber besteht kein Zweifel«, antwortete ich etwas hastig, »denn ich habe gesehen, was für Blicke Sie ihm heute abend zugeworfen haben und was für ein Lächeln Sie ihm geschenkt haben – wie Sie es mir stets versagen.«

»Möchten Sie denn«, wandte sich Estella plötzlich mit ernstem, ja beinahe zornigem Blick mir zu, »daß ich Sie hinters Licht führe und Ihnen Fallen stelle?«

»Führen Sie ihn hinters Licht und stellen Sie ihm Fallen, Estella?«

»Ja, und vielen anderen – allen, nur Ihnen nicht. Da kommt Mrs. Brandley. Ich sage jetzt kein Wort mehr.«

Nun, da ich dieses Kapitel dem Thema gewidmet habe, das mein Herz erfüllt und ihm immer wieder Schmerzen bereitet hat, gehe ich zu dem Ereignis über, das schon lange drohend über mir geschwebt hatte. Dieses Ereignis reicht in seinen Anfängen in eine Zeit hinein, als ich noch nichts von Estellas Existenz wußte, in jene Tage, als ihr kindliches Denken aus Miss Havishams zerstörerischen Händen die ersten verderblichen Einflüsse erhielt.

Im fernöstlichen Märchen wurde die schwere Tafel, die

beim Eroberungssturm auf das Paradebett fallen sollte, langsam aus dem Quaderstein herausgearbeitet; der Gang für das Seil, an dem sie hängen sollte, wurde langsam durch den Fels gehauen; die Tafel wurde langsam hochgezogen und im Gewölbe angebracht; das Seil wurde eingezogen und durch die Höhle bis zu dem großen Eisenring geführt. Alles wurde mit großer Mühe vorbereitet, und als die Stunde kam, wurde der Sultan mitten in der Nacht geweckt, und die scharfe Axt, die das Seil vom großen Eisenring trennen sollte, wurde ihm in die Hand gedrückt, und er schlug damit zu, das Seil riß, sauste davon, und die Decke stürzte herab. Genauso in meinem Fall: Alles, was auf das Ende hindeutete, war perfekt eingefädelt worden, und auf einmal wurde der Schlag geführt, und das Dach meiner Festung stürzte auf mich nieder.

39. Kapitel

Ich war nun dreiundzwanzig Jahre alt. Von meinen großen Erwartungen hatte ich kein Sterbenswörtchen gehört, und mein dreiundzwanzigster Geburtstag lag schon eine Woche zurück. Wir waren vor über einem Jahr aus Barnards Gasthof ausgezogen und wohnten im Temple. Unsere Zimmer lagen in Gardencourt an der Themse.

Gemäß unseren früheren Vereinbarungen hatten sich Mr. Pocket und ich getrennt, blieben jedoch in bestem Einvernehmen. Trotz meiner Unfähigkeit, mich auf irgend etwas zu konzentrieren – was hoffentlich auf die unruhige und mangelhafte Verwaltung meines Vermögens zurückzuführen war –, hatte ich Freude am Lesen und verbrachte täglich mehrere Stunden mit meiner Lektüre. Herberts Angelegenheit machte weiterhin Fortschritte, und bei mir verlief alles, wie ich es am Ende des letzten Kapitels geschildert habe.

Herbert befand sich auf einer Geschäftsreise nach Marseille. Ich war allein und fühlte mich vereinsamt. Niedergeschlagen und bekümmert, seit langem hoffend, daß der nächste Tag oder die nächste Woche meine Zukunft klären wird, und seit langem enttäuscht, vermißte ich schmerzlich das fröhliche Gesicht meines Freundes und die Unterhaltungen mit ihm.

Es war fürchterliches Wetter: Sturm und Regen, Sturm und Regen, tiefer Schlamm und nochmals Schlamm in allen Straßen. Tag für Tag zogen dichte Nebelschwaden von Osten her über London. Auch jetzt trieben sie noch, als ob es im Osten nur Wolken und Winde gäbe. Die Sturmböen waren so heftig gewesen, daß sie in der Stadt die Bleidächer von hohen Gebäuden abdeckten. Auf dem Lande waren Bäume entwurzelt und Windmühlenflügel davongetragen worden. Von der Küste trafen traurige Nachrichten über Schiffbrüche und Tod ein. Heftige Regengüsse hatten die tosenden Winde begleitet, und der Tag, der zur Neige ging, als ich mich zum Lesen niederließ, war der schlimmste von allen gewesen.

Seit jener Zeit sind in diesem Teil des Temple Veränderungen vorgenommen worden, und er ist nicht mehr so einsam wie damals und auch nicht mehr so dem Fluß ausgesetzt. Wir wohnten im obersten Stockwerk des letzten Hauses, und der Sturm, der vom Fluß herüberfegte, erschütterte an jenem Abend das Haus wie Kanonenschüsse oder die Meeresbrandung. Als der Regen gegen die Scheiben prasselte und ich zu ihnen hinsah, wenn sie erzitterten, kam ich mir wie in einem schwankenden Leuchtturm vor. Manchmal wurde der Rauch in den Kamin zurückgedrängt, als ob er sich in solch einer Nacht nicht hinauswage. Als ich die Türen öffnete und ins Treppenhaus hinunterblickte, erloschen die Lampen. Und als ich die Augen mit den Händen beschattete und durch die Scheiben ins Dunkel hinausspähte (denn bei diesem Sturm und Regen war es unmöglich, sie auch nur einen Spalt zu öffnen), sah ich, daß auch die Lampen im Hof ausgeblasen wurden und daß die Laternen auf den Brücken und am Ufer flackerten und die Kohlenglut in den Barken auf dem Fluß vom Wind in rotglühenden Spritzern davongeweht wurde.

Ich las und hatte dabei die Uhr auf dem Tisch liegen, weil ich beabsichtigte, mein Buch um elf zuzuklappen. Als ich es schloß, schlugen die Glocken der St.-Pauls-Kathedrale und die der vielen Kirchen in der Stadt diese Stunde – manche etwas früher, manche gleichzeitig, andere nachklingend. Der Klang wurde merkwürdig vom Wind zerfetzt. Und während ich lauschte und darüber nachdachte, wie ihn der Sturm angriff und zerriß, hörte ich Schritte auf der Treppe.

Es ist unwesentlich, weshalb ich erschrocken zusammenfuhr und diese Schritte mit meiner verstorbenen Schwester in Zusammenhang brachte. Im nächsten Augenblick war das vorbei, und ich lauschte wieder und hörte die Schritte näherpoltern. Da mir einfiel, daß das Licht im Treppenhaus nicht brannte, nahm ich meine Leselampe und trat auf den Treppenabsatz hinaus. Wer auch immer dort unten war, derjenige blieb jedenfalls stehen, als er meine Lampe sah, denn alles war still.

»Da ist doch jemand unten, nicht wahr?« rief ich und blickte hinunter.

»Ja«, antwortete eine Stimme aus dem Dunkel.

»In welches Stockwerk wollen Sie?«

»Ins oberste, zu Mr. Pip.«

»Das bin ich. Es ist doch nichts passiert?«

»Nichts ist passiert«, erwiderte die Stimme. Und der Mann kam hoch. Ich stand da und hielt die Lampe über das Treppengeländer, und er trat langsam in den Lichtschein. Es war eine Lampe mit einem Schirm, die zum Lesen gedacht war und einen konzentrierten Lichtkegel warf. Deshalb geriet er nur einen kurzen Augenblick dort hinein und war gleich wieder außerhalb. In diesem Moment hatte ich ein Gesicht gesehen, das mir fremd war, aber bei meinem Anblick gerührt und zufrieden zu mir aufschaute.

Da ich mit der Lampe den Bewegungen des Mannes folgte, bemerkte ich, daß er gediegen, doch grob gekleidet war, wie einer, der zur See gefahren ist. Er hatte langes graues Haar und mochte etwa sechzig Jahre alt sein. Seine Figur war muskulös und die Beine stämmig, Wind und Wetter hatten

ihn gebräunt und abgehärtet. Als er die letzten beiden Stufen genommen hatte und der Lichtschein uns einfing, sah ich verwundert, daß er mir beide Hände entgegenstreckte.

»Darf ich wissen, in welcher Angelegenheit Sie kommen?« fragte ich ihn.

»In welcher Angelegenheit?« wiederholte er und stockte.

»Ach! Ja. Ich will Ihnen, wenn Sie gestatten, meine Angelegenheit erklären.«

»Möchten Sie hereinkommen?«

»Ja«, antwortete er, »ich möchte hereinkommen, Master.«

Ich hatte meine Frage nicht gerade einladend gestellt, denn mich störte dieses strahlende und zufriedene Aufleuchten des Erkennens, das noch auf seinem Gesicht lag. Es gefiel mir nicht, weil es wie eine Aufforderung wirkte, es zu erwidern. Trotzdem führte ich ihn in das soeben von mir verlassene Zimmer, stellte die Lampe auf den Tisch und bat ihn so höflich wie möglich um eine Erklärung.

Er sah sich merkwürdig um – erstaunt und erfreut, als habe er an den Dingen, die er bewunderte, einen gewissen Anteil. Dann legte er seinen dicken Überzieher und den Hut ab. Dabei sah ich, daß sein Kopf kahl und zerfurcht war und daß das lange graue Haar nur an den Seiten wuchs. Ich bemerkte aber nichts, woran ich ihn hätte erkennen können. Im Gegenteil. Im nächsten Moment streckte er mir wieder beide Hände entgegen.

»Was soll das bedeuten?« fragte ich und dachte, er sei nicht ganz normal.

Er hielt inne, mich zu betrachten, und strich sich langsam mit der rechten Hand über den Kopf. »Es is für einen enttäuschend«, sagte er mit heiserer, brüchiger Stimme, »wenn man sich so lange auf was gefreut hat und von weit her gekommen is. Aber Sie sind nich schuld dran – keiner von uns is schuld dran. In ein paar Sekunden werde ich sprechen. Lassen Sie mir bitte 'n paar Sekunden Zeit.«

Er setzte sich auf einen Stuhl, der vor dem Kamin stand, und bedeckte seine Stirn mit den großen braunen, von Adern durchzogenen Händen. Ich betrachtete ihn aufmerksam und wich dann ein wenig von ihm zurück. Ich kannte ihn aber nicht.

»Es is doch keiner in der Nähe?« fragte er und spähte über die Schulter. »Oder doch?«

»Warum stellen Sie, ein Fremder, der zu nachtschlafender Zeit in meine Wohnung kommt, eine solche Frage?« sagte ich.

»Sie sind ein Kerl«, gab er zurück und schüttelte mit sichtbarem Wohlwollen den Kopf, was unverständlich war und mich zur Verzweiflung brachte. »Ich freu mich, daß Sie so 'n Kerl geworden sind! Aber setzen Sie mich nich gleich fest. Es würde Ihnen später mal leid tun.«

Ich ließ meinen Vorsatz fallen, den er durchschaut hatte, denn ich wußte, wer er war! Obwohl ich jetzt noch keinen Zug in seinem Gesicht wiedererkannt hatte, wußte ich, wer er war! Selbst wenn Wind und Regen die dazwischenliegenden Jahre und alles andere weggeblasen und uns auf den Friedhof geweht hätten, wo wir uns zum erstenmal und auf so unterschiedlicher Ebene gegenübergestanden haben, hätte ich meinen Sträfling nicht besser erkennen können als hier im Sessel am Kamin. Er brauchte keine Feile aus der Tasche zu ziehen, um sie mir zu zeigen. Er brauchte kein Taschentuch vom Hals zu binden und es um den Kopf zu knüpfen. Auch brauchte er sich nicht mit beiden Armen zu umschlingen und vor Kälte zitternd durch das Zimmer zu gehen und sich nach mir umzusehen, damit ich ihn erkenne. Ich wußte, wer er war, noch ehe er mir auf diese Weise zu Hilfe kam, obgleich ich noch einen Moment zuvor nicht im entferntesten vermutet hätte, wen ich vor mir habe.

Er kam auf mich zu und streckte mir wieder beide Hände entgegen. Ich wußte nicht recht, was ich tun sollte – denn in meiner Verwunderung war ich ganz aus der Fassung geraten –, und reichte ihm zögernd meine Hände. Er drückte sie herzlich, hob sie an seine Lippen, küßte sie und hielt sie fest.

»Du hast edel gehandelt, mein Junge«, sagte er, »sehr edel, Pip! Und ich habe dir das nie vergessen!«

Als er Anstalten machte, mich zu umarmen, legte ich ihm eine Hand auf die Brust und schob ihn von mir.

»Halt!« sagte ich. »Lassen Sie mich! Wenn Sie mir für das dankbar sind, was ich als kleines Kind getan habe, so hoffe ich, daß Sie Ihren Dank durch Ihren veränderten Lebensweg zeigen. Wenn Sie hergekommen sind, um mir zu danken, war das nicht nötig. Da Sie mich jedoch ausfindig gemacht haben, muß etwas Gutes an dem Gefühl sein, das Sie hierhergeführt hat, und ich will Sie nicht abweisen. Aber sicherlich werden Sie verstehen, ich . . .«

Meine Aufmerksamkeit wurde durch den eigenartigen Blick, mit dem er mich musterte, dermaßen in Anspruch genommen, daß mir die Worte im Halse steckenblieben.

»Du wolltest grade sagen«, bemerkte er, nachdem wir uns schweigend betrachtet hatten, »daß ich sicherlich verstehen werde. Was werde ich sicherlich verstehen?«

»Daß es nicht mein Wunsch sein kann, diese zufällige und weit zurückliegende Bekanntschaft unter den veränderten Bedingungen von heute wiederaufleben zu lassen. Es freut mich, daß Sie Ihr Tun bereut und sich gebessert haben. Ich freue mich, Ihnen das sagen zu können. Wenn Sie meinen, ich verdiene Dank, so freue ich mich, daß Sie gekommen sind. Aber trotz alledem gehen wir verschiedene Wege. Sie sind durchnäßt und sehen erschöpft aus. Möchten Sie etwas trinken, bevor Sie gehen?«

Er hatte das Halstuch lose umgebunden und kaute, während er dastand und mich aufmerksam beobachtete, an dem längeren Ende. »Ich denke«, antwortete er, noch immer einen Zipfel im Mund und mich musternd, »ich werde etwas trinken, bevor ich gehe. Vielen Dank.«

Auf einem Teewagen stand ein Tablett bereit. Ich trug es zu dem Tisch am Kamin und fragte ihn, was er trinken wolle. Er tippte auf eine Flasche, ohne hinzusehen und ohne etwas zu sagen, und ich bereitete ihm einen Grog. Ich versuchte, meine Hand dabei ruhig zu halten, aber sein Blick, während er in den Sessel zurückgelehnt saß und das besudelte Ende des Halstuches zwischen den Zähnen hielt (was er offenbar vergessen hatte), machte es mir schwer, meine Hand in der Gewalt zu haben. Als ich ihm schließlich das Glas reichte, bemerkte ich mit Verwunderung, daß sich seine Augen mit Tränen gefüllt hatten.

Bis dahin war ich stehen geblieben und hatte nicht meinen Wunsch verhehlt, ihn loszuwerden. Doch bei dem rührenden Anblick dieses Mannes wurde ich weich gestimmt und empfand Reue.

»Ich hoffe«, sagte ich, goß mir rasch etwas ins Glas und zog einen Sessel an den Tisch, »Sie halten meine Worte nicht für schroff. Das war nicht meine Absicht, und es tut mir leid. Ich wünsche Ihnen alles Gute und viel Glück!«

Als ich das Glas zum Munde führte, schaute er verblüfft auf das Ende seines Halstuches, ließ es aus dem Mund gleiten und streckte mir seine Hand entgegen. Ich hielt ihm meine hin, dann trank er und fuhr sich mit dem Ärmel über Augen und Stirn.

»Womit verdienen Sie sich Ihren Lebensunterhalt?« fragte ich ihn.

»Ich halte Schafe, züchte Vieh und mache allerlei anderes, drüben in der Neuen Welt, viele tausend Meilen von hier, hinterm stürmischen Wasser.«

»Ich hoffe, es geht Ihnen gut?«

»Mir geht's bestens. Andre sind schon lange vor mir rübergegangen, denen geht's auch gut, aber keinem geht's so gut wie mir. Ich bin direkt bekannt dafür.«

»Das zu hören freut mich.«

»Ich hab gehofft, daß du das sagen tust, mein lieber Junge.«

Ohne zu versuchen, diese Worte oder den Tonfall zu begreifen, in dem sie gesprochen waren, lenkte ich auf einen Punkt hin, der mir gerade in den Sinn gekommen war.

»Haben Sie jemals den Boten, den Sie zu mir geschickt hatten, wiedergesehen, nachdem er diese Aufgabe erfüllt hatte?« fragte ich.

»Hab ihn nie wiedergesehn. Es wär auch unwahrscheinlich gewesen.«

»Er kam pflichtgemäß und brachte mir die beiden Pfundnoten. Wie Sie wissen, war ich damals ein armer Junge, für den sie eine Menge Geld bedeuteten. Aber genau wie Ihnen ist es mir gut ergangen, und Sie müssen mir gestatten, daß ich Ihnen das Geld zurückzahle. Sie können ja damit einem anderen armen Jungen etwas Gutes tun.« Ich holte sie aus meinem Portemonnaie heraus.

Er sah mir zu, als ich die Börse auf den Tisch legte, sie öffnete und zwei Pfundnoten herausholte. Sie waren sauber und neu. Ich glättete sie und reichte sie ihm. Er behielt mich noch immer im Auge, legte die Scheine übereinander, faltete sie der Länge nach zusammen, zwirbelte sie, steckte sie am Lampenlicht in Brand und ließ die Asche in den Aschenbecher fallen.

»Darf ich mal so frei sein«, sagte er mit einem Lächeln, das eher einem Stirnrunzeln glich, »und fragen, auf welche Weise du dein Glück gemacht hast, seit wir beide, du und ich, da draußen in den verlassenen, naßkalten Marschen gewesen sind?«

»Auf welche Weise?«

»Hm.«

Er trank sein Glas aus, stand auf und stellte sich neben den Kamin; seine schwere, braune Hand ruhte auf dem Sims. Den einen Fuß hob er auf das Gitter, um ihn zu trocknen und zu erwärmen, und der feuchte Stiefel begann zu dampfen. Doch er beachtete weder den Schuh noch das Feuer, sondern betrachtete nur mich. Und nun fing ich zu zittern an.

Als sich meine Lippen geöffnet und lautlos einige Worte geformt hatten, zwang ich mich, ihm zu erzählen (wenn es mir auch nicht sehr deutlich gelang), daß ich dazu ausersehen worden sei, ein Vermögen zu erben.

»Darf ich elender Wurm fragen, was für ein Vermögen?« sagte er.

»Ich weiß es nicht«, stotterte ich.

»Darf ich elender Wurm fragen, wessen Vermögen?«

Wieder stammelte ich: »Das weiß ich nicht.«

»Kann ich mal raten«, fragte der Sträfling, »wie dein Einkommen war, seit du volljährig bist? Also die erste Zahl. Eine Fünf?«

Mein Herz pochte unregelmäßig und heftig wie ein Hammer. Ich stand auf, legte meine Hand auf die Sessellehne und sah ihn entgeistert an.

»Was einen Vormund anbelangt«, fuhr er fort. »Da muß doch 'n Vormund oder so was Ähnliches gewesen sein, als du klein warst. Ein Rechtsanwalt vielleicht. Also der erste Buchstabe von dem Rechtsanwalt seinem Namen. War der ein J?«

Blitzartig erkannte ich die volle Wahrheit meiner Lage. All ihre Enttäuschungen, Gefahren, Erniedrigungen und Folgen brachen mit solcher Macht über mich herein, daß ich von ihnen förmlich umgeworfen wurde und nach Luft ringen mußte.

»Nehmen wir an«, fuhr er fort, »der Auftraggeber dieses Rechtsanwalts, dem sein Name mit J anfing und Jaggers heißen kann – nehmen wir an, der is übers Meer nach Portsmouth gekommen und dort an Land gegangen und wollte zu dir kommen. ›Jedenfalls haben Sie mich gefunden‹, hast du gerade gesagt. Tja, wie habe ich dich gefunden? Nun, ich schrieb an eine Person in London, wegen der genauen Anschrift. Wie diese Person hieß? Nun, Wemmick!«

Und wenn es um mein Leben gegangen wäre, ich hätte kein Wort herausbringen können. Mit der einen Hand stützte ich mich auf die Sessellehne, mit der anderen griff ich mir an die Brust, weil ich dem Ersticken nahe war. So stand ich und blickte ihn bestürzt an, bis ich mich an den Sessel klammerte, weil sich das Zimmer um mich zu drehen begann. Er fing mich auf, trug mich zum Sofa, lehnte mich gegen die Kissen und kniete sich vor mich hin. Mit seinem Gesicht, an das ich mich jetzt gut erinnerte und vor dem ich erschauerte, kam er sehr dicht an mich heran.

»Ja, Pip, mein lieber Junge, ich hab aus dir 'n feinen Herrn gemacht! Ich war es, der das getan hat! Ich hab geschworn, wenn ich noch mal 'ne Guinee verdienen sollte, diese Guinee sollte deine sein. Außerdem hab ich geschworn, wenn ich mal speckelieren und reich werden sollte, wirst du auch reich. Ich hab unbequem gelebt, daß du angenehm leben konntest. Ich hab schwer gearbeitet, daß du nich arbeiten brauchst. Wozu das alles, mein lieber Junge? Tu ich dir das erzählen, damit du gegen mich dankbar bist? Nich die Spur. Ich erzähl es dir, damit du weißt, daß dieser gehetzte Schweinehund, was du am Leben gehalten hast, den Kopf wieder so nach oben gekriegt hat, daß er 'n feinen Herrn machen konnte – und Pip, der bist du!«

Der Abscheu, den ich für diesen Mann empfand, die Furcht, die ich vor ihm hatte, und der Widerwille, mit dem ich vor ihm zurückwich, hätten nicht größer sein können, wenn er eine wilde Bestie gewesen wäre.

»Sieh mal, Pip. Ich bin dein zweiter Vater. Du bist mein Sohn – für mich mehr wie 'n Sohn. Ich hab Geld weggelegt, nur für dich zum Ausgeben. Als ich 'n Hirte in so 'ner einsamen Hütte war und kein Gesicht nich zu sehen bekam außer von Schafen, bis ich halb vergessen hatte, wie so 'n Gesicht von 'nem Mann oder 'ner Frau aussehn tut, hab ich nur deins gesehn. Viele Male hab ich in der Hütte bei meinem Mittagessen oder Abendbrot das Messer sinken lassen und gesagt: ›Da is wieder der Junge, der guckt mir zu, während ich esse und trinke!‹ Ich hab dich viele Male so deutlich gesehn, wie ich dich in den nebligen Marschen gesehn hab. ›Lieber Gott, da will ich doch auf der Stelle tot umfalln‹, hab ich jedesmal gesagt und bin an die frische Luft gegangen und hab es unter freiem Himmel gesagt, ›wenn ich frei werde und zu Geld komme, mache ich aus diesem Jungen einen feinen Herrn!‹ Und das hab ich getan. Sieh dich an, mein lieber Junge! Sieh dich in deiner Wohnung hier um – wie für 'nen Lord! Ein Lord? Ach was! Du sollst mit Lords Wetten abschließen, dein Geld zeigen und sie ausstechen!«

In seinem Eifer und seiner Freude und in dem Bewußtsein,

daß ich beinahe in Ohnmacht gefallen wäre, achtete er nicht darauf, wie ich alles aufnahm. Das war mein einziger, schwacher Trost.

»Sieh mal«, fuhr er fort, zog mir meine Uhr aus der Tasche und drehte einen Ring an meinem Finger, während ich vor seiner Berührung zurückwich, als wäre er eine Schlange. »Aus Gold und so schön! So recht für 'nen feinen Herrn, weiß Gott! Ein Diamant mit Rubinen drum. So recht für 'nen feinen Herrn, weiß Gott! Nimm deine Wäsche: hübsch und fein! Nimm deine Kleidung: beßre gibt's nich! Und auch deine Bücher« – seine Blicke wanderten im Zimmer umher – »stapeln sich zu Hunderten in den Regalen! Und du liest sie, stimmt's? Als ich reinkam, sah ich, wie du grade drin gelesen hast. Hahaha! Du sollst mir draus vorlesen, mein lieber Junge. Und wenn sie in fremden Sprachen sind, was ich nich verstehe, werde ich genauso stolz sein, wie wenn ich's könnte.«

Wieder ergriff er meine Hände und führte sie an seine Lippen, während es mir kalt über den Rücken lief.

»Sag ruhig was, Pip«, sagte er, nachdem er sich abermals über Augen und Stirn gewischt hatte und es in seiner Kehle klickte, woran ich mich noch gut erinnerte. Daß er so ernst dabei war, jagte mir um so mehr Schrecken ein. »Du kannst auch gern stille sein, mein lieber Junge. Du hast dich nich so lange drauf gefreut wie ich. Du warst nich drauf vorbereitet wie ich. Aber hast du nie gedacht, daß ich es sein könnte?«

»O nein, nein«, erwiderte ich. »Nein, niemals!«

»Nun, du siehst, ich war es, ich allein. Keine einzige Seele hatte Ahnung außer mir und Mr. Jaggers.«

»Sonst keiner?« fragte ich.

»Nein«, sagte er und blickte überrascht drein, »wer sonst sollte denn? Ach, wie gut du aussiehst, mein lieber Junge! Da gibt's bestimmt irgendwo strahlende Augen, wie? Gibt's nich irgendwo strahlende Augen, an die du gern denkst?«

O Estella, Estella!

»Die sollen dir gehören, mein lieber Junge, falls sie für Geld zu ham sind. Nich daß ein feiner Herr wie du, der in solcher Lage is wie du, sie nich selber für sich gewinnen kann. Aber Geld soll dir den Rücken stärken. Doch laß mich weitererzählen, was ich angefangen hab, mein lieber Junge. Von der Hütte dort und wo ich in Diensten war, der Herr, der hat mir Geld hinterlassen (welcher starb und so einer war wie ich), und ich wurde frei und ging meiner Wege. Bei jeder Sache, die ich unternahm, hab ich mich wegen dir bemüht. ›Der Blitz soll mich treffen‹, hab ich gesagt, wenn ich etwas anfing, ›wenn es nich für ihn is!‹ Es is alles prächtig geglückt. Wie ich dir schon ebend sagte, ich bin berühmt deswegen. Das geerbte Geld und die verdienten Gelder von den ersten Jahren, was ich an Mr. Jaggers geschickt hab – alles für dich. Als er zum erstenmal zu dir kam, war das wegen meinem Brief.«

Oh, wäre er doch niemals gekommen! Hätte er mich nur in der Schmiede gelassen, wo ich zwar bei weitem nicht zufrieden, aber im Vergleich zu jetzt glücklich war!

»Und siehste, mein lieber Junge, dann war's mein Lohn, im stillen zu wissen, daß ich 'nen feinen Herrn mache. Da konnten mir die Vollblutpferde von den Kolonisten Staub ins Gesicht schleudern, wenn ich spazierenging. Was sage ich mir? Ich sage zu mir selbst: ›Ich mach 'nen viel beßren feinen Herrn, wie ihr seid!‹ Wenn einer von denen zum andern sagt: ›Vor ein paar Jahren war der 'n Sträfling. Bei all seinem Glück is er 'n unwissender, gewöhnlicher Bursche‹, was sag ich da? Ich sage zu mir selbst: ›Wenn ich auch kein feiner Herr bin und auch keine Bildung nich hab, besitze ich aber so einen. Jeder von euch hat Vieh und Land, aber wer von euch besitzt einen feinen Herrn, der in London erzogen worden is?‹ So hab ich mich in Gang gehalten. Und so hab ich mir immer vorgestellt, daß ich ganz bestimmt eines Tages meinen Jungen sehen werde und mich in seiner Wohnung mit ihm bekannt mache.«

Er legte mir seine Hand auf die Schulter. Nach allem, was

ich wußte, schauderte ich bei dem Gedanken, daß an seiner Hand Blut kleben konnte.

»Es war nich leicht, Pip, alles dazulassen, und es war auch unsicher. Aber ich bin dabei geblieben, und je schwerer es war, desto fester blieb ich dabei. Ich war fest entschlossen und meine Gedanken ganz darauf aus. Schließlich hab ich's geschafft. Mein lieber Junge, ich hab's geschafft!«

Ich versuchte, meine Gedanken zu sammeln, aber ich war wie gelähmt. Zwischendurch hatte ich mich mehr um den Wind und Regen als um ihn gekümmert. Sogar jetzt konnte ich seine Stimme nicht von den Geräuschen draußen trennen, obwohl diese laut und seine Worte leise waren.

»Wo wirst du mich unterbringen?« fragte er bald darauf. »Ich muß doch irgendwo unterkommen, mein Junge.«

»Zum Schlafen?« fragte ich.

»Ja. Um lange und fest zu schlafen«, antwortete er, »denn ich bin viele Monate vom Meer durchgerüttelt worden.«

»Mein Freund und Gefährte ist nicht da«, sagte ich und stand vom Sofa auf. »Sie können sein Zimmer haben.«

»Er wird doch nicht morgen schon zurückkommen?«

»Nein«, antwortete ich trotz meiner Bemühungen fast automatisch, »morgen noch nicht.«

»Sieh mal, mein Junge«, sagte er mit gedämpfter Stimme und tippte nachdrücklich mit einem Finger auf meine Brust, »weil ich nämlich vorsichtig sein muß.«

»Was meinen Sie damit? Vorsichtig?«

»Bei Gott, es bedeutet Tod!«

»Wieso Tod?«

»Ich bin auf lebenslänglich verbannt worden. Es bedeutet Tod, wieder herzukommen. Mir hängt 'ne Menge von den vergangenen Jahren an, und ich würde mit Sicherheit aufgeknüpft werden, wenn sie mich erwischen.«

Das war zuviel. Dieser unselige Mensch, der mich jahrelang mit seinen Ketten aus Gold und Silber belastet hatte, mußte nun auch noch sein Leben riskieren, um zu mir zu kommen.

Und ich hielt es in meiner Hand! Wenn ich ihn geliebt und nicht verabscheut hätte, wenn ich mich voller Bewunderung zu ihm hingezogen gefühlt hätte und nicht voller Widerwillen vor ihm zurückgeschreckt wäre, hätte es nicht schlimmer sein können. Im Gegenteil, es wäre besser gewesen, weil seine Sicherheit dann eine ganz natürliche Herzensangelegenheit für mich gewesen wäre.

Meine erste Sorge war, die Fensterläden zu schließen, damit von draußen kein Lichtschein zu sehen war, und danach die Türen zu schließen und zu verriegeln. Währenddessen stand er am Tisch, trank Rum und knabberte Kekse. Als ich ihn dabei beobachtete, sah ich wieder vor mir, wie mein Sträfling in den Marschen seine Mahlzeit verschlang. Fast glaubte ich, er müßte sich sogleich niederbeugen und an seinem Fußgelenk das Eisen durchfeilen.

Nachdem ich in Herberts Zimmer gegangen war und sämtliche Verbindungstüren zum Treppenhaus verschlossen hatte – es war nur noch durch das Zimmer zu erreichen, in dem unsere Unterhaltung stattgefunden hatte –, fragte ich ihn, ob er zu Bett gehen wolle. Ja, das wollte er, bat mich aber, ihm am Morgen etwas »Wäsche für den feinen Herrn« zurechtzulegen. Ich holte sie hervor und legte sie ihm hin, und wieder überrieselte es mich eiskalt, als er erneut nach meinen Händen griff, um mir eine gute Nacht zu wünschen.

Ich weiß nicht mehr, wie ich von ihm loskam. Jedenfalls brachte ich in dem Zimmer, in dem wir beisammengesessen hatten, das Feuer wieder in Gang und setzte mich daneben, weil ich mich fürchtete, schlafen zu gehen. Wohl eine Stunde lang war ich wie gelähmt und unfähig zu denken. Und erst als ich dazu imstande war, wurde ich mir voll bewußt, was für einen Schiffbruch ich erlitten hatte und daß das Schiff, mit dem ich gesegelt war, untergegangen war.

Miss Havishams Pläne mit mir nichts als ein Traum! Estella nicht für mich bestimmt. Ich in Haus »Satis« nur geduldet, um habgierigen Verwandten ein Dorn im Auge zu sein. Eine

Puppe mit einem künstlichen Herzen war ich, mit der man spielen konnte, solange nichts Besseres vorhanden war. Das waren meine ersten schmerzlichen Überlegungen. Die heftigste Pein bereitete mir der Gedanke, daß ich wegen des Sträflings, der weiß ich welcher Verbrechen schuldig war und aus diesen Zimmern hier abgeholt und in Old Bailey gehängt werden konnte, Joe im Stich gelassen hatte.

Auf keinen Fall wäre ich jetzt wieder zu Joe und Biddy zurückgekehrt. Vermutlich deshalb nicht, weil das Gefühl für mein niederträchtiges Verhalten ihnen gegenüber stärker war als jede andere Überlegung. Dabei hätte mich nichts auf der Welt besser trösten können als ihre Schlichtheit und Treue. Aber nie wieder konnte ich das gutmachen, was ich ihnen angetan hatte.

In jedem Windstoß und Regenguß glaubte ich die Verfolger zu hören. Zweimal hätte ich schwören mögen, daß an die Tür geklopft und draußen geflüstert wurde. Mit solcher Angst im Nacken begann ich, mir vorzustellen beziehungsweise ins Gedächtnis zurückzurufen, daß ich durch geheimnisvolle Zeichen vor dem Auftauchen dieses Mannes gewarnt worden bin. So waren vor etlichen Wochen Gesichter auf der Straße an mir vorbeigegangen, die ich für seins gehalten hatte. Diese Doppelgänger waren um so häufiger geworden, je mehr er sich auf seinem Wege hierher genähert hatte. Seine verruchte Seele hatte irgendwie derartige Botschaften an mich gesandt, und an diesem stürmischen Abend stand er, seinem Wort getreu, vor mir. Zu diesen Überlegungen kam die Erinnerung, wie er in meinen kindlichen Augen ein furchtbar grausamer Mann gewesen war, wie ich den anderen Sträfling laufend wiederholen hörte, er hätte versucht, ihn zu ermorden, wie er im Graben gelegen und sich loszureißen versucht und wie ein wildes Tier gekämpft hatte. Nach diesen Gedanken beschlich mich die Angst, es könnte recht unsicher sein, in dieser stürmischen Nacht hier mit ihm allein eingeschlossen zu sein. Die Furcht wuchs und erfüllte das Zimmer und trieb mich dazu, eine Kerze zu nehmen und nach meiner schrecklichen Bürde zu schauen.

Er hatte sich ein Taschentuch um den Kopf gebunden. Sein Gesicht sah im Schlaf entschlossen und drohend aus. Doch er schlief ganz ruhig, obwohl auf seinem Kopfkissen eine Pistole lag. Als ich mich dadurch sicherer fühlte, zog ich leise den Schlüssel zu seiner Tür ab und steckte ihn von außen hinein, ehe ich mich wieder am Kamin niederließ. Allmählich glitt ich vom Sessel hinunter und lag schließlich auf dem Fußboden. Als ich aufwachte, ohne daß ich im Schlaf das Empfinden für mein Unglück losgeworden wäre, schlugen die Glocken im Osten Londons fünf Uhr. Die Kerzen waren heruntergebrannt, das Feuer war erloschen, und Wind und Regen verstärkten noch die undurchdringliche Finsternis.

Das ist das Ende des zweiten Abschnitts von Pips Erwartungen.

40. Kapitel

Zum Glück mußte ich für die Sicherheit meines furchterregenden Gastes Vorsorge treffen (soweit ich das konnte), denn diese Aufgabe, die mich beim Erwachen bedrückte, drängte die Fülle meiner anderen, sich überstürzenden Gedanken beiseite.

Es war ganz klar, daß ich ihn in den Zimmern nicht verbergen konnte. Schon der Versuch hätte Verdacht erregen müssen. Der Rachegeist stand zwar nicht mehr in meinen Diensten, ich wurde aber von einer aufrührerischen, alten Frau versorgt, die sich von einer Schlampe, angeblich ihrer Nichte, helfen ließ. Ein Zimmer vor diesen beiden Frauen verschlossen zu halten würde nur ihre Neugier wecken und sie zu Übertreibungen bringen. Beide hatten schwache Augen, was ich lange darauf zurückführte, daß sie laufend durch Schlüssellöcher spähten. Sie waren immer dann zur Stelle, wenn man sie nicht brauchte. Außer Diebstahl war das die einzige Eigenschaft, auf die Verlaß war. Um mit diesen Leuten keine Heimlichkeit zu haben, beschloß ich, ihnen am nächsten Morgen mitzuteilen, daß mein Onkel vom Lande unerwartet eingetroffen sei.

Diesen Plan faßte ich, während ich im Dunkeln herumtappte und alles Nötige zum Lichtanzünden suchte. Da ich diese Dinge nicht fand, wollte ich zum nahen Pförtnerhäuschen gehen und den Nachtwächter mit seiner Laterne bitten herzukommen. Als ich mich auf der dunklen Treppe hinuntertastete, fiel ich über etwas, und dieses Etwas war ein in der Ecke kauernder Mann.

Da der Mann auf meine Frage, was er dort zu suchen habe, keine Antwort gab und vor meiner Berührung schweigend auswich, lief ich zur Pförtnerloge und bat den Nachtwächter, schnell mitzukommen; auf dem Wege erzählte ich ihm von dem Vorfall. Der Wind tobte noch immer, und wir hatten nicht die Absicht, das Laternenlicht ausblasen zu lassen, indem wir die verloschenen Lampen im Treppenhaus erneut anzündeten. Wir durchsuchten das Treppenhaus von oben bis unten, fanden jedoch niemand. Ich hielt es für möglich, daß sich der Mann in meine Wohnung geschlichen hatte. Deshalb entzündete ich meine Kerze an der Laterne des Nachtwächters, ließ ihn vor der Tür stehen, durchsuchte die Zimmer genau, auch das, in dem mein furchterregender Gast schlief. Alles blieb still, und es befand sich bestimmt kein anderer in diesen Räumen.

Daß gerade in dieser Nacht jemand auf der Treppe herumgelungert haben sollte, beunruhigte mich, und ich fragte den Nachtwächter, dem ich, in der Hoffnung auf eine aufschlußreiche Auskunft, einen Schluck angeboten hatte, ob er irgendwelche Herren durch sein Tor eingelassen habe, die offenbar auswärts gegessen hatten. Ja, sagte er, zu verschiedenen Zeiten im Laufe des Abends, und zwar drei. Einer wohne im

Fountain Court, die beiden anderen in der Lane, und er habe sie alle drei nach Hause gehen sehen. Andererseits befand sich der einzige Mitbewohner meines Hauses seit mehreren Wochen auf dem Lande. Er war in dieser Nacht bestimmt nicht zurückgekehrt, denn wir hatten im Vorbeigehen gesehen, daß das Siegel an seiner Tür unbeschädigt war.

»Die Nacht ist so schlecht, Sir«, sagte der Nachtwächter, als er mir das Glas zurückgab, »da sind weniger Leute als sonst an mein Tor gekommen. Außer den drei Herren, die ich erwähnt habe, erinnere ich mich an keinen weiter, der noch nach elf Uhr gekommen wäre. Bloß der Fremde, der nach Ihnen gefragt hat.«

»Ja, mein Onkel«, murmelte ich.

»Sie haben ihn gesehen, Sir?«

»Ja, natürlich.«

»Auch den Mann, der bei ihm war?«

»Ein Mann bei ihm?« wiederholte ich.

»Ich dachte, der Mann gehörte zu ihm«, erwiderte der Pförtner. »Der Mann blieb stehen, als er stehenblieb, um sich bei mir zu erkundigen, und der Mann ging weiter, als er weiterging.«

»Wie sah der Mann aus?«

Der Nachtwächter hatte nicht sonderlich darauf geachtet. Er meinte, es sei ein Arbeiter gewesen, denn unter dem dunklen Mantel trug er einen staubfarbenen Anzug. Der Pförtner nahm die Angelegenheit natürlich leichter auf als ich, denn er hatte ja keinen Grund, der Sache – wie ich – Gewicht beizumessen.

Als ich ihn losgeworden war, indem ich keine längeren Ausführungen mehr machte, war ich durch diese beiden zusammentreffenden Umstände innerlich stark beunruhigt. Eigentlich lösten sie sich, einzeln betrachtet, als harmlos auf. Zum Beispiel konnte einer, der auswärts gegessen hatte, am Pförtnerhäuschen ungesehen vorbeigegangen, in mein Treppenhaus geraten und dort eingeschlafen sein. Mein unbekannter Besucher konnte auch jemand mitgebracht haben, der ihm den Weg gewiesen hatte. Doch zusammengenommen wirkten sie auf einen wie mich, der durch die Ereignisse der letzten Stunden mißtrauisch und ängstlich geworden war, bedrohlich.

Ich zündete das Kaminfeuer an, das zu dieser frühen Stunde nur flackernd brannte, und schlummerte wieder ein. Mir kam es vor, als ob ich die ganze Nacht geschlafen hätte, als die Uhren erst sechs schlugen. Da bis zum Tagesanbruch noch etwa eineinhalb Stunden vergehen mochten, nickte ich wieder ein. Mal wachte ich unruhig auf, weil ich eine lebhafte Unterhaltung hörte, dann wegen des heulenden Sturms im Kamin. Schließlich sank ich in einen tiefen Schlaf, aus dem ich erst durch das helle Tageslicht hochschreckte.

Während der ganzen Zeit hatte ich meine Lage nicht überdenken können, und auch jetzt gelang es mir nicht. Mir fehlte einfach die Kraft, mich damit zu befassen. Ich war völlig niedergeschlagen und unglücklich. Irgendwelche Pläne für die Zukunft zu schmieden war mir so unmöglich, wie etwa einen Elefanten zu dressieren. Als ich die Fensterläden öffnete und in den nassen, stürmischen, bleigrauen Morgen hinausblickte, als ich von einem Zimmer ins andere ging und mich fröstelnd wieder an den Kamin setzte und auf die Putzfrau wartete, ging mir durch den Sinn, wie unglücklich ich war; ich wußte aber kaum, weshalb oder wie lange ich mich schon elend fühlte oder welchen Wochentag wir schrieben oder wer ich überhaupt war.

Schließlich kamen die alte Frau und ihre Nichte – bei der letzteren konnte man den Kopf kaum von ihrem staubigen Besen unterscheiden – und wunderten sich, mich am Kaminfeuer vorzufinden. Ich erzählte ihnen, daß mein Onkel in der Nacht gekommen sei und hier schlafe, und bat sie, das Frühstück dementsprechend zuzubereiten. Dann wusch ich mich und zog mich an, während sie mit den Möbeln polterten und Staub aufwirbelten. Halb im Traum und wie ein Nachtwandler fand ich mich wieder am Kamin vor und wartete, daß *er* zum Frühstück käme.

Bald darauf öffnete sich seine Tür, und er kam heraus. Ich konnte seinen Anblick nicht ertragen und fand, daß er bei Tage noch schrecklicher aussah.

»Ich weiß nicht einmal«, sagte ich leise, als er am Tisch Platz nahm, »wie ich Sie nennen soll. Ich habe Sie als meinen Onkel ausgegeben.«

»Recht so, mein Junge! Nenn mich Onkel!«

»Ich nehme an, Sie haben sich an Bord des Schiffes einen Namen zugelegt.«

»Ja, mein Junge. Ich hab mich Provis genannt.«

»Wollen Sie diesen Namen beibehalten?«

»Aber ja, mein Junge, er is nich schlechter als andre – es sei denn, du möchtest einen andren.«

»Wie heißen Sie denn wirklich?« fragte ich ihn im Flüsterton.

»Magwitch«, antwortete er im gleichen Ton, »mit Vornamen Abel.«

»Wozu sind Sie erzogen worden?«

»Ungeziefer zu sein, mein Junge.«

Er antwortete ganz ernsthaft und gebrauchte das Wort, als ob es sich um einen Beruf handelte.

»Als Sie gestern abend in den Temple kamen . . .«, sagte ich und stockte, denn ich wunderte mich, daß es wirklich erst gestern abend gewesen sein sollte. Mir schien es endlos lange her zu sein.

»Ja, mein Junge?«

»Als Sie durchs Tor kamen und den Pförtner nach dem Weg hierher fragten, hatten Sie da jemand bei sich?«

»Bei mir? Nein, mein Junge.«

»Aber es war doch jemand hinter Ihnen?«

»Ich hab nich so drauf geachtet«, sagte er zögernd, »weil ich die Gegend hier nich kannte. Aber mir is so, als ob da jemand hinter mir hergekommen is.«

»Sind Sie in London bekannt?«

»Ich hoffe, nich!« sagte er und gab seinem Hals mit dem Zeigefinger einen Ruck, daß mir heiß und kalt wurde.

»Waren Sie früher in London bekannt?«

»Nich übermäßig, mein Junge. Meistens war ich in der Provinz.«

»Wurden Sie in London – vor Gericht gestellt?«

»Welches Mal?« fragte er mit stechendem Blick.

»Beim letzten Mal.«

Er nickte. »Bin dabei Mr. Jaggers 's erste Mal begegnet. Jaggers war für mich.«

Ich hatte schon die Frage auf der Zunge, weswegen er verurteilt worden war, doch er holte sein Messer hervor, schwang es mit den Worten: »Was ich getan hab, is abgearbeitet und verbüßt!« und machte sich über sein Frühstück her.

Er aß heißhungrig, was sehr abstoßend wirkte, und seine Bewegungen waren ungelenk, geräuschvoll und gierig. Seit ich ihn in den Marschen hatte essen sehen, waren ihm ein paar Zähne ausgegangen, und als er das Essen im Mund hin und her bewegte und den Kopf schief hielt, damit er seine starken Eckzähne arbeiten lassen konnte, glich er auf erschreckende Weise einem alten, hungrigen Hund.

Hätte ich mit Appetit angefangen, so wäre er mir vergangen. Nun saß ich angewidert und mit einer unüberwindlichen Abneigung gegen ihn da und starrte düster auf das Tischtuch.

»Ich bin ein tüchtiger Freßsack, mein Junge«, sagte er als eine Art höflicher Entschuldigung, nachdem er die Mahlzeit vertilgt hatte, »aber das war ich schon immer. Wenn ich anders veranlagt gewesen wär, wär ich vleicht in weniger Schwierigkeiten geraten. Ich muß auch immer was zu rauchen ham. Als ich drüben am andern Ende der Welt als Schafhirt gearbeitet hab, wär ich selbst mit Sicherheit so 'n dummes, melkoholisches Schaf geworden, wenn ich nich hätt rauchen gekonnt.«

Während er das sagte, erhob er sich vom Tisch, langte in die Brusttasche seiner Matrosenjacke und holte eine kurze, schwarze Pfeife sowie eine Handvoll losen Tabak hervor, der »Negerhaar« genannt wird. Nachdem er seine Pfeife gestopft hatte, verstaute er den restlichen Tabak in seiner Hosentasche, als wäre sie ein Schubfach. Mit der Kohlenzange nahm er ein Stückchen Glut aus dem Kamin und zündete sich die Pfeife damit an. Dann drehte er sich auf dem Kaminvorleger mit dem Rücken zum Feuer und streckte mir – offenbar war das seine Lieblingsgeste – beide Hände entgegen.

»Und das is also«, sagte er und schwenkte meine Hände hoch und runter, während er Rauchwolken aus seiner Pfeife stieß, »und das is also der feine Herr, den ich gemacht hab! Der richtige, echte! Es tut mir wohl, dich anzusehen, Pip. Das einzige, was ich möchten tu, is, dazustehn und dich anzusehn, mein Junge.«

So bald wie möglich befreite ich meine Hände und stellte fest, daß ich mich langsam daran gewöhnte, über meine Lage nachzudenken. An wen ich gekettet war und wie fest, wurde mir klar, als ich seine heisere Stimme hörte und seinen zerfurchten Glatzkopf mit dem grauen Haar an den Seiten betrachtete.

»Ich will meinen feinen Herrn nich zu Fuß im Straßendreck sehn. An *seinen* Schuhen darf kein Schmutz sein. Mein feiner Herr muß Pferde ham, Pip. Pferde zum Reiten und Pferde zum Kutschieren und genauso Pferde für seinen Diener zum Reiten und Kutschieren. Solln nur die Kolonisten ihre Pferde ham (und was für Rassepferde, du lieber Gott!) und mein feiner Herr in London etwa nich? Nein, nein. Wir werden's ihnen schon zeigen, was, Pip?«

Er zog aus seiner Hose eine dicke Brieftasche hervor, die zum Bersten mit Banknoten gefüllt war, und schleuderte sie auf den Tisch.

»In der Brieftasche hier is was drin, das lohnt sich auszugeben. Es is deins. Alles, was ich habe, is nich meins, 's is deins.

Hab keine Bange nich. Da is noch mehr, von wo das herstammt. Ich bin in die alte Heimat gekommen, weil ich sehn will, daß mein feiner Herr sein Geld auch wie 'n feiner Herr ausgibt. Das wird *mein* Vergnügen sein. *Mein* Vergnügen soll's sein, dabei zuzusehn. Der Teufel soll sie alle holn!« rief er abschließend, blickte sich im Zimmer um und schnippte laut mit den Fingern. »Der Teufel soll sie holn, vom Richter mit seiner Perücke bis zu den Kolonisten, die den Staub aufwirbeln. Ich werd ihnen 'nen feinen Herrn zeigen, der die ganze Sippschaft in die Tasche steckt!«

»Hören Sie auf!« sagte ich, fast wahnsinnig vor Angst und Widerwillen. »Ich möchte mit Ihnen sprechen. Ich möchte wissen, was geschehen soll. Ich möchte wissen, wie ich Sie vor Gefahren schützen kann, wie lange Sie bleiben werden und welche Pläne Sie haben.«

»Sieh mal, Pip«, sagte er und legte in einem plötzlich veränderten und beinahe unterwürfigen Tonfall seine Hand auf meinen Arm. »Sieh mal, erstens hab ich mich vorhin gehenlassen. Was ich gesagt hab, war gemein. Das war's, gemein. Ach, Pip. Sieh drüber weg. Ich werd nich wieder gemein sein.«

»Das wichtigste ist«, sagte ich stöhnend, »welche Vorsichtsmaßnahmen wir treffen können, damit Sie nicht entdeckt und gefaßt werden.«

»Nein, mein Junge«, sagte er im gleichen Ton wie vorher, »das is nich das wichtigste. Gemeinheit is wichtiger. Ich hab nich so viele Jahre gebraucht, einen feinen Herrn zu machen, ohne zu wissen, was ihm zukommt. Ach, Pip. Ich war gemein. Das war's, gemein. Sieh drüber weg, mein Junge.«

Diese schreckliche und zugleich lächerliche Szene veranlaßte mich zu einem gereizten Lachen, als ich erwiderte: »Ich *habe* ja darüber hinweggesehen. In Gottes Namen, reden Sie nicht mehr davon!«

»Ja, aber sieh mal«, beharrte er. »Mein lieber Junge, ich komm doch nich von so weit her und bin dann so gemein.

Nun, sprich weiter, mein Junge. Du wolltest doch was sagen...«

»Wie kann man Sie vor der Gefahr schützen, der Sie sich ausgesetzt haben?«

»Ach, mein Junge, die Gefahr is nich so groß. Wenn ich nich wieder angezeigt werde, is die Gefahr nich der Rede wert. Da is Jaggers, da is Wemmick, und da bist du. Wer sonst sollte mich anzeigen?«

»Gibt es keinen, der Sie auf der Straße erkennen könnte?«

»Nun, das sind nich viele«, meinte er. »Ich hab auch nich die Absicht, in der Zeitung anzukündigen, daß A. M. aus Botany Bay zurück is. Außerdem sind viele Jahre vergangen, und wer hätte einen Nutzen daraus? Sieh mal, Pip, auch wenn die Gefahr fünfzigmal größer gewesen wäre, wär ich trotzdem hergekommen, um dich wiederzusehn, weißt du?«

»Und wie lange wollen Sie bleiben?«

»Wie lange?« fragte er, nahm die schwarze Pfeife aus dem Mund und starrte mich entgeistert an. »Ich geh nich wieder zurück. Ich bin für immer gekommen.«

»Wo wollen Sie wohnen? Was soll mit Ihnen geschehen? Wo werden Sie sicher sein?«

»Mein lieber Junge«, erwiderte er, »da gibt's Perücken zu kaufen und Haarpuder und Brillen und dunkle Kleidung und Shorts und was weiß ich. Andre vor mir ham's so gemacht und warn sicher, und was andre vorher gemacht ham, können andre wieder machen. Was das Wo und Wie von meinem Wohnen angeht, mein Junge, sag mir deine Meinung dazu.«

»Sie nehmen jetzt alles ziemlich auf die leichte Schulter«, sagte ich, »aber noch gestern abend war es Ihnen Ernst, und Sie beteuerten, es könnte Ihr Tod sein.«

»Und ich schwöre, es bedeutet Tod«, sagte er und steckte die Pfeife wieder in den Mund, »Tod durch den Strang, auf offener Straße, nich weit von hier, und es is Ernst, daß du dir darüber im klaren bist. Doch was soll's? Es is nun mal so. Ich bin hier. Jetzt zurückzugehen wäre genauso schlecht wie hierzubleiben, noch schlechter. Außerdem, Pip, bin ich hier, weil ich dann bei dir bin, wie ich's mir jahrelang vorgenommen hatte. Was wage ich schon? Ich bin 'n alter Vogel und vielen Fallen entgangen, seit ich flügge bin, und ich hab keine Angst, mich auf 'ne Vogelscheuche zu setzen. Wenn der Tod drunter lauert, dann soll er rauskommen, na schön, und ich werd ihm ins Gesicht sehn, und dann glaube ich dran, eher nich. Aber nun laß mich meinen feinen Herrn noch einmal ansehn.«

Abermals nahm er mich bei beiden Händen und betrachtete mich mit einer Art Besitzerstolz. Dabei rauchte er die ganze Zeit mit sichtlichem Behagen.

Ich hielt es für das beste, ihm ganz in der Nähe eine sichere Unterkunft zu besorgen, in der er bleiben konnte, wenn Herbert heimkehrte. Ich erwartete ihn nämlich in zwei, drei Tagen zurück. Mir war klar, daß es unbedingt notwendig war, Herbert dieses Geheimnis anzuvertrauen, ganz abgesehen von der großen Erleichterung, die es für mich bedeuten würde, es mit ihm zu teilen. Nur Mr. Provis (ich hatte beschlossen, ihn bei diesem Namen zu nennen) war die Sache keineswegs klar; er wollte seine Zustimmung, Herbert einzuweihen, erst geben, wenn er ihn selbst gesehen hatte und sich von seinem Äußeren ein Urteil bilden konnte. »Und sogar dann, mein Junge«, sagte er und zog ein kleines, schwarzes, mit einer Klammer versehenes Testament aus der Tasche, »werden wir ihn schwören lassen.«

Zu behaupten, daß mein schrecklicher Wohltäter dieses kleine, schwarze Buch nur deswegen in der ganzen Welt mit sich herumgeschleppt hat, weil er Leuten in Notfällen einen Schwur darauf abnehmen wollte, hieße, etwas zu behaupten, was ich nicht beweisen konnte. Aber das eine kann ich sagen, daß er es meines Wissens zu keinem anderen Zweck verwendet hat. Das Buch sah so aus, als habe er es aus einem Gerichtssaal gestohlen. Vielleicht gaben ihm die Kenntnis von dessen vorherigen Besitzern und seine eigene Erfahrung in dieser Hinsicht das Vertrauen in das Buch als eine Art Zaubermittel.

Als er es nun zum erstenmal auf diese Weise benutzte, erinnerte ich mich, wie er mich vor langer Zeit auf dem Friedhof hatte Treue schwören lassen und wie er mir am Abend zuvor erzählt hatte, daß er auch in der Abgeschiedenheit seine Entschlüsse geschworen habe.

Da er noch die Seemannskleidung trug, in der er wie einer aussah, der Papageien und Zigarren zum Verkauf anbietet, besprach ich als nächstes mit ihm, was er anziehen sollte. Er hatte es sich in den Kopf gesetzt, als Verkleidung kurze Hosen zu tragen, und hatte in Gedanken bereits einen Anzug entworfen, in dem er wie ein Mittelding zwischen einem Geistlichen und einem Zahnarzt aussehen würde. Nur mit größter Mühe konnte ich ihn dazu bewegen, sich mehr wie ein wohlhabender Farmer zu kleiden. Wir vereinbarten, daß er sich das Haar kurz schneiden lassen und ein wenig pudern sollte. Da ihn die Aufwartung und ihre Nichte noch nicht gesehen hatten, sollte er aus ihrem Gesichtskreis verschwinden, bis seine Aufmachung erfolgt war.

Man sollte meinen, diese Vorkehrungen wären ein leichtes gewesen, doch bei meinem Zustand der Verwirrung, um nicht zu sagen des Wahnsinns, war es zwei oder drei Uhr nachmittags geworden, ehe ich mich an die Erledigung machte. Während ich fortging, sollte er sich in den Zimmern einschließen und unter keinen Umständen die Tür öffnen.

In der Essex Street lag, soviel ich wußte, eine angesehene Pension, deren Rückseite auf den Temple sah und von meinem Fenster aus in Rufweite entfernt war. Zuerst ging ich dorthin und war froh, daß ich das zweite Stockwerk für meinen Onkel, Mr. Provis, mieten konnte. Danach lief ich von einem Geschäft zum anderen und tätigte Einkäufe, die zu seiner Verwandlung nötig waren. Nachdem ich diese Sache erledigt hatte, begab ich mich aus freien Stücken nach Little Britain. Mr. Jaggers saß an seinem Schreibtisch, erhob sich jedoch sofort, als er mich eintreten sah, und stellte sich an den Kamin.

»Nun, Pip«, sagte er, »seien Sie vorsichtig.«

»Das werde ich sein, Sir«, erwiderte ich, denn auf dem Wege hierher hatte ich mir gut überlegt, was ich sagen wollte.

»Bringen Sie sich nicht selbst in Gefahr«, sagte Mr. Jaggers, »und gefährden Sie auch keinen anderen. Verstehen Sie – auch keinen anderen. Sie brauchen mir nichts zu erzählen. Ich will gar nichts wissen. Ich bin nicht neugierig.«

Natürlich merkte ich, daß er von der Ankunft des Mannes wußte.

»Mr. Jaggers, ich möchte mich nur vergewissern, ob das stimmt, was man mir erzählt hat. Ich habe kaum Hoffnung, daß es nicht stimmt, möchte aber die Wahrheit feststellen.«

Mr. Jaggers nickte. »Aber was haben Sie gesagt: Man hat Ihnen ›erzählt‹ oder hat Sie ›wissen lassen‹?« fragte er mich. Dabei hielt er den Kopf schief und sah mich nicht an, sondern betrachtete versonnen den Fußboden. »›Erzählt‹ würde bedeuten, daß Sie persönlich mit jemand gesprochen haben. Hören Sie mal, Sie können doch nicht mit einem Mann in New South Wales persönlich sprechen.«

»Nehmen wir an, man hat es mich wissen lassen, Mr. Jaggers.«

»Gut.«

»Ein Mann namens Abel Magwitch hat mich wissen lassen, daß er der mir so lange unbekannte Wohltäter ist.«

»Das ist der Mann – in New South Wales«, sagte Mr. Jaggers.

»Und nur er allein?« fragte ich.

»Und nur er allein«, sagte Mr. Jaggers.

»Ich bin nicht so unvernünftig, Sir, Sie auch nur im geringsten für meine Fehler und falschen Schlußfolgerungen verantwortlich zu machen, aber ich habe bisher angenommen, Miss Havisham sei meine Gönnerin.«

»Wie Sie schon sagen, Pip«, antwortete Mr. Jaggers, betrachtete mich kühl und kaute an seinem Zeigefinger, »dafür bin ich nicht im entferntesten verantwortlich.«

»Und doch hatte es allen Anschein, Sir«, wandte ich niedergeschlagen ein.

»Keine Spur eines Beweises, Pip«, sagte Mr. Jaggers, schüttelte den Kopf und raffte seine Rockschöße zusammen. »Geben Sie nichts auf den Anschein, sondern nur auf Beweise. Einen besseren Grundsatz gibt es nicht.«

»Mehr habe ich nicht zu sagen«, bemerkte ich seufzend, nachdem ich eine Weile stumm dagestanden hatte. »Ich habe die Mitteilung überprüft, das wär's.«

»Und Magwitch – in New South Wales – hat sich also zu erkennen gegeben«, sagte Mr. Jaggers. »Sie werden bemerkt haben, Pip, wie streng ich mich stets während unserer geschäftlichen Verbindung an die Tatsachen gehalten habe. Ich bin niemals im geringsten davon abgewichen. Sind Sie sich darüber im klaren?«

»Völlig, Sir.«

»Ich habe Magwitch – in New South Wales –, als er mir das erste Mal aus New South Wales schrieb, mitgeteilt, er dürfe von mir nicht erwarten, daß ich von der strengen Linie abweiche. Ich habe ihn auch noch in anderer Hinsicht gewarnt. Aus seinem Brief hatte ich die versteckte Andeutung entnommen, daß er die Absicht habe, Sie hier in England aufzusuchen. Ich schrieb ihm, davon wollte ich nichts gehört haben, denn es sei sehr unwahrscheinlich, daß er begnadigt werden würde, daß er auf Lebenszeit verbannt sei und daß es als ein Verbrechen angesehen werden würde, wenn er in dieses Land zurückkehrte, und er mit der Höchststrafe zu rechnen hätte. Diese Warnung habe ich Magwitch nach New South Wales geschrieben«, sagte Mr. Jaggers und sah mich scharf an. »Er hat sich zweifellos daran gehalten.«

»Zweifellos«, sagte ich.

»Von Wemmick habe ich gehört«, fuhr Mr. Jaggers fort und musterte mich noch immer durchdringend, »daß er einen Brief aus Portsmouth erhalten habe, und zwar von einem Kolonisten namens Purvis oder . . .«

»Oder Provis«, verbesserte ich.

»Oder Provis, danke, Pip. Vielleicht kennen Sie Provis.«

»Ja.«

»Sie wissen, daß es Provis ist. Ein Brief aus Portsmouth, von einem Kolonisten namens Provis, in dem im Auftrag von Magwitch nach Ihrer genauen Adresse gefragt wurde. Soviel ich weiß, hat ihm Wemmick postwendend diese Einzelheiten mitgeteilt. Wahrscheinlich haben Sie durch Provis die Aufklärung über diesen Magwitch in – New South Wales – erhalten.«

»Ich erfuhr durch Provis davon«, antwortete ich.

»Auf Wiedersehen, Pip«, sagte Mr. Jaggers und reichte mir die Hand, »es hat mich sehr gefreut, Sie zu sehen. Hätten Sie die Güte, wenn Sie an Magwitch in New South Wales schreiben oder über Provis mit ihm in Verbindung treten, zu erwähnen, daß die Angaben und Belege unserer langen Rechnungsführung zusammen mit dem Überschuß an Sie geschickt werden. Es ist noch ein Überschuß vorhanden. Auf Wiedersehen, Pip!«

Wir reichten uns die Hände, und er sah mich scharf an, bis ich aus seinem Blickfeld verschwunden war. An der Tür drehte ich mich um, und noch immer sah er mich durchdringend an, während es schien, als versuchten die beiden scheußlichen Gipsköpfe auf dem Regal, ihre Augenlider zu heben und aus ihren verschwollenen Kehlen herauszupressen: »Oh, was ist das für ein Mensch!«

Wemmick war ausgegangen, und selbst wenn er an seinem Pult gewesen wäre, hätte er nichts für mich tun können. Ich ging auf dem kürzesten Weg zum Temple zurück, wo ich den schrecklichen Provis in Sicherheit und damit beschäftigt fand, Grog zu trinken und »Negerhaar« zu rauchen.

Am nächsten Tag wurden die Kleidungsstücke, die ich bestellt hatte, ins Haus gebracht, und er probierte sie an. Was er auch anzog, es paßte für mein Empfinden noch weniger zu ihm als die alten Sachen. Ich hatte den Eindruck, daß irgend etwas an ihm jede Verkleidung unwirksam machte. Je mehr und je besser ich ihn ausstaffierte, desto ähnlicher wurde er dem verkommenen Flüchtling in den Marschen. Zweifellos lag diese Vorstellung zum Teil daran, daß mir sein Gesicht und sein Verhalten immer vertrauter wurden. Außerdem glaubte ich zu sehen, daß er das eine Bein nachschleppte, als hätte er noch das Eisen am Fuß, und daß er vom Kopf bis zu den Zehen als Sträfling zu erkennen war.

Die Einflüsse seines einsamen Hirtenlebens hafteten ihm noch an und verliehen ihm etwas Wildes, was auch nicht durch andere Kleider gemildert werden konnte. Dazu kamen die Einflüsse seines späteren, schändlichen Lebens unter Männern und – was alles übertraf – das Bewußtsein, daß er sich jetzt verstecken mußte. An all seinen Angewohnheiten, ob er saß oder stand, aß oder trank – wie er mit hochgezogenen Schultern grübelte, wie er sein großes Taschenmesser mit dem Horngriff hervorholte, es an den Hosenbeinen abwischte und damit sein Essen schnitt, wie er leichte Gläser und Tassen zum Munde führte, als wären es plumpe Kannen, wie er einen Kanten Brot abschnitt und damit die letzten Reste Soße vom Teller aufnahm, um nichts übrigzulassen, und daran die Finger abtrocknete und das Brot verschlang –, an diesen Gewohnheiten und tausend anderen kleinen Beispielen, die sich viele Male am Tag ergaben, war der Sträfling, Verbrecher, Sklave zu erkennen.

Es war sein eigner Einfall gewesen, das Haar zu pudern, und nachdem ich ihm die kurzen Hosen ausgeredet hatte, genehmigte ich den Puder. Doch ich kann seine Wirkung nur mit der vergleichen, die Schminke an einer Leiche erzielt. Es war entsetzlich, wie alles, was verborgen werden sollte, durch diese dünne Schicht wieder hervortrat und am Kopf zum Vorschein zu kommen schien. Gleich nach dem ersten Versuch wurde das Pudern aufgegeben, und er trug sein graues Haar kurz geschnitten.

Ich kann nicht in Worten ausdrücken, welche Gefühle

mich seinetwegen bewegten, denn er war für mich ein schreckliches Rätsel. Wenn er abends einschlief und seine knotigen Hände die Sessellehnen umklammerten und wenn ihm der kahle, von tiefen Furchen gezeichnete Kopf auf die Brust sank, betrachtete ich ihn und überlegte, was er wohl verbrochen haben mochte. Ich lastete ihm alle nur möglichen Verbrechen an, bis mich das Verlangen überkam, aufzuspringen und vor ihm zu fliehen. Meine Abneigung gegen ihn wuchs von Stunde zu Stunde, und ich hätte diesem Verlangen nach den ersten inneren Kämpfen, ungeachtet all seiner Wohltaten für mich, wahrscheinlich nachgegeben, wenn mich nicht der Gedanke an Herberts baldige Rückkehr gehalten hätte. Eines Nachts bin ich tatsächlich aus dem Bett gesprungen und habe mir die schäbigen Sachen angezogen; ich wollte ihn schnell allein zurücklassen mit allem, was ich besaß, und mich als einfacher Soldat für Indien melden.

Ich zweifle, ob mir in diesen abgelegenen Räumen an diesen langen Abenden und Nächten, in denen es regnete und stürmte, ein Gespenst hätte schrecklicher sein können. Ein Gespenst konnte nicht meinetwegen ergriffen und gehängt werden. Aber die Vorstellung, daß er geholt werden könnte, und die Furcht, daß er wahrscheinlich geholt würde, vergrößerten meine Ängste noch erheblich. Wenn er nicht gerade schlief oder mit seinen abgegriffenen Karten auf komplizierte Weise eine Patience legte – ein Spiel, das ich vorher nicht kannte und auch seitdem nicht wieder gesehen habe und bei dem er seine gewonnenen Runden kenntlich machte, indem er das Taschenmesser in den Tisch steckte –, wenn er weder mit dem einen noch mit dem anderen beschäftigt war, bat er mich, ihm (»in fremder Sprache, mein Junge!«) vorzulesen. Während ich mich dann fügte, stand er gewöhnlich am Kaminfeuer und betrachtete mich, ohne ein einziges Wort zu verstehen, wie ein Aussteller. Ich beobachtete zwischen den Fingern meiner Hand hindurch, mit der ich mein Gesicht beschattete, wie er mit stummen Gebärden den Möbeln bedeutete, meine Kenntnisse zu bewundern. Der Zauberlehrling, der von dem mißgestalteten Geschöpf, das er in seiner Gottlosigkeit selbst gemacht hatte, verfolgt wurde, konnte nicht verzweifelter sein als ich, der von dem Geschöpf verfolgt wurde, das mich gemacht hatte. Und je mehr er mich bewunderte und je größer seine Zuneigung wurde, desto stärker wurde mein Widerwillen.

So wie alles beschrieben ist, könnte man annehmen, es hätte ein Jahr gedauert. Es spielte sich aber in fünf Tagen ab. Da ich Herbert stündlich erwartete, wagte ich nicht wegzugehen, höchstens wenn ich Provis nach Einbruch der Dunkelheit an die frische Luft brachte.

Endlich, eines Abends, als die Mahlzeit beendet und ich übermüdet eingenickt war – denn meine Nächte waren von Unruhe erfüllt, und mein Schlaf wurde von Angstträumen gestört –, weckten mich die ersehnten Schritte im Treppenhaus. Provis, der ebenfalls eingeschlafen war, fuhr bei dem Lärm, den ich machte, hoch, und im Nu sah ich sein Messer in der Hand aufblitzen.

»Keine Bange! Das ist Herbert!« sagte ich, und Herbert stürmte mit der Frische herein, die man von sechshundert Meilen in Frankreich mitbringen konnte.

»Händel, mein lieber Bursche, wie geht's dir? Und noch mal, wie geht's dir? Mir kommt es vor, als wäre ich ein ganzes Jahr lang fort gewesen. Das muß so sein, denn du bist inzwischen blaß und schmal geworden. Händel, mein . . . Hallo! Entschuldige, bitte.«

Als er Provis bemerkte, hielt er im Umhergehen und Händeschütteln inne. Provis musterte ihn mit gespannter Aufmerksamkeit, steckte langsam sein Messer ein und kramte in der Hosentasche nach etwas anderem.

»Herbert, mein lieber Freund«, sagte ich und schloß die Doppeltür, während Herbert dastand und verwundert dreinblickte. »Etwas Seltsames hat sich ereignet. Das ist – ein Gast von mir.«

»Schon gut, mein Junge!« sagte Provis, der mit seinem kleinen, schwarzen Buch näher kam und sich an Herbert wandte. »Nehmen Sie das in Ihre rechte Hand, und Gott soll Sie auf der Stelle tot umfallen lassen, wenn Sie jemals irgendwas verraten. Küssen Sie das Buch!«

»Tu so, wie er es wünscht«, sagte ich zu Herbert. Dieser fügte sich und sah mich dabei mit freundlichem Unbehagen und Erstaunen an, und Provis, der ihm sofort die Hand reichte, sagte: »Nun haben Sie es geschworen. Und niemals solln Sie mir wieder was glauben, wenn nich Pip aus Ihnen 'nen feinen Herrn macht!«

41. Kapitel

Ich brauche wohl nicht den Versuch zu unternehmen, Herberts Erstaunen und Besorgnis zu beschreiben, als wir zusammen mit Provis vor dem Kamin Platz nahmen und ich das ganze Geheimnis lüftete. Es genügte, daß ich in Herberts Gesicht meine eigenen Empfindungen und nicht zuletzt meinen Widerwillen gegenüber dem Mann, der so viel für mich getan hatte, ablesen konnte.

Wenn es nicht noch andere Gründe gegeben hätte, wäre sein Sieg in meinem Bericht ausreichend gewesen, eine Kluft zwischen diesem Mann und uns zu bilden. Abgesehen von der lästigen Ansicht, er sei das eine Mal nach seiner Rückkehr »gemein« gewesen – worüber er Herbert sofort nach meinen Enthüllungen einen Vortrag hielt –, kam es ihm gar nicht in den Sinn, daß ich an meinem Glück etwas auszusetzen haben könnte. Sein Prahlen, er habe aus mir einen feinen Herrn gemacht und er sei gekommen, um zu sehen, wie ich mit seinen großzügigen Geldmitteln meine gesellschaftliche Stellung behaupten konnte, war gleichermaßen für ihn und mich bestimmt.

Daß uns beiden dieses Großtun anstünde und wir sehr stolz

zu sein hätten, war eine Schlußfolgerung, die er sich in den Kopf gesetzt hatte.

»Denn sieh mal, Pips Freund«, sagte er zu Herbert, nachdem er eine Weile gesprochen hatte, »ich weiß ganz genau, daß ich mich einmal, seit ich hier bin, eine halbe Minute gemein benommen hab. Ich hab zu Pip gesagt, ich weiß, daß ich gemein gewesen bin. Aber ärgert euch deswegen nich. Ich hab aus Pip nich 'nen feinen Herrn gemacht, und Pip macht aus Ihnen nich 'nen feinen Herrn, damit ich nich weiß, was ich euch beiden schuldig bin. Mein lieber Junge und Pips Freund, ihr zwei könnt euch drauf verlassen, daß ich immer höflich sein werde. Ich hab 'n Maulkorb um, seit ich mich 'ne halbe Minute vergessen hab und gemein gewesen bin, ich hab auch jetz 'nen Maulkorb um und werd auch immer einen tragen.«

Herbert erwiderte: »Gewiß«, schien aber nicht sonderlich getröstet zu sein; er blieb verwirrt und bestürzt. Wir konnten kaum den Zeitpunkt erwarten, da er in seine Wohnung gehen und uns allein lassen würde, doch offenbar war er eifersüchtig und wollte uns nicht verlassen. So blieb er lange sitzen. Es war schon Mitternacht, als ich ihn in die Essex Street begleitete und wartete, bis er wohlbehalten hinter seiner dunklen Haustür verschwand. Als sich die Tür hinter ihm schloß, atmete ich zum erstenmal seit seiner Ankunft erleichtert auf.

Da ich nie ganz frei von einer gewissen Unruhe war, sobald ich an jenen Mann im Treppenhaus dachte, hatte ich stets Ausschau gehalten, wenn ich meinen Gast in der Dunkelheit ausgeführt und wieder nach Hause gebracht hatte. Auch jetzt blickte ich um mich. So schwer es auch in einer großen Stadt sein mag, sich nicht beobachtet zu fühlen, wenn man in dieser Hinsicht Gefahr wittert, konnte ich mir nicht einreden, daß sich irgend jemand in der Nähe für mein Tun und Lassen interessierte. Die wenigen Passanten eilten weiter, und die Straße war leer, als ich zum Temple zurückkehrte. Niemand hatte das Tor mit uns zusammen verlassen, und niemand ging mit mir hinein. Als ich am Brunnen vorbeikam, sah ich die erleuchteten Fenster seiner zum Hof gelegenen Zimmer – hell und friedlich. Und als ich dann, bevor ich hinaufging, einen Augenblick im Eingang meines Hauses verweilte, lag Gardencourt ebenso still und ausgestorben da wie die Treppe, als ich hochstieg.

Herbert empfing mich mit ausgebreiteten Armen, und ich hatte es noch nie als so beglückend empfunden, einen Freund zu haben. Nachdem er mir ein paar teilnehmende und ermutigende Worte gesagt hatte, setzten wir uns hin und erörterten die Frage, was nun zu geschehen habe.

Der Sessel, in dem Provis gesessen hatte, stand noch an seinem alten Platz, denn er hatte vom Gefängnis her die Angewohnheit, immer unruhig um einen Fleck herumzulaufen und regelmäßig seinen Rundgang mit der Pfeife, dem »Negerhaar«, Taschenmesser, Kartenspiel und was weiß ich durchzuführen, als wäre es auf einer Schiefertafel vorgeschrieben. Der Sessel stand, wie gesagt, noch an seinem alten Platz, und Herbert setzte sich gedankenlos hinein. Aber im nächsten Augenblick fuhr er hoch, schob ihn weg und nahm einen anderen.

Nach diesem Vorfall brauchte er mir nicht erst zu sagen, daß er meinen Gönner verabscheute, und ich brauchte meinen Haß nicht zu beteuern. Wir verständigten uns darüber, ohne ein Wort zu verlieren.

»Was soll geschehen?« fragte ich Herbert, als er sicher in einem anderen Sessel saß.

»Mein lieber, armer Händel«, antwortete er und stützte seinen Kopf in die Hände, »ich bin zu gelähmt, um nachdenken zu können.«

»So ging es mir auch, als mich dieser Schlag traf. Trotzdem muß etwas geschehen. Er hat verschiedene neue Ausgaben im Sinn – für Pferde und Kutschen und allen möglichen Luxus. Er muß irgendwie daran gehindert werden.«

»Du meinst, du kannst das nicht annehmen . . .?«

»Wie kann ich das?« warf ich ein, als Herbert verstummte.
»Stell ihn dir vor! Sieh ihn dir an!« Unwillkürlich lief uns beiden ein Schauer über den Rücken.

»Trotzdem fürchte ich, Herbert, daß er an mir hängt, sogar sehr an mir hängt. Hat es so ein Schicksal je gegeben?«

»Mein lieber, armer Händel!« wiederholte Herbert.

»Und wenn ich nach allem hier Schluß mache und keinen Penny mehr von ihm annehme, bedenke einmal, was ich ihm bereits verdanke! Und außerdem stecke ich tief in Schulden, in schweren Schulden, und habe keinerlei Aussichten. Ich habe keinen Beruf, ich tauge zu gar nichts.«

»Na, na, na!« protestierte Herbert. »Sage nicht, du seist zu nichts nütze.«

»Zu was tauge ich denn? Ich weiß nur eins, und das ist zum Soldatwerden. Ich wäre schon auf und davon gegangen, mein lieber Herbert, wenn ich nicht die Hoffnung gehabt hätte, mich mit dir liebem Freund zu beraten.«

Natürlich brach ich an dieser Stelle zusammen, und natürlich ergriff Herbert warmherzig meine Hand, tat aber ansonsten, als bemerke er nichts.

»Mein lieber Händel«, sagte er daraufhin, »das Soldatspielen wird jedenfalls nicht genügen. Denn wenn du auf deinen Gönner und die damit verbundenen Vorteile verzichten solltest, wirst du das vermutlich in der schwachen Hoffnung tun, eines Tages alles von ihm Erhaltene zurückzuerstatten. Keine große Hoffnung, wenn du zu den Soldaten gehst. Außerdem ist es unsinnig. Du tätest entschieden besser daran, in Clarrikers Geschäft einzusteigen, so klein es auch ist. Ich arbeite, wie du ja weißt, auf eine Partnerschaft hin.«

Armer Kerl! Er ahnte nicht, mit wessen Geld.

»Da ist aber noch eine andere Frage«, fuhr Herbert fort. »Dieser Mann ist ein ungebildeter, entschlossener Bursche, der seit langem von einer fixen Idee lebt. Mehr noch, er scheint mir (wenn ich ihn nicht falsch einschätze) einen verwegenen und sehr schlechten Charakter zu haben.«

»Das weiß ich«, erwiderte ich. »Laß mich erzählen, welche Beweise ich für diese Annahme habe.« Und ich erzählte ihm von dem Zusammenstoß mit dem anderen Häftling, was ich in meinem Bericht nicht erwähnt hatte.

»Siehst du«, sagte Herbert, »denk daran! Er begibt sich in Lebensgefahr und kommt hierher, um seine fixe Idee zu verwirklichen. Und nun reißt du ihm in dem Moment, da er seinem Ziel nahe ist, nach all dem Mühen und Warten, den Boden unter den Füßen weg, machst seinen Plan zunichte und nimmst seinem Vermögen jeden Wert. Kannst du dir nicht vorstellen, was er in seiner Enttäuschung tun würde?«

»Das habe ich mir schon vorgestellt, Herbert, ich träume sogar seit jener unglückseligen Nacht, in der er hier auftauchte, davon. Nichts beherrscht meine Gedanken so stark wie die Möglichkeit, daß er eine Verhaftung herbeiführen könnte.«

»Du kannst dich darauf verlassen«, sagte Herbert, »daß diese Gefahr bestünde. Solange er in England bleibt, wird er dich damit in der Hand halten. Er würde es dazu kommen lassen, wenn du ihn im Stich ließest.«

Ich war dermaßen von diesem entsetzlichen Gedanken, der mich von Anfang an belastet hatte und dessen Verwirklichung mich in gewisser Weise zu seinem Mörder machen würde, betroffen, daß ich nicht in meinem Sessel sitzen bleiben konnte, sondern hin und her gehen mußte. Ich sagte zu Herbert, daß ich todunglücklich wäre und mich, wenn auch unverschuldet, als die Ursache ansähe, selbst wenn Provis durch eigene Schuld erkannt und gefaßt werden würde. Ja, obwohl ich unglücklich genug war, da er frei umherlief und in meiner Nähe war, und obwohl ich weit lieber bis ans Ende meiner Tage in der Schmiede gearbeitet hätte, als es je dazu kommen zu lassen!

Es war jedoch der Frage nicht auszuweichen: Was sollte nun geschehen?

»Das erste und wichtigste, was wir zu tun haben, wäre«,

sagte Herbert, »ihn aus England herauszubringen. Du wirst mit ihm reisen und ihn dann überreden müssen wegzugehen.«

»Selbst wenn ich ihn wer weiß wohin bekomme, wie soll ich aber verhindern, daß er zurückkehrt?«

»Mein guter Händel, ist dir denn nicht klar, daß es hier, mit Newgate in nächster Nähe, viel gefährlicher wäre, ihm deine Absichten mitzuteilen und ihn damit nur leichtsinniger zu machen als anderswo? Wenn man bloß einen Vorwand finden könnte, ihn fortzulocken. Vielleicht mit dem anderen Häftling oder etwas anderem aus seiner Vergangenheit.«

»Das ist es ja gerade«, rief ich, blieb vor Herbert stehen und streckte ihm meine geöffneten Hände hin, als ob sie die Ursache meiner Verzweiflung enthielten. »Ich weiß nichts aus seinem Leben. Es hat mich beinahe verrückt gemacht, ihn hier abends vor mir sitzen zu sehen, fest mit meinem Glück oder Unglück verbunden und mir trotzdem so fremd. Ich weiß nur, daß er dieser elende Schuft ist, der mich in meiner Kindheit zwei Tage lang in Angst und Schrecken versetzt hat.«

Herbert erhob sich und hakte sich bei mir ein. Auf den Teppich starrend, gingen wir langsam auf und ab.

»Händel«, sagte Herbert und blieb stehen, »du bist also überzeugt, daß du keine weiteren Wohltaten von ihm annehmen kannst?«

»Absolut! Das wärst du in meiner Lage doch sicherlich auch?«

»Und du bist überzeugt, daß du mit ihm brechen mußt?«

»Das fragst du noch, Herbert?«

»Und du hast dieses Mitgefühl, ja du mußt es haben, weil er deinetwegen sein Leben aufs Spiel setzt, und du willst ihn möglichst davor bewahren, sein Leben wegzuwerfen? Dann mußt du ihn aus England herausbringen, ehe du den geringsten Versuch machst, dich von ihm zu lösen. Wenn das erledigt ist, mach dich in Gottes Namen von ihm frei, und wir werden gemeinsam damit fertig werden, alter Junge.«

Allein nach dieser Einigung war es schon tröstlich, uns darauf die Hand zu geben und wieder hin und her zu gehen.

»Herbert, um noch einmal auf seine Vergangenheit zurückzukommen«, sagte ich. »Da gibt es nur einen Weg, etwas zu erfahren. Ich muß ihn direkt danach fragen.«

»Ja. Frag ihn, wenn wir morgen am Frühstückstisch sitzen.« Denn er hatte beim Abschied zu Herbert gesagt, daß er mit uns frühstücken würde.

Als dieser Plan gefaßt war, gingen wir schlafen. Ich träumte die wildesten Dinge von ihm und erwachte keineswegs ausgeruht. Beim Erwachen stellte sich gleich wieder die Angst ein, die in der Nacht verschwunden war, daß er als zurückgekehrter Deportierter entdeckt worden sei. Im Wachzustand wurde ich diese Furcht nie los.

Er stellte sich zur verabredeten Zeit ein, zog das Taschenmesser hervor und setzte sich an den Frühstückstisch. Er steckte voller Pläne, »damit sein feiner Herr groß herauskommen sollte, ebend wie 'n feiner Herr«; er drängte mich, rasch an die Brieftasche zu gehen, die er mir überlassen hatte. Unsere Zimmer und seine Wohnung betrachtete er nur als vorübergehende Bleibe und riet mir, mich umgehend nach einer »vornehmen Bude« in der Nähe des Hyde Park umzuschauen, in der er sein »Lager aufschlagen« könnte. Als er das Frühstück beendet hatte und gerade sein Messer am Hosenbein abwischte, sagte ich ohne Einleitung zu ihm: »Als Sie gestern abend weg waren, habe ich meinem Freund von dem Kampf in den Marschen erzählt, in den Sie verwickelt waren, als wir mit den Soldaten dazukamen. Erinnern Sie sich?«

»Erinnern?« sagte er. »Und ob!«

»Wir möchten gern etwas über jenen Mann – und über Sie erfahren. Es ist merkwürdig, daß wir nicht mehr, vor allem nicht über Sie, wissen, als ich gestern abend erzählen konnte. Ist das nicht ein günstiger Augenblick, mehr zu erfahren?«

»Nun also«, sagte er nach kurzer Überlegung. »Du weißt, Pips Freund, du hast geschworn.«

»Gewiß«, antwortete Herbert.

»Auf alles, was ich sage, verstanden«, beharrte er. »Der Schwur bezieht sich auf alles.«

»So habe ich es auch aufgefaßt.«

»Und seht mal, was auch geschehen is, alles is abgearbeitet und verbüßt«, betonte er wieder.

»So soll es sein.«

Er holte seine schwarze Pfeife aus der Tasche und wollte sie mit »Negerhaar« stopfen, als ihm beim Anblick des Tabakgemischs der Gedanke zu kommen schien, daß es ihn in seinem Redefluß stören könnte. Er packte den Tabak wieder ein, steckte die Pfeife in ein Knopfloch, legte die Hände auf seine Knie und wandte sich, nachdem er ein paar Sekunden finster ins Kaminfeuer geblickt hatte, uns zu und berichtete das Folgende.

42. Kapitel

Mein lieber Junge und Pips Freund. Ich will euch mein Leben nich wie 'n Lied oder 'n Märchen erzähln, sondern um's kurz und bündig zu machen, will ich's gleich im reinsten Englisch tun. Rein ins Gefängnis und raus aus 'n Gefängnis. Rein ins Gefängnis, raus aus 'n Gefängnis! So, da habt ihr's. So ungefähr war mein Leben bis zu dem Zeitpunkt, als ich aufs Schiff gebracht wurde, nachdem Pip mir 'n treuer Freund gewesen war.

Ich hab eintlich alles durch – bis aufs Hängen. Ich bin weggeschlossen worden wie 'n silberner Teekessel. Ich bin hierhin und dorthin geschleppt und von einer Stadt zur andern gebracht worden. Ich bin in 'n Block gesteckt und gepeitscht und gequält und gehetzt worden. Wo ich geborn wurde, weiß ich genausowenig wie ihr, wenn nich noch weniger. Das erstemal, daß ich mich erinnre, war da unten in Essex, wo ich Rüben gestohln hab (um nich zu hungern) für meinen Lebensunterhalt. Irgendeiner war mir weggelaufen – ein Mann, ein Kesselflicker – und hatte die Feuerung mitgenommen und mich im Kalten dagelassen.

Ich wußte, daß ich Magwitch hieß und mit Vornamen Abel. Woher ich das wußte? Genauso wie ich wußte, daß die Vögel in den Hecken Buchfink, Spatz oder Drossel hießen. Ich hätte auch alles für erlogen halten können, aber weil die Namen der Vögel stimmten, hielt ich meinen auch für richtig.

Soweit ich denken kann, hat sich keine einzige Seele um das Äußere oder Innere von dem kleinen Abel Magwitch gekümmert. Alle hatten nur Angst vor ihm oder haben ihn entweder weggejagt oder eingesperrt. Ich wurde eingesperrt und immer wieder eingesperrt. Eintlich bin ich im Gefängnis groß geworden.

So erging's mir, als ich noch 'n zerlumpter, kleiner Kerl war, den man sich erbärmlicher nich denken kann – nich etwa, daß ich in 'nen Spiegel sehn konnte, dazu hab ich viel zuwenig Wohnungen von innen kennengelernt. Ich galt als hartgesotten. ›Der da is furchtbar gefühllos‹, sagten sie zu Gefängnisbesuchern und pickten mich heraus. ›Vielleicht, weil er immer im Gefängnis lebt, dieser Bursche.‹ Dann guckten sie mich an, und ich guckte sie an, und einige maßen meinen Kopf – sie hätten lieber meinen Magen messen sollen –, und andere gaben mir Traktätchen, was ich nich lesen konnte, und hielten mir Vorträge, die ich nich verstehn konnte. Die gingen alle gegen mich und drehten sich um 'n Teufel. Aber was zum Teufel sollte ich machen? Schließlich mußte ich doch meinen Wanst stopfen, nich wahr? Wie dem auch sei, ich werd schon wieder gemein und weiß doch, was sich gehört. Mein lieber Junge und Pips Freund, habt man keine Angst, ich werd nich gemein.

Mit Herumstromern, Betteln und Stehlen und manchmal mit Arbeiten, wenn ich konnte, aber das war nich so oft, wie man meinen könnte (fragt euch mal selber, ob ihr bereit gewesen wärt, mir Arbeit zu geben), ein bißchen als Wilddieb, als ungelernter Arbeiter, ein bißchen als Heumacher, als Fuhrmann, als Hausierer und mit den meisten Dingen, die nichts eintragen und einen bloß in Schwierigkeiten bringen – so wurde ich ein Mann. Ein ausgekniffener Soldat in einem Fremdenheim, der bis zum Kinn unter einem Haufen Knollen lag, brachte mir Lesen bei. Und von einem Riesen auf Wanderschaft, der seinen Namen auf 'n Penny kritzelte, lernte ich schreiben. Ich war nich mehr so oft wie früher eingesperrt, aber ich hab schon dazu beigetragen, daß die Schlüssel abgenutzt wurden.

Vor mehr als zwanzig Jahren hab ich bei einem Rennen in Epsom 'n Mann kennengelernt, dem ich mit diesem Feuerhaken den Schädel einschlagen würde, wenn ich ihn zu fassen bekommen täte. Sein richtiger Name war Compeyson. Und das is der Mann, mein lieber Junge, mit dem ich mich im Deichgraben geprügelt hab, wo du zugesehn hast und wie du deinem Freund gestern abend ganz richtig erzählt hast, als ich weg war.

Er tat wie 'n feiner Herr, dieser Compeyson, und er war in 'ner Schule gewesen und hatte allerlei gelernt. Er konnte sich gewandt unterhalten und verstand sich auf die vornehmen Leute. Außerdem sah er gut aus. Es war am Abend vor dem großen Rennen, als ich ihn in der Heide in 'ner Bude, die mir bekannt war, traf. Er und 'n paar andere saßen zusammen, als ich reinkam, und der Wirt (der mich kannte und 'n anständiger Kerl war) rief ihm zu: ›Ich glaube, das ist der rechte Mann für Sie‹ und meinte mich damit.

Compeyson musterte mich ausgiebig und ich ihn auch. Er hatte 'ne Uhr und 'ne Kette und 'n Ring und 'ne Krawattennadel und war orntlich angezogen.

›Dem Äußeren nach zu urteilen, hast du nicht gerade Glück‹, sagte Compeyson zu mir.

›Das stimmt, Herr, ich hab bis jetz nich viel Glück gehabt.‹ (Ich war erst vor kurzem aus dem Kingston-Gefängnis entlassen worden, in dem ich wegen Landstreicherei gesessen hatte. Es hätte auch wegen was anderm sein können, war's aber nich.)

›Das Glück ist unbeständig‹, sagt Compeyson, ›vielleicht neigt es sich für dich zum Guten.‹

Ich sage: ›Hoffentlich, 's wär Zeit.‹

›Was kannst du?‹ sagt Compeyson.

›Essen und trinken‹, sage ich, ›wenn was da is.‹

Compeyson lachte, sah mich wieder neugierig an, gab mir fünf Schilling und verabredete sich mit mir für den nächsten Abend, am selben Ort.

Ich ging am nächsten Tag, gleichen Ort, zu Compeyson, und Compeyson nahm mich als seinen Gehilfen und Partner an. Und was war das für 'n Geschäft, wo wir Partner sein sollten? Compeysons Geschäft war Betrügen, Fälschen von Handschriften und Weitergabe von gefälschten Banknoten und so was Ähnliches. Jede Art von Falle, die sich Compeyson ausdenken und aus der er sich selber raushalten konnte. Sich den Gewinn zu sichern und andere reinzulegen, das war Compeysons Geschäft. Sein Herz war eiskalt und hart wie 'ne Feile, er war die Ausgeburt des Teufels, von dem wir grade gesprochen hatten.

Da war noch 'n andrer bei Compeyson, der Arthur genannt wurde – nich mit Vornamen, sondern als Nachname. Er war auf 'm absteigenden Ast und nur noch 'n Schatten. Er und Compeyson hatten 'n paar Jahre vorher bei 'ner reichen Dame 'n Ding gedreht und dabei 'n Heidengeld gemacht. Compeyson wettete und spielte und brachte sein ganzes Geld durch. So wurde Arthur sterbenselend, und er starb arm und niedergeschlagen, und Compeysons Frau (die von Compeyson meistens geschlagen wurde) hatte Mitleid mit ihm, und Compeyson hatte mit nichts und niemand Mitleid.

Ich hätte durch Arthurs Schicksal gewarnt sein solln, war ich aber nich. Und ich will auch nich so tun, als wenn ich's so genau genommen hätte. Was hätte das für 'n Sinn, mein lieber

Junge und Freund? So tat ich mich mit Compeyson zusammen und war 'n gefügiges Werkzeug in seinen Händen. Arthur wohnte in Compeysons Haus im oberen Stockwerk (es war in der Nähe von Brentford), und Compeyson führte über Kost und Logis genau Buch, im Falle es ihm mal wieder besser geht und er alles abarbeiten kann. Aber Arthur beglich die Rechnung bald. Beim zweiten- oder drittenmal, wo ich ihn sehn tat, kommt er spätabends in Compeysons Wohnzimmer runtergestürzt, nur im Schlafrock und schweißbedeckt, und er sagt zu Compeysons Frau: ›Sally, sie ist jetzt wirklich oben bei mir, und ich kann sie nicht loswerden. Sie ist ganz in Weiß‹, sagt er, ›mit weißen Blumen im Haar, und sie ist furchtbar wütend. Sie hat ein Leichenhemd überm Arm hängen, und sie sagt, sie wird es mir früh um fünf anziehn.‹

Da sagt Compeyson: ›Du bist doch ein Narr. Weißt du nicht, daß sie lebt? Wie sollte sie denn da oben sein, ohne durch die Tür oder durchs Fenster oder über die Treppe hinaufzugelangen?‹

›Ich weiß nicht, wie sie dahin gekommen ist‹, sagt Arthur und zittert schrecklich vor Angst, ›aber sie steht furchtbar wütend am Fußende des Bettes in einer Ecke. Und wo ihr Herz zerbrochen ist – *du* hast es gebrochen! –, da sickert Blut raus.‹

Compeyson sprach entschlossen, aber sonst war er immer 'n Feigling. ›Geh mit diesem faselnden, kranken Mann nach oben‹, sagte er zu seiner Frau, ›und du, Magwitch, gehst ihr dabei zur Hand!‹ Er aber kam nich in seine Nähe.

Compeysons Frau und ich brachten ihn wieder zu Bett, und er tobte fürchterlich in seinem Wahn.

›Seht sie euch an!‹ schrie er. ›Sie wedelt mit dem Leichenhemd. Seht ihr sie nicht? Seht nur ihre Augen! Ist sie nicht furchtbar anzusehn in ihrer Wut?‹ Dann rief er: ›Sie will es mir überziehn, dann bin ich verloren! Nehmt es ihr weg, nehmt es weg!‹ Und dann klammerte er sich an uns und sprach weiter mit ihr und beantwortete Fragen, bis ich selber beinahe glaubte, sie zu sehen.

Compeysons Frau, die an ihn gewöhnt war, gab ihm etwas Saft, damit seine Angstzustände weggehen sollten. Nach und nach wurde er ruhiger. ›Oh, sie ist weg! Ist der Wärter nach ihr gucken gekommen?‹ fragt er. ›Ja‹, sagt Compeysons Frau. ›Haben Sie ihm gesagt, daß er sie einschließen soll?‹ – ›Ja.‹ – ›Und daß er ihr dieses häßliche Ding wegnehmen soll?‹ – ›Ja, ja, schon erledigt.‹ – ›Sie sind ein gutes Geschöpf‹, sagt er ›was Sie auch tun werden, verlassen Sie mich nicht. Und vielen Dank!‹

Er blieb ganz ruhig bis kurz vor fünf, und dann springt er mit 'nem Schrei hoch und kreischt: ›Da ist sie! Sie hat wieder das Leichenhemd bei sich. Sie breitet's aus. Sie kommt aus der Ecke raus. Sie kommt ans Bett. Haltet mich fest, ihr beiden – jeder auf einer Seite –, sie soll mich nicht damit berühren. Ha! Diesmal hat sie's nicht geschafft. Laßt nicht zu, daß sie mir's über die Schultern streift. Laßt sie mich nicht hochheben und mich darin einwickeln. Sie hebt mich hoch. Haltet mich fest!‹ Dann richtete er sich selbst mühsam auf und war tot.

Compeyson machte sich nich viel draus und sah es als 'ne Erlösung für beide Teile an. Er und ich machten uns bald an die Arbeit. Zuerst ließ er mich (gerissen, wie er war) bei meinem eignen Buch schwören – bei diesem kleinen schwarzen Buch hier, mein lieber Junge, auf das auch dein Freund geschworn hat.

Ich will nich erst über Dinge sprechen, die Compeyson geplant und die ich ausgeführt habe – das würde 'ne Woche dauern –, ich will euch, mein lieber Junge und Pips Freund, nur einfach sagen, daß mich dieser Mann so eingefangen hat, daß ich wie sein Sklave war. Immerzu stand ich in seiner Schuld, immer unter seiner Fuchtel, immer mußte ich arbeiten und mich in Gefahr bringen. Er war jünger als ich, aber er war sehr schlau und hatte 'ne Menge gelernt. Er war mir haushoch überlegen und kannte kein Erbarmen. Meine Frau, die ich in dieser schweren Zeit hatte . . . Halt! Von *ihr* hab ich ja noch gar nich gesprochen . . .«

Er blickte verwirrt um sich, als ob er den Faden in seinem Buch der Erinnerungen verloren hätte. Er wandte sein Gesicht dem Kamin zu, breitete die Hände auf den Knien aus, hob sie empor und ließ sie wieder sinken.

»Is ja auch nich nötig, von ihr zu sprechen«, sagte er und blickte sich erneut um. »Die Zeit mit Compeyson war fast die schlimmste in meinem Leben. Damit is wohl alles gesagt. Habe ich euch schon erzählt, daß ich alleine wegen eines Vergehens vor Gericht gestellt wurde, als ich mit Compeyson zusammengearbeitet habe?«

Ich verneinte es.

»Ja, das wurde ich, und sogar für schuldig erklärt. Auf bloßen Verdacht hin wurde ich in den vier oder fünf Jahren zwei- oder dreimal festgenommen, aber es gab keine Beweise. Schließlich wurde ich und Compeyson, wir beide, wegen eines schweren Verbrechens eingesperrt – wir hatten gestohlene Banknoten in Umlauf gebracht. Außerdem gab es da noch andere Verbrechen, Compeyson sagt zu mir: ›Getrennte Verteidigung, keinerlei Verbindung‹, und das war alles. Und ich war so schrecklich arm, daß ich alle Sachen verkaufen mußte, bis auf die, die ich auf'm Leib trug, eh ich mir Jaggers nehmen konnte.

Als wir auf der Anklagebank saßen, hab ich gleich gemerkt, daß Compeyson wie 'n feiner Herr aussah mit seinem gelockten Haar und schwarzen Anzug und seinem weißen Taschentuch und daß ich dagegen wie 'n heruntergekommener Schurke aussah. Als die Verhandlung anfing und die Beweisführung vorher kurz gehalten wurde, merkte ich, wie schwer ich belastet wurde und wie wenig er. Als die Zeugen im Stand aussagten, merkte ich, wie immer ich derjenige war, der hervorgetreten is und auf den man schwor, wie immer ich derjenige war, dem man das Geld gegeben hatte, wie immer ich derjenige war, der scheinbar das Ding gedreht und den Nutzen daraus gehabt hatte. Aber als die Verteidigung an die Reihe kam, wurde mir die Sache noch klarer. Sagt doch der Anwalt von Compeyson: ›Hohes Gericht, hier haben Sie Seite an Seite zwei Personen vor sich, die Sie gut auseinanderhalten können. Der eine, der jüngere, aus gutem Hause, mit dem Sie auch entsprechend umgehen werden; der andere, der ältere, schlecht erzogen, mit dem Sie auch entsprechend umgehen werden. Der eine, der jüngere, ist selten, wenn überhaupt, in solchen Verhandlungen hier, und dann nur unter Verdacht. Der andere, der ältere, ist immer hier zu sehn und immer schuldig eingelocht worden. Haben Sie noch Zweifel, wer derjenige welcher ist, und wenn's zwei sind, wer der Schlimmere ist?‹ Und so weiter. Und als es dann um unsern Ruf ging! War es nich Compeyson, der zur Schule gegangen war, und warn es nich seine Schulkameraden, die in dieser oder jener Stellung warn, und war nich er es, den Zeugen aus Klubs und Gesellschaften kannten? Nichts sprach gegen ihn. Und war nich ich derjenige, der schon früher vor Gericht gestanden hatte und in Besserungsanstalten und Gefängnissen bekannt wie 'n bunter Hund war? Und als wir dann selber was sagen konnten, war's nich Compeyson, der beim Sprechen hin und wieder das Gesicht im weißen Taschentuch verschwinden ließ – ha! – und Verse in seine Rede brachte, und war's nich ich, der bloß sagen konnte: ›Meine Herren, dieser Mann da neben mir is 'n elender Schurke!‹ Und als das Urteil verkündet wurde, war's nich Compeyson, bei dem man riet, Gnade walten zu lassen wegen seines guten Rufs und seines schlechten Umgangs und weil er mich, so gut es ging, belastet hat, und war nich ich es, der nur das Wort ›schuldig‹ bekam? Und als ich zu Compeyson sage: ›Laß mich hier raus sein, dann schlag ich dir die Visage ein!‹, bittet da nich Compeyson den Richter um Schutz und schafft es, daß sich zwei Aufseher zwischen uns stellen? Und als wir verurteilt werden, kriegt er nich sieben Jahre und ich vierzehn und wird nich er vom Richter bedauert, weil er hätte gut vorankommen können, und bin nich ich es, den der Richter einen rückfälligen Übeltäter nennt, mit dem es mal kein gutes Ende nimmt?«

Er hatte sich beim Sprechen heftig erregt, zügelte sich aber, holte zwei-, dreimal Luft und schluckte, streckte mir seine Hand entgegen und sagte beruhigend: »Ich werd nich mehr gemein sein, mein Junge.«

Er war so in Hitze geraten, daß er sein Taschentuch herausholte und sich den Schweiß von Gesicht, Kopf, Nacken und von den Händen wischte, ehe er fortfahren konnte.

»Ich hatte zu Compeyson gesagt, daß ich ihm die Visage einschlagen würde, und mir geschworn, Gott sollte mir meine einschlagen, wenn ich's nich tue. Wir warn auf demselben Gefängnisschiff, aber lange Zeit konnte ich nich an ihn rankommen, obwohl ich's versuchte. Endlich kam ich mal von hinten an ihn ran und gab ihm 'ne Ohrfeige, damit er sich umdrehen sollte und ich ihn fertigmachen konnte, aber das sahn die andern und zerrten mich weg. Der Karzer auf dem Schiff war für einen, der sich mit Karzern auskennt und schwimmen und tauchen kann, nich stabil genug. Ich bin entwischt und ans Ufer geschwommen und hab mich dort zwischen den Gräbern versteckt und alle die beneidet, die unter der Erde lagen und alles hinter sich hatten, als ich zum erstenmal meinen Jungen gesehn hab!«

Er betrachtete mich mit zärtlichen Augen, wodurch er mir wieder beinahe verhaßt wurde, obwohl ich großes Mitleid mit ihm hatte.

»Durch meinen Jungen wurde mir bekannt, daß Compeyson auch in den Marschen war. Bei meiner Seel, ich glaube fast, er is aus Angst vor mir ausgerissen, um mich los zu sein, und wußte gar nich, daß ich auch ans Ufer geschwommen war. Ich hab ihn gehetzt und ihm die Visage eingeschlagen. ›Und jetz‹, sag ich, ›werd ich das Schlimmste mit dir machen. Egal, was mit mir wird, ich schlepp dich zurück.‹ Ich wäre mit ihm losgeschwommen und hätte ihn an den Haaren hinter mir hergezogen, wenn's hätte sein müssen, und ich hätt ihn auch ohne die Soldaten aufs Schiff gebracht. Natürlich kam er ziemlich glimpflich weg – sein Ruf war so gut. Er war ja geflohen, als er durch mich und meine mörderischen Absichten halb verrückt war. Deshalb wurde er nur leicht bestraft. Ich wurde in Eisen gelegt und wieder vor Gericht gebracht und lebenslänglich verbannt. Ich bin aber nich lebenslänglich geblieben, mein lieber Junge und Pips Freund. Ich bin ja hier.«

Abermals wischte er sich, wie vorhin, die Stirn ab, holte langsam den Tabak aus der Tasche, zog die Pfeife aus dem Knopfloch, füllte sie langsam und begann zu rauchen.

»Ist er tot?« fragte ich nach einer Pause.

»Wer soll tot sein, mein Junge?«

»Compeyson.«

»Wenn er noch lebt, wird er hoffen, *ich* bin tot, da kannst du sicher sein«, sagte er mit wildem Blick. »Ich hab nie wieder was von ihm gehört.«

Herbert hatte mit seinem Bleistift etwas in einen Buchdeckel geschrieben. Als Provis rauchend dastand und ins Feuer starrte, schob er mir das Buch vorsichtig zu, und ich las: »Der junge Havisham hieß Arthur. Compeyson ist der Mann, der vorgab, Miss Havisham zu lieben.«

Ich schloß das Buch und nickte Herbert leicht zu; dann schob ich das Buch beiseite. Keiner von uns sagte ein Wort, und beide sahen wir Provis an, wie er rauchend am Feuer stand.

43. *Kapitel*

Warum sollte ich innehalten, um zu fragen, wieviel meiner Furcht vor Provis auf Estella zurückgehen mochte. Warum sollte ich auf meinem Wege verweilen, um den Gemütszustand, in dem ich mich befand, als ich mich von dem Makel des Gefängnisses zu befreien versuchte, bevor ich sie vom

Kutschenbüro abholte, mit dem Gemütszustand zu vergleichen, in dem ich jetzt über die Kluft zwischen Estella in ihrer Schönheit und ihrem Stolz und dem zurückgekehrten Deportierten, den ich versteckte, nachdachte. Der Weg wurde dadurch nicht glatter, am Ende wäre nichts gebessert; weder ihm noch mir wäre geholfen.

Seine Erzählung hatte neue Befürchtungen in mir hervorgerufen oder, besser gesagt, bereits vorhandene verstärkt. Wenn Compeyson noch am Leben war und von seiner Rückkehr erfuhr, konnte ich kaum Zweifel hegen, was folgen würde. Daß Compeyson panische Angst vor ihm hatte, vermochte keiner so gut nachzufühlen wie ich. Daß dieser Mann, so wie er geschildert worden war, zögern würde, sich von seinem Todfeind durch das sichere Mittel einer Anzeige zu befreien, war kaum anzunehmen.

Bisher hatte ich Provis kein Wort über Estella gesagt und beabsichtigte es auch in Zukunft nicht. Zu Herbert sagte ich, daß ich sie und Miss Havisham noch einmal besuchen wollte, bevor ich ins Ausland führe. Das war an jenem Abend, als wir allein waren, nachdem uns Provis seine Geschichte erzählt hatte. Ich beschloß, am nächsten Tag nach Richmond zu fahren.

Als ich bei Mrs. Brandley eintraf, wurde Estellas Mädchen gerufen, mir mitzuteilen, daß Estella ausgefahren sei. Wohin? Wie üblich zum Haus »Satis«. Nicht wie üblich, sagte ich, denn sie war sonst nie ohne mich dorthin gefahren. Wann sollte sie zurückkommen? In der Antwort lag eine gewisse Zurückhaltung, die meine Unruhe noch verstärkte. Das Mädchen meinte, sie würde wohl nur für ganz kurze Zeit hierher zurückkehren. Daraus konnte ich nichts entnehmen, außer daß es bedeutete, daß ich daraus nichts entnehmen sollte. Völlig verwirrt fuhr ich nach Hause.

Bei einer weiteren nächtlichen Beratung mit Herbert, nachdem Provis gegangen war (ich begleitete ihn stets nach Hause und sah mich jedesmal vor), beschlossen wir, nichts von meiner Abreise zu sagen, ehe ich nicht von Miss Havisham heimkehrte. In der Zwischenzeit wollten Herbert und ich uns überlegen, wie wir es am besten anstellen könnten: Ob wir uns den Vorwand ausdenken sollten, wir befürchteten, er würde beobachtet, oder ob ich, der noch nie im Ausland war, eine Reise vorschlagen sollte. Wir wußten beide, daß ich nur etwas vorzuschlagen brauchte und er einwilligen würde. Wir waren uns darin einig, daß er bei der gegenwärtigen Gefahr nicht mehr lange bleiben konnte.

Am nächsten Tag besaß ich die Niederträchtigkeit vorzutäuschen, daß mich ein Versprechen zwang, zu Joe zu fahren, aber in bezug auf Joe oder seinen Namen war ich ja zu jeder Gemeinheit fähig. Provis sollte während meiner Abwesenheit äußerst vorsichtig sein, und Herbert sollte die Aufsicht übernehmen, die ich sonst hatte. Ich wollte bloß eine Nacht wegbleiben, und bei meiner Rückkehr sollte seine Ungeduld gestillt und mein Leben als feiner Herr in größerem Stil begonnen werden. Mir kam dann der Gedanke – und wie ich hinterher feststellte, auch Herbert –, daß es das beste wäre, mit dem Schiff zu reisen, unter dem Vorwand, auf großem Fuß leben zu wollen oder so ähnlich.

Nachdem ich somit alles vor meiner Fahrt zu Miss Havisham geklärt hatte, machte ich mich mit der Postkutsche vor Tagesanbruch auf den Weg und befand mich bereits auf offener Landstraße, als der neue Tag zögernd, in Wolken und Nebelfetzen gehüllt, wie ein Bettler herangeschlichen kam. Als wir nach einer Fahrt im Nieselregen vor dem »Blauen Eber« anlangten, wen sah ich aus der Tür treten, einen Zahnstocher in der Hand und nach der Kutsche Ausschau haltend? Bentley Drummle!

Da er so tat, als habe er mich nicht bemerkt, tat ich dasselbe. Es war eine recht alberne Verstellung, zumal wir beide ins Frühstückszimmer gingen, wo er gerade seinen Morgenkaffee beendet und wo ich meinen bestellt hatte. Ihn hier in der Stadt zu sehen, verdarb mir die Laune, denn ich wußte nur zu gut, warum er hierhergekommen war. Während er vor dem Kamin stand, saß ich am Tisch und gab vor, in einer alten, schmutzigen Zeitung zu lesen, deren Lokalnachrichten nicht halb so deutlich zu erkennen waren wie die unangebrachten Spritzer von Kaffee, Marmelade, Fisch- und Bratensoße, zerlaufener Butter und Wein, mit denen die Zeitung wie ein masernkrankes Kind ungleichmäßig übersät war. Allmählich empfand ich es als Beleidigung, daß er vor dem Kamin stand. Ich erhob mich und war entschlossen, auch meinen Beitrag zu leisten. Ich mußte nach dem Schürhaken an seinen Beinen vorbeilangen, als ich im Kamin das Feuer in Gang bringen wollte. Immer noch tat ich so, als hätte ich ihn nicht erkannt.

»Wollen Sie mich schneiden?« fragte Mr. Drummle.

»Oh«, sagte ich, den Schürhaken in der Hand, »Sie sind es. Wie geht es Ihnen? Ich habe mich schon gewundert, wer mir die Wärme abspenstig gemacht hat.«

Dabei stocherte ich wie wild in der Glut, und danach pflanzte ich mich hartnäckig neben Drummle auf und kehrte dem Kaminfeuer den Rücken zu.

»Sie sind wohl gerade angekommen?« fragte Drummle und schob mich mit seiner Schulter ein wenig zur Seite.

»Ja«, sagte ich und schob *ihn* mit *meiner* Schulter beiseite.

»Schaurige Gegend«, sagte Drummle. »Ist doch Ihre Heimat, wenn ich nicht irre?«

»Ja«, gab ich zu. »Wie ich gehört habe, etwa so ähnlich wie Ihr Shropshire.«

»Bei weitem nicht«, sagte Drummle.

An dieser Stelle blickte Mr. Drummle auf seine Schuhe und ich auf meine. Dann betrachtete Mr. Drummle meine Füße und ich seine.

»Sind Sie schon lange hier?« fragte ich, fest entschlossen, keinen Zentimeter vom Feuer zu weichen.

»Lange genug, daß es einem über ist«, erwiderte Drummle und gähnte, war aber ebenso entschlossen.

»Bleiben Sie lange hier?«

»Kann ich nicht sagen«, antwortete Mr. Drummle. »Und Sie?«

»Kann ich nicht sagen.«

Ich spürte an dem Pochen meines Blutes, daß ich Drummle durchs Fenster gestoßen hätte, wenn er nur noch eine Haaresbreite mehr beansprucht hätte. Drummle wiederum hätte mich in die nächstbeste Kiste geschleudert, wenn meine Schulter anmaßend geworden wäre. Er pfiff vor sich hin, ich auch.

»Ausgedehntes Marschland hier, was?« sagte Drummle.

»Ja, warum?«

Mr. Drummle sah erst mich an, blickte dann auf meine Schuhe, sagte »Oh!« und lachte.

»Hat Sie etwas erheitert, Mr. Drummle?«

»Nein«, sagte er, »nicht besonders. Ich werde jetzt ausreiten. Ich möchte diese Marschen kennenlernen, um mich zu zerstreuen. Entlegene Dörfer dort, wie man sagt. Merkwürdige kleine Kneipen – und Schmieden – und so was. Herr Ober!«

»Ja, Sir.«

»Ist mein Pferd gesattelt?«

»Schon vor der Haustür, Sir.«

»Übrigens. Hören Sie mal. Die Dame wird heute nicht ausreiten. Das Wetter ist nicht danach.«

»Sehr wohl, Sir.«

»Und ich komme nicht zum Essen, weil ich bei der Dame essen werde.«

»Sehr wohl, Sir.«

Daraufhin lag auf Drummles grobknochigem Gesicht ein anmaßender und triumphierender Ausdruck, und er warf mir einen Blick zu, der mich ins Herz traf und dermaßen erbitterte, daß ich Lust verspürte, ihn (wie der Räuber im Märchen die alte Dame) in die Arme zu nehmen und auf den Kamin zu setzen.

Eines war uns beiden klar: daß keiner von uns den Kamin

aufgeben würde, bis nicht Hilfe kam. Da standen wir aufgepflanzt, Schulter an Schulter, die Hände auf dem Rücken, und rührten uns keinen Zollbreit vom Fleck. Das Pferd war draußen vor der Tür im Regen zu sehen, mein Frühstück stand auf dem Tisch, Drummles wurde abgeräumt, der Kellner forderte mich auf anzufangen, ich nickte, doch wir beide hielten die Stellung.

»Sind Sie inzwischen wieder im ›Finkenhain‹ gewesen?« fragte Drummle.

»Nein«, sagte ich, »seit dem letztenmal habe ich genug von den Finken.«

»War das der Abend, an dem wir eine Meinungsverschiedenheit hatten?«

»Ja«, erwiderte ich kurz.

»Aber, aber! Man hat Sie doch glimpflich genug davonkommen lassen«, bemerkte Drummle höhnisch. »Sie hätten nicht so wütend werden sollen.«

»Mr. Drummle«, sagte ich, »es steht Ihnen nicht zu, mir auf diesem Gebiet Ratschläge zu erteilen. Wenn ich in Wut gerate – ich bin aber nicht der Ansicht, daß ich es an jenem Abend war –, zerschlage ich jedenfalls keine Gläser.«

»Ich schon«, sagte Drummle.

Nachdem ich ihn mit wachsendem Grimm ein paarmal angesehen hatte, sagte ich: »Mr. Drummle, ich habe dieses Gespräch nicht gesucht, und ich finde es auch nicht ersprießlich.«

»Das ist es wahrhaftig nicht«, sagte er herablassend über die Schulter hinweg, »ich halte gar nichts davon.«

»Und deshalb«, fuhr ich fort, »schlage ich vor, wenn's recht ist, daß wir uns in Zukunft aus dem Wege gehen.«

»Ganz meine Meinung«, sagte Drummle. »Das wollte ich selbst vorschlagen oder, besser gesagt, gar nicht vorschlagen, sondern tun. Aber verlieren Sie nicht die Laune. Haben Sie nicht schon genug verloren?«

»Wie meinen Sie das, Sir?«

»Herr Ober!« rief Drummle, anstatt mir zu antworten.
Der Kellner kam.
»Hören Sie mal, Sie. Sie haben doch wohl richtig verstanden, daß die junge Dame heute nicht ausreitet und daß ich bei der jungen Dame speise?«

»Sehr wohl, Sir!«
Als der Kellner meine rasch auskühlende Teekanne mit der Hand berührt, mir einen flehenden Blick zugeworfen hatte und hinausgegangen war, zog Drummle vorsichtig, um nicht die Schulter neben mir wegzurücken, eine Zigarre aus der

Tasche und biß das eine Ende ab, zeigte aber nicht die Absicht, sich zu rühren. Halb erstickt und kochend vor Wut, spürte ich, daß nur noch ein Wort zu fallen brauchte, Estella ins Gespräch zu bringen. Diesen Namen aus seinem Munde zu hören, hätte ich nicht ertragen. Darum starrte ich unbeweglich die gegenüberliegende Wand an, als wäre niemand im Raum, und zwang mich, nichts zu sagen. Wie lange wir diese lächerliche Haltung beibehalten hätten, läßt sich schwer ergründen, wären nicht drei kräftige Bauern – ihnen voran der Kellner – in das Frühstückszimmer gestürmt, die gleich ihre Mäntel aufknöpften, sich die Hände rieben und auf den Kamin zusteuerten, so daß wir für sie Platz machen mußten.

Durch das Fenster beobachtete ich, wie er sein Pferd an der Mähne packte, in seiner ungeschickten, groben Art in den Sattel stieg und heimlich davonritt. Ich dachte, er wäre schon weg, als er noch einmal auftauchte und um Feuer für seine Zigarre bat, die er ganz vergessen hatte. Ein Mann in einem staubigen Anzug kam herbei und reichte das Gewünschte – ich weiß nicht, woher er kam, ob aus dem Innenhof des Gasthauses oder von der Straße oder aus einer anderen Richtung –, und als sich Drummle aus dem Sattel herunterbeugte, die Zigarre anzündete und mit einem Kopfnicken zu den Gasthausfenstern hin lachte, erinnerten mich die hängenden Schultern und das zerzauste Haar des Mannes, der mir den Rücken zuwandte, an Orlick.

Ich war zu sehr aus dem Gleichgewicht geraten, als daß ich mich lange darum kümmerte, ob er es war oder nicht, oder das Frühstück anrühren konnte. Ich spülte mir den Regen und Reisestaub vom Gesicht und von den Händen und ging zu dem merkwürdigen, alten Haus, das ich besser gar nicht erst gesehen oder betreten hätte.

44. Kapitel

Ich fand Miss Havisham und Estella in dem Zimmer, in dem der Toilettentisch stand und die Wachskerzen an der Wand brannten. Miss Havisham saß auf einem kleinen Sofa nahe dem Kamin und Estella auf einem Kissen zu ihren Füßen. Estella strickte, und Miss Havisham sah ihr zu. Beide blickten auf, als ich hereinkam, und beide fanden mich verändert, wie ich aus den Blicken schloß, die sie tauschten.

»Welcher Wind hat dich denn hierher geweht, Pip?« fragte Miss Havisham.

Obwohl sie mich unverwandt anschaute, bemerkte ich ihre Verlegenheit. Als Estella einen Augenblick im Stricken innehielt und ihre Augen auf mir ruhen ließ, dann aber weiterstrickte, bildete ich mir ein, aus den Bewegungen ihrer Finger ebenso deutlich wie aus der Zeichensprache entnehmen zu können, daß sie vermutete, ich hätte von meinem wahren Wohltäter erfahren.

»Miss Havisham«, sagte ich, »gestern fuhr ich nach Richmond, um Estella zu besuchen. Und als ich hörte, daß ein Wind sie *hierher* geweht hat, bin ich ihr gefolgt.«

Da mich Miss Havisham schon zum dritten- oder viertenmal zum Sitzen aufforderte, nahm ich auf dem Stuhl am Toilettentisch Platz, auf dem ich sie oft gesehen hatte. Durch all die Spuren des Verfalls um mich herum und mir zu Füßen schien er an diesem Tage der rechte Ort für mich zu sein.

»Was ich mit Estella besprechen wollte, Miss Havisham, werde ich gleich, in wenigen Sekunden in Ihrer Gegenwart besprechen. Es wird weder Ihr Erstaunen noch Mißfallen erregen. Ich bin so unglücklich, wie Sie es mir nur von jeher gewünscht haben mögen.«

Miss Havisham wandte noch immer keinen Blick von mir. An der Bewegung ihrer Finger merkte ich, daß Estella zuhörte; doch sie sah nicht hoch.

»Ich habe herausgefunden, wer mein Wohltäter ist. Es ist

keine glückliche Entdeckung, die weder mein Ansehen noch meine Stellung, noch mein Schicksal günstig beeinflussen wird. Aus bestimmten Gründen darf ich nicht mehr darüber sagen. Es ist nicht mein Geheimnis, sondern das eines anderen.«

Als ich eine Weile schwieg, Estella anblickte und überlegte, wie ich fortfahren sollte, wiederholte Miss Havisham: »Es ist nicht dein Geheimnis, sondern das eines anderen. Nun?«

»Als Sie mich das erstemal herbestellten, Miss Havisham, als ich noch in das Dorf da drüben gehörte – ich wünschte, ich hätte es nie verlassen –, bin ich da nicht, wie es jeder andere Junge auch getan hätte, als eine Art Diener hergekommen, um einen Wunsch oder eine Laune zu befriedigen und dafür bezahlt zu werden?«

»Ja, Pip«, antwortete Miss Havisham und nickte gelassen, »das bist du.«

»Und dieser Mr. Jaggers . . .«

»Mr. Jaggers«, unterbrach mich Miss Havisham in bestimmtem Ton, »hatte damit nichts zu tun und wußte nichts davon. Daß er mein Anwalt und gleichzeitig der deines Wohltäters ist, ist ein Zufall. Er unterhält zu vielen Leuten diese Beziehungen, so kann das schnell passieren. Wie dem auch sei, es war jedenfalls von keinem beabsichtigt.«

Jeder hätte von ihrem hageren Gesicht ablesen können, daß sie nichts vertuschen oder umgehen wollte.

»Aber als ich dann diesem Irrtum verfiel, dem ich bis jetzt erlegen war, haben Sie mich doch noch bestärkt?«

»Ja«, sagte sie und nickte wieder, »ich habe dich in dem Glauben gelassen.«

»War das freundlich von Ihnen?«

»Wer bin ich«, schrie Miss Havisham, stieß ihren Stock auf den Fußboden und geriet so plötzlich in Zorn, daß Estella erstaunt aufsah, »wer bin ich denn, in Gottes Namen, daß ich freundlich sein soll?«

Mein Vorwurf war nicht stichhaltig, und ich hatte ihn nicht

beabsichtigt. Das erklärte ich ihr, während sie nach diesem Zornesausbruch sinnend dasaß.

»Schon gut!« sagte sie. »Was weiter?«

»Ich bin für meine früheren Dienste großzügig entlohnt worden«, sagte ich, um sie zu besänftigen, »indem ich die Lehrstelle bekam. Ich habe diese Fragen eben nur zu meiner eigenen Klarheit gestellt. Was jetzt kommt, hat eine andere und – wie ich hoffe – selbstlosere Absicht. Indem Sie meinem Irrtum nachgaben, haben Sie Ihre selbstsüchtigen Verwandten bestraft, Ihr Spiel mit ihnen getrieben oder wie Sie es sonst nennen wollen.«

»Ja, das habe ich getan. Sie wollten es so haben! Du wolltest es so haben. Was habe ich alles erlebt! Und da sollte ich mich bemühen, sie oder dich zu bitten, es anders haben zu wollen! Du hast dir selbst die Schlinge um den Hals gelegt, nicht ich.«

Ich wartete, bis sie sich beruhigt hatte – denn auch das hatte sie plötzlich wütend hervorgestoßen –, und fuhr fort.

»Ich bin in die Familie eines Ihrer Verwandten geraten, Miss Havisham, und bin mit dieser laufend zusammen gewesen, seit ich in London lebe. Ich weiß, daß Ihre Verwandten derselben Täuschung unterlegen waren wie ich. Und ich müßte hinterlistig und unaufrichtig sein, wenn ich Ihnen nicht sagen würde – ob es Ihnen nun angenehm ist oder nicht und ob Sie es glauben oder nicht –, daß Sie Mr. Matthew Pocket und seinem Sohn Herbert bitter unrecht tun, wenn Sie daran zweifeln, daß beide großzügig, rechtschaffen, ehrlich und zu keiner Gemeinheit fähig sind.«

»Du bist mit ihnen befreundet«, sagte Miss Havisham.

»Sie wurden meine Freunde, als sie annehmen mußten, ich hätte sie verdrängt, und als Sarah Pocket, Miss Georgiana und Mrs. Camilla nicht meine Freunde waren.«

Daß ich diesen Gegensatz zu den anderen Verwandten erwähnte, ließ sie, wie ich erfreut feststellte, in Miss Havishams Gunst steigen. Sie sah mich eine Weile scharf an und sagte dann ruhig: »Was, willst du, soll ich für sie tun?«

»Nur eins«, sagte ich, »daß Sie sie nicht mit den anderen in einen Topf werfen. Sie mögen von gleichem Blut sein, doch glauben Sie mir, sie haben nicht den gleichen Charakter.«

Miss Havisham sah mich noch immer durchdringend an und wiederholte: »Was, willst du, soll ich für sie tun?«

»Sie sehen, ich bin nicht gewitzt genug«, antwortete ich und merkte, wie ich leicht errötete, »als daß ich vor Ihnen, selbst wenn ich es wollte, verbergen könnte, daß ich wirklich etwas möchte. Miss Havisham, wenn Sie das Geld erübrigen und meinem Freund eine Hilfe fürs ganze Leben geben könnten, was aber in diesem besonderen Fall ohne sein Wissen geschehen müßte, könnte ich Ihnen sagen, wie das möglich wäre.«

»Wieso müßte das ohne sein Wissen sein?« fragte sie und legte die Hände auf den Stock, um mich aufmerksamer betrachten zu können.

»Weil ich selbst vor mehr als zwei Jahren mit dieser Unterstützung begonnen habe, ohne daß er davon wußte, und ich möchte mich nicht verraten. Warum ich nicht mehr in der Lage bin, ihm weiterzuhelfen, kann ich nicht erklären. Das gehört zu dem Geheimnis des anderen und ist nicht meins.«

Langsam wandte sie den Blick von mir ab und dem Kaminfeuer zu. Nachdem sie es eine Zeitlang beobachtet hatte – was mir in der Stille und beim Schein der langsam herunterbrennenden Kerzen wie eine Ewigkeit vorkam –, schreckte sie durch das Geräusch der zusammenfallenden Glut hoch und blickte wieder zu mir hin, zunächst geistesabwesend, doch dann mit wachsender Aufmerksamkeit. Estella hatte unterdessen weitergestrickt. Als Miss Havisham ihre Aufmerksamkeit auf mich gelenkt hatte, sagte sie, als hätte es keinerlei Unterbrechung in unserem Gespräch gegeben: »Was noch?«

»Estella«, sagte ich und wandte mich nun an sie; dabei bemühte ich mich, das Zittern meiner Stimme zu unterdrücken. »Sie wissen, daß ich Sie liebe. Sie wissen, daß ich Sie schon seit langem von Herzen liebe.«

Als ich sie so ansprach, blickte sie zu mir auf, während die Finger weiterstrickten. Sie sah mich völlig ungerührt an. Ich merkte, wie Miss Havishams Augen zwischen uns hin und her wanderten.

»Ich hätte Ihnen das viel eher sagen müssen, wenn nicht mein Irrtum gewesen wäre. Dadurch hoffte ich, Miss Havisham hätte uns füreinander bestimmt. Solange ich glaubte, Sie könnten nichts daran ändern, habe ich es unterlassen, darüber zu sprechen. Doch jetzt muß ich es sagen.«

Noch immer blieb ihr Gesicht unbewegt, die Finger arbeiteten weiter, und Estella schüttelte den Kopf.

»Ich weiß, ich weiß«, erwiderte ich auf ihre Geste. »Ich darf nicht hoffen, daß Sie mir jemals gehören werden, Estella. Ich weiß nicht, was aus mir demnächst werden soll, wie arm ich sein und wo ich leben werde. Dennoch liebe ich Sie. Ich habe Sie vom ersten Augenblick an geliebt, da ich Sie in diesem Haus gesehen habe.«

Wieder schüttelte sie den Kopf, völlig ungerührt und mit geschäftigen Fingern.

»Es wäre grausam von Miss Havisham gewesen, schrecklich grausam, wenn sie die Gefühle eines armen Jungen ausgenutzt und mich all diese Jahre hindurch mit einer leeren Hoffnung und einer vergeblichen Aussicht gequält hätte, wenn sie sich über den Ernst dessen, was sie tat, klargewesen wäre. Aber ich glaube, sie wußte es nicht. Ich glaube, daß sie über das Erdulden ihres eigenen Schicksals meins vergessen hat, Estella.«

Ich sah, wie Miss Havisham die Hand auf ihr Herz legte und dort ruhen ließ, während sie abwechselnd zu Estella und mir blickte.

»Mir scheint«, sagte Estella sehr ruhig, »daß es Gefühle und Vorstellungen gibt – ich weiß nicht, wie ich sie nennen soll –, die ich nicht begreifen kann. Wenn Sie sagen, Sie lieben mich, weiß ich den Worten nach, was Sie meinen. Aber nicht mehr. Sie bringen in meiner Brust nichts zum Klingen. Was Sie sagen, ist mir völlig gleichgültig. Ich habe versucht, Sie zu warnen, oder etwa nicht?«

»Doch«, erwiderte ich kläglich.

»Ja. Aber Sie wollten sich nicht warnen lassen, weil Sie glaubten, es wäre nicht mein Ernst. Na, stimmt das nicht?«

»Ich habe gedacht und gehofft, daß es nicht Ihr Ernst sein könnte. Sie sind so jung, so unerfahren und schön, Estella! Das ist doch unnatürlich.«

»Es ist *meine* Natur«, erwiderte sie. Und dann fügte sie mit Nachdruck hinzu: »Es entspricht der Natur, die mir anerzogen worden ist. Wenn ich Ihnen das verrate, mache ich einen großen Unterschied zwischen Ihnen und allen anderen Menschen. Mehr kann ich nicht tun.«

»Ist es wahr, daß Bentley Drummle hier in der Stadt ist und Sie ständig begleitet?« fragte ich.

»Ja, es ist wahr«, erwiderte sie völlig gleichgültig und verächtlich.

»Daß Sie ihn ermutigen und mit ihm ausreiten und daß er mit Ihnen heute speisen wird?«

Sie schien ein wenig überrascht, daß ich dies alles wissen sollte, antwortete aber ganz ruhig:

»Ja, es ist wahr.«

»Sie können ihn nicht lieben, Estella!«

Sie hielt die Finger zum erstenmal still und entgegnete ziemlich ärgerlich: »Was habe ich Ihnen gesagt? Glauben Sie trotz allem noch, es sei nicht mein Ernst?«

»Aber Sie würden ihn doch niemals heiraten, Estella?«

Sie sah zu Miss Havisham hinüber und überlegte, das Strickzeug in der Hand, einen Augenblick. Dann sagte sie: »Warum sollte ich Ihnen nicht die Wahrheit sagen? Ich werde ihn heiraten.«

Ich schlug die Hände vor das Gesicht, behielt mich aber besser in der Gewalt, als ich bei der Qual, die mir ihre Worte bereiteten, erwartet hatte. Als ich wieder aufblickte, lag in Miss Havishams Gesicht ein so schrecklicher Ausdruck, der mir sogar in meiner leidenschaftlichen Hitzigkeit und meinem Kummer auffiel.

»Estella, liebste Estella«, rief ich, »lassen Sie sich nicht von Miss Havisham zu diesem verhängnisvollen Schritt bewegen. Geben Sie mich für immer auf – das haben Sie ohnehin getan, ich weiß –, aber geben Sie sich einem wertvolleren Mann als Drummle zur Frau. Miss Havisham will Sie ihm ausliefern, um die vielen besseren Männer, die Sie bewundern, und die wenigen, die Sie aufrichtig lieben, zu verletzen und zu kränken. Unter diesen wenigen mag es einen geben, der Sie ebenso innig, wenn auch noch nicht so lange, liebt wie ich. Nehmen Sie diesen zum Mann, und ich kann es um Ihretwillen besser ertragen!«

Der Ernst, mit dem ich sprach, rief Erstaunen in ihr hervor, das sogar mit Mitleid verbunden zu sein schien, falls sie sich überhaupt in meine Gefühlslage hineinzuversetzen vermochte.

»Ich werde ihn heiraten«, wiederholte sie, diesmal noch freundlicher. »Die Vorbereitungen für meine Hochzeit werden bereits getroffen, und ich werde bald heiraten. Warum beleidigen Sie meine Adoptivmutter? Es ist mein eigner Entschluß.«

»Ihr eigner Entschluß, Estella, sich an solchen Rohling wegzuwerfen?«

»An wen sollte ich mich sonst wegwerfen?« erwiderte sie lächelnd. »Soll ich mich an einen Mann wegwerfen, der sofort spüren würde (falls die Menschen so etwas spüren können), daß ich mir nichts aus ihm mache? Schauen Sie, es ist geschehen. Ich werde gut dabei fahren und mein Mann auch. Sie irren, wenn Sie denken, daß mich Miss Havisham zu dem verhängnisvollen Schritt veranlaßt hat. Sie hätte es lieber gesehen, wenn ich gewartet und mich noch nicht verheiratet hätte. Aber ich habe das Leben, das ich führe und das wenig Reiz für mich hat, satt und möchte es verändern. Kein Wort mehr darüber. Wir werden uns doch nie verstehen.«

»Solch ein gemeiner, solch ein törichter Schuft!« drang ich verzweifelt in sie.

»Sie brauchen nicht zu befürchten, daß ich ein Segen für ihn sein werde«, sagte Estella, »ganz gewiß nicht. Kommen Sie, hier haben Sie meine Hand. Wollen wir uns damit trennen, Sie schwärmerischer Knabe – oder Mann?«

»Oh, Estella!« entgegnete ich, und meine bitteren Tränen rannen schnell auf ihre Hand, sosehr ich mich auch bemühte, sie zurückzuhalten. »Selbst wenn ich in England bliebe und den Kopf oben behalten würde, wie könnte ich ertragen, Sie als Drummles Frau zu sehen?«

»Unsinn«, gab sie zurück, »alles Unsinn. Das wird im Nu vorüber sein.«

»Nie, Estella!«

»Nach einer Woche werden Sie mich vergessen haben.«

»Vergessen haben! Sie sind ein Teil meines Lebens, ein Teil meiner selbst. Sie haben in jeder Zeile gestanden, die ich gelesen, seit ich das erstemal hier war – der grobe, gewöhnliche Bursche, dessen Herz Sie damals schon verwundet haben. Ihr Bild ist in jeder Landschaft erschienen, die ich gesehen – auf dem Fluß, auf den Segeln der Schiffe, in den Marschen, in den Wolken, im Licht wie in der Dunkelheit, im Wind, in den Wäldern, auf dem Meer und in den Straßen. Sie sind die Verkörperung alles Schönen und Anmutigen, das sich meine Seele nur vorstellen kann. Die Steine, aus denen die mächtigsten Gebäude Londons errichtet sind, sind ebenso wirklich und lassen sich ebensowenig durch Sie von der Stelle rücken wie Ihre Gegenwart und Ihr Einfluß auf mich, der immer und überall vorhanden war und es auch in Zukunft sein wird. Estella, Sie haben keine Wahl, Sie bleiben bis zu meinem letzten Atemzug ein Teil meines Wesens, ein Teil des wenigen Guten in mir, ein Teil des Bösen. Doch in dieser Stunde der Trennung bringe ich Sie nur mit dem Guten in Verbindung, und das will ich stets treulich tun, denn Sie haben mir bei weitem mehr Gutes als Leid angetan, wenn ich jetzt auch noch so großen Kummer verspüre. Gott segne Sie, Gott verzeih Ihnen!«

In welchem Schmerzensausbruch ich diese abgerissenen Worte hervorgestoßen habe, weiß ich selber nicht. Der Wortschwall brach aus mir hervor wie Blut aus einer inneren Wunde und ergoß sich nach außen. Einige Augenblicke lang hielt ich ihre Hand an meine Lippen gepreßt, und dann verließ ich sie. Doch später erinnerte ich mich – und bald darauf hatte ich noch mehr Veranlassung dazu –, daß die geisterhafte Erscheinung von Miss Havisham, während mich Estella nur mit ungläubiger Verwunderung betrachtete, noch immer die Hand an ihr Herz drückte und einen grausigen Blick des Mitleids und der Reue annahm.

Alles vorbei, alles zu Ende! Es war so vieles zusammengebrochen, daß mir das Tageslicht, als ich ins Freie trat, dunkler vorkam als bei meiner Ankunft. Eine Zeitlang verbarg ich mich auf Pfaden und Seitenwegen, und dann gelangte ich auf die Hauptstraße und ging zu Fuß nach London. Ich war nämlich inzwischen so weit zu mir gekommen, daß ich mir überlegte, es sei unmöglich, ins Gasthaus zurückzukehren und dort Drummle zu begegnen. Ich hätte es auch nicht ertragen können, in der Kutsche zu fahren und angesprochen zu werden. Das beste wäre, mich so müde wie möglich zu machen.

Es war schon nach Mitternacht, als ich die London Bridge überquerte. Indem ich den Weg durch das dichte Straßengewirr einschlug, das damals in westlicher Richtung nahe dem Middlesex-Ufer verlief, führte mich der schnellste Weg zum Temple an der Themse entlang, durch Whitefriars. Ich wurde zwar vor dem nächsten Tag nicht zurückerwartet, hatte aber meine Schlüssel bei mir und konnte, falls Herbert schon schlief, ins Bett gehen, ohne ihn zu stören.

Da ich nur selten durch das Tor von Whitefriars kam, nachdem der Temple verschlossen war, und da ich sehr schmutzig und erschöpft war, nahm ich es dem Nachtpförtner nicht übel, daß er mich sehr genau musterte, als er das Tor einen Spalt öffnete, um mich einzulassen. Ich wollte seinem Gedächtnis etwas nachhelfen und nannte meinen Namen.

»Ich war mir nicht ganz sicher, Sir, dachte aber, daß Sie es sind. Hier ist ein Brief, Sir. Der Bote, der ihn brachte, sagte, Sie sollten ihn hier beim Schein meiner Laterne lesen.«

Überrascht von dieser Bitte, nahm ich die Mitteilung entgegen. Sie war an Philip Pip, Esquire, gerichtet, und auf dem Umschlag stand: »Bitte sofort lesen.« Ich öffnete den Brief, während der Wächter die Laterne hochhielt, und las, was in Wemmicks Handschrift dastand: »Gehen Sie nicht nach Hause!«

45. Kapitel

Sobald ich diese Warnung gelesen hatte, machte ich am Temple-Tor kehrt und begab mich so schnell wie möglich zur Fleet Street, wo ich eine verspätete Mietdroschke erreichte und zu den Hummums in Covent Garden fuhr. Damals bekam man in diesem Gasthof zu jeder Nachtzeit ein Bett. Der Pförtner ließ mich durch sein Türchen ein, zündete die auf dem Bord am nächsten stehende Kerze an und führte mich sofort in das auf seiner Liste als verfügbar bezeichnete Schlafzimmer. Es war eine Art Kellergewölbe zu ebener Erde, im hinteren Teil des Gebäudes gelegen. Eine monströse Bettstelle mit vier Pfosten füllte den gesamten Raum aus, streckte eins ihrer Beine in den Kamin und ein anderes bis auf die Schwelle und erdrückte den kleinen Waschständer in der Manier göttlicher Gerechtigkeit.

Da ich um Licht gebeten hatte, brachte mir der Pförtner das gute, alte Binsenlicht jener tugendhaften Zeit – ein Gegenstand wie ein Spazierstock, der bei der leisesten Berührung zerbrechen würde, an dem sich nichts entzünden konnte und der wie in Einzelhaft auf dem Boden eines hohen Zinntürmchens eingeschlossen war, das wiederum runde Löcher besaß, durch die grelle Muster an die Wände geworfen wurden. Als ich ins Bett gegangen war und dort mit wunden Füßen, erschöpft und todunglücklich lag, wurde mir klar, daß ich meine Augen ebensowenig wie das alberne Argusauge schließen konnte. Und so starrten wir uns in der stockfinsteren Nacht an.

Was für eine traurige Nacht wurde das! Wie angsterfüllt, wie trostlos, wie lang! Ein unwirtlicher Geruch nach kaltem Ruß und heißem Staub hing in der Luft, und als ich in die Ecken meines Betthimmels hinaufblickte, überlegte ich, wie viele Schmeißfliegen aus Schlächtereien und Ohrwürmer vom Markt und Raupen vom Lande sich dort oben aufhalten und den nächsten Sommer abwarten mochten. Das führte zu der Überlegung, ob einige hinunterfallen könnten, und dann stellte ich mir vor, sie fielen mir aufs Gesicht – ein unangenehmer Gedankengang, bei dem noch widerlichere Insekten an meinem Rücken hochkrochen. Nachdem ich kurze Zeit wachgelegen hatte, wurden jene besonderen Stimmen laut, die in der Stille reichlich vorhanden sind. Der Wandschrank wisperte, der Kamin seufzte, der kleine Waschständer tickte, und in einem Schubfach erklang hin und wieder eine Gitarrensaite. Fast gleichzeitig nahmen die Augen an der Wand einen anderen Ausdruck an, und in jedem dieser starrenden Kreise stand geschrieben: Gehen Sie nicht nach Hause.

Was für nächtliche Vorstellungen und Geräusche mich auch bedrängen mochten, so konnten sie doch nicht dieses »Gehen Sie nicht nach Hause« verdrängen. Es grub sich mir wie körperlicher Schmerz in all meine Gedanken. Erst vor kurzem hatte ich in der Zeitung von einem unbekannten Mann gelesen, der des Nachts in die Hummums gekommen war, sich ins Bett gelegt und Selbstmord begangen hatte und den man am Morgen in seinem eigenen Blut fand. Es kam mir in den Sinn, daß er in meinem Kellergewölbe gewohnt haben mußte, und ich stand auf, um mich zu vergewissern, ob auch keine Blutspuren zu entdecken waren. Dann öffnete ich die Tür und sah auf den Gang hinaus; es beruhigte mich, in einiger Entfernung einen Lichtschein zu sehen, neben dem der Pförtner döste. Doch die ganze Zeit über beschäftigten mich die Fragen, warum ich nicht nach Hause gehen sollte, was zu Hause vorgefallen war, wann ich nach Hause gehen könnte und ob Provis zu Hause in Sicherheit war, so heftig, daß man annehmen müßte, ich hätte für nichts anderes Sinn gehabt. Selbst als ich an Estella und unsere endgültige Trennung dachte, an die Umstände der Trennung, an ihre Blicke und den Tonfall ihrer Stimme und wie sie die Finger beim Stricken bewegte, selbst dann grübelte ich über die Warnung: »Gehen Sie nicht nach Hause.« Als ich schließlich, körperlich und seelisch völlig erschöpft, einnickte, wurde daraus ein gewaltiges Verb, das ich im Imperativ des Präsens konjugieren mußte: Geh nicht nach Hause, laß ihn nicht nach Hause gehen, laßt uns nicht nach Hause gehen, gehen Sie nicht, laßt sie nicht nach Hause gehen. Dann im Konjunktiv: Ich solle nicht und ich könne nicht nach Hause gehen, ich dürfte nicht, könnte nicht, wollte nicht und sollte nicht nach Hause gehen. Das dauerte so lange, bis ich merkte, daß ich bald rasend wurde, auf das Kissen rollte und wieder die grellen Kreise anstierte.

Ich hatte die Anweisung hinterlassen, mich um sieben Uhr zu wecken, denn es stand fest, daß ich zuallererst mit Wemmick sprechen mußte, und ebenso klar war mir, daß es in diesem Falle nur in Walworth geschehen konnte. Es war eine Erlösung, das Zimmer, in dem ich eine so schlechte Nacht verbracht hatte, verlassen zu können, und es bedurfte keines zweiten Anklopfens, mich von meinem unbequemen Bett aufzuscheuchen.

Um acht Uhr tauchten die Burgzinnen vor mir auf. Da das kleine Hausmädchen die Festung gerade mit zwei heißen Brötchen betrat, ging ich durch die Hintertür, überquerte mit ihr die Zugbrücke und stand somit unverhofft vor Wemmick, der für sich und den Alten den Tee bereitete. Durch eine offene Tür konnte ich den alten Herrn im Bett liegen sehen.

»Hallo, Mr. Pip!« rief Wemmick. »Sie sind also nach Hause gekommen?«

»Ja«, erwiderte ich, »aber ich bin nicht nach Hause gegangen.«

»Das ist gut«, sagte er und rieb sich die Hände. »Ich habe sicherheitshalber an jedem Tor zum Temple eine Nachricht für Sie hinterlassen. Durch welches Tor sind Sie gekommen?«

Ich sagte es ihm.

»Im Laufe des Tages werde ich zu den anderen gehen und die Zettel vernichten«, sagte Wemmick. »Es ist ein guter Grundsatz, nach Möglichkeit nichts Schriftliches als Beweis zu hinterlassen, weil man nie weiß, wann es einmal vorgelegt werden kann. Ich bin so frei, Sie zu bitten. Würden Sie meinem alten Vater diese Wurst braten?«

Ich sagte, ich täte es mit dem größten Vergnügen.

»Dann kannst du dich an die Arbeit machen, Mary Anne«, wandte sich Wemmick an das kleine Hausmädchen, »und wir sind unter uns, nicht wahr, Mr. Pip?« fügte er augenzwinkernd hinzu, als sie verschwand.

Ich dankte ihm für seine Freundschaft und die Warnung; wir unterhielten uns im Flüsterton, während ich die Wurst für den Alten briet und er das Brötchen mit Butter bestrich.

»Nun, Mr. Pip, Sie wissen«, sagte Wemmick, »Sie und ich, wir verstehen uns. Wir sind hier rein privat und in persönlicher Sache, und wir haben schon früher vertrauliche Gespräche geführt. Geschäftliche Angelegenheiten sind etwas für sich, doch wir sind nicht geschäftlich hier.«

Ich stimmte ihm von Herzen zu. Ich war dermaßen aufgeregt, daß ich die Wurst des alten Vaters beinahe wie eine Fackel hätte brennen lassen und sie nun ausblasen mußte.

»Durch Zufall«, sagte Wemmick, »hörte ich gestern morgen, als ich an einem bestimmten Ort war, zu dem ich Sie einmal mitgenommen habe – es ist übrigens besser, möglichst keine Namen zu nennen, selbst wenn wir allein sind . . .«

»Ja, es ist besser«, sagte ich, »ich verstehe Sie.«

»Dort also hörte ich gestern morgen zufällig«, sagte Wemmick, »daß eine gewisse Person, die Siedlerbestrebungen durchaus nicht fernsteht und nicht unvermögend an beweglichen Besitz ist – ich weiß nicht, um wen es sich handeln könnte –, wir wollen diese Person nicht mit Namen nennen . . .«

»Nicht nötig«, sagte ich.

». . . gewisses Aufsehen in einem bestimmten Erdteil erregt hat, wo zwar eine ganze Menge Menschen hinfahren, allerdings nicht immer aus eignem Willen und zum Teil auf Staatskosten . . .

Während ich seinen Gesichtsausdruck beobachtete, entfachte ich mit der Wurst des Alten ein wahres Feuerwerk und brachte damit Wemmicks und meine Gedanken durcheinander, wofür ich mich entschuldigte.

». . . indem die Person an diesem Ort spurlos verschwunden ist. Dadurch«, sagte Wemmick, »sind Vermutungen aufgekommen und Ansichten geäußert worden. Ich habe auch gehört, daß Sie in Ihrer Wohnung im Temple in Garden Court überwacht worden sind und es möglicherweise wieder werden.«

»Von wem?«

»So weit würde ich nicht gehen«, sagte Wemmick ausweichend, »das könnte mit den beruflichen Verpflichtungen kollidieren. Ich habe davon gehört, wie ich an diesem Ort schon früher so manche seltsame Geschichte gehört habe. Ich erzähle Ihnen das nicht als eine Tatsache. Ich habe es nur gehört.«

Er nahm mir die Röstgabel und die Wurst aus der Hand, als er sprach, und legte das Frühstück für den alten Herrn ordentlich auf ein kleines Tablett. Bevor er es ihm vorsetzte, ging er zu dem Alten ins Zimmer und befestigte ein sauberes, weißes Tuch unter dessen Kinn, stützte ihn im Rücken, schob ihm die Nachtmütze nach einer Seite und verlieh ihm dadurch ein flottes Aussehen. Dann stellte er äußerst behutsam das Frühstück vor ihn hin und fragte: »Ist es recht so, Vater?« Worauf der Alte fröhlich erwiderte: »Schon recht, John, mein Junge, schon recht!« Da eine stillschweigende Abmachung zu bestehen schien, daß der alte Herr in dieser Aufmachung nicht empfangsbereit war, tat ich so, als wüßte ich von diesen Vorgängen nichts.

»Die Überwachung meiner Person und meiner Wohnung (ich hatte schon einmal Grund zu dieser Vermutung)«, sagte ich zu Wemmick, als er zurückkam, »hängt wohl mit der Person zusammen, auf die Sie angespielt haben?«

Wemmick sah sehr ernst aus. »Dafür könnte ich mich nicht verbürgen, nach dem, was ich selber weiß. Das heißt, ich könnte nicht wagen zu behaupten, daß es zuerst so war. Aber entweder werden Sie beobachtet, oder es besteht die große Gefahr.«

Da ich merkte, daß ihn seine Loyalität gegenüber Little Britain hinderte, alles zu sagen, was er wußte, und da ich dankbar anerkannte, wie weit er in dieser Hinsicht schon gegangen war, konnte ich ihn nicht weiter bedrängen. Doch nach kurzer Überlegung am Kamin sagte ich, daß ich ihm gern eine Frage stellen würde, die er nach eigenem Ermessen beantworten oder nicht beantworten könnte. Es werde in jedem Fall richtig sein. Er unterbrach sein Frühstück, verschränkte die Arme über der Brust, zupfte an seinen Hemdsärmeln (für ihn gehörte es zur Gemütlichkeit, im Zimmer ohne Jacke zu sitzen) und nickte mir zu, ich sollte meine Frage stellen.

»Haben Sie von einem Mann mit schlechtem Ruf gehört, dessen wirklicher Name Compeyson lautet?«

Er antwortete mit einem Kopfnicken.

»Lebt er?«

Erneutes Nicken.

»Ist er in London?«

Wieder nickte er, preßte seinen Mund zum Briefkastenschlitz zusammen, nickte zum letztenmal und wandte sich erneut seinem Frühstück zu.

»Nun ist Schluß mit der Fragerei«, sagte Wemmick sehr nachdrücklich zu meiner Orientierung. »Ich komme jetzt zu dem, was ich getan habe, nachdem mir das zu Ohren gekommen war. Ich ging zum Garden Court, um Sie aufzusuchen. Als ich Sie nicht antraf, ging ich zu Clarriker, um Mr. Herbert zu sprechen.«

»Und ihn haben Sie getroffen?« fragte ich äußerst besorgt.

»Und ihn habe ich getroffen. Ohne irgendwelche Namen zu nennen oder Einzelheiten zu erwähnen, gab ich ihm zu verstehen, daß er gut daran täte, falls er irgendeinen Tom, Jack oder Richard, der sich in der Nähe der Wohnung oder in der unmittelbaren Umgebung aufhielte, bemerken sollte, einen gewissen Tom, Jack oder Richard während Ihrer Abwesenheit verschwinden zu lassen.«

»Er wird sicherlich ratlos gewesen sein, wie er das anstellen sollte.«

»Er *war* ratlos, vor allem, weil ich ihm zu bedenken gab, daß es momentan nicht sicher wäre, diesen Tom, Jack oder Richard allzuweit fortzubringen. Mr. Pip, ich will Ihnen etwas sagen. Unter den gegebenen Umständen ist eine große Stadt der geeignetste Ort, wenn man erst einmal dort ist: Nicht zu schnell aus dem Versteck herauskommen. Im verborgenen bleiben. Warten, bis sich die Lage entspannt hat, bevor man sich ins Freie oder sogar ins Ausland wagt.«

Ich dankte ihm für seinen wertvollen Rat und fragte ihn, was Herbert unternommen habe.

»Mr. Herbert«, sagte Wemmick, »hat, nachdem er eine halbe Stunde lang völlig sprachlos war, einen Plan entworfen. Er vertraute mir als Geheimnis an, daß er um eine junge Dame wirbt, deren Papa, wie Sie wohl wissen, bettlägerig ist. Dieser Papa, der früher Proviantmeister bei der Marine gewesen war, liegt in einem Erker zu Bett, von wo aus er die Schiffe auf dem Fluß beobachten kann. Die junge Dame ist Ihnen wahrscheinlich bekannt?«

»Nicht persönlich«, entgegnete ich.

Die Wahrheit war, daß sie gegen mich als einen verschwenderischen Freund, der keinen guten Einfluß auf Herbert ausübte, etwas einzuwenden gehabt hatte. Als Herbert zum erstenmal beabsichtigte, mich ihr vorzustellen, hatte sie diesen Vorschlag so kühl aufgenommen, daß sich Herbert genötigt sah, mir die Sache anzuvertrauen und ein wenig Zeit verstreichen zu lassen, ehe ich ihre Bekanntschaft machte. Als ich angefangen hatte, Herberts Aussichten heimlich zu fördern, konnte ich das in fröhlicher Gelassenheit ertragen. Er und seine Braut waren natürlich nicht gerade erpicht darauf, einen Dritten zu ihren Zusammenkünften hinzuzuziehen. Obwohl ich wußte, daß ich in Claras Ansehen gestiegen war, und obwohl die junge Dame und ich seit langem regelmäßig über Herbert Grüße ausgetauscht hatten, war ich ihr noch nicht begegnet. Doch mit diesen Einzelheiten behelligte ich Wemmick nicht erst.

»Da das Haus mit dem Erker am Fluß liegt«, sagte Wemmick, »unten am Pool zwischen Limehouse und Greenwich, und, wie es scheint, von einer sehr achtbaren Witwe unterhalten wird, die das obere Stockwerk vermietet, fragte mich Mr. Herbert, was ich davon hielte, Tom, Jack oder Richard dort vorübergehend einzumieten. Na, mir gefiel der Plan sehr gut. Aus drei Gründen, die ich Ihnen nennen will. Erstens: Das Haus liegt außerhalb Ihres Bezirkes, abseits von dem sonstigen Straßengewimmel. Zweitens: Sie können jederzeit, ohne selbst dahin zu gehen, durch Mr. Herbert Auskunft über die Sicherheit von Tom, Jack oder Richard erhalten. Drittens: Nach einiger Zeit und wenn es ratsam erscheint, falls Sie Tom, Jack oder Richard an Bord eines Schiffes verschwinden lassen wollen, dann ist er bereit.«

Durch diese Überlegungen getröstet, dankte ich Wemmick immer wieder und bat ihn fortzufahren.

»Nun, Sir! Mr. Herbert hat sich energisch eingesetzt, und gestern abend gegen neun Uhr hat er Tom, Jack oder Richard – welcher es auch sein mag, Sie und ich wollen das gar nicht wissen – glücklich dort untergebracht. In seiner bisherigen Wohnung wurde angegeben, er sei nach Dover gerufen worden, und tatsächlich hat er zuerst die Straße nach Dover eingeschlagen, doch ist dann von ihr abgebogen. Ein weiterer Vorteil dieser Unternehmungen ist, daß alles ohne Sie geschah, und wenn sich jemand für Ihr Tun interessieren sollte, weiß man, daß Sie viele Meilen weit weg und anderweitig beschäftigt waren. Das lenkt den Verdacht ab und stiftet Verwirrung. Und aus eben diesem Grunde schlug ich Ihnen auch vor, selbst wenn Sie gestern abend heimkehren sollten, nicht in Ihre Wohnung zu gehen. Das bringt noch mehr Durcheinander, und was Sie brauchen, ist das Durcheinander.«

Wemmick, der sein Frühstück beendet hatte, sah auf die Uhr und machte Anstalten, seinen Mantel anzuziehen.

»Und nun, Mr. Pip«, sagte er, die Hände noch in den Ärmeln, »habe ich vermutlich alles getan, was ich konnte. Falls ich aber noch mehr für Sie tun könnte – vom Walworth-Standpunkt aus und rein privat gesehen –, werde ich es gern tun. Hier ist die Adresse. Es würde sicherlich nichts schaden, wenn Sie heute abend dorthin fahren und sich selbst davon überzeugen, ob mit Tom, Jack oder Richard alles in Ordnung ist, ehe Sie nach Hause gehen – was eine weitere Rechtfertigung dafür wäre, daß Sie gestern abend nicht zu Hause waren. Kommen Sie aber nicht mehr hierher, nachdem Sie zu Hause gewesen waren. Wirklich gern geschehen, Mr. Pip!« Seine Hände hatte er inzwischen durch die Ärmel gesteckt, und ich schüttelte sie. »Lassen Sie mich zum Schluß noch etwas Wichtiges sagen.« Er legte mir seine Hände auf die Schultern und fügte in feierlichem Flüsterton hinzu: »Nutzen Sie die Gelegenheit, und bringen Sie sich in den Besitz seiner beweglichen Habe. Sie können nicht wissen, was ihm alles zustoßen mag. Sorgen Sie dafür, daß sein beweglicher Besitz in Sicherheit kommt.«

Da ich wenig Hoffnung hatte, Wemmick zu diesem Punkt

meine Ansicht klarmachen zu können, versprach ich, es zu versuchen.

»Es ist Zeit«, sagte Wemmick, »ich muß gehen. Wenn Sie weiter nichts Dringendes vorhaben, dann würde ich Ihnen raten, bis zum Dunkelwerden hierzubleiben. Sie sehen recht angegriffen aus, und es würde Ihnen guttun, mit dem alten Herrn einen ruhigen Tag hier zu verbringen. Er wird gleich aufstehen. Und ein bißchen vom – erinnern Sie sich an das Schwein?«

»Natürlich«, sagte ich.

»Na, Sie müssen ein wenig von ihm kosten. Die Wurst, die Sie vorhin gebraten haben, war von ihm. Es war in jeder Hinsicht ein erstklassiges Schwein. Probieren Sie es, und wenn's nur wegen der alten Bekanntschaft ist. Auf Wiedersehen, Alterchen!« rief er ihm fröhlich zu.

»Schon recht, John. Schon recht, mein Junge!« piepste der alte Mann im Zimmer.

Es dauerte nicht lange, und ich schlummerte an Wemmicks Kamin ein. Der Alte und ich leisteten einander Gesellschaft, indem wir fast den ganzen Tag schlafend vor dem Kamin verbrachten. Zum Mittagessen gab es Schweinslende und selbstgezogenes Gemüse. Ich nickte dem Alten jedesmal freundlich zu, wenn ich es aus Schläfrigkeit beinahe versäumt hatte. Als es ziemlich finster war, verließ ich den Alten, der das Feuer zum Rösten in Gang brachte. Aus der Anzahl der Teetassen und aus seinen Blicken, die er auf die beiden Klappen in der Wand richtete, schloß ich, daß Miss Skiffins erwartet wurde.

46. Kapitel

Es hatte acht Uhr geschlagen, als ich in eine Gegend kam, deren Luft angenehm nach Holz und Sägespänen von den Bootsbauern sowie den Mast-, Ruder- und Blockherstellern erfüllt war. Dieses Gebiet am oberen und unteren Pool, unterhalb der London Bridge, war mir völlig unbekannt. Als ich am Fluß entlangging, stellte ich fest, daß sich das gesuchte Gebäude nicht an der vermuteten Stelle befand und alles andere als leicht zu finden war. Der Platz hieß Mill-Pond-Ufer am Chinks's Basin. Dorthin zu kommen, hatte ich als einzige Richtschnur den Old Green Copper Rope-Walk.

Es spielt jetzt keine Rolle, wie ich zwischen gestrandeten Schiffen, die zur Reparatur im Trockendock lagen, umherirrte, vorbei an alten Schiffskörpern, die ausgeschlachtet werden sollten, an Schlick, Schlamm und anderen Rückständen der Gezeiten, an den Werkstätten der Schiffsbauer und Schiffsverschrotter, an rostigen, jahrelang nicht mehr benutzten Ankern, an Bergen von gestapelten Fässern und Balken sowie an Seilerbahnen, die sich alle nicht als der Old Green Copper erwiesen. Nachdem ich mehrere Male meinem Ziel sehr nahe und ebensooft wieder daran vorbeigelaufen war, bog ich plötzlich um eine Ecke und befand mich am Mill-Pond-Ufer. Es war eine luftige Stelle (wenn man alles bedachte), wo der Wind vom Fluß her genug Spielraum hatte. Zwei oder drei Bäume und die Reste einer zerstörten Windmühle standen dort; und da war auch der lange, schmale Old Green Copper Rope-Walk, den ich im Mondlicht entlanggehen konnte, vorbei an einer Reihe von Holzgestellen, ähnlich ausgedienten Heugabeln, die alt geworden und nun die meisten ihrer Zähne eingebüßt hatten.

Unter den wenigen, merkwürdig aussehenden Häusern am Mill-Pond-Ufer suchte ich ein dreistöckiges Haus mit einer Holzfassade und Erkern aus. Ich sah auf das Türschild und las »Mrs. Whimple«. Da es sich um den gewünschten Namen handelte, klopfte ich, und eine ältere, freundlich und blühend aussehende Frau öffnete. Sie wurde jedoch sofort von Herbert zur Seite geschoben, der mich schweigend in das Wohnzimmer führte und die Tür hinter sich schloß. Es war ein seltsames Gefühl, sein vertrautes Gesicht in diesem fremden Zimmer, in dieser fremden Umgebung wiederzusehen und zu merken, wie er sich heimisch fühlte. Ich ertappte mich dabei, daß ich ihn genauso musterte wie den Eckschrank mit den Gläsern und dem Porzellan, wie die Muscheln auf dem Kaminsims und die farbigen Kupferstiche an der Wand, auf denen der Tod des Kapitäns Cook, ein Stapellauf und Seine Majestät König Georg III. mit einer prachtvollen Perücke, Lederhosen und Stulpenstiefeln auf der Terrasse des Schlosses Windsor dargestellt waren.

»Es ist alles in Ordnung, Händel«, sagte Herbert, »und er ist ganz zufrieden, nur brennt er darauf, dich zu sehen. Mein liebes Mädchen ist bei ihrem Vater. Wenn du warten möchtest, bis sie herunterkommt, mache ich dich mit ihr bekannt, und dann gehen wir hinauf. – Das ist ihr Vater.«

Ich hatte ein beängstigendes Brummen über uns vernommen und offenbar ein verwundertes Gesicht gemacht.

»Ich fürchte, er ist ein elender alter Gauner«, sagte Herbert lächelnd, »aber zu Gesicht bekommen habe ich ihn noch nie. Riechst du den Rum? Den hat er ständig am Wickel.«

»Rum?«

»Ja«, erwiderte Herbert, »stell dir vor, wie gut das für seine Gicht ist. Er besteht darauf, daß alle Nahrungsmittel in seinem Zimmer aufbewahrt und von ihm eingeteilt werden. Er stapelt sie in Regalen über seinem Bett und will sie unbedingt abwiegen. Sein Zimmer muß wie ein Kramladen aussehen.«

Während er das erzählte, wurde aus dem Brummen ein lang anhaltendes Gebrüll; dann wurde es still.

»Was sonst ist das Ergebnis«, sagte Herbert erklärend, »wenn er unbedingt den Käse schneiden will? Ein Mann mit Gicht in der rechten Hand – und nicht nur dort, am ganzen Körper – kann eben keinen Double Gloucester durchschneiden, ohne sich zu verletzen.«

Er schien sich erheblich weh getan zu haben, denn er gab erneut ein wütendes Brüllen von sich.

»Provis als Mieter im Stockwerk darüber zu haben ist für

Mrs. Whimple geradezu ein Segen«, sagte Herbert, »denn im allgemeinen würde niemand diesen Lärm aushalten. Ein seltsames Haus, nicht wahr, Händel?«

Es war wirklich ein merkwürdiges Haus, aber sehr gut erhalten und sauber.

Als ich das sagte, meinte Herbert: »Mrs. Whimple ist die beste Hausfrau, die man sich denken kann, und ich möchte nicht wissen, was meine Clara ohne ihren mütterlichen Beistand anfangen sollte. Clara hat nämlich keine Mutter mehr, Händel. Außer diesem Rauhbein hat sie keine Angehörigen.«

»Er heißt gewiß nicht Rauhbein, Herbert?«

»Nein, nein«, sagte Herbert, »diesen Namen habe ich ihm gegeben. Er heißt Mr. Barley. Was für ein Glück ist es aber für den Sohn meiner Eltern, ein Mädchen zu lieben, das keine Verwandten hat und das weder sich selbst noch andere mit seiner Familie belästigen muß!«

Herbert hatte mir früher schon erzählt und erinnerte mich jetzt daran, daß er Miss Clara Barley kennengelernt hatte, als sie ihre Ausbildung an einem Institut in Hammersmith beendete, und daß sie, als Clara heimgeholt wurde, um ihren Vater zu betreuen, ihre Liebe der mütterlichen Mrs. Whimple anvertraut hatten, die sie seither mit gleichbleibender Güte und Verschwiegenheit behandelte. Es war klar, daß man sich mit einer Angelegenheit, die Feingefühl verlangte, nicht an den alten Barley wenden konnte, weil er sich überhaupt keinen Gegenstand vorstellen konnte, der wichtiger als Gicht, Rum und die Vorräte eines Proviantmeisters war.

Während wir uns mit leiser Stimme unterhielten und der alte Barley mit seinem ununterbrochenen Murren den Deckenbalken zum Schwingen brachte, öffnete sich die Tür, und ein sehr hübsches, schmächtiges, dunkeläugiges, etwa zwanzigjähriges Mädchen kam mit einem Korb in der Hand herein, den er ihr mit einer zärtlichen Geste abnahm. Errötend stellte er mir seine Clara vor. Sie war wirklich ein reizendes Mädchen, das man für eine gefangengehaltene Fee hätte halten können, die der grausame Menschenfresser, also der alte Barley, zu seinen Diensten hält.

»Sieh dir das an«, sagte Herbert und zeigte mir den Korb, mitleidig und zärtlich lächelnd, nachdem wir ein paar Worte gewechselt hatten. »Das ist die Nachtmahlzeit der armen Clara, die ihr jeden Abend zugeteilt wird. Das ist ihre Brotration, ihre Scheibe Käse und der Rum, den ich aber trinke. Und das ist Mr. Barleys Frühstück für morgen, das sie ihm zubereiten soll: zwei Hammelkoteletts, drei Kartoffeln, ein paar Erbsen, ein bißchen Mehl, zwei Unzen Butter, eine Prise Salz und diese Menge schwarzen Pfeffer. Das wird alles zusammengebraut und heiß gegessen und ist besonders für die Gicht geeignet, wie mir scheint!«

Es lag etwas so Natürliches und Gewinnendes in Claras Art, wie sie die von Herbert gezeigten Vorräte im einzelnen betrachtete, und etwas so Zutrauliches, Liebes und Unschuldiges in ihrer schüchternen Haltung, in der sie sich Herberts Armen überließ, und etwas so Sanftes in ihrem Gebaren, wie sie hier am Mill-Pond-Ufer am Chinks's Basin und bei dem grummligen alten Barley dringend Schutz brauchte, daß ich die Verbindung der beiden nicht um all das Geld in meiner verschlossenen Brieftasche hätte trennen mögen.

Ich betrachtete sie wohlwollend und bewundernd, als das Brummen plötzlich wieder in Gebrüll überging und ein Stampfen über uns zu vernehmen war, als ob ein Riese mit einem Holzbein versuchte, durch die Decke zu uns herab zu kommen. Daraufhin sagte Clara zu Herbert: »Papa braucht mich, Liebling!« und rannte davon.

»Das ist vielleicht ein rücksichtsloser alter Schmarotzer!« sagte Herbert. »Weißt du, was er jetzt will, Händel?«

»Ich weiß nicht«, sagte ich, »wahrscheinlich etwas zu trinken?«

»Genau das!« rief Herbert, als hätte ich etwas besonders Kniffliges erraten. »Er hat seinen Grog trinkfertig in einem kleinen Fäßchen auf dem Tisch stehen. Einen Moment, gleich wirst du hören, wie Clara ihn hochnimmt, damit er trinken kann. Hörst du?« Noch ein Aufbrüllen und zum Schluß ein Beben. »Jetzt trinkt er«, sagte Herbert, da Stille herrschte. »Und jetzt«, erklärte Herbert, als das Brummen von neuem den Balken erzittern ließ, »liegt er wieder auf dem Rücken!«

Bald darauf kam Clara zurück, und Herbert brachte mich zu unserem Schützling hinauf. Als wir an Mr. Barleys Zimmer vorübergingen, hörten wir, daß drinnen mit heiserer Stimme in einer ansteigenden und abfallenden Melodie folgender Kehrreim gemurmelt wurde, in dem ich die guten Wünsche als Ersatz für genau das Gegenteil davon einsetzte.

»Ahoi! Gerechter Gott, segne deine Augen, hier siehst du den alten Barley! Hier ist der alte Bill Barley. Segne deine Augen, hier siehst du den alten Bill Barley, platt auf dem Rücken, wahrhaftigen Gotts! Liegt platt auf dem Rücken wie eine treibende alte Flunder, hier ist euer alter Bill Barley, gerechter Gott. Ahoi! Gott befohlen.«

Bei dieser trostreichen Melodie erläuterte mir Herbert, daß der unsichtbare Barley Tag und Nacht mit sich zu Rate ging. Am Tage schaue er dabei oftmals durch ein Fernrohr, das an seinem Bett angebracht war und mit dem er den Fluß absuchen konnte.

Ich fand Provis in seinen beiden sauberen und luftigen Dachkammern, in denen man Mr. Barley weniger deutlich hörte als unten, ganz gemütlich eingerichtet. Er zeigte keine Bestürzung und schien auch sonst nichts Bemerkenswertes zu empfinden. Mir fiel nur auf, daß er unerklärlich sanft gestimmt war. Ich konnte nicht sagen, in welcher Weise. Und auch später konnte ich es mir nicht erklären. Doch es war so.

An dem Ruhetag, an dem ich Gelegenheit zum Nachdenken hatte, war ich zu dem Entschluß gekommen, nichts über Compeyson verlauten zu lassen. Nach allem, was ich wußte, war anzunehmen, daß er sich haßerfüllt auf die Suche nach diesem Mann machen und in sein eignes Verderben stürzen würde. Als sich Herbert und ich zu ihm an den Kamin gesetzt hatten, fragte ich ihn deshalb als erstes, ob er Wemmicks Urteil und Informationsquellen traue.

»Ja, ja, mein Junge«, antwortete er und nickte ernsthaft, »Jaggers weiß Bescheid.«

»Nun, ich habe mit Wemmick gesprochen«, sagte ich, »und bin gekommen, um Ihnen seine Warnung und seinen Rat mitzuteilen.«

Das erledigte ich auch genau, mit der einen schon erwähnten Einschränkung. Ich erzählte ihm, daß Wemmick im Gefängnis von Newgate (ob von Beamten oder Häftlingen, wüßte ich nicht) gehört habe, daß er in Verdacht geraten sei und meine Wohnung bewacht werde. Weiterhin, daß er eine Zeitlang verborgen bleiben und ich mich von ihm fernhalten solle. Dann erzählte ich, was Wemmick über eine Flucht ins Ausland gesagt habe. Ich fügte hinzu, daß ich ihn, wenn es soweit sei, begleiten oder ihm kurz danach folgen würde, was Wemmick für das sicherste hielt. Was danach geschehen sollte, schnitt ich nicht erst an, denn ich war mir darüber selbst noch nicht im klaren, da ich ihn jetzt in dieser milden Verfassung und um meinetwillen in Gefahr sah. Ich führte ihm vor Augen, daß es unter den gegenwärtigen ungeklärten und schwierigen Umständen lächerlich, ja weit schlimmer wäre, wenn ich nun meine Lebensweise verändern würde, indem ich meine Ausgaben erhöhte.

Das konnte er nicht leugnen, und er war überhaupt sehr vernünftig. Seine Rückkehr war ein Wagnis, sagte er, und er hätte das von vornherein gewußt. Er würde nichts unternehmen, was die Lage aussichtslos machen könnte, und er fürchte bei so guter Unterstützung wenig um seine Sicherheit.

Herbert, der nachdenklich ins Feuer gestarrt hatte, bemerkte hieraufhin, ihm sei im Zusammenhang mit Wemmicks Vorschlägen etwas in den Sinn gekommen, was man eventuell in Angriff nehmen könnte. »Wir sind doch beide gute Wassersportler, Händel, und könnten ihn, wenn die Zeit reif ist, auf dem Fluß transportieren. Wir brauchten weder ein Boot noch einen Bootsfahrer zu mieten. Damit wäre ein Verdachtsmoment ausgeschaltet, und das wäre die Sache wert. Die Jahreszeit soll uns egal sein. Meinst du nicht auch, daß es ganz gut wäre, wenn du an den Uferstiegen in der Nähe des Temple ein Ruderboot unterstellen und sofort mit dem Rudern anfangen würdest? Du tust das regelmäßig, und niemand wird es merken oder etwas dabei finden. Rudere zwanzig- oder fünfzigmal, und keiner wird am einundzwanzigsten oder einundfünfzigsten Mal Anstoß nehmen.«

Dieser Plan gefiel mir, und auch Provis war guter Stimmung. Wir vereinbarten, das Vorhaben sofort in die Tat umzusetzen. Provis sollte aber, wenn wir unterhalb der London Bridge ruderten und am Mill-Pond-Ufer vorbeikamen, keine Notiz von uns nehmen. Ferner beschlossen wir, daß er, sobald er uns sähe, an dem nach Osten gelegenen Fenster die Jalousie herunterlassen sollte, zum Zeichen, daß alles in Ordnung sei.

Als unsere Besprechung beendet und alles geklärt war, wandte ich mich zum Gehen. Zu Herbert sagte ich, es wäre besser, wir gingen nicht zusammen; ich wollte eine halbe Stunde früher aufbrechen. »Ich lasse Sie hier nicht gern zurück«, sagte ich zu Provis, »obwohl Sie hier zweifellos sicherer aufgehoben sind als in meiner Nähe. Auf Wiedersehen!«

»Mein lieber Junge«, antwortete er und ergriff meine Hände, »ich weiß nich, wann wir uns wiedersehn. Sag nich ›Auf Wiedersehen‹, sondern lieber ›Gute Nacht‹!«

»Gute Nacht! Herbert wird regelmäßig die Verbindung zwischen uns halten, und sobald die Zeit gekommen ist, werde ich bereit sein, darauf können Sie sich verlassen. Gute Nacht, gute Nacht!«

Wir hielten es für das beste, wenn er in seinem Zimmer bliebe, und ließen ihn auf dem Treppenabsatz vor seiner Tür zurück. Er hielt eine Kerze über das Geländer, um uns zu leuchten. Als ich mich nach ihm umblickte, mußte ich an den ersten Abend nach seiner Rückkehr denken, als es umgekehrt gewesen war und ich mir kaum vorstellen konnte, daß ich mich einmal so schweren Herzens wie jetzt von ihm trennen würde.

Der alte Barley brummte und fluchte, als wir an seiner Tür vorbeigingen, und es hatte auch nicht den Anschein, daß er damit aufhören wollte. Als wir unten angelangt waren, fragte ich Herbert, ob Provis seinen Namen beibehalten habe. Natürlich nicht, erwiderte er, der Mieter heiße Mr. Campbell. Alles, was man von ihm wisse, sei, erklärte er mir noch, daß Mr. Campbell ihm (Herbert) anvertraut und er sehr daran interessiert sei, daß man gut für ihn sorge und ihn zurückgezogen leben lasse. Deshalb erwähnte ich, als wir das Wohnzimmer betraten, wo Mrs. Whimple und Clara über einer Arbeit saßen, mein Interesse an Mr. Campbell nicht, sondern behielt es für mich.

Als ich mich von dem hübschen und sanften Mädchen mit den dunklen Augen und der mütterlichen Frau, die noch nicht zu alt war, ein ehrliches Verständnis für ein liebendes Paar zu haben, verabschiedet hatte, sah ich den Old Green Copper Rope-Walk mit ganz anderen Augen an. Mochte der alte Barley alt wie Methusalem sein und wie ein ganzes Heer von Landsknechten fluchen, es gab hier in Chinks's Basin Jugend, Zuversicht und Hoffnung im Überfluß. Und dann fielen mir Estella und unser Abschied ein, und ich trat sehr traurig den Heimweg an.

Im Temple war alles so still wie immer. Die Fenster in den von Provis noch vor kurzem bewohnten Zimmern waren dunkel. Kein Spaziergänger war im Garden Court zu sehen. Ich lief zwei- oder dreimal am Brunnen vorbei, bevor ich in meine Wohnung hinaufging, aber ich war ganz allein. Herbert trat an mein Bett – denn ich war sofort niedergeschlagen und müde ins Bett gegangen – und berichtete das gleiche. Als er ein Fenster öffnete und in die Mondnacht hinausblickte, meinte er, die Straße sei so leer wie eine Kirche zu dieser Stunde.

Am nächsten Tag machte ich mich daran, das Boot zu besorgen. Das war schnell erledigt, und es wurde an den Uferstiegen in der Nähe des Temple festgemacht, wo ich es in wenigen Minuten erreichen konnte. Ich fing sofort mit den Trainingsfahrten an, manchmal allein, manchmal mit Herbert. Oft war ich bei Kälte, Regen und Hagelwetter draußen; doch nachdem ich ein paarmal unterwegs gewesen war, kümmerte sich keine Seele mehr darum. Zuerst blieb ich oberhalb der Blackfriars Bridge, als sich jedoch die Stunden des Flutwechsels verschoben, fuhr ich zur London Bridge. Es war damals noch die alte London Bridge, und beim Gezeitenwechsel bildeten sich Stromschnellen und ein starkes Gefälle, was ihr einen schlechten Ruf bei den Ruderern eintrug. Nachdem ich bei anderen zugesehen hatte, wußte ich, wie ich unter der Brücke hindurchzuschießen hatte, und so begann ich, zwischen den anderen Schiffen im Pool herunter nach Erith zu rudern. Als ich das erste Mal am Mill-Pond-Ufer vorbeikam, saßen Herbert und ich im Zweierboot, und wir beobachteten bei der Hin- und Rückfahrt, wie die Jalousie heruntergelassen wurde. Herbert war mindestens dreimal wöchentlich dort und brachte mir kein einziges Mal eine beunruhigende Nachricht mit. Dennoch wußte ich, daß Grund zur Besorgnis bestand, und ich konnte das Gefühl nicht loswerden, beobachtet zu werden. Ist man davon erst einmal heimgesucht, wird sie zu einer lästigen Vorstellung. Wie viele harmlose Menschen ich in Verdacht hatte, mich zu belauern, kann ich gar nicht ausrechnen.

Kurz, ich fürchtete mich ständig vor dem Mann, der sich versteckt hielt. Herbert hatte einmal zu mir gesagt, er habe es gern, nach Einbruch der Dunkelheit, wenn die Flut flußabwärts floß, bei uns am Fenster zu stehen und sich vorzustellen, daß sie mit allem, was sie davontrug, Clara zustrebte. Ich dagegen dachte mit Schrecken daran, daß sie zu Magwitch floß und daß jeder dunkle Punkt an der Wasseroberfläche sein Verfolger sein konnte, der ihn schnell, lautlos und sicher fassen will.

47. *Kapitel*

Einige Wochen vergingen ohne irgendwelche Veränderungen. Wir warteten auf Wemmick, doch er ließ nichts von sich hören. Hätte ich ihn nicht außerhalb von Little Britain erlebt und das Vorrecht genossen, mich in der »Burg« wie zu Hause zu fühlen, hätte ich vermutlich an ihm gezweifelt. Da ich ihn aber so gut kannte, zweifelte ich keine Sekunde lang.

Meine irdischen Angelegenheiten begannen traurig auszusehen, und ich wurde von mehr als einem Gläubiger wegen meiner Schulden bedrängt. Selbst ich lernte nun die Geldnot kennen (ich meine damit das Bargeld in der eigenen Tasche). Um dem etwas abzuhelfen, setzte ich einige leicht zu entbehrende Schmuckstücke in klingende Münze um. Bei meiner gegenwärtig ungewissen Lage und meinen Plänen wäre es mir wie ein gemeiner Betrug vorgekommen, noch mehr Geld von meinem Gönner anzunehmen. Daher hatte ich ihm durch Herbert die unangetastete Brieftasche geschickt, damit er sie selbst aufbewahren sollte. Ich empfand es als eine Genugtuung – ob vorgetäuscht oder echt, weiß ich nicht genau –, daß ich aus seiner Großzügigkeit keinen Nutzen gezogen hatte, nachdem er sich zu erkennen gegeben hatte.

Während die Zeit verrann, belastete mich das Empfinden, Estella sei verheiratet, immer mehr. Obwohl ich durchaus nicht überzeugt war, vermied ich es aus Furcht vor einer Bestätigung, die Zeitungen zu lesen, und bat Herbert (dem ich bei unserer letzten Unterhaltung die Tatsachen anvertraut hatte), sie mir gegenüber nie zu erwähnen. Warum ich mich an diesen jämmerlichen, kleinen Fetzen Hoffnung klammerte, der ohnehin zerrissen und vom Wind davongetragen war, weiß ich nicht. Warum haben Sie, werter Leser, schon selbst eine so ähnliche Wankelmütigkeit an den Tag gelegt, vielleicht im letzten Jahr, Monat oder in der letzten Woche?

Ich führte ein unglückliches Leben, und ich wurde meine Hauptsorge, die wie ein hoher Gipfel eine Bergkette überragte, nie ganz los. Dennoch gab es keinen neuen Anlaß zur Beunruhigung. Jedesmal fuhr ich von neuem erschreckt von meinem Bett hoch, aus Furcht, er wäre entdeckt worden. Angstvoll lauschte ich abends auf die Schritte des heimkehrenden Herbert, ob sie beschleunigt klängen und er eine schlimme Nachricht mitbrächte. Auf diese Weise nahmen die Dinge ihren Lauf. Zur Untätigkeit und zu einem Zustand ständiger innerer Unruhe und Spannung verurteilt, ruderte ich in meinem Boot hin und her und wartete, wartete, wartete – so gut es ging.

Wenn ich zu bestimmten Flutzeiten flußabwärts unterwegs war, konnte ich die alte London Bridge wegen der Strudel an ihren Pfeilern und Bögen auf dem Hinweg nicht passieren. Dann ließ ich mein Boot an einem Kai in der Nähe des Zollhauses zurück, und später wurde es zu den Stufen am Temple gebracht. Ich tat das nicht ungern, da ich mit meinem Boot auf diese Weise für die Leute dieser Gegend ein gewohntes Bild bot. Aus diesen unbedeutenden Vorfällen ergaben sich zwei Begegnungen, von denen ich jetzt berichten will.

Eines Nachmittags, gegen Ende Februar, landete ich in der Dämmerung am Kai. Ich war mit der Ebbe bis nach Greenwich gerudert und hatte mit der Flut kehrtgemacht. Es war ein sonniger, schöner Tag gewesen, doch bei Sonnenuntergang war es neblig geworden, und ich mußte mich vorsichtig im Nebel zwischen den Schiffen hindurchmanövrieren. Sowohl auf der Hinfahrt als auch auf dem Heimweg hatte ich das Zeichen an seinem Fenster gesehen: alles in Ordnung.

Da es ein naßkalter Abend war und ich fror, beschloß ich, mich sofort mit einem Abendessen zu erquicken, und da mir nach meiner Rückkehr in den Temple ein trostloser und einsamer Abend bevorstand, wollte ich mir hinterher ein Schauspiel ansehen. Das Theater, in dem Mr. Wopsle seine zweifelhaften Triumphe gefeiert hatte, lag in dieser Gegend am Fluß (es existiert nicht mehr). Dorthin also wollte ich gehen. Ich war mir darüber im klaren, daß es Mr. Wopsle nicht gelungen war, das Drama neu zu beleben, sondern daß er vielmehr an seinem Untergang teilhatte. Auf den Theaterzetteln hatte man von ihm als einem treuen Neger in Verbindung mit einem kleinen Mädchen und einem Affen gehört. Und Herbert hatte ihn als Räuber gesehen, der mit seinem ziegelroten Gesicht und dem gräßlichen, glöckchenbehangenen Hut einer gewissen Komik nicht entbehrte. Ich kehrte in einem von Herbert als »geographisches Gasthaus« bezeichneten Restaurant ein. Dort hatten die Ränder der Biergläser und die Soßenreste wahre Landkarten auf die Tischtücher und Messer gezeichnet. Bis auf den heutigen Tag gibt es in ganz England kaum ein Gasthaus, das nicht als »geographisch« bezeichnet werden müßte. Ich verbrachte die Zeit damit, über den Brotkrümeln zu dösen, in die Gaslampe zu stieren und im heißen Speisedunst zu schmoren. Dann raffte ich mich allmählich auf und ging ins Theater.

Dort sah ich einen tapferen Bootsmann im Dienste Seiner Majestät, einen hervorragenden Mann, von dem ich mir nur gewünscht hätte, daß seine Hosen an der einen Stelle nicht so eng und an einer anderen nicht so weit gewesen wären, ein Mann, der den kleinen Leuten den Hut über die Augen stubste, obwohl er sonst sehr großzügig und tapfer war, und der nichts vom Steuernzahlen wissen wollte, obwohl er sonst sehr patriotisch eingestellt war. In seiner Hosentasche hatte er einen Geldbeutel wie einen Pudding im Tuch, und mit diesem Vermögen heiratete er unter großen Beifallsbekundungen eine junge Dame im Nachtgewand. Die gesamte Bevölkerung von Portsmouth (neun an der Zahl bei der letzten Volkszählung) erschien am Strand, um sich die Hände zu reiben, sich gegenseitig die Hände zu schütteln und um zu singen: »Schenkt ein, schenkt ein!« Ein dunkelhäutiger Offizier jedoch, der sich nichts einschenken und auch sonst nicht tun wollte, was man ihm vorschlug, und dessen Herz vom Bootsmann vor allen Leuten als ebenso dunkel wie sein Teint bezeichnet wurde, schlug zwei anderen Matrosen vor, die ganze Menschheit in Schwierigkeiten zu bringen, was mit so großem Erfolg geschah (da die Matrosengemeinschaft einen beträchtlichen politischen Einfluß hatte), daß der halbe Abend darüber verging, die Dinge ins Lot zu bringen. Das brachte schließlich nur ein ehrlicher, kleiner Händler mit einem weißen Hut, schwarzen Gamaschen und einer roten Nase zuwege, der mit einem Bratrost in eine Standuhr kroch, dort lauschte, dann herauskam und mit dem Bratrost jeden von hinten niederschlug, den er mit dem, was er heimlich gehört hatte, nicht zum Schweigen bringen konnte. Nun trat Mr. Wopsle auf (von dem vorher nichts zu sehen gewesen war), mit Orden versehen und als Bevollmächtigter von der Admiralität mit großer Machtbefugnis ausgestattet, um zu verkünden, daß die Matrosen auf der Stelle ins Gefängnis zu stecken seien und daß er dem Bootsmann als eine kleine Anerkennung für seinen Dienst an der Öffentlichkeit den Union Jack mitgebracht habe. Der Bootsmann zeigte sich zum erstenmal unmännlich, wischte sich am Union Jack die Augen ehrfürchtig trocken und bat, als er Mut gefaßt und Mr. Wopsle mit Euer Gnaden angeredet hatte, um die Erlaubnis, ihm die Flosse zu reichen. Nachdem ihm Mr. Wopsle mit herablassender, würdevoller Gebärde seine »Flosse« überlassen hatte, wurde er sofort in eine staubige Ecke gedrängt, und alle Welt tanzte Hornpipe. Von hier aus, wo er das Publikum mißvergnügt übersehen konnte, bemerkte er mich.

Das zweite Stück war die neuste großartige, heitere Weihnachtspantomime, in deren erster Szene ich zu meinem Leidwesen Mr. Wopsle zu entdecken glaubte, der, in roten Wollhosen mit übertrieben glänzendem Gesicht und einem Haarschopf aus roten Fransen, in einem Bergwerk mit der Herstellung von Blitz und Donner beschäftigt war und sich als großer Feigling erwies, als sein gigantischer Gebieter (sehr heiser) zum Abendessen nach Hause kam. Doch bald darauf trat er unter würdigeren Umständen auf, denn der Genius der Jugendliebe brauchte Hilfe – ein unwissender Bauer hatte sich in väterlicher Grausamkeit der Herzenswahl seiner Tochter widersetzt, indem er sich absichtlich aus dem Fenster im ersten Stock auf den Gegenstand ihrer Liebe stürzte, der sich in einem Mehlsack befand – und rief einen affektierten Zauberer herbei. Dieser Mann, der ziemlich schwankend nach einer offenbar recht anstrengenden Reise vom anderen Ende der Welt aufkreuzte, erwies sich als Mr. Wopsle. Auf dem Kopf trug er einen spitzen Hut und unter dem Arm ein dickbändiges Zauberbuch. Da die Aufgabe dieses Zauberers auf Erden hauptsächlich darin zu bestehen schien, angesprochen, angesungen, angerempelt, umtanzt und in verschiedenen Farben angestrahlt zu werden, hatte er eine ganze Menge Zeit. Zu meiner großen Verwunderung bemerkte ich, daß er sie darauf verwandte, völlig verwirrt in meine Richtung zu starren.

In Mr. Wopsles funkelndem Blick lag etwas so Ungewöhnliches, und er schien über vielerlei nachzusinnen und dermaßen in Verwirrung zu geraten, daß ich das nicht begreifen konnte. Ich grübelte noch darüber, lange nachdem er in einem riesigen Uhrgehäuse zu den Wolken aufgestiegen war, und fand trotzdem keine Erklärung. Als ich eine Stunde später das Theater verließ und ihn in der Nähe der Tür, auf mich wartend, vorfand, rätselte ich noch immer daran herum.

»Wie geht es Ihnen?« fragte ich und gab ihm die Hand, während wir auf die Straße traten. »Ich habe bemerkt, daß Sie mich gesehen haben.«

»Das habe ich, Mr. Pip!« erwiderte er. »Ja, natürlich habe ich Sie gesehen. Doch wer war der andere?«

»Der andere?«

»Es ist sehr merkwürdig«, sagte Mr. Wopsle und blickte verloren drein, »und doch könnte ich beschwören, daß er es war.«

Ich begann unruhig zu werden und flehte Mr. Wopsle an, sich deutlicher zu äußern.

»Ob ich ihn gleich erkannt hätte, ohne daß Sie da waren, kann ich nicht mit Bestimmtheit behaupten«, sagte Mr. Wopsle, noch immer verwirrt.

Unwillkürlich drehte ich mich um, wie ich es jetzt gewohnt war, mich auf dem Heimweg umzusehen, denn Mr. Wopsles geheimnisvolle Worte jagten mir Schauer über den Rücken.

»Oh! Er kann nicht mehr zu sehen sein«, sagte Mr. Wopsle. »Er ging vor meinem Abgang hinaus. Das habe ich beobachtet.«

Da ich allen Grund hatte, mißtrauisch zu sein, verdächtigte ich sogar diesen armen Schauspieler. Ich befürchtete, daß es sich um eine Falle handelte, um mich zu einem Geständnis zu bewegen. Deshalb blickte ich ihn flüchtig an, als wir nebeneinander gingen, sagte aber nichts.

»Lächerlicherweise bildete ich mir ein, daß er zu Ihnen gehörte, Mr. Pip, bis ich sah, daß Sie gar nicht merkten, wer wie ein Gespenst hinter Ihnen saß.«

Wieder erschauerte ich, war aber entschlossen, noch nichts zu sagen, denn seine Worte konnten durchaus darauf angelegt sein, mich dazu zu bewegen, diese Äußerungen mit Provis in Verbindung zu bringen. Natürlich war ich mir hundertprozentig sicher, daß Provis nicht dort gewesen sein konnte.

»Sie wundern sich wohl über mich, Mr. Pip. Wirklich, das sehe ich Ihnen an. Aber es ist auch zu seltsam! Sie werden mir kaum glauben, was ich Ihnen jetzt erzähle. Ich würde es auch nicht glauben, wenn Sie mir so etwas erzählten.«

»Wirklich?« sagte ich.

»Wirklich, Mr. Pip. Erinnern Sie sich an einen Weihnachtsabend vor vielen Jahren, als Sie noch ein kleiner Junge waren und ich bei Gargerys zum Essen eingeladen war und Soldaten kamen, weil sie ein Paar Handschellen repariert haben wollten?«

»Ich erinnere mich sehr gut daran.«

»Und Sie erinnern sich auch, daß auf zwei Sträflinge Jagd gemacht wurde und wir uns anschlossen und Gargery Sie auf seine Schultern nahm und ich voranging und Sie mir folgten, so gut Sie konnten?«

»Ich erinnere mich an alles sehr genau.« Besser, als er dachte, mit Ausnahme des letzten Umstandes.

»Und Sie entsinnen sich auch, daß wir in einem Graben auf die beiden stießen und daß eine Rauferei im Gange war und daß der eine von dem anderen mißhandelt und im Gesicht arg zugerichtet wurde?«

»Ich sehe das alles vor mir.«

»Und daß die Soldaten Fackeln anzündeten und die beiden in die Mitte nahmen und daß wir weitergingen, um alles mit ihnen im Schein der Fackeln zu verfolgen? Damit nehme ich es ziemlich genau. Die Fackeln beleuchteten ihre Gesichter, während ringsum dunkle Nacht war.«

»Ja«, sagte ich, »das weiß ich alles.«

»Dann, Mr. Pip, hat einer der beiden Sträflinge heute abend hinter ihnen gesessen. Ich habe ihn über Ihre Schulter hinweg gesehen.«

Ruhig Blut! dachte ich. Dann fragte ich ihn: »Welchen von beiden glauben Sie gesehen zu haben?«

»Den Mißhandelten«, antwortete er ohne Zögern. »Ich möchte schwören, daß er es war. Je mehr ich an ihn denke, desto sicherer bin ich mir.«

»Das ist sehr merkwürdig!« sagte ich und gab mir Mühe, recht gleichgültig auszusehen. »Wirklich sehr merkwürdig!«

Ich kann die wachsende Unruhe, in die mich diese Unterhaltung versetzte, gar nicht schlimm genug schildern und auch nicht das eigentümliche Entsetzen bei der Vorstellung, daß Compeyson »wie ein Gespenst« hinter mir gesessen hatte. Wenn er seit der Zeit, in der ich anfing, mich zu verbergen, jemals für ein paar Augenblicke aus meinem Gedankenkreis entschwunden war, dann gerade in dem Moment, als er mir am nächsten war. Der Gedanke, daß ich nach all meinen Vorsichtsmaßnahmen nichts bemerkt und nicht auf der Hut gewesen sein sollte, kam dem gleich, als ob ich hundert Türen verschlossen hätte, um ihn fernzuhalten, und ihn neben mir gehabt hätte. Ich zweifle nicht daran, daß er dagewesen war, denn mich hatte er ja auch gesehen. Wie wenig es auch den Anschein haben mag, daß uns eine Gefahr umgibt, so ist sie doch stets nahe und wirksam.

Ich stellte Mr. Wopsle einige Fragen, zum Beispiel: »Wann kam der Mann herein?« Das konnte er mir nicht sagen; er habe mich und über meine Schulter hinweg den Mann gesehen. Erst nach geraumer Zeit habe er ihn erkannt, doch vom ersten Moment an habe er ihn mit mir in Zusammenhang gebracht und gewußt, daß er irgendwie zu mir gehöre, aber aus der Zeit, als ich noch im Dorf lebte. »Wie war der Mann gekleidet?« Wie ein wohlhabender Mann, aber nicht besonders auffallend; er glaube, er habe dunkle Sachen getragen. »War sein Gesicht entstellt?« Nein, er glaube nicht. Das konnte ich mir auch nicht vorstellen, denn obwohl ich, in Gedanken versunken, keine Notiz von den Leuten hinter mir genommen hatte, hätte ein entstelltes Gesicht sicherlich meine Aufmerksamkeit erregt.

Nachdem mir Mr. Wopsle alles erzählt hatte, worauf er sich besinnen oder was ich aus ihm herausholen konnte, und ich ihm nach den Anstrengungen des Abends eine kleine Erfrischung spendiert hatte, trennten wir uns. Es war zwischen zwölf und ein Uhr, als ich den Temple erreichte, und die Tore waren verschlossen. Keiner hielt sich in meiner Nähe auf, als ich hineinging und meiner Wohnung zustrebte.

Herbert war schon da, und nun beratschlagten wir ernsthaft am Kamin. Es war aber nichts zu machen. Wir konnten lediglich Wemmick mitteilen, was ich an diesem Abend erfahren hatte, und ihn daran erinnern, daß wir auf seinen Wink warteten. Da ich dachte, zu häufige Besuche in der »Burg« könnten ihn gefährden, teilte ich ihm das in einem Brief mit. Ich schrieb ihn noch vor dem Schlafengehen und brachte ihn zum Kasten. Wiederum begegnete ich keinem Menschen. Herbert und ich waren uns darin einig, daß wir weiter nichts tun konnten, als sehr vorsichtig zu sein. Wir sahen uns noch mehr vor als früher – falls das überhaupt möglich war –, und ich wagte mich nicht mehr in die Nähe von Chinks's Basin, es sei denn, daß ich vorbeiruderte. Aber dann blickte ich zum Mill-Pond-Ufer hinüber wie auf alles andere.

48. Kapitel

Die zweite der beiden Begegnungen, auf die ich im letzten Kapitel angespielt hatte, fand etwa eine Woche später statt.

Wieder hatte ich mein Boot am Kai unterhalb der London Bridge zurückgelassen. Es war ungefähr eine Stunde zeitiger als letztes Mal. Während ich noch überlegte, wo ich essen sollte, schlenderte ich auf die Cheapside zu. Ich bummelte dort entlang und war gewiß der unsteteste Mensch in all dem geschäftigen Treiben. Plötzlich legte mir jemand, der mich eingeholt hatte, seine große Hand auf die Schulter. Es war Mr. Jaggers, und er zog seinen Arm durch meinen.

»Da wir dieselbe Richtung haben, Pip, können wir ja zusammen gehen. Wohin wollen Sie?«

»Ich dachte, zum Temple«, sagte ich.

»Wissen Sie es noch nicht?« fragte Mr. Jaggers.

»Nun«, erwiderte ich und war froh, ihm einmal beim Kreuzverhör überlegen zu sein, »ich weiß es nicht, denn ich habe mich noch nicht entschieden.«

»Sie wollen wohl essen gehen?« fragte Mr. Jaggers. »Das werden Sie doch vermutlich zugeben.«

»Ja«, antwortete ich, »das gebe ich zu.«

»Und Sie sind nicht verabredet?«

»Auch das gebe ich zu, daß ich nicht verabredet bin.«

»Dann kommen Sie mit zu mir zum Abendessen.«

Ich wollte mich gerade entschuldigen, als er hinzufügte: »Wemmick kommt auch.« So änderte ich meine Ablehnung in eine Zusage um – meine Anfangsworte konnten für beides gelten –, und wir gingen die Cheapside entlang und bogen nach Little Britain ab, während die Lichter in den Schaufenstern aufleuchteten und die Laternenanzünder, die in dem nachmittäglichen Gedränge kaum Platz fanden, ihre Leitern aufzustellen, hoch- und runterhüpften, in die Geschäfte hinein- und wieder herausrannten und in dem dichten Nebel mehr rote Augen zum Leuchten brachten, als mein Argusauge in den Hummums weiße Flecken an die Geisterwände gemalt hatte.

Im Büro in Little Britain wurde der Arbeitstag mit dem üblichen Briefschreiben, Händewaschen, Kerzeputzen und

Verschließen des Safes beendet. Als ich müßig an Mr. Jaggers' Kamin stand, verlieh die aufflackernde und herabsinkende Flamme den beiden Gipsköpfen auf dem Regal das Aussehen, als spielten sie auf eine teuflische Weise »Kuckuck« mit mir.

Währenddessen schrieb Mr. Jaggers in einer Ecke beim trüben Schein zweier dicker, plumper Kerzen, an denen schmutziges Wachs in einer Form herabgetropft war, die an gehängte Verbrecher erinnerte.

Wir fuhren zu dritt in einer Droschke zur Gerrard Street. Kaum waren wir angekommen, als schon das Essen serviert wurde. Wenn ich auch an diesem Ort nicht daran denken konnte, auch nur andeutungsweise – und sei es durch einen Blick – auf Wemmicks Walworth-Gefühle Bezug zu nehmen, hätte ich doch nichts dagegen gehabt, hin und wieder einen freundlichen Blick von ihm aufzufangen. Aber das war nicht möglich. Er heftete seine Augen auf Mr. Jaggers, wenn er von der Tafel aufblickte, und verhielt sich mir gegenüber so kühl und zurückhaltend, als gäbe es ein Zwillingspaar Wemmick und als wäre er nicht der richtige, mir bekannte.

»Wemmick, haben Sie Mr. Pip diesen Brief von Miss Havisham zukommen lassen?« fragte Mr. Jaggers, kurz nachdem wir unsere Mahlzeit begonnen hatten.

»Nein, Sir«, erwiderte Wemmick, »er sollte gerade mit der Post geschickt werden, als Sie mit Mr. Pip ins Büro kamen. Hier ist er.« Anstatt das Schreiben mir zu geben, reichte er es seinem Prinzipal.

»Es sind nur zwei Zeilen, Pip«, sagte Mr. Jaggers und gab mir die Nachricht. »Miss Havisham hat sie mir geschickt, weil sie Ihre Adresse nicht genau kannte. Sie teilt mir mit, daß sie Sie in einer kleinen geschäftlichen Angelegenheit sprechen möchte, die Sie ihr gegenüber erwähnt haben. Werden Sie hinfahren?«

»Ja«, sagte ich und warf einen kurzen Blick auf den Brief, der genau das eben Gesagte enthielt.

»Wann, denken Sie, werden Sie fahren?«

»Ich muß noch Verpflichtungen nachkommen«, sagte ich und warf Wemmick, der gerade Fisch in seinen Briefschlitzmund schob, einen Blick zu, »so daß ich schlecht meine Zeit planen kann. Wahrscheinlich fahre ich bald.«

»Wenn Mr. Pip die Absicht hat, sofort zu fahren«, sagte Wemmick zu Jaggers, »braucht er nicht erst eine Antwort zu schreiben, stimmt's.«

Ich faßte das als einen Wink auf, besser nichts aufzuschieben, und gab meinen Entschluß bekannt, am nächsten Tag fahren zu wollen. Wemmick trank ein Glas Wein und sah mit grimmiger Genugtuung Mr. Jaggers, aber nicht mich an.

»So, Pip! Unser Freund, die Spinne«, sagte Mr. Jaggers, »hat seine Trümpfe ausgespielt und den großen Treffer gemacht.«

Ich konnte weiter nichts als ihm beipflichten.

»Ach, er ist ein vielversprechender Bursche – in seiner Art –, aber es wird nicht immer nach seinem Willen gehen. Der Stärkere wird schließlich siegen, doch der Stärkere muß sich erst herausstellen. Sollte er sie etwa schlagen . . .«

»Sie halten es doch nicht im Ernst für möglich, Mr. Jaggers«, unterbrach ich ihn mit glühenden Wangen und brennendem Herzen, »daß er zu einer so niederträchtigen Handlung fähig ist?«

»Das habe ich nicht behauptet, Pip. Ich setze nur den Fall. Sollte er sie etwa schlagen, mag er als der Stärkere hervorgehen. Sollte es aber eine Frage des Intellekts sein, wird er gewiß unterliegen. Es läßt sich nur schwer sagen, wie sich ein solcher Bursche unter diesen Umständen entpuppen wird. Zwei Möglichkeiten bestehen. Die Sache ist völlig offen.«

»Darf ich fragen, welche beiden Möglichkeiten?«

»Ein Bursche wie unser Freund, die Spinne«, antwortete Mr. Jaggers, »schlägt oder kriecht. Er mag kriechen und murren oder kriechen, ohne zu murren. Aber er schlägt, oder er kriecht. Fragen Sie Wemmick nach seiner Meinung.«

»Schlägt oder kriecht«, sagte Wemmick, ohne sich im geringsten an mich zu wenden.

»Also, auf Mrs. Bentley Drummles Wohl«, sagte Mr. Jaggers, nahm von dem Teewagen eine Karaffe mit erlesenem Wein und schenkte uns und sich selber ein. »Möge sich die Frage der Überlegenheit zur Zufriedenheit der Dame lösen. Zur Zufriedenheit der Dame *und* des Herrn – das wird es nie geben. Molly, Molly, wie langsam du heute bist!«

Sie stand dicht neben ihm, als er sie ansprach, und stellte eine Schüssel auf den Tisch. Als sie die Hände wegzog, trat sie ein oder zwei Schritte zurück und murmelte nervös eine Entschuldigung.

»Was ist los?« fragte Mr. Jaggers.

»Nichts. Das, wovon wir gerade sprachen, ist nur sehr schmerzlich für mich.«

Sie bewegte ihre Hände wie beim Stricken. Sie stand da, sah ihren Gebieter an und wußte nicht recht, ob sie gehen durfte oder ob er ihr noch mehr sagen wollte und sie zurückrufen würde. In ihrem Blick lag etwas Gespanntes. Wahrhaftig, genau solche Augen und solche Hände hatte ich erst kürzlich bei einer denkwürdigen Gelegenheit gesehen!

Er entließ sie, und sie schlüpfte aus dem Zimmer. Ich sah sie jedoch weiter so deutlich vor mir, als stände sie noch da. Im Geiste blickte ich noch immer auf diese Hände und in diese Augen, auf dieses wallende Haar. Ich mußte alles mit anderen Händen, anderen Augen und anderem Haar vergleichen, die ich so gut kannte. Wie würden sie nach zwanzig Jahren an der Seite eines brutalen Ehemannes und eines stürmischen Lebens aussehen? Ich sah wieder die Hände und Augen der Haushälterin vor mir und dachte an das unerklärliche Gefühl, das mich überfallen hatte, als ich letztens – ich war nicht allein – durch den verwahrlosten Garten und die verödete Brauerei gegangen war. Mir fiel ein, daß ich dasselbe Gefühl hatte, als ich durch das Postkutschenfenster ein mir zugewandtes Gesicht und eine winkende Hand sah. Ich dachte daran, wie mich die gleichen Empfindungen blitzartig überfallen hatten, als ich in einer Kutsche – ich war nicht allein – in einer dunklen Straße plötzlich in grelles Licht geriet. Ich überlegte, wie mir eine Gedankenverbindung zu dem Erkennen im Theater verholfen hatte und wie solch ein Kettenglied, das vorher nicht vorhanden war, jetzt für mich eingefügt worden war, als ich durch Zufall von Estellas Namen auf die Hände mit der Strickbewegung und die wachsamen Augen kam. Und ich war felsenfest überzeugt, daß diese Frau Estellas Mutter war.

Mr. Jaggers hatte mich mit Estella zusammen gesehen, und ihm waren gewiß nicht meine Gefühle entgangen, die zu verbergen ich mir keine Mühe gab. Er nickte, als ich sagte, das Thema sei schmerzlich für mich, klopfte mir auf den Rücken, reichte wieder die Karaffe herum und wandte sich seinem Abendessen zu.

Die Haushälterin kam nur noch zweimal ins Zimmer und blieb jeweils ganz kurz, und Mr. Jaggers war streng zu ihr. Aber ihre Hände waren Estellas Hände und ihre Augen Estellas Augen. Und wenn sie hundertmal ins Zimmer gekommen wäre, hätte ich mir nicht sicherer sein können, daß meine Überzeugung der Wahrheit entsprach.

Der Abend war recht langweilig, denn Wemmick nahm den Wein, wenn er herumgereicht wurde, wie eine dienstliche Angelegenheit zu sich, wie er wohl auch sein Gehalt einsteckte, wenn es ausgeteilt wurde. Die Augen auf seinen Vorgesetzten gerichtet, saß er in ständiger Bereitschaft zu einem Kreuzverhör. Was die Weinmenge anbelangt, war sein Briefschlitzmund ebenso gleichgültig und aufnahmebereit wie irgendein Briefschlitz gegenüber einer Anzahl Briefe. Aus meiner Sicht war er die ganze Zeit der falsche Zwilling, der dem Wemmick von Walworth nur äußerlich glich.

Wir verabschiedeten uns gleichzeitig und gingen gemeinsam fort. Schon als wir zwischen Mr. Jaggers' Stiefelparade nach unseren Hüten tasteten, merkte ich, daß der echte Zwilling auf dem Wege zu mir war, und wir hatten noch kein halbes Dutzend Yard in der Gerrard Street in Richtung Walworth zurückgelegt, als ich mit dem richtigen Zwilling Arm in Arm schritt und der falsche Zwilling sich in Luft aufgelöst hatte.

»Na«, sagte Wemmick, »das wäre überstanden! Er ist ein fabelhafter Mann, der seinesgleichen sucht. Wenn ich bei ihm esse, habe ich das Gefühl, mich zusammennehmen zu müssen, und ich esse lieber ohne diesen Zwang.«

Ich fand, daß er die Lage treffend kommentiert hatte, und sagte ihm das auch.

»Würde mich zu keinem außer Ihnen so äußern«, antwortete er. »Ich weiß ja, daß alles, was zwischen Ihnen und mir besprochen wird, nicht weitererzählt wird.«

Ich fragte ihn, ob er je Miss Havishams Adoptivtochter, Mrs. Bentley Drummle, gesehen habe. Er sagte nein. Um nicht zu plötzlich vorzugehen, sprach ich zunächst von seinem Vater und Miss Skiffins. Er bekam einen ziemlich schelmischen Ausdruck, als ich Miss Skiffins erwähnte, blieb stehen, um sich die Nase zu putzen, und drehte den Kopf nicht ohne einen gewissen Stolz.

»Wemmick«, fuhr ich fort, »erinnern Sie sich, wie Sie mich, bevor ich Mr. Jaggers zum erstenmal in seinem Hause besuchte, auf diese Haushälterin aufmerksam gemacht haben?«

»Habe ich das?« erwiderte er. »Ach, ich glaube schon. Der Teufel soll mich holen«, fügte er mißmutig hinzu, »ich weiß, daß ich es gesagt habe. Ich bin wohl noch nicht ganz frei von dem Zwang.«

»Sie haben sie eine gezähmte Bestie genannt.«

»Und wie haben Sie sie genannt?«

»Genauso. Wemmick, wie hat Mr. Jaggers sie gezähmt?«

»Das ist sein Geheimnis. Sie lebt schon viele Jahre bei ihm.«

»Ich wünschte, Sie erzählten mir ihre Geschichte. Ich habe ein besonderes Interesse daran. Sie wissen ja, was zwischen Ihnen und mir besprochen wird, bleibt unter uns.«

»Nun«, antwortete Wemmick, »ich kenne ihre Geschichte nicht, das heißt, ich kenne nicht die ganze Geschichte. Aber was ich davon weiß, will ich Ihnen erzählen. Wir sind ja selbstverständlich privat und rein persönlich zusammen.«

»Natürlich.«

»Vor etwa zwanzig Jahren wurde dieser Frau im Old Bailey wegen Mordes der Prozeß gemacht. Sie wurde freigesprochen. Sie war eine sehr hübsche junge Frau und hatte, glaube ich, etwas Zigeunerblut in sich. Jedenfalls geriet es ziemlich schnell in Wallung, wie Sie sich vorstellen können.«

»Aber sie wurde freigesprochen.«

»Mr. Jaggers hat sie verteidigt«, fuhr Wemmick mit bedeutungsvoller Miene fort, »und den Fall in einer ganz erstaunlichen Weise behandelt. Die Sache sah hoffnungslos aus, und er stand noch nicht lange im Beruf. Er löste den Fall aber zur allgemeinen Bewunderung. Das heißt, man kann beinahe sagen, er hat ihn berühmt gemacht. Er hat sich lange Zeit Tag für Tag auf dem Polizeibüro damit beschäftigt und sogar gegen die Verhaftung angekämpft. Und bei der Verhandlung, wo er nicht selbst wirksam werden konnte, saß er bei den Anwälten und gab dem Prozeß die Würze, wie jeder merkte. Die Ermordete war eine Frau, die gut zehn Jahre älter, viel größer und viel stärker gewesen war. Es war eine Tat aus Eifersucht. Beide führten sie ein Wanderleben. Die Frau hier aus der Gerrard Street war sehr jung (vom Fleck weg, wie wir sagen) an einen fahrenden Gesellen verheiratet worden. Sie war die reinste Furie in bezug auf Eifersucht. Die Ermordete, die altersmäßig bestimmt besser zu dem Mann gepaßt hätte, wurde in einer Scheune bei Hounslow Heath aufgefunden. Es muß einen heftigen Kampf gegeben haben. Sie hatte blaue Flecken, Kratz- und Fleischwunden und muß zum Schluß am Hals gepackt und erwürgt worden sein. Nun kam als Täter kaum ein anderer als diese Frau hier in Frage. Mr. Jaggers baute seinen Fall hauptsächlich darauf auf, daß sie zu dieser Tat gar nicht in der Lage gewesen wäre. Sie können sicher sein«, sagte Wemmick und berührte meinen Ärmel, »daß er damals nie auf die Kraft in ihren Händen näher eingegangen ist, obwohl er das jetzt manchmal tut.«

Ich hatte Wemmick erzählt, daß er uns bei jenem Abendessen ihre Handgelenke gezeigt hatte.

»Nun, Sir«, fuhr Wemmick fort, »ganz zufällig, verstehen Sie, war diese Frau nach ihrer Verhaftung so geschickt gekleidet, daß sie viel zarter wirkte, als sie in Wirklichkeit war. Besonders ihre Ärmel waren immer so raffiniert gearbeitet, daß ihre Arme ausgesprochen zierlich aussahen. Sie hatte nur ein, zwei blaue Flecke – das ist gar nichts für fahrendes Volk –, aber ihre Handrücken waren aufgerissen, und es entstand die Frage, ob das von Fingernägeln herrührte. Mr. Jaggers wies nun nach, daß sie sich durch Dornengestrüpp hatte durchkämpfen müssen, das zwar nicht bis zu ihrem Gesicht hinaufreichte, durch das sie aber nicht hätte gehen können, ohne die Hände zu Hilfe zu nehmen. Es wurden tatsächlich einige Dornen in ihrer Haut gefunden und als Beweis anerkannt. Außerdem stellte man bei der Besichtigung fest, daß jemand durch das Gestrüpp hindurchgegangen war und daß hier und dort kleine Kleiderfetzen und Blutspuren zu sehen waren. Aber das stärkste Stück war folgendes. Als Beweis für ihre Eifersucht versuchte man noch, sie zu verdächtigen, zur Zeit des Mordes in einem Anfall von Wahnsinn ihr etwa dreijähriges Kind umgebracht zu haben, aus Rache an ihrem Mann. Mr. Jaggers drehte die Sache so hin: ›Wir sagen, das sind nicht Spuren von Fingernägeln, sondern von Dornen, und wir zeigen Ihnen die Dornen. Sie sagen, es handelt sich um Spuren von Fingernägeln, und Sie stellen die Behauptung auf, sie hätte ihr Kind umgebracht. Dann müssen Sie auch alle Konsequenzen aus dieser Behauptung ziehen. Denn nach allem, was wir wissen, kann sie ihr Kind umgebracht haben, und das Kind kann ihr, als es sich an sie klammerte, die Hände zerkratzt haben. Was nun? Sie haben sie ja nicht des Kindesmordes angeklagt. Warum eigentlich nicht? Wenn Sie Kratzer haben wollen, behaupten wir eben das, denn nach allem, was wir wissen, können Sie dafür genügend Gründe angeben, vorausgesetzt, Sie haben sie nicht erfunden, um einen Schuldbeweis zu haben.‹ Kurz gesagt, Sir«, sagte Wemmick, »Mr. Jaggers war den Geschworenen überlegen, und sie mußten nachgeben.«

»Ist sie seitdem in seinem Haushalt?«

»Ja, aber nicht nur das«, sagte Wemmick, »sie trat ihren Dienst gleich nach ihrem Freispruch schon so zahm an, wie sie jetzt ist. Im Laufe der Zeit hat sie das eine oder andere gelernt, aber zahm war sie von Anfang an.«

»Können Sie sich entsinnen, ob das Kind ein Junge oder Mädchen war?«

»Es soll ein Mädchen gewesen sein.«

»Haben Sie mir heute abend noch irgend etwas zu sagen?«

»Nichts weiter. Ich habe Ihren Brief erhalten und vernichtet. Sonst nichts.«

Wir wünschten uns herzlich gute Nacht, und ich ging mit neuem Stoff zum Nachdenken nach Hause. Meine alten Sorgen waren nicht leichter geworden.

49. Kapitel

Ich steckte Miss Havishams Brief in die Tasche, damit er mir als Empfehlung dienen konnte, wenn ich nach so kurzer Zeit schon wieder im Haus »Satis« auftauchte. Immerhin konnte sie bei ihrer Launenhaftigkeit ein plötzliches Erstaunen über meinen Besuch zum Ausdruck bringen. Am nächsten Tag nahm ich eine Kutsche, stieg aber schon am Relais-Gasthof aus, frühstückte dort und ging die restliche Strecke zu Fuß, denn ich wollte unbemerkt auf selten benutzten Wegen in die Stadt gelangen und sie ebenso wieder verlassen.

Das Tageslicht war bereits im Schwinden, als ich durch die stillen, hallenden Gassen hinter der Hauptstraße lief. Die verfallenden Winkel, in denen die Mönche einst ihre Speisesäle und Gärten gehabt hatten und deren starke Mauern jetzt zu bescheidenen Schuppen und Ställen verwendet worden waren, lagen fast so still wie die alten Mönche in ihren Gruften. Während ich vorwärtseilte, um nicht aufzufallen, hatten die Glocken der Kathedrale einen traurigeren Klang als früher und schienen aus weiterer Ferne zu läuten. Das Brausen der alten Orgel drang wie Begräbnismusik an meine Ohren, und die Krähen, die um den grauen Turm kreisten und sich in die kahlen, hohen Bäume des Klostergartens schwangen, schienen mir zuzurufen, daß sich dieser Ort verändert und Estella ihn für immer verlassen habe.

Eine ältere Frau, die ich schon als Dienerin im Hause gesehen hatte und die im Nebengebäude auf der anderen Seite des Hofes wohnte, öffnete das Tor. In dem dunklen Korridor stand wie früher eine brennende Kerze; ich nahm sie und stieg allein die Treppe hinauf. Miss Havisham war nicht in ihrem Zimmer, sondern in dem gegenüberliegenden Saal. Nachdem ich vergeblich angeklopft hatte, blickte ich durch einen Türspalt und sah sie in einem zerfetzten Sessel dicht vor dem Kamin sitzen und gedankenverloren in die Asche starren.

Wie ich es oft getan hatte, ging ich hinein und lehnte mich an den Kaminsims, wo sie mich sehen konnte, wenn sie aufblickte. Von ihr ging eine vollkommene Einsamkeit aus, die mein Mitleid erregte, obwohl sie mir wissentlich tieferes Leid zugefügt hatte, als ich ihr zur Last legen konnte. Während ich sie bemitleidete und darüber nachdachte, wie auch ich im Laufe der Zeit ein Teil des Unglücks in diesem Hause geworden war, blieben ihre Blicke auf mir ruhen. Sie starrte mich an und fragte mit leiser Stimme: »Ist es wahr?«

»Ich bin's, Pip. Mr. Jaggers gab mir gestern Ihre Nachricht, und ich habe keine Zeit verloren.«

»Ich danke dir, ich danke dir.«

Als ich einen zweiten, ebenso zerfetzten Sessel an den Kamin zog und mich niederließ, bemerkte ich einen neuen Ausdruck in ihrem Gesicht, so, als fürchtete sie sich vor mir.

»Ich möchte das Thema, das du bei deinem letzten Besuch angeschnitten hast, fortsetzen«, sagte sie, »und dir zeigen, daß ich nicht aus Stein bin. Aber vielleicht kannst du dir gar nicht vorstellen, daß mein Herz einer menschlichen Regung fähig ist.«

Als ich eine ermutigende Bemerkung machte, streckte sie ihre bebende rechte Hand aus, als wollte sie mich berühren, zog sie dann aber wieder zurück, noch ehe ich diese Geste begriff oder wußte, wie ich mich hätte verhalten sollen.

»Als du für deinen Freund sprachst, erwähntest du, daß du mir sagen könntest, wie ich etwas Gutes und Nützliches für ihn tun kann. Etwas, das du gern hättest, nicht wahr?«

»Etwas, das ich sehr, sehr gern für ihn getan wüßte.«

»Worum geht es?«

Ich begann, ihr die geheimgehaltene Geschichte von der Partnerschaft zu erzählen. Ich war noch nicht weit damit gekommen, als ich ihrem Blick entnahm, daß ihre Gedanken von dem, was ich erzählte, zu meiner Person abschweiften. Es sah wenigstens so aus, denn als ich innehielt, verstrich geraume Zeit, ehe sie erkennen ließ, daß sie den Sachverhalt erfaßt hatte.

»Erzählst du nicht weiter«, fragte sie daraufhin mit jenem ängstlichen Gesichtsausdruck, »weil du mich so haßt, daß du es nicht ertragen kannst, mit mir zu sprechen?«

»Nein, nein«, antwortete ich, »wie können Sie so etwas denken, Miss Havisham! Ich habe nur innegehalten, weil ich annahm, Sie folgten meinen Worten nicht.«

»Vielleicht habe ich das wirklich nicht getan«, erwiderte sie und faßte sich an den Kopf. »Fange noch einmal an und laß mich dabei zu etwas anderem hinsehen. Warte! So, nun erzähle mir.«

Sie stützte mit einer Entschlossenheit, die ihr manchmal eigen war, ihre Hand auf die Krücke und blickte mit angestrengter Aufmerksamkeit ins Feuer. Ich fuhr in meiner Geschichte fort und erzählte ihr, daß ich gehofft hätte, meinen Plan aus eignen Mitteln zu verwirklichen, daß ich aber in dieser Hinsicht enttäuscht worden wäre. Doch zu diesem Punkt gehörten Dinge, zu denen ich mich nicht in meinem Bericht äußern könne, da sie das wichtige Geheimnis eines Dritten seien.

»So«, sagte sie, nickte zustimmend, sah mich aber nicht an. »Und wieviel Geld wird benötigt, um diesen Kauf zum Abschluß zu bringen?«

Ich wagte kaum, die hohe Summe zu nennen. »Neunhundert Pfund.«

»Wenn ich dir das Geld für diesen Kauf gebe, wirst du dann mein Geheimnis ebenso hüten, wie du deins gehütet hast?«

»Genauso.«

»Wirst du dann eher zur Ruhe kommen?«

»Viel eher.«

»Bist du jetzt sehr unglücklich?«

Sie stellte diese Frage, ohne mich anzusehen, aber in ungewöhnlich teilnahmsvollem Ton. Ich konnte nicht gleich antworten, denn meine Stimme versagte. Sie stützte ihren linken Arm auf die Krücke des Stocks und legte behutsam ihre Stirn darauf.

»Ich bin alles andere als glücklich, Miss Havisham, aber ich habe noch andere Gründe zur Besorgnis als die Ihnen bekannten. Sie hängen mit dem erwähnten Geheimnis zusammen.«

Nach einer Weile hob sie den Kopf und blickte wieder ins Feuer.

»Es ist anständig von dir, mir zu sagen, daß du noch andere Gründe zum Unglücklichsein hast. Ist das wahr?«

»Nur zu wahr.«

»Kann ich dir *nur* helfen, Pip, indem ich deinem Freund helfe? Da wir das als erledigt ansehen können, gibt es denn gar nichts, was ich für dich tun könnte?«

»Nichts. Ich danke Ihnen für die Nachfrage. Ich danke

Ihnen vor allem für den Ton, in dem Sie die Frage gestellt haben. Es gibt aber wirklich nichts zu helfen.«

Bald darauf erhob sie sich und sah sich in dem heruntergekommenen Raum nach Schreibutensilien um. Es gab keine, und so holte sie aus ihrer Tasche mehrere gelbe, mit Mattgold eingefaßte Elfenbeintäfelchen hervor. Mit einem Bleistift, der ihr in einem Etui – ebenfalls aus Mattgold – um den Hals hing, schrieb sie etwas auf.

»Stehst du noch mit Mr. Jaggers auf freundschaftlichem Fuß?«

»Durchaus. Ich habe gestern bei ihm zu Abend gegessen.«

»Hier ist eine Anweisung für ihn, daß er dir das Geld auszahlen soll, damit du es für deinen Freund nach eignem Ermessen ausgeben kannst. Ich bewahre kein Geld im Hause auf. Wenn es dir aber lieber wäre, daß Mr. Jaggers nichts von dieser Angelegenheit erfährt, schicke ich dir direkt das Geld.«

»Vielen Dank, Miss Havisham, ich habe nicht das geringste dagegen einzuwenden, es von ihm zu bekommen.«

Sie las mir vor, was sie geschrieben hatte. Es war einfach und klar und sollte offenbar jeden Verdacht von mir nehmen, daß ich persönlich von dem Geld profitieren könnte. Ich nahm ihr die Täfelchen aus der Hand, und sie zitterte dabei. Als sie die Kette mit dem Bleistift abnahm und mir reichte, verstärkte sich das Zittern ihrer Hand noch mehr. Sie tat das alles, ohne mich dabei anzusehen.

»Mein Name steht auf dem ersten Blatt. Wenn du jemals unter meinen Namen schreiben kannst: ›Ich verzeihe ihr‹, selbst wenn mein gebrochenes Herz längst zu Staub geworden ist, bitte, tu es!«

»Oh, Miss Havisham«, sagte ich, »das kann ich gleich tun. Es sind schwere Fehler gemacht worden. Mein Leben ist sinnlos gewesen und hat sich nicht gelohnt. Ich bedarf selbst zu sehr der Vergebung und Lenkung, als daß ich Ihnen gegenüber streng sein dürfte.«

Zum erstenmal, seit sie ihr Gesicht abgewandt hatte,

blickte sie mich an, und zu meinem Erstaunen, ja zu meinem Entsetzen fiel sie vor mir auf die Knie. Ihre gefalteten Hände hob sie in einer Weise zu mir hoch, wie sie sie oft dem Himmel entgegengestreckt haben mochte, als ihr armes Herz noch jung und gesund und ungebrochen war.

Sie so zu sehen, mit ihren weißen Haaren und ihrem erschöpften Gesicht, wie sie mir zu Füßen kniete, erschütterte mich bis ins Innerste. Ich bat sie inständig aufzustehen und nahm sie in meine Arme, um ihr aufzuhelfen. Sie aber drückte nur meine Hand, die ihr am nächsten war, neigte das Gesicht darüber und weinte. Ich hatte sie noch nie eine Träne vergießen sehen. In der Hoffnung, daß es sie erleichtern und ihr guttun werde, beugte ich mich schweigend zu ihr herab. Sie kniete jetzt nicht, sondern lag am Boden.

»Oh!« rief sie verzweifelt. »Was habe ich getan! Was habe ich getan!«

»Wenn Sie damit meinen, Miss Havisham, was Sie mir angetan haben, möchte ich Ihnen entgegnen: sehr wenig. Ich hätte sie unter allen Umständen geliebt. – Ist sie verheiratet?«

»Ja!«

Die Frage war überflüssig, denn eine neuartige Traurigkeit in diesem ohnehin trostlosen Haus hatte mir das bereits verraten.

»Was habe ich getan! Was habe ich nur getan!« Sie rang die Hände, raufte sich ihr weißes Haar und wiederholte immer von neuem den Ausruf: »Was habe ich nur getan!«

Ich wußte nicht, was ich antworten und wie ich sie beruhigen sollte. Daß es ein Verbrechen gewesen ist, ein empfindsames Kind so zu verbilden, daß es ihrem blinden Haß, ihrer verschmähten Liebe und ihrem verwundeten Stolz Genugtuung verschaffen sollte, wußte ich nur zu gut. Doch daß sie mit dem Tageslicht unendlich mehr aus ihrem Leben ausgeschlossen hatte, daß sie sich in ihrer Abgeschiedenheit vor tausend natürlichen und heilsamen Einflüssen verschloß, daß ihre Seele, die in der Einsamkeit grübelte, Schaden genommen hatte, wie es den Seelen aller geht und gehen muß, die die festgelegte Ordnung ihres Schöpfers umzustoßen versuchen, wußte ich ebenfalls genau. Konnte ich sie denn ohne Mitgefühl betrachten, wenn ich ihre Strafe sah: sie selbst ein menschliches Wrack; dazu ihre absolute Unfähigkeit, in dieser Welt zu leben, in die sie hineingeboren war; die maßlose Einbildung auf ihr Leiden – die zu einer Manie geworden ist –, auf ihre Buße, ihre Reue, ihre Unwürdigkeit und ihre unnatürliche Eitelkeit, die der Menschheit zum Fluch geworden sind?

»Bis zu jenem Tag neulich, als du mit ihr sprachst und ich an dir wie in einem Spiegel sah, was ich selbst einmal empfunden hatte, wußte ich gar nicht, was ich angerichtet habe. Was habe ich getan!« Zwanzigmal, fünfzigmal, immer von neuem wiederholte sie: »Was habe ich nur getan!«

»Miss Havisham«, sagte ich, als ihre Klage erstarb, »Sie können mich aus Ihren Gedanken und Ihrem Gewissen streichen. Aber mit Estella ist das etwas anderes. Sollten Sie jemals auch nur einen Bruchteil dessen, was Sie falsch gemacht haben, indem Sie sie wider alle Natur aufgezogen haben, ungeschehen machen können, wäre das besser, als ewig die Vergangenheit zu beklagen.«

»Ja, ja, ich weiß. Aber Pip, mein Lieber!« In ihrer Zuneigung lag ehrliches weibliches Mitgefühl. »Mein Lieber, glaube mir. Als sie zum erstenmal zu mir kam, wollte ich nichts anderes als sie vor dem Elend bewahren, wie ich es erlebt habe. Anfangs hatte ich nichts anderes im Sinn.«

»Gut, gut!« sagte ich. »Ich hoffe, es war so.«

»Als sie aber heranwuchs und eine Schönheit zu werden versprach, fing ich nach und nach an, Schlimmes zu tun. Mit meiner Bewunderung, mit meinen Juwelen, mit meinen Lehren und meiner Gestalt vor Augen, die meine Warnungen nur unterstrich und bekräftigte, stahl ich ihr Herz und machte einen Stein daraus.«

Ich konnte nicht umhin, zu sagen: »Es wäre besser gewesen,

ihr das natürliche Herz zu lassen, selbst wenn es verwundet oder gebrochen worden wäre.«

Daraufhin sah mich Miss Havisham eine ganze Weile gequält an. Dann brach es wieder aus ihr heraus: »Was habe ich getan!«

»Wenn du alles wüßtest, was ich erlebt habe«, wandte sie ein, »hättest du ein wenig Mitleid mit mir und würdest mich besser verstehen.«

»Miss Havisham«, antwortete ich so taktvoll wie möglich, »ich glaube behaupten zu können, daß mir Ihre Lebensgeschichte bekannt ist. Ich kenne sie, seitdem ich aus dieser Gegend fortgegangen bin. Sie hat mich mit tiefem Mitgefühl erfüllt, und ich hoffe, daß ich sie und ihre Auswirkungen verstehe. Darf ich nach dem, was zwischen uns vorgefallen ist, die Bitte äußern, in bezug auf Estella eine Frage an Sie zu stellen? Es betrifft nicht die Estella von heute, sondern die von damals, als sie zu Ihnen kam.«

Sie saß auf dem Fußboden, die Arme lagen auf dem zerfetzten Sessel, und den Kopf hatte sie daran gelehnt. Als ich das sagte, blickte sie mir voll ins Gesicht und erwiderte: »Sprich weiter.«

»Wessen Kind war Estella?«

Sie schüttelte den Kopf.

»Sie wissen es nicht?«

Wieder schüttelte sie den Kopf.

»Aber Mr. Jaggers hat sie hierhergebracht oder hergeschickt?«

»Hierhergebracht.«

»Wollen Sie mir erzählen, wie es dazu kam?«

Sie antwortete vorsichtig und im Flüsterton: »Ich war lange Zeit in diesen Räumen eingeschlossen gewesen (wie lange, kann ich nicht sagen. Du weißt ja, wann die Uhren hier stehengeblieben sind), als ich ihm sagte, daß ich gern ein kleines Mädchen aufziehen und liebhaben und es vor meinem eigenen Schicksal bewahren würde. Ich hatte ihn zum erstenmal gesehen, als ich ihn beauftragte, dieses Grundstück für mich verwüsten zu lassen. Ich hatte nämlich in den Zeitungen über ihn gelesen, bevor ich mich von der Welt zurückzog. Er versprach mir, sich nach einem solchen Waisenkind umzusehen. Eines Abends brachte er sie her. Das Kind schlief. Ich nannte sie Estella.«

»Darf ich fragen, wie alt sie damals war?«

»Zwei oder drei Jahre. Sie weiß weiter nichts, als daß sie ein Waisenkind ist und ich sie an Kindes Statt angenommen habe.«

Ich war so überzeugt, daß jene Frau ihre Mutter war, daß es keiner weiteren Beweise bedurfte, diese Tatsache zu untermauern. Jedem, meinte ich, müßten die Zusammenhänge völlig klar sein.

Was hätte ich in einem längeren Gespräch noch tun können? In Herberts Angelegenheit war ich erfolgreich gewesen, Miss Havisham hatte mir alles erzählt, was sie über Estella wußte, und ich hatte alles Erdenkliche gesagt und getan, um ihre Seele zu beruhigen. Jedes weitere Wort wäre ohne Belang. So trennten wir uns.

Es dämmerte, als ich die Treppe hinunterging und ins Freie trat. Ich rief der Frau zu, die mir bei meiner Ankunft das Tor aufgeschlossen hatte, daß ich sie jetzt nicht brauchte, sondern gern noch einen Rundgang machen würde, bevor ich ginge. Eine Vorahnung sagte mir nämlich, daß ich nie mehr hierherkommen würde, und das schwindende Tageslicht schien mir die geeignete Beleuchtung zu sein, um einen letzten Blick auf alles zu werfen.

Zwischen den wüst durcheinanderliegenden Fässern, auf denen ich vor langer Zeit herumgeklettert war und die durch den Regen vieler Jahre langsam verrotteten und auf denen sich kleine Sümpfe und Teiche bildeten, suchte ich meinen Weg zu dem verwilderten Garten. Ich durchstreifte alle Winkel, auch den, wo Herbert und ich den Zweikampf ausgefochten hatten, und ging die Wege entlang, auf denen Estella und ich spazierengegangen sind. Alles wirkte so kalt, verlassen und trostlos.

Auf dem Rückweg suchte ich auch die Brauerei auf. Am Ende des Gartens schob ich den rostigen Riegel einer kleinen Tür hoch und ging hinein. Gerade wollte ich das Gebäude durch die gegenüberliegende Tür wieder verlassen – sie ließ sich nur schwer öffnen, denn das feuchte Holz ging aus den Fugen und war verquollen, die Scharniere hatten sich gelockert, und auf der Schwelle wuchsen Schwammpilze –, als ich mich umwandte und zurückblickte. Mit erstaunlicher Macht drängte sich mir wieder eine kindliche Vorstellung auf, und ich bildete mir ein, Miss Havisham am Balken hängen zu sehen. Dieser Eindruck war so stark, daß ich unter dem Balken stand und am ganzen Leibe zitterte, bis mir klar wurde, daß es sich um eine Einbildung handelte.

Die Traurigkeit des Ortes und der Stunde sowie der Schrecken jener Vorstellung, auch wenn sie nur einen Augenblick währte, flößten mir ein unbeschreibliches Grauen ein, als ich aus den geöffneten Holztüren trat, wo ich mir einst die Haare gerauft, nachdem Estella mein Herz gepeinigt hatte. Als ich auf den Vorgarten zuschritt, zögerte ich, ob ich die Frau bitten sollte, mich zum Tor hinauszulassen, von dem sie den Schlüssel besaß, oder ob ich nicht erst noch einmal hinaufgehen und mich davon überzeugen sollte, daß Miss Havisham so sicher und wohlauf war wie bei meinem Abschied. Ich entschloß mich zu letzterem und ging hinauf.

Ich spähte in den Raum, in dem ich sie zurückgelassen hatte, und sah sie in dem zerfetzten Sessel dicht am Kamin sitzen. Sie kehrte mir den Rücken zu. In dem Moment, als ich meinen Kopf zurückziehen und mich leise entfernen wollte, sah ich eine große Flamme lodernd hochschießen, und im gleichen Augenblick sah ich sie, ganz in Flammen gehüllt, die mindestens eineinhalb bis zwei Meter hoch über ihrem Kopf zusammenschlugen, schreiend auf mich zurennen.

Ich hatte einen Überzieher mit einer weiten Pelerine an

und trug außerdem einen dicken Mantel über dem Arm. Daß ich mit den Mänteln auf sie losstürzte, sie zu Boden warf und damit bedeckte, daß ich zu dem gleichen Zweck noch das Tafeltuch herunterriß und damit den Haufen Unrat in der Mitte des Tisches und all die darauf stehenden häßlichen Dinge, daß wir auf dem Fußboden wie erbitterte Feinde miteinander rangen und daß sie, je fester ich sie einhüllte, desto wilder schrie und sich zu befreien suchte, dies alles merkte ich erst an den Auswirkungen, jedoch nicht, weil ich etwas gespürt oder gedacht hatte. Ich wurde mir dessen erst bewußt, als wir uns am Boden in der Nähe des Tisches befanden und als in der rauchgeschwängerten Luft noch brennende Fetzen schwebten, die kurz zuvor ihr verblichenes Brautkleid gewesen waren.

Dann blickte ich um mich und bemerkte, wie die aufgescheuchten Käfer und Spinnen fluchtartig über den Boden liefen und wie die Bediensteten atemlos und schreiend hereinkamen. Noch immer drückte ich sie gewaltsam mit ganzer Kraft wie einen Häftling nieder, der entfliehen könnte, und ich zweifle sogar daran, ob ich begriff, wer sie war und warum wir gekämpft hatten und daß sie in Flammen gestanden hatte und daß die Flammen verloschen waren, ehe ich feststellte, daß die Zunderfetzen, die Reste ihrer Kleidung, nicht mehr brannten, sondern in schwarzen Flocken auf uns herabfielen.

Sie war ohnmächtig, und ich hatte Angst, sie fortbringen oder gar berühren zu lassen. Deshalb hielt ich sie in den Armen, bis ein Arzt herbeigeholt war, denn unsinnigerweise bildete ich mir ein, daß das Feuer von neuem aufflammen und sie verzehren könnte, wenn ich sie losließe. Als der Arzt dann mit Unterstützung anderer ihr zu Hilfe kam und ich mich erhob, merkte ich erst mit Staunen, daß meine beiden Hände Brandwunden davongetragen hatten, denn das Schmerzempfinden war verschwunden, und ich hatte nichts gespürt.

Die Untersuchung ergab, daß sie schwere Verletzungen erlitten hatte, ihr Zustand aber nicht hoffnungslos war. Die

Gefahr lag hauptsächlich in dem Nervenschock. Auf Anweisung des Arztes wurde ihr Bettzeug in diesen Raum geholt und auf die lange Tafel gelegt, die zum Verbinden der Wunden besonders geeignet war. Als ich sie nach einer Stunde wiedersah, befand sie sich tatsächlich auf dem Platz, auf den sie mit ihrer Krücke gezeigt und von dem sie gesagt hatte, dort würde sie eines Tages liegen.

Obwohl von ihrem Kleid nicht die geringste Spur übriggeblieben war, wie man mir erzählte, glich sie noch immer dieser alten, gespenstischen Braut. Man hatte sie nämlich bis zum Hals mit weißem Baumwollzeug zugedeckt, und wie sie mit einem weißen, lose übergeworfenen Leinentuch dalag, umgab sie noch der Hauch von etwas, das einmal gewesen, sich nun aber verwandelt hatte.

Von den Angestellten erfuhr ich, daß sich Estella in Paris aufhielt, und der Arzt versprach mir, ihr mit der nächsten Post zu schreiben. Ich übernahm es, Miss Havishams Familie zu benachrichtigen, wollte mich aber nur mit Matthew Pocket in Verbindung setzen und es ihm überlassen, wem er Bescheid geben würde. Das erledigte ich am nächsten Tag über Herbert, und zwar unmittelbar nach meiner Rückkehr.

An jenem Abend gab es eine Phase, in der sie ganz gefaßt von dem sprach, was geschehen war, wenn auch mit einer gewissen furchtbaren Lebhaftigkeit. Gegen Mitternacht begann sie zu phantasieren, und danach fing sie allmählich an, unzählige Male mit leiser, feierlicher Stimme zu sagen: »Was habe ich getan!« Und dann: »Als sie zum erstenmal zu mir kam, wollte ich sie vor dem Elend bewahren, wie ich es erlebt habe.« Und dann: »Nimm den Bleistift und schreibe unter meinen Namen: ›Ich verzeihe ihr!‹«

Niemals brachte sie die Reihenfolge dieser drei Sätze durcheinander; sie ließ nur hin und wieder ein Wort aus, setzte aber kein anderes dafür ein, sondern ließ eine Lücke und ging zum nächsten Wort über.

Da ich nichts für sie tun konnte und zu Hause dringendere

Anlässe zu Angst und Besorgnis hatte, die nicht einmal ihre wirren Reden aus meinem Kopf vertreiben konnten, beschloß ich im Laufe der Nacht, mit der Morgenkutsche zurückzufahren. Ich würde eine oder zwei Meilen zu Fuß gehen und ungehindert außerhalb der Stadt einsteigen. Deshalb beugte ich mich gegen sechs Uhr morgens über sie und berührte ihre Lippen mit den meinen, gerade als sie, ohne wegen der Berührung innezuhalten, sagte: »Nimm den Bleistift und schreibe unter meinen Namen: ›Ich verzeihe ihr.‹«

50. Kapitel

Meine Hände wurden am Abend zwei- oder dreimal verbunden und dann noch einmal am Morgen. Mein linker Arm wies bis zum Ellbogen erhebliche Brandwunden auf. Weniger ernste reichten bis zur Schulter hoch. Es war sehr schmerzhaft, doch die Flammen hatten in meine Richtung geschlagen, und ich mußte dankbar sein, daß nicht alles noch schlimmer verlaufen war. Meine rechte Hand war nur leicht verbrannt, so daß ich die Finger noch bewegen konnte. Sie war natürlich auch verbunden, hinderte mich aber weniger als meine linke Hand und der linke Arm. Diesen trug ich in der Schlinge; deshalb konnte ich meinen Mantel nur wie einen Umhang lose um die Schultern hängen und am Hals zuknöpfen. Die Haare hatten Feuer gefangen, Kopf und Gesicht waren verschont geblieben.

Nachdem Herbert in Hammersmith gewesen war und mit seinem Vater gesprochen hatte, kehrte er in unsere Wohnung zurück und verbrachte den Tag bei mir, um mich zu betreuen. Er war der liebenswürdigste Krankenpfleger, den man sich denken kann. Zu festgelegten Zeiten nahm er mir die Verbände ab, tauchte sie in eine dafür bereitgestellte Flüssigkeit zum Kühlen und legte sie mir mit geduldiger Behutsamkeit, für die ich ihm sehr dankbar war, wieder an.

Als ich still auf dem Sofa lag, fiel es mir zunächst äußerst schwer, ja es war mir geradezu unmöglich, die Erinnerung an den grellen Schein der Flammen, an ihr Prasseln und Züngeln, an den widerlichen Brandgeruch loszuwerden. Wenn ich einen Moment schlummerte, wurde ich von Miss Havishams Schreien und dem Bild aufgeschreckt, wie sie, in Flammen stehend, auf mich zugerannt kam. Gegen diese Seelenpein war schwerer anzukämpfen als gegen jeglichen körperlichen Schmerz. Herbert, dem das auffiel, tat sein Bestes, um mich abzulenken. Keiner von uns erwähnte das Ruderboot, doch beide dachten wir daran. Das war daraus ersichtlich, daß wir dieses Thema vermieden und wir uns im stillen darin einig waren, daß ich meine Hände in den nächsten Tagen und Wochen nicht würde gebrauchen können.

Nach dem Wiedersehen mit Herbert hatte meine erste Frage natürlich gelautet, ob am Fluß alles in Ordnung sei. Da Herbert das überzeugend und fröhlich bejahte, sprachen wir bis zum Abend nicht mehr davon. Als Herbert dann beim Schein des Kaminfeuers den Verband wechselte, kam er unvermittelt darauf zurück.

»Ich habe gestern abend zwei geschlagene Stunden mit Provis zusammengesessen, Händel.«

»Wo war Clara?«

»Das liebe, kleine Ding!« sagte Herbert. »Sie war den ganzen Abend mit dem alten Griesgram beschäftigt. Sobald er sie aus den Augen verlor, pochte er ununterbrochen auf den Fußboden. Ich glaube nicht, daß er noch lange durchhält. Immerzu Rum und Pfeffer – Pfeffer und Rum. Ich nehme an, mit seiner Pocherei wird es bald vorüber sein.«

»Und dann wollt ihr heiraten, Herbert?«

»Wie sonst sollte ich mich um das liebe Kind kümmern? – Lege deinen Arm ausgestreckt auf die Sofalehne, mein lieber Junge, und setz dich hierher. Ich werde den Verband so langsam entfernen, daß du nichts davon merkst. Ich sprach gerade von Provis. Weißt du, Händel, er macht Fortschritte.«

»Ich sagte dir ja, daß ich ihn bei unserem letzten Beisammensein sanfter fand.«

»Ja, das sagtest du, und das ist er auch. Gestern abend war er sehr gesprächig, und er hat mir noch mehr aus seinem Leben erzählt. Du wirst dich erinnern, wie er damals abbrach, als er von einer Frau sprach, die ihm große Schwierigkeiten bereitet hatte. – Habe ich dir weh getan?«

Ich fuhr hoch, aber nicht vor Schmerzen. Seine Worte hatten mich zusammenschrecken lassen.

»Das hatte ich vergessen, Herbert, doch jetzt, da du davon sprichst, erinnere ich mich wieder.«

»Gut! Er ist also in jenen Abschnitt seines Lebens zurückgegangen, der eine wüste Zeit gewesen sein muß. Soll ich dir davon erzählen? Oder würde es dich jetzt zu sehr beunruhigen?«

»Erzähle mir unbedingt alles. Jedes Wort.«

Herbert beugte sich vor, um mich genauer anzusehen, als sei meine Antwort überstürzter und ungeduldiger gewesen, als er es sich erklären konnte. »Hast du keinen heißen Kopf?« fragte er und faßte meine Stirn an.

»Keine Spur«, sagte ich. »Erzähle mir, was Provis gesagt hat, mein lieber Herbert.«

»Es scheint«, sagte Herbert, »– da ist der Verband schon wunderbar abgegangen, und nun kommt der kühle drauf. Du wirst zuerst ein bißchen zurückschrecken, nicht wahr, du armer Kerl? Aber gleich wird es angenehm sein –, es scheint, daß diese Frau eine junge, eifersüchtige und rachsüchtige Frau gewesen sein muß, rachsüchtig bis zum letzten, Händel.«

»Wieso bis zum letzten?«

»Bis zum Mord. Ist dir der Umschlag an dieser empfindlichen Stelle zu kalt?«

»Ich spüre nichts. Wie hat sie den Mord begangen? Wen hat sie umgebracht?«

»Weißt du, die Tat verdient wohl keine so schreckliche

Bezeichnung«, sagte Herbert, »doch sie kam vor Gericht. Mr. Jaggers hat sie verteidigt, und durch diese Verteidigung ist Provis dessen Name bekannt geworden. Das Opfer war auch eine Frau. Sie war viel kräftiger, und in einer Scheune hat ein Kampf stattgefunden. Wer ihn angefangen hat, ob er fair oder unfair war, weiß man nicht. Aber wie er ausging, weiß man, denn das Opfer wurde erdrosselt aufgefunden.«

»Wurde die Frau für schuldig erklärt und eingesperrt?«

»Nein, sie wurde freigesprochen. – Mein armer Händel, ich tue dir weh!«

»Du kannst gar nicht behutsamer sein. Und? Was passierte dann?«

»Diese freigesprochene junge Frau und Provis hatten ein kleines Kind. Ein kleines Kind, das Provis besonders liebhatte. Am Abend jener fraglichen Nacht, als der Gegenstand ihrer Eifersucht erwürgt wurde, wie ich dir erzählt habe, erschien die junge Frau einen Augenblick bei Provis und schwor, sie würde das Kind, das bei ihr war, umbringen und er sollte es nie wiedersehen. Danach verschwand sie. – Nun stecken wir den schlimmen Arm noch in die Schlinge, und jetzt bleibt nur noch die rechte Hand, aber das geht viel leichter. Bei dieser Beleuchtung kann ich das besser erledigen als bei hellerem Licht, denn meine Hand ist am ruhigsten, wenn ich die mit Blasen bedeckten Stellen nicht so genau sehe. – Meinst du, daß deine Atmung in Ordnung ist, mein lieber Junge? Du scheinst mir zu schnell zu atmen.«

»Ja, vielleicht, Herbert. Hat die Frau ihren Schwur gehalten?«

»Das ist das dunkelste Kapitel in Provis' Leben. Sie hat ihn gehalten.«

»Das heißt, er behauptet es wenigstens.«

»Ja, selbstverständlich, mein lieber Junge«, erwiderte Herbert verwundert und beugte sich erneut vor, um mich genau zu betrachten. »Das hat er mir alles erzählt, und andere Informationen habe ich nicht.«

»Nein, natürlich nicht.«

»Ob er nun die Mutter des Kindes schlecht behandelte«, fuhr Herbert fort, »oder ob er die Mutter des Kindes gut behandelte, sagt Provis nicht. Jedenfalls hat sie vier oder fünf Jahre dieses elenden Lebens, wie er es uns am Kamin geschildert hat, an seiner Seite verbracht, und er scheint Mitleid mit ihr gehabt und Nachsicht gegen sie geübt zu haben. Aus Furcht, er könnte aufgefordert werden, unter Eid über das getötete Kind auszusagen und somit vielleicht am Tod seiner Frau schuldig zu werden, versteckte er sich (obwohl er sehr um das Kind trauerte) und hielt sich verborgen und aus dem Prozeß heraus, wie er sagte, und es war nur von einem gewissen Mann namens Abel die Rede, der den Anlaß zur Eifersucht gegeben hatte. Nach ihrem Freispruch verschwand sie, und auf diese Weise hat er das Kind und die Mutter des Kindes verloren.«

»Ich wollte noch fragen . . .«

»Einen Augenblick, mein lieber Junge, ich bin gleich fertig. Compeyson, dieser böse Geist, der übelste Schurke, den es nur gibt, wußte, daß Provis sich damals heraushielt, und kannte auch die Gründe dafür. Natürlich nutzte er dieses Wissen dazu aus, ihn niederzuhalten und ihm zuzusetzen. Gestern abend wurde mir klar, daß dies der Hauptgrund für Provis' Haß ist.«

»Ich möchte wissen«, sagte ich, »und das interessiert mich besonders, Herbert, ob er dir erzählt hat, wann sich alles zugetragen hat.«

»Interessiert dich besonders? Laß mich mal nachdenken, was er dazu gesagt hat. Seine Worte waren: ›Vor rund zwanzig Jahren und fast gleich, nachdem ich mich mit Compeyson zusammengetan hatte.‹ Wie alt warst du, als du ihm auf dem kleinen Friedhof begegnet bist?«

»Ich glaube, ungefähr sieben Jahre.«

»Ach! Wie er mir sagte, hatte sich alles drei oder vier Jahre zuvor zugetragen, und du erinnertest ihn an das kleine Mädchen, das er auf so tragische Weise verloren hatte und das mit dir im gleichen Alter gewesen sein müßte.«

»Herbert«, sagte ich hastig, nachdem wir kurze Zeit geschwiegen hatten, »wo kannst du mich am besten sehen, am Fenster oder am Kaminfeuer?«

»Am Kaminfeuer«, antwortete Herbert und trat wieder näher.

»Dann sieh mich an.«

»Ich sehe dich an, mein lieber Junge.«

»Faß mich an.«

»Ich fasse dich an, mein lieber Junge.«

»Du hast keine Angst, daß ich Fieber habe oder daß wegen des Unfalls gestern abend in meinem Kopf etwas nicht in Ordnung ist?«

»N-nein, mein lieber Junge«, sagte Herbert, nachdem er mich eingehend betrachtet hatte. »Du bist zwar ziemlich aufgeregt, aber ganz klar.«

»Ich weiß, ich bin ganz klar. Und der Mann, den wir unten am Fluß verstecken, ist Estellas Vater.«

51. Kapitel

Was für ein Ziel ich im Auge hatte, als ich mich wie besessen daranmachte, Estellas Herkunft zu ergründen und nachzuweisen, kann ich nicht sagen. Wie man gleich sehen wird, war mir diese Frage noch nicht recht bewußt, bevor sie mir nicht von einem klügeren Kopf, als ich es bin, gestellt wurde.

Nachdem Herbert und ich diese folgenschwere Unterhaltung geführt hatten, war ich von der fieberhaften Überzeugung ergriffen, daß ich die Angelegenheit bis zu ihrem Ende verfolgen sollte, daß ich sie nicht ruhen lassen, sondern Mr. Jaggers aufsuchen sollte und die nackte Wahrheit erfahren mußte. Ich weiß wirklich nicht, ob ich annahm, Estella zuliebe zu handeln, oder ob ich froh war, auf den Mann, an dessen Rettung mir so sehr gelegen war, eine Spur dieser romantischen Anteilnahme zu übertragen, die mich bisher umgeben hatte. Vielleicht kommt letztere Variante der Wahrheit am nächsten.

Jedenfalls konnte ich kaum daran gehindert werden, noch an diesem Abend in die Gerrard Street zu gehen. Nur Herberts Einwand, daß ich, falls ich ginge, wahrscheinlich zu einem Zeitpunkt ans Bett gefesselt und nutzlos sein würde, wenn die Sicherheit unseres Flüchtlings von mir abhinge, zügelte meine Ungeduld. Als wir die Abmachung getroffen und dauernd wiederholt hatten, daß ich am nächsten Morgen – komme, was wolle – Mr. Jaggers aufsuchen würde, war ich schließlich dazu bereit, mich ruhig zu verhalten, meine Wunden verbinden zu lassen und zu Hause zu bleiben. Am nächsten Morgen gingen wir zeitig zusammen los, und an der Ecke Giltspur Street bei Smithfield trennte ich mich von Herbert, der in die Stadt ging, und machte mich auf den Weg nach Little Britain.

In gewissen Abständen überprüften Mr. Jaggers und Mr. Wemmick die Geschäftsrechnungen, hakten die Belege ab und schafften Ordnung. Bei solchen Anlässen trug Wemmick seine Bücher und Unterlagen in Mr. Jaggers' Büro, und einer der Angestellten aus dem Obergeschoß kam hinunter ins Vorzimmer. Als ich so einen Schreiber auf Wemmicks Platz vorfand, wußte ich, was vorging. Es war mir aber nicht unangenehm, Mr. Jaggers und Wemmick zusammen anzutreffen, konnte sich doch Wemmick dabei überzeugen, daß ich nichts sagte, was ihm schaden würde.

Meine äußere Erscheinung, der verbundene Arm und der lose um die Schultern gehängte Mantel, begünstigte mein Vorhaben. Obwohl ich Mr. Jaggers nach meiner Rückkehr in die Stadt kurz über den Unglücksfall informiert hatte, mußte ich ihm nun alle Einzelheiten mitteilen, und das Ungewöhnliche dieser Angelegenheit brachte es mit sich, daß unser Gespräch weniger nüchtern und unverbindlich ausfiel und nicht so streng von den Grundsätzen der Beweisführung bestimmt wurde wie sonst. Während ich das Unglück schilderte, stand Mr. Jaggers wie gewöhnlich am Kamin. Wemmick lehnte sich in seinen Sessel zurück und starrte mich an, wobei er die Hände in den Hosentaschen vergrub und die Feder

zwischen die Lippen geklemmt hielt. Die beiden grausigen Gipsköpfe, die von meinen geschäftlichen Angelegenheiten gar nicht zu trennen waren, schienen gerade krampfhaft zu überlegen, ob es nicht nach Feuer röche.

Als ich mit meinem Bericht fertig war und sie genügend Fragen gestellt hatten, holte ich Miss Havishams Anweisung auf die neunhundert Pfund für Herbert hervor. Mr. Jaggers' Augen verschwanden noch tiefer in den Augenhöhlen, als ich ihm die Täfelchen reichte, doch er gab sie sofort Wemmick mit dem Auftrag, den Scheck für seine Unterschrift auszustellen.

Während das vonstatten ging, betrachtete ich Wemmick beim Schreiben und Mr. Jaggers, der sich in seinen blankgeputzten Stiefeln hin und her wiegte und mich dabei ansah. »Es tut mir leid, Pip«, sagte er, als ich den Scheck einsteckte, nachdem er ihn unterschrieben hatte, »daß wir nichts für *Sie* tun können.«

»Miss Havisham war so freundlich mich zu fragen«, erwiderte ich, »ob sie etwas für mich tun könnte, doch ich sagte nein.«

»Jeder muß selbst wissen, was er tut«, sagte Mr. Jaggers, und ich sah, wie Wemmicks Lippen die Worte »beweglichen Besitz« formten.

»Ich an Ihrer Stelle hätte *nicht* nein gesagt«, meinte Mr. Jaggers, »aber jeder muß selber wissen, was er zu tun und zu lassen hat.«

»Es ist eines jeden Aufgabe, für beweglichen Besitz zu sorgen«, sagte Wemmick ziemlich vorwurfsvoll zu mir.

Da ich den Zeitpunkt für gekommen hielt, das Thema anzuschneiden, was mir am Herzen lag, wandte ich mich an Mr. Jaggers: »Um etwas habe ich jedoch Miss Havisham gebeten, Sir. Ich habe sie gebeten, mir Auskunft über ihre Adoptivtochter zu geben, und sie hat mir alles erzählt, was sie wußte.«

»Hat sie das?« fragte Mr. Jaggers und beugte sich vor, um seine Schuhe zu betrachten. Dann richtete er sich auf. »Ha! An Miss Havishams Stelle hätte ich das nicht getan. Aber sie muß eben auch selber wissen, was sie zu tun und zu lassen hat.«

»Ich weiß mehr über Miss Havishams Adoptivtochter als Miss Havisham selbst, Sir. Ich kenne ihre Mutter.«

Mr. Jaggers sah mich fragend an und wiederholte: »Ihre Mutter?«

»Ich habe sie in den letzten drei Tagen gesehen.«

»Ja?« sagte Mr. Jaggers.

»Und Sie ebenfalls, Sir. Sie haben sie sogar erst kürzlich gesehen.«

»Ja?«

»Womöglich weiß ich noch mehr über Estella, als Sie wissen«, bemerkte ich. »Ich kenne auch ihren Vater.«

Ein gewisses Innehalten war Mr. Jaggers anzumerken – er war zu selbstbeherrscht, als daß er sein Verhalten ändern würde, doch er konnte ein unwillkürliches Innehalten nicht vermeiden –, und daran merkte ich, daß er nicht wußte, wer Estellas Vater war. Schon nach Provis' Schilderung (so wie sie Herbert wiedergegeben hatte) kam mir diese Vermutung; er hatte sich ja im Hintergrund gehalten. Daraus reimte ich mir zusammen, daß er erst etwa vier Jahre später Mr. Jaggers' Klient geworden sein mußte, als kein Grund mehr vorlag, seine Identität aufzuklären. Vorher war ich mir über Mr. Jaggers' Ahnungslosigkeit nicht ganz im klaren gewesen, doch jetzt war ich meiner Sache ganz sicher.

»So! Sie kennen also den Vater der jungen Dame, Pip?« fragte Mr. Jaggers.

»Ja«, erwiderte ich, »er heißt Provis und kommt aus New South Wales.«

Selbst ein Mr. Jaggers fuhr bei diesen Worten hoch. Es war nur das leichteste Zusammenzucken, das einem Mann wie ihm entfahren konnte und das er so schnell wie möglich unterdrückte und verbarg. Aber er war hochgefahren, obwohl er so getan hatte, als wollte er nur sein Taschentuch vorziehen. Wie Wemmick auf diese Neuigkeit reagierte, kann ich nicht sagen, denn ich scheute mich, ihn in diesem Moment anzusehen, aus Furcht, der schlaue Mr. Jaggers könnte eine ihm unbekannte Verbindung zwischen uns entdecken.

»Auf Grund welcher Beweise macht Provis seine Ansprüche

geltend, Pip?« fragte Mr. Jaggers gelassen und hielt das Taschentuch auf dem Wege zu seiner Nase in der Schwebe.

»Er macht gar keine Ansprüche geltend«, sagte ich, »und hat das noch nie gemacht. Er weiß beziehungsweise ahnt nicht einmal, daß seine Tochter lebt.«

Diesmal ging das riesige Taschentuch fehl. Meine Antwort kam dermaßen unerwartet, daß Mr. Jaggers das Taschentuch, ohne den eigentlichen Zweck erfüllt zu haben, wieder in der Hosentasche verschwinden ließ, die Arme verschränkte und mich mit gespannter Aufmerksamkeit, wenn auch mit unbewegtem Gesicht, anblickte.

Dann erzählte ich ihm alles, was ich wußte und wie ich es erfahren hatte, allerdings mit der einen Einschränkung, daß ich ihn in dem Glauben ließ, ich hätte von Miss Havisham erfahren, was ich eigentlich von Wemmick wußte. In dieser Hinsicht war ich sehr vorsichtig. Ich sah auch so lange nicht zu Wemmick hin, bis ich alles gesagt und schweigend eine ganze Weile Mr. Jaggers' Blick standgehalten hatte. Als ich schließlich meine Blicke in Wemmicks Richtung lenkte, bemerkte ich, daß er die Feder nicht verschluckt hatte und unverwandt auf den Tisch vor sich starrte.

»Also«, sagte Mr. Jaggers und wandte sich wieder den Unterlagen auf dem Tisch zu, »bei welchem Punkt waren Sie gerade stehengeblieben, Wemmick, als Mr. Pip hereinkam?«

Ich konnte es jedoch nicht hinnehmen, mich einfach abschütteln zu lassen. Leidenschaftlich, ja fast empört flehte ich ihn an, mir gegenüber offen und wie unter Männern zu sprechen. Ich erinnerte ihn an die falschen Hoffnungen, die ich mir gemacht hatte, an die lange Zeit, in der ich mit ihnen gelebt, und an die Entdeckung, die ich nun gemacht hatte. Ich deutete auch die Gefahr an, die mir auf der Seele lastete. Sicherlich sei ich als Gegenleistung für das Vertrauen, das ich ihm soeben entgegengebracht habe, auch seines Vertrauens würdig. Ich versicherte, daß ich ihm weder Vorwürfe machen noch ihn verdächtigen oder ihm mißtrauen wolle, sondern lediglich die Wahrheit von ihm bestätigt wissen wolle. Und wenn er mich fragen sollte, warum ich mir das wünschte und warum ich glaubte, ein Recht darauf zu haben, würde ich ihm sagen – auch wenn er sich um solche armseligen Träume wenig scherte –, daß ich Estella schon seit langem zärtlich liebte und daß mir, obwohl ich Estella verloren hatte und ein trauriges Leben führen mußte, alles, was sie betraf, näherstand als alles andere auf der Welt. Als ich sah, daß Mr. Jaggers ruhig dastand und schwieg und offensichtlich recht verstockt war, wandte ich mich an Wemmick und sagte: »Wemmick, ich kenne Sie als einen gutherzigen Mann. Ich habe Ihr hübsches Heim, Ihren alten Vater und all die heiter-verspielten Dinge kennengelernt, mit denen Sie sich von Ihrem Arbeitsleben erholen. Ich bitte Sie inständig, bei Mr. Jaggers ein gutes Wort für mich einzulegen und ihm klarzumachen, daß er unter den gegebenen Umständen offener zu mir sein sollte!«

Nie habe ich zwei Männer eigenartigere Blicke wechseln sehen, als es Mr. Jaggers und Wemmick nach dieser Ansprache taten. Zunächst hegte ich die Befürchtung, Wemmick werde sofort entlassen, doch sie schwand, als ich sah, wie sich Mr. Jaggers' Züge zu einer Art Lächeln entspannten und Wemmick mutiger wurde.

»Was soll das alles?« fragte Mr. Jaggers. »Sie mit einem alten Vater und heiter-verspielten Dingen?«

»Nun«, erwiderte Wemmick, »wenn ich sie nicht mit hierherbringe, was macht das schon?«

»Pip«, sagte Mr. Jaggers, legte seine Hand auf meinen Arm und lächelte jetzt richtig, »dieser Mann muß der schlauste Betrüger in ganz London sein.«

»Nicht die Spur«, entgegnete Wemmick, der immer dreister wurde. »Ich glaube, Sie sind kein schlechterer.«

Wieder tauschten sie diesen seltsamen Blick, wobei einer dem anderen gegenüber mißtrauisch zu sein schien, ob er ihn nicht hereinlegen wolle.

»Sie haben ein hübsches Heim?« fragte Mr. Jaggers.

»Da es nichts mit dem Geschäft zu tun hat«, erwiderte Wemmick, »lassen Sie mich doch. Wenn ich Sie mir so ansehe, Sir, würde ich mich nicht wundern, wenn *Sie* nicht auch Pläne für ein eignes Heim schmieden, für den Tag, an dem Sie Ihren Beruf satt haben.«

Mr. Jaggers nickte zwei- oder dreimal nachdenklich und stieß einen Seufzer aus. »Pip«, sagte er, »wir wollen uns nicht über armselige Träume unterhalten. Davon verstehen Sie mehr als ich, denn Ihre Erfahrungen liegen nicht so weit zurück. Doch nun zu dieser anderen Angelegenheit. Ich werde Ihnen einen Fall vorstellen. Aufgepaßt! Ich gestehe nichts ein.«

Er wartete auf meine Versicherung, ich hätte wohl verstanden, daß er nichts eingestehen werde.

»Nun, Pip«, sagte Mr. Jaggers, »nehmen Sie folgendes an. Setzen Sie den Fall, daß eine Frau unter den von Ihnen geschilderten Umständen ihr Kind verborgen gehalten hat und gezwungen war, diese Tatsache ihrem Rechtsbeistand mitzuteilen, da dieser ihr klargemacht hatte, daß er im Hinblick auf die Verteidigung alle das Kind betreffenden Fakten kennen müßte. Setzen Sie den Fall, er habe zur gleichen Zeit den vertraulichen Auftrag erhalten, für eine exzentrische reiche Dame ein Kind ausfindig zu machen, das sie adoptieren und großziehen kann.«

»Ich höre, Sir.«

»Setzen Sie den Fall, daß er in einer Atmosphäre des Bösen lebte und alles, was er von Kindern wußte, war, daß sie in großer Zahl zur Welt gebracht wurden und ihnen der Untergang gewiß war. Setzen Sie den Fall, daß er oft Kinder als Angeklagte vor der Gerichtsschranke sah, wo sie hochgehoben werden mußten, damit man sie sehen konnte. Setzen Sie den Fall, er wußte aus Erfahrung, daß sie eingesperrt, geschlagen, verschleppt, vernachlässigt, ausgestoßen und in jeder Hinsicht für den Galgen reif gemacht wurden. Setzen Sie den

Fall, er betrachtete fast alle diese Kinder, die ihm im täglichen Berufsleben begegneten, als so weit entwickelt, daß sie sich eines Tages in seinem Netz verfangen würden, um verfolgt, verteidigt, meineidig, zu Waisen gemacht und irgendwie gequält zu werden.«

»Ich höre, Sir.«

»Setzen Sie den Fall, Pip, daß unter den vielen Kindern ein hübsches, kleines Mädchen war, das gerettet werden konnte, da es der Vater für tot hielt und es auch nicht wagte, an der Sache zu rühren; das der Rechtsberater in der Hand hatte, indem er zu der Mutter sagte: ›Ich weiß, was Sie getan haben und wie Sie es getan haben. Sie sind so und so dazu gekommen und haben diese und jene Dinge unternommen, um den Verdacht von sich abzulenken. Ich bin allem nachgegangen, und ich sage Ihnen das alles. Trennen Sie sich von dem Kind, es sei denn, wir müssen es hervorholen, um Sie zu entlasten. Geben Sie das Kind in meine Hände, und ich werde mein Bestes tun, um Sie durchzubringen. Wenn Sie gerettet werden, ist auch das Kind gerettet. Wenn Sie verurteilt werden, wird Ihr Kind trotzdem gerettet sein.‹ Setzen Sie den Fall, daß es so geschehen ist und daß die Frau freigesprochen wurde.«

»Ich verstehe Sie vollkommen.«

»Ich mache aber keine Eingeständnisse.«

»Sie machen keine Eingeständnisse.« Und Wemmick wiederholte: »Keine Eingeständnisse.«

»Setzen Sie den Fall, Pip, daß die leidvolle Zeit und Angst vor dem Tod die Frau ein wenig um den Verstand gebracht hat und daß sie sich, nachdem sie auf freien Fuß gesetzt war, nicht mehr in der Welt zurechtfand und bei ihrem Rechtsbeistand Schutz suchte. Setzen Sie den Fall, daß er sie aufnahm und ihr heftiges, gewalttätiges Temperament von früher zügelte, sobald er Anzeichen zu einem neuen Ausbruch bemerkte, indem er seine Macht über sie in der üblichen Weise ausnutzte. Verstehen Sie den *angenommenen* Fall?«

»Vollkommen.«

»Setzen Sie den Fall, daß das Kind aufgewachsen ist und eine Geldheirat gemacht hat. Daß die Mutter noch lebt und daß der Vater noch lebt. Daß Mutter und Vater – ohne daß einer vom anderen weiß – nur wenige Meilen, Achtelmeilen oder Yards, wie Sie wollen, voneinander entfernt leben. Nehmen wir an, daß das Geheimnis noch nicht gelüftet ist, daß nur Sie Wind davon bekommen haben. Überlegen Sie sich diese letzte Möglichkeit sehr genau.«

»Das tue ich.«

»Ich bitte auch Wemmick, sich das sehr genau zu überlegen.«

Und Wemmick sagte: »Das tue ich.«

»Zu wessen Nutzen wollen Sie das Geheimnis enthüllen? Zum Nutzen des Vaters? Ich glaube, er wäre für die Mutter nicht zum besten. Zum Nutzen der Mutter? Ich glaube, wenn sie eine solche Tat begangen hat, ist sie besser aufgehoben, wo sie ist. Zum Nutzen der Tochter? Ich glaube, es würde ihr kaum dienlich sein, dem Ehemann ihre Herkunft mitzuteilen und sie bis ans Lebensende in die Schande zurückzustoßen, der sie zwanzig Jahre entgangen ist. Fügen Sie aber zu diesem Fall hinzu, Pip, daß Sie sie geliebt und zum Gegenstand dieser ›armseligen Träume‹ gemacht haben, die früher oder später in den Köpfen von mehr Männern spuken, als Sie annehmen, dann sage ich Ihnen, daß Sie besser daran täten – Sie würden es noch schneller tun, sobald Sie es gut durchdacht haben –, Ihre verbundene linke Hand mit Ihrer verbundenen rechten Hand abzuhacken und dann das Beil Wemmick zu geben, damit er Ihnen die andere auch noch abhacke.«

Ich blickte zu Wemmick hinüber, dessen Gesicht sehr ernst war. Feierlich legte er den Zeigefinger auf die Lippen. Ich tat das gleiche und Mr. Jaggers ebenfalls. »Nun, Wemmick«, sagte letzterer und fuhr in seiner gewöhnlichen Art fort, »bei welchem Punkt waren Sie stehengeblieben, als Mr. Pip hereinkam?«

Ich stand eine Weile da, während sie bei der Arbeit waren,

und beobachtete, daß sie die seltsamen Blicke, die sie vorhin miteinander gewechselt hatten, noch einige Male tauschten, nur mit dem Unterschied, daß jeder zu fürchten schien, sich dem anderen von der schwachen und persönlichen Seite gezeigt zu haben. Das war vermutlich der Grund, weshalb sie jetzt unerbittlich zueinander waren. Mr. Jaggers benahm sich äußerst gebieterisch, und Wemmick rechtfertigte sich eigensinnig, sobald die geringste Angelegenheit auch nur einen Augenblick lang ungeklärt war. Noch nie zuvor hatte ich sie auf so gespanntem Fuße stehen sehen, denn im allgemeinen kamen sie sehr gut miteinander aus.

Zur großen Erleichterung der beiden tauchte wie gerufen Mike auf, jener Klient mit der Pelzkappe, der die Angewohnheit hatte, seine Nase am Ärmel abzuwischen, und den ich bei meinem ersten Besuch in diesen Räumen gesehen hatte. Dieser Mann, der entweder selbst oder von dem irgendein Familienmitglied immer in Schwierigkeiten zu stecken schien (was soviel wie Newgate bedeutete), stellte sich ein, um mitzuteilen, daß seine älteste Tochter des Ladendiebstahls verdächtigt und festgenommen sei. Während er Wemmick diese betrübliche Mitteilung machte – Mr. Jaggers stand in anmaßender Pose vor dem Kamin und nahm keine Notiz von dem Vorgang –, blitzte in Mikes Augen eine Träne auf.

»Was willst du?« herrschte ihn Wemmick äußerst empört an. »Was kommst du her und wimmerst uns was vor?«

»Das wollte ich nicht, Mr. Wemmick.«

»Hast du aber«, sagte Wemmick. »Was unterstehst du dich? Du kannst nicht in einem solchen Zustand herkommen, wenn du nur wie eine kaputte Feder um dich kleckst. Was soll das heißen?«

»Man kann doch nicht für seine Gefühle, Mr. Wemmick«, wandte Mike entschuldigend ein.

»Für seine was?« fragte Wemmick zornig. »Sag das noch einmal!«

»Hören Sie zu, mein Bester«, sagte Mr. Jaggers, trat einen

Schritt vor und wies zur Tür. »Machen Sie, daß Sie aus dem Büro kommen. Ich habe hier keinen Platz für Gefühle. Raus!«

»Das geschieht dir recht«, sagte Wemmick. »Hinaus mit dir.«

So zog sich der unglückliche Mike sehr bescheiden zurück, und Mr. Jaggers und Wemmick schienen ihr gutes Einvernehmen wiederhergestellt zu haben. Sie machten sich von neuem an die Arbeit, als seien sie wie nach einem Imbiß gestärkt.

52. Kapitel

Mit meinem Scheck in der Tasche ging ich von Little Britain aus zu Miss Skiffins' Bruder, dem Buchhalter, und Miss Skiffins' Bruder, der Buchhalter, lief sofort zu Clarriker und brachte ihn zu mir. Es bereitete mir das größte Vergnügen, dieses Geschäft abzuschließen. Es war das einzige Gute, das ich getan, und die einzige Angelegenheit, die ich zum Abschluß gebracht habe, seit ich zum erstenmal von meinen großen Erwartungen erfahren hatte.

Als mir Clarriker bei dieser Gelegenheit mitteilte, daß sein Geschäft ständig Fortschritte mache, daß er jetzt in der Lage sei, im Osten eine kleine Zweigstelle einzurichten, die für die Erweiterung seiner Firma dringend benötigt werde, und daß Herbert als Partner dorthin gehen und die Leitung übernehmen solle, erkannte ich, daß ich mich seelisch auf eine Trennung von meinem Freund eingestellt hatte, aber zu einer Zeit, als meine Lage nicht so ungewiß war. Jetzt hatte ich allerdings das Gefühl, als ob sich mein letzter Anker löste und ich bald ein Spielball von Wind und Wogen sein würde.

Mich entschädigte jedoch die Freude, mit der Herbert eines Abends nach Hause kommen und mir diese Veränderungen mitteilen würde, ohne zu ahnen, daß er mir nichts Neues sagte, und wenn er in leuchtenden Farben ausmalen würde, wie er Clara Barley in das Land von Tausendundeiner Nacht führt und ich sie dabei begleite (ich glaube, in einer Karawane) und wie wir alle den Nil aufwärts fahren und Wunderdinge sehen. Ohne allzu optimistisch in bezug auf meine eigene Rolle bei diesen schönen Plänen zu sein, spürte ich, daß sich Herberts Weg schnell ebnete und daß sich der alte Barley nur noch seinem Rum und Pfeffer zu widmen brauchte, denn für seine Tochter würde bald gesorgt sein.

Mittlerweile war es März geworden. Obwohl mein linker Arm keine bösen Symptome zeigte, ging der natürliche Heilungsprozeß so langsam voran, daß ich noch immer keinen Mantel anziehen konnte. Mein rechter Arm war leidlich hergestellt – verunstaltet, aber wieder zu gebrauchen.

Eines Montagmorgens, als Herbert und ich am Frühstückstisch saßen, erhielt ich mit der Post folgenden Brief von Wemmick:

»Walworth. Verbrennen Sie dies, sobald Sie es gelesen haben. Anfang der Woche, sagen wir, Mittwoch, könnten Sie tun, was Sie vorhaben – falls Sie bereit sind, es zu versuchen. Jetzt verbrennen.«

Als ich das Herbert gezeigt und danach ins Feuer gesteckt hatte – aber erst, nachdem wir beide den Inhalt auswendig gelernt hatten –, überlegten wir, was zu tun sei. Natürlich konnte man jetzt nicht länger verheimlichen, daß ich behindert war.

»Ich habe immer wieder darüber nachgedacht«, sagte Herbert, »und ich glaube, ich weiß eine bessere Lösung, als einen Themseschiffer zu nehmen. Nimm Startop. Er ist ein guter Kerl, sehr geschickt, mag uns gern und verehrt uns und ist ehrenhaft.«

Auch ich hatte schon öfter als einmal an ihn gedacht.

»Wieviel würdest du ihm anvertrauen, Herbert?«

»Wir brauchten ihm nur wenig zu sagen. Soll er das Ganze für einen plötzlichen Einfall halten, der aber bis zum Morgen ein Geheimnis bleibt. Dann teilst du ihm mit, daß es zwingende Gründe für dich gibt, Provis auf ein Schiff und ins Ausland zu bringen. Fährst du mit?«

»Natürlich.«

»Wohin?«

Bei den vielen angstvollen Überlegungen, die ich darüber angestellt hatte, war es mir fast unwichtig erschienen, welchen Hafen wir anlaufen würden – Hamburg, Rotterdam oder Antwerpen; die Hauptsache war, ihn aus England herauszubringen. Jedes ausländische Dampfschiff, das in unsere Route paßte und uns an Bord nehmen würde, sollte uns recht sein. Ich hatte mir immer vorgenommen, ihn im Boot den Fluß abwärts zu bringen, bestimmt über Gravesend hinaus, das in bezug auf Durchsuchungen und Nachfragen eine gefährliche Stelle war, falls man uns verdächtigte. Da die ausländischen Dampfschiffe London etwa zur Zeit der Flut verlassen, würden wir während der vorhergehenden Ebbe flußabwärts rudern und an irgendeinem ruhigen Fleck warten, bis wir an eins heranfahren konnten. Wenn wir vorher Erkundigungen einzögen, ließe sich der Zeitpunkt, an dem ein Schiff an unserem Standort vorbeikäme, ziemlich genau berechnen.

Herbert war mit allem einverstanden; gleich nach dem Frühstück gingen wir daran, uns zu erkundigen. Wir fanden heraus, daß ein nach Hamburg auslaufender Dampfer für unseren Zweck am besten geeignet schien, und so richteten wir unser Augenmerk hauptsächlich auf dieses Schiff. Wir notierten uns aber auch, welche ausländischen Schiffe außerdem mit derselben Flut auslaufen würden, und wir waren beruhigt, daß wir die Bauweise und Farbe von jedem kannten. Dann trennten wir uns für ein paar Stunden; ich wollte sofort die nötigen Pässe beschaffen, und Herbert wollte Startop in dessen Wohnung aufsuchen. Beide erledigten wir alles ohne Zwischenfall, und als wir uns um ein Uhr wieder trafen, war alles geschafft. Ich war mit Pässen ausgestattet; Herbert hatte mit Startop gesprochen, der sofort bereit gewesen war mitzumachen.

Wir beschlossen, daß die beiden ans Ruder gehen sollten und ich das Steuer übernehmen würde. Unser Schützling sollte nur mitfahren und sich still verhalten. Da es auf die Geschwindigkeit nicht ankam, würden wir schon genügend vorwärts kommen. Wir vereinbarten, daß Herbert an dem bewußten Abend nicht erst zum Essen nach Hause gehen sollte, bevor er sich zum Mill-Pond-Ufer begäbe; daß er am kommenden Abend, also am Dienstag, überhaupt nicht dorthin gehen sollte; daß er Provis darauf vorbereiten sollte, am Mittwoch zu einer Ufertreppe dicht am Haus zu kommen, sobald er uns auftauchen sähe, jedoch keinesfalls früher; daß diese Verabredung mit ihm noch am Montagabend getroffen werden müßte, daß man sich mit ihm aber nicht mehr in Verbindung setzen würde, bis wir ihn zu uns an Bord nähmen.

Nachdem wir uns über diese Vorsichtsmaßnahmen völlig geeinigt hatten, ging ich nach Hause.

Als ich die Wohnungstür aufschloß, fand ich im Kasten einen an mich gerichteten Brief vor; es war ein kleiner, schmutziger Brief, doch die Schrift war nicht schlecht. Er war persönlich hierhergebracht worden (natürlich, nachdem ich weggegangen war), und der Inhalt lautete wie folgt:

»Wenn Sie sich nicht scheuen, heute oder morgen abend um neun zu den alten Marschen, und zwar zu dem kleinen Schleusenhäuschen am Kalkofen, zu kommen, sollten Sie kommen. Wenn Sie Näheres über *Ihren Onkel Provis* erfahren wollen, sollten Sie kommen, keinem davon etwas sagen und keine Zeit verlieren. *Sie müssen aber allein kommen.* Bringen Sie dies mit.«

Schon vor Erhalt dieses merkwürdigen Briefes hatte genug auf meiner Seele gelastet. Ich wußte nicht, was ich jetzt tun sollte. Das schlimmste war, daß ich mich rasch zu entscheiden hatte, ansonsten würde ich die Nachmittagskutsche verpassen, mit der ich fahren müßte, um noch rechtzeitig heute abend draußen zu sein. Der morgige Abend kam nicht in

Betracht, weil er zu kurz vor unserer Flucht lag. Doch andererseits konnte die versprochene Auskunft gerade für die Flucht von großer Bedeutung sein.

Selbst wenn ich genügend Zeit zum Überlegen gehabt hätte, wäre ich wohl hingefahren. Da mir aber kaum eine Bedenkzeit blieb – meine Uhr sagte mir, daß die Postkutsche in einer halben Stunde abfuhr –, entschloß ich mich zu fahren. Ohne den Hinweis auf meinen Onkel Provis wäre ich sicherlich nicht aufgebrochen. Doch die Anspielung, nach Wemmicks Brief und den eiligen Vorbereitungen am Morgen, gab den Ausschlag.

Wenn man in Eile ist, fällt es einem bei fast jedem Brief schwer, sich über den Inhalt völlig klarzuwerden. Ich mußte mir daher dieses rätselhafte Schreiben zweimal durchlesen, ehe die strikte Anweisung, Schweigen zu bewahren, mechanisch in mein Gehirn vorgedrungen war. Ebenso mechanisch richtete ich mich danach und hinterließ Herbert eine mit Bleistift geschriebene Nachricht, daß ich beschlossen hätte, da ich bald auf unbestimmte Zeit verreisen würde, rasch zu Miss Havisham zu fahren, um mich nach ihrem Befinden zu erkundigen. Danach blieb mir kaum noch Zeit, den Mantel anzuziehen, die Wohnung abzuschließen und auf kürzestem Wege, durch die Nebenstraßen, zur Postkutschenhaltestelle zu eilen. Wenn ich eine Mietkutsche genommen hätte und auf den Hauptstraßen gefahren wäre, hätte ich mein Ziel verfehlt. So aber erreichte ich die Kutsche gerade, als sie aus dem Hof fuhr. Ich war der einzige Reisende mit Innenplatz, stolperte in knietiefes Stroh und kam erst dann zur Besinnung.

Seit ich den Brief erhalten hatte, war ich etwas durcheinander; nach der Hast am Morgen hatte er mich völlig verwirrt. Die morgendliche Eile und Aufregung waren groß gewesen, denn obwohl ich seit langem angstvoll auf Wemmick gewartet hatte, war seine Nachricht schließlich doch überraschend gekommen. Jetzt war ich erstaunt, mich in der Kutsche wiederzufinden. Zweifel beschlichen mich, ob ich einen triftigen

Grund hatte, hierzusein, und ob ich nicht lieber sofort aussteigen und umkehren sollte. Ich begann mit mir zu hadern, weil ich einer anonymen Mitteilung Beachtung geschenkt hatte. Kurz, ich machte alle Phasen des Für und Wider und der Unentschlossenheit durch, die wohl nur wenigen gehetzten Menschen erspart bleiben. Dennoch blieb der Hinweis auf Provis maßgebend. Ich überlegte, wie ich unbewußt schon die ganze Zeit überlegt hatte: Wenn ihm etwas zustoßen würde, weil ich nicht dorthin gegangen war, könnte ich mir das nie verzeihen!

Es war dunkel, noch ehe wir eintrafen, und die Reise kam mir lang und trostlos vor, weil ich aus dem Innern der Kutsche wenig erkennen und wegen meiner hilflosen Verfassung keinen Außenplatz nehmen konnte. Um dem »Blauen Eber« aus dem Wege zu gehen, stieg ich in einem weniger bekannten Gasthaus unten in der Stadt ab und bestellte mir ein Abendessen. Während es zubereitet wurde, ging ich zum Haus »Satis« und erkundigte mich nach Miss Havisham. Sie war zwar noch sehr krank, aber es ging ihr bereits etwas besser.

Mein Gasthaus war ehemals Teil eines alten kirchlichen Gebäudes gewesen, und ich aß in einer kleinen, achteckigen Gaststube, die an ein Taufbecken erinnerte. Da ich mir mein Fleisch nicht selber schneiden konnte, tat das der alte Wirt mit seiner spiegelblanken Glatze für mich. Dadurch kamen wir ins Gespräch, und er war so freundlich, mir meine eigene Lebensgeschichte zu erzählen, natürlich in der bekannten Fassung, daß Pumblechook mein ursprünglicher Wohltäter und der Begründer meines Glückes wäre.

»Kennen Sie den jungen Mann?« fragte ich.

»Ihn kennen?« wiederholte der Wirt. »Seit er so winzig war.«

»Kommt er jemals in diese Gegend?«

»Ja, er kommt hin und wieder zu seinen besten Freunden«, sagte der Wirt, »und zeigt dem Mann, der ihm zu allem verholfen hat, die kalte Schulter.«

»Was ist das für ein Mann?«

»Na der, von dem ich die ganze Zeit rede«, sagte der Wirt. »Mr. Pumblechook.«

»Ist er auch anderen gegenüber undankbar?«

»Das wäre er gewiß, wenn er könnte«, erwiderte der Wirt, »aber er kann nicht. Und warum? Weil Pumblechook alles für ihn getan hat.«

»Behauptet Pumblechook das?«

»Behaupten!« entgegnete der Wirt. »Er hat keinen Grund dazu.«

»Aber er behauptet es jedenfalls?«

»Wenn man ihn darüber sprechen hört, kann einem die grüne Galle überlaufen, Sir«, sagte der Wirt.

Ich dachte im stillen: ›Doch du, mein lieber Joe, *du* sprichst nie davon. Du langmütiger, treuer Joe, *du* beklagst dich nie. Und auch du nicht, du sanfte Biddy!‹

»Ihr Unfall scheint Ihnen den Appetit verschlagen zu haben«, sagte der Wirt und warf einen Seitenblick auf meinen verbundenen Arm unter dem Mantel. »Kosten Sie doch einen zarten Happen.«

»Nein, danke«, sagte ich, stand auf und trat zum Kamin, wo ich nachdenklich ins Feuer starrte. »Ich kann nichts mehr essen. Räumen Sie bitte ab.«

Noch nie zuvor war mir meine Undankbarkeit gegen Joe so deutlich zum Bewußtsein gekommen wie jetzt durch diesen unverschämten Aufschneider Pumblechook. Je verlogener er war, desto aufrechter war Joe; je gemeiner er war, desto edler erschien mir Joe.

Mein Herz war berechtigterweise tief gedemütigt, während ich eine Stunde oder länger am Feuer grübelte. Das Schlagen der Uhr riß mich hoch – meine Niedergeschlagenheit und Reue blieben jedoch zurück –, und ich stand auf, knöpfte den Mantel am Hals zu und ging hinaus. Vorher hatte ich in meinen Taschen nach dem Brief gesucht, um ihn noch einmal durchzulesen, aber ich konnte ihn nicht finden. Mir war der

Gedanke unangenehm, daß er wahrscheinlich ins Stroh der Postkutsche gefallen war. Ich wußte aber ganz genau, daß der Treffpunkt in den Marschen bei dem kleinen Schleusenhäuschen am Kalkofen war, und zwar um neun Uhr. Daraufhin ging ich sofort hinaus ins Marschland, denn ich hatte keine Zeit zu verlieren.

53. Kapitel

Es war eine finstere Nacht, obwohl gerade der Vollmond aufging, als ich das bebaute Land verließ und in die freien Marschen hinaustrat. Jenseits der düsteren Linie, die das Marschland bildete, erstreckte sich ein helles Band Himmel, das gerade breit genug für den großen, roten Mond war. Innerhalb weniger Minuten war es aus diesem hellen Streifen in die hochgetürmten Wolkenberge aufgestiegen.

Ein leiser Wind wehte über die trostlosen Marschen. Einem Fremden wären sie unerträglich vorgekommen, und selbst mich bedrückten sie dermaßen, daß ich zögerte und nahe daran war umzukehren. Doch ich kannte sie und hätte mich in einer weitaus dunkleren Nacht zurechtgefunden. Somit hatte ich keine Ausrede kehrtzumachen, da ich nun einmal hier war. Ich war gegen meinen Willen hergekommen und ging nun auch gegen meinen Willen weiter.

Ich ging nicht in die Richtung, in der meine alte Heimat lag, und auch nicht in die, wo wir die Häftlinge verfolgt hatten. Beim Gehen wandte ich den fernen Hulks meinen Rücken zu, und obwohl ich die Lichter auf den Sandbänken sehen konnte, erspähte ich sie über die Schulter hinweg. Ich kannte den Kalkofen ebensogut wie die alte Batterie, doch sie lagen viele Meilen voneinander entfernt. Wenn in dieser Nacht an jedem Punkt ein Licht gebrannt hätte, wäre ein langer Streifen des trüben Horizonts zwischen den beiden hellen Lichtflecken gewesen.

Zunächst mußte ich einige Gatter hinter mir schließen und hin und wieder stillstehen, solange sich das Vieh, das auf den aufgeschütteten Wegen lagerte, erhob und zwischen dem Gras und Schilf abwärts stolperte. Doch nach einer Weile schien das ganze Flachland mir allein zu gehören.

Es verging noch eine halbe Stunde, bis ich mich dem Kalkofen näherte. Der Kalk brannte langsam und mit einem atemraubenden Geruch, doch die Feuer waren geschürt und verlassen worden, und kein Arbeiter war zu sehen. Dicht daneben befand sich ein kleiner Steinbruch. Er lag direkt auf meinem Weg; heute war dort gearbeitet worden, was ich an den herumliegenden Werkzeugen und Schubkarren erkennen konnte.

Als ich aus dieser Vertiefung – der unebene Weg führte nämlich dort hindurch – wieder auf die Marschen emporstieg, sah ich in dem alten Schleusenhaus Licht brennen. Ich beschleunigte meine Schritte und klopfte an. Während ich auf eine Antwort wartete, blickte ich mich um und bemerkte, daß die Schleuse unbenutzt und verfallen war und daß das Haus – es war aus Holz und mit Ziegeln gedeckt – nicht mehr lange der Witterung standhalten würde, wenn es das auch jetzt noch konnte, und daß der Schlamm und Morast vom Kalk übertüncht waren und daß der stickige Dunst vom Ofen gespenstisch auf mich zugekrochen kam. Noch immer meldete sich niemand, und ich klopfte erneut an. Keine Antwort; ich drückte auf die Klinke.

Sie gab unter meiner Hand nach, und die Tür ging auf. Als ich hineinschaute, sah ich eine brennende Kerze auf dem Tisch, eine Bank und eine Matratze auf einer wackligen Bettstelle. Da über mir ein Dachboden war, rief ich: »Ist hier jemand?«, aber niemand antwortete. Ich blickte auf meine Uhr und stellte fest, daß es nach neun Uhr war. Deshalb rief ich wieder: »Ist hier jemand?« Da noch immer keine Antwort kam, ging ich hinaus und wußte nicht recht, was ich tun sollte.

Es begann heftig zu regnen. Draußen war weiter nichts zu sehen; deshalb kehrte ich zum Haus zurück, blieb auf der Schwelle stehen und spähte in die Nacht hinaus. Während ich mir überlegte, daß jemand erst vor kurzem hier gewesen sein und bald zurückkommen mußte, denn sonst könnte ja die Kerze nicht brennen, kam mir in den Sinn nachzuschauen, wie lang der Docht sei. Ich drehte mich daher um und hatte gerade die Kerze in die Hand genommen, als sie durch einen heftigen Schlag ausgelöscht wurde, und als nächstes nahm ich wahr, daß ich in einer festen Schlinge gefangen war, die mir jemand von hinten über den Kopf geworfen hatte.

»Jetzt habe ich dich!« sagte eine gedämpfte Stimme und fluchte dabei.

»Was ist das?« schrie ich und wehrte mich. »Wer ist das? Zu Hilfe! Hilfe! Hilfe!«

Mir wurden nicht nur die Arme eng an den Körper gepreßt, auch der Druck auf meinen kranken Arm verursachte mir große Schmerzen. Mal wurde eine kräftige Männerhand, mal die starke Brust eines Mannes gegen meinen Mund gedrückt, um meine Schreie zu ersticken; während ich vergeblich im Dunkeln kämpfte, spürte ich den heißen Atem an meinem Gesicht und wurde an der Wand festgebunden.

»Und jetzt«, sagte die gedämpfte Stimme mit einem erneuten Fluch, »schrei noch mal, und ich mache kurzen Prozeß mit dir!«

Da ich mich von dem Schmerz in meinem verletzten Arm matt und elend fühlte, durch die Überrumpelung völlig verstört und davon überzeugt war, wie leicht diese Drohung in die Tat umgesetzt werden konnte, hörte ich auf und versuchte, meinem Arm Erleichterung zu verschaffen, und sei sie noch so gering. Er war aber zu fest geschnürt. Hatte ich zuerst brennende Schmerzen gehabt, kam es mir jetzt vor, als wäre der Arm gekocht worden.

Daß der nächtliche Himmel plötzlich verschwand und es dafür stockdunkel wurde, zeigte mir an, daß der Mann den

Fensterladen geschlossen hatte. Nachdem er eine Weile umhergetastet hatte, fand er das gesuchte Feuerzeug und begann Feuer zu machen. Ich blickte krampfhaft auf die Funken, die auf den Zunder fielen und auf den er, ein Streichholz in der Hand, immer wieder blies, konnte aber nur seine Lippen und das blaue Köpfchen vom Streichholz erkennen, und das auch nur unregelmäßig. Der Zunder war feucht – kein Wunder hier –, und ein Funken nach dem anderen verlosch.

Der Mann hatte keine Eile und schlug erneut Feuer. Als die Funken hell und dicht rings um ihn aufsprühten, konnte ich seine Hände und andeutungsweise das Gesicht sehen. Ich konnte erkennen, daß er am Tisch saß und sich vorbeugte, aber weiter nichts. Bald darauf sah ich wieder seine blauen Lippen, wie sie auf den Zunder bliesen, und dann flammte ein Lichtschein auf und zeigte mir Orlick.

Wen ich eigentlich erwartet hatte, weiß ich nicht, ihn jedenfalls nicht. Als ich ihn sah, hatte ich das Gefühl, in einer gefährlichen Lage zu sein, und ließ ihn nicht aus den Augen.

Er zündete die Kerze sehr gemächlich am brennenden Streichholz an, ließ es fallen und trat es aus. Dann schob er die Kerze weiter auf den Tisch, damit er mich sehen konnte, und saß mit auf dem Tisch verschränkten Armen und betrachtete mich. Ich stellte fest, daß ich an eine schwere, steile Leiter gefesselt war, die nur wenige Zentimeter von der Wand entfernt stand, zum Inventar gehörte und dazu diente, auf den Heuboden zu steigen.

»Jetz hab ich dich!« sagte er, als wir uns eine Weile gemustert hatten.

»Binde mich los. Laß mich gehen!«

»Ha!« erwiderte er. »Ich werde dich gehn lassen; ich laß dich zum Mond gehn oder zu 'n Sternen. Alles zu seiner Zeit.«

»Warum hast du mich hierher gelockt?«

»Weißt du das nich?« fragte er mit einem Blick, der töten könnte.

»Warum bist du im Dunkeln über mich hergefallen?«

»Weil ich alles selbst erledigen will. Einer hält besser dicht als zwei. Oh, du Feind, du Feind!«

Seine Freude an dem Schauspiel, das ich bot, während er mit auf dem Tisch gekreuzten Armen dasaß, den Kopf über mich schüttelte und sich beglückwünschte, hatte etwas Bösartiges an sich, das mich erschauern ließ. Als ich ihn schweigend beobachtete, griff er in eine Ecke neben sich und holte eine Waffe mit einem messingbeschlagenen Schaft hervor.

»Kennst du die?« fragte er und tat so, als wollte er auf mich zielen. »Weißt du, wo du die schon mal gesehn hast? Sprich, du Wolf!«

»Ja«, antwortete ich.

»Du hast mich um die Stelle gebracht. Das hast du. Sprich!«

»Was konnte ich anderes tun?«

»Du hast's getan, und das allein würde reichen. Wie hast du's wagen können, dich zwischen mich und eine junge Dame zu drängen, die ich geliebt hab?«

»Wann habe ich das getan?«

»Wann hast du's nich getan? Du warst's, der den alten Orlick bei ihr immer schlechtgemacht hat.«

»Das hast du selbst getan, das hast du dir selbst zuzuschreiben. Wenn du dir nicht selber geschadet hättest, wäre es mir nicht gelungen.«

»Du bist 'n Lügner. Und du wirst weder Kosten noch Mühe scheuen, mich aus dieser Gegend zu treiben, stimmt's?« sagte er und wiederholte meine Worte, die ich bei unserem letzten Gespräch zu Biddy geäußert hatte. »Nun will ich dir mal was verraten. Noch nie hat sich deine Mühe so gelohnt, mich aus dieser Gegend zu vertreiben, wie heute. Ha! Und wenn du dein ganzes Geld, bis auf den letzten Farthing, zwanzigmal hinzählst!« Als er mir mit seiner mächtigen Faust drohte und wie ein Tiger fauchte, wußte ich, daß er es ernst meinte.

»Was hast du mit mir vor?«

»Ich hab vor«, sagte er und hieb voller Wucht mit der Faust

auf den Tisch; beim Schlag hatte er sie hoch erhoben, um ihr größeres Gewicht zu verleihen, »ich hab vor, dich umzubringen!«

Er beugte sich vor und starrte mich an, seine Hand lockerte langsam den Griff und fuhr über die Lippen, als ob ihm bei meinem Anblick das Wasser im Mund zusammenlief. Dann setzte er sich wieder.

»Du bist dem alten Orlick im Wege gewesen, seit du ein Kind warst. Noch in dieser Nacht kommst du ihm aus dem Weg. Er wird dann nichts mehr mit dir zu tun ham. Du wirst sterben.«

Ich spürte, daß ich am Rande meines Grabes stand. Einen Augenblick lang blickte ich mich verstört nach einer Möglichkeit um, dieser Falle zu entfliehen. Doch es gab keine.

»Mehr noch«, sagte er und kreuzte wieder seine Arme auf dem Tisch, »nich einen Fetzen, nich einen Knochen werd ich von dir übriglassen. Ich werd deine Leiche in den Ofen stecken – ich würde zwei von deiner Sorte auf meinen Schultern dahin tragen –, und laß die Leute von dir denken, was sie wolln, sie werden niemals nich die Wahrheit erfahrn.«

In unvorstellbarer Geschwindigkeit gingen mir die Folgen eines solchen Todes durch den Sinn. Estellas Vater würde glauben, ich hätte ihn im Stich gelassen; er würde verhaftet werden und mit einer Anklage gegen mich sterben. Selbst Herbert würde an mir zweifeln, wenn er den für ihn zurückgelassenen Brief mit der Tatsache verglich, daß ich nur einen kurzen Augenblick an Miss Havishams Tor verweilt hatte. Joe und Biddy würden nie erfahren, wie sehr ich an diesem Abend alles bereut hatte; niemand würde je erfahren, was ich gelitten, wie ehrlich ich es gemeint hatte und welchen Todeskampf ich hatte durchstehen müssen. Den Tod vor Augen zu haben war furchtbar, aber weitaus schlimmer als der Tod war die Angst, daß man mich nach meinem Tode in einem falschen Licht sehen würde. Meine Gedanken jagten so schnell, daß ich mich von noch ungeborenen Generationen – Estellas

Kindern und Kindeskindern – verachtet sah, noch ehe der Schurke zu Ende gesprochen hatte.

»Nun, du Wolf«, sagte er, »bevor ich dich wie irgend 'ne andre Bestie töte – das isses, was ich vorhab und warum ich dich festgebunden hab –, will ich dich erst noch richtig angucken und dich tüchtig piesacken. Oh, du Feind!«

Mir war der Gedanke gekommen, noch einmal um Hilfe zu schreien, obwohl kaum einer besser als ich wußte, wie verlassen diese Gegend war und wie wenig Hoffnung auf Rettung bestand. Wie er so dasaß und sich an meinem Anblick weidete, erfüllte mich ein solcher Abscheu vor ihm, daß mir die Lippen verschlossen blieben. Vor allem nahm ich mir vor, ihn nicht anzuflehen, sondern ihm sterbend noch einen letzten, schwachen Widerstand zu leisten. So milde gestimmt ich im Hinblick auf meine Mitmenschen in dieser großen Bedrängnis war; so demütig, wie ich den Himmel um Verzeihung bat; so weich mein Herz bei dem Gedanken wurde, daß ich von keinem mir lieb gewesenen Menschen Abschied genommen hatte und auch nicht mehr dazu käme, daß ich mich bei niemand rechtfertigen oder um Verständnis für meine erbärmlichen Fehler bitten konnte; trotz allem hätte ich ihn töten können – und wenn ich selbst dabei sterben mußte –, wäre es mir nur möglich gewesen!

Er hatte getrunken, und seine Augen waren rot und blutunterlaufen. Um den Hals hing ihm eine Blechflasche, wie ich ihn früher oft habe sein Fleisch und etwas Trinkbares tragen sehn. Er führte die Flasche zum Mund und nahm einen gierigen Schluck. Ich roch den starken Alkohol, der ihm zu Kopf stieg.

»Wolf!« sagte er und verschränkte wieder die Arme. »Der alte Orlick wird dir mal was sagen: Du warst's, der deine Schwester, dieses zänkische Weib, erledigt hat.«

Wieder hatte mein Gehirn mit jener unvorstellbaren Schnelligkeit das ganze Thema – den Überfall auf meine Schwester, ihre Krankheit und ihren Tod – durchgespielt, noch ehe er langsam und stockend diese Worte ausgesprochen hatte.

»Du bist es gewesen, du Schurke«, rief ich.

»Und ich sage dir, du warst's. Ich sage dir, durch dich isses geschehn«, erwiderte er, nahm die Flinte zur Hand und schlug mit dem Schaft durch die Luft, die zwischen uns lag. »Ich bin von hinten an sie rangekommen, so wie ich heute an dich rangekommen bin. Ich hab's ihr gegeben! Ich hab gedacht, sie war tot, und wenn ein Kalkofen so in ihrer Nähe gewesen wär wie bei dir, wär sie nich wieder zum Leben erwacht. Aber es war nich der alte Orlick, der das getan hat, sondern du. Dich ham sie vorgezogen, ihn ham sie gequält und geprügelt. Den alten Orlick quälen und prügeln, hä? Jetz wirst du dafür bezahlen. Du hast's getan, jetz wirst du dafür bezahlen.«

Wieder trank er und wurde noch wilder. An der Art, wie schräg er die Flasche kippte, erkannte ich, daß nicht mehr viel drin war. Mir war klar, daß er sich mit dem Inhalt Mut antrank, um mit mir Schluß zu machen. Ich wußte, daß jeder Tropfen ein Tropfen meines Lebens war. Ich wußte, daß er, sobald ich auch zu einem Teil dieses Dunstes geworden war, der mich erst vor kurzem wie mein warnender Geist umgeben hatte, wie damals im Falle meiner Schwester handeln würde: zur Stadt eilen, wo man ihn umherschlurfen und in den Schenken trinken sehen konnte. Mein rascher Geist folgte ihm in die Stadt, malte sich die Straße, durch die er ging, aus und verglich ihren Glanz und ihr Leben mit den einsamen Marschen und dem weißen, sich darüber hinziehenden Nebel, in den auch ich mich auflösen sollte.

Während er ein Dutzend Worte äußerte, hätte ich nicht nur Jahre um Jahre vorüberziehen lassen können, sondern das, was er sagte, ließ nicht nur Worte, sondern Bilder vor mir erstehen. In meiner überspannten und erregten Seelenverfassung konnte ich an keinen Ort denken, ohne ihn vor mir zu sehen, und an keinen Menschen, ohne ihn mir vorzustellen.

Die Intensität dieser Bilder läßt sich gar nicht deutlich genug beschreiben, und doch achtete ich unverwandt auf ihn – wer würde auch einen Tiger, der zum Sprung bereit sitzt, aus den Augen lassen! –, so daß ich die leiseste Fingerbewegung bemerkte.

Als er zum zweitenmal getrunken hatte, erhob er sich von der Bank, auf der er saß, und schob den Tisch beiseite. Dann nahm er die Kerze und schirmte sie mit seiner Mörderhand so ab, daß das Licht auf mich fiel; er stellte sich vor mich hin, betrachtete mich und genoß den Anblick.

»Wolf, ich sag dir noch eins. Es war der alte Orlick, über den du damals in der Nacht auf der Treppe gestolpert bist.«

Ich sah das Treppenhaus mit den erloschenen Lampen vor mir. Ich sah die Schatten des massigen Treppengeländers, die durch die Laterne des Pförtners an die Wand geworfen wurden. Ich sah die Zimmer, die ich nie wieder sehen sollte: die eine Tür halb offen, eine Tür geschlossen, all die Möbel ringsum.

»Und warum war der alte Orlick dort? Ich will dir noch was sagen, Wolf. Ihr beide, du und sie, habt mich ganz schön aus dieser Gegend verjagt, was das betrifft, sein Brot auf leichte Weise zu verdienen, und ich hab mir neue Gefährten und Meister gesucht. Einige von denen schreiben meine Briefe, wenn ich's will – hörst du? –, schreiben meine Briefe, Wolf! Sie schreiben in fünfzig Handschriften und nich bloß in einer wie du Kriecher. Ich hab es mir in den Kopf gesetzt, und ich hab die feste Absicht, dich umzubringen, seit du zur Beerdigung deiner Schwester hier warst. Ich wußte nur nich, wie ich dich sicher kriegen konnte, und da hab ich dich beobachtet, um deine Besonderheiten zu erfahrn. Denn der alte Orlick hat sich gesagt: ›Irgendwie und irgendwann werd ich ihn schon fassen!‹ – Und? Als ich dich so beobachte, find ich doch deinen Onkel Provis! Na?«

Das Mill-Pond-Ufer und Chinks's Basin und den Old Green Copper Rope-Walk, alles sah ich klar und deutlich vor mir. Provis in seinen Zimmern; das Signal, das nun sinnlos war; die hübsche Clara; die gütige, mütterliche Frau; den alten Billy Barley, wie er auf dem Rücken lag; alle zogen an mir vorbei wie auf dem schnellen Strom meines Lebens, der rasch auf die See zustrebte.

»Du auf einmal mit 'n Onkel! Und dabei hab ich dich als so kleinen Wolf bei Gargerys gekannt, daß ich dich schrumpligen Kerl zwischen Daumen und Zeigefinger hätte nehmen und tot wegschmeißen können (hin und wieder hätt ich nich übel Lust dazu gehabt, wenn ich dich sonntags zwischen den Baumstümpfen hab rumschlendern sehn). Damals hattest du noch keine Onkels. Nein, du nich! Aber als der alte Orlick dahinterkam, daß dein Onkel Provis wahrscheinlich das Fußeisen getragen hat, was der alte Orlick vor so vielen Jahren in den Maaschen auseinandergefeilt aufgelesen hat und was er bei sich aufgehoben hat, bis er deine Schwester damit wie 'nen Ochsen umgelegt hat, so wie er dich umlegen will . . . hörst du? Als er dahinterkam, daß . . . hörst du?«

In seinem wilden Hohn fuchtelte er mit der Kerze so dicht vor mir herum, daß ich mein Gesicht abwandte, um es vor der Flamme zu schützen.

»Aha!« schrie er lachend, nachdem er es noch einmal getan hatte, »das gebrannte Kind scheut das Feuer. Der alte Orlick hat gewußt, daß du 'n gebranntes Kind bist. Der alte Orlick hat gewußt, daß du deinen Onkel Provis hast rausschmuggeln wolln. Der alte Orlick is dir aber gewachsen und hat gewußt, daß du heute kommst. Nun will ich noch was sagen, Wolf, und dann is Schluß. Da gibt's noch welche, die sind deinem Onkel Provis genauso über wie der alte Orlick dir. Er soll sich vor ihnen in acht nehmen, wenn er seinen Neffen los is. Er soll sich hüten, wenn keiner mehr auch nur 'nen Fetzen oder 'nen Knochen von seinem lieben Verwandten nich finden kann. Da gibt's welche, die mit Magwitch – ja, *ich* weiß den Namen! – nich in der gleichen Gegend leben können und wolln und die genaue Informationen gehabt ham, als er in 'nem andren

Land gelebt hat, so daß er's nich ohne ihr Wissen verlassen und sie in Gefahr bringen konnte. Vleicht sind die es, die fünfzig Handschriften schreiben und nich bloß eine wie du Kriecher. Magwitch, hüte dich vor Compeyson und dem Galgen!«

Wieder fuchtelte er mit der Kerze herum, wobei er mein Gesicht und meine Haare ansengte und mich einen Augenblick lang blendete. Dann drehte er mir seinen breiten Rücken zu, als er die Kerze auf den Tisch zurückstellte. Im stillen hatte ich ein Gebet gesprochen und war innerlich mit Joe, Biddy und Herbert verbunden, ehe er sich wieder zu mir umwandte.

Zwischen dem Tisch und der gegenüberliegenden Wand war ein freier Abstand von wenigen Fuß. In diesem Zwischenraum schlurfte er hin und her. Seine Riesenkräfte schienen ihn noch mehr niederzubeugen als je zuvor, wie seine Haltung ausdrückte: die Hände hingen ihm locker und schwer an den Seiten herab, und er musterte mich mit finsteren Blicken. Ich hatte kein Fünkchen Hoffnung mehr. So wild meine innere Hast und so erstaunlich die Stärke der Bilder waren, die anstelle von Gedanken an mir vorüberjagten, so war ich mir doch völlig darüber im klaren, daß er mir das alles nie im Leben erzählt hätte, wenn er nicht dazu entschlossen gewesen wäre, mich in wenigen Augenblicken aus dem menschlichen Dasein auszulöschen.

Plötzlich blieb er stehen, zog den Korken aus der Flasche und warf ihn weg. Leicht, wie er war, hörte ich ihn doch wie ein Bleilot zur Erde fallen. Er trank in langsamen Schlucken, hob die Flasche nach und nach höher und sah mich schließlich nicht mehr an. Die letzten Tropfen Alkohol goß er in seine Handfläche und leckte sie auf. Dann schleuderte er ungestüm und kräftig fluchend die Flasche von sich, bückte sich, und in seiner Hand sah ich einen Steinhammer mit einem langen, schweren Stiel.

Ich blieb bei meinem gefaßten Entschluß; ohne mich mit einem einzigen Wort des Bittens an ihn zu wenden, schrie ich aus Leibeskräften und kämpfte mit aller Gewalt. Ich konnte zwar nur den Kopf und die Beine bewegen, aber damit kämpfte ich mit einer mir bis dahin unbekannten Kraft. Im selben Moment hörte ich Antwortschreie, sah Gestalten und einen Lichtschein zur Tür hereinstürzen, hörte Stimmen und Getöse und sah Orlick bei einem Handgemenge wie aus der wogenden See auftauchen, den Tisch bei einem Sprung wegstoßen und in die Nacht entfliehen.

Nachdem ich eine Weile besinnungslos gewesen war, fand ich mich, von den Fesseln befreit, am selben Ort auf dem Fußboden wieder. Mein Kopf ruhte auf irgendeinem Knie.

Als ich zu mir kam, fielen meine Blicke auf die Leiter an der Wand – ich hatte sie darauf gerichtet, bevor mein Geist sie wahrnahm, und als ich das Bewußtsein wiedererlangte, merkte ich, daß ich mich in demselben Raum befand, in dem ich ohnmächtig geworden war.

Da ich zunächst noch zu gleichgültig war, mich umzuschauen und festzustellen, wer mich hielt, lag ich da und blickte zur Leiter, als sich zwischen sie und mich ein Gesicht schob. Es war das Gesicht von Trabbs Lehrjungen.

»Ich glaube, es geht ihm gut«, sagte Trabbs Lehrjunge mit ernster Stimme, »wenn er auch noch sehr blaß aussieht!«

Bei diesen Worten beugte sich das Gesicht desjenigen, der mich stützte, über mich, und ich sah, wer meine Hilfe war . . .

»Herbert! Großer Gott!«

»Sachte, sachte, Händel«, sagte Herbert, »sei nicht zu hitzig.«

»Und unser Startop, alter Kamerad!« rief ich, als auch er sich zu mir herabbeugte.

»Denk daran, wobei er uns helfen will«, sagte Herbert, »und bleib ruhig.«

Bei dieser Anspielung sprang ich auf, doch der Schmerz in meinem Arm ließ mich wieder zurücksinken. »Es ist doch noch nicht zu spät, Herbert? Was für ein Tag ist heute? Wie lange bin ich hier gewesen?« Ich hatte nämlich die seltsame Befürchtung, daß ich eine lange Zeit dagelegen hatte – einen Tag und eine Nacht, zwei Tage und zwei Nächte oder länger.

»Es ist noch nicht zu spät. Heute ist Montagabend.«

»Gott sei Dank!«

»Dir bleibt der ganze morgige Dienstag zum Ausruhen«, sagte Herbert. »Du stöhnst immer so, mein lieber Händel. Wo bist du verletzt? Kannst du stehen?«

»Ja, ja«, sagte ich, »ich kann laufen. Mir ist weiter nichts geschehen, nur in dem Arm pocht es heftig.«

Sie nahmen den Verband ab und taten ihr möglichstes. Er war dick geschwollen und entzündet, und ich konnte es kaum aushalten, wenn er berührt wurde. Sie zerrissen ihre Taschentücher, um einen neuen Verband machen zu können, und legten den Arm behutsam in die Schlinge, bis wir zur Stadt gehen und eine kühlende Flüssigkeit aufstreichen konnten. Bald darauf hatten wir die Tür des dunklen und verlassenen Schleusenhäuschens hinter uns geschlossen und begaben uns durch den Steinbruch auf den Heimweg. Trabbs Lehrjunge – inzwischen zu einem sehr großen jungen Mann herangewachsen – ging mit einer Laterne voraus. Das war das Licht gewesen, das ich zur Tür hatte hereinkommen sehen. Der Mond stand jetzt höher als vor zwei Stunden, da ich zum letztenmal zum Himmel emporgeblickt hatte, und die Nacht war, wenn auch regnerisch, so doch viel heller. Der weiße Dunst des Kalkofens zog an uns vorüber, und hatte ich zuvor den Himmel um Hilfe angefleht, sprach ich nun ein Dankgebet.

Da ich Herbert inständig bat, mir zu erzählen, wie es zu meiner Rettung gekommen war – was er anfangs glatt verweigerte und vielmehr darauf bestand, daß ich ruhig bleiben sollte –, erfuhr ich, daß mir in der Eile der geöffnete Brief in der Wohnung heruntergefallen war. Als er mit Startop, den er unterwegs getroffen hatte, nach Hause kam, fand er den Brief, bald nachdem ich gegangen war. Der Ton darin beunruhigte ihn, vor allem, weil er im Widerspruch zu meinem hastig geschriebenen Brief an ihn stand. Anstatt sich zu beruhigen, wuchs seine Besorgnis, nachdem er eine Viertelstunde nachgedacht hatte, und deshalb machte er sich mit Startop, der seine Begleitung angeboten hatte, auf den Weg, um sich nach der nächsten Kutsche zu erkundigen. Als er feststellte, daß die Nachmittagskutsche bereits abgefahren war, und sich seine Unruhe zur Panik steigerte, da sich Hindernisse in den Weg stellten, beschloß er, in einer Postkutsche hinterherzufahren. Somit langten er und Startop im »Blauen Eber« an und hofften, mich dort anzutreffen oder eine Nachricht von mir vorzufinden. Da aber beides nicht zutraf, gingen sie zu Miss

Havisham, wo sie meine Spur verloren. Daraufhin kehrten sie ins Hotel zurück (zweifellos zu dem Zeitpunkt, als ich die hier allgemein verbreitete Fassung meiner Lebensgeschichte hörte), um sich zu erfrischen und jemanden aufzutreiben, der sie in die Marschen führen könnte. Unter den Herumlungernden im Torbogen des »Blauen Ebers« befand sich zufällig auch Trabbs Lehrjunge, der, seiner alten Gewohnheit gemäß, immer dort anzutreffen war, wo er nichts zu tun hatte. Trabbs Lehrjunge hatte mich gesehen, wie ich von Miss Havisham kam und auf meinen Gasthof zusteuerte. So wurde Trabbs Lehrjunge ihr Fremdenführer, und mit ihm gingen sie hinaus zum Schleusenhäuschen, allerdings auf dem Weg von der Stadt zu den Marschen, den ich vermieden hatte. Als sie unterwegs waren, ging Herbert durch den Kopf, daß ich womöglich hierhergelockt worden war, um eine ernst gemeinte und hilfreiche Botschaft in Empfang zu nehmen, die Provis' Sicherheit diente. Er überlegte, daß in diesem Falle eine Störung nur Schaden anrichten würde, und ließ seinen Führer und Startop am Rand des Steinbruchs zurück; er ging allein weiter, schlich erst zwei- oder dreimal ums Haus und überzeugte sich, ob drinnen alles in Ordnung sei. Da er weiter nichts als die undeutlichen Laute einer tiefen, rauhen Stimme hörte (in der Zeit arbeitete mein Geist angestrengt), begann er schließlich daran zu zweifeln, ob ich überhaupt dort sei, als ich plötzlich laut aufschrie und er daraufhin hineinstürmte, dicht von den anderen beiden gefolgt.

Als ich Herbert von den Vorgängen im Schleusenhaus berichtete, wollte er sofort, obwohl es schon tiefe Nacht war, vor ein Gericht in der Stadt gehen, um einen Haftbefehl zu erwirken. Doch ich hatte mir schon überlegt, daß wir dadurch aufgehalten oder zum Zurückkommen gezwungen werden könnten, was sich womöglich für Provis schädlich erweisen würde. Man konnte diese Schwierigkeit nicht leugnen, und so gaben wir unseren Plan, Orlick sofort zu verfolgen, auf. Unter den gegebenen Umständen hielten wir es für richtig, Trabbs

Lehrjungen gegenüber die Sache als ziemlich harmlos hinzustellen. Er wäre sicherlich enttäuscht gewesen, wenn er erfahren hätte, daß mich sein Eingreifen vor dem Kalkofen gerettet hatte. Nicht, daß Trabbs Lehrjunge etwa ein bösartiger Typ gewesen wäre; er liebte nur bei seinem überschäumenden Temperament und seiner Veranlagung die Abwechslung und Aufregung, und sei es auf Kosten anderer. Als wir uns trennten, schenkte ich ihm zwei Guineen (was seinen Erwartungen zu entsprechen schien) und sagte ihm, daß es mir leid täte, je eine schlechte Meinung von ihm gehabt zu haben (was keinerlei Eindruck auf ihn machte).

Da der Mittwoch so dicht vor der Tür stand, beschlossen wir, noch am gleichen Abend zu dritt in der Postkutsche nach London zurückzufahren, zumal wir dann fort wären, ehe die Ereignisse der Nacht in aller Munde waren. Herbert besorgte eine große Flasche Mixtur für meinen Arm, mit der er die ganze Nacht durch gekühlt wurde, und so war ich in der Lage, während der Reise die Schmerzen zu ertragen. Bei Tageslicht erreichten wir den Temple; ich ging sofort zu Bett und blieb den ganzen Tag liegen.

Während ich dort lag, war meine Angst, krank zu werden und für den morgigen Tag unbrauchbar zu sein, so qualvoll, daß ich mich wundere, mich nicht allein dadurch wirklich krank gemacht zu haben. Im Zusammenhang mit der seelischen Belastung, die ich durchgemacht hatte, wäre es sicherlich auch so weit gekommen, wäre nicht die unnatürliche Anspannung wegen des nächsten Tages gewesen. So ängstlich erwartet, so folgenschwer und nahe er war, so unabsehbar war sein Ausgang.

Keine Vorsichtsmaßnahme war naheliegender, als daß wir davon absahen, mit ihm an diesem Tag in Verbindung zu treten; das jedoch steigerte meine Unruhe. Bei jedem Schritt und bei jedem Laut fuhr ich hoch, in dem Glauben, daß er entdeckt und ergriffen worden sei und daß nun der Bote käme, mir das mitzuteilen. Ich redete mir selbst ein, genau zu wissen, daß er verhaftet worden sei, daß es sich bei mir um mehr als Furcht oder eine böse Vorahnung handele, daß der Fall eingetreten sei und ich auf geheimnisvolle Art darum wußte. Als der Tag langsam ohne schlechte Nachricht dahinschlich, als er zu Ende ging und die Dunkelheit hereinbrach, überwältigte mich beinahe die Angst, noch vor morgen früh zu erkranken. In meinem glühenden Arm pochte das Blut, ebenso in meinem heißen Kopf, und ich hatte den Eindruck, daß ich im Fieber zu reden begann. Um mich zu prüfen, zählte ich bis zu hohen Zahlen und zitierte Passagen aus der mir bekannten Prosa und Lyrik. Manchmal geschah es, daß ich vor Übermüdung einnickte oder alles vergaß. Dann fuhr ich hoch und sagte mir: Jetzt ist es soweit, nun fange ich zu phantasieren an!

Sie hielten mich den ganzen Tag ruhig, verbanden meinen Arm ständig neu und gaben mir etwas Kühles zu trinken. Jedesmal, wenn ich eingeschlafen war, erwachte ich mit dem Gefühl, das ich schon im Schleusenhaus gehabt hatte: eine lange Zeit wäre verstrichen und ich hätte die Gelegenheit verpaßt, ihn zu retten. Gegen Mitternacht stand ich auf und ging in der Annahme zu Herbert, daß ich vierundzwanzig Stunden geschlafen hätte und der Mittwoch vorüber wäre. Das war der letzte anstrengende Ausbruch meiner Überreizung, denn danach fiel ich in einen tiefen Schlaf.

Der Morgen dämmerte, als ich am Mittwoch aus dem Fenster blickte. Die schwankenden Lichter an den Brücken waren bereits verblaßt, die aufgehende Sonne verwandelte den Horizont in ein Flammenmeer. Der Fluß, der noch dunkel und geheimnisvoll dalag, wurde von Brücken überspannt, die sich grau färbten und nur hin und wieder vom flammenden Himmel warm angeleuchtet wurden. Während ich über das Gewirr von Dächern mit seinen Kirchtürmen und spitzen Giebeln hinwegschaute, die in den ungewöhnlich klaren Himmel hineinragten, ging die Sonne auf; vom Fluß schien ein Schleier gelüftet worden zu sein, und Millionen Funken sprühten auf der Wasserfläche. Auch von mir schien ein

Schleier weggezogen worden zu sein; ich fühlte mich kräftig und gesund.

Herbert schlief noch in seinem Bett, und unser alter Studienkamerad lag auf dem Sofa. Da ich mich nicht ohne Hilfe ankleiden konnte, schürte ich das noch glimmende Feuer und bereitete für sie den Frühstückskaffee. Zur rechten Zeit standen die beiden gesund und munter auf; wir ließen die frische Morgenluft zum Fenster herein und blickten auf die Flut hinunter, die noch auf uns zuströmte.

»Wenn sie um neun Uhr zurückgeht«, rief Herbert fröhlich aus, »halte Ausschau nach uns und mach dich bereit, du da drüben am Mill-Pond-Ufer!«

54. Kapitel

Es war einer jener Märztage, an denen die Sonne heiß scheint und der Wind kalt bläst, an denen es im Laufe des Tages sommerlich und in der Dämmerung winterlich ist. Wir hatten unsere Matrosenjacken bei uns, und ich trug eine Reisetasche. Von all meinen Habseligkeiten hatte ich nicht mehr als das Unentbehrliche mitgenommen, das in der Tasche lag. Wohin ich gehen, was ich tun oder wann ich zurückkehren würde, waren ungelöste Fragen für mich. Ich wollte meine Gedanken auch gar nicht damit belasten, denn die galten vollkommen Provis' Sicherheit. Als ich an der Tür stehenblieb und mich noch einmal umschaute, fragte ich mich einen flüchtigen Augenblick, ob und unter welchen Umständen ich wohl diese Räume wiedersehen würde.

Wir schlenderten zu den Uferstiegen am Temple, lungerten dort herum, als ob wir nicht recht wüßten, ob wir überhaupt aufs Wasser gehen sollten. Natürlich hatten wir dafür gesorgt, daß das Boot bereit und auch sonst alles in Ordnung war. Nach kurzer, vorgetäuschter Unentschlossenheit, die niemand weiter sehen konnte als zwei amphibische Geschöpfe, die an den Uferstiegen zu Hause waren, gingen wir an Bord und stießen ab. Herbert saß im Bug, ich am Steuer. Es war die Zeit der Flut, halb neun Uhr.

Unser Plan war folgender: Da die Flut gegen neun Uhr einsetzte und uns bis gegen drei Uhr trug, beabsichtigten wir, auch nach dem Gezeitenwechsel weiterzumachen und bis zur Dunkelheit gegen den Strom zu rudern. Wir würden dann schon in einer beträchtlichen Entfernung sein, etwa unterhalb von Gravesend zwischen Kent und Essex, wo der Fluß breit und nicht mehr so belebt ist, wo nur wenige Leute am Ufer wohnen und nur hin und wieder ein paar abgelegene Gasthäuser verstreut sind, von denen wir uns eines zum Übernachten aussuchen konnten. Dort wollten wir die Nacht über rasten. Die Dampfer nach Hamburg und Rotterdam würden am Donnerstag gegen neun Uhr von London abfahren. Je nachdem, wo wir uns befanden, würden wir die Ankunftszeit kennen und dem ersten winken. Falls wir durch irgendeinen Zwischenfall nicht an Bord genommen werden sollten, bliebe uns noch eine weitere Möglichkeit. Wir kannten die unterschiedlichen Merkmale der beiden Schiffe.

Ich war dermaßen erleichtert, endlich mit der Ausführung des Plans beschäftigt zu sein, daß ich mir kaum noch den Zustand vorstellen konnte, in dem ich mich vor wenigen Stunden befunden hatte.

Die scharfe Luft, der Sonnenschein, das Treiben auf dem Fluß und die Bewegung des Wassers selbst, der Weg, der uns zu begleiten und es gut mit uns zu meinen, uns aufzumuntern und zu beleben schien – das alles erfüllte mich mit neuer Hoffnung. Ich fühlte mich gedemütigt, weil ich mich so wenig nützlich im Boot machen konnte. Es gab aber kaum bessere Ruderer als meine beiden Freunde; sie ruderten ausdauernd und kräftig und hielten das den ganzen Tag durch.

Damals hatte der Dampfschiffverkehr auf der Themse noch nicht die heutigen Ausmaße angenommen; es gab bei weitem mehr Binnenschiffe. Die Anzahl der Lastkähne, Kohlensegler und Küstenhandelsschiffe war vielleicht ebenso groß wie jetzt, doch bei den Dampfschiffen – ob groß oder klein – betrug sie nicht den zehnten oder zwanzigsten Teil. Obwohl es zeitig war, glitten an diesem Morgen eine ganze Menge Ruderboote und Lastkähne mit der Flut dahin. In jenen Tagen war es viel einfacher und üblicher als heute, in einem offenen Boot auf dem Fluß unter den Brücken hindurchzusteuern. So kamen wir zwischen den vielen Skiffs und Jollen rasch voran.

Bald lag die alte London Bridge hinter uns, ebenso der Billingsgate-Markt mit seinen Austernbooten und Holländern. Dann kamen wir am White Tower und Traitor's Gate vorüber und befanden uns zwischen den Frachtschiffen. Hier lagen die Dampfer aus Leith, Aberdeen und Glasgow, die ihre Güter einluden und löschten und hoch aus dem Wasser ragten, als wir längsseits an ihnen vorbeiruderten. Hier waren Dutzende und aber Dutzende von Kohlenschiffen mit Kohlentrimmern, die sich von Gerüsten an Deck herabschwangen, als Gegengewicht zu aufwärts schwebenden Kohlenkiepen, die dann schnell an der Seite in Barken gekippt wurden. Hier lag der morgen nach Rotterdam auslaufende Dampfer vertäut, den wir noch einmal genau ansahen, sowie der nach Hamburg fällige, unter dessen Bugspriet wir kreuzten. Und jetzt konnte ich, da ich im Heck saß, mit schneller schlagendem Herzen das Mill-Pond-Ufer und die Mill-Pond-Treppe erkennen.

»Ist er da?« fragte Herbert.

»Noch nicht.«

»Gut. Er sollte auch erst herunterkommen, wenn er uns sieht. Kannst du sein Signal sehen?«

»Von hier aus nicht sehr gut. Doch, ich glaube, ich sehe es. – Jetzt sehe ich ihn! Legt euch ins Zeug! Langsam, Herbert. Ruder einziehen!«

Wir hatten kaum einen Augenblick die Stufen berührt, als er auch schon an Bord war und wir wieder abstießen. Er hatte einen Seemannsmantel und eine schwarze Segeltuchtasche bei sich. Sein Äußeres glich dem eines Flußlotsen, wie ich es mir echter nicht wünschen konnte.

»Lieber Junge!« sagte er und legte den Arm um meine Schulter, während er sich setzte. »Lieber treuer Junge, gut gemacht. Danke dir, danke dir!«

Wieder ging es zwischen den Schiffen hindurch weiter, wobei wir rostige Ankerketten, ausgefranste Ankertaue aus Hanf und auf und ab tanzende Bojen umschifften. Wir stukten treibende, zerbrochene Körbe unter, zerteilten treibende Holzsplitter und Späne, bahnten uns den Weg durch kohlengeschwärzten Schlamm, unter der Galionsfigur des »John of Sunderland« vorbei, der in den Wind redete (was viele Johns machen), und der »Betsy of Yarmouth« mit ihrem stattlichen Brustumfang und den Knopfaugen, die zwei Zoll aus dem Kopf hervortraten. Hin und her ging es zwischen den Hammerschlägen auf den Schiffswerften, den Sägen am Spantenwerk, den stampfenden Maschinen (was sie machten, weiß ich nicht), den Pumpen in lecken Schiffen, den Ankerwinden, den auslaufenden Schiffen und nicht zu verstehenden Seebären, die über die Bordwand hinweg den Leichterschiffern Flüche zuschrien. Hin und her ging's; schließlich gelangten wir auf den ruhigeren Teil des Flusses, wo die Schiffsjungen die Fender einholten und nicht mehr im aufgewühlten Wasser damit herumzustochern brauchten und wo sich die gerefften Segel im Wind blähen konnten.

Schon an der Ufertreppe, wo wir ihn an Bord genommen hatten, und seitdem laufend hatte ich mich vorsichtig nach einem Anzeichen dafür umgesehen, ob wir beobachtet würden. Ich hatte aber keins bemerkt. Sicherlich wurden wir weder überwacht noch von einem Boot verfolgt. Wenn wir von irgendeinem Boot beobachtet worden wären, hätte ich das Ufer angesteuert und es damit gezwungen, vorbeizufahren oder seine Absicht offen erkennen zu lassen. Wir behielten jedoch unseren Kurs bei, ohne in irgendeiner Weise belästigt zu werden.

Er hatte seinen Seemannsmantel an und paßte, wie ich schon sagte, gut ins Bild. Es war bemerkenswert (aber wahrscheinlich lag das in seinem unglücklichen Leben begründet), daß er von uns allen am wenigsten aufgeregt war. Er war nicht etwa gleichgültig, denn er sprach zu mir von seiner Hoffnung, es noch zu erleben, wie sein feiner Herr in einem fremden Land zu dem Kreis der feinsten Herren gehören werde. Seinem Wesen nach war er nicht duldsam und ergeben, soweit ich ihn kannte; er hielt nur nichts davon, Vorkehrungen gegen eine etwaige Gefahr zu treffen. Wenn sie auf ihn zukam, bot er ihr die Stirn, doch vorher regte er sich nicht auf.

»Wenn du wüßtest, lieber Junge«, sagte er zu mir, »wie das is, hier neben meinem lieben Jungen zu sitzen und zu rauchen, wo ich nu Tag für Tag in den vier Wänden gesessen hab, du würdest mich beneiden. Aber du weißt nich, wie das is.«

»Ich glaube, ich kenne das Glück, in Freiheit zu leben«, antwortete ich.

»Ach«, sagte er und schüttelte ernst den Kopf, »du kennst es aber nich so gut wie ich. Du mußt hinter Schloß und Riegel gewesen sein, mein lieber Junge, damit du es genauso kennst. – Aber ich will nich wieder gemein werden.«

Mir wollte es nicht in den Sinn, daß er für eine ihn beherrschende Idee seine Freiheit, ja sogar sein Leben aufs Spiel gesetzt haben sollte. Ich überlegte dann aber, daß ihm die Freiheit ohne Gefahr in seinem bisherigen Leben vielleicht so fern war wie keinem anderen. Meine Gedanken waren nicht ganz abwegig, denn er sagte, nachdem er ein paar Züge geraucht hatte: »Siehst du, lieber Junge, als ich da drüben war, auf der andern Seite der Welt, hab ich immer auf diese Seite gesehn, aber es wurde mir langweilig dort, obwohl ich reich wurde. Alle kannten Magwitch, und Magwitch konnte kommen und gehn, und niemand tat sich drum kümmern. Hier tun sie sich nich so leicht für mich intressieren, mein lieber Junge, zumindest würden sie's nich, wenn sie wüßten, wo ich bin.«

»Wenn alles glatt geht«, sagte ich, »sind Sie in ein paar Stunden wieder vollkommen frei und in Sicherheit.«

»Nun«, erwiderte er und holte tief Luft, »ich hoffe es.«

»Und glauben es auch?«

Er ließ seine Hand über den Bootsrand ins Wasser hängen und sagte lächelnd in dem milden Ton, der mir nicht mehr neu war: »Tja, ich denke schon, daß ich dran glaube, mein lieber Junge. Wir werden gar nich wissen, wie uns zumute is, wenn wir ruhiger und bequemer leben als jetz. Aber es gleitet sich so angenehm und sanft durchs Wasser – vleicht denke ich deswegen darüber nach. Ich habe mir grade bei meiner Pfeife überlegt, daß wir die nächsten Stunden genausowenig durchschauen können wie den Fluß, der mir durch die Hand rieselt. Wir können ihren Ablauf nich besser aufhalten, wie ich das Wasser hier aufhalten kann. Es rinnt mir durch die Finger und weg, verstehst du?« Er hielt die triefende Hand hoch.

»Sie sehen zwar nicht so aus, aber ich könnte mir vorstellen, daß Sie etwas mutlos sind.«

»Keine Spur, mein Junge! Das kommt von dem gemächlichen Dahingleiten und von dem Plätschern da vorn am Boot, das hört sich wie 'n Sonntagschoral an. Es kann auch sein, daß ich langsam alt werde.«

Mit gelassenem Gesichtsausdruck steckte er sich seine Pfeife wieder in den Mund und saß so ruhig und zufrieden da, als ob wir England bereits verlassen hätten. Dennoch folgte er gehorsam jedem Ratschlag, als wäre auch er ständig in Angst, denn als wir ans Ufer fuhren, um ein paar Flaschen Bier ins Boot zu nehmen, und er aussteigen wollte, gab ich ihm zu verstehen, daß es sicherer sei, wenn er sitzen bliebe, woraufhin er sagte: »Meinst du, mein Junge?« und sich wieder hinsetzte.

Die Luft war kühl auf dem Wasser, obwohl es ein schöner Tag war, und der Sonnenschein hob die Stimmung. Die Strömung war stark, ich achtete darauf, nicht aus ihr herauszukommen, und unser gleichmäßiger Schlag brachte uns recht gut voran. Fast unmerklich entfernten wir uns mit der

Strömung mehr und mehr von den nahegelegenen Wäldern und Hügeln und gelangten in immer flacher werdendes Wasser zwischen den sumpfigen Ufern, doch die Strömung trug uns noch, als wir schon an Gravesend vorbei waren. Da unser Schützling in seinen Mantel gehüllt war, steuerte ich absichtlich im Abstand von ein oder zwei Bootslängen am Zollboot vorbei und auf den Strom hinaus, an zwei Schiffen mit Auswanderern und am Bug eines großen Truppentransporters entlang, dessen Soldaten vom Vorderdeck zu uns hinunterschauten. Bald ließ die Strömung nach, und die vor Anker liegenden Schiffe begannen zu schwojen, und sofort nahmen alle die umgekehrte Richtung ein. Die Schiffe, die die neue Flut ausnutzten, um zum Pool stromaufwärts zu fahren, umdrängten uns in geschlossener Front, und wir steuerten auf das Ufer zu, damit wir uns so weit wie möglich aus der mächtigen Strömung heraushalten konnten, wobei wir uns vor Untiefen und Schlammbänken in acht nahmen.

Unsere Ruderer waren, da sie sich gelegentlich für ein oder zwei Minuten mit der Strömung hatten treiben lassen, noch so frisch, daß ihnen eine Viertelstunde als Pause ausreichte. Wir gingen zwischen glitschigen Steinen ans Ufer und aßen und tranken dort, was wir bei uns hatten, und schauten uns um. Es sah hier aus wie daheim im Marschland, flach und eintönig, mit verschwommenem Horizont, während sich der Fluß unaufhörlich schlängelte und die großen Bojen auf dem Wasser auf und ab tanzten und sonst alles einsam und still war. Nun war auch das letzte Schiff um die Landzunge gebogen, auf die wir zugehalten hatten, und die letzte grüne, strohbeladene Barke mit braunen Segeln war gefolgt. Einige Ballastleichter, ungeschickt wie von Kinderhand gebaut, lagen tief im Schlamm. An einer seichten, schlammigen Stelle stand ein kleiner, niedriger Leuchtturm auf seinen Pfeilern wie ein Krüppel auf Stelzen und Krücken. Glitschige Pflöcke ragten aus dem Modder, glitschige Steine standen aus dem Schlamm heraus, und rote Seezeichen und Gezeitenmarkierungen guckten aus dem Morast. Ein alter Anlegesteg und ein altes Gebäude ohne Dach versanken im Schlick, alles ringsum schien Stagnation und Schlamm zu sein.

Wir stießen wieder vom Ufer ab und fuhren weiter, so rasch es ging. Das Rudern war jetzt viel anstrengender, aber Herbert und Startop gaben nicht auf, sondern ruderten und ruderten, bis die Sonne unterging. Um diese Zeit war der Wasserspiegel etwas gestiegen, so daß wir über das Ufer hinwegsehen konnten. Über der flachen Küste stand die rote Sonne. Purpurfarbener Nebel ging bald in eine dunkle Tönung über. Da waren die öden, ebenen Marschen und weiter in der Ferne eine Hügelkette, wobei in dem dazwischenliegenden Gebiet alles ausgestorben zu sein schien. Nur hier und dort war eine traurige Möwe zu sehen.

Da die Nacht schnell hereinbrach und der abnehmende Mond nicht so zeitig aufgehen würde, hielten wir eine kleine Beratung ab. Eine kurze, denn unser Kurs war klar: Wir würden beim ersten abgelegenen Gasthaus haltmachen. So legten sie sich noch einmal kräftig in die Riemen, und ich hielt nach etwas Ausschau, was einem Haus glich. Deshalb fuhren wir noch etwa vier oder fünf Meilen, wobei kaum ein Wort gewechselt wurde. Es war sehr kalt, und ein vorbeifahrendes Kohlenschiff sah mit seinem rauchenden und flackernden Kombüsenfeuer wie ein gemütliches Zuhause aus. Die Nacht war finster und würde es auch bis zum Morgen bleiben. Das Licht, das wir hatten, schien eher vom Fluß als vom Himmel zu kommen, denn die Ruder trafen beim Eintauchen auf einige sich widerspiegelnde Sterne.

Zu dieser trostlosen Stunde hatten wir natürlich alle das Empfinden, verfolgt zu werden. Die Flut klatschte in unregelmäßigen Abständen gegen das Ufer, doch jedesmal, wenn dieses Geräusch kam, fuhr der eine oder andere hoch und schaute in die betreffende Richtung. Hier und dort hatte die Strömung in das Ufer kleine Buchten gefressen; solche Stellen betrachteten wir mit Mißtrauen und Nervosität. Manchmal sagte einer von uns leise: »Was war das für ein Plätschern?« oder »Ist das da drüben ein Boot?« Dann versanken wir wieder in Schweigen, und ich saß unruhig da und sann darüber nach, was für einen ungewöhnlichen Lärm die Ruder in den Dollen machten.

Schließlich entdeckten wir einen Lichtschein und ein Dach, und kurz darauf legten wir an einem kleinen Landesteg an, der aus Steinen bestand, die ganz in der Nähe zusammengetragen worden waren. Ich ließ die anderen im Boot zurück, ging an Land und stellte fest, daß der Lichtschein vom Fenster eines Gasthauses herkam. Es war eine unsaubere Stätte und schmuggeltreibenden Abenteurern – das wage ich zu behaupten – nicht unbekannt. Doch in der Küche brannte ein warmes Feuer; es gab Eier und Speck zu essen und verschiedene Schnapssorten zu trinken. Zwei Doppelbettzimmer waren vorhanden, »so wie sie eben sind«, meinte der Wirt. Niemand war im Hause, außer dem Wirt, seiner Frau und einem grauhaarigen, männlichen Individuum, das Bursche für alles war und genauso schleimig und schmierig aussah wie ein Flutmesser.

Mit ihm als Unterstützung kehrte ich zum Boot zurück; wir gingen alle an Land und nahmen die Ruder, das Steuer, den Bootshaken und alles übrige heraus und zogen das Boot für die Nacht auf den Strand. Am Küchenfeuer nahmen wir eine sehr gute Mahlzeit zu uns und teilten dann die Zimmer ein. Herbert und Startop sollten das eine, ich und unser Schützling das andere beziehen. In beiden Zimmern war wenig frische Luft, als wäre sie für einen schädlich. Unter den Betten lagen mehr schmutzige Kleider und Hutschachteln, als meines Erachtens der Familie allein gehören konnten. Trotzdem hielten wir uns für gut untergebracht, denn einen abgelegeneren Ort hätten wir nicht finden können.

Als wir es uns nach dem Essen am Feuer gemütlich machten, fragte mich der Knecht – der in einer Ecke saß und ein Paar aufgequollene Stiefel anhatte, die er uns, während wir

Eier und Speck aßen, als interessante Überbleibsel zeigte, welche er einige Tage zuvor einem ertrunkenen, angespülten Seemann von den Füßen gezogen hatte –, ob wir ein Viererboot gesehen hätten, das mit der Flut stromaufwärts gefahren sei. Als ich verneinte, sagte er, dann müßte es wieder umgekehrt sein, denn »es fuhr auch aufwärts«, als es hier losmachte.

»Oder sie ham sich's aus irgendeinem Grund anders überlegt und sind stromab gefahren«, sagte der Hausknecht.

»Ein Viererboot, sagten Sie?« fragte ich.

»Ein Vierer, und zwei saßen mit drin«, sagte der Knecht.

»Haben sie hier angelegt?«

»Sie kamen mit einem Zweigallonensteinkrug, um Bier zu holen. Am liebsten hätte ich ihnen Gift ins Bier gestreut oder irgend 'n andres Zeug«, sagte der Knecht.

»Warum denn?«

»Ich weiß, warum«, meinte der Knecht. Er sprach mit schleimiger Stimme, als ob viel Schlamm in seine Kehle geschwemmt worden wäre.

»Er hält sie für etwas, was sie nicht warn«, sagte der Wirt, ein schwächlicher, nachdenklicher Mann mit trüben Augen, der stark von seinem Knecht abhängig schien.

»Ich weiß, was ich denken tu«, bemerkte der Knecht.

»Du meinst, 's warn Zöllners?« fragte der Wirt.

»Ja, das mein ich«, sagte der Knecht.

»Dann irrst du dich, Knecht.«

»Ich mich irren!«

Von der großen Bedeutung seiner Antwort überzeugt und dem grenzenlosen Vertrauen in seine Ansichten getragen, zog der Knecht einen seiner gequollenen Stiefel aus, sah hinein, klopfte ein paar Steine daraus auf den Küchenboden und zog ihn wieder an. Er tat das mit der Miene eines Hausknechts, der so im Recht war, daß er sich alles erlauben konnte.

»Nun, und was ham sie dann mit ihren Knöpfen gemacht, Knecht?« fragte der Wirt, ein wenig schwankend geworden.

»Mit ihren Knöpfen gemacht?« erwiderte der Knecht.

»Über Bord geschmissen. Vaschluckt. Ausgesät, damit Salat von wächst. Was sie mit ihren Knöpfen gemacht ham!«

»Werd nich frech, Knecht«, ermahnte ihn der Wirt in traurigem und kläglichem Ton.

»'n Zöllner weiß schon, was er mit seinen Knöpfen zu tun hat«, sagte der Knecht und wiederholte dieses anrüchige Wort mit größter Verachtung, »wenn sie ihm in die Quere kommen. Ein Vierer mit zwei Mann drin gondelt nich mit der einen Strömung aufwärts und mit der andern wieder stromabwärts, ohne daß Zöllners an Bord sind.« Mit diesen Worten ging er mit geringschätziger Miene hinaus; und der Wirt, der sich nun auf keinen mehr stützen konnte, hielt es für unzweckmäßig, dieses Thema fortzusetzen.

Dieses Gespräch beunruhigte uns alle, besonders mich. Der unheilvolle Wind heulte ums Haus, die Wellen schlugen gegen das Ufer, und ich hatte das Gefühl, daß wir eingesperrt und bedroht wären. Ein Viererboot, das sich auf so ungewöhnliche Weise herumtrieb, daß es sogar auffiel, war eine unangenehme Angelegenheit, die mir nicht aus dem Sinn wollte. Nachdem ich Provis dazu bewogen hatte, sich schlafen zu legen, ging ich mit meinen beiden Gefährten (Startop war inzwischen eingeweiht worden) hinaus ins Freie, um wiederum zu beraten. Wir diskutierten die Frage, ob wir im Hause bleiben sollten, bis der Dampfer käme, was gegen ein Uhr mittags der Fall wäre, oder ob wir am frühen Morgen aufbrechen sollten. Im großen ganzen hielten wir es für das beste zu bleiben, wo wir waren, uns etwa eine Stunde vor der Abfahrtszeit des Dampfers in dessen Fahrrinne zu begeben und uns mit der Strömung bequem treiben zu lassen. Nachdem wir dies alles besprochen hatten, kehrten wir ins Haus zurück und gingen zu Bett.

Ich behielt die Kleidung zum größten Teil an, als ich mich hinlegte, und schlief für ein paar Stunden fest ein. Als ich erwachte, war der Wind stärker geworden, und das Wirtshausschild (ein Schiff) quietschte und krachte mit einem Getöse, das mich zusammenfahren ließ. Leise erhob ich mich, denn mein Schützling lag in tiefem Schlaf, und sah aus dem Fenster. Von hier aus konnte man den Landesteg übersehen, auf den wir unser Boot gezogen hatten, und als sich meine Augen an das Licht des wolkenverhangenen Mondes gewöhnt hatten, sah ich zwei Männer, die in das Boot hineinschauten. Sie kamen, ohne auf etwas anderes zu achten, unter unserem Fenster vorbei, gingen nicht zur Anlegestelle zurück, die leer war, wie ich ausmachen konnte, sondern schlugen den Weg über das Marschland in Richtung Leuchtschiff ein.

Mein erster Gedanke war, Herbert zu wecken und ihm die beiden weglaufenden Männer zu zeigen. Doch ehe ich sein Zimmer betrat, das im hinteren Teil des Hauses und neben meinem lag, fiel mir ein, daß er und Startop einen schwereren Tag hinter sich hatten als ich und sehr müde waren; deshalb unterließ ich es. Als ich an mein Fenster zurückkehrte, konnte ich sehen, wie sich die beiden Männer über das Marschland entfernten. In diesem Licht verlor ich sie jedoch bald aus den Augen, und da mir kalt war, legte ich mich hin, um über die Sache nachzudenken, und schlief wieder ein.

Wir waren zeitig auf den Beinen. Als wir vier zusammen vor dem Frühstück im Freien auf und ab gingen, hielt ich es für richtig zu erzählen, was ich gesehen hatte. Wiederum zeigte sich unser Schützling am wenigsten besorgt. Es wäre gut möglich, daß die Männer zum Zollhaus gehörten, meinte er ruhig, und daß sie sich gar nicht für uns interessierten. Ich versuchte, mir einzureden, daß es so wäre; denn möglich war es durchaus. Trotzdem schlug ich vor, er und ich sollten zu einer entfernt liegenden Landspitze, die wir sehen konnten, hinlaufen; dort oder wo es am geeignetsten war, sollte uns das Boot gegen Mittag aufnehmen. Da diese gute Vorsichtsmaßnahme Anklang fand, brachen er und ich nach dem Frühstück auf, ohne im Gasthaus etwas verlauten zu lassen.

Auf dem Wege rauchte Provis seine Pfeife und blieb manchmal stehen, um mir auf die Schulter zu klopfen. Man hätte annehmen können, ich wäre der Gefährdete, nicht er, und er beruhigte mich. Wir sprachen nur wenig. Als wir uns der Landspitze näherten, bat ich ihn, an einer geschützten Stelle zu bleiben, während ich die Gegend erkunden wollte, denn in diese Richtung waren die Männer in der Nacht verschwunden. Er willigte ein, und ich ging allein weiter. Es war weder an der Landspitze ein Boot zu sehen, noch war eins in der Nähe an Land gezogen, noch gab es irgendwelche Anzeichen dafür, daß die Männer hier an Bord gegangen wären. Aber die Flut war natürlich hoch und konnte Fußspuren überspült haben.

Als er aus seinem Versteck in der Ferne herauslugte und sah, daß ich meinen Hut schwenkte, damit er käme, gesellte er sich wieder zu mir, und dort warteten wir. Manchmal lagen wir, in unsere Mäntel gehüllt, am Strand, und manchmal hielten wir uns in Bewegung, um uns zu erwärmen, bis wir unser Boot hinter einer Biegung ankommen sahen. Ohne weiteres stiegen wir zu und ruderten in die Fahrrinne des Dampfers hinaus. Es fehlten nur noch zehn Minuten an ein Uhr, und wir begannen nach der Rauchfahne Ausschau zu halten.

Es war bereits halb zwei, als wir den Rauch sahen, und gleich darauf entdeckten wir die Rauchsäule eines anderen Dampfers. Da sie mit voller Geschwindigkeit herankamen, stellten wir die beiden Reisetaschen bereit und nutzten die Gelegenheit, um von Herbert und Startop Abschied zu nehmen. Wir hatten uns herzlich die Hände geschüttelt, und weder Herberts noch meine Augen waren ganz trocken geblieben, als ich kurz vor uns ein Viererboot vom Ufer hervorschnellen und in dieselbe Fahrrinne hinausrudern sah.

Wegen der Windungen des Flusses hatte noch ein Küstenstreifen zwischen uns und der Rauchsäule des Dampfers gelegen, aber nun wurde das Schiff sichtbar. Ich rief Herbert und Startop zu, sich so zu stellen, daß man sehen konnte, wie wir auf ihn warteten, und beschwor Provis, ganz still und in seinen Mantel gehüllt, sitzen zu bleiben. Er antwortete fröhlich: »Verlaß dich auf mich, mein Junge« und saß wie eine Statue. Inzwischen war das Viererboot, das geschickt gelenkt wurde, an uns vorübergefahren, hatte uns herankommen lassen und befand sich nun längsseits. Es blieb uns gerade genug Spielraum für die Ruder, so dicht hielt es sich an unserer Seite. Wenn wir trieben, ließ es sich ebenfalls treiben, und ruderten wir, dann machten sie auch ein, zwei Schläge. Von den beiden Insassen hielt der eine die Ruderleine und betrachtete uns und die Ruderer aufmerksam. Der eine war ebenso wie Provis eingehüllt, schien in sich zusammenzukriechen und dem Steuermann Anweisungen zuzuflüstern, als er zu uns herüberblickte. In keinem der Boote wurde gesprochen.

Startop konnte nach ein paar Minuten erkennen, welcher der beiden Dampfer als erster herankam, und flüsterte mir »Hamburg« zu, denn wir saßen uns gegenüber. Er näherte sich sehr schnell, und der Schlag der Schaufelräder wurde immer lauter. Ich hatte das Empfinden, der Schatten seiner Wände wäre direkt über uns, als uns das Ruderboot anrief. Ich gehorchte.

»Sie haben dort einen entflohenen Häftling bei sich«, sagte der Mann mit der Ruderleine. »Der Mann da im Mantel ist es. Er heißt Abel Magwitch oder auch Provis. Ich verhafte diesen Mann und fordere ihn auf, sich zu ergeben, und Sie sollen mir dabei helfen.«

Im gleichen Augenblick rammte er uns mit seinem Boot, ohne seiner Mannschaft einen sichtbaren Hinweis zu geben. Sie hatten plötzlich einen Schlag vorwärts gemacht, die Ruder eingezogen, sich quer vor uns gestellt und hielten sich nun an unserer Bordwand fest, ehe wir recht wußten, was wir tun sollten. Das alles verursachte an Bord des Dampfers große Aufregung; ich hörte sie zu uns hinüberrufen, hörte den Befehl zum Stoppen der Schaufelräder, hörte sie anhalten, spürte jedoch, wie der Dampfer unweigerlich auf uns zutrieb. Im gleichen Augenblick sah ich, daß der Steuermann des Ruderbootes seine Hand auf die Schulter seines Gefangenen legte, und ich sah, daß alle Matrosen an Bord des Dampfers nach vorn rasten. Noch in diesem Moment sah ich, wie der Häftling aufsprang, sich über den Mann, der ihn gefangenhielt, beugte und dem zusammengekauert Sitzenden den Mantel vom Leibe riß. Noch im selben Moment sah ich, daß es sich um das Gesicht des Sträflings von damals handelte. Gleichzeitig sah ich das schreckensbleiche Gesicht, das ich nie vergessen werde, nach hinten gebogen, hörte vom Dampfer her einen gellenden Schrei und merkte, daß das Boot unter meinen Füßen sank.

Nur einen Augenblick lang schien ich gegen tausend Mühlenwehre und Lichtfunken anzukämpfen. Dieser Moment war vorüber, und schon wurde ich an Bord des Ruderbootes gezogen. Dort befanden sich Herbert und Startop, doch unser Boot war verschwunden, ebenso die beiden Sträflinge.

Bei all den Schreien auf dem Dampfer, dem wilden Dampfablassen, seiner Weiterfahrt und unserem Vorwärtstreiben konnte ich zunächst Himmel und Wasser und die beiden Ufer nicht voneinander unterscheiden. Doch die Mannschaft des Viererbootes brachte es mit größter Geschwindigkeit wieder ins Gleichgewicht, zog mit schnellen, kräftigen Schlägen vorwärts, legte sich dann auf die Ruder, und jeder starrte schweigend und erwartungsvoll nach hinten auf die Wasserfläche. Bald darauf war ein dunkler Gegenstand zu sehen, der in der Strömung auf uns zustrebte. Niemand sprach, nur der Steuermann hob seine Hand, und alle ruderten behutsam rückwärts und hielten das Boot gerade auf ihn zu. Als er näherkam, erkannte ich Magwitch; er schwamm, aber nicht leicht. Er wurde ins Boot gezogen und sofort an Händen und Füßen gefesselt.

Das Viererboot wurde ruhiggehalten und das aufmerksame Absuchen der Wasserfläche wieder aufgenommen. Aber jetzt tauchte der Dampfer nach Rotterdam auf, der offenbar nicht verstand, was vor sich gegangen war, und rasch weiterfuhr. Als man ihn anrief und stoppte, wurden beide Dampfer von uns weggetrieben, und wir tanzten in ihrem aufgewühlten Kielwasser auf und nieder. Lange nachdem alles wieder still geworden und die beiden Dampfer verschwunden waren, wurde noch Ausschau gehalten. Jeder wußte jedoch, daß es nun hoffnungslos war.

Schließlich gaben wir die Suche auf und ruderten am Ufer entlang zu dem Gasthaus, das wir erst vor kurzem verlassen hatten und wo wir mit nicht geringem Erstaunen empfangen wurden. Hier konnte ich einige Erleichterungen für Magwitch (nicht mehr Provis) erwirken, der sich an der Brust ziemlich schwere Verletzungen und einen tiefen Schnitt am Kopf zugezogen hatte.

Er erzählte mir, daß er vermutlich unter den Kiel des Dampfers geraten sei und sich beim Auftauchen am Kopf gestoßen habe. Die Brustverletzung (die beim Atmen heftige Schmerzen verursachte) glaubte er sich an der Bordkante des Viererbootes zugezogen zu haben. Er fügte hinzu, daß er gar nicht vortäuschen wollte, was er mit Compeyson am liebsten getan oder nicht getan hätte. Doch in dem Moment, als er nach dessen Mantel faßte, um ihn zu entlarven, war dieser Schurke aufgesprungen und zurückgestolpert, und dann waren sie beide über Bord gegangen. Das plötzliche Herausreißen von Magwitch aus unserem Boot und das Bestreben seines Fängers, ihn festzuhalten, hatten uns zum Kentern gebracht. Er erzählte mir im Flüsterton, daß sie untergegangen seien, sich verbissen umklammert hätten und daß es unter Wasser einen erbitterten Kampf gegeben hätte. Er hätte sich losgemacht, sich seinen Weg gebahnt und sei fortgeschwommen.

Ich hatte keinerlei Veranlassung, an der Wahrheit dessen, was er mir erzählte, zu zweifeln. Der Offizier, der das Viererboot steuerte, schilderte ihr Überbordgehen genauso.

Als ich diesen Offizier um die Erlaubnis bat, die nasse Kleidung des Häftlings gegen andere, die ich im Gasthaus kaufen könnte, auszuwechseln, willigte er schnell ein. Er bemerkte nur, daß er alles, was der Häftling bei sich habe, beschlagnahmen müßte. So gelangte die Brieftasche, die einst mir gehört hatte, in die Hände des Offiziers. Er gestattete mir außerdem, den Häftling bis London zu begleiten; meinen beiden Freunden die gleiche Vergünstigung einzuräumen, lehnte er jedoch ab.

Dem Knecht des Gasthauses »Zum Schiff« wurde mitgeteilt, wo der Ertrunkene untergegangen war, und er erbot sich, nach der Leiche an den Stellen zu suchen, wo sie möglicherweise angespült werden konnte. Sein Interesse an ihrem Auffinden verstärkte sich erheblich, als er hörte, daß sie Strümpfe anhatte. Wahrscheinlich war ein Dutzend Ertrunkener nötig, um ihn vollständig auszustatten. Das mag auch der Grund dafür gewesen sein, daß sich seine verschiedenen Kleidungsstücke in den unterschiedlichsten Stadien des Verfalls befanden.

Wir blieben bis zur einsetzenden Flut im Gasthaus, und dann wurde Magwitch zum Viererboot getragen und hineingehoben. Herbert und Startop sollten so schnell wie möglich auf dem Landweg nach London zurückkehren. Unser Abschied war schmerzlich, und als ich meinen Platz neben Magwitch einnahm, wußte ich, daß das in Zukunft mein Platz sein würde, solange er lebte.

Meine Abneigung gegen ihn war verschwunden, und ich sah in dem gejagten, verwundeten und gefesselten Geschöpf, das meine Hand in seiner hielt, nur noch einen Mann, der mein Wohltäter hatte sein wollen, der sich mit großer Ausdauer viele Jahre hindurch mir gegenüber als treu, dankbar und großzügig erwiesen hatte. Ich sah in ihm nur noch den Mann, der viel besser zu mir gewesen war als ich zu Joe.

Am Abend wurde sein Atmen immer schwieriger und qualvoller, und oftmals konnte er ein Stöhnen nicht mehr unterdrücken. Ich versuchte, ihn auf meinem gesunden Arm in eine bequeme Lage zu bringen. Der Gedanke war furchtbar, daß ich in meinem Innersten seine schwere Verwundung nicht einmal bedauern konnte, denn zweifellos wäre es das beste, wenn er sterben würde. Bliebe er am Leben, würden sich genügend Leute finden, die in der Lage und auch willens wären, ihn zu identifizieren. Daran bestand kein Zweifel. Daß man ihn milde behandeln würde, konnte ich nicht erhoffen. Ihn, der beim Prozeß ins ungünstigste Licht gestellt, aus dem Gefängnis ausgebrochen und erneut verurteilt worden war, der von der lebenslänglichen Deportation zurückgekehrt war und nun den Tod des Mannes verursacht hatte, der seine Festnahme erwirkt hatte.

Als wir der sinkenden Sonne entgegenfuhren, die wir gestern im Rücken gehabt hatten, und als unsere Hoffnungen alle fortzuschwimmen schienen, sagte ich ihm, wie sehr mich der Gedanke schmerzte, daß er meinetwegen zurückgekommen war.

»Mein lieber Junge«, antwortete er, »ich bin ganz zufrieden und nehme mein Schicksal hin. Ich hab mein Jungen gesehn, und er kann auch ohne mich 'n feiner Herr wern.«

Nein. Darüber hatte ich nachgedacht, während wir Seite an Seite gesessen hatten. Nein. Abgesehen von meinen eigenen Neigungen, verstand ich jetzt Wemmicks Hinweis. Ich sah voraus, daß im Fall seiner Verurteilung der Besitz an die Krone fallen würde.

»Guck mal, mein Junge«, sagte er. »Es is das beste, wenn jetz nich bekannt wird, daß 'n feiner Herr zu mir gehört. Wenn du mich sehn willst, komm nur mit Wemmick mit. Setz dich hin, wo ich dich sehn kann, wenn ich zum letztenmal von vielen Malen schwöre. Mehr verlange ich nich.«

»Ich werde mich nicht mehr von Ihrer Seite rühren«, sagte ich, »wenn ich in Ihrer Nähe geduldet werde. So Gott will, werde ich Ihnen ebenso die Treue halten, wie Sie sie mir gehalten haben!«

Ich spürte, wie seine Hand, die meine hielt, zitterte, und er wandte das Gesicht ab, während er auf dem Boden des Bootes lag. In seiner Kehle hörte ich dieses bekannte Geräusch, jetzt schwächer, wie alles an ihm schwächer war. Es war gut, daß er diesen Punkt berührt hatte, denn es kam mir in den Sinn, daß ich womöglich nicht eher daran gedacht hätte, bis es zu spät gewesen wäre. Er brauchte nie zu erfahren, wie seine Hoffnungen, mich reich zu machen, zunichte geworden waren.

55. Kapitel

Am nächsten Tag wurde er zum Polizeigericht gebracht und wäre sofort vor Gericht gestellt worden, wenn es nicht notwendig gewesen wäre, nach einem ehemaligen Offizier vom Gefangenenschiff, von dem er geflohen war, zu schicken, damit er dessen Identität bezeuge. Niemand zweifelte daran, doch Compeyson, der es unter Eid hatte aussagen wollen, trieb als Leiche in den Fluten, und so gab es in ganz London keinen einzigen Gefängnisbeamten, der den erforderlichen Beweis erbringen konnte.

Nach meiner Ankunft am Abend hatte ich sofort Mr. Jaggers zu Hause aufgesucht, um seine Unterstützung zu erwirken, doch Mr. Jaggers würde zugunsten des Häftlings nichts zugeben. Das wäre der einzige Ausweg, denn er erklärte mir, daß der Fall in fünf Minuten beendet sein müßte, wenn ein Zeuge da wäre, und daß keine Macht auf Erden einen Ausgang gegen uns verhindern könnte.

Ich teilte Mr. Jaggers meine Absicht mit, ihm das Schicksal seines Vermögens zu verheimlichen. Mr. Jaggers war mürrisch und ärgerlich, weil ich es mir »hatte durch die Finger gleiten lassen«. Er sagte, wir müßten bald eine Bittschrift einreichen und auf alle Fälle versuchen, einen Teil zu bekommen. Er verhehlte auch nicht vor mir, daß wir, obwohl es viele Fälle gäbe, bei denen das Verwirkte nicht eingezogen wurde, unter keinen Umständen zu dieser Kategorie zählen würden. Ich begriff das sehr gut. Ich war mit dem Sträfling weder verwandt noch durch sonst ein erkennbares Band verbunden. Vor seiner Ergreifung hatte er nichts Schriftliches zu meinen Gunsten niedergelegt, und das jetzt zu tun wäre zwecklos. Ich hatte keinerlei Anspruch und beschloß schließlich – ich hielt auch später an diesem Entschluß fest –, daß mein Herz niemals mit dem hoffnungslosen Versuch angewidert werden sollte, einen Anspruch geltend zu machen.

Es bestand Anlaß zu der Vermutung, daß der ertrunkene

Denunziant auf eine Belohnung aus diesem eingezogenen Geld gehofft und sich eine genaue Kenntnis von Magwitchs Angelegenheiten verschafft hatte. Als seine Leiche viele Meilen vom Schauplatz seines Todes entfernt und so schrecklich entstellt gefunden wurde, daß er nur noch nach dem Inhalt seiner Hosentaschen identifiziert werden konnte, waren Aufzeichnungen zu entziffern, die er zusammengefaltet in einem Etui bei sich getragen hatte. Darunter befanden sich der Name einer Bank in New South Wales, wo Geld vorhanden war, sowie Angaben über gewisse Ländereien von beachtlichem Wert. Diese beiden Punkte standen auch auf einer Liste, die Magwitch während seiner Haft Mr. Jaggers gegeben hatte: Es waren die Besitztümer, die ich, wie er annahm, erben sollte. Armer Kerl, seine Ahnungslosigkeit hatte auch etwas Gutes. Er zweifelte nie daran, daß meine Erbschaft mit Mr. Jaggers' Hilfe gesichert war.

Nach dreitägigem Aufschub, in dem der Ankläger der Krone darauf wartete, daß der Zeuge vom Gefängnisschiff herbeigeschafft wurde, erschien der Zeuge und schloß den einfachen Fall ab. Ihm sollte während der nächsten Sitzungsperiode, die im kommenden Monat stattfinden würde, der Prozeß gemacht werden.

In dieser düsteren Zeit meines Lebens kehrte Herbert eines Abends recht niedergeschlagen heim und sagte: »Mein lieber Händel, ich fürchte, ich werde dich bald verlassen müssen.«

Da mich sein Partner bereits vorbereitet hatte, war ich weniger überrascht, als er dachte.

»Wir verpassen eine günstige Gelegenheit, wenn ich die Reise nach Kairo aufschiebe. Es tut mir sehr leid, Händel, daß ich gerade fahren muß, wenn du mich am meisten brauchst.«

»Ich werde dich immer brauchen, Herbert, weil ich dich immer gern haben werde. Aber ich benötige dich jetzt nicht mehr als zu irgendeinem anderen Zeitpunkt.«

»Du wirst so einsam sein.«

»Ich habe keine Muße, darüber nachzudenken«, sagte ich.

»Du weißt, daß ich bei ihm bleiben werde, solange es mir erlaubt ist, und daß ich den ganzen Tag über bei ihm bliebe, wenn ich dürfte. Und wenn ich von ihm komme, bin ich, wie du weißt, in Gedanken bei ihm.«

Die furchtbare Situation, in die Magwitch geraten, war uns beiden so schrecklich, daß wir uns nicht offen darüber unterhalten konnten.

»Mein lieber Freund«, sagte Herbert, »entschuldige, wenn ich dich im Hinblick auf unsere baldige Trennung – sie steht unmittelbar bevor – mit einer Frage behellige, die dich betrifft. Hast du an deine Zukunft gedacht?«

»Nein, denn ich habe Angst, an die Zukunft zu denken.«

»Aber du kannst nicht über sie hinweggehen. Wirklich, mein lieber Händel, sie muß bedacht werden. Ich möchte, daß du mit mir in aller Freundschaft dieses Thema besprichst.«

»Also gut«, sagte ich.

»In unserer Zweigstelle, Händel, brauchen wir einen . . .«

Ich merkte, wie er bei seinem Taktgefühl dem richtigen Wort auswich, und sagte deshalb: ». . . einen Schreiber.«

»Einen Schreiber. Und ich hoffe, daß er vorwärtskommen (wie ein Schreiber aus deiner Bekanntschaft) und zu einem Partner aufsteigen kann. Also, Händel, kurz gesagt, mein lieber Junge, willst du zu mir kommen?«

Nachdem er »Also, Händel« gesagt hatte, als ob es sich um den schwerwiegenden Anfang eines großen geschäftlichen Unternehmens handelte, lag etwas so Herzliches und Gewinnendes in der Art, mit der er plötzlich diesen Ton änderte, mir seine ehrliche Hand entgegenstreckte und wie ein Schuljunge sprach.

»Clara und ich haben uns immer wieder darüber unterhalten«, fuhr Herbert fort, »und das liebe kleine Ding bat mich erst heute abend, mit Tränen in den Augen, dir zu sagen, daß sie, falls du mit uns zusammen leben willst, ihr Bestes tun will, dich glücklich zu machen und den Freund ihres Mannes zu überzeugen, daß er auch ihr Freund ist. Wir könnten so gut vorankommen, Händel!«

Ich dankte ihr von Herzen, und auch ihm dankte ich herzlich, sagte aber, daß ich noch nicht versprechen könnte, ob ich seinem freundlichen Angebot folgen würde. Erstens waren meine Gedanken zu sehr in Anspruch genommen, als daß ich das Ganze richtig aufnehmen konnte. Zweitens, ja zweitens kreiste ein unbewußtes Etwas in meinen Gedanken, das sich gegen Ende dieser unbedeutenden Erzählung zeigen wird.

»Herbert, wenn du aber, ohne dem Geschäft damit zu schaden, die Frage für kurze Zeit offenlassen könntest...«

»Jederzeit«, rief Herbert aus. »Sechs Monate, ein Jahr lang!«

»So lange nicht«, sagte ich. »Höchstens zwei oder drei Monate.«

Als wir uns nach dieser Abmachung die Hände schüttelten, war Herbert ganz begeistert, und er sagte, er fände nun den Mut, mir mitzuteilen, daß er wahrscheinlich am Ende der Woche fahren müsse.

»Und Clara?« fragte ich.

»Das liebe kleine Ding«, erwiderte Herbert, »bleibt pflichtschuldig bei ihrem Vater, solange er lebt. Er wird aber nicht mehr lange leben. Mrs. Whimple hat mir anvertraut, daß er sicherlich bald sterben wird.«

»Ich will nicht herzlos sein«, sagte ich, »aber es wäre wohl besser so.«

»Ich fürchte, du hast recht«, sagte Herbert. »Dann werde ich zu dem lieben kleinen Ding zurückkehren, und das liebe kleine Ding und ich werden in aller Stille in die nächste Kirche gehen. Wohlgemerkt! Der glückliche Liebling stammt aus keiner besonderen Familie, mein lieber Händel, und hat noch nie ins Ahnenbuch geschaut und hat auch keine Ahnung, wer ihr Großvater war. Welch ein Glück für den Sohn meiner Mutter!«

Am Sonnabend der gleichen Woche nahm ich Abschied von Herbert, der in freudiger Erwartung war – doch traurig und besorgt, mich allein zu lassen –, als er sich in eine der Postkutschen zum Hafen setzte. Ich ging in ein Café, um Clara ein paar Zeilen zu schreiben und ihr mitzuteilen, daß er abgereist war und mir immer wieder liebe Grüße aufgetragen hatte. Dann begab ich mich in mein einsames Heim, falls es diesen Namen überhaupt verdiente, denn es war mir kein Zuhause mehr; ich besaß nirgendwo noch ein Zuhause.

Auf der Treppe begegnete ich Wemmick, der gerade gehen wollte, nachdem er vergeblich an meine Tür gepocht hatte. Nach diesem verhängnisvollen Ausgang des Fluchtversuchs hatte ich ihn noch nicht allein gesprochen. Nun war er rein privat und in persönlicher Angelegenheit gekommen, um mir im Zusammenhang mit diesem Fehlschlag ein paar Worte der Erklärung zu sagen.

»Der verstorbene Compeyson«, sagte Wemmick, »war nach und nach der Angelegenheit, wie wir sie jetzt durchgeführt haben, auf den Grund gegangen, und aus dem Gespräch von einigen seiner Leute, die in der Patsche saßen (einige seiner Leute sind ständig in Schwierigkeiten), hörte ich das dann. Ich sperrte die Ohren auf, obwohl ich mich unbeteiligt stellte, bis ich erfuhr, daß er nicht da wäre. Und ich dachte, das wäre der geeignetste Zeitpunkt, den Versuch zu machen. Jetzt kann ich nur vermuten, daß es zu seinem Plan gehört hat – gerissen, wie er ist –, die eignen Handlanger gewohnheitsmäßig hinters Licht zu führen. Ich hoffe, Sie geben mir nicht die Schuld, Mr. Pip? Ich war wirklich von ganzem Herzen bemüht, Ihnen zu helfen.«

»Das weiß ich genausogut wie Sie, Wemmick, und ich danke Ihnen aufrichtig für Ihre Anteilnahme und Freundschaft.«

»Danke, vielen Dank. Es ist eine üble Geschichte«, sagte Wemmick und kratzte sich am Kopf, »und ich versichere Ihnen, daß mich seit langem nichts dermaßen mitgenommen hat. Was mich ärgert, ist der Verlust von so viel beweglichem Besitz. Du meine Güte!«

»Woran *ich* denke, Wemmick, ist der arme Besitzer des Vermögens.«

»Ja, selbstverständlich«, sagte Wemmick. »Natürlich ist dagegen nichts einzuwenden, daß er Ihnen leid tut, und ich selbst würde fünf Pfund springen lassen, um ihn da herauszuholen. Aber was ich dabei sehe, ist folgendes: Da der verstorbene Compeyson vorher über seine Rückkehr Bescheid wußte und entschlossen war, ihn ans Messer zu liefern, glaube ich nicht, daß man ihn hätte retten können. Der bewegliche Besitz jedoch hätte bestimmt gerettet werden können. Darin liegt der Unterschied zwischen dem Eigentum und dem Besitzer, verstehen Sie?«

Ich forderte Wemmick auf, mit mir hinaufzukommen und sich mit einem Glas Grog zu stärken, ehe er nach Walworth zurückwandere. Er nahm die Einladung an. Während er seine bescheidene Ration trank, sagte er unvermittelt, nachdem er ziemlich nervös gewirkt hatte: »Was halten Sie von meiner Absicht, Mr. Pip, mir am Montag freigeben zu lassen?«

»Nun, ich glaube, so etwas haben Sie im ganzen letzten Jahr nicht getan.«

»Sagen wir lieber, in den letzten zwölf Jahren nicht«, sagte Wemmick. »Ja, ich will mir einen freien Tag nehmen. Mehr noch – ich möchte einen Spaziergang machen. Mehr noch – ich möchte Sie bitten, mich dabei zu begleiten.«

Ich wollte mich gerade entschuldigen, daß ich zur Zeit kein guter Begleiter wäre, als mir Wemmick schon zuvorkam.

»Ich weiß, was Sie beschäftigt«, sagte er, »und ich weiß auch, daß Ihnen nicht ganz wohl ist, Mr. Pip. Doch wenn Sie mir den Gefallen tun könnten, würde ich mich sehr freuen. Es wird kein langer Spaziergang sein, und es wird früh losgehen. Sie werden ungefähr von acht bis zwölf (das Frühstück auf dem Spaziergang mitgerechnet) weg sein. Könnten Sie sich nicht einen Ruck geben und es möglich machen?«

Er hatte schon bei den verschiedensten Gelegenheiten so viel für mich getan, daß dies eine geringe Gegengabe war. Ich sagte, ich könnte und würde es einrichten. Er war so glücklich über meine Zustimmung, daß auch ich mich freute. Auf seinen besonderen Wunsch hin verabredete ich mich mit ihm, daß ich ihn am Montagmorgen um halb neun an der Burg abholen würde. Danach trennten wir uns für diesmal eine Zeitlang.

Pünktlich zur verabredeten Zeit läutete ich am Montagmorgen an der Eingangstür zur Burg und wurde von Wemmick persönlich in Empfang genommen. Es fiel mir auf, daß er sorgfältiger als sonst gekleidet war und einen weichen Hut aufhatte. Im Hause standen zwei Glas Rum mit Milch und zwei Keksen bereit. Der Alte mußte schon mit den Vögeln aufgestanden sein, denn als ich einen Blick ins Schlafzimmer warf, bemerkte ich, daß sein Bett leer war.

Als wir uns mit dem Milch-Rum-Getränk und den Keksen gestärkt hatten und uns zum Spaziergang anschickten, war ich nicht wenig erstaunt, als Wemmick eine Angelrute über die Schulter nahm. »Was denn, wir gehen doch nicht etwa angeln!« sagte ich.

»Nein«, erwiderte Wemmick, »ich nehme aber gern eine zum Laufen mit.«

Ich fand das sonderbar, sagte aber nichts, und wir brachen auf. Wir gingen in Richtung Camberwell Green, und als wir dort waren, sagte Wemmick plötzlich: »Hallo, da ist ja eine Kirche!«

Darin lag nichts Besonderes, doch wieder war ich ziemlich überrascht, als er, wie von einer glänzenden Idee gepackt, sagte: »Kommen Sie, wir wollen hineingehen!«

Wemmick ließ seine Angelrute im Vorraum stehen, und wir gingen hinein und schauten uns um. Währenddessen kramte Wemmick in seinen Manteltaschen und holte etwas aus einem Stück Papier hervor.

»Hallo!« sagte er. »Hier ist ein Paar Handschuhe! Dann wollen wir sie mal anziehn!«

Da es sich um weiße Glacéhandschuhe handelte und er den Briefschlitzmund breit verzog, begann ich stutzig zu werden. Meine Vermutung bestätigte sich, als ich den alten Vater zu einer Seitentür eintreten und eine Dame hineingeleiten sah.

»Hallo!« rief Wemmick. »Da ist Miss Skiffins! Wie wär's mit einer Trauung?«

Die verschwiegene junge Dame war genauso gekleidet wie sonst, nur war sie gerade damit beschäftigt, ihre grünen Glacéhandschuhe gegen ein Paar weiße umzutauschen. Auch der Alte machte sich bereit, dasselbe Opfer vor dem Hochzeitsaltar darzubringen. Dem alten Herrn bereitete es jedoch so große Schwierigkeiten, die Handschuhe anzuziehen, daß Wemmick es für notwendig erachtete, ihn mit dem Rücken gegen eine Säule zu stellen, selbst hinter diese Säule zu treten und kräftig an den Handschuhen zu ziehen, während ich den alten Herrn an der Taille festhielt, damit er genügend Halt hatte. Mit Hilfe dieses klugen Planes wurden ihm die Handschuhe kunstgerecht übergestreift.

Dann erschienen der Kirchendiener und der Geistliche, und wir stellten uns in der richtigen Anordnung an dem schicksalsschweren Geländer auf. Seiner Absicht getreu, alles scheinbar unvorbereitet zu tun, hörte ich, wie Wemmick »Hallo! Da ist ja ein Ring!« zu sich selber sagte, als er vor der Trauung etwas aus seiner Westentasche zog.

Ich spielte die Rolle eines Beistands für den Bräutigam, während eine kleine, schwächliche Person mit einem Häubchen für ein Kleinkind, die sonst die Türen zu den Familienlogen öffnet, vorgab, die Busenfreundin von Miss Skiffins zu sein. Die Aufgabe, die Dame wegzugeben, fiel dem Alten zu, was den Geistlichen in Zorn geraten ließ. Und das kam so: Als er fragte: »Wer gibt diese Frau diesem Mann zum Weibe?«, stand der alte Herr, der nicht im mindesten wußte, bei welchem Punkt der Zeremonie wir angelangt waren, strahlend da und sagte die Zehn Gebote auf. Daraufhin fragte der Geistliche wieder: »Wer gibt diese Frau diesem Mann zum

Weibe?« Da der alte Herr noch immer völlig ahnungslos war, brüllte ihn der Bräutigam mit seiner vertrauten Stimme an: »Na, Vater, du weißt doch: Wer gibt...?« Ehe er sagte, daß *er* gebe, antwortete der Alte munter: »Schon recht, John, schon recht, mein Junge!« Daraufhin machte der Geistliche eine so unheilvolle Pause, daß ich momentan zweifelte, ob wir noch an diesem Tage die Trauung vollziehen würden.

Sie verlief dennoch ordnungsgemäß, und als wir aus der Kirche gingen, hob Wemmick den Deckel vom Taufbecken, warf seine weißen Handschuhe hinein und legte den Deckel wieder darauf. Mrs. Wemmick, die mehr auf die Zukunft bedacht war, steckte die weißen Handschuhe in ihre Tasche und zog die grünen an. »Nun, Mr. Pip«, sagte Wemmick und schulterte triumphierend die Angelrute, als wir hinauskamen, »jetzt möchte ich Sie fragen, ob uns irgend jemand für eine Hochzeitsgesellschaft halten wird.«

Das Frühstück war in einem hübschen, kleinen Gasthaus bestellt, etwa eine Meile entfernt, wo das Land hinter den Wiesen ansteigt. Im Gastzimmer gab es Spieltische, falls wir uns nach der Feierlichkeit entspannen wollten. Es war vergnüglich zu beobachten, daß Mrs. Wemmick nun nicht mehr den Arm ihres Gatten fortschob, wenn er sich um ihre Gestalt legte. Sie saß jedoch in ihrem hochlehnigen Stuhl an der Wand wie eine Violine im Kasten und ließ die Umarmung über sich ergehen, wie es sich dieses wohlklingende Instrument hätte gefallen lassen.

Unser Frühstück war vorzüglich, und wenn einer von uns etwas ablehnte, sagte Wemmick: »Keine Angst, alles im Preis mit inbegriffen!« Ich trank auf das Wohl des jungen Paares und des Alten, trank auf die Burg, verabschiedete mich von der Braut mit einer Verbeugung und zeigte mich von meiner angenehmsten Seite.

Wemmick brachte mich bis zur Tür, und wieder schüttelte ich ihm die Hand und wünschte ihm Glück.

»Danke!« sagte Wemmick und rieb sich die Hände. »Sie

kann so gut mit Geflügel umgehn, das können Sie sich nicht vorstellen! Sie bekommen ein paar Eier mit, und dann urteilen Sie selbst. – Mr. Pip!« rief er mich zurück und sprach leise. »Das alles sind nur Walworth-Gefühle, wenn ich bitten darf.«

»Ich verstehe. Nichts in Little Britain verlauten lassen«, sagte ich.

Wemmick nickte. »Nach dem, was Sie neulich ausgeplaudert haben, braucht Mr. Jaggers nichts zu wissen. Er könnte sonst denken, ich bin nicht ganz klar bei Verstand oder so ähnlich.«

56. Kapitel

Während der ganzen Zeit zwischen seiner Verhaftung und der nächsten Sitzungsperiode lag Magwitch schwerkrank im Gefängnis. Zwei Rippen waren gebrochen, und die hatten einen Lungenflügel verletzt, so daß er mit großer Mühe und unter täglich heftiger werdenden Schmerzen atmete. Infolge seiner Verletzung sprach er derart leise, daß man ihn kaum verstehen konnte. Deshalb sagte er sehr wenig, war aber stets bereit, mir zuzuhören. Es wurde mir zur höchsten Aufgabe, ihm alles das zu erzählen und vorzulesen, von dem ich wußte, daß er es gern hören würde. Da er viel zu krank war, als daß er im Gefängnis bleiben konnte, hatte man ihn nach ein oder zwei Tagen ins Krankenrevier gebracht. Das ermöglichte es mir, bei ihm zu sein, was ich sonst nicht gedurft hätte. Wäre er nicht krank gewesen, hätte man ihn in Ketten gelegt, denn er wurde als ein unverbesserlicher flüchtiger Häftling und was weiß ich alles betrachtet.

Obwohl ich ihn jeden Tag sah, blieb ich nur kurze Zeit bei ihm. Daher waren die regelmäßigen Abstände von einem Wiedersehen zum anderen lang genug, mir die leisesten Veränderungen in seinem Gesicht zu zeigen, die seinen Gesundheitszustand widerspiegelten. Ich kann mich nicht entsinnen, daß ich jemals eine Wandlung zum Besseren bemerkt hätte. Er siechte dahin und wurde von Tag zu Tag schwächer und elender, seit sich die Gefängnistore hinter ihm geschlossen hatten.

Seine Ergebenheit und Resignation waren die eines Mannes, der völlig erschöpft war. Aus seinem Verhalten oder einem geflüsterten Wort, das ihm entfuhr, gewann ich manchmal den Eindruck, daß er über die Frage nachsann, ob er unter besseren Verhältnissen ein besserer Mensch geworden wäre. Er versuchte jedoch niemals, sich irgendwie zu rechtfertigen oder die Vergangenheit zu entstellen.

Zwei-, dreimal geschah es in meiner Gegenwart, daß der eine oder andere vom Pflegepersonal auf seinen schlechten Ruf anspielte. Dann huschte ein Lächeln über sein Gesicht, und er blickte mich vertrauensvoll an, als wäre er überzeugt, daß ich schon damals, als ich noch ein Kind war, einen versöhnenden Zug an ihm bemerkt hätte. Ansonsten war er bescheiden und reumütig, und ich habe ihn nie klagen hören.

Als die Sitzungsperiode begann, reichte Mr. Jaggers ein Ersuchen ein, den Prozeß bis zur nächsten Periode aufzuschieben. Da der Antrag offensichtlich in der Gewißheit gestellt war, daß er nicht so lange leben würde, lehnte man ihn ab. Der Prozeß begann unverzüglich, und als er zum Platz des Angeklagten gebracht wurde, setzte man ihn auf einen Stuhl. Niemand hatte etwas einzuwenden, daß ich neben der Anklagebank blieb und seine Hand hielt, die er nach mir ausgestreckt hatte.

Der Prozeß ging schnell und reibungslos vonstatten. Dinge, die für ihn sprachen, wurden erwähnt, zum Beispiel, daß er fleißig geworden und auf gesetzliche und anständige Weise zu Wohlstand gelangt war. Aber nichts konnte etwas an der Tatsache ändern, daß er zurückgekehrt war und nun vor dem Richter und den Geschworenen stand. Es war gar nichts anderes möglich, als ihn dafür zu verklagen und für schuldig zu erklären.

Damals war es üblich (diese traurige Erfahrung machte ich in jener Sitzungsperiode), zum Schluß einen Tag für die Urteilsverkündung festzulegen, um mit den Todesurteilen eine erzieherische Wirkung zu erzielen. Wenn nicht dieses unauslöschliche Bild vor meinem geistigen Auge stünde, könnte ich es nicht einmal jetzt, da ich diese Worte schreibe, fassen, daß ich mit angesehen habe, wie zweiunddreißig Männer und Frauen vor den Richter gebracht wurden, um dieses Todesurteil gemeinsam anzuhören. Allen zweiunddreißig voran kam er. Er setzte sich, damit er auch atmen konnte, um noch am Leben zu bleiben.

Die ganze Szene tauchte noch einmal in lebhaften Farben vor mir auf, angefangen beim Aprilregen, dessen Tropfen an die Scheiben des Gerichtshofes fielen und in den Strahlen der Aprilsonne glitzerten. Ich befand mich wieder außerhalb der Anklagebank neben ihm und hielt seine Hand in der meinen. Hinter der Schranke standen eingepfercht die zweiunddreißig Männer und Frauen: einige herausfordernd, andere von Schrecken erfüllt, schluchzend und weinend; einige verhüllten ihr Gesicht, andere starrten finster vor sich hin. Ein paar weibliche Häftlinge hatten geschrien, doch sie wurden zum Schweigen gebracht, und nun herrschte Stille. Die Sheriffs mit ihren schweren Ketten und Riechsträußchen, andere bürgerliche Zierden und Ungeheuer, Ausrufer, Gerichtsdiener, eine Tribüne voll Schaulustiger – ein großes, sich übertrieben gebärdendes Publikum: Sie alle schauten zu, wie sich die zweiunddreißig und der Richter gegenübertraten. Dann sprach der Richter zu ihnen. Unter den Elenden, die vor ihm stünden und die er einzeln ansprechen müsse, befände sich einer, der sozusagen von Kindesbeinen an gegen die Gesetze verstoßen habe; der nach wiederholten Gefängnisstrafen schließlich für eine Reihe von Jahren verbannt worden, jedoch wagemutig und unter Einsatz von Gewalt geflohen und dann erneut verurteilt worden sei, diesmal zu lebenslänglicher Deportation. Eine Zeitlang schien dieser Unglückliche seine

Fehler eingesehen zu haben und, fern den Schauplätzen seiner alten Missetaten, ein friedliches und ehrenhaftes Leben zu führen. Doch in einem verhängnisvollen Augenblick, in dem er jenen Neigungen und Leidenschaften nachgab, die ihn zu einer Plage für die Gesellschaft hatten werden lassen, verließ er seinen Zufluchtsort und kehrte hierher zurück, wo man ihn verhaftete. Obwohl er gleich angezeigt wurde, war es ihm doch geraume Zeit gelungen, sich dem Zugriff der Gerechtigkeit zu entziehen, aber schließlich wurde er bei seinem Fluchtversuch ergriffen, nachdem er Widerstand geleistet und – er allein wußte, ob vorsätzlich oder in blinder Verwegenheit – den Tod seines Denunzianten verursacht hatte, dem seine ganze Lebensgeschichte bekannt war. Da das Gesetz im Falle seiner Rückkehr in das Land, aus dem er verbannt worden war, die Todesstrafe vorsehe und sein Fall besonders schwer sei, müsse er sich auf den Tod gefaßt machen.

Die Sonne strahlte zu den großen Fenstern des Gerichtsgebäudes herein, durch die glitzernden Regentropfen an den Scheiben hindurch; sie warf einen breiten Lichtstrahl zwischen die zweiunddreißig und den Richter und schien sie miteinander zu verbinden. Vielleicht ging einigen der Zuschauer durch den Sinn, daß beide Seiten ohne jeglichen Unterschied vor ein höheres Gericht kommen sollten, das alles weiß und sich niemals irrt. Der Gefangene, der sich für einen Augenblick erhob und dessen Gesichtszüge in dieser Beleuchtung deutlich zu sehen waren, sagte: »Mylord, ich habe mein Todesurteil bereits vom Allmächtigen empfangen, aber ich beuge mich Eurem Spruch.« Dann setzte er sich wieder. Es wurde zur Ruhe gemahnt, und der Richter wandte sich nun an die anderen. Danach waren sie alle rechtmäßig verurteilt. Einige wurden beim Hinausgehen gestützt, andere schlenderten mit wilden, unerschrockenen Blicken hinaus, manche nickten zur Galerie hinauf, zwei oder drei schüttelten sich die Hände, und andere kauten auf den Resten von herumliegenden Küchenkräutern herum, die sie aufgelesen hatten. Magwitch ging als letzter hinaus, da man ihm beim Aufstehen helfen mußte und er sehr langsam lief. Er hielt noch meine Hand, während die anderen abgeführt wurden, die Zuschauer sich erhoben (ihre Kleidung ordneten, wie sie es in der Kirche oder anderswo tun) und auf den einen oder anderen Verbrecher zeigten; auf ihn und mich wiesen sie jedoch am häufigsten.

Ich hoffte und betete inständig, daß er sterben möge, ehe das Protokoll des Richters abgefaßt wurde, doch in der Furcht, sein Tod könnte sich hinziehen, verfaßte ich am selben Abend eine Bittschrift an das Innenministerium, in der ich darlegte, was ich von ihm wußte und wie es dazu gekommen, daß er meinetwegen zurückgekehrt war. Ich schrieb so leidenschaftlich und gefühlvoll wie nur möglich, und als ich damit fertig war und das Schreiben abgeschickt hatte, schrieb ich weitere Bittschriften an solche einflußreichen Männer, von denen ich das größte Mitleid erhoffte, und schließlich faßte ich eine an den König ab. Nach seiner Verurteilung fand ich einige Tage und Nächte keine Ruhe, nur wenn ich in meinem Sessel einschlief. Ansonsten beschäftigten mich diese Gnadengesuche völlig. Nachdem ich sie abgesandt hatte, trieb es mich zu den Stellen, an die sie gerichtet waren, weil ich das Gefühl hatte, daß sie aussichtsreicher und weniger hoffnungslos wären, wenn ich in der Nähe blieb. In dieser unsinnigen Ruhelosigkeit und Seelenpein irrte ich abends durch die Straßen und schlenderte an den Kanzleien und Häusern vorbei, wo ich die Petitionen abgegeben hatte. Noch jetzt stimmt mich die Erinnerung an die langweiligen Straßen im Westen Londons mit ihren düsteren, verschlossenen Häusern und den langen Laternenreihen an einem kalten, staubigen Frühlingsabend melancholisch.

Die täglichen Besuche, die ich ihm abstatten durfte, wurden jetzt kürzer bemessen, und er wurde schärfer bewacht. Da ich sah oder spürte, daß man mich verdächtigte, ich wollte ihm Gift zustecken, bat ich darum, mich genau zu kontrollieren, bevor ich mich an sein Bett setzte, und erklärte dem Offizier, der immer da war, daß ich bereit sei, alles zu tun, was ihn von der Aufrichtigkeit meiner Absichten überzeugen könnte. Niemand benahm sich ihm oder mir gegenüber gefühllos. Pflichten galt es zu erfüllen; sie wurden erfüllt, doch ohne Strenge. Der Offizier versicherte mir jedesmal, daß es ihm schlechter ginge, und einige andere kranke Häftlinge in seinem Zimmer sowie Häftlinge, die als Krankenpfleger arbeiteten (Verbrecher, doch Gott sei Dank nicht unfähig, freundlich zu sein!), bestätigten stets seinen Bericht.

Als die Tage verstrichen, beobachtete ich immer öfter, daß er ruhig dalag und ohne jegliche Regung in seinem Gesicht an die weiße Decke starrte. Ein Wort von mir hellte seine Züge für einen Augenblick auf, doch dann ließ das Leuchten wieder nach. Manchmal war er fast oder ganz außerstande zu sprechen. Dann antwortete er mir nur mit einem leichten Händedruck, und allmählich lernte ich dessen Bedeutung sehr gut verstehen.

Als zehn Tage vergangen waren, stellte ich eine größere Veränderung an ihm fest, als mir je aufgefallen war. Seine Augen waren auf die Tür gerichtet und leuchteten auf, als ich eintrat.

»Mein lieber Junge«, sagte er, während ich mich an seinem Bett niederließ, »ich dachte schon, du hast dich verspätet. Aber ich wußte, daß du das nich fertigbringst.«

»Es ist die übliche Zeit«, sagte ich. »Ich habe am Tor auf den Einlaß gewartet.«

»Du wartest immer am Tor, nich, mein lieber Junge?«

»Ja, um nicht einen Augenblick Zeit zu versäumen.«

»Danke dir, mein Junge, dank dir. Gott segne dich! Du hast mich nie im Stich gelassen, mein Junge.«

Ich drückte schweigend seine Hand, denn ich konnte nicht vergessen, daß ich einmal die Absicht gehegt hatte, ihn zu verlassen.

»Und das beste dabei is«, sagte er, »daß du netter zu mir

gewesen bist, seit die dunkle Wolke über mir steht, als bei Sonnenschein. Das is am allerschönsten.«

Er lag auf dem Rücken und atmete nur mühsam. Was er auch tun und wie sehr er mich lieben mochte, sein Gesicht wurde hin und wieder überschattet, und ein Schleier zog sich über seinen ergebenen Blick an die weiße Decke.

»Haben Sie heute große Schmerzen?«

»Ich beklage mich über nichts, mein Junge.«

»Sie klagen nie über etwas.«

Er hatte seine letzten Worte gesprochen. Er lächelte, und ich deutete seine Berührung so, daß er meine Hand hochheben und auf seine Brust legen wollte. Deshalb legte ich sie dorthin, und wieder lächelte er und legte seine beiden Hände auf die meinen.

Die Besuchszeit ging zu Ende, während wir so dasaßen. Als ich mich umblickte, stand der Gefängnisdirektor in meiner Nähe und flüsterte: »Sie brauchen noch nicht zu gehen.« Ich dankte ihm herzlich und fragte: »Darf ich mit ihm sprechen, falls er mich verstehen kann?«

Der Direktor trat zur Seite und winkte dem Offizier zu, es ihm gleichzutun. Die Veränderung, obwohl geräuschlos, entfernte den Schleier von seinem ruhigen Blick an die weiße Zimmerdecke, und er sah mich äußerst zärtlich an.

»Lieber Magwitch, endlich muß ich Ihnen etwas sagen. Können Sie meine Worte verstehen?«

Ein sanfter Händedruck.

»Sie hatten eine Tochter, die Sie liebten und verloren.«

Ein stärkerer Händedruck.

»Sie blieb am Leben und fand einflußreiche Freunde. Sie ist auch jetzt am Leben. Sie ist eine junge Dame und sehr schön. Und ich liebe sie!«

Mit einer letzten Anstrengung, die vergeblich gewesen wäre, wenn ich ihm nicht geholfen hätte, hob er meine Hand an seine Lippen. Dann ließ er sie wieder sanft auf die Brust sinken und legte seine Hände darauf. Der ruhige Blick an die weiße Decke trat wieder in seine Augen, er schloß sie für immer, und der Kopf sank ihm still auf die Brust.

Mir fiel ein, was wir gemeinsam gelesen hatten, und ich mußte an die beiden Männer denken, die in den Tempel gingen, um zu beten. Ich wußte keine geeigneteren Worte an seinem Bett zu sprechen als: »O Herr, sei diesem armen Sünder gnädig!«

57. Kapitel

Nun, da ich völlig auf mich gestellt war, kündigte ich meine Absicht an, die Räume im Temple so bald zu kündigen, wie es mir laut Mietvertrag möglich war, und sie in der Zwischenzeit unter dem Preis an andere zu vermieten. Ich stellte sofort Anschläge in die Fenster, denn ich hatte Schulden und besaß kaum noch Geld. Langsam beunruhigte mich meine Lage ernsthaft. Ich sollte eher schreiben, daß ich mir hätte Sorgen machen müssen, wenn ich genügend Kraft und innere Aufmerksamkeit besessen hätte, mir außer der Tatsache, daß ich krank werden würde, die Wahrheit vor Augen zu führen. Durch die Anspannung der letzten Zeit war es mir gelungen, den Ausbruch der Krankheit zwar zu verzögern, aber nicht zu verhindern. Ich merkte, daß ich jetzt krank werden würde; ansonsten wußte ich kaum etwas, und ich kümmerte mich auch herzlich wenig darum.

Ein oder zwei Tage lang lag ich mit schwerem Kopf und schmerzenden Gliedern, ohne Willen und Kraft, auf dem Fußboden oder Sofa – je nachdem, wo ich hinsank. Dann kam eine scheinbar endlose Nacht voller Angst und Schrecken, und als ich am Morgen versuchte, mich im Bett aufzusetzen und darüber nachzudenken, merkte ich, daß es mir nicht gelang.

Ob ich wirklich mitten in der Nacht in Garden Court gewesen bin und nach dem Boot gesucht habe, das ich dort vermutete; ob ich voller Entsetzen zwei- oder dreimal im Treppenhaus zu mir gekommen bin, ohne zu wissen, wie ich aus dem Bett geraten war; ob ich die Lampe angezündet und mir eingebildet habe, er käme die Treppen hinauf und die Kerzen wären ausgeblasen; ob ich von dem unzusammenhängenden Geschwätz, Gelächter und Stöhnen unsagbar angegriffen war und halb ahnte, daß diese Geräusche von mir selbst stammten; ob in einer dunklen Ecke des Zimmers ein verschlossener eiserner Ofen gestanden und eine Stimme immer wieder geschrien hat, daß Miss Havisham darin umkomme: Das alles waren Dinge, über die ich ins klare kommen wollte, als ich an jenem Morgen im Bett lag. Doch der Dunst eines Kalkofens schob sich ständig zwischen mich und diese Fragen und brachte sie durcheinander. Schließlich war es auch der Kalkdunst, durch den ich zwei Männer vor mir sah.

»Was wollen Sie?« fragte ich und fuhr hoch. »Ich kenne Sie nicht.«

»Nun, Sir«, erwiderte der eine, beugte sich herab und berührte meine Schulter, »diese Angelegenheit, meine ich, können Sie schnell klären, ansonsten werden Sie verhaftet.«

»Wie hoch sind die Schulden?«

»Einhundertzweiundfünfzig Pfund, fünfzehn Schilling, sechs Pence. Eine Juwelierrechnung, glaube ich.«

»Was läßt sich tun?«

»Sie kommen am besten mit mir mit«, sagte der Mann, »ich habe ein sehr hübsches Haus.«

Ich machte den Versuch, aufzustehen und mich anzuziehen. Als ich mich dann an sie wandte, standen sie etwas abseits vom Bett und betrachteten mich. Ich lag noch dort.

»Sie sehen, in welchem Zustand ich bin«, sagte ich. »Wenn ich könnte, würde ich mit Ihnen kommen, aber ich bin wirklich nicht dazu in der Lage. Wenn Sie mich mitnehmen, würde ich wohl unterwegs sterben.«

Vielleicht beantworteten oder diskutierten sie diesen Punkt, oder sie versuchten mir einzureden, es ginge mir besser, als ich dächte. Da mein Erinnerungsvermögen an sie nur an diesem dünnen Faden hängt, weiß ich nur noch, daß sie davon Abstand nahmen, mich mitzunehmen.

Daß ich Fieber hatte und stark litt, daß ich oft den klaren Verstand verlor, daß die Zeit endlos schien, daß ich unvor-

stellbare Wesen mit meiner eigenen Person verwechselte (Ich war ein Stein in der Hauswand und bat darum, mich von dem schwindelerregenden Platz, an den mich die Baumeister gesetzt hatten, zu entfernen. Ich war ein Stahlträger eines riesigen Schiffes, das über einem Abgrund rasselte und umherwirbelte, und ich flehte inständig, mit meiner Person das Schiff zum Anhalten zu bringen und meinen Teil herauszuhämmern), daß ich all diese Stadien der Krankheit durchgemacht hatte, habe ich noch in Erinnerung und merkte es zum Teil damals schon. Daß ich manchmal mit Menschen in der Annahme kämpfte, sie seien Mörder, und daß ich dann plötzlich begriff, daß sie mein Bestes wollten, und erschöpft in ihre Arme sank und mich von ihnen hinlegen ließ, wußte ich auch damals. Vor allem aber bemerkte ich, daß all diese Menschen – die sich, als ich sehr krank war, in alle Arten menschlicher Gesichter verwandelten und riesengroß wurden – stets die Neigung hatten, früher oder später Züge anzunehmen, die Joe ähnelten.

Nachdem ich die Krisis meiner Krankheit überstanden hatte, begann ich festzustellen, daß sich die eine feste Gestalt nicht veränderte, während sich alle anderen verwandelten. Wer immer auch um mich war, wurde zu Joe. Ich öffnete nachts meine Augen und sah Joe im großen Sessel neben meinem Bett. Ich schlug am Tage meine Augen auf und sah Joe auf der Fensterbank sitzen und am verdunkelten offenen Fenster seine Pfeife rauchen. Ich bat um ein kühles Getränk, und es war Joes liebe Hand, die es mir reichte. Als ich getrunken hatte, sank ich in mein Kissen zurück, und das Gesicht, das sich hoffnungsvoll und zärtlich über mich beugte, war Joes Gesicht.

Eines Tages faßte ich mir endlich ein Herz und fragte: »Joe, bist du es?«

Und die liebe, altvertraute Stimme antwortete: »Der is es, alter Junge.«

»O Joe, du brichst mir das Herz. Sieh mich böse an, Joe. Schlage mich, Joe. Sprich von meiner Undankbarkeit. Sei nicht so gut zu mir!« Denn Joe hatte seinen Kopf neben mich auf das Kissen gelegt und in seiner Freude, daß ich ihn erkannte, den Arm um meinen Hals geschlungen.

»Lieber, guter Pip, alter Junge«, sagte Joe, »du und ich, wir sind doch immer Freunde gewesen. Und wenn du erst wieder auf dem Posten bist, machen wir 'ne Ausfahrt – das gibt 'n Spaß!«

Daraufhin trat Joe ans Fenster, stellte sich mit dem Rücken zu mir und wischte sich über die Augen. Da ich viel zu schwach war, als daß ich hätte aufstehen und zu ihm hingehen können, blieb ich liegen und flüsterte reuevoll: »O Gott, segne ihn! O Herr, segne diesen edlen, frommen Mann!«

Joes Augen waren gerötet, als er dann wieder neben mir saß; ich hielt seine Hand, und wir waren beide glücklich.

»Wie lange, lieber Joe?«

»Womit du meinst, Pip, wie lange deine Krankheit gedauert hat, lieber alter Junge?«

»Ja, Joe.«

»Es is Ende Mai, Pip. Morgen haben wir den ersten Juni.«

»Und du bist die ganze Zeit hier gewesen, lieber Joe?«

»So ungefähr, alter Junge. Denn wie ich so zu Biddy sagte, als der Brief mit der Nachricht kam, daß du krank bist ... er is mit dem Postboten gebracht worden, der war vorher 'n Junggeselle und is nu verheiratet, obwohl er zu wenig verdient für das viele Rumlaufen und die Schuhsohlen, aber reich werden wollt er ja nich, und heiraten is schon immer sein Herzenswunsch gewesen ...«

»Es ist so schön, dir zuzuhören, Joe! Aber ich unterbreche dich, was hast du zu Biddy gesagt?«

»Was ich sagte, war, daß du doch unter Fremden sein tust und daß du und ich immer Freunde gewesen sind und ein Besuch in solchem Moment dir sicher nich unverlegen kommen würde. Und Biddy ihre Worte warn: ›Geh zu ihm und verlier keine Zeit.‹ Das warn«, fuhr Joe in seiner richterlichen Art fort, »Biddy ihre Worte. ›Geh zu ihm‹, hat Biddy gesagt, ›und verlier keine Zeit.‹ Kurzum, ich würde dir nichts Falsches sagen«, fügte Joe nach kurzem, ernstem Nachdenken hinzu, »wenn ich dir wiedergebe, was die Worte von dieser jungen Frau waren: ›Und verliere nicht eine Minute.‹«

Hier brach Joe ab und erklärte mir, daß es nicht erlaubt sei, viel mit mir zu sprechen, daß ich zu festgesetzten Zeiten kleine Mahlzeiten zu mir nehmen müßte, ob ich wolle oder nicht, und daß ich mich all seinen Anweisungen zu fügen hätte. So küßte ich seine Hand und lag ganz still, während er sich daranmachte, einen Brief an Biddy zu verfassen und meine Grüße auszurichten.

Offenbar hatte Biddy Joe das Schreiben beigebracht. Während ich im Bett lag und ihm zuschaute, mußte ich in meinem geschwächten Zustand vor Freude weinen, als ich den Stolz sah, mit dem er sich an seinen Brief machte. Von meinem Bett waren die Vorhänge entfernt worden, und dann hatte man es mit mir ins Wohnzimmer geschoben, weil das der größte und luftigste Raum war. Der Teppich war aufgenommen worden, und in das Zimmer wurde Tag und Nacht frische und gesunde Luft gelassen. Um sein großes Werk zu vollenden, setzte sich Joe nun an meinen Schreibtisch, der in eine Ecke geschoben und mit kleinen Fläschchen vollgestellt war. Zuerst wählte er eine Feder von der Federablage aus, als handele es sich um einen Kasten mit riesigen Werkzeugen. Dann krempelte er die Ärmel hoch, als wollte er ein Brecheisen oder einen Schmiedehammer handhaben. Ehe Joe anfangen konnte, mußte er sich mit dem linken Ellbogen fest auf den Tisch stützen und das rechte Bein nach hinten stemmen. Als er zu schreiben begann, zog er jeden Grundstrich so langsam, als sei er mindestens sechs Fuß lang, und bei jedem Aufstrich konnte ich hören, wie die Tinte spritzte. Er hatte die seltsame Vorstellung, das Tintenfaß befände sich auf der Seite, wo es gerade nicht stand, und so tauchte er die Feder ständig ins Leere, schien aber mit dem Ergebnis recht zufrieden zu sein. Gelegentlich stolperte er über ein orthographisches Problem, doch im großen und ganzen kam er wirklich gut voran. Als er seinen Namen daruntergesetzt und mit seinen beiden Zeigefingern einen letzten Klecks vom Briefbogen entfernt hatte, erhob er sich und ging um den Tisch herum, um aus den verschiedensten Blickwinkeln die Wirkung seiner Bemühungen mit restloser Zufriedenheit zu prüfen.

Da ich Joe nicht durch zu vieles Sprechen unsicher machen wollte, selbst wenn ich dazu imstande gewesen wäre, verschob ich es auf den nächsten Tag, mich nach Miss Havisham zu erkundigen. Als ich ihn dann fragte, ob sie sich erholt habe, schüttelte er den Kopf.

»Ist sie tot, Joe?«

»Nun, siehst du, alter Junge«, sagte Joe in mahnendem Ton und mit der Absicht, es mir schonend beizubringen, »so weit würde ich nicht gehen, das zu behaupten, denn da gibt's noch 'ne Menge zu sagen, aber sie is nich . . .«

» . . . nicht mehr am Leben, Joe?«

»Das kommt der Sache schon näher. Sie is nich mehr am Leben.«

»Hat sie sich noch lange gequält?«

»So ungefähr eine Woche – kann man so sagen –, nachdem du krank geworden bist«, sagte Joe, noch immer in der Absicht, mir alles nach und nach zu erzählen.

»Lieber Joe, hast du gehört, was aus ihrem Besitz wird?«

»Nun, alter Junge«, sagte Joe, »es scheint, daß sie das meiste festgelegt, will mal sagen, Miss Estella vermacht hat. Ein oder zwei Tage vor dem Unfall hat sie aber ein kleines Koddischill mit eigner Hand geschrieben und Mr. Matthew Pocket glatte viertausend hinterlassen. Und kannst du dir vorstellen, Pip, warum sie ihm glatte viertausend vermacht hat? ›Weil Pip sich für besagten Matthew eingesetzt hat.‹ So steht's geschrieben, hat mir Biddy gesagt.« Joe wiederholte die Formulierung, als täte es ihm ordentlich gut: »› . . . für den besagten Matthew eingesetzt hat.‹ Und glatte viertausend, Pip!«

Ich habe nie herausbekommen, woraus Joe die genaue Beschaffenheit der viertausend Pfund entnahm, aber sie schien die Summe in seiner Vorstellung noch zu erhöhen, und er hatte ein sichtliches Vergnügen daran, auf »glatten« viertausend zu beharren.

Diese Nachricht bereitete mir große Freude, denn sie brachte die einzige gute Tat, die ich begangen hatte, zum Abschluß. Ich fragte Joe danach, ob andere Verwandte auch etwas geerbt hätten.

»Miss Sarah«, sagte Joe, »die hat fünfundzwanzig Pfund im Jahr bekommen, damit sie Tabletten kaufen kann, weil sie's mit der Galle hat. Miss Georgiana, die hat zwanzig Pfund erhalten. Mrs. – wie heißen doch gleich diese wilden Tiere da mit den Höckern, alter Junge?«

»Kamele?« fragte ich und wunderte mich, warum er das wissen wollte.

Joe nickte. »Mrs. Kamele (ich begriff sofort, daß er Mrs. Camilla meinte), die hat fünf Pfund bekommen, damit sie sich Binsenlichter kaufen und sich Mut machen kann, wenn sie nachts aufwacht.«

Die Genauigkeit seiner Darstellung war so offenkundig für mich, daß ich Joes Informationen unbedingt Glauben schenken mußte.

»Und nu«, sagte Joe, »bist du noch nicht gesund genug, daß du heut noch mehr als eine Neuigkeit aufnehmen kannst. Der alte Orlick is in ein Haus eingebrochen.«

»In wessen Haus?«

»Obwohl, das gebe ich zu, sein Benehmen zu großmäulig war«, sagte Joe entschuldigend, »trotzdem, dem Engländer sein Haus is sein Schloß, und in Schlösser darf man nich einbrechen, höchstens, wenn Krieg is. Was für Fehler er auch hatte, er war doch mit Leib und Seele Getreide- und Samenhändler.«

»In Pumblechooks Haus ist demnach eingebrochen worden?«

»Genau, Pip«, sagte Joe. »Sie ham ihm die Ladenkasse und die Geldkassette weggenommen, und sie ham seinen Wein ausgetrunken und seinen Proviant aufgegessen. Ihn selber ham sie ins Gesicht geschlagen und an der Nase gezogen. Dann ham sie ihn an den Bettpfosten gebunden und es ihm tüchtig gegeben. Damit er nich schreien konnte, ham sie ihm den Mund mit Blumensamen vollgestopft. Er hat aber Orlick erkannt, und Orlick sitzt nu im Gefängnis der Grafschaft.«

Mit diesen Betrachtungen gelangten wir zur uneingeschränkten Unterhaltung. Ich kam nur langsam wieder zu Kräften, doch allmählich erholte ich mich; Joe blieb bei mir, und ich bildete mir ein, wieder der kleine Pip zu sein.

Joes Güte war genau das, was mich zu einem Kind in seinen Händen machte. Er saß neben mir und unterhielt sich mit mir in der altvertrauten, schlichten, zurückhaltenden und schonenden Weise, so daß ich beinahe glaubte, mein bisheriges Leben seit den Tagen in der alten Küche wäre ein Stück aus meinem Fiebertraum gewesen, der nun verflogen war. Er tat alles für mich, mit Ausnahme der Hausarbeit, für die er eine sehr ordentliche Frau eingestellt hatte, nachdem er der Aufwärterin gleich bei seiner Ankunft den Laufpaß gegeben hatte. »Ich versichere dir, Pip«, sagte er oft, wenn er auf diese Eigenmächtigkeit zu sprechen kam, »ich hab sie dabei ertappt, wie sie das Ersatzbett wie ein Bierfaß angezapft und die Federn in einen Eimer gesteckt hat, um sie zu verkaufen. Als nächstes hätte sie deins angezapft, und wenn sie es unter dir weggezogen hätte. In der Suppenterrine und in den Gemüseschüsseln hat sie nach und nach die Kohlen rausgetragen und den Wein und Schnaps in deinen Stulpenstiefeln.«

Wir warteten auf den Tag, an dem ich das erste Mal ausfahren konnte, ebenso sehnsüchtig wie damals auf den Antritt meiner Lehrzeit. Als der Tag kam und eine offene Kutsche in die Straße fuhr, hüllte mich Joe ein, nahm mich in die Arme, trug mich hinunter und setzte mich hinein, als ob ich noch das kleine, hilflose Geschöpf wäre, dem er in so reichlichem Maße von seiner Güte hatte zuteil werden lassen.

Joe nahm neben mir Platz, und wir fuhren zusammen hinaus aufs Land, wo die Bäume und Gräser bereits den Sommerwuchs zeigten und liebliche Düfte die Luft erfüllten. Zufällig war es ein Sonntag, und als ich meine Blicke über die

Schönheit um mich herum schweifen ließ und mir durch den Sinn ging, wie bei Tag und Nacht, unter den Strahlen der Sonne und der Sterne alles gewachsen war und sich verändert hatte, wie sich die kleinen wilden Blumen entwickelt hatten und die Stimmen der Vögel kräftiger geworden waren, während ich fiebernd und unruhig gelegen hatte, störte die bloße Erinnerung daran meinen Frieden. Als ich dann aber die Sonntagsglocken vernahm und mich ein wenig genauer nach der mich umgebenden Schönheit umschaute, spürte ich, daß ich noch längst nicht dankbar genug, sondern sogar dazu noch zu schwach war. Ich lehnte meinen Kopf an Joes Schulter, wie ich es früher getan habe, wenn mich Joe zum Jahrmarkt oder sonstwohin mitgenommen hatte und zuviel auf meine kindlichen Sinne eingestürmt war.

Nach einiger Zeit wurde ich ruhiger, und wir unterhielten uns wie einst, wenn wir im Grase bei der alten Batterie lagen. Joe hatte sich überhaupt nicht verändert. Er war so geblieben, wie er damals in meinen Augen gewesen: genauso schlicht, rechtschaffen und aufrichtig.

Als wir zurückkamen und er mich heraushob und – wie leicht! – über den Hof und die Treppen hinauftrug, dachte ich an jenen ereignisreichen Weihnachtsabend zurück, an dem er mich über das Marschland getragen hatte. Wir hatten bisher noch kein Wort über meine veränderte Lage verloren, auch wußte ich nicht, inwieweit er mit meinen jüngsten Erlebnissen vertraut war.

Ich hegte jetzt so starke Zweifel an mir und setzte so großes Vertrauen in ihn, daß ich nicht wußte, ob ich darauf Bezug nehmen sollte, solange er nicht daran rührte.

»Hast du eigentlich gehört, Joe«, fragte ich ihn nach längerer Überlegung an jenem Abend, als er am Fenster stand und seine Pfeife rauchte, »wer mein Wohltäter war?«

»Ich hab gehört«, erwiderte Joe, »daß es nich Miss Havisham war, alter Junge.«

»Hast du gehört, wer es war?«

»Nun! Ich hab gehört, das war eine Person, was die Person geschickt hat, was dir im ›Fröhlichen Bootsmann‹ die Banknoten gegeben hat, Pip.«

»Genau so.«

»Erstaunlich!« sagte Joe vollkommen gelassen.

»Hast du gehört, daß er tot ist, Joe?« fragte ich dann mit wachsendem Argwohn.

»Welcher? Der dir die Banknoten geschickt hat, Pip?«

»Ja.«

»Ich glaube«, sagte Joe, nachdem er eine Weile nachgedacht hatte und nun ausweichend das Fenstersims betrachtete, »ich hab so was gehört, daß irgendwie in der Richtung was mit ihm los war.«

»Hast du etwas über die näheren Umstände erfahren, Joe?«

»Nein, nichts Genaues, Pip.«

»Wenn du gern etwas darüber hören möchtest, Joe . . .« Ich wollte anfangen, doch Joe stand auf und kam an mein Sofa.

»Sieh mal, alter Junge«, sagte Joe und beugte sich über mich. »Wir sind doch immer die besten Freunde gewesen, stimmt's, Pip?«

Ich schämte mich, ihm zu antworten.

»Nun schön«, sagte Joe, als hätte *ich* geantwortet, »dann isses ja gut, dann sind wir uns ja einig. Warum also über Dinge reden, alter Junge, die zwischen solchen wie uns beiden unnötig sind. Es gibt noch genug andere Dinge zwischen uns. Gott! Denk bloß an deine arme Schwester und ihre Wutanfälle! Und erinnerst du dich nich noch an Tickler?«

»O doch, Joe.«

»Sieh mal, alter Junge«, sagte Joe, »ich hab getan, was ich konnte, um dich und Tickler auseinander zu halten, aber meine Kraft war nich so stark wie meine Absicht. Denn wenn deine arme Schwester vorhatte, über dich herzufalln«, sagte Joe in seiner beliebten ausführlichen Art, »war es nich etwa so, daß sie über mich herfiel, wenn ich mich gegen sie stellte, sondern sie hatte es dann nur noch schlimmer auf dich abgesehn. Das hab ich gemerkt. 's is nich, weil der Mann am Backenbart gepackt oder durchgeschüttelt wird (was 'ne Vorliebe von deiner Schwester war), was ihn davon abbringt, 'n kleines Kind vor der Bestrafung zu schützen. Aber wenn das kleine Kind nur noch schlimmer behandelt wird wegen dem Schütteln und Zupacken am Bart, dann tut sich dieser Mann sagen: ›Was bringt es Gutes ein? Zugegeben, ich seh den Schaden‹, sagt sich der Mann, ›aber ich seh nich den Nutzen. Ich bitte Sie, Sir, zeigen Sie das Gute daran.‹«

»Sagt der Mann?« warf ich ein, denn Joe erwartete von mir eine Äußerung.

»Sagt der Mann«, pflichtete Joe bei. »Hat er recht, dieser Mann?«

»Lieber Joe, er hat immer recht.«

»Nun, alter Junge«, meinte Joe, »dann bleib bei deinen Worten. Wenn er immer recht hat (meistens hat er aber nich recht), stimmt es, wenn er folgendes sagt: Angenommen, du hast jede Kleinigkeit für dich behalten, als du 'n kleines Kind warst, dann hast du's hauptsächlich für dich behalten, weil du wußtest, daß Joe Gargerys Kraft, dich und Tickler auseinander zu halten, nich so stark war wie seine Absicht. Darum denk nich mehr an solche Sachen, und wir wolln über unnötige Dinge kein Wort verliern. Biddy hat sich, ehe ich wegfuhr, mächtige Mühe mit mir gegeben (denn ich bin schrecklich dumm), damit ich alles in diesem Licht sehen tu und, wenn ich es so sehe, auch sagen sollte. Und weil ich beides getan habe«, sagte Joe, ganz beglückt über seine logischen Ausführungen, »sage ich dir als guter Freund: Du darfst es nämlich noch nich übertreiben, sondern du mußt dein Abendessen ham und deinen verdünnten Wein und mußt in die Federn.«

Das Zartgefühl, mit dem Joe dieses Thema fallenließ, sowie der Takt und die Güte, mit der Biddy – die mich mit ihrem weiblichen Verstand so schnell durchschaut hatte – ihn darauf vorbereitet hatte, hinterließen bei mir einen tiefen Eindruck. Ob Joe wußte, wie arm ich war und wie sich meine großen Erwartungen ähnlich den Nebeln auf den Marschen in nichts aufgelöst hatten, konnte ich nicht herausbekommen.

Noch etwas anderes an Joe, was mir anfangs unbegreiflich schien, doch bald mit Betrübnis erkannt wurde, war folgendes: Als ich zu Kräften kam und es mir besser ging, verhielt sich Joe mir gegenüber immer weniger unbeschwert. Solange ich schwach und völlig auf ihn angewiesen war, hatte der gute Kerl den alten vertrauten Ton angeschlagen und mich wie früher »alter Pip, alter Junge« genannt, was Musik in meinen Ohren war. Auch ich war in die alten Gewohnheiten verfallen, allzu glücklich und dankbar, daß er es mir gestattete. Obwohl ich dabei blieb, änderte sich Joes Benehmen fast unmerklich. Während ich mich zunächst darüber wunderte, begriff ich bald, daß *ich* die Ursache war und der Fehler auf meiner Seite lag.

Ach ja! Hatte ich Joe nicht Veranlassung gegeben, an meiner Treue zu zweifeln und zu glauben, daß ich, wenn es mir gut ging, ihm gegenüber kühl werden und ihn wegjagen würde? Hatte ich Joes unschuldigem Herzen nicht Grund gegeben, instinktiv zu spüren, daß sein Einfluß in dem Maße geringer wurde, wie ich zu Kräften kam, und daß es besser wäre, rechtzeitig die Bindung zu lockern und mich loszulassen, ehe ich mich ihm entzog?

Beim dritten oder vierten Spaziergang in den Temple-Gärten, als ich mich auf Joes Arm stützte, bemerkte ich diese Veränderung an ihm sehr deutlich. Wir hatten in der warmen Sommersonne gesessen und auf den Fluß geschaut, als ich beim Aufstehen ganz absichtslos sagte: »Schau, Joe! Ich kann ziemlich sicher laufen. Jetzt sollst du mal sehen, wie ich alleine gehen kann.«

»Übertreib es nur nich, Pip«, sagte Joe, »aber ich werd sehr glücklich sein, wenn Sie das können, Sir.«

Das letzte Wort tat mir weh. Aber wie konnte ich dagegen Einspruch erheben! Ich ging nicht weiter als bis zum Gartentor, täuschte dann vor, schwächer als in Wirklichkeit zu sein, und bat ihn, mir seinen Arm zu reichen. Joe tat es, sah aber nachdenklich aus.

Auch ich war nachdenklich geworden. Wie ich am besten diese wachsende Veränderung an Joe aufhalten sollte, bereitete meinen reumütigen Gedanken Schwierigkeiten. Ich suche nicht zu verhehlen, daß ich mich schämte, ihm genau zu erzählen, wie es um mich bestellt und wie tief ich gesunken war, doch ich hoffe, mein Widerstreben war nicht unehrenhaft. Ich wußte, daß er mir mit seinen geringen Ersparnissen würde helfen wollen, und ich wußte, daß er mir nicht helfen sollte und ich es nicht zulassen durfte.

Für uns beide wurde es ein nachdenklicher Abend. Vor dem Schlafengehen beschloß ich, am übernächsten Tag – der nächste war Sonntag – mit Wochenbeginn einen neuen Kurs einzuschlagen. Am Montagmorgen würde ich mit Joe über diesen Wandel sprechen, ich würde den letzten Rest von Zurückhaltung ablegen und ihm meine Gedanken anvertrauen, warum ich nicht zu Herbert gereist bin. Dann würde die Veränderung überwunden sein. So wie ich mit mir ins reine kam, erging es auch Joe, und allem Anschein nach war auch er zu einem Entschluß gelangt.

Wir verbrachten am Sonntag einen ruhigen Tag und fuhren hinaus aufs Land, wo wir einen Spaziergang über die Felder machten.

»Ich bin dankbar, daß ich krank geworden bin, Joe«, sagte ich.

»Lieber alter Pip, alter Junge, Sie werden bald wieder gesund sein, Sir.«

»Es ist eine denkwürdige Zeit für mich gewesen, Joe.«

»Für mich auch, Sir«, erwiderte Joe.

»Wir haben eine Zeit miteinander verbracht, Joe, die ich nie vergessen werde. Ich weiß, daß es Tage gibt, die ich eine Zeitlang vergessen habe, diese aber werde ich nie vergessen.«

»Pip«, sagte Joe und wirkte etwas hastig und verwirrt, »wir

ham Spaß gehabt. Und, lieber Sir, was zwischen uns gewesen is, is vorbei.«

Am Abend, als ich zu Bett gegangen war, kam Joe in mein Zimmer, wie er es während meiner Genesungszeit stets getan hatte. Er fragte mich, ob es mir auch ganz gewiß so gut wie am Morgen ginge.

»Ja, lieber Joe, genauso.«

»Und es geht ständig aufwärts mit dir, alter Junge?«

»Ja, lieber Joe, ständig.«

Joe streichelte die Bettdecke auf meiner Schulter mit seiner großen, guten Hand und sagte, wie ich fand, mit belegter Stimme: »Gute Nacht!«

Als ich am Morgen ausgeruht und noch gekräftigter aufstand, war ich fest entschlossen, Joe ohne Aufschub alles zu erzählen. Noch vor dem Frühstück würde ich mit ihm sprechen. Ich wollte mich sofort anziehen, in sein Zimmer gehen und ihn überraschen, denn es war der erste Tag, an dem ich zeitig munter war. Ich ging in sein Zimmer, doch er war nicht dort. Nicht nur er war verschwunden, sondern auch sein Koffer.

Ich stürzte zum Frühstückstisch und fand dort einen Brief vor. Das war sein kurzer Inhalt:

Will nich zur Last fallen und bin abgereist denn dir geht es wider gut liber Pip und wird dir noch besser gehen ohne *Jo*
PS Bleiben immer die besten Freunde.

Im Brief lag eine Quittung über die Schulden und Kosten, derentwegen ich verhaftet werden sollte. Bis zu diesem Augenblick hatte ich fälschlicherweise angenommen, daß mein Gläubiger die Klage zurückgezogen oder die Verhandlungen aufgeschoben hätte, bis ich völlig wiederhergestellt wäre. Ich hatte mir nicht träumen lassen, daß Joe das Geld bezahlt hat; aber Joe hatte es bezahlt, und die Quittung war auf seinen Namen ausgeschrieben.

Was blieb mir anderes übrig, als ihm in die liebe alte Schmiede zu folgen, mich ihm dort zu offenbaren, meine Reue zu bekennen, mir alles von der Seele zu reden und mein Herz von diesem »Zweiten« zu entlasten, das anfangs nur vage meine Gedanken beschäftigt hatte und nun zu einem festen Entschluß gereift war?

Ich hatte die Absicht, zu Biddy zu gehen und ihr zu zeigen, wie erniedrigt und reumütig ich zurückkehrte. Ich wollte ihr erzählen, wie ich alles verloren hatte, auf das ich einst gehofft. Ich wollte sie an unsere vertrauten Gespräche in meiner ersten unglücklichen Zeit erinnern. Dann wollte ich zu ihr sagen: »Biddy, ich glaube, du hast mich einmal sehr lieb gehabt, als mein irriges Herz, während es von dir wegstrebte, in deiner Nähe ruhiger und besser war als jemals danach. Wenn du mich nur noch einmal halb so gern haben kannst wie damals; wenn du dich meiner mit all meinen Fehlern und Mißerfolgen annehmen kannst; wenn du mich wie ein Kind, dem man verziehen hat, aufnehmen kannst (es tut mir wirklich leid, Biddy, und ich brauche dringend eine sanfte Stimme und eine begütigende Hand), werde ich deiner nun würdiger sein, hoffe ich – nicht viel, aber ein wenig. Und Biddy, dir überlasse ich es, zu bestimmen, ob ich bei Joe in der Schmiede arbeiten oder mich in einem anderen Beruf in dieser Gegend versuchen soll oder ob wir an einen fernen Ort ziehen sollen, wo eine Gelegenheit auf mich wartet, die ich, als sie mir angeboten wurde, ausschlug, um zunächst deine Antwort zu hören. Und wenn du mir jetzt, liebe Biddy, sagen kannst, daß du mit mir gemeinsam durchs Leben gehen willst, schaffst du für mich gewiß eine bessere Welt und machst mich zu einem besseren Menschen, und ich werde mich bemühen, auch für dich eine schönere Welt zu schaffen.«

Das war mein Plan. Nach drei weiteren Tagen, an denen ich mich noch erholte, begab ich mich in die alte Heimat, um ihn auszuführen. Wie ich ihn zu Ende führte, bleibt mir noch zu berichten.

58. Kapitel

Die Nachricht, daß mein großes Glück ein klägliches Ende gefunden hatte, war bis in meinen Geburtsort und dessen Umgebung gedrungen, noch ehe ich dorthin kam. Ich stellte fest, daß man im »Blauen Eber« Bescheid wußte und man auf Grund dieser Kenntnis ein völlig verändertes Benehmen an den Tag legte. Genauso wie man sich im »Blauen Eber« dienstfertig um meine Gunst bemüht hatte, als ich in den Besitz meines Vermögens gelangte, genauso kühl behandelte man mich nun, da ich wieder arm war.

Ich kam am Abend an, recht müde von der Reise, die ich so oft ohne Mühe gemacht hatte. Im »Blauen Eber« konnte man mir nicht dasselbe Zimmer geben wie sonst – es war belegt (wahrscheinlich von einem, der »große Erwartungen« hatte) –, sondern nur eine bescheidene Kammer zwischen den Tauben und Postkutschen über dem Hof zuweisen. In diesem Quartier schlief ich aber ebenso fest wie in der vorzüglichsten Unterkunft, die mir der »Blaue Eber« hätte geben können, und meine Träume waren die gleichen wie im besten Schlafzimmer.

Früh am Morgen, während mein Frühstück zubereitet wurde, schlenderte ich um das Haus »Satis«. Anschläge am Tor und auf Teppichfetzen, die aus den Fenstern hingen, gaben bekannt, daß in der kommenden Woche auf einer Auktion der Hausrat und die Möbel versteigert werden sollten. Das Haus selbst sollte als Abbruch verkauft und abgerissen werden. »Parzelle 1« stand in getünchten, krakeligen Buchstaben an der Brauerei, »Parzelle 2« an dem Teil des Hauptgebäudes, der so lange von allem abgeschlossen war. Andere Teile des Gebäudes waren durch weitere Nummern abgesteckt. Um für die Beschriftung Platz zu schaffen, hatte man Efeu abgerissen, der nun im Staub lag und bereits verwelkt war. Als ich kurz durch das offene Tor ging und mich mit dem unbehaglichen Gefühl umsah, ein Fremder zu sein, der hier nichts zu suchen hatte, sah ich, wie der Angestellte des Auktionators auf den Fässern herumstieg und sie für einen anderen zählte, der, mit der Feder in der Hand, eine Aufstellung machte und als provisorischen Tisch den Rollstuhl benutzte, den ich so oft nach der Melodie »Alter Clem« geschoben hatte.

Als ich zum Frühstück in den »Blauen Eber« zurückkehrte, fand ich Mr. Pumblechook im Gespräch mit dem Wirt. Mr. Pumblechook (dessen äußere Erscheinung durch das kürzliche nächtliche Abenteuer nicht gerade gewonnen hatte) wartete auf mich und sprach mich mit folgenden Worten an:

»Junger Mann, es tut mir leid, Sie so tief gesunken zu sehen. Aber was konnte man schon anderes erwarten! Was konnte man schon erwarten!«

Da er mir mit einer großzügig verzeihenden Geste die Hand entgegenstreckte und ich durch meine Krankheit so geschwächt und unfähig war zu streiten, ergriff ich sie.

»William«, sagte Mr. Pumblechook zum Kellner, »bring etwas Teegebäck auf den Tisch. Aber daß es dazu kommen mußte, daß es dazu kommen mußte!«

Stirnrunzelnd setzte ich mich an den Frühstückstisch. Mr. Pumblechook stand vor mir und goß mir, ehe ich nach der Kanne greifen konnte, Tee ein mit der Geste des Wohltäters, der entschlossen ist, bis zum letzten seiner Rolle treu zu bleiben.

»William«, sagte Mr. Pumblechook traurig, »stell uns Salz her. In glücklicheren Zeiten«, wandte er sich an mich, »nahmen Sie, glaube ich, Zucker? Und haben Sie nicht Milch getrunken? Ja. Zucker und Milch. William, bring uns Brunnenkresse.«

»Nein, danke«, sagte ich schroff, »ich esse keine Brunnenkresse.«

»Sie essen sie nicht?« erwiderte Mr. Pumblechook seufzend und schüttelte mehrmals den Kopf, als ob er das erwartet hätte und als ob das Ablehnen der Brunnenkresse mit meinem Abstieg im Zusammenhang stünde. »Wahrhaftig. Die einfachen Früchte der Natur. Nein, du brauchst keine Brunnenkresse zu bringen, William.«

Ich frühstückte weiter, Mr. Pumblechook stand nach wie vor neben mir, glotzte mich mit seinen Fischaugen an und atmete so geräuschvoll wie immer.

»Kaum mehr als Haut und Knochen!« dachte Mr. Pumblechook laut. »Und als er von hier fortging (ich darf wohl sagen, mit meinem Segen) und ich meine bescheidenen Vorräte wie die Biene vor ihm ausbreitete, war er rund wie ein Pfirsich!«

Das erinnerte mich an den erstaunlichen Unterschied zwischen der unterwürfigen Art, mit der er mir, als ich zu Reichtum gelangt war, seine Hand gereicht und gesagt hatte: »Darf ich?«, und der großtuerischen Herablassung, mit der er mir jetzt seine fetten Finger entgegenstreckte.

»Ach!« fuhr er fort und reichte mir Brot und Butter. »Sie sind wohl auf dem Weg zu Joseph?«

»In drei Teufels Namen«, rief ich, wütend auf mich selbst, »was geht Sie das an, wohin ich gehe. Lassen Sie die Teekanne stehen.«

Das war der größte Fehler, den ich machen konnte, denn er bot Pumblechook die Gelegenheit, die er sich wünschte.

»Ja, junger Mann«, sagte er, ließ den Henkel los, trat einen oder zwei Schritte von meinem Tisch zurück und wandte sich an den Wirt und den Kellner an der Tür: »Ich *werde* die Teekanne loslassen. Sie haben recht, junger Mann. Diesmal haben Sie recht. Ich vergesse mich ja, wenn ich ein solches Interesse an Ihrem Frühstück nehme, wenn ich möchte, daß Ihr Körper, der von den kräftezehrenden Ausschweifungen geschwächt ist, durch die heilsame Ernährung Ihrer Vorväter belebt wird. Und doch«, sagte Pumblechook, indem er sich an den Wirt und den Kellner wandte und auf mich wies, »das ist er, mit dem ich immer Spaß gemacht habe in den glücklichen

Tagen seiner Kindheit! Sagen Sie nicht, es könne nicht sein. Ich sage Ihnen, das ist er!«

Die beiden ließen ein leises Murmeln vernehmen. Der Kellner schien besonders beeindruckt zu sein.

»Das ist der«, sagte Pumblechook, »den ich in meiner Kutsche gefahren habe. Das ist der, bei dem ich miterlebt habe, wie er mit eigner Hand aufgezogen wurde. Das ist der, zu dessen Schwester ich der angeheiratete Onkel bin, denn sie hieß Georgiana Maria nach ihrer Mutter. Soll er doch leugnen, wenn er kann!«

Der Kellner schien überzeugt zu sein, daß ich nicht leugnen könne und es der Angelegenheit ein böses Aussehen gäbe.

»Junger Mann«, sagte Pumblechook und drehte seinen Kopf in der altbekannten Weise, »Sie gehen zu Joseph. Was mich das angeht, wo Sie hingehen, fragen Sie mich? Ich sage Ihnen, Sir, Sie gehen zu Joseph.«

Der Kellner hüstelte, als wollte er mich bescheiden auffordern, darüber hinwegzugehen.

»Und jetzt«, sagte Pumblechook in der äußerst aufreizenden Art, mit der man von einer Sache der Tugendhaftigkeit spricht, die absolut überzeugend und endgültig ist, »will ich Ihnen sagen, was Sie Joseph erzählen sollen. Hier ist der Squire vom ›Blauen Eber‹, bekannt und geachtet in dieser Stadt, und hier ist William, dessen Vatersname Potkins lautet, wenn ich mich nicht täusche.«

»Sie täuschen sich nicht, Sir.«

»In ihrer Gegenwart«, fuhr Pumblechook fort, »will ich Ihnen sagen, junger Mann, was Sie Joseph erzählen sollen. Sie sagen: ›Joseph, heute habe ich meinen ersten Wohltäter und den Begründer meines Wohlstands gesehn. Ich will keinen Namen nennen, Joseph, aber so spricht man von ihm in der Stadt, und diesen Mann habe ich gesehn.‹«

»Ich schwöre, daß ich ihn hier nicht sehe«, sagte ich.

»Sagen Sie auch das noch«, erwiderte Pumblechook. »Wenn Sie das sagen, wird sogar Joseph überrascht sein.«

»Da irren Sie sich, das weiß ich besser«, meinte ich.

»Sagen Sie«, fuhr Pumblechook fort, »›Joseph, ich habe diesen Mann gesehn, und dieser Mann grollt dir nicht und grollt mir nicht. Er kennt deinen Charakter, Joseph, er kennt deinen Dickschädel und deine Dummheit. Und er kennt auch meinen Charakter, Joseph, meine Undankbarkeit. Ja, Joseph‹, sagen Sie«, hierbei wies Pumblechook mit seinem Kopf und Finger auf mich, »›er kennt meinen totalen Mangel an normaler menschlicher Dankbarkeit. *Er* kennt ihn wie sonst niemand, Joseph. *Du* kennst ihn nicht, Joseph, denn du hast keine Veranlassung dazu, der Mann aber kennt ihn.‹«

Obwohl er ein prahlerischer Esel war, wunderte ich mich doch, daß er die Stirn hatte, so mit mir zu reden.

»Sagen Sie: Joseph, er hat mir eine Mitteilung gemacht, die ich jetzt wiederholen will. Er hat in meinem Abstieg einen Fingerzeig der Vorsehung gesehen. Er hat diesen Fingerzeig erkannt, als er ihn sah, Joseph, und er hat ihn deutlich gesehn, Joseph, er hat auf die Inschrift hingewiesen: ›Gerechter Lohn für Undankbarkeit gegenüber erstem Wohltäter und Begründer des Wohlstands‹. Doch dieser Mann sagte, daß er nicht bereut, was er getan hat, Joseph. Überhaupt nicht. Es war richtig, das zu tun, es war gütig, das zu tun, und es war wohltätig, das zu tun, und er würde auch wieder so handeln.«

»Es ist nur schade«, sagte ich höhnisch, während ich mein unterbrochenes Frühstück beendete, »daß der Mann nicht gesagt hat, was er eigentlich getan hat und wieder tun würde.«

»Herr vom ›Eber‹«, wandte sich Pumblechook nun an den Gastwirt, »und William! Ich habe nichts dagegen, wenn Sie in der ganzen Stadt erzählen, sofern das Ihr Wunsch ist, daß es richtig, gütig und wohltätig war, das zu tun, und daß ich es wieder tun würde!«

Mit diesen Worten schüttelte der Schwindler beiden die Hand und verließ mit wichtigtuerischer Gebärde das Haus. Er ließ mich mehr erstaunt als entzückt von der Wirkung dieses unbestimmten »es« zurück. Bald nach ihm verließ auch ich den Gasthof. Als ich die Hauptstraße entlangging, sah ich, wie er an seiner Ladentür eine Rede vor ein paar Auserwählten schwang (offenbar mit demselben Erfolg), die mir recht unfreundliche Blicke zuwarfen, als ich auf der anderen Straßenseite vorbeiging.

Um so wohltuender war es, sich zu Biddy und Joe zu begeben, deren große Nachsicht mir jetzt leuchtender vor Augen stand als je zuvor (falls das überhaupt möglich ist), wenn ich sie mit diesem unverschämten Heuchler verglich. Ich machte mich langsam auf den Weg, denn ich fühlte mich noch schwach, doch je näher ich kam, desto leichter wurde mir ums Herz und desto mehr ließ ich meine Überheblichkeit und Falschheit hinter mir zurück.

Es war herrliches Juniwetter. Der Himmel war blau, die Lerchen flogen hoch über dem grünenden Getreide; ich fand diese Gegend weitaus schöner und friedlicher, als ich sie in Erinnerung gehabt hatte. Freundliche Bilder vom Leben, das ich dort führen würde, und von meiner charakterlichen Wandlung zum Besseren hin, wenn ich einen guten Geist an meiner Seite hätte, dessen schlichte Redlichkeit und reine Klugheit ich erprobt hatte, verkürzten mir den Weg. Sie weckten zärtliche Gefühle in mir, denn mein Herz war durch diese Rückkehr weicher gestimmt, und es hatte sich ein solcher Wandel vollzogen, daß ich mir wie einer vorkam, der sich von einer weiten Reise barfuß nach Hause schleppt und dessen Wanderschaft viele Jahre gedauert hat.

Das Schulhaus, in dem Biddy Vorsteherin war, hatte ich noch nicht gesehen, aber die kleine Umgehungsstraße, auf der ich ins Dorf gekommen war, um unbemerkt zu bleiben, führte mich daran vorbei. Ich war enttäuscht, daß ein Feiertag war. Nirgends waren Kinder zu entdecken, und Biddys Haus war abgeschlossen. Ich hatte mir insgeheim vorgestellt, sie geschäftig bei ihren täglichen Pflichten anzutreffen, ehe sie mich erblickte, war nun jedoch um eine Hoffnung ärmer.

Doch die Schmiede lag nicht weit entfernt, und so ging ich unter den duftenden, grünen Linden dorthin und lauschte auf das Kling von Joes Hammer. Ich hätte ihn schon längst hören müssen, aber auch nachdem ich ihn zu hören glaubte und feststellte, daß es eine Täuschung war, blieb alles still. Wenn ich stehenblieb und lauschte, hörte ich, wie die Blätter der Linden, des Weißdorns und der Kastanien rauschten, doch den Klang von Joes Schmiedehammer trug der Sommerwind nicht zu mir. Ohne recht zu wissen warum, fürchtete ich mich beinahe, in die Sichtweite der Schmiede zu gelangen, aber schließlich sah ich sie und stellte fest, daß sie verschlossen war. Kein Feuerschein, kein Funkensprühen, kein Dröhnen des Blasebalgs. Alles verschlossen und still.

Das Haus war jedoch nicht ausgestorben; in der guten Stube schien sogar jemand zu sein, denn am Fenster flatterten weiße Gardinen, und das Fenster stand offen und voller Blumen. Ich trat leise näher, in der Absicht, über die Blumen hinweg hineinzuspähen – da standen Joe und Biddy vor mir, Arm in Arm.

Zunächst schrie Biddy auf, als hätte sie meinen Geist gesehen, doch im nächsten Augenblick lag sie in meinen Armen. Ich weinte bei ihrem Anblick, und sie weinte bei meinem; ich, weil sie so frisch und munter aussah, und sie, weil ich so erschöpft und blaß aussah.

»Nein, Biddy, wie fein du aussiehst!«
»Ja, lieber Pip.«
»Und Joe, wie fein *du* bist!«
»Ja, lieber alter Pip, alter Junge.«

Ich schaute sie beide an, meine Blicke gingen von einem zum anderen, und dann . . .

»Es ist mein Hochzeitstag«, schluchzte Biddy vor Glück, »Joe und ich haben geheiratet!«

Sie hatten mich mit in die Küche genommen, und ich hatte meinen Kopf auf den alten, rohen Holztisch gelegt. Biddy führte meine Hand an ihre Lippen, und Joe legte mir ermunternd seine Hand auf die Schulter. »Er war noch nich kräftig genug für die Überraschung, meine Liebe«, sagte Joe. Und Biddy meinte: »Daran hätte ich denken sollen, lieber Joe, aber ich war zu glücklich.« Sie waren beide ganz außer sich vor Freude und stolz, mich wiederzusehen, ganz gerührt, daß ich zu ihnen gekommen war, und ganz entzückt, daß ich zufällig an diesem Tage erschienen war und ihr Glück vollkommen gemacht hatte!

Ich atmete voll Dankbarkeit auf, daß ich über diese letzte fehlgeschlagene Hoffnung nie ein Wort zu Joe habe verlauten lassen. Wie oft, während er an meinem Krankenlager weilte, wäre es mir beinahe über die Lippen gekommen. Wie unwiderruflich wäre sein Wissen darum gewesen, wäre er auch nur eine Stunde länger geblieben!

»Liebe Biddy«, sagte ich, »du hast den besten Mann von der ganzen Welt, und wenn du ihn an meinem Bett hättest sehen können, würdest du . . . Aber nein, inniger lieben könntest du ihn gar nicht, als du es ohnehin tust.«

»Nein, wahrhaftig nicht«, sagte Biddy.

»Und du, lieber Joe, hast die beste Frau von der ganzen Welt, und sie wird dich so glücklich machen, wie du es verdienst, du lieber, guter, anständiger Joe!«

Joe sah mich mit bebenden Lippen an und fuhr sich mit dem Ärmel über die Augen.

»Joe und Biddy, die ihr heute in der Kirche gewesen seid und der ganzen Menschheit mit Liebe und Nachsicht begegnet, nehmt beide meinen bescheidenen Dank für all das entgegen, was ihr für mich getan habt und was ich euch so schlecht gelohnt habe. Und wenn ich nun sage, daß ich in einer Stunde fortgehen will – denn ich werde bald ins Ausland gehen – und nicht eher ruhen werde, bis ich das Geld, mit dem du mich vor dem Gefängnis bewahrt hast, erarbeitet und an euch zurückgeschickt habe, denkt nicht, lieber Joe und liebe Biddy, daß ich – selbst wenn ich es tausendfach zurückzahlen könnte – etwa annehme, damit könnte oder wollte ich einen Bruchteil meiner Schuld gegen euch abtragen.«

Beide waren von diesen Worten gerührt, und beide baten mich, nicht mehr zu sagen.

»Aber etwas muß ich noch sagen. Lieber Joe, ich hoffe, daß du Kinder haben wirst, die du lieben kannst, und daß ein kleines Bürschlein an den Winterabenden in dieser Kaminecke sitzen wird, das dich an ein anderes Bürschlein erinnert, welches nun für immer ausgeflogen ist. Joe, erzähle ihm bitte nicht, daß ich undankbar war. Biddy, erzähle du ihm nicht, daß ich kleinlich und ungerecht war. Erzählt ihm nur, daß ich euch beide achte, weil ihr beide so gütig und treu seid, und daß ich gesagt habe, er als euer Kind wird selbstverständlich ein besserer Mensch werden als ich.«

»Ich werd ihm nichts nich in dieser Art erzählen, Pip«, sagte Joe hinter seinem Ärmel hervor. »Auch Biddy nich. Keiner nich!«

»Und nun, ihr beiden, sagt mir bitte, obwohl ich weiß, daß ihr es in euren gütigen Herzen bereits getan habt, daß ihr mir verzeiht. Laßt mich bitte diese Worte aus eurem Munde hören, damit ich den Klang mit mir nehme und imstande bin zu glauben, daß ihr mir in Zukunft vertrauen und besser von mir denken könnt!«

»Ach, lieber alter Pip, alter Junge«, sagte Joe, »Gott weiß, daß ich dir verziehn hab, wenn es überhaupt was zu verzeihn gab!«

»Amen! Und Gott weiß, ich verzeihe dir!« wiederholte Biddy.

»Jetzt laßt mich noch hinaufgehen und meine kleine, alte Kammer anschauen und ein paar Minuten dort verweilen. Und wenn ich dann mit euch gegessen und getrunken habe, begleitet mich bis zum Wegweiser, lieber Joe und liebe Biddy, ehe wir uns verabschieden!«

Ich verkaufte alles, was ich besaß, und legte soviel wie möglich als Anzahlung für meine Gläubiger beiseite – die mir reichlich Zeit ließen, den Rest zurückzuerstatten – und begab mich auf die Reise zu Herbert. Nach einem Monat hatte ich England verlassen, und nach zwei Monaten war ich bereits Angestellter bei Clarriker & Co., und nach weiteren vier Monaten bekam ich zum erstenmal die volle Verantwortung übertragen; denn der Deckenbalken am Mill-Pond-Ufer hatte damals aufgehört, unter dem Gebrüll des alten Bill Barley zu erzittern, und seinen Frieden gefunden. Herbert war losgefahren, um Clara zu heiraten, und so leitete ich bis zu ihrer gemeinsamen Rückkehr die Zweigstelle im Osten.

Viele Jahre zogen ins Land, ehe ich Teilhaber des Geschäfts wurde, aber ich lebte mit Herbert und seiner Frau glücklich und bescheiden, zahlte meine Schulden zurück und blieb in ständiger Verbindung mit Biddy und Joe. Erst als ich der dritte in der Firma war, verriet mich Clarriker an Herbert. Er meinte, er hätte das Geheimnis mit Herberts Teilhaberschaft lange genug mit sich herumgeschleppt und müßte es nun lüften. So erzählte er es ihm, und Herbert war gleichermaßen gerührt und erstaunt, und der liebe Kerl und ich blieben wegen meiner Verschwiegenheit nicht weniger gut Freund. Ich will keinem vormachen, daß wir etwa ein großes Unternehmen gewesen wären und einen Batzen Geld verdient hätten. Wir waren kein großartiges Geschäft, hatten aber einen guten Namen, erzielten Gewinne und hatten unser Auskommen. Herberts fröhlichem Fleiß und seiner Gewandtheit verdankten wir so viel, daß ich mich oft fragte, wie ich früher zu der Annahme gelangt war, er sei untüchtig, bis mir eines Tages die Erleuchtung kam, daß die Untüchtigkeit möglicherweise nicht in ihm, sondern in mir gesteckt hatte.

59. *Kapitel*

Seit elf Jahren hatte ich Joe und Biddy nicht gesehen – obwohl sie im Osten oft vor meinem geistigen Auge standen –, als ich an einem Dezemberabend, ein oder zwei Stunden nach Einbruch der Dunkelheit, behutsam meine Hand auf die Klinke der alten Küchentür legte. Ich berührte sie so sachte, daß man mich nicht hörte und ich unbemerkt hineinschauen konnte. Da sah ich Joe am alten Fleck neben dem Kamin-

feuer, seine Pfeife rauchend, so gesund und kräftig wie immer, nur etwas grauhaarig, und dort in der Ecke, die Joe mit seinem Bein abteilte, saß auf meinem kleinen Schemel, ins Feuer starrend – ich selbst.

»Wir ham ihn nach dir Pip genannt, lieber alter Junge«, sagte Joe entzückt, als ich mir auch einen Schemel nahm und mich neben das Kind setzte (ich zauste ihm aber *nicht* das Haar), »und wir hoffen, daß er 'n bißchen nach dir kommt, und wir finden, das tut er.«

Das fand ich auch. Am nächsten Morgen ging ich mit ihm spazieren; wir hatten uns viel zu erzählen und verstanden uns ausgezeichnet. Ich nahm ihn auf den Friedhof mit und setzte ihn dort auf einen gewissen Grabstein. Von seinem luftigen Sitz aus zeigte er mir, welcher Stein dem Andenken Philip Pirrips, verstorben in dieser Gemeinde, und Georgiana, Ehefrau des obigen, gewidmet war.

»Biddy«, sagte ich, als ich mich nach dem Essen mit ihr unterhielt und ihr kleines Mädchen auf ihrem Schoß schlummerte, »du mußt mir mal an einem Abend Pip überlassen oder ihn mir auf alle Fälle leihen.«

»Nein, nein«, sagte Biddy sanft, »du mußt heiraten.«

»Das sagen Herbert und Clara auch, aber ich glaube kaum, daß es dazu kommt, Biddy. Ich bin in ihrem Haushalt so heimisch, daß es nicht sehr wahrscheinlich ist. Ich bin schon fast ein eingefleischter Junggeselle.«

Biddy schaute auf ihr Kind herab und hob sein Händchen an ihre Lippen. Dann legte sie ihre gute, mütterliche Hand, mit der sie es berührt hatte, in meine.

Diese Geste und der leichte Druck von Biddys Ehering sagten mehr als Worte.

»Lieber Pip«, fragte Biddy, »verzehrst du dich auch nicht nach ihr?«

»O nein, ich glaube nicht, Biddy.«

»Mir, deiner alten Freundin, kannst du es sagen. Hast du sie ganz vergessen?«

»Meine liebe Biddy, ich habe nichts von dem, was sich in meinem Leben an Bedeutsamem abgespielt hat, und nur wenig von dem, was nicht so wichtig war, vergessen. Aber dieser armselige Traum, wie ich ihn einst genannt habe, ist ausgeträumt, Biddy, aus und vorbei!«

Trotzdem wußte ich, während ich das sagte, daß ich im

stillen beabsichtigte, noch an diesem Abend allein das alte Haus aufzusuchen, um ihretwillen. Ja, um Estellas willen.

Ich hatte gehört, daß sie ein sehr unglückliches Leben geführt hatte und von ihrem Mann, der sie roh behandelt hatte, getrennt war. Er hatte den zweifelhaften Ruhm erworben, eine Mischung aus Stolz, Geiz, Brutalität und Gemeinheit zu sein. Und ich hatte von dem Tod ihres Mannes gehört, einem Unfall, der auf die Mißhandlung eines Pferdes zurückzuführen war. Es war ungefähr zwei Jahre her, seit sie nun wieder frei war. Nach allem, was ich wußte, hatte sie wieder geheiratet.

Da bei Joe zeitig zu Abend gegessen wurde, blieb mir, ohne meine Unterhaltung mit Biddy in Eile zu führen, genügend Zeit, noch vor Einbruch der Dunkelheit an die alte Stätte zu gehen. Weil ich unterwegs aber bummelte, vertraute Dinge betrachtete und an die alten Zeiten zurückdachte, gelangte ich erst dort an, als der Tag bereits zur Neige gegangen war.

Es stand kein Haus mehr, weder die Brauerei noch ein anderes Gebäude; nur die alte Gartenmauer hatte sich gehalten. Das freie Gelände war von einem rohen Zaun umgrenzt, und als ich darüberspähte, bemerkte ich, daß ein Teil des alten Efeus neue Wurzeln geschlagen hatte und die niedrigen Ruinenreste mit frischem Grün überzog. Eine Tür im Zaun war nur angelehnt, ich stieß sie auf und ging hinein.

Am Nachmittag hatte sich ein Schleier aus kaltem, silbriggrauem Nebel gebildet, den der Mond noch nicht vertrieben hatte. Doch die Sterne schienen durch den Nebel, der Mond ging auf, und der Abend war nicht dunkel. Ich konnte erkennen, wo jeder Gebäudeteil gestanden hatte, wo die Brauerei, die Pforte und die Fässer gewesen waren. Danach schaute ich den trostlosen Gartenweg entlang und erblickte eine einsame Gestalt.

Die Gestalt schien mich bemerkt zu haben, als ich weiterging. Sie kam auf mich zu, blieb aber stehen. Als ich näher kam, sah ich, daß es eine Frau war. Als ich mich noch mehr näherte, wollte sie umkehren, blieb dann aber stehen und ließ mich herankommen. Dann taumelte sie vor Überraschung zurück und stammelte meinen Namen. Ich schrie auf: »Estella!«

»Ich habe mich sehr verändert. Ich staune, daß du mich erkennst.«

Die Frische ihrer Schönheit war tatsächlich geschwunden, doch ihre unbeschreiblich hoheitsvolle Haltung und ihre unbeschreibliche Anmut waren geblieben. Diese Reize waren mir vorher schon aufgefallen. Was ich aber nie zuvor gesehen hatte, war der traurige, weiche Glanz in ihren einst so stolzen Augen. Was ich früher nie gespürt hatte, war die freundliche Berührung durch die einst so gefühllose Hand.

Wir setzten uns auf eine in der Nähe stehende Bank, und ich sagte: »Es ist seltsam, Estella, daß wir uns nach so vielen Jahren hier wiedersehen, wo wir uns das erste Mal begegnet sind. Kommst du häufig her?«

»Seit damals bin ich noch nicht wieder hier gewesen.«

»Ich auch nicht.«

Der Mond begann emporzusteigen, und ich dachte an den friedlichen, zur Zimmerdecke gerichteten Blick von Magwitch. Der Mond begann emporzusteigen, und ich dachte an den Druck auf meiner Hand, als ich die letzten Worte gesprochen, die er auf dieser Erde vernommen hatte.

Estella brach als nächste das Schweigen, das zwischen uns entstanden war.

»Ich habe oft die Hoffnung und die Absicht gehabt zurückzukehren, doch vielerlei Umstände sind dazwischengekommen. Arme, arme alte Heimat!«

Der silbrige Nebel wurde von den ersten Mondstrahlen durchbrochen, und diese Strahlen fielen auch auf die Tränen, die aus Estellas Augen rannen. Sie wußte nicht, daß ich sie sah; sie bemühte sich, die Tränen zu verbergen, und sagte ruhig: »Hast du dich nicht gewundert, als du hierherkamst, wie es in diesem Zustand gelassen werden konnte?«

»Ja, Estella.«

»Das Grundstück gehört mir. Es ist der einzige Besitz, den ich nicht aufgegeben habe. Nach und nach habe ich alles verloren, aber das habe ich behalten. Das war das einzige, worum ich in all den furchtbaren Jahren gerungen habe.«

»Soll wieder gebaut werden?«

»Ja, endlich. Ich bin hergekommen, um Abschied zu nehmen, bevor sich alles verändert. Und du«, sagte sie mit rührendem Interesse an mir Wanderer, »lebst du immer noch im Ausland?«

»Immer noch.«

»Und es geht dir gut, nehme ich an.«

»Ich arbeite ziemlich schwer, um anständig leben zu können, und deshalb . . . Ja, es geht mir gut.«

»Ich habe oft an dich gedacht«, sagte Estella.

»Hast du das getan?«

»In der letzten Zeit sehr oft. Lange habe ich die Erinnerung an das, was ich weggeworfen hatte, weil ich seinen Wert nicht erkannt habe, weit von mir gewiesen. Doch seit meine Pflicht nicht mehr im Widerspruch zu dieser Erinnerung steht, habe ich ihr einen Platz in meinem Herzen eingeräumt.«

»Du hast den Platz in *meinem* Herzen stets behalten«, antwortete ich.

Wieder schwiegen wir, bis sie zu sprechen begann.

»Ich hätte nicht gedacht«, sagte Estella, »daß ich von dir und diesem Stück Erde gleichzeitig Abschied nehmen würde. Darüber bin ich sehr froh.«

»Froh, erneut Abschied zu nehmen, Estella? Für mich ist die Trennung sehr schmerzlich. Für mich ist die Erinnerung an unsere letzte Trennung immer traurig und schmerzlich gewesen.«

»Du hast zu mir gesagt«, erwiderte Estella sehr ernst, »›Gott segne dich, der Herr verzeihe dir!‹ Und wenn du das damals zu mir sagen konntest, wirst du gewiß nicht zögern, es heute auch zu sagen – jetzt, nachdem das Leid stärker als jede andere Lehre gewesen ist und mich dazu gebracht hat, dein Herz zu verstehen. Ich bin erniedrigt und fast zugrunde gerichtet, aber – wie ich glaube – zu einem besseren Menschen geformt worden. Sei so rücksichtsvoll und gütig zu mir, wie du es früher gewesen bist, und sage mir, daß wir Freunde sind.«

»Wir sind Freunde«, sagte ich, stand auf und beugte mich über sie, als sie sich von der Bank erhob.

»Auch getrennt werden wir Freunde bleiben«, sagte Estella.

Ich ergriff ihre Hand, und wir entfernten uns von diesem zerstörten Ort. Wie sich die Morgennebel vor langer Zeit, als ich zum erstenmal die Schmiede verließ, verzogen hatten, stiegen jetzt die Abendnebel auf, und in dem milden Licht, das sie verströmten, sah ich keinen Schatten einer neuerlichen Trennung von ihr.

Englische und amerikanische Literatur im insel taschenbuch

Elizabeth von Arnim: Elizabeth und ihr Garten. Aus dem Englischen von Adelheid Dormagen. it 1293

Jane Austen: Die Abtei von Northanger. Aus dem Englischen von Margarete Rauchenberger. Mit Illustrationen von Hugh Thomson. it 931

– Anne Elliot. Aus dem Englischen von Margarete Rauchenberger. Mit Illustrationen von Hugh Thomson. it 1062

– Emma. Aus dem Englischen von Charlotte Gräfin von Klinckowstroem. Mit Illustrationen von Hugh Thomson. it 511

– Lady Susan. Ein Roman in Briefen. Die Watsons. Sanditon. Zwei Romanfragmente. Aus dem Englischen von Angelika Beck und Elizabeth Gilbert. it 1192

– Lady Susan. Ein Roman in Briefen. Aus dem Englischen von Angelika Beck. Großdruck. it 2331

– Stolz und Vorurteil. Aus dem Englischen von Margarete Rauchenberger. Mit Illustrationen von Hugh Thomson und mit einem Essay von Norbert Kohl. it 787

Harriet Beecher-Stowe: Onkel Toms Hütte. In der Bearbeitung einer alten Übersetzung. Herausgegeben und mit einem Nachwort versehen von Wieland Herzfelde. Mit 27 Holzschnitten von Georg Cruikshank aus der englischen Ausgabe von 1852. it 272

Ambrose Bierce: Aus dem Wörterbuch des Teufels. Auswahl, Übersetzung und Nachwort von Dieter E. Zimmer. it 440

– Mein Lieblingsmord. Erzählungen. Mit einem Nachwort von Edouard Roditi. Aus dem Amerikanischen von Gisela Günther. it 39

– Das Spukhaus und andere Gespenstergeschichten. Deutsch von Gisela Günther, Anneliese Strauß und K. B. Leder. it 1411

Anne Brontë: Agnes Grey. Aus dem Englischen von Elisabeth von Arx. it 1093

Charlotte Brontë: Erzählungen aus Angria. Aus dem Englischen von Michael Walter und Jörg Drews. it 1285

– Jane Eyre. Eine Autobiographie. Aus dem Englischen von Helmut Kossodo. Mit einem Essay und einer Bibliographie herausgegeben von Norbert Kohl. it 813

– Der Professor. Aus dem Englischen von Gottfried Röckelein. it 1354

– Shirley. Aus dem Englischen von Johannes Reiher und Horst Wolf. it 1145

– Über die Liebe. Herausgegeben von Elsemarie Maletzke. Übertragen von Eva Groepler und Hans J. Schütz. it 1249

– Villette. Roman. Aus dem Englischen von Christiane Agricola. it 1447

Englische und amerikanische Literatur im insel taschenbuch

Emily Brontë: Die Sturmhöhe. Aus dem Englischen von Grete Rambach. it 141

Edward George Bulwer-Lytton: Die letzten Tage von Pompeji. Aus dem Englischen von Friedrich Notter. it 801

Lewis Carroll: Alice hinter den Spiegeln. Mit einundfünfzig Illustrationen von John Tenniel. Übersetzt von Christian Enzensberger. it 97
- Alice im Wunderland. Mit zweiundvierzig Illustrationen von John Tenniel. Übersetzt und mit einem Nachwort von Christian Enzensberger. it 42
- Geschichten mit Knoten. Eine Sammlung mathematischer Rätsel. Herausgegeben und übersetzt von Walter E. Richartz. Mit Illustrationen von Arthur B. Frost. it 302
- Die Jagd nach dem Schnark. Übersetzt und ausgeleitet von Klaus Reichert. Mit Illustrationen von Henry Holiday. it 598

Geoffrey Chaucer: Die Canterbury-Erzählungen. Vollständige Ausgabe. Aus dem Englischen übertragen und herausgegeben von Martin Lehnert. Mit Illustrationen von Edward Burne-Jones. it 1006

Gilbert Keith Chesterton: Alle Pater-Brown-Geschichten. 2 Bände in Kassette. it 1263/1149
- Pater-Brown-Geschichten. 24 Detektivgeschichten. Mit einem Nachwort von Norbert Miller. it 1149
- Die schönsten Pater-Brown-Geschichten. Großdruck. it 2332

Daniel Defoe: Glück und Unglück der berühmten Moll Flanders, die, im Zuchthaus Newgate geboren, nach vollendeter Kindheit noch sechzig wertvolle Jahre durchlebte, zwölf Jahre Dirne war, fünfmal heiratete, darunter ihren Bruder, zwölf Jahre lang stahl, acht Jahre deportierte Verbrecherin in Virginien war, schließlich reich wurde, ehrbar lebte und reuig verstarb. Beschrieben nach ihren eigenen Erinnerungen. Deutsch von Martha Erler. Mit Illustrationen von William Hogarth und einem Essay von Norbert Kohl. it 707
- Robinson Crusoe. Mit Illustrationen von Ludwig Richter. In der Übersetzung von Hannelore Novak. it 41

Charles Dickens: Bleak House. Aus dem Englischen von Richard Zoozmann. Mit Illustrationen von Phiz. it 1110
- David Copperfield. Mit Illustrationen von Phiz. it 468
- Detektivgeschichten. Aus dem Englischen von Franz Franzius. it 821
- Eine Geschichte aus zwei Städten. Mit Illustrationen von Phiz. it 1033
- Große Erwartungen. Aus dem Englischen von Margit Meyer. Mit Illustrationen von F. W. Pailthorpe. it 667

Englische und amerikanische Literatur
im insel taschenbuch

Charles Dickens: Harte Zeiten. Aus dem Englischen von Paul Heichen. Mit Illustrationen von F. Walker und Maurice Greiffenhagen. it 955
- Nikolaus Nickleby. Mit Illustrationen von Phiz. it 1304
- Die Pickwickier. Mit Illustrationen von Robert Seymour, Robert William Buss und Phiz. it 896
- Der Raritätenladen. Aus dem Englischen von Leo Feld. Mit Holzschnitten von George Cattermole, H. K. Browne, George Cruikshank und Daniel Maclise. it 716
- Weihnachtserzählungen. Mit Illustrationen von Leech, Stanfiels, Stone u.a. it 358

Charles A. Eastman: Indianergeschichten aus alter Zeit. Deutsch von Elisabeth Friederichs. Mit einem Nachwort herausgegeben von Dietrich Leube. Illustrationen und Anmerkungen von Frederick Weygold. it 861

Henry Fielding: Tom Jones. Die Geschichte eines Findelkindes. 2 Bde. Mit Illustrationen von Gravelot und Moreau le jeune. Herausgegeben und mit einem Nachwort von Norbert Kohl. it 504

Ben Hecht: Tausendundein Nachmittage in New York. Aus dem Amerikanischen von Helga Herborth. Mit Illustrationen von George Grosz. it 1323

Rudyard Kipling: Mit der Nachtpost. Unheimliche Geschichten. Aus dem Englischen von Friedrich Polakovics. it 1368
- Unheimliche Geschichten. Aus dem Englischen von Friedrich Polakovics. it 1286

D. H. Lawrence: Erotische Geschichten. Aus dem Englischen von Heide Steiner. it 1385

Matthew Gregory Lewis: Der Mönch. Aus dem Englischen von Friedrich Polakovics. Mit einem Essay und einer Bibliographie von Norbert Kohl. it 907

Jane Lidderdale / Mary Nicholson: Liebe Miss Weaver. Ein Leben für Joyce. Aus dem Englischen von Angela Praesent und Anneliese Strauss. it 1436

Lord Byron. Ein Lesebuch mit Texten, Bildern und Dokumenten. Herausgegeben von Gert Ueding. it 1051

Katherine Mansfield: Der Mann ohne Temperament und andere Erzählungen. Aus dem Englischen von Heide Steiner. Großdruck. it 2325
- Seligkeit und andere Erzählungen. Aus dem Englischen von Heide Steiner. it 1334

Englische und amerikanische Literatur
im insel taschenbuch

Charles Robert Maturin: Melmoth der Wanderer. Roman. Aus dem Englischen von Friedrich Polakovics. Mit einem Nachwort von Dieter Sturm. it 1279

Herman Melville: Israel Potter. Seine fünfzig Jahre im Exil. Aus dem Amerikanischen von Uwe Johnson. it 1315

– Moby Dick. 2 Bde. Aus dem Amerikanischen von Alice und Hans Seiffert. Mit Zeichnungen von Rockwell Kent und einem Nachwort von Rudolf Sühnel. it 233

Samuel Pepys: Das geheime Tagebuch. Herausgegeben von Anselm Schlösser und übertragen von Jutta Schlösser. Mit Abbildungen. it 637

Sylvia Plath: Das Bett-Buch. Aus dem Englischen von Eva Demski. Mit farbigen Illustrationen von Rotraud Susanne Berner. it 1474

Edgar Allan Poe: Der entwendete Brief und andere Erzählungen. Ausgewählt von Franz-Heinrich Hackel. Aus dem Amerikanischen von Werner Beyer u.a. Mit Holzschnitten von Fritz Eichenberg. Großdruck. it 2309

– Erzählungen. Übertragen von Barbara Cramer-Nauhaus, Erika Gröger und Heide Steiner. it 1449

– Das Geheimnis der Marie Rogêt und andere Erzählungen. Aus dem Amerikanischen von Werner Beyer, Felix Friedrich und anderen. it 783

– Grube und Pendel. Und andere Erzählungen. Mit einem Nachwort von Franz Rottensteiner und Illustrationen von Harry Clarke. Aus dem Amerikanischen von Günther Steinig. ›Grube und Pendel‹ wurde von Elisabeth Seidel übersetzt. it 362

– Der Untergang des Hauses Usher. Meistererzählungen. Aus dem Amerikanischen von Barbara Cramer-Nauhaus, Erika Gröger und Heide Steiner. it 1373

Reynolds Price: Ein ganzer Mann. Roman. Aus dem Amerikanischen von Maria Carlsson. it 1378

Walter Scott: Ivanhoe. Roman. Deutsch von Leonhard Tafel. Textrevision und Nachwort von Paul Ernst. it 751

William Shakespeare: Hamlet. Prinz von Dänemark. Aus dem Englischen von August Wilhelm von Schlegel. Durchgesehen von Levin L. Schücking. Mit Illustrationen von Eugène Delacroix. Herausgegeben und mit einem Essay versehen von Norbert Kohl. it 364

– Richard III. Aus dem Englischen von Thomas Brasch. it 1109

– Romeo und Julia. Deutsch von Thomas Brasch. it 1383

– Was ihr wollt. Aus dem Englischen von Thomas Brasch. it 1205

Englische und amerikanische Literatur
im insel taschenbuch

Mary W. Shelley: Frankenstein oder Der moderne Prometheus. Mit einem Essay von Norbert Kohl. it 1030

Muriel Spark: Mary Shelley. Eine Biographie. Deutsch von Angelika Beck. Mit zahlreichen Abbildungen. it 1258

Laurence Sterne: Leben und Meinungen von Tristram Shandy Gentleman. In der Übersetzung von Adolf Friedrich Seubert. Durchgesehen und revidiert von Hans J. Schütz. Mit einem Essay und einer Bibliographie von Norbert Kohl. Illustrationen von George Cruikshank. it 621

– Yoricks Reise des Herzens durch Frankreich und Italien. Aus dem Englischen übersetzt und mit einem Nachwort versehen von Helmut Findeisen. Mit zwölf Holzschnitten nach Tony Johannot. it 277

Robert Louis Stevenson: Die Schatzinsel. Aus dem Englischen von Karl Lerbs. Mit Illustrationen von Georges Roux. it 65

Bram Stoker: Dracula. Aus dem Englischen von Karl Bruno Leder. it 1086

Jonathan Swift: Gullivers Reisen. Mit Illustrationen von Grandville und einem Vorwort von Hermann Hesse. Aus dem Englischen übersetzt von Franz Kottenkamp. Vervollständigt und bearbeitet von Roland Arnold. it 58

William Makepeace Thackeray: Jahrmarkt der Eitelkeit. Ein Roman ohne Held. 2 Bde. Mit Illustrationen von Thackeray. Herausgegeben und mit einem Nachwort von Norbert Kohl. Dem deutschen Text wurde eine Übertragung aus dem Nachlaß von H. Röhl zugrunde gelegt. it 485

Mark Twain: Gesammelte Werke in 10 Bänden. Ausgewählt und zusammengestellt von Norbert Kohl. it 831-840

Band 2: Tom Sawyers Abenteuer. Bearbeitet von Karl Heinz Berger. Mit Illustrationen von True W. Williams. it 832

Band 4: Bummel durch Europa. Deutsch von Gustav Adolf Himmel. Mit Illustrationen der Erstausgabe von W. Fr. Brown, True W. Williams, B. Day u.a. it 834

Band 6: Leben auf dem Mississippi. Deutsch von Helene Ritzerfeld. Mit Illustrationen von Klaus Ensikat. it 836

Band 7: Huckleberry Finns Abenteuer. Deutsch von Barbara Cramer-Nauhaus. Mit Illustrationen von Edward W. Kemble. it 837

Band 8: Ein Yankee am Hofe des Königs Artus. Deutsch von Maja Ueberle. Mit Illustrationen der Erstausgabe von Daniel C. Beard. it 838